Barbara Chase-Riboud

Frei, vogelfrei

Zu diesem Buch

Sie hat rote Haare und einen blassen Teint, aber nach dem Gesetz ist sie eine »Schwarze«: Harriet Hemings, die schöne Tochter des amerikanischen Präsidenten Jefferson und seiner farbigen Geliebten Sally. An ihren 21. Geburtstag, so hatte es ihr Vater versprochen, sollte Harriet den Familienbesitz Monticello verlassen und eine neue Identität annehmen dürfen, als leibliches Kind anerkannt, als Freigelassene ausgewiesen. Doch dann verweigert er Harriet die Papiere – er möchte sie in Monticello behalten. Und so bedeuten Harriets Schritt in die Freiheit und ihr Versuch, in einer neuen Identität unterzutauchen, nichts anderes, als weiterhin eine Sklavin, also vogelfrei zu sein. – Vor dem Hintergrund des amerikanischen Bürgerkrieges zeichnet die mehrfach preisgekrönte Schriftstellerin Barbara Chase-Riboud mit diesem historischen Roman ein meisterhaft komponiertes Zeit- und Gesellschaftsbild des Amerika zwischen den Idealen der Menschenrechte und den Interessen, denen Sklavenhaltertum und Rassendiskriminierung dienten.

Barbara Chase-Riboud, geboren am 26. Juni 1939 in Philadelphia. Bildhauerin, Lyrikerin, Schriftstellerin. Lebt mit ihrem Mann, einem italienischen Kunsthändler und Verleger, in Paris und Rom. Sie studierte Kunst an der Yale University und arbeitete als vielbeachtete Bildhauerin. Zahlreiche Ausstellungen in aller Welt, viele Auszeichnungen und Preise. Auf deutsch erschienen außerdem »Die Frau aus Virginia«, »Das Echo des Löwen« und »Serail«.

Barbara Chase-Riboud

Frei, vogelfrei

Ein Südstaaten-Roman

Aus dem Amerikanischen von
Charlotte Breuer

Piper München Zürich

Von Barbara Chase-Riboud liegt in der Serie Piper
außerdem vor:
Das Echo des Löwen (2441)

Ungekürzte Taschenbuchausgabe
Piper Verlag GmbH, München
April 1998

Titel der amerikanischen Originalausgabe:
»The President's Daughter«, Crown Publishers, Inc.,
New York 1994

Umschlag: Büro Hamburg
Simone Leitenberger, Susanne Schmitt, Annette Hartwig
Umschlagabbildung: James Charles (»Das Picknick«, 1904,
Archiv für Kunst und Geschichte, Berlin)
Foto Umschlagrückseite: Archiv Europa Verlag, München
Satz: Friedrich Pustet, Regensburg
Druck und Bindung: Clausen & Bosse, Leck
Printed in Germany ISBN 3-492-22448-2

Für das historische Rätsel um Harriet Hemmings
und für Thenia Hemmings, 1799–1802, aus Monticello.

»Ihre Haut war nicht braun, sondern schien eher bis zum Bersten durchblutet zu sein. Gleichwohl wirkte ihr Gesicht weder plump noch kindlich glatt, vielmehr verliehen ihre überaus regelmäßigen Züge ihr einen würdevollen Ausdruck, und sie war unbeschreiblich schön.«

James Fenimore Cooper
Der letzte Mohikaner, 1826

»Durch die Rolle, die sie für sich kreiert hatte … entwickelte sich die Täuschung, die einzig für andere gedacht war, allmählich zur Selbsttäuschung; der kleine betrügerische Riß, der die falsche Sklavin von dem falschen Herrn trennte, wurde breiter und breiter und schließlich zu einem sehr realen Abgrund – und auf der einen Seite stand Roxy, zum Opfer ihrer eigenen Täuschung geworden, und auf der anderen Seite stand ihr Kind – der Sohn, den sie als Herrn respektierte.«

Mark Twain
Pudd'nhead Wilson, 1894

»Wegen deiner Fingerabdrücke auf dem Fenster wirst du hängen.«

Mark Twain
Pudd'nhead Wilson, 1894

1822

I

Am Anfang erwählte Gott diejenigen, die erlöst werden sollten, und die, die verdammt werden sollten: und kein Verbrechen der einen kann sie in die Verdammnis, noch Tugend die anderen in die Erlösung führen.

THOMAS JEFFERSON

An dem Tag, als ich aus Monticello als weiße Frau fortlief, stand meine Mutter weit hinter dem Pfirsichgarten und dem Herrenhaus in einem weiß blühenden Tabakfeld, über dem zahllose Motten schwirrten.

Solange ich denken konnte, war meine Mutter in Albemarle County eine Berühmtheit gewesen. Bis hin nach Richmond war sie bekannt als die Mätresse meines Vaters, als seine Kammerfrau und Mutter seiner Kinder. Eines dieser Kinder war ich, und unser Vater, ein berühmter und mächtiger Mann, hatte uns zwanzig Jahre lang hier versteckt gehalten wegen eines Skandals, der als »das Ärgernis mit Callender« bezeichnet wurde. Mehr wußte ich damals nicht darüber, außer, daß dieser Skandal meine Mutter zur berühmtesten Leibeigenen Amerikas gemacht und mich doppelt in Gefahr gebracht hatte. Denn trotz meiner grünen Augen, meiner roten Haare und weißen Haut war ich eine Schwarze. Und obschon ich einen reichen und vielbewunderten Vater hatte, war ich ein Bastard.

Als ich auf meine Mutter zuging, stand sie reglos wie eine Statue da. Ich ging um sie herum, als wäre sie eine. Sie war die schweigsamste Frau, die ich je gekannt hatte. Ihre berühmten blaßbraunen Augen jedoch sprachen Bände. Diese Augen verliehen ihrem Gesicht einen Glanz, der an den Schein eines Leuchtturms erinnerte. Diese

Augen waren wie Blattgold in einer elfenbeinernen Maske, wie Fenster, hinter denen geheimnisvolle Feuer brannten, die alles verschlangen und nichts preisgaben. Uns Kindern gegenüber war sie liebevoll und fürsorglich, und doch verbarg sie sich hinter einer Mauer der Verschwiegenheit und Enttäuschung, die wir Kinder nie durchdringen konnten, so sehr wir uns auch bemühten. Wir liebten sie, wir beteten sie an, aber wir fragten uns oft, ob sie uns auch liebte.

»Mama?«

»Laisse-moi.« Meine Mutter sprach französisch, die Sprache, die sie mir beigebracht hatte und in der wir uns unser Leben lang verständigten.

»Maman, die Kutsche wartet.«

»Ich weiß. *Laisse-moi*, bitte, laß mich allein.«

»Au revoir, Maman.«

Meine Mutter starrte weiterhin zur Bucht hinüber.

»Je t'écrirai, Maman ...«

»Oui. Ecris-moi, ma fille.«

»Tu ne viens pas?«

Meine Mutter sah mich an, als sei ich verrückt geworden. Der helle Schein ihrer Augen traf mich wie ein Schlag.

»Non, je ne viens pas. Ich komme nicht«, sagte sie.

Am Abend zuvor hatte meine Mutter meine Koffer verschlossen, die, für die Reise nach Philadelphia gepackt, mit meiner »Wander«-Aussteuer gefüllt waren.

»Versprich mir«, sagte sie, »daß du deine wahre Identität, falls du sie eines Tages deiner zukünftigen Familie offenbarst, niemals deinen Kindern preisgeben wirst. Wähle eine Frau aus der übernächsten Generation, eine Enkelin. Es ist leichter, sich seinen Enkeln anzuvertrauen als den eigenen Kindern, und jedes Geheimnis ist bei einem Mitglied deines eigenen Geschlechts sicherer aufgehoben.«

»Wie kommt das, *Maman?«*

»Frauen halten ihre Geheimnisse in ihrem Schoß verborgen«, sagte sie, »beschützt und genährt von ihren Körpersäften, ihrem Blut, während Männer ihre Geheimnisse vor sich hertragen wie ihre Genitalien, wie ein kleines Stück vergänglichen Fleisches, das keiner zärtlichen Berührung und keiner guten Gelegenheit widerstehen kann.«

Ich weiß nicht, was es damals für mich bedeutete, als weiß zu gelten, außer der Sklaverei zu entkommen und meine Heimat zu verlassen. In Wirklichkeit tat ich es für andere Leute. Für Mama. Für Großmutter. Für Papa. Ich sehnte mich nicht nach der Freiheit, denn ich hatte keine konkrete Vorstellung von ihr. Ich hatte noch nicht einmal gewußt, daß ich eine Sklavin war, bis ich herausfand, daß ich nicht tun konnte, was ich wollte. Die Freiheit war etwas Ungenaues, Verschwommenes: nicht Fisch noch Fleisch, weder real noch gespenstisch. Sie war nichts Handfestes wie ein Feld oder ein Baum, oder ein Stück Baumwolle. Ich wußte nur, was ich gesehen hatte und was meine Großmutter gesagt hatte: »Sieh zu, daß du die Freiheit erhältst …« Sie wurde zu einer Möglichkeit, oder vielmehr zu einem ganzen verheißungsvollen Labyrinth von Möglichkeiten, die ich allesamt ausprobieren wollte, um genau herauszufinden, was geschehen würde. Das war mein großes Ziel, und ich hatte es nie aus den Augen verloren, seit meine Großmutter mir prophezeit hatte, daß mich niemand mehr übersehen würde, sobald ich die Freiheit errungen hätte. Ich hatte mir bereits genau überlegt, welche Schritte ich unternehmen würde, wenn ich erst einmal in Philadelphia war – wie die Schritte eines komplizierten Balletts, bei dem ich zugleich die Primaballerina und die Choreographin sein würde.

An jenem Morgen hatte ich mich bereits von meinem jüngeren Bruder Eston verabschiedet.

»Du hättest noch ein bißchen warten können, Harriet. Mutter ist noch immer nicht darüber hinweg, daß Beverly weggegangen ist.«

»Wie lange hätte ich warten sollen, Eston? Bis heute, morgen, gestern? Was macht es für einen Unterschied, wann und wohin ich gehe, wenn ich sie doch verlasse? Ich bleibe genauso lange, wie ich muß. Außerdem wird Mutter nie darüber hinwegkommen, daß Beverly gegangen ist … er hat sich noch nicht mal von ihr verabschiedet …«

»Dem Master hat er auch nichts gesagt. Vater hatte erwartet, daß er bleiben würde.«

»Er *ist* geblieben, Eston – nach seinem einundzwanzigsten Geburtstag ist er noch zwei Jahre lang geblieben! Was hat Vater denn erwartet? Daß er so lange wartet, bis er von seinen eigenen Blutsverwandten verkauft wird, wie Fennels Baby? Sollte er vielleicht darauf warten? Sollte es vielleicht noch einen Sklavenvater geben, der brüllend mit der Axt über die Mulberry Row gelaufen kommt, um den weißen Mann zu töten, der gerade sein Kind verkauft hat?«

»Ich glaube, er hat gehofft, Bev würde bei ihm bleiben ... bis zum Schluß.«

»Und was genau hätte das für ihn bedeutet? Mehr Freiheit? Eine Erbschaft? Einen Tapferkeitsorden? Beverly hätte an dem Tag gehen sollen, als er einundzwanzig wurde. Oder noch eher, so wie Thomas.«

»Na ja, es hätte nicht mehr sehr lange gedauert, Harriet. Unser Vater ist ein alter Mann – ein sehr alter Mann.«

»Papperlapapp, Eston. Vater ist so zäh wie ein altes Maultier – du paßt wohl noch immer auf ihn auf, nicht wahr?«

»Ich reite immer noch hinter ihm – natürlich in gebührendem Abstand«, sagte Eston abwehrend. »Ich passe einfach auf, daß der alte Eagle ihn auf den wilden Ritten, die er frühmorgens unternimmt, nicht abwirft.«

»O Eston, warum?«

Aber ich kannte die Antwort. Eston empfand für den Vater, der ihn verachtete, eine unbändige, verzweifelte Liebe, die keine Grenzen kannte und keine Demütigung scheute. In dieser Hinsicht war er wie ich.

»Ich würde es mir nie verzeihen, wenn ihm etwas zustieße – er ist zäh, aber er ist starrköpfig und alt, und Mama liebt ihn immer noch so sehr ...«

Ich dachte liebevoll über Eston nach. Von allen Söhnen ähnelte er meinem Vater am meisten, obschon ich sein Ebenbild unter seinen Kindern war. Eston hatte die wasserblauen Augen meines Vaters und sein gewelltes, rotes Haar. Er hatte wie er eine hohe Stimme, in der etwas Feminines lag. Er war so schweigsam wie mein Bruder Madison redselig, und wenn er aufgeregt war, geriet er leicht ins Stottern. Mit vierzehn war er schon fast einsachtzig groß, hatte riesige Hände und die breiten Schultern der Männer aus Virginia. Und immer noch wartete er auf irgendein Zeichen von Liebe, von Anerkennung, wartete auf einen Lohn, den mein Vater ihm niemals zugestehen würde – genau wie Madison, der bis an die südliche Grenze der Plantage gerannt war und seinen Kopf gegen den weißen Birkenzaun geschlagen hatte, bis er blutig war, weil er nicht verstehen konnte, warum unser Vater ihn nicht liebte.

»Vielleicht finde ich Beverly«, flüsterte ich, um das Thema zu wechseln.

»Ach, Harriet. Beverly ist *weg*. Er ist auf direktem Weg zu Papas Ländereien in Louisiana gefahren – als Weißer. Du weißt ja, er hat immer schon davon geträumt, mit Meriwether Lewis auf eine Expedition zu gehen. Und er hat sich immer schon nach Land gesehnt. Er ist verrückt nach Land, und nur in Louisiana kann er je welches bekommen – indem er es entweder kauft oder sich einfach aneignet oder den Indianern stiehlt. Da unten herrschen rauhe Sitten. Da unten ist kein Platz für eine Frau, es sei denn, du willst eine von diesen Bräuten sein, die man aus dem Katalog bestellen kann ...« Er lachte, aber ich fand es nicht lustig.

»Ich weiß schon«, fuhr Eston fort. »Du wirst in einer richtigen Kirche heiraten, mit Musik und Blumen und einem Pfarrer, in einem weißen Kleid, mit Trauzeugen, und du wirst als Jungfrau vor den Altar treten und dir deinen Mann selbst aussuchen ... und er wird dein Schatz sein – die Liebe deines Lebens.

Das wünsche ich dir von Herzen, Harriet. Und du wirst es bekommen, Liebes. Du wirst alles bekommen, was du dir einmal in den Kopf gesetzt hast – wenn du erst einmal frei bist.«

Er sah mich sehr lange liebevoll an, als wolle er mit seinen jugendlichen Augen einen Vertrag mit mir schließen. Er liebte mich, und ich liebte ihn.

»Ich kann nicht glauben, daß wir uns nie mehr wiedersehen.«

»Nie ist eine sehr lange Zeit«, erwiderte ich.

»Ob du flußaufwärts oder flußabwärts reist, Harriet, es bedeutet, daß ich dich für immer verlieren werde. Du bist eine flüchtige Sklavin – du bist vogelfrei.«

»Bis ich nach Philadelphia komme. Dann werde ich eine nette weiße Frau sein.«

»Mit einem Preisschild auf der Stirn.«

»Lieber ein Kopfpreis als ein Versteigerungspreis.«

»Vater würde dich niemals verkaufen.«

»Madison sieht das anders.«

»Hör nicht auf Madison.«

»Das habe ich auch nicht vor. Ich gehe nach Norden.«

»Und dann?«

»Na ja«, sagte ich träumerisch, »vielleicht nach Übersee – Paris, London, Florenz.«

»Wohin?«

»Na, auf jeden Fall nach Paris. Das habe ich mir fest vorgenommen.«

»Und wie willst du das machen?«

»Ich werde arbeiten. Ich werde heiraten. Ich schaffe es schon.«

»Ich habe gehört, daß die Schwarzen im Norden Hunger leiden.«

»Ich bin weiß.«

»Nicht, wenn sie dich schnappen.«

»Sie kriegen mich nicht, Eston. Dafür bin ich zu schlau.«

»Was ist, wenn der Master dir die Sklavenjäger auf den Hals schickt?«

»Das wird er nicht. Er hat Mama vor langer Zeit versprochen, mich gehen zu lassen.«

»Tja, wenigstens ein Versprechen, das er gehalten hat.«

»Nur wegen meiner Hautfarbe.«

»Verlaß dich nicht drauf, Harriet. Wenn Martha Wayles Mama geerbt hat, dann kann Martha Randolph dich erben«, sagte Eston. »Sie können dich bis ins Grab verfolgen. Sobald Vater seinen letzten Atemzug getan hat, können sie Sklavenjäger nach Philadelphia schicken, um dich zu fangen. Es wäre nicht das erste Mal, daß so etwas geschieht. Die Sklaverei wird niemals abgeschafft.«

»Den ersten Sklavenjäger, der versuchte, mich zurück nach Monticello zu bringen, würde ich erschießen. Und die Verwandten, die ihn geschickt haben, würde ich ebenfalls erschießen.«

»Irgendwann werden wir uns wiedersehen, Schwester«, sagte Eston leise, als er mich zum letztenmal in seine Arme nahm. »Das verspreche ich ... weiß oder nicht«, fügte er hinzu, »aber auf jeden Fall in Freiheit.«

Am Abend zuvor hatte ich auf der Veranda neben dem Ballsaal von Montpelier gestanden, einer benachbarten Plantage, die James Madison gehörte. Das gelbe Licht der großen Kronleuchter fiel durch die Fenster auf all die Dienstmädchen, Kammerdiener, Vorreiter, Lakaien und Mammis – auf Sklaven aller Farbschattierungen und Altersgruppen. In weniger als vierundzwanzig Stunden würde ich einundzwanzig Jahre alt sein und berechtigt, meinen Brüdern Beverly und Thomas in die Welt der Weißen zu folgen. Laut Aussage meiner Mutter hatte mein Vater vor langer Zeit in Paris geschworen, uns dieses Recht zuzugestehen, und wir hatten das Spiel alle mitgespielt. Das Wissen um meine besondere Stellung hatte mich mein Leben lang begleitet. Ich war eine Sklavin, die eines Tages frei sein, ein Mädchen, das zur Frau werden, eine Person, der eine Zukunft beschieden sein würde. All das würde ich zu meinem Geburtstag bekommen.

Das Sklavenorchester spielte, und ich summte die Melodien mit, die aus dem Gebäude über die feuchten Rasenflächen mit ihren Jasminhecken, Rosenbeeten und blühenden Magnolien hinweggetragen wurden. Das Licht tanzte auf unseren Gesichtern, während lachende Paare sich hinter den Fenstern bewegten wie ein chinesisches Schattenspiel. Das Sklavenorchester fiel in einen leichten Rhythmus, eine heitere Quadrille nach der Melodie von *The Ballad of Gabriel Prosser*, dem Sklavenrebellen. Die draußen versammelten Sklaven begannen zu kichern, als die Weißen arglos weitertanzten. War es nicht typisch für die Weißen, zu einem Stück zu tanzen, dessen Text sie gar nicht kannten? Sie drehten sich im Kreis und wieder auseinander, fanden sich zu immer wieder neuen Paaren, tanzten beschwingt, so daß das Licht die Zuschauer vor den Fenstern wie bewegliche Spitze bedeckte.

Plötzlich ergriff jemand von hinten meinen Arm, und wir begannen in dem goldenen Lichtschein zu tanzen. Die Diener tanzten draußen, bis der Ball zu Ende ging, wir lachten und flirteten in der nächtlichen Kühle, während die Weißen im Ballsaal schwitzten.

An meinem Schenkel spürte ich die süße Liebkosung von blankem Stahl. Seit ich sechzehn war, trug ich stets einen rasierklingenscharfen Dolch tief in der Tasche meines Pettycoats. Er hatte einmal meinem Onkel James gehört. Mama hatte ihn mir zu meinem Schutz gegeben. Niemand würde mich jemals wieder einen Baum hinaufjagen.

In Monticello hatte früher ein weißer Schreiner namens Sykes gelebt, der einmal in Gegenwart meiner Kusine Ellen Randolph den Finger an seinen Hut getippt hatte, um mich zu grüßen. Ich war auf dem Weg vom Herrenhaus zu den Weberhütten gewesen, und Ellen stand auf der südlichen Veranda. Ich war fünfzehn. Ellen war fast zwanzig.

»Seit wann grüßen Sie denn ein Niggermädchen, Sykes?« hatte sie lachend gefragt. Sykes blieb wie angewurzelt stehen.

»Ein Niggermädchen, Miss Ellen? Ich dachte, sie sei Ihre Schwester!«

»Das hätte mir noch gefehlt!« erwiderte Ellen, während sie mit einem flüchtigen Abschiedsgruß an ihm vorbeirauschte.

Ich versuchte verzweifelt, an dem verdutzten Mann vorbeizuschlüpfen, aber er erwischte mich am Arm.

»Wieso hast du mir nichts gesagt, Mädel? Ich grüße dich schon seit Monaten!« Ohne zu antworten, versuchte ich mich an ihm vorbeizuquetschen.

»Gib mir eine Antwort, sonst bekommst du die Peitsche deiner Herrin zu spüren, bei Gott.«

»Es gibt nichts zu antworten«, sagte ich, während ich flehend zu Ellen hinübersah, die hinter vorgehaltener Hand kicherte.

»Du willst wohl frech werden?«

»Nein, Sir.«

»Master!«

»Nein, Master.«

»Würdest du wie ein Nigger reden, dann wäre mir das nicht passiert, stimmt's?«

»Ja, Master.«

»Du solltest dich also dafür entschuldigen, daß du mich getäuscht hast.«

»Ihn getäuscht«, sagte Ellen verächtlich, offenbar bereit, zu meiner Demütigung beizutragen.

»Es tut mir leid«, flüsterte ich.

»Lauter, Mädel.«

»Es tut mir leid.«

»Es tut mir leid – und weiter?«

»Es tut mir leid, Master.«

»Und von jetzt an rede gefälligst wie ein Nigger.«

Seine Berührung ließ mich erschaudern, und seine Worte machten mich rasend. Aber meine eigentliche Wut galt Ellen, meiner einstigen Spielkameradin. Sie wandte ihren Blick ab, ihre schmalen Lippen fest zusammengepreßt, ihr Gesicht ein einziger Ausdruck der Verachtung.

Ein paar Tage später ging ich die einsame Straße entlang, die nach Edgehill führte, der nächstgelegenen der Plantagen meines Vaters, als Sykes mir in einem kleinen offenen Wagen entgegenkam. Die Situation war ideal. Er hatte die größere Geschwindigkeit, seine Peitsche, und er war ein Mann. Er konnte mich mit dem Wagen einholen oder den Wagen stehen lassen und mich zu Fuß verfolgen. Mein Herz raste; ich versuchte, mir meine Chancen auszurechnen.

»He, kleines Schneewittchen«, rief er vom Wagen herab, »komm rauf zu mir. Ich hab' ein Geschenk für dich.«

Ich starrte vor mich hin und überlegte, ob ich lieber auf der Straße bleiben und hoffen sollte, daß ein Trupp heimkehrender Feldarbeiter auftauchen würde – nein, sie würden kaum in der Lage sein, einen wildentschlossenen Weißen aufzuhalten –, oder ob ich in den Wald rennen sollte, wo er mich erst finden müßte, um mich zu erwischen. Ich kannte diesen Wald wie meine Westentasche. Meine Brüder und ich hatten dort seit unserer frühesten Kindheit Kaninchen und Eichhörnchen gejagt, waren um die Wette gelaufen, hatten Beeren gesammelt, Verstecken gespielt. Und wenn ich Eston und Beverly davonlaufen konnte, schaffte ich es vielleicht auch, Sykes zu entkommen. Ich ging dicht am Straßenrand entlang, während er mir langsam mit seinem Wagen folgte und mich immer wieder aufforderte einzusteigen.

»Bist du taub oder was, du weiße Niggerin? Ich sagte, beweg deinen Arsch hier rauf!«

Er ließ seine Mulis in einen leichten Trab fallen; ich begann zu rennen. Sykes lachte laut, als er mich einholte. Plötzlich bog ich von der Straße ab und rannte in den Wald hinein, raffte meine Röcke und befestigte sie beim Laufen an meinem Schürzenband. Ich hörte ihn hinter mir durch das Unterholz brechen. »He, Schneewittchen«, rief er immer wieder. Als er aufholte, rannte ich noch schneller, und plötzlich hörte ich seine Peitsche knallen. Das scharfe Geräusch fuhr mir durch die Glieder, als wäre die Peitsche tatsächlich auf meinem Rücken niedergesaust. Ich schrie auf. Das Knallen und Zischen der Peitschenhiebe schien den ganzen Wald zu erfüllen und dann die ganze Welt. Ich lief wie eine Gazelle, sprang über Hürden, rang nach Atem. Mein Herz schien schier zu bersten, während mir langsam klar wurde, daß ich nicht nur mit dem Schmerz und der Demütigung einer Vergewaltigung rechnen mußte, wenn er mich erwischte, sondern daß dies das endgültige Ende meiner Sicherheit, meiner Unversehrtheit, meiner Kindheit bedeuten würde. Ich würde nie wieder tanzen.

Meine Kleider und meine Haare verfingen sich in den niedrigen Ästen und Zweigen, als ich den Pfad verließ und durch das Unterholz lief. Sykes folgte mir lachend, fluchend und drohend. Während meine Kräfte nachließen, holte er immer dichter auf. Ich war von kaltem, bitterem Schweiß bedeckt, Tränen und Schmutz liefen über mein Gesicht. Ich hatte weder Zeit noch Kraft, um sie fortzuwischen. Sykes' schwere Stiefel zermalmten das trockene Reisig hinter mir. Ich konnte ihn riechen und seinen Atem spüren.

»Verdammt, Schneewittchen, wenn ich dich kriege, fick ich dich in den Arsch, du Hure!«

Meine Röcke waren zerrissen, und meine Hände und Arme waren zerkratzt und blutig wie die eines überarbeiteten Pflugpferdes. In meinen Mundwinkeln hatte sich weißer Schaum gebildet. Rannte ich seit zehn Minuten? Zwanzig? Mein Magen krampfte sich zusammen, grüne Galle stieg mir in den Mund, stechende Schmerzen in meiner Brust nahmen mir den Atem. Ich mußte stehenbleiben. Ich würgte, meine Beine gaben unter mir nach, als ich mich vornüber beugte. Mein Kopf schlug gegen eine harte, knorrige Baumwurzel, die aus dem moosbedeckten Boden ragte. Ich blickte hoch zu den niedrigsten Ästen. Sie waren meine einzige Hoffnung. Ich kletterte auf den Baum, so wie ich es von meinen Brüdern gelernt hatte, scheuerte mir Wangen und Schenkel an der rauhen Borke auf, als Sykes plötzlich im fahlen Licht der kleinen Lichtung auftauchte. Seine Peitsche knallte und wickelte sich um meinen Knöchel. Der Schmerz war so heftig, daß ich dachte, er hätte mir den Fuß abgerissen. Schreiend hielt ich mich mit den Armen fest, gerade außerhalb seiner Reichweite. Mit letzter Kraft versuchte ich mich in die Sicherheit der Baumkrone zu retten. Die Peitsche rutschte von meinem Knöchel, riß mir die Haut auf und färbte den Baumstamm blutig. Mit einem Ruck riß ich das verletzte Bein hoch. Wie eine Wildkatze zischend, kauerte ich vier Meter über seinem Kopf in einer Astgabel. Außer sich vor Wut schlug Sykes mit der Peitsche auf den Baumstamm ein. Bei jedem Hieb flogen Borkenfetzen durch die Luft, und aus dem Baumstamm tropfte der Saft, als blutete er. Immer wieder traf die Peitsche den Baum, im Rhythmus mit Sykes' Flüchen.

Bei jedem Schlag zuckte ich zusammen, wie wenn mein Körper getroffen wäre. Ich hielt mir die Ohren zu, um das Stöhnen von Sykes' Opfer nicht zu hören, das vielleicht mein eigenes Stöhnen war.

»Komm runter da, du kleine weiße Niggerin! Ich werde dir zeigen, wie man einen Befehl befolgt!«

Als ich versuchte, mich noch tiefer zwischen den Blättern zu verkriechen, sah ich, wie Sykes sein Geschlechtsteil herausholte und es wie eine Waffe auf den Baum richtete. Ich kniff meine Augen fest zu.

»Komm runter, und sieh dir an, was ich hier für dich habe!«

Plötzlich ertönte ein explosionsartiges Geräusch, das ich mehr spürte als hörte. Es scheuchte die Vögel auf und ließ die Blätter um mich herum erzittern. Sykes hatte mit seinem Gewehr in die Baumkrone geschossen. Ich muß das Bewußtsein verloren haben, denn als ich kurz darauf wieder zu mir kam, den Baumstamm immer noch umklammernd, war Sykes verschwunden.

Es war schon tiefe Nacht, als sie mich fanden. Ich sah, wie eine Prozession brennender Fackeln sich langsam näherte, und hörte, wie mein Name immer und immer wieder gerufen wurde. Es dauerte nicht lange, und ich blickte in einen Feuerkranz unter mir. Mr. Treadwell, der Aufseher, war auch dabei. Mein Onkel Robert, mein Onkel Martin, Isaac und mein Vater starrten zu mir hinauf. Ich begann zu wimmern.

»Harriet«, rief Martin liebevoll. »Harriet, es ist alles gut. Ich bin's, Martin. Was zum Teufel ist mit dir geschehen, mein Liebling? Ich komme rauf, um dich zu holen. Du brauchst dich nicht zu bewegen. Halte dich an mir fest. Du brauchst nichts zu sagen, halte dich nur fest, um Gottes willen, halte dich fest ... großer Gott«, flüsterte er, als seine Hand das Blut am Baumstamm berührte. »Was ist mit dir geschehen, Harriet?«

Ich sah zu meinem Vater hinunter. Er überragte alle anderen Männer, sein Gesicht war verzerrt. Zum erstenmal sah ich ihn mit einer Peitsche in der Hand. Unsere Blicke trafen sich im zuckenden Licht der Fackeln, ich sah ihn flehend an, aber seine Augen blieben eisig. Er gab mir die Schuld! Er gab mir die Schuld, als hätte ich diese Demütigung provoziert und geplant. Aber ich war sein Kind! Seins! Und er liebte mich nicht dafür. Statt Liebe hatte er nur Mitleid für mich. Die Wut und der Ekel in seinem Blick galten mir. In meinem Elend streckte ich meine Hand nach ihm aus, immer noch unfähig, auch nur ein Wort zu sagen. Martin hatte nun seine Arme um meine Taille geschlungen, seine Berührung löste einen Schwall bitterer Tränen aus. Als er vorsichtig versuchte, mich Beverly, der unter ihm stand, zu übergeben, schob mein Vater diesen plötzlich wie in einem Wutanfall beiseite und nahm mich aus Martins Armen. In meinem Rücken spürte ich den rauhen Griff der Peitsche, die er immer noch in der Hand hielt. Er hob mich hoch, trug mich zu der Stelle, wo sie ihre Pferde zurückgelassen hatten, und setzte mich auf den Rücken von Jupiter. Dann stieg er selbst auf, schlang meine Arme von hinten um seine Hüften und ritt auf das Herrenhaus zu. Scheu schmiegte ich mich an seinen starken, breiten Rücken. Durch den dicken, blauen Wollstoff hörte ich sein Herz schlagen. Seufzend schloß ich meine Augen. Ich hatte fast sterben müssen, um endlich seine Aufmerksamkeit zu erregen. Als wir zu Hause ankamen, hob er mich ruppig von Jupiters Rücken und trug mich hinauf ins Zimmer meiner Mutter. Er blieb in der Tür stehen, und ich spürte, wie ein Zittern durch seinen Körper ging, als er seine Schultern zusammenzog, um einen Wutanfall zu beherrschen.

»Sieh nach, ob sie verletzt ist oder nicht.« Dann drehte er sich langsam um. Seine Stimme klang ruhig und klar, so als ob er die üblichen Tagesbefehle erteilte. »Eine Mutter sollte zu jeder Zeit wissen, wo ihr Kind sich aufhält. Ich bitte dich, dir das zu Herzen zu nehmen. Wenn du sie jemals wieder aus den Augen läßt, wirst du dich mir gegenüber verantworten müssen. Ich habe Martin gesagt, ich will den Namen des Mannes, und ich will wissen, wie er dazu kommt, sich an meinem Eigentum zu vergreifen.«

Für den Bruchteil einer Sekunde trafen sich unserer Blicke. Ich konnte weder Zärtlichkeit noch Mitgefühl entdecken, nur eine tiefe Scham. Ich hatte sie schon vorher in seinen Armen gespürt, und sie hatte mich verstummen lassen.

Ich war immer noch sprachlos. Es dauerte Wochen, bis ich wieder ohne zu weinen sprechen konnte. Endlich stotterte ich es heraus ...

»Es war Sykes.« Und da gab meine Mutter mir den schlanken Dolch mit dem silbernen Griff, der einmal meinem Onkel James gehört hatte.

»Trag ihn immer bei dir. Verstecke ihn tief zwischen deinen Röcken. Denk dran, du bist nicht vergewaltigt worden. Dir ist nichts geschehen. Du bist immer noch unberührt. Es ist schwer, einen Mann zu töten, Harriet, wahrscheinlich zu schwer. Wenn du einen Mann also nicht töten kannst, dann verstümmle ihn. Ziele auf eine tiefe Stelle. Stich so zu, daß Blut fließt. Du darfst niemals zögern. Es ist dein Leben gegen das seine. Vergewaltigung ist eine andere Form von Mord. Wenn du zögerst, Harriet, bist du tot.«

Sykes wurde aus Monticello verbannt, und ihm wurde verboten, jemals wieder einen Fuß auf das Land zu setzen. Mein Vater hat mir niemals wieder erlaubt, allein über die Straßen der Plantage zu gehen, und meine Mutter begleitete mich von da an jeden Tag vom Herrenhaus zu den Weberhütten und wieder zurück.

Lag es daran, fragte ich mich zynisch, daß mein Vater mich liebte, oder mißtraute er mir in Gegenwart von Männern? Aber Vater ließ Mutter diesen Vorfall niemals vergessen. War es unsere Schuld, daß wir Negerinnen waren?

Mit der Zeit verheilte mein Knöchel, aber wo die Peitsche mein Bein umschlungen hatte, blieb ein Streifen, eine feine, weiße, leicht erhabene Narbe, die meinen Knöchel umschloß, als hätte ich einmal Fußeisen getragen oder sei in eine Eichhörnchenfalle geraten.

Ich bückte mich, um meine Narbe zu berühren, dann richtete ich mich wieder auf und starrte meine Mutter an. In der Hitze wirkte alles um uns herum wie ein Meer von kleinen, schwarzweißen Wellen, und die irisierend leuchtenden Blüten, die bis zu unseren Hüften heraufreichten, wirkten wie eine bis zum Horizont reichende Parade von Soldaten. Mit überwältigender Grazie wiegten sie sich im gleißenden Sonnenlicht, bildeten hier und da kleine, rote Schaumkronen, während ich dastand und die sonnengebräunte Gestalt meiner Mutter betrachtete und meine Röcke sich in den Stengeln und Disteln verfingen.

Am frühen Morgen hatte ich nach ihm gesucht. Ich hatte beschlossen, ihn zu fragen, ihn zu bitten, mich freizulassen – auf legale Weise. Was wäre denn, wenn ich mich weigerte, mich wie einen Ballen Baumwolle von seinem Land abtransportieren zu lassen, versehen zwar mit seinem blauen Stempel, aber ohne seine offizielle Anerkennung? Ich hatte Ripley gesattelt, einen alten Braunen, den niemand sonst ritt, und war ihm nachgeritten. Ich wußte, ich würde ihn um diese Tageszeit im Sattel vorfinden, und ich war entschlossen, ihn zur Rede zu stellen. Ich hatte mir geschworen, ihm in die Augen zu sehen und ihn zu zwingen, mich als seine Tochter anzuerkennen. Die illegitime Tochter, die versuchte, sich von ihm zu verabschieden, die versuchte, ihn dazu zu bringen, mich beim Namen zu nennen.

Ich fand ihn in der Nähe der Westgrenze, bei dem kleinen Wäldchen, das die Hügel von den ersten Plantagefeldern trennte. Es gab dort einen Birkenzaun, der eine Pferdekoppel umschloß, und eine schmale Brücke, die über den klaren Bach führte. Er hatte gerade den Zaun überquert und saß reglos auf Old Eagle – einem großen Pferd mit breiten Schultern und kräftigen Brustmuskeln –, er saß still und erhaben wie eine Marmorstatue. Überall um ihn herum brach sich das Licht, hüllte ihn ein wie eine goldene Kuppel, gegen die sein dunkles Profil sich abhob. Ich nahm meinen ganzen Mut zusammen. Ich würde ihn bitten, mir die Papiere auszustellen, die mich als freigelassene Sklavin ausweisen sollten.

Old Eagle scheute, als Ripley sich ihm in den Weg stellte. Beide Pferde schäumten, ihre Flanken berührten sich. Ich hielt den Atem an. Seine blauen Augen blickten mich an, als wollten sie mich fragen, wie ich es wagen konnte, seinen morgendlichen Ausritt zu unterbrechen.

»Master …«

»Harriet.« Er machte eine Handbewegung, dann wartete er geduldig auf eine Erklärung.

Mich schauderte. Am liebsten hätte ich Ripley herumgerissen und wäre davongaloppiert, aber ich zwang mein Pferd stillzustehen und hielt dem Blick meines Vaters stand.

»Heute ist mein Geburtstag«, sagte ich blöde.

»Ja, Harriet.« Seine Stimme klang immer noch fragend.

»Mein letzter Tag auf Monticello.«

Sein Pferd begann ungeduldig zu trippeln, versuchte, an mir vorbeizugelangen. Aber es war nicht das Pferd, es waren die Schenkel meines Vaters, die das verursachten. Er wollte mich nicht anhören. Er wollte nicht mit mir reden.

»Ich möchte nicht weglaufen, Master. Ich möchte mich nicht selbst stehlen …«

Einen Augenblick lang schien etwas wie ein Erkennen oder eine Erinnerung in seinen Augen aufzuflackern, so als habe er diese Bitte schon einmal gehört, als sei er diesem verzweifelten Stolz schon einmal begegnet. Er wandte seinen Blick ab und sah zu den Hügeln hinüber. Ich stammelte weiter.

»Papiere, Master. Ich brauche Papiere, um zu beweisen, daß ich frei bin … sonst bin ich eine entflohene Sklavin, eine Kriminelle.« *Du kannst nicht wollen, daß deine eigene Tochter eine Schwerverbrecherin ist.*

»Du brauchst keine Papiere, Harriet. Du bist weiß. Du mußt ohne diese Papiere leben. Das ist deine einzige Chance. Ich habe alles arrangiert. Petit ist auf dem Weg hierher, um dich abzuholen.«

»Aber was ist mit meiner Freiheit? Mutter hat mir versprochen, ich würde frei sein.«

»Du bist frei, Harriet. So frei wie ich. Niemand wird das in Frage stellen. Niemand würde das wagen.«

»Und was ist, wenn es doch jemand tut? Was ist, wenn mich jemand … fragt?«

»Hat deine Mutter dir nicht gesagt, was du zu tun hast? Das ist ihre Pflicht.«

»Sie hat gesagt, Männer können keine Geheimnisse bewahren.«

»Sie hat unrecht. Ich habe dein Geheimnis bewahrt, nicht wahr? Ich habe dich all die Jahre versteckt und beschützt. Ich habe die Zeitungsreporter von dir ferngehalten und eine üble Kampagne, die von unseren politischen Feinden gegen unsere gesamte Familie angezettelt wurde, abgewendet. Ich habe immer geschwiegen. Ich habe euch nicht fortgeschickt, nach dem Ärgernis mit Callender. Ich habe jeder Art von Druck widerstanden, um das Versprechen zu halten, das ich deiner Mutter in Paris gegeben habe. Ich habe … alles riskiert für dich. Hier in Monticello bist du immer in Sicherheit gewesen.«

»Aber …«

»Ich habe alles getan, was ich konnte.«

»Aber Papiere sind wichtig! Ohne Papiere, die bestätigen, daß ich deine Sklavin war, die du freigelassen hast, oder daß ich deine Tochter bin, bin ich doppelt illegitim. Ich gehöre zu niemandem …« Meine Forderung hatte mich meine ganze Kraft gekostet. Hilflos sah ich zu, wie mein Vater mißbilligend die Stirn runzelte. Seine Mimik war mir zutiefst vertraut. Sein gereizter Gesichtsausdruck sagte mir, daß ich gehen mußte, daß ich eine unsichtbare Grenze überschritten hatte. Er zog Old Eagles Zügel an und galoppierte davon, ohne mich zu Ende anzuhören.

Ich sah ihm nach, wie er seine Peitsche auf Old Eagles Flanke knallen ließ und mit einem gewaltigen Sprung über den Zaun setzte. Er war für den brutalen Umgang mit seinen Pferden bekannt. Doch niemand wußte sich sein Verhalten zu erklären. Wenn er gekonnt hätte, wäre er in seiner Panik sogar geflogen, nur um mir keine Antworten geben zu müssen, dachte ich. Ich würde nie eine Antwort bekommen. Bis zum Ende meines Lebens. Ich würde ein Leben in Angst verbringen, Angst, daß mir ein falsches Wort herausrutschte, daß ich zufällig jemandem begegnete, der mich kannte, würde mich vor neugierigen Blicken und sentimentalen Geständnissen fürchten. Ich war eine entlaufene Sklavin, stets in Gefahr, wieder eingefangen und verkauft zu werden, auch wenn ich selbst mich gestohlen hatte. Madison hatte recht gehabt. Es *war* schlimmer, als bei einer Versteigerung feilgeboten zu werden. Wenn ich anderen Angehörigen meiner Familie begegnete, würde es mir nicht erlaubt sein, mich ihnen zu erkennen zu geben. Ich würde nie am Grab meines Vaters stehen und um ihn weinen können. Ich durfte mich weder zu meiner weißen noch zu meiner schwarzen Familie bekennen. Das war der Preis, den ich für die Freiheit bezahlen mußte.

Lautlos wie Asche begannen meine Tränen zu fallen.

»Papa ...«, flüsterte ich in den Morgennebel.

Plötzlich geriet mein Herz aus seinem Rhythmus. Es schien zu explodieren wie Schießpulver und begann unregelmäßig in meiner Brust zu hämmern. Es klopfte auf beängstigende Weise, blieb dann fast stehen, traf eine Art inneren Nerv, der mich wie Madisons Lachen zu verhöhnen schien. Und dann konnte ich es überhaupt nicht mehr hören. Es war, als habe mein Herz meinen Körper einfach verlassen. Und meine Tränen versiegten.

»O Gott, *Maman, je pars.* Ich gehe fort. Petit ist mit der Kutsche angekommen. Freust du dich denn gar nicht für mich?« fragte ich.

»Es bedeutet keinen Triumph für mich, Harriet, nur Gerechtigkeit.«

O Mama, sag mir, daß du mich liebst, flehte ich im stillen. Sag mir, daß er mich liebt, bitte. Ich habe das Gefühl, sterben zu müssen, wenn mich niemand liebt. Aber laut sagte ich nur: *»Adieu, Maman.«*

Als ich von meiner Mutter wegging, wartete mein Vater schon auf mich. Ich sah ihn, lange bevor er mich erblickte, und so betrachtete ich ihn von weitem, verwirrt von meinen Gefühlen, von der Verachtung und der Sehnsucht, die er an jenem Morgen in mir ausgelöst hatte. Ich haßte meine Mutter dafür, daß sie sich versteckte. Wenigstens dieses eine Mal hätte sie kommen und neben ihm stehen sollen, um mir einen gebührenden Abschied zu bereiten. Aber statt ihrer stand dort Petit, der alte Majordomo meines Vaters. Der Franzose mit dem kahlen Schädel und dem extravaganten Schnurrbart hatte Monticello kurz nach meiner Geburt verlassen, doch meine Mutter hatte mir oft von dem unbeugsamen Petit erzählt. Petit in Paris, Petit in Philadelphia, Petit auf Monticello.

Zum erstenmal gewahrte ich hinter der eindrucksvollen Größe meines Masters die Zerbrechlichkeit und den physischen Schmerz, der seit einiger Zeit seine stolze Vitalität beeinträchtigte. Mein Vater war alt, fast achtzig, und ich würde ihn vielleicht nie mehr wiedersehen. Ich stand nun dicht vor ihm und sah ihm direkt in die Augen. Er roch nach alter Wolle, nach Lavendel, Tinte und Pferdefleisch. Einen Augenblick lang schien er mich noch nicht einmal zu erkennen. Dann wankte er kaum merklich und umklammerte sein linkes Handgelenk. Er bückte sich und hob einen alten Weidenkorb auf, den er mir hinhielt.

»Möchtest du einen von diesen Monticello-Welpen, Harriet? Clara hat gerade fünf Junge geworfen. Das Tier könnte dir Gesellschaft leisten und dich an zu Hause erinnern.«

Er hielt mir den Korb mit den zappelnden Dalmatinerwelpen hin wie ein Friedensgeschenk.

»Such dir einen aus, denn ich werde die anderen ertränken. Ich betrachte Hunde als eine der schlimmsten Plagen, mit denen wir Menschen uns belasten, in der Annahme, es sei ein Vergnügen.«

Er griff in den Korb und nahm eine entzückende schwarz-weiße Hündin in seine Hand. Mein Vater betrachtete Hunde ebenso wie Neger als etwas Notwendiges und Nützliches, dachte ich, und doch störte ihn ihre Existenz.

Um meiner Mutter willen schluckte ich diese Demütigung, erwiderte sein Lächeln und unterdrückte einen unbändigen Drang, dem Welpen den Hals umzudrehen. Wie war es möglich, fragte ich mich, daß ich meinen Vater gleichzeitig so sehr liebte und verachtete?

Ich betrachtete das sich windende kleine Wesen in seiner großen ausgestreckten Hand. Sollte es eine Entschuldigung sein für seine harsche Reaktion am frühen Morgen? fragte ich mich.

»Sie ist wunderschön.«

»Denk dir einen schönen Namen für sie aus.«

»Ich werde sie Independence nennen.«

Ich nahm Independence in meine Arme, drückte sie an mich, so wie mein Vater sein Handgelenk an seine Brust preßte. Eine Träne lief über seine Wange. Ich wandte meinen Blick ab. DIE WEISSEN! Warum weinte er jetzt? Jetzt, wo es zu spät war? Was hatte er erwartet? Daß er niemals für seine Taten würde bezahlen müssen, weil er der Präsident war? Ich wandte mich zu Petit, der das Geschehen mit stummem Entsetzen verfolgt hatte, und bat ihn mit flehenden Augen, mich von diesem Ort fortzubringen. Ich würde das Geschenk der Freiheit niemals wegen des Versprechens von irgendeinem Mann wegwerfen ... vor allem nicht von einem Weißen, denn weiße Männer hielten ihre Versprechen nie. Hatte Captain Hemings etwa meine Urgroßmutter geheiratet? Hatte John Wayles meine Großmutter freigelassen? Hatte mein Vater mich jemals als seine Tochter anerkannt? Sollte dieses Abschiedsgeschenk, Independence, als Anerkennung dienen? Nun gut, dachte ich, nimm es und lauf weg. Das ist Freiheit. Verlasse alles, das du jemals geliebt hast und fang ein neues Leben als Waise an: namenlos, heimatlos und ohne Freunde. Weiß. Weiß. Weiß.

Ich sah meinem Vater in die Augen. Du verlangst viel von einer Tochter, dachte ich.

»Papa«, flüsterte ich. »Du könntest immer noch alles ändern.«

Aber mein Blick blieb hart, meine Gedanken tief in meinem Schoß verborgen. Ich würde nicht mehr weinen. Ich war frei. Ich war weiß; ich war einundzwanzig. Ich hatte keinen Grund zu weinen.

2

Es ist schwierig, einen Standard zu bestimmen, sei er katholisch oder neudefiniert, der als Grundlage für die Umgangsformen einer Nation dienen könnte. Noch schwieriger ist es für einen Einheimischen, die Umgangsformen seines Volkes, die ihm durch seine Erziehung vertraut sind, einem solchen Standard anzupassen. Zweifellos übt die Existenz der Sklaverei einen unglücklichen Einfluß auf unser Volk aus.

THOMAS JEFFERSON

Als der fliederfarbene Phaeton sich langsam vor unseren Blicken entfernte, trat ich mit meinem Fuß auf eine morsche Planke in der Veranda. Ich stolperte, stürzte auf mein verletztes Handgelenk und brach es mir erneut. Ich verfluchte Robert dafür, daß er die Stelle nicht, wie befohlen, repariert hatte. Ich verfluchte Sally, weil sie nicht dafür gesorgt hatte, daß ihr Bruder den Befehl ausführte. Ich verfluchte Harriet, denn wäre sie nicht gewesen, hätte ich, Thomas Jefferson, nicht hier draußen gestanden. Ich verfluchte alle Hemings und ihr Geheimnis, das mein Leben auf so schreckliche Weise belastete. Es war derselbe Schmerz, den ich vor langen Jahren, im Juni 1787, im Bois de Boulogne empfunden hatte, als ein anderer Phaeton mit einer anderen verbotenen Frau aus meinem Leben gefahren war. Ich nahm den kurzen, unwillkürlichen und demütigenden Aufschrei kaum war, den der Sturz mir entlockt hatte – der Hilfeschrei eines alten Mannes. Meine Frau und Sklavin, die sich helfend über mich beugte, spürte ich mehr, als daß ich sie sah. Ich schloß meine Augen ganz fest, um sie unsichtbar zu machen. Ich haßte sie. Ich haßte Harriet, die mich gezwungen hatte, einen Teil meiner selbst aufzugeben.

Unwillkürlich mußte ich an einen Juninachmittag im Jahre 1805 denken, einen Nachmittag kurz nach dem Ärger mit Callender und meiner Wiederwahl. Ich verbrachte einige Zeit zu Hause, weit weg von der Präsidentenvilla, glücklich im Sattel auf meinem alten Braunen, Jupiter, und frei von all dem politischen Geschrei in Washington. Ich hatte die damals vierjährige Harriet in meine Arme genommen und sie hoch in die Luft geworfen, während ihre Mutter vor Entsetzen aufschrie und das Kind vor Begeisterung jauchzte. In diesem Augenblick sah ich vor meinem geistigen Auge Harriets zukünftiges Leben, weit weg von Monticello. Ich küßte ihre unglaublich frischen, gespitzten kleinen Lippen, ihre blonden Zöpfe, ihre rosigen Wangen.

»Dieses Kind wird eine Zukunft haben«, sagte ich großspurig zu ihrer Mutter und dachte an unsere beiden Babys Harriet I und Thenia, die als Säuglinge gestorben waren.

In diesem Jahr hatte ich Francis Gray in Washington geschrieben und ihm dargelegt, wann ein Schwarzer zu einem Weißen wurde. Der Brief, den ich am Morgen versehentlich Petit gezeigt hatte, leuchtete weiß vor mir in der Dunkelheit.

DER SITZ DES PRÄSIDENTEN, 1805

Mr. Francis D. Gray

Sir,

Sie haben mich kürzlich im Gespräch gefragt, was nach unserem Gesetz einen Mulatten definiert. Ich meine mich zu erinnern, Ihnen erklärt zu haben, ein Mulatte sei das Ergebnis von vier Kreuzungen mit Weißen. Später habe ich noch einmal unsere Gesetzestexte studiert und folgende Formulierung gefunden: »Jede Person, außer einem Neger, dessen Großvater oder Großmutter eine Negerin gewesen ist, gilt als Mulatte, ebenso soll jede Person, die ein Viertel Negerblut hat, als Mulatte gelten«; L. Virga, 17. Dezember 1792: der erstere in diesem Paragraphen genannte Fall ist exempli gratia. *Der letztere entspricht dem echten Kanon, der besagt, daß ein Viertel Negerblut, vermischt mit einer beliebigen Menge weißen Blutes, einen Mulatten konstituiert. Da ein Mensch je die Hälfte* des Blutes des jeweiligen Elternteils enthält, und da deren Blut aus den verschiedensten Teilen bestehen kann, wird die Bestimmung der Blutzusammensetzung in manchen Fällen Probleme aufwerfen. Wir haben folglich ein mathematisches Problem zu lösen, ähnlich dem, die Mischung von verschiedenen alkoholischen Getränken oder verschiedenen Metallen zu bestimmen. Wie in diesen Fällen ist also die algebraische Berechnung die bequemste und verständlichste Methode. Lassen Sie mich das reine weiße Blut mit den Großbuchstaben des Alphabets bezeichnen, das reine Negerblut hingegen mit den Kleinbuchstaben des Alphabets und jede Mischung aus beiden mit Ziffern aus dem metrischen System.

Nehmen wir eine erste Kreuzung aus a, rein schwarz, mit A, rein weiß, an. Das Blut des Nachkommens aus dieser Kreuzung besteht aus der Hälfte des Blutes von jedem Elternteil und ist somit $a/2 + A/2$. Abkürzend nennen wir das Ergebnis h (Halbblut).

Nehmen wir die zweite Kreuzung aus h und B an, dann wird der Nachkomme $h/2 + B/2$ sein, oder, wenn wir das Ergebnis abkürzend als $h/2$ bezeichnen, erhalten wir $a/4 + A/4 + B/2$, was wir mit q bezeichnen wollen (Viertelblut), das heißt, $1/4$ Negerblut.

Nehmen wir die dritte Kreuzung an aus q und C, werden ihre Nachkommen $q/2 + C/2 = a/8 + A/8 + B/4 + C/2$ sein, was wir e (Achtelblut) nennen wollen. Damit hat ein solcher Nachkomme weniger als $1/4$ von a bzw. von reinem Negerblut, also nur $1/8$, womit er kein Mulatte mehr ist. Demnach kommen wir also zu dem Schluß, daß das Blut nach der dritten Kreuzung rein ist.

Betrachten wir nun die Mischungen aus den oben angeführten Kreuzungen. Wenn zum Beispiel h und q sich paaren, werden sie folgende Nachkommen produzieren: $h/2 + q/2 = a/4 + a/8 + A/8 + B/4 = 3/8a + 3/8A + B/4$, worin $3/8$ von a bzw. Negerblut fließen.

Wenn h sich mit e paart, werden sie folgende Nachkommen haben: $h/2 + e/2 = a/4 + A/4 + a/16 + A/16 + B/8 + c/4 = 5/16a + 5/16A + B/8 + c/4$, worin $5/16$ Negerblut enthalten sind und damit einen Mulatten konstituieren.

Paaren sich q und e, wird die Hälfte des Blutes jedes einzelnen sich wie folgt zusammensetzen: $a/2 + e/2 = a/8 + A/8 + B/4 + a/16 + A/16 + B/8 - C/4 = 3/16a + 3/16A + 3/8B + C/4$, worin $3/16$ von a keinen

Mulatten mehr ergeben. So kann jede Mischung zusammengestellt und zusammengerechnet werden, wobei die Summe der Blutanteile des Abkömmlings jeweils ein Ganzes ergeben muß. In der Naturwissenschaft herrscht Übereinstimmung darüber, daß das Ergebnis der vierten Kreuzung einer Tierrasse mit einer anderen weitgehend der ursprünglichen Rasse entspricht. Wenn man also einen Merinowidder zunächst mit einem einfachen Schaf kreuzt, dann mit seiner Tochter, anschließend mit seiner Enkelin und schließlich mit seiner Urenkelin, wird der letzte Nachkomme als Merino anerkannt, da nur noch 1/16 *des Blutes eines einfachen Schafs in ihm fließt. Nach unserem Gesetz gelten zwei Kreuzungen mit reinweißem Blut und eine dritte mit einer beliebigen Mischung, so gering sie auch sein mag, als rein von Negerblut. Beachten Sie allerdings, daß dies nicht die Freiheit bedeutet, die nach dem Zivilrecht, dem* partus sequitur ventrem, *der hier zugrunde gelegt wird, vom Status der Mutter abhängt.*

Falls e *jedoch freigelassen wird, wird er ein freier Weißer und Bürger der Vereinigten Staaten mit allen Rechten und Pflichten. Soviel zur Richtigstellung dieser Kleinigkeit.*

Th. Jefferson

Ich wäre am liebsten geblieben, wo ich war, meine Augen so fest geschlossen, daß ich mich fühlte wie ein Blinder. Was gab es denn auch zu sehen? Der fliederfarbene Phaeton mußte schon außer Sichtweite sein. Wenn ich jetzt die Augen öffnete, würde ich nur mein eigenes Spiegelbild in den Augen meiner Frau und Sklavin sehen, und das wollte ich nicht. Vielleicht ist die Dunkelheit, die ich jetzt erlebe, endgültig. Vielleicht bin ich bei dem Sturz von der Veranda tödlich verunglückt. Wenn ich meine Augen öffne, sehe ich vielleicht gar nicht Sally Hemings' goldbraune Augen, sondern die rotgeränderten Augen des Teufels. Und was würde ich ihm sagen? Daß er mich dazu gebracht hat, zu tun, was ich getan habe?

Schließlich öffnete ich die Augen und stand auf, mein verletztes Handgelenk fest an mich gepreßt. Mit einer unwirschen Geste lehnte ich Sallys Hilfe ab. Schweigend beobachtete ich den Phaeton, der immer kleiner wurde. Darin saß meine Tochter, die bereits eine Sklavin gewesen war, noch bevor ihr Leben begonnen hatte, und die sich noch nicht einmal das Leben nehmen konnte, ohne damit ein Verbrechen zu begehen.

Ich, Thomas Jefferson, dritter Präsident der Vereinigten Staaten, Verfasser der Unabhängigkeitserklärung und der Erklärung der Religionsfreiheit für den Staat Virginia, Gründer der Universität von Virginia, neunundsiebzig Jahre alt, Vater von dreizehn Kindern (sechs davon verstorben), Großvater von dreizehn Enkeln (einer verstorben), Tabakplantagenbesitzer, Wissenschaftler, Musiker, Politiker, Witwer von Martha Wayles, ehemaliger Liebhaber ihrer Halbschwester Sally Hemings, Vorstand eines Haushaltes, dem acht freie weiße Männer, elf freie weiße Frauen und dreiundneunzig Sklaven angehören, bestätige hiermit, daß ich meiner Tochter Harriet gestattet habe, an ihrem einundzwanzigsten Geburtstag fortzugehen und sich unter die weiße Bevölkerung der Vereinigten Staaten zu mischen. Was ich über das Schicksal meiner illegitimen Tochter denke, kann ich niemandem eröffnen, nicht einmal meiner Frau und Sklavin. Es hat alles zu viel mit Blutbanden zu tun und mit der Zügellosigkeit von Leidenschaft und Wut, die das mir liebgewordene Bild erhabener Geistesfreiheit und meine selbstherrliche Sicht der Welt besudelt haben – durch eine kleine Göre, noch dazu mein eigenes Fleisch und Blut, bin ich in den Schmutz gestoßen worden. Ich habe jedoch ihre Abreise am heutigen Tag, dem 19. Mai 1822, in meinen Büchern vermerkt.

Thomas Jefferson

3

Die Zeit verging mit einer Geschwindigkeit, von der niemand in unserer Kutsche auch nur die geringste Ahnung hatte … und doch, wenn wir am Abend noch einmal rekapitulierten, wie wir den Tag verbracht hatten, staunten wir über all das Glück, das wir erlebt hatten.

THOMAS JEFFERSON

Wir fuhren die ganze Nacht hindurch, denn wir wollten nicht anhalten, bevor wir die Mason-Dixon-Linie überquert hatten. Petit, der meine kalten Hände in den seinen hielt, redete ununterbrochen, um uns wach zu halten, während Fossett und Burwell die Pferde antrieben. Fossett war der Sohn von Mary, Halbschwester meiner Mutter, eine dunkle Hemings. Und Burwell, mein Onkel, war schon seit dreißig Jahren der Kammerdiener meines Vaters. Ich fragte mich, was in ihren Köpfen vorging. Empfanden sie Scham und Hohn angesichts dieser Farce, in die wir alle verwickelt waren? Neid oder Mitgefühl für eine Hemings, der es gegönnt war, flußaufwärts zu reisen statt flußabwärts? Petit, der ehemalige Kammerdiener, schien in bezug auf irgend etwas schwer mit sich selbst zu ringen. Dann, als sei ein Damm gebrochen, sprudelte es plötzlich aus ihm hervor:

»Vor langer Zeit bin auch ich einmal jung gewesen, Harriet, auch wenn du dir das nur schwer vorstellen kannst. Deine Mutter muß dir eine Menge erzählt haben von der Zeit, als dein Vater amerikanischer Botschafter am Hof König Ludwigs XVI. war. In jenen Jahren zwischen vierundachtzig und neunundachtzig haben wir historische Zeiten durchlebt, einschließlich der glorreichsten Revolution. Damals waren wir alle jung. Selbst dein Vater. Er war ein hochgewachsener, gutaussehender, reicher Witwer von Mitte Vierzig und obendrein ein exotischer Amerikaner wie Benjamin Franklin! Ich war damals Anfang Zwanzig und schon seit mehr als zehn Jahren im Dienst. Dein Onkel James, der Kammerdiener deines Vaters, war ein Jahr jünger als ich, Martha und deine Mutter waren fünfzehn, als deine Mutter und Maria 1787 auf Befehl deines Vaters aus Virginia anreisten; er wollte Maria, sein anderes, noch lebendes Kind, in seiner Nähe haben. Ich glaube, es war der Vorschlag deiner Großmutter, deine Mutter, die selbst noch fast ein Kind war, als Kindermädchen mit auf die Reise nach Paris zu schicken. Und so wie ich dich nun nach Philadelphia begleite, hat dein Vater mich damals nach London geschickt, um Maria und deine Mutter von dort nach Paris zu holen. Ich fand sie in der amerikanischen Botschaft in London unter der Obhut von John Adams und seiner Frau Abigail vor. Die beiden waren streng, aber auch sehr mitfühlend und von solch einer Würde und Rechtschaffenheit, daß sie für immer meine Hochachtung haben werden. Ich war eine unangenehme Überraschung für sie. Mrs. Adams hatte erwartet, dein Vater würde seine Tochter persönlich in Empfang nehmen, und sie war außer sich darüber, daß er statt dessen nur einen Diener schickte. Aber dein Vater erwartete in Paris eine Lady, Maria Cosway, und mir war die Aufgabe zugefallen, Maria zu schmeicheln und deine Mutter zu trösten, die Mrs. Adams auf der Stelle nach Virginia zurückschicken wollte, nachdem sie erfahren hatte, daß sie eine Sklavin war, und schließlich sollte ich den Botschafter und Mrs. Adams beschwichtigen. Vor allem Mrs. Adams war empört darüber, daß sich unter ihrem Dach eine »weiße Sklavin« befand, ein Ausdruck, den ich erst noch verstehen lernen mußte. Mrs. Adams war eine Gegnerin der Sklaverei, und sie wußte, wie weiße Neger gemacht wurden. Ich war der einzige, der das nicht wußte.

Dann weigerte Maria sich, mit mir, einem Fremden, nach Paris zu reisen, um dort einem weiteren Fremden zu begegnen, dem Vater, an den sie keine Erinnerung hatte. Mr. Adams sah ein, daß Polly, wie Maria von allen genannt wurde, niemals ohne deine Mutter, Sally Hemings, die Reise mit mir antreten würde, und daß sie ohnehin kein Recht hatten, über Mr. Jeffersons Eigentum zu verfügen, ganz gleich, wie sie zur Sklaverei standen.

Es dauerte drei Wochen, bis die kleine Polly schließlich bereit war, mit mir abzureisen. Drei Wochen, die ich damit zubrachte, ihr und deiner Mutter die schönsten Seiten von London zu zeigen, sie zu unterhalten und mit den beiden zu scherzen. Was haben wir für einen Spaß miteinander gehabt. Ich war zum zweitenmal in London. Das erstemal reiste ich als Page mit dem Comte d'Ashnach, der mich in die Welt der englischen Aristokraten einführte, in die Welt des Glücksspiels, der Pferderennen und der Schürzenjäger. Ich lernte jeden Winkel Londons kennen, die eleganten Läden, die Restaurants und Theater von Covent Garden bis Cambridge! Die Mädchen liebten die Spaziergänge mit mir, am liebsten gingen sie in den Hyde Park. Deine Mutter war sehr hübsch. Sie konnte den Verkehr zum Stocken bringen, und sie wurde von allen Seiten bewundert. Sie hatte etwas ganz Besonderes, das niemand so recht hätte beschreiben können, das sie jedoch noch über ihre ausgesprochene Schönheit hinaus begehrenswert machte. Sie besaß einen Liebreiz, etwas, das nicht von dieser Welt zu sein schien, eine Aura – eine Art von Lebenskraft, die einen in ihren Bann schlug. Und diese Stimme … Sie hatte die Stimme eines Engels – tief und süß und lieblich – deine Stimme, Harriet. Deine Mutter konnte die Vögel in den Bäumen bezaubern.

Maria war ein zartes, hübsches, neunjähriges Kind, während deine Mutter schon fast eine junge Frau war, mit goldbraunen Augen, elfenbeinfarbener Haut und rabenschwarzem Haar – ein Abbild, so sagte man mir, ihrer Halbschwester Martha. Ich erinnere mich noch daran, wie verblüfft Mrs. Adams über diese frappierende Ähnlichkeit war.

Am 20. April 1787 verließen wir London. Die Überfahrt verlief ruhig. Am späten Nachmittag des 25. April erreichten wir mit einer Kutsche das Hôtel de Langeac, die Residenz deines Vaters. Ich werde die Fahrt vom Hafen in die Stadt, von Britannien durch die Normandie bis zur Ile de France niemals vergessen. Wir reisten in einer bescheidenen Kutsche – denn dein Vater hatte diesen aufwendigen Phaeton noch nicht gekauft – und rumpelten durch die schönsten Landschaften der Welt, auch wenn ich eigentlich aus der Champagne stamme und diese Landschaft bevorzuge …

Dein Vater und James erwarteten uns im Hof. Maria erkannte ihren Vater nicht gleich, und James konnte es kaum fassen, daß die junge Frau, die der Kutsche entstieg, seine kleine Schwester Sally war. Aber dein Vater kannte Sally Hemings als die Tochter von Betty Hemings, er hatte sie schon als kleines Baby gekannt und erinnerte sich an sie aus der Zeit, als sie seiner Frau zur Hand gegangen war. Es war deine Mutter, die ihm langersehnte Neuigkeiten aus Virginia und von Monticello überbrachte. Deine Mutter war eine Meisterin im Weitergeben von Klatsch aus dem Süden, und dein Vater wurde schnell süchtig danach, von ihr zu hören, wer gestorben war, wer geheiratet hatte, wer sich erhängt hatte aus Verzweiflung darüber, daß er nicht heiraten durfte, wie er es nannte. Bald kamen sie regelmäßig zusammen, wobei deine Mutter ganze Dialoge zum besten gab, die verschiedensten Sprecher imitierte, dramatische Monologe hielt und das Privatleben anderer auf grobe Weise verletzte. Sie wußte über jeden etwas zu berichten, eine Kunst, die sie, wie ich später erfuhr, von deiner Großmutter gelernt hatte.

Ich werde jedoch den Augenblick niemals vergessen, als wir in den Hof fuhren und die beiden Mädchen aus der engen Kutsche sprangen. Deine Mutter flog in die Arme ihres Bruders James, der es inzwischen zum Koch der Botschaft gebracht hatte, während die arme kleine Maria sich hinter der Kutsche versteckte und ihren eigenen Vater nicht erkannte! Thomas Jefferson war erschüttert. Schließlich nahm er seine Tochter trotz ihrer Proteste in die Arme und zog sie mit sanfter Gewalt ins Haus, während deine Mutter und James tränenreich ihr Wiedersehen feierten.«

Petit machte eine Pause, vielleicht nur, um Atem zu schöpfen. Mir schien, dieser letzte Dienst, den er meinem Vater erwies, hatte eine immer größer werdende Bresche in seine legendäre Diskretion geschlagen oder die letzten Reserven an Dienstbereitschaft gegenüber meinem Vater erschöpft.

»Sie werden mir alles erzählen, nicht wahr?«

»Eines Tages. Vielleicht. Ich glaube, fürs erste habe ich genug gesagt.«

»Mr. Petit, Sie werden nicht aufhören zu erzählen, bis wir in Philadelphia sind, ich weiß es.«

»Bitte, nenne mich Adrian.«

»Mr. Adrian.«

Im dunkelgrünen Innern der Kutsche saß ich Adrian Petit gegenüber, in meinem gelbkarierten »Wander«-Kleid drückte ich meinen Rücken angstvoll gegen die ledernen Polster, meine Hände hielt ich fest verschränkt in meinem Schoß, um sie am Zittern zu hindern. Ich betrachtete Petit eingehend. Seine Pupillen schienen zu groß für seine eher schmalen Augen, die wie die eines Panthers im Dunkeln leuchteten. Er wußte besser als jeder andere Weiße, was sich zwischen meinem Vater und meiner Mutter in den Jahren, die sie in Paris verbracht hatten, abgespielt hatte. Er hatte meinen Onkel James in seinen besten Jahren gekannt, Maria als kleines Mädchen, ihre Schwester Martha als junge, scheue Klosterschülerin. Er hatte die geheimnisvolle Maria Cosway empfangen, wenn sie meinen Vater heimlich besuchte. Ich lehnte mich vor, fasziniert von dem, was er über die Vergangenheit meiner Eltern wußte.

Auf Monticello hatte es schon immer hellhäutige und dunkelhäutige Hemings gegeben. Wir waren alle die Enkel von Elizabeth Hemings, die 1807 gestorben war. Betty Hemings, wie sie genannt wurde, hatte zwei Familien gehabt, genau wie mein Großvater John Wayles, eine schwarze und eine weiße. Gemeinsam hatten sie als Herr und Sklavin sechs Kinder gezeugt, von denen das jüngste meine Mutter war, Sally Hemings. John Wayles war auch der Vater von Martha Wayles, der ersten Frau meines Vaters, was meine Mutter zu ihrer Halbschwester und mich zu ihrer Nichte machte. Das Geheimnis meiner weißen Familie hatte ich nach und nach in Bruchstücken erfahren, in geflüsterten Bemerkungen und strafenden Blicken, aber schließlich hatte ich die einzelnen Informationen mit Hilfe meiner Großmutter zu einem Ganzen zusammengefügt. Wie die meisten Sklavinnen hatte meine Mutter mir niemals irgend etwas über meine Herkunft erzählt.

Der Name Hemings stammte von meinem Urgroßvater, Captain Hemings, der sich in eine Afrikanerin namens Bia Baye verliebt hatte. Die beiden hatten eine gemeinsame Tochter, und das war meine Großmutter Elizabeth. Der arme Captain Hemings wollte Bia Baye und ihre Tochter von John Wayles, dem sie beide gehörten, kaufen. Aber dieser weigerte sich, sie zu verkaufen, denn damals hatte man gerade erst begonnen, sich wissenschaftlich mit Mischlingen zu befassen, und er wollte sehen, wie Elizabeth sich entwickeln würde. Der Captain versuchte, seine Frau und seine Tochter zu stehlen, wurde jedoch von einem anderen Sklaven verraten. Bia Baye und Elizabeth wurden im Herrenhaus eingesperrt, und der Captain mußte ohne sie segeln. Es ging die Legende, daß Bia Bayes Wehklagen bis hinunter an die Chesapeake Bay zu hören waren und daß der Captain seine Schiffsglocke läutete, als er sie vernahm. In der Stille der Nacht vereinigten die Klagerufe sich zu einem Lied, das die Nachtigall von Virginia hörte und sich zu eigen machte, so daß Bia Baye und ihr Captain in stillen Nächten heute noch zu hören sind. Bia Baye floh so oft von John Wayles' Plantage, daß er schließlich beschloß, sie mit einem *R* für *runaway* auf der Wange brandmarken zu lassen. Aber die Legende berichtet, daß er dem Aufseher das Eisen aus der Hand schlug, als er es auf ihre Wange drücken wollte, so daß es auf ihrer Brust landete.

John Wayles machte Elizabeth Hemings zu seiner Konkubine, nachdem seine zweite Frau, die ihm zwei Töchter geschenkt hatte, gestorben war. So kam es also, daß Elizabeth im Herrenhaus blieb, dort den Haushalt führte und ihrem Master sechs Kinder gebar. Vorher jedoch war sie einem Sklaven namens Abe zur Frau gegeben worden, und mit ihm hatte sie ebenfalls sechs Kinder. Diese Kinder sollten die »dunklen« Hemings werden, während die Kinder, die sie mit ihrem Master hatte, die »hellen« Hemings waren. Dann heiratete Thomas Jefferson John Wayles' weiße Tochter Martha. Als John Wayles starb, erbte Jefferson alle Halbbrüder und Halbschwestern von Martha, die hellen Hemings. Die Ironie an der ganzen Sache bestand darin, daß mein Vater, Thomas Jefferson, am Ende zwei Halbschwestern geliebt und geheiratet hat, eine schwarz und die andere weiß, beide von ein und demselben Vater und von verschiedenen Müttern. Dadurch entstanden die höllischen Blutbande, die die Wayles', die Hemings' und die Jeffersons für alle Zeiten miteinander verbanden und die auf Monticello immer noch Gültigkeit besaßen, denn irgendwann gingen die dunklen Hemings ebenfalls in das Eigentum meines Vaters über, und meine Großmutter, die seine weiße Frau großgezogen hatte, wurde seine Haushälterin.

Alle zwölf Hemings-Kinder blieben auf Monticello, heirateten und vermehrten sich dort. Ich hatte zwei Lieblingskusinen, eine war Critta, die Tochter eines hellen Hemings, und die andere, Nance, die Tochter eines dunklen Hemings. Crittas Tochter Dolly war genauso hellhäutig wie ich, während Nances Tochter Marie rabenschwarz war. Aber nur den Kindern meiner Mutter, Thenia und Harriet I, die beide als Säuglinge gestorben waren, Thomas, Beverly, Madison, Eston und mir, war versprochen worden, sie würden an ihrem einundzwanzigsten Geburtstag die Freiheit erhalten. Alle anderen Mitglieder meiner Familie blieben Sklaven und die Kinder von Sklaven.

Petit nahm seinen Hut ab, und zum Vorschein kam ein schmaler Haarkranz um eine Halbglatze. Als ich mich vornüberbeugte, stieg mir der Duft von Lavendel, von frischem Brot und Wein in die Nase. Als er mit seinem starken Akzent zu sprechen begann, klang seine Stimme erschreckend laut in der Stille des schaukelnden Gefährts. Sie brach nicht nur dieses Schweigen, sondern jenes von vielen Jahren. Adrian Petit sprach perfekt Englisch, allerdings mit einem ausgeprägten französischen Akzent, den er kultivierte, wie er mir gestand, um exotischer zu wirken. In gewisser Weise war er auf ähnliche Weise wie ich ein Betrüger – ein Lakai, der sich für einen Aristokraten ausgab.

»Ach Harriet. Wenn ich es nur erklären könnte. Es ist wie vor fünfundzwanzig Jahren ... und dies ist die Postkutsche, die an jenem sonnigen Nachmittag mit deiner Mutter und Maria in den Hof rumpelte.«

Petit, so rechnete ich aus, hatte meinem Vater fast fünfzehn Jahre lang als Majordomo gedient. Zu den Jahren, die er auf Monticello verbracht hatte, nachdem er wieder in die Dienste meines Vaters getreten war, kamen die fünf Jahre in Paris und die Jahre, die er ihm im Weißen Haus und in Philadelphia gedient hatte. Petit war eine wandelnde Schatztruhe voller Informationen!

Ich mußte an Petits Zukunft denken. Er war ein verhältnismäßig reicher Mann – zumindest war er zur Zeit reicher als mein von Schulden geplagter Vater –, der in einer seltsamen Umkehrung der Rollen, die meiner eigenen nicht unähnlich war, in eine Position geraten war, die es ihm erlaubte, über seinen ehemaligen Herrn zu urteilen.

»Dein Vater scheint der Meinung zu sein, als Weißer geboren zu werden sei das höchste Privileg, das ein Amerikaner haben kann.«

In jener Nacht, in der wir die Staatsgrenze nach Maryland überquerten, führte Petit mich zurück in die Zeit der Französischen Revolution, eine Zeit, als meine Mutter entdeckte, daß sie auf französischem Boden ein freier Mensch war. Nicht nur mein Onkel James, sondern auch Petit hatten meine Mutter behutsam in das gesellschaftliche Leben in Paris eingeführt und sie in die Feinheiten des Umgangs eingeweiht. Und es hatte noch andere gegeben: Mr. Perrault, der sie Französisch gelehrt hatte, Lucy, die sie im Nähen unterrichtet hatte, Madame Dupré, die sie in Modefragen beraten hatte, und mein Vater, der sie mit der Liebe vertraut gemacht hatte.

»Eine Sache habe ich erst viel später erfahren, als ich nach Amerika kam, um auf Monticello für deinen Vater zu arbeiten. Nicht nur deine Mutter hat sich in Paris frei gefühlt. Auch dein Vater erlebte diese wenigen kurzen Jahre wie eine Befreiung von den erdrückenden Zwängen der Sklavengesellschaft in Virginia, in der er aufgewachsen war und der er nicht entrinnen konnte. Kannst du das verstehen?

Denk nur, er war in seinem Leben noch nie weiter als bis nach Philadelphia gereist, bevor er nach Frankreich kam. Und da war er bereits über vierzig. Jeder Adlige, der etwas auf sich hielt, war, bevor er fünfundzwanzig war, in London und St. Petersburg gewesen, in Wien, Berlin, Paris, Barcelona! Er dagegen hatte nichts anderes gesehen als die Plantagen von Virginia. Es ist wahr, diese Gesellschaft glaubte sich auf der Höhe der Zivilisation und des Plantagenadels, während ihre Mitglieder in Wirklichkeit nichts anderes waren als ein paar provinzielle Bürger.

Das heißt, auch er fand eine Art von Freiheit ... Freiheit von der Sklaverei. Denn was in Paris geschehen ist, hätte auf Monticello niemals geschehen können, Harriet. Als deine Eltern nach Virginia zurückkehrten, war es zu spät, um noch irgend etwas an ihrer Situation zu ändern. Es blieb ihnen nichts anderes übrig, als ihr Geheimnis auf grausame Weise zu verbergen. Auf höchst grausame Weise.

Ich liebte James. Er wurde im Jahre 1765 auf der Plantage seines Vaters geboren, und als ich ihn kennenlernte, war er zwanzig Jahre alt. 1784 hatte er seinen Herrn als dessen Leibdiener nach Paris begleitet, wurde dort jedoch bald zum Koch ausgebildet, um Chefkoch auf Monticello zu werden. Er war ein schöner Jüngling, hochgewachsen und muskulös. Seine Haut war leicht ockerfarben, und sein langes, tiefschwarzes Haar trug er zu einem strengen Zopf gebunden. Er hatte graue, metallisch glänzende Augen, und seine Augenwimpern waren so unglaublich lang und dicht, daß es den Anschein hatte, als habe er sie mit Kayal geschminkt, so wie es damals viele aristokratische Dandys taten. Seine Wangen waren so rosig, daß man hätte meinen können, er habe sie mit Hilfe von Rouge hervorgehoben, und auf einer Wange, die noch nie Bekanntschaft mit einer Rasierklinge gemacht hatte, prangte ein natürliches Schönheitsmal. Wie sehr beneidete ich ihn darum. Er besaß eine natürliche Eleganz, und in der Livree des Hôtel de Langeac machte er eine bemerkenswerte Figur. Seine langen, schmalen Hände waren stets in Bewegung und seine langen Beine nicht minder. Er strahlte etwas von einem Waldtier aus, nichts von einem Dschungeltier, das jedem zugesprochen wird, in dessen Adern afrikanisches Blut fließt. Aufgrund seiner Hellhäutigkeit ahnte niemand aus der französischen Aristokratie, daß er ein Mohr war, wie sie es nannten. Das gleiche galt für deine Mutter. Andernfalls wären sie das Stadtgespräch gewesen, denn damals waren Mohren sehr begehrt und in Mode.

Den Ausdruck in James' Augen kann ich nur als ironische Resignation bezeichen. Oh, es konnten auch Wut und Neid und Bosheit in seinen Augen aufblitzen, aber gewöhnlich hatte sein Gesicht etwas von einem jungen, goldgelben Löwen, der ruhig und geduldig den Augenblick abwartete, da er die Bühne als König oder zumindest als Prinz betreten konnte. Das war übrigens James' Spitzname in der Küche, »King Jimmi«, denn es hatte sich herausgestellt, daß er in seinem Fach ein Naturtalent war, ein wahrer Aristokrat der hohen Kochkunst. Er war ein erfindungsreicher, intelligenter, talentierter Koch, und die Speisen, die durch seine Hände gingen, ließen auf einen zukünftigen Meister schließen. Ich glaube, daß ihn deswegen jeder ertrug«, sagte Petit seufzend. Wir haben uns von Anfang wunderbar verstanden. Ja, ich möchte fast sagen, wir fielen uns gleich in die Arme. Ich empfand eine brüderliche Liebe für ihn und das

Bedürfnis, diesen jungen Mann zu beschützen. Ich weihte ihn in die Geheimnisse sowohl des hohen wie des niederen Lebens in Paris ein. Wir verbrachten fast unsere gesamte freie Zeit gemeinsam, wobei ich mir einerseits wie sein Vater und Mentor vorkam, andererseits aber auch wie sein Komplize und älterer Bruder, wenn wir die unglaublichsten Dummejungenstreiche ausheckten. Wir wurden in jeder Hinsicht unzertrennlich, und die tiefe Freundschaft, die uns verband, dauerte an, bis der Tod uns trennte.

Dein Onkel James war für mich wie ein jüngerer Bruder, den ich nie hatte. Ich liebte ihn. Sein tragisches Ende war eine der größten Tragödien meines Lebens.«

»Und was ist mit … dem tragischen Ende meiner Mutter – einer Sklavin, deren Kinder sich im Namen der weißen Rasse heimlich fortschleichen?« murmelte ich.

Petit sah mich erschrocken an, und auch ich war über die Bitterkeit in meiner eigenen Stimme schockiert. Ich fragte mich, ob ich meine Mutter verachtete.

Petit muß meine unausgesprochene Frage gespürt haben, denn er blickte mich mit strenger Miene an und sagte: »Es gibt auf der Welt für alles einen Grund. Das Leben ist unergründlich. Ich habe die Kraft der Liebe, der Treue oder der Leidenschaft niemals unterschätzt. Ich habe sie schon bei vielen Männern und Frauen am Werk gesehen, einschließlich deiner Mutter und deines Vaters.«

Die lange nächtliche Reise dauerte an. Wir hatten beschlossen, erst anzuhalten, wenn wir die Mason-Dixon-Linie überquert und den freien Staat Delaware erreicht haben würden.

»In Paris gab es ein vornehmes Internat für Mädchen, L'Abbaye de Panthémont, das Martha besuchte. Dein Vater gestattete deiner Mutter, ebenfalls für eine kurze Zeit am Unterricht teilzunehmen. Außerdem ließ er sie von einem Hauslehrer in Französisch und Musik unterrichten. Das Tauziehen zwischen James und deinem Vater um die Seele deiner Mutter begann an dem Tag, als sie in jenem Hof des Hôtel de Langeac eintraf. Das wichtigste aber war, daß wir alle deine Mutter liebten. James liebte sie. Ich liebte sie. Monsieur Perrault, ihr Hauslehrer, liebte sie; Monsieur Felin, ihr Musiklehrer, liebte sie. Polly liebte sie. John Trumbull, der Maler, der in der Botschaft lebte, liebte sie und porträtierte sie. Nur die arme, unglückliche Martha, die wegen ihres Vaters eifersüchtig auf sie war, begann deine Mutter zu hassen. Doch nichts bedeutete Sally mehr als die Liebe deines Vaters, nicht einmal ihre Sehnsucht nach Freiheit. Durch ihr Zusammentreffen mit James wurde ihr sehr schnell klar, daß sie auf französischem Boden ein freier Mensch war. Aber die Liebe hielt sie gefangen. Je mehr sie sich dagegen auflehnten, um so mehr verstrickten sie sich in diese Liebe. Es war schrecklich mit anzusehen. Als deine Mutter bemerkte, daß sie mit deinem Bruder Thomas schwanger war, lief sie aus der Botschaft fort und blieb fast zwei Wochen lang weg. Ich dachte, dein Vater würde den Verstand verlieren. Er hatte einen seiner schlimmen Migräneanfälle, der ihn tagelang mit furchtbaren Schmerzen ans Bett fesselte. Schließlich kehrte sie aus freien Stücken zurück, nachdem sie sich die ganze Zeit über in der Pension ihrer ehemaligen Vermieterin versteckt hatte. Nach einem langen Gespräch faßten sie dann einen Entschluß. Nicht einmal ich weiß, was sich an jenem Tag hinter verschlossenen Türen abgespielt hat. Aber dein Vater hat ihr versprochen, alle ihre Kinder im Alter von einundzwanzig Jahren freizulassen. Und er hat deiner Mutter versprochen, eines Tages mit ihr nach Frankreich zurückzukehren. Vielleicht war ihnen beiden schließlich die ganze Tragweite ihres Vergehens bewußt geworden. Jedenfalls kann ich dir sagen, daß es am Ende ein Kampf auf Leben und Tod war. James konnte nicht ohne die Freiheit deiner Mutter leben, und dein Vater konnte nicht ohne deine Mutter leben. Als er sie verführte, wenn man es denn so nennen will, war es eher so, als ob zwei mächtige Eichen gefallen wären ... und eine schlanke Fichte unter sich begraben hätten – meinen armen James. Ich wußte alles, oder zumindest erriet ich es. Männer können kaum etwas vor ihrem Kammerdiener verbergen, und ich war damals ein zynischer junger Mann. James, der viel verletzlicher war als ich, war derjenige, der litt. Er hatte alle seine Hoffnungen in deine Mutter gelegt, und sie verriet ihn. Und dein Vater legte nach dem Tod seiner Frau alle seine Hoffnungen in seine Halbschwägerin, in deine Mutter.

Kurz vor unserer Abreise hat Präsident Jefferson nur einen Satz zu mir gesagt: ›Ich habe zwei Schwestern geliebt, die eine weiß, die andere schwarz, und das ist mir zum ewigen Verhängnis geworden.‹«

»Wollen Sie damit sagen, daß die erste Frau meines Vaters … meine Tante war?«

»Ja.«

Es war inzwischen Nacht geworden, und wir fuhren durch dunkle Wälder, die im Mondlicht bläulich schimmerten. Meine Mutter hatte mir wenig von ihrem Leben vor meiner Geburt erzählt. Das Bild, das ich mir von ihr gemacht hatte, war das einer stolzen, verschwiegenen Frau mit einem Zimmer voller geheimnisvoller Schätze, die von verlorenen Illusionen und unerfüllten Träumen erzählten. Ich hatte mir geschworen, nicht wie sie in einer Phantasiewelt zu leben, sondern in der Wirklichkeit. Mein Leben würde aus Tatsachen bestehen, klar und eindeutig, ausgefüllt mit Taten und Entscheidungen. Ein heldenhaftes Leben. Mein Vater hatte keines der Versprechen gehalten, die er meiner Mutter in Paris gemacht hatte. Das war es doch, was von Petits Geschichten von Paris letztendlich übrigblieb. Gebrochene Versprechen. Mir wurden die Augen schwer, aber ich befahl mir, wach zu bleiben, bis wir die Mason-Dixon-Linie nach Delaware überquert hatten. Es war wie die Überquerung des Rubikon. Danach würde es kein Zurück geben.

»Bevor ich es richtig begriffen hatte, Harriet, waren Sally und James Hemings, dein Vater, Polly und Martha nach Virginia abgereist. Und kaum waren sie angekommen, wurde dein Vater zuerst Außenminister, dann Vizepräsident und schließlich Präsident der Vereinigten Staaten. Inzwischen war ich ihnen nach Amerika gefolgt. Du, Madison und Eston, ihr wurdet alle drei geboren, während er im Weißen Haus residierte … Im Rückblick muß ich sagen, daß die leidenschaftliche Hingabe deines Vaters an deine Mutter mich für immer gegen jede Art tödlicher Liebe gefeit hat. Ich bin all die Jahre hindurch ein ungebundener, reueloser Junggeselle geblieben und habe weder für Frauen noch für die Ehe jemals allzuviel übrig gehabt. In gewisser Weise, glaube ich, bist du für mich unter allem, was mir auf der Erde lieb und teuer ist, so etwas wie eine Tochter, Harriet. Ich war in Monticello, als du geboren wurdest. Ich habe dich in meinen Armen gehalten. Dein Vater hat deine Geburt gefeiert, als seist du ein weißes Kind.«

Petit zögerte, so als überlege er, ob er mir noch ein weiteres schreckliches Detail erzählen sollte. Der perfekte Diener kämpfte mit dem zukünftigen Schutzengel.

»Als ich das Büro betrat, litt er gerade an einem seiner fürchterlichen Migräneanfälle. Weißt du, ich hatte bereits mit deiner Mutter gesprochen. Als ich ihm an deinem Geburtstag, dem Tag deiner Volljährigkeit und Freiheit, gratulierte, geriet er in Wut, ähnlich wie damals in Paris, als deine Mutter ihn verlassen hatte. Die letzten Worte, die er mir über dich sagte, waren: ›Da sie hellhäutig genug ist, um als weiß zu gelten, so soll sie eine Weiße sein.‹

Dein Vater zeigte mir einen höchst merkwürdigen Brief, den er gerade an einen Gentleman, der sich ironischerweise Gray nennt, geschrieben hatte. Dieser Gentleman, ich glaube, er ist Engländer, hatte deinen Vater gefragt, wo die Grenze zwischen Schwarz und Weiß liege, und zu meiner Verblüffung zeigte dein Vater mir seine Antwort: eine algebraische Gleichung, die eine ganze Seite füllte und deren Ergebnis genau das bewies, was er, Thomas Jefferson, als Grenze bestimmte. Und seine Definition lautete, daß ein Mensch, in dessen Adern nur noch ein Achtel Negerblut fließt, nicht länger als Neger gilt. Und das bist du, Harriet. Du hattest einen weißen Urgroßvater, einen weißen Großvater und einen weißen Vater. Deine Urgroßmutter war eine Afrikanerin, deine Großmutter war eine Mulattin, und deine Mutter ist ein Viertelblut, was dich, Harriet, zu einem Achtelblut macht. Auf diese Weise hat er dich mit Hilfe einer mathematischen Gleichung zu einer Weißen gemacht.«

Ich senkte den Kopf und stellte mir vor, wie mein Vater mit hocherregter Stimme versuchte, einen Ausweg aus drei Generationen von Rassenmischung zu finden. In der Zwischenzeit überquerten wir die Mason-Dixon-Linie. Ich konnte ihm nicht einmal böse sein. Ich fühlte mich nur zutiefst einsam.

4

Macht glaubt stets, eine großmütige Seele zu besitzen und große Weitsicht, die über das Erkenntnisvermögen der Schwachen hinausgeht. Sie glaubt, Gott einen Dienst zu erweisen, wenn sie alle Seine Gesetze mißachtet. Unsere Leidenschaften, unser Ehrgeiz, unser Geiz, unsere Liebe und unsere Ressentiments etc. beinhalten so viel metaphysische Raffinesse und so viel überwältigende Eloquenz, daß sie sich in unseren Verstand und unser Gewissen einschmeicheln und beide zu ihren Komplizen machen.

THOMAS JEFFERSON

Es war unfaßbar, daß der verstaubte, abgehalfterte Gott hinter seinem Schreibtisch hervorkam, um mir, Adrian Petit, seinem ehemaligen Kammerdiener, an jenem Morgen, an dem ich Harriet aus Monticello fort begleiten sollte, die Hand schüttelte. Als er meinen kahlen Schädel betrachtete, lag derselbe Ausdruck in seinen blassen Augen, der seit achtzig Jahren typisch für ihn war: selbstherrliche und durch absolute Selbstbeherrschung erzwungene Gelassenheit.

»Ein letzter Dienst an einem alten Freund« war alles gewesen, was die knappe Einladung beinhaltet hatte, die Einladung, als deren Ergebnis ich den langen Weg von Philadelphia nach Virginia mit einer Postkutsche zurücklegte, und nun Harriet in dieser Privatkutsche gegenübersaß. Und selbst diese Einladung hatte darauf schließen lassen, daß die Bitten des Schreibers in letzter Zeit häufiger als gewöhnlich abgelehnt wurden.

Der Präsident hatte vor dem großen Fenster gestanden, das den Blick freigab auf die schattigen Rasenflächen von Monticello und auf die

Blue Ridge Mountains in der Ferne, die im frühsommerlichen Licht malvenfarbig leuchteten. Die Stille im Raum hatte wie ein Echo der Ruhe über der Landschaft gewirkt, bis plötzlich die Dunkelheit hereinbrach und der Wind düstere Wolken über den Himmel trieb. Ich vernahm ein Husten, und dann hob sich unvermittelt die verletzte Hand wie zum Segen, während die andere, gesunde, sich mir entgegenstreckte, so daß ich beinahe aus alter Gewohnheit vor meinem ehemaligen Herrn auf die Knie gefallen wäre. Er schüttelte mir die Hand.

Seine Exzellenz hatten sich verändert. Aber hatten wir das nicht alle? Dreißig Jahre waren immerhin eine lange Zeit. Fünfunddreißig, wenn man die Jahre in Paris mitzählte. Mein ehemaliger Herr war nun fast achtzig, seine Präsidentschaft lag vierzehn Jahre zurück, seine Zeit als Botschafter mehr als dreißig. Sein ungewöhnliches Schicksal verriet sich durch tiefe Linien in seinem hageren, asketischen Gesicht, das über die Jahre einen gütigen Ausdruck angenommen hatte. Ich ließ mich jedoch nicht täuschen. Schließlich ist kein Mann für seinen Kammerdiener ein Held. Meine fünfzehnjährige Dienstzeit bei dem Präsidenten in dieser Funktion, hatte mich zu einem Experten darin gemacht, die Wut und die Verzweiflung zu erkennen, die den Schmerz verursachten, den er zu verbergen suchte. Er war wütend auf die Frau, die in der Diele neben ihrer Tochter stand: die Mutter, die mich vor der Tür aufgehalten hatte und die sich seit dem ersten Mal, als ich ihr im Salon der Familie Adams in London vor fünfunddreißig Jahren begegnet war, nicht verändert hatte. Es schien, als ob jede Furche im Gesicht des Präsidenten eine Linie darstellte, die ihr erspart geblieben war, so daß ihr Gesicht ein perfektes, elfenbeinfarbenes Oval darstellte, so unbewegt wie der Mond und doch von einer aufreizenden Präsenz. Und mir war klar, daß ihre unglaubliche Macht über den Mann, der nun vor mir stand, nach all den Jahren immer noch ungetrübt war.

Ich sah den Präsidenten nachdenklich an. In seinen Augen entdeckte ich Spuren von beginnendem grauen Star, sein Haar, das einstmals zinnoberrot und widerborstig gewesen war wie das seiner Tochter, die nun mit ihrer Mutter vor der Tür stand, war eine dichte, schlohweiße Mähne.

Neidvoll fuhr ich mit der Hand über meinen kahlen Schädel. In früheren Zeiten, vor der Revolution, war er mit schwarzen Locken bedeckt gewesen. Um meine Kahlköpfigkeit zu überspielen, trug ich nun riesige Koteletten, die ich sorgfältig in mein Gesicht hinein kämmte, was mir das Aussehen eines äußerst gutaussehenden Schimpansen verlieh. Ich war klein, kaum einssechzig, und sehr schlank, beinahe hager. Mein bläulich schimmerndes Kinn verriet, daß ich mich zweimal täglich rasieren mußte, und ich hatte den Teint eines Mannes, der gutes Essen und guten Wein zu schätzen weiß. Seit ich vor etwa zwanzig Jahren meine Stellung beim Präsidenten aufgegeben hatte, war ich in Washington als Speiselieferant der politischen Elite der Stadt zu einem Vermögen gekommen. Das Geheimnis meines Erfolgs war mein französischer Akzent, den ich bewußt kultivierte, um meiner Rolle als französischer Aristokrat, den die Wirren der Revolution im Jahre 1789 um Reichtum und Einfluß gebracht hatten, einen realistischen und glaubwürdigen Anstrich zu verleihen.

Auch ich war in den ersten achtzehn Jahren meines Lebens kaum mehr als ein Sklave gewesen. Im Alter von sieben oder acht Jahren (ich wußte es nie so genau, denn ich kenne mein Geburtsdatum nicht) schickten meine Eltern mich in das Château de Landry, wo man mich in den niederen Pflichten eines Lakaien, eines Kohlejungen und sogar denen eines Bettwärmers unterwies. Als ich neun war, hatten sich bereits mein Herr, sein Sohn und der Stallbursche meiner erotischen Dienste versichert. Bis ich zwölf war, hatte ich das Küchenmädchen und die illegitime Tochter meines Herrn vernascht. Mein Lohn, wenn man es denn als solchen bezeichnen konnte, wurde direkt an meinen Vater geschickt, also stahl ich, um etwas Taschengeld zu haben. Da ich für beide Geschlechter begehrenswert war, stieg ich in der Hierarchie der Schloßdiener zum zweiten Butler auf. Als ich soweit gekommen war, beschloß ich, mein Glück in einer Küche in Paris zu probieren, nur um zu erfahren, daß mein Prinz mich verkauft hatte und es mir unter Androhung von Stockschlägen, Gefängnis und Todesstrafe untersagt war, das Landgut zu verlassen. Ich war eine Ware, die sich eigenhändig transportiert, also stahl ich mich kurzerhand selbst, änderte meinen Namen und floh nach Paris.

Ich trat in die Dienste des Prinzen Kontousky, der mich schließlich dem neuen amerikanischen Botschafter empfahl. Es gelang mir, mich innerhalb kurzer Zeit unentbehrlich zu machen und seine Wertschätzung zu gewinnen. Ich muß sagen, daß ich meinem neuen Herrn sehr zugetan war, und ich tat alles, um sein Leben angenehmer zu machen. Die Art und Weise, wie er mit seiner Dienerschaft umging, war neu für mich, denn er behandelte uns so, wie er es von den Plantagen gewohnt war, und ich wunderte mich über die Vertraulichkeit, die scheinbar zwischen mir und ihm herrschte. Er diskutierte tatsächlich mit mir und fragte mich sogar in manchen Dingen nach meiner Meinung. Dieser unwesentliche amerikanische Brauch stieg mir bald zu Kopf, und ich schwor diesem Verfechter des Egalitarismus ewige Treue.

Der vertraute Raum auf Monticello, in dem der Mann mich schließlich aufforderte, Platz zu nehmen, diente ihm gleichzeitig als Schlaf- und Arbeitszimmer. Die Wände waren mit rotem Stoff bezogen, schwere rote Vorhänge mit goldenen Quasten umrahmten die Fenster und ebenso das Bett, das in eine Nische hineingebaut war, die das Zimmer in zwei getrennte Bereiche teilte. In der Nische befand sich eine schmale Tür, die zu einer winzigen Treppe führte, über welche man in ein Zwischengeschoß über dem Bett des Präsidenten gelangte und von dort aus in den Korridor der ersten Etage. Durch drei kleine, runde Fenster konnte man von der Treppe aus auf das Bett hinuntersehen. Über viele Jahre hinweg hatte die Mutter das Schlafgemach des Präsidenten über diesen Weg betreten und wieder verlassen, ohne den neugierigen Blicken der zahlreichen Diener und Besucher ausgesetzt zu sein. Die Treppe, die man eigens für sie erdacht und maßgerecht konstruiert hatte, war so klein, daß der Präsident mit seinen breiten Schultern nicht hindurchpaßte, und sie war so geschickt getarnt, daß sie wie ein Ebenbild der Frau wirkte, die sie benutzte. Wie sie, nahm auch die Treppe keinen eigenen Raum ein, und wer von ihrer Existenz nichts wußte, hätte sie für eine Sinnestäuschung halten können.

Ich kannte das Zimmer wie meine Westentasche. Der große Schreibtisch war mit zahllosen Briefen übersät, entlang den Wänden, an denen Porträts von Franklin, Lafayette und Washington hingen, türmten sich Stapel von Büchern. Die Büste des Präsidenten, die der französische Bildhauer Houdon vor siebenunddreißig Jahren in Paris geschaffen hatte, erinnerte wehmütig an die verlorene Jugend, den klaren Verstand und die unterdrückte Sinnlichkeit seines zweiundvierzigsten Jahres. Die schöngeschnittenen Züge waren von einer Staubschicht bedeckt, die halbgeschlossenen Augen schienen einem unerfüllbaren Traum nachzuhängen. Auf dem Boden standen ungeöffnete Kisten mit der Aufschrift *Wein* oder mit den aufgedruckten Adressen von Verlagen in Boston und Philadelphia. Die abgetretenen persischen Teppiche glänzten im Zwielicht, die auf Hochglanz polierten Möbel dufteten nach Zitrone, die italienischen Gemälde schienen einem von den Wänden her zuzuzwinkern, und die teuren wissenschaftlichen Instrumente aus Messing lagen unnütz in einer vergessenen Ecke. Meiner hochempfindlichen Nase entging nicht, daß die ganze Atmosphäre des Zimmers wie auch sein Bewohner nach Tinte, Pferdefleisch und Moder roch, während trotz des lauen Maiwetters mitten im Raum ein Ofen bollerte.

»Können Sie sich vorstellen, Petit, daß ich in diesem Jahr allein eintausendsiebenundsechzig Briefe erhalten habe? Wobei die Mahnschreiben meiner Gläubiger natürlich nicht mitgezählt sind. Ich verbringe fast meine gesamte Zeit damit, die Fragen anderer Leute zu beantworten. Ich möchte wirklich wissen, ob das das wahre Leben ist. Es ist höchstens das Leben eines Ackergauls, dessen Mühen erst durch seinen Tod beendet werden.«

Die helle, jugendliche Stimme des Präsidenten nahm wieder den vertrauten Tonfall an, der zwischen uns geherrscht hatte, als ich noch in seinen Diensten gestanden hatte.

Geld, dachte ich, während ich bekümmert die Augenbrauen hochzog. Wenn ein Mann in einem Satz seine Gläubiger und seinen Tod ansprach, dann war das gewöhnlich die Einleitung zu einer Bitte um einen Kredit. Mir war bereits in Washington zu Ohren gekommen, daß der Alte finanziell in der Klemme war. Der Präsident hatte seine Plantagen mit Hypotheken belastet und mehrere Sklaven von Monticello an seinen Schwiegersohn verkaufen müssen. Mit dem Bau seiner neuen Universität in Richmond hatte er sich ruiniert. Ein Wechsel über zwanzigtausend Dollar, den er dem Gouverneur von

Virginia aus Freundschaft ausgestellt hatte, war am Abend vor dessen Tod fällig geworden, so daß er die gesamte Summe bezahlen mußte. Ich wußte außerdem, wie teuer der aufwendige Lebensstil des Präsidenten war (seine Sklaven nicht mitgerechnet). Er war berühmt für seine Gastfreundschaft, für die er keine Kosten scheute. Die Plantage in Monticello glich einer Mischung aus einem Londoner Club und einem Pariser Hotel. Ich war vom Kammerdiener zum Feinkostlieferanten in Washington aufgestiegen, wodurch ich gezwungen war, in Restaurants zu speisen und in Hotels zu übernachten. Ich hatte mir ausgerechnet, daß die Haushaltsausgaben meines ehemaligen Arbeitgebers mein Geschäft in weniger als einem Jahr in den Bankrott treiben würden, falls ich für meine Ausgaben hätte selbst aufkommen müssen.

Vor fünfunddreißig Jahren, 1791, war ich auf seine Einladung hin nach Amerika ausgewandert, um ihm auf seinem Landsitz Monticello als Majordomo zu dienen, wie schon von 1784 bis 1789 in der amerikanischen Botschaft in Paris. Später folgte ich ihm nach Philadelphia und schließlich, nachdem er zum Präsidenten gewählt worden war, nach Washington ins Weiße Haus. Nachdem der Präsident seine Amtszeit beendet hatte, blieb ich in Washington und verdiente mit Hilfe von Tips aus den Reihen der Politiker, die ich mit Feinkost belieferte, ein Vermögen mit Immobilienspekulationen. Und, um die Wahrheit zu sagen, ich war in diesem Augenblick viel wohlhabender als mein ehemaliger Herr.

»Sehen Sie sich diesen Brief an«, fuhr er fort und hielt mir einen Bogen Papier entgegen, der mit algebraischen Gleichungen gefüllt war. »Ein seltsamer Nordstaatler namens Francis Gray hat mir geschrieben und mich gefragt, wie nach unseren Gesetzen ein Mulatte definiert ist, oder, einfacher ausgedrückt, wann Schwarz zu Weiß wird. Ich habe Mr. Gray mitgeteilt, daß ein Mensch nach drei Kreuzungen mit Weiß rein von Negerblut ist.«

Ich zuckte zusammen und wäre beinahe aufgesprungen, so schockiert war ich, daß ich richtig geraten hatte. Also war es das Mädchen, die Tochter, und es galt das Versprechen, das er vor so langer Zeit in Paris gegeben hatte. Ich blickte zu der kleinen Treppe hinüber und dann wieder zum Präsidenten hin.

»Und so kommen wir zu unserem Problem, Petit. Sehen Sie, Petit, sie ist hellhäutig genug, um als weiß durchzugehen.«

»Wer?« fragte ich, als ob ich keine Ahnung hätte. Aber ich wußte es.

»Dieses … Mitglied meiner Familie … ich habe einem anderen Mitglied meiner Familie in Paris versprochen … das heißt, falls Sie sich erinnern … Das heißt, daß alle meine … daß alle ihre Nachkommen das Recht haben würden, auf ›Wanderschaft‹ zu gehen, wie wir das hier in Virginia nennen … und zwar als freie Menschen, im Alter von einundzwanzig Jahren. Und morgen ist … ihr Geburtstag. Zwei ihrer Brüder haben die Plantage bereits verlassen … Da sie hellhäutig genug ist, um als weiß durchzugehen, habe ich beschlossen, sie gehen zu lassen.«

Die Heftigkeit in seiner Stimme schien sich wie ein übler Geruch im Raum auszubreiten. Ich schniefte erregt und war drauf und dran, mich zu erheben. Die Augen des Präsidenten glänzten im Zwielicht so unerschütterlich wie zwei Abendsterne. Das Gegenlicht verlieh seiner wilden, silbernen Mähne eine Art Heiligenschein, während seine aufgewühlte, hypnotisierende Stimme mich in ihrem Bann hielt.

»Ich weiß noch, wie Sie sie hier auf Monticello in Ihren Armen hielten. Sie kennen ihre Mutter, und Sie haben ihren Onkel James geliebt. Weil Sie alle kennen, die in diese Sache verwickelt sind … bitte ich Sie um diesen Dienst, Petit. Begleiten Sie sie in einen freien Staat, wo sie sich unter die weiße Bevölkerung mischen kann. Finden Sie ein Heim für sie, oder geben Sie sie in eine Schule, bis sie einen Mann findet, der ihr den gleichen Schutz bieten kann wie Sie. Ich bitte Sie darum im Namen ihrer Mutter, die, so glaube ich, stets einen Platz in Ihrem Herzen gehabt hat. Ich habe bereits die nötigen Papiere für Burwell und Fossett ausgestellt. Wenn Sie den Phaeton nehmen wollen, wird die Reise weniger kostspielig und auch sicherer sein als in einer Postkutsche, und Sie brauchen erst haltzumachen, wenn Sie die Mason-Dixon-Linie überquert haben. Ich habe einen Scheck über fünfzig Dollar ausgestellt, mehr kann ich zur Zeit, da ich mich in großen finanziellen Schwierigkeiten befinde, nicht erübrigen. Ich bitte Sie, Adrian, tun Sie mir diesen Gefallen. Bitte!«

In diesem Augenblick erhob ich mich abrupt. Mit Entsetzen

wurde mir klar, daß ich die Tochter aus der Sklaverei hinaus begleiten sollte, genau wie ich vor fünfunddreißig Jahren die Mutter aus der Sklaverei geführt hatte.

»Wohin wird die Reise gehen, Eure Exzellenz?«

»Nach Philadelphia.«

Der Name der Stadt traf mich wie ein Dolch mitten ins Herz.

Der Alte starrte mich düster an, ohne ein weiteres Wort zu sagen. Der Präsident, der mir sein Leben lang nur Befehle erteilt hatte, bettelte mich an. Seine illegitimen Kinder verließen ihn eins nach dem anderen. Seine legitimen Kinder, Maria, Lucy I und Lucy II, Jane und sein namenloser Sohn waren alle tot. Seine Enkel, Francis, Thomas und Meriwether, lagen im Zwist miteinander. Martha, die einzige Überlebende unter seinen legitimen Kindern, war unglücklich verheiratet. Sie lebte getrennt von ihrem brutalen, halbverrückten und versoffenen Ehemann, dem Exgourverneur von Virginia. Thomas Mann Randolph weigerte sich, mit seinem Schwiegervater unter einem Dach zu leben. Die Zufluchtsstätte, die mein ehemaliger Herr so sorgfältig um sich errichtet hatte, war dabei zusammenzubrechen.

»Ich bin zu alt, um noch eine Bestimmung zu haben«, sagte er, als ich mein Bedauern äußerte. »In diesem Stadium meines Lebens steht mir nur noch eine ›Situation‹ zu, Petit. Wie auch mein Leben selbst, liegt meine Bestimmung lange hinter mir. Und die bestand darin, daß ich zwei Schwestern lieben mußte, die eine weiß, die andere schwarz, die eine meine bessere Hälfte, die andere meine Sklavin, die eine meine Gemahlin und die andere meine Schwägerin. All das hat mir endlose Verzweiflung beschert.«

»Wie bitte?«

»Verzweiflung, Petit. Es ist, als betete ich auf dem Felsen des Abraham, von dem aus Mohammed zum Himmel aufgestiegen ist, zu Jesus Christus.

Wenn ich auf die Menschen zurückblicke, die ich geliebt habe, dann ist es, als schaute ich auf ein Schlachtfeld. Alle sind … gefallen«, sagte er leise.

Dann fügte er hinzu: »Es gibt nur wenige Männer, denen ich diese Aufgabe anvertrauen würde.«

Es gibt nur wenige Männer, die verstehen würden, warum das

alles notwendig ist, dachte ich. »Betrachten Sie es als meine letzte Pflicht Ihnen gegenüber als Majordomo des Hôtel de Langeac.«

»Das Hôtel de Langeac. Versprechen können lange halten, nicht wahr?«

Auch ich habe Verpflichtungen und Versprechen zu halten, dachte ich, auch ich habe Geister aus der Vergangenheit zu beschwichtigen. Und alles wegen der Mutter. Und wegen des sonnigen Nachmittags in dem Hof in Paris.

»Ich habe sie gesehen, Eure Exzellenz«, sagte ich schließlich. »Wie bringen Sie es nur fertig, sich von ihr zu trennen?«

»Weil ich alles, was ich liebe, verliere. Ich habe schon immer alles verloren, was ich geliebt habe.

O Gott« – ein Laut, halb Stöhnen, halb Schluchzen, entrang sich der Brust dieser hünenhaften Gestalt – »da sie hellhäutig genug ist, um als weiß durchzugehen, so soll sie eine Weiße sein.«

Dann wandte Thomas Jefferson sich beinahe hastig von mir ab. Zwischen den Papieren, die auf seinem Schreibtisch verstreut lagen, zog er ein großes Buch hervor, das ich als sein Farmbuch erkannte. Das Rascheln der Seiten, der schwere Atem des Alten und ein leises, unregelmäßiges Pochen, vielleicht mein eigener Herzschlag oder das Herzklopfen von Mutter und Tochter vor der Tür, waren die einzigen hörbaren Geräusche im Raum. Während er geistesabwesend sein schmerzendes Handgelenk massierte, das er wie ein kostbares Geschenk an seine Brust preßte, fand der Präsident schließlich, was er gesucht hatte. Dann schrieb er mit der linken Hand, mühsam und doch bestimmt, ihren Namen: *Harriet. Sallys Tochter. Entlaufen. 22.*

Ich hatte allen Grund, mich über die merkwürdigen Sitten der Menschen in Virginia zu wundern. Sie lebten in ihrer eigenen Welt, von der ich in gewisser Weise durch meine Hautfarbe und meine Klassenzugehörigkeit ausgeschlossen war, etwas, das mir auf Monticello am Tag von James' Freilassung, am Weihnachtstag des Jahres 1795, klargeworden war.

An jenem Weihnachtsnachmittag hielt Sally Hemings ein Baby im Arm. Dieses Kind symbolisierte ihren verlorenen Traum von Paris: sein Glück und seine Hoffnungen, von denen sie nicht mehr sprach. Sie sah mich an, als wolle sie meine Gedanken lesen. Zuneigung? Mitleid? Entsetzen über diese »Familie« von Monticello, mit allen Hausbewohnern und Dienern um den Baum versammelt? Ich wußte nicht, was ich denken sollte. Bis zu diesem Augenblick hatte ich das Vergehen, das sie Rassenmischung nannten, nicht verstanden. Ich zuckte die Achseln und blickte mit einem schiefen Lächeln in die Runde. Langsam glitt mein Blick von einem zum anderen, von Schwarz zu Weiß, von Sklaven zu den Freien, von der Wiege zum Greis. All die verschiedenen Schattierungen von Farbe, Blut und Kaste zu sehen, war mir peinlich. Es war die naivste Art von Promiskuität, der ich je begegnet war. Es wäre ein Ding der Unmöglichkeit gewesen, diese Leute nach Familienzugehörigkeit zu sortieren, genauso wie es jedem einzelnen unmöglich gewesen wäre, sich all den unausgesprochenen Verpflichtungen zu entziehen, die den Raum wie ein vielstimmiges Summen zu erfüllen schienen.

Die Mutter stand neben meinem geliebten James und hielt Marthas erste Ellen in ihren Armen, während der fünfjährige Thomas Hemings sich an ihre Röcke klammerte. Im Kreis um den Weihnachtsbaum standen neun seiner elf Tanten und Onkel. Von ihnen hatte John Wayles fünf gezeugt, die anderen, einschließlich Martin, dem Majordomo, waren Kinder eines Sklaven. Sally Hemings war mit fast jedem der Anwesenden verwandt, entweder als Tochter, Stieftochter, Schwester, Halbschwester, Tante, Nichte oder Halbschwägerin.

Die weiße Hälfte des Kreises bestand aus zwei ihrer weißen Halbschwestern, Tabitha Wayles Skipwell und Elizabeth Wayles Eppes, außerdem Polly Jefferson mit ihrem Verlobten Jack Eppes, ihrem Vetter, und Martha, die schon mit Thomas Mann Randolph verheiratet war, der neben ihr stand. Dann kam James Madison, klein, vogelgleich und unauffällig, und seine unerwartet gute Partie, die Witwe Dolly Todd, die er Aaron Burr ausgespannt hatte und die als Dolly Madison später eine glänzende Zukunft als First Lady vor sich haben würde. Neben Dolly stand George Wythe mit seinem Sohn Michael Brown, einem Mulatten.

Ich zwinkerte Martin, meinem schwarzen Kollegen zu, einem der vielen Knotenpunkte in diesem Netz von Blutsbanden, das die beiden Hälften des Kreises in einer Weise miteinander verband, die ebenso verschlungene und komplizierte Muster erzeugte wie das silberne Lametta am Weihnachtsbaum.

Und dann trat ich, der unbeugsame und unerschütterliche Petit, in den Kreis und stellte damit unwillkürlich die Verbindung zwischen der weißen und der schwarzen Hälfte in diesem Kreis um den Weihnachtsbaum her. In diesem Augenblick gab Thomas Jefferson James Hemings seine Freilassungspapiere und löste damit ein Versprechen ein, das James ihm in Paris schriftlich abgerungen hatte.

Während ich im Geist all diese Gesichter betrachtete, wurde mir endlich die Natur dieser Familienbande so klar und deutlich, daß ich nun völlig gelassen der weinenden Harriet Hemings II gegenübersitzen und in Erwägung ziehen konnte, ihr meinen Namen und mein Vermögen anzubieten. Plötzlich hatte ich das Gefühl, auf einem Pferd zu sitzen, das mit großer Geschwindigkeit rückwärts galoppierte, weit zurück in die Vergangenheit. Die Wut über das, was ich tat, schien sich in eine diffuse Angst verwandelt zu haben. Ich sah das schöne Mädchen mit seinen flaschengrünen Augen an.

Ich konnte ihre Einsamkeit nicht durchdringen.

Ich frage mich, ob ich richtig gehandelt habe, als ich Harriet auf der langen Reise nach Philadelphia so viel über die Vergangenheit und das Privatleben ihres Vaters erzählte. Vieles von dem, was ich sagte, muß sie erschüttert oder verletzt haben, und doch fuhr ich immer wieder fort, denn ich wollte ihr meine Rolle im Leben ihrer Eltern begreiflich machen. Während der ganzen Zeit saß sie still und gefaßt da, ihr Gesichtsausdruck unergründlich.

Ich erzählte weiter und weiter, und mir gegenüber saß die Verzweiflung in Person von Harriet in ihrem gelbkarierten Übermantel, den Korb mit ihrem ironischerweise schwarz-weiß gefleckten Dalmatinerwelpen zu ihren Füßen. Sie erinnerte mich so sehr an meinen geliebten James. In ihren Zügen lagen derselbe Trotz, die gleiche Verletzbarkeit, derselbe verzweifelte Mut angesichts ihrer Annihilierung. Ja. *Annihilierung* ist ein treffendes Wort. Ein besseres fällt mir nicht ein.

Ich, der Unterzeichnende, mit wirklichem Namen Hugues Petit, alias Adrian Petit, welches mein »historischer« Name aus Reims ist, achtundfünfzig Jahre alt, Feinkostlieferant und Ex-Majordomo seiner Exzellenz, Präsident Thomas Jefferson in Paris, Frankreich, von 1794 bis 1796 Aufseher auf seinen Plantagen in Monticello, von 1800 bis 1802 Butler des Präsidenten im Weißen Haus, Washington, bezeuge hiermit, daß ich seine leibliche Tochter, Harriet Hemings, von Monticello nach Philadelphia begleitete, wo sie sich unter die weiße Bevölkerung mischte. Adrian Petit de Reims, in der Kutsche nach Philadelphia am 19. Mai 1822.

Hughes Petit

5

Wir haben den Wolf an den Ohren gepackt, aber wir können ihn weder festhalten noch entkommen lassen, ohne uns in Gefahr zu bringen. Gerechtigkeit liegt auf der einen Waagschale und Selbsterhaltung auf der anderen.

Thomas Jefferson

Philadelphia! Ich lachte vor Freude, als ich auf dem Market Street Square aus dem Phaeton stieg, wo mich das geschäftige Treiben einer buntgemischten Menschenmenge umfing, wie ich sie noch nie in meinem Leben gesehen hatte. Dies war die Welt, die ich, Harriet Hemings, die Tänzerin und Ballettmeisterin, vorhatte zu erobern. Um mich herum wimmelte es von Pferdefuhrwerken aller Art, Farmwagen, Gemüsewagen, Viehwagen, dazwischen berittene Polizei. Als ich mich umblickte und in die harten, angespannten Gesichter der Menschen sah, wurde mir bewußt, daß niemand von meiner Ankunft Notiz genommen hatte.

Ich schaute zu Burwell und Fossett hinauf, die immer noch auf dem Kutschbock des Phaeton saßen. Sie waren schon unzählige Male in Philadelphia gewesen, und ich stellte mir vor, daß sie unzählige Möglichkeiten gehabt hätten, zu fliehen und in dieser Menschenmenge, die den mit roten Backsteinen gepflasterten Marktplatz füllte, unterzutauchen. Warum hatten sie es nicht getan? Warum war meine Mutter nicht geflohen, als sie in London, einer weitaus größeren Stadt als Philadelphia, von Bord gegangen war? Dann wurde mir jedoch klar, daß Burwell und Fossett auch in Philadelphia nicht weniger Gefangene waren, als trügen sie eiserne Ketten an Händen und Füßen. Ihre gesamte Familie wurde in Monticello als Geisel gehalten. Burwell hatte seine Frau, meine Tante Betty, und seine

Kinder zurückgelassen; Fossett war mit Edy verheiratet, und ihre Kinder, Simpson, Martin, Beth und Robert, gehörten meinem Vater. Fossett konnte sich ebensowenig von ihnen trennen, wie er sich von seinen Augen oder von seinen Beinen trennen konnte. Unsere Blicke trafen sich in stillem Verstehen, als er seine Arme um mich schlang und mich zum Abschied an sich drückte. Eine Sekunde lang nahm ich seinen staubigen Geruch war und spürte seinen schnellen, kräftigen Herzschlag.

»Du bist jetzt frei, Mädel. Laß nie den Kopf hängen. Schau den Leuten immer in die Augen. Du brauchst keine Angst zu haben. Hier laufen keine Sklavenjäger rum, die dich suchen, denn davon wüßte ich was. Außerdem hat dein Vater dich als Weiße hierhergeschickt. Wenn du mir jemals auf der Straße begegnest, brauchst du nichts zu sagen. Die Leute in Philadelphia würden es merkwürdig finden, wenn ein weißes Mädchen mit einem Neger spricht, es sei denn, er arbeitet für sie.«

»Ich habe gesehen, wie du in die Welt der Sklaverei geboren wurdest, Harriet«, fügte Burwell hinzu. »Und nun habe ich dich aus ihr hinaus begleitet. Freue dich und fühle dich wiedergeboren, denn der Herrgott hat es so für dich bestimmt.«

Ich wußte, daß es nicht die Angst oder der Drang nach Freiheit gewesen war, der mich von der Rasse der Neger fortgetrieben hatte. Es war Scham, unerträgliche Scham. Die Scham darüber, einer Rasse anzugehören, die man ungestraft schlimmer behandeln durfte als Tiere.

»Ist es das wirklich, was er für mich bestimmt hat, eine Lüge?« flüsterte ich.

»Eine weiße Lüge«, erwiderte Burwell grinsend und brach plötzlich in schallendes Gelächter aus, so daß die Leute stehenblieben und sich nach uns umwandten.

Ich nahm meinen ganzen Mut zusammen und begann mit federnden Schritten, den Kopf hoch erhoben und mit einem Lächeln im Gesicht meinen Spießrutenlauf quer über den Marktplatz hinweg auf Brown's Hotel zu. Sah ich nicht aus wie ein junges Mädchen, das gerade aus der Schule oder dem Kloster kam, nicht gerade reich, aber wohlerzogen? Hatte der Kellner mir beim Eintreten nicht die Tür aufgehalten, gerade, als meine Knie weich wurden und Petit mich am Arm hielt?

In Brown's Hotel am Marktplatz nahm ich meine erste Mahlzeit als freie Frau zu mir. Frühlingssuppe, Radieschen mit Butter und frischen Sardinen, fritierter Seehecht, Lammkoteletts mit neuen Kartoffeln, pochierte Eier auf Krauskohlpüree, in Teig gebackene Krabben, Trockenobst, kandierte Früchte und Ananas, Frühlingserdbeeren und Moët-Sekt. Ich lernte das Menü auswendig wie ein Musikstück. Die appetitlichen Worte tanzten zur Melodie von Petits Erläuterungen. Hatte ich gewußt, fragte Petit, daß das Schicksal der bescheidenen Kartoffel durch königlich geduldeten Diebstahl bestimmt worden war? Damit die Kartoffel von seinen Untertanen als Nahrungsmittel akzeptiert wurde, hatte König Ludwig XVI. im Zentrum von Paris ein Kartoffelfeld anlegen und von seinen Soldaten bewachen lassen, um die Pariser dazu zu verleiten, sie zu stehlen. Oder hatte ich schon gehört, daß die Ananas aus Peru kam? Oder daß Trüffel nicht nur wegen ihres Geschmacks, sondern wegen ihrer aphrodisischen Wirkung beliebt waren? Was? Ich wußte nicht, daß Aphrodite die Göttin der Liebe war? Und daß eine Mahlzeit ohne Käse so etwas war wie eine schöne Frau, der ein Auge fehlt …

Ich betrachtete mich in den Spiegeln des Restaurants. Sogar sitzend war ich größer als die meisten Männer. Meine hellgrünen Augen und mein roter Zopf leuchteten mir entgegen: Ich sah ein verträumtes, nachdenkliches junges Mädchen, das zwischen den elegant gekleideten Menschen eher ländlich wirkte. Trotzdem fand ich, daß ich neben ihnen bestehen konnte. Ich neigte meinen Kopf, sah Petit an und lachte über seine Geschichten.

Während der langen Kutschfahrt hatte er mir so viel von seinem Leben in Paris mit Mama und Onkel James erzählt, daß ich mich wie seine Vertraute fühlte.

Mein Onkel James hatte sich geweigert, die Rolle seiner Schwester Sally Hemings als Konkubine zu akzeptieren. Er wollte verhindern, daß sie in die seltsam verstrickten Kreise der Wayles', Jeffersons und Hemings' geriet. Aber dunkle Kräfte in Form von Familienbanden und Verbrechen brachten das Unheil in Gang. Seit dem Morgen im

Winter 1788, als seine Schwester verführt worden war, wurde er von Alpträumen verfolgt: Blutige Laken umschlangen ihn wie Tentakel und drohten ihn zu ersticken. Sie fesselten ihn und warfen ihn lebendig in Feuer und Schwefel. Das war der immer wiederkehrende Alptraum meines Onkels. Er war davon überzeugt, daß die Freiheit meiner Mutter seine Erlösung bedeuten würde und daß er ohne diese Freiheit verloren sei. Tag für Tag geleitete er seine Schwester durch die verschlungenen Wege des Pariser Lebens, in der Botschaft, im Herrenhaus, in der Großstadt. Um sie herum tobte die Französische Revolution, sie war wie das Sinnbild von Sallys Kampf gegen den Willen von Thomas Jefferson.

Als das Handgelenk, das sich Jefferson während eines Ausritts mit Maria Cosway gebrochen hatte, schlecht heilen wollte, übernahm meine Mutter es, die verletzte Hand ihres Herrn zu pflegen und zu baden, und durch diese simplen Hilfsdienste entstand eine tiefe Vertrautheit zwischen den beiden – am Anfang noch unschuldig, doch bald wurde sie kompliziert, und es begannen sich ihre Schicksale auf inzestuöse Weise miteinander zu verflechten. Martha, die eifersüchtige Tochter, und Martha, die verstorbene erste Frau, Maria, die angebetete Tochter, und Maria, die abwesende Geliebte. Und meine Mutter selbst: Halbschwester und Stieftochter, Schwägerin und Sklavin.

Ich spürte, daß Adrian Petit zwanzig Jahre nach James' Tod noch immer um ihn trauerte. Wahrscheinlich hatte er deswegen den Drang verspürt, auf der Reise über ihn zu sprechen, und vor allem, mir von ihm zu erzählen. Für mich war James Hemings lediglich ein legendärer, exzentrischer Onkel gewesen, der die meiste Zeit seines Lebens in Europa verbracht und schließlich in Philadelphia Selbstmord verübt hatte. Adrian wollte mir den vollen, lustigen Klang seines Lachens nahebringen, den säuerlichen Geruch seines Körpers, die schreckliche Einsamkeit in seinen Augen. Er erzählte mir, James habe das Leben eines Mönchs geführt und sei sein ganzes Leben lang keusch geblieben.

»›Niemals werde ich meinen Samen als Sklave verbreiten, nur um neue Sklaven zu zeugen‹«, hatte Adrian mit James' Stimme gesagt. »›Ich habe noch nie eine Frau gehabt, Petit, und werde es auch nicht bis zu dem Tag, an dem ich frei sein werde.‹«

Doch James, erklärte Petit, hatte sein priesterliches Gelübde mit einer so boshaften Haltung und einem so ausschweifenden Lebensstil verbunden, daß er stets im Zwiespalt lebte. Es war, als vereinige er zwei Persönlichkeiten in sich: eine, die im Schatten der Sklaverei lebte, unsichtbar, gefährlich und grausam, und die andere, ihr Zwilling, heiter und liebenswürdig, voller Lachen und vor allem voller Jugend. Er war der juvenilste Zwanzigjährige, dem Petit jemals begegnet war, und das Provinzielle des alten Virginia haftete ihm, wie auch meinem Vater, in jenen Tagen immer noch an. James und Petit hatten viele Pläne geschmiedet. James sollte zunächst seine Lehre in der Küche von Monsieur du Tott beenden und dann von meinem Vater seine Freilassung verlangen, da sie sich auf französischem Boden befanden, wo die Sklaverei abgeschafft worden war. Und dann wollten die beiden unter den Arkaden des Palais Royale gemeinsam ein Feinkostgeschäft gründen. Sie waren davon überzeugt, sowohl genügend Geldgeber als auch Kunden zu finden. »Natürlich haben weder James noch ich diesen Traum je verwirklicht!« rief Petit aus.

»Deine Mutter war mit deinem Onkel Thomas schwanger, und James hatte sich zu einem Meisterkoch entwickelt, als sie im Jahre neunundachtzig Paris verließen«, fuhr Petit fort. »Ich weiß noch, wie ich dachte, wie leicht es für sie gewesen wäre, einfach in Frankreich zu bleiben. James hätte als Koch eine erstklassige Stellung und ein fürstliches Gehalt bekommen können, obschon die Adligen bereits in Massen die Flucht angetreten hatten. Ich war mir sicher, daß er nie wieder nach Frankreich zurückkehren würde. Von einem der oberen Fenster, die auf den Hof hinausgingen, sah ich, wie Martha Jefferson James zuwinkte und ihm bedeutete, er solle ins Haus zurückkommen. Er war ihr Onkel, genau wie er deiner war, und ich weiß noch, wie schockiert ich an jenem Tag war, denn nachdem deine Mutter fortgelaufen war, hatte er mir die ganze byzantinische Geschichte eurer Familie erzählt. Ich, der mit dem bizarren Lebensstil der französischen Aristokratie vertraut war, hatte keine Ahnung von den Familienbindungen, die zwischen der Aristokratie von Virginia und deren Dienerschaft möglich waren – bis hin in die zweite und dritte Generation. Eines Tages hatte James versucht, sich den Forderungen deines Vaters zu entziehen, aber er war nur gedemütigt und ausgetrickst worden. Dein Vater war, sowohl als Herr als auch als Diplomat, unkonventionell, phantasievoll und hart. Der arme James hatte gegen ihn keine Chance. Und deine Mutter ebensowenig. Am Ende seiner ›Unterredung‹ mit seinem Herrn sah James sich mit weiteren sieben Jahren Leibeigenschaft konfrontiert: Als Gegenleistung für seine Ausbildung in Frankreich sollte er so lange in den Diensten deines Vaters bleiben, bis er in Monticello einen anderen Koch ausgebildet hatte, der seinen Platz einnehmen konnte. Das war das ›mindeste‹, was er tun konnte, um nicht als Verräter zu gelten, als ›eine Schlange an meiner Brust‹.«

Petit berichtete, James habe ihm eines Tages erklärt: »›Ich werde mich niemals selbst stehlen. Er hat kein Recht, mich dazu zu zwingen ... mich zum Kriminellen und vogelfrei zu machen, nachdem ich ihm so lange Jahre treu gedient habe. Er muß mich legal und öffentlich freilassen.‹ Die Enttäuschung war zu viel für James an jenem Tag. Ich fand ihn weinend hinter einem Stapel halbgepackter Kisten«, fuhr Petit fort. »Nur zwei Menschen haben ihn so gesehen, ich und deine Halbschwester Martha.«

»Genau das tue ich jetzt, nicht wahr?« sagte ich. »Ich stehle mich selbst. Ich mache mich selbst zur Kriminellen und vogelfrei, weil mein Vater es nicht ertragen kann, mit der Gesetzgebung von Virginia ein wenig in Konflikt zu geraten.«

»Es ist ein bißchen komplizierter, Harriet ...«

»Für mich nicht.«

»Auch für dich. Gerade für dich. Du darfst deine Eltern für das, was sie getan oder nicht getan haben, nicht hassen.«

»Sie sagen so einfach ›sie‹. Wann sind sie denn jemals ›sie‹ gewesen? Mein Vater hat befohlen, und meine Mutter hat gehorcht. Und das tut sie heute immer noch.«

Plötzlich wurde Petit still, und dann sprach er in einem Ton, den ich noch nie bei ihm gehört hatte.

»Du solltest deinen Namen ändern, Harriet ... vielleicht in Harriet Petit.«

Petit errötete, als er aussprach, was ihn offenbar tief in seinem Herzen bewegte. Ich sah ihn überrascht an. Warum? fragte ich mich.

Andererseits, warum nicht? Er hatte mich sicher aus der Sklaverei geführt. Dagegen war es ein geringer Wunsch, den er an mich hatte. Der Name Hemings verband mich nur mit Generationen von Menschen, von denen ich mich an diesem Tag losgesagt hatte.

»Ja«, sagte ich. »Harriet Petit, die Waise.«

Ich nahm Adrian Petits Namen hauptsächlich an, um ihm eine Freude zu machen. Er sei ein alter Junggeselle, sagte er, der nichts hinterlassen werde, wenn er nach Frankreich zurückkehrte. Der Name Hemings sei berühmt-berüchtigt, fügte er hinzu, warum sollte ich also riskieren, daß ihn jemand wiedererkannte? »Es wäre mir eine Ehre, dir meinen Namen und auch meinen Schutz anzubieten.«

In jener ersten Nacht in Brown's Hotel ging ich mit Gefühlen zu Bett, die ich noch nie zuvor erlebt hatte. Ich glaubte, wirklich frei zu sein. Es war mir gleichgültig, ob ich das meiner Hautfarbe verdankte – oder meinem Vater. Ich war frei, weil ich eine Weiße war. Wie fühlte man sich, wenn man weiß war? Bedeutete es einfach, daß ich meinen Kopf auf mein Kopfkissen legen konnte, ohne befürchten zu müssen, am nächsten Tag aus dem Bett gerissen und verkauft zu werden? Oder von einer eifersüchtigen Herrin, einem wütenden Aufseher oder einem übellaunigen Sohn oder einer Tochter des Hauses den Schädel eingeschlagen zu bekommen? Bedeutete es, daß ich meinen Verstand endlich zu etwas Besserem gebrauchen durfte, als Plätzchen oder Baumwollballen zu zählen? Oder bedeutete es schlicht, daß mein Kopf ein wertvoller, einzigartiger Teil eines wertvollen, einzigartigen menschlichen Wesens war, mit all den Träumen und Hoffnungen und Ängsten der menschlichen Rasse?

Bei Tagesanbruch hörte ich draußen die Marktschreierinnen, die ihre Ware feilboten: frischen Fisch, Beeren, Radieschen und alle möglichen Sorten von Gemüse. Ich stand auf, kleidete mich an und setzte mich ans Fenster, um das Treiben draußen zu beobachten. Philadelphia schien ein wunderbarer Ort zu sein.

Schon bald zog ich ins Haus von Monsieur Latouche, einem berühmten Feinkostspezialisten in Philadelphia und einem Freund von Petit. Er hatte in Paris für den Prinzen d'Ecmuhl und den Duc de Rovigo gearbeitet. Bevor er sich in Philadelphia niedergelassen hatte, war er im Dienst der russischen Botschaft in Washington gewesen, wo er und Petit sich angefreundet hatten. Sie hatten zur gleichen Zeit ihr Feinkostgeschäft gegründet und waren beide gleich erfolgreich gewesen. Monsieur Latouche war mit einer Dame aus Philadelphia namens Margaritte verheiratet, die mich als die Waise, die ich zu sein vorgab, wie eine Tochter unter ihre Fittiche nahm. Mrs. Latouche war es auch, die dafür sorgte, daß ich am Bryn-Mawr-Seminar für Frauen aufgenommen wurde. Es war eine im Geist der Unitarier geführte Mädchenschule, die sechzehn Jahre zuvor von einer Hugenottenfamilie gegründet worden war.

Während der ersten Wochen wachte ich jeden Tag bei Morgengrauen auf. Mit klopfendem Herzen saß ich aufrecht im Bett und erschrak über jedes Geräusch, das von einer vorüberfahrenden Kutsche oder einer Glocke verursacht wurde. Ich gewöhnte mir an, die Pension zu verlassen, bevor alle anderen aufgewacht waren, und allein durch die engen, mit roten Ziegelsteinen gepflasterten Straßen des Hafengebiets zu wandern. Ich schlenderte umher zwischen den Marktständen, die unter riesigen Segeltuchplanen aufgebaut waren, blieb vor den großen, gemalten Schildern der Läden und Lagerhäuser am Kai stehen. Die Menschen waren voller Energie und Unternehmungsgeist, in ihrem Gebaren lag eine Arroganz, die nur denen eigen ist, die ihre eigenen Herren sind. Zu meiner großen Freude gehörte ich schon bald zum Straßenbild, wurde von den Leuten wiedererkannt, wenn ich an den Ständen mit den Waren stehenblieb, die gerade mit dem letzten Schiff aus Birmingham eingetroffen waren, oder wenn ich Brot und Milch für das Frühstück einkaufte. Man lächelte mich an, die Verkäufer und Straßenhändler nickten mir zu wie einer alten Bekannten, und ich gehörte wie selbstverständlich zu den Scharen von Hausfrauen mit ihren Körben, die in der Frühe ihre Einkäufe erledigten. Zu Anfang war das Lächeln auf den Gesichtern scheu und zurückhaltend, und ich lächelte schüchtern zurück, wenn sie mir meine Ware anreichten. Aber nach kurzer Zeit wurde ich mit »Miss« begrüßt und bald darauf mit »Miss Harriet«. Ich bemerkte, daß die Augen der Weißen sich nicht länger von mir abwandten, so als sei ich schlimmstenfalls unsichtbar, bestenfalls ein Ballen Baumwolle. Weder blickten sie über meine Schulter hinweg, noch sahen sie aus Mißachtung durch mich hindurch. Sie sahen mir jetzt direkt in die Augen, neugierig, freundlich, taxierend, neckend. Miss Harriet, eine junge Dame. Die kleine Miss. Und mir zersprang fast das Herz vor Dankbarkeit gegenüber solchen Banalitäten, während ich mich gleichzeitig für meine Dankbarkeit schämte.

Hände, die davor zurückgeschreckt wären, die Negerin Harriet Hemings zu berühren, griffen nun nach meinen. Frauen, die voller Entsetzen ihre Röcke gerafft hätten, wenn die Negerin Harriet Hemings sie gestreift hätte, lächelten freundlich und entschuldigten sich. Verkäufer, die der Negerin Harriet Hemings eine Haube entrissen und ihr verboten hätten, sie mit ihren schwarzen Händen zu berühren, setzten sie mir nun eigenhändig auf, nannten mir ihren Preis und berieten mich.

Ich begann, mich auf meine frühmorgendlichen Spaziergänge zu freuen. Ich wandte meinen Blick nicht mehr ab, wenn mir Weiße auf meinem Weg begegneten, sondern sah sie freundlich und unbefangen an, meine Schritte waren leicht, mein Lächeln spontan. Ich fürchtete mich nicht mehr vor der Welt.

Zum erstenmal begann ich, weiße Gesichter zu beobachten und mir Gedanken über sie zu machen. In meinem ganzen Leben hatte ich bisher nur ein einziges weißes Gesicht näher betrachtet, zu durchschauen versucht oder freudig erwartet: das Gesicht meines Vaters.

Zu meiner Überraschung stellte ich fest, daß weiße Haut überhaupt nicht weiß war. Sie war grau und lavendelfarben, pfirsichfarben und rosig, blau und grün, braun und ocker, von der Farbe meines Ananasdesserts und von der Farbe neuer Kartoffeln. Es gab gerötete Teints und blasse Teints, totenbleiche und tiefbraune. Jetzt erst bemerkte ich, daß die Haut meines Vaters mit ihren rosigen und grünlichen Schattierungen, die ich wiederum von ihm geerbt hatte, sehr hell war. Ich erinnerte mich an die winzigen blauen Äderchen an seinen Schläfen, an das orangefarbene Muttermal in seinem Mundwinkel und an das zarte Blau seiner Augenlider. Die Welt wurde zu einem Kaleidoskop, in dem alle Farben andere Farben überlagern.

Die farbigen Menschen, die ich sah, wirkten wie Wachtposten in dieser Menge von Fremden, wie Hinweisschilder der Vertrautheit und Menschlichkeit, obschon ihr Nordstaatenakzent mich verblüffte. Auch ihre Hautfarbe wies neue, aufregende Schattierungen auf wie bronze- und kupferfarben, elfenbein- und mahagonifarben, zitronenholzgelb und nachtblau, schwarz wie die Kohle in Virginia und rot wie der Lehm in Virginia. Manche waren so hellhäutig, daß ich sie nicht von den Weißen unterscheiden konnte, ich wußte nicht, ob sie Schwarze waren, oder Schwarze, die vorgaben, Weiße zu sein, oder Weiße mit einem dunklen Einschlag. Ich war davon überzeugt, daß jeder einzelne unter den Schwarzen meine Maskerade durchschaute und einfach wegsah. Doch trotz alledem war es die Offenbarung meines Lebens, den Menschen in die Augen sehen zu können. Was ich in diesen Augen entdeckte, war so gewaltig, so heftig und geheimnisvoll, jedoch gleichzeitig so vertraut und erregend, daß ich mich fragte, warum ich es nicht schon früher versucht hatte. War ich ehedem nicht in der Lage gewesen, auch nur die geringfügigsten Zeichen in einem Gesicht zu deuten, konnte ich nun in ihnen lesen wie in einem Buch. Hatte ich vorher geglaubt, es sei unmöglich, die Gedanken anderer Menschen zu erraten, entwickelte ich mich nun zu einer höchst talentierten Gedankenleserin. Ich wurde mit der ganzen Welt vertraut, mit jedem fremden Gesicht, das meinen Weg auch nur ein einziges Mal kreuzte. Ich war allen Fremden, ob weiß, ob schwarz, eine Gefährtin. Und allein die Vision des jugendlichen Gesichts meines Vaters brachte mich dazu, das geheimnisvolle, einzigartige Gesicht jedes Weißen, der mir in den Straßen von Philadelphia begegnete, zu betrachten.

Philadelphia war eine schöne Hafenstadt, die größte, bevölkerungsreichste und schönste Stadt Amerikas, glaubte man Mrs. Latouche. Für jemanden, der noch nicht einmal bis Charlottesville gekommen war, war Philadelphia tatsächlich eine von Menschen wimmelnde Metropole, in der alle Straßen wie auf einem Schachbrett verliefen. Der Gründer der Stadt, ein Quäker namens William Penn, hatte seine »Stadt der brüderlichen Liebe« nach streng geometrischen Prinzipien angelegt. Dieses Grundmuster war von zahlreichen Städten vom Mississippi bis zu den Großen Seen nachgeahmt worden. Philadelphia war berühmt für seine Schiffe und seine Seeleute, sein Reichtum kam aus seinem Hafen und von dem fruchtbaren Boden seines Hinterlandes. Das Stadtwappen zeigte einen Pflug und Weizengarben über einem Schiff mit aufgeblähten Segeln. Mrs. Latouche wurde es nie müde, mir zu erzählen, daß die besten Familien Händler und Landbesitzer waren, und die größten Besitzungen in Lemon Hill und German Town so groß wie die Plantagen im Süden.

In den Wochen bevor ich ins Seminar abreiste, suchte ich in den Straßen von Philadelphia nach Spuren meines Vaters oder meiner Mutter oder meines Onkels James. Nach dem, was Petit mir erzählt hatte, hatte mein Onkel James seine letzten Tage in Philadelphia in einer Pension verbracht, von der aus man die Masten der Schiffe sehen konnte, die in den Hafen segelten. Manchmal ging ich unter dem Vorwand, Besorgungen auf den Märkten machen zu müssen, allein zu den Docks hinunter. Dann stand ich am Kai, lehnte mich in den Wind, wie ich es bei meiner Mutter gesehen hatte, und starrte auf den Horizont hinaus, so als warte auch ich darauf, daß mein Schiff heimkehrte. Und eines Tages würde es kommen, das schwor ich mir. Und ich gelobte, niemals umzukehren, trotz der schrecklichen Einsamkeit, die mich erwartete. Ich würde diese Reise in die Welt der Weißen bis zum Ende fortsetzen.

Eines Tages fühlte ich mich zufrieden und sicher genug, um nach Hause zu schreiben. Nach Hause? War Monticello mein Zuhause? War Monticello je mein Zuhause gewesen?

3. JULI 1822

Master,

Wie Sie von Burwell erfahren haben, bin ich wohlbehalten angekommen. Adrian Petit hat Ihre Empfehlungsschreiben vorgelegt, und Ihre Bekannten (die nicht wissen, wer ich bin) haben mich herzlich empfangen. Man hat mich an einer Mädchenschule in Bryn Mawr angemeldet, einem Dorf nicht weit von Philadelphia. Es ist keine Klosterschule wie die Abbaye de Panthémont, die Martha in Paris besucht hat, aber ein religiöses Institut, dessen Lehre hohe moralische Ansprüche stellt und zum Beispiel erklärt, daß Sklaverei zu verurteilen ist und der christlichen

Lehre widerspricht. Meine Lehrer sind ausnahmslos Gegner der Sklaverei, und ich bin für sie eine Waise aus Virginia, deren Erziehung bisher im Haus der Eltern stattgefunden hat und deren Familie schließlich, bis auf ihren Onkel Adrian, vom Gelbfieber dahingerafft wurde.

Ich bin viel älter als die anderen Mädchen. Während der letzten Monate habe ich mir alle Stellen in Philadelphia angesehen, von denen Sie mir erzählt haben. Mama sagt, Sie sind gleich nach meiner Abreise gestürzt und haben sich verletzt – daß Sie auf einer faulen Planke ausgerutscht sind und sich Ihr Handgelenk erneut gebrochen haben. Ich bete dafür, daß die Hand gut heilt und Sie sich wieder erholen. Welcher Arzt hat nach Ihnen gesehen? Noch einmal danke ich Ihnen für die fünfzig Dollar, die Petit bei der First Bank of Philadelphia angelegt hat. Ich habe um uns alle viele Tränen vergossen.

Ihre ehemalige Dienerin und Tochter, Harriet

3. SEPTEMBER 1822

Liebe Harriet,

Am letzten Samstag haben wir auf dem üblichen Weg Deinen Brief erhalten und freuen uns, daß Du gut angekommen bist und frohgemut in die Zukunft blickst. Der Vorwurf – ja, die Bitterkeit – in der unvermeidlichen Darstellung Deiner selbst als Waise ist verständlich, aber glaube mir, es gibt keinen anderen Weg. Sei nicht zu hart in Deinem Urteil über Deine Einsamkeit. Ich erinnere mich, wie mir im Alter von vierzehn Jahren das ganze Gewicht der Verantwortung für mein Leben aufgebürdet wurde, und es gab weder einen Verwandten noch einen Freund, der mich hätte leiten können. Du bist einundzwanzig. Einsamkeit bildet den Charakter und macht den Menschen unabhängig, denn am Ende kann sich jeder immer nur auf sich selbst verlassen. Und auf das, was man als geistige Schätze sammeln kann. Deswegen rate ich Dir, ehre und befolge die Ratschläge deiner Tutoren und Lehrer, denn sie verfügen über den Schlüssel zu dem inneren Leben, das kein Unglück, kein Verlust und kein Leid Dir entreißen kann: ein geschulter Verstand bedeutet wirkliche Freiheit. Verlaß Dich nur auf Dich selbst, bis Du die andere Hälfte findest, für die Du alles andere aufgeben wirst. Dann ver-

laß Dich auf ihn. Ich kann Dir auf Deinem Weg weder schaden noch Dir beistehen, ich kann nur der bleiben, der Dich immer lieben wird –

Th. J.

PS: Mein Handgelenk heilt nicht schlecht, aber wegen meines Alters dauert der Heilungsprozeß unerträglich lange.

Ich durchstreifte die roten Ziegelstraßen und betrachtete mich selbst in allem, was spiegelte: in den großen Schaufenstern der Läden, in den Fenstern der Postkutschen, in den Augen vorübergehender Menschen. Ich begann zu lächeln, anfangs lächelte ich mich selbst an, schließlich die anderen. Und zu meiner Überraschung wurde mein Lächeln erwidert. Männer zogen ihre Hüte, Frauen nickten mir zu. Kinder blieben stehen und starrten mich an. Und ich dachte: Wenn ihr wüßtet, wer ich wirklich bin, würdet ihr mich immer noch anlächeln?

6

Alles in dieser Welt ist eine Frage der Berechnung. Darum wäge stets alles sorgfältig ab. Lege das Vergnügen, das irgend etwas dir bereiten kann, in die eine Waagschale, aber lege in die andere die Schmerzen, die darauf folgen können … Die Kunst zu leben ist die Kunst, Schmerzen zu vermeiden … Die Vergnügen, die wir aus uns selbst schöpfen, sind die einzigen, auf die der Weise sich verläßt: denn nichts ist unser, das ein anderer uns entreißen kann.

THOMAS JEFFERSON

Auf dem Seminar begann ich zu begreifen, wie weit ich wirklich von Virginia entfernt war.

Die erste und beste Freundin, die ich gewann, war Charlotte Waverly. Musik und Schnelligkeit hatten uns zusammengebracht. Oder umgekehrt. Wir waren die beiden größten Mädchen auf dem ganzen Seminar, und Charlotte war die Schnellste. Aber ich konnte auch rennen. Zehn Jahre lang war ich mit meinen Brüdern in den Mais- und Tabakfeldern um die Wette gelaufen.

Eines Tages standen wir uns auf dem Schulgelände gegenüber. Nachdem wir uns einen Moment lang schweigend taxiert hatten, rafften wir unsere Röcke hoch und rannten los, Kopf an Kopf liefen wir um die Wette den Hügel hinab, der sanft vom Hauptgebäude abfiel und an einer Steinmauer entlang der Landstraße endete. Unsere Reifen waren um unsere Taille und ließen unsere Unterhosen sehen, unsere Zöpfe flogen im Wind, und die gesamte Schule schaute zu und feuerte uns an. Wir auf das Tor an der Grenze des Schulgeländes zu, und ich war dabei zu gewinnen, als mir mit einemmal bewußt wurde, daß es hier um mehr ging als um ein Wettrennen. Mir blieb eine Sekunde, um zu entscheiden, ob ich gegen Charlotte gewinnen oder verlieren sollte. Ich entschied mich, wie eine Sklavin aus Virginia sich entschieden hätte. Charlotte gewann um Haaresbreite, und wir fielen uns wie keuchende Welpen auf dem kleegesprenkelten Rasen in die Arme.

»Ich bin Charlotte Waverly«, sagte die große, kräftige Blonde, die mich am Boden festhielt.

»Ich weiß, wer du bist. Ich bin Harriet Petit, die Neue.«

»Ich weiß, daß du neu bist, und ich weiß, daß du das älteste Mädchen der Schule bist. Es freut mich, eine kennenzulernen, die mir im Rennen gewachsen ist.«

»Die Freude ist ganz auf meiner Seite.«

»Der Südstaatenakzent ist nicht halb so schlimm, wie man mir erzählt hat.«

»Hast du etwas gegen einen Virginia-Akzent?«

»Wir sind eben erst um die Wette gerannt, du willst dich jetzt nicht auch noch auf einen Faustkampf mit mir einlassen, oder?«

»Du sprichst, als ob du mit Jungs zusammen aufgewachsen wärst.«

»Stimmt. Und du auch, sonst könntest du niemals so schnell laufen.«

»Genau.«

»Wie viele Brüder?«

»Vier. Thomas, Beverly, Madison und Eston. Und du?«

»Vier. Amos, Charles, Zachariah und Dennis.« Sie machte eine Pause. Dann fügte sie hinzu: »Wir haben vieles gemeinsam.«

An jenem Tag sicherte ich mir nicht nur den Status der zweitschnellsten Läuferin der Schule, sondern, was noch wichtiger war, ich begann meine Freundschaft mit der beliebtesten und einflußreichsten Schülerin von Bryn Mawr. Die Mädchen, die mich zuvor geschnitten und mit »Tante Harriet« angeredet hatten, weil ich so viel älter war als sie, rissen sich nun um meine Gesellschaft. Sie erinnerten mich mehr oder weniger an die weißen Kusinen, mit denen ich als Kind gespielt hatte. Sie bargen kein besonderes Geheimnis, und sie flößten mir auch keine besondere Angst ein, denn im Gegensatz zu meinen Herren in Virginia konnten sie sich nicht unwillkürlich und ohne Grund in gewalttätige Herrinnen mit gefährlichen Wutanfällen und unsinnigen Forderungen verwandeln.

Es wäre eine Lüge, wenn ich behauptete, ich hätte niemals Heimweh gehabt. Wie, fragte ich mich, konnte ich die Sklaverei vermissen? Die Sklaverei war bisher meine einzige Familie gewesen und meine einzige Heimat. Ich sehnte mich nach dem Vertrauten und damit zugleich nach dem Übel. Das Klima des Nordens mit seinem harten Akzent und seinen steifen, merkwürdigen Menschen behagte mir nicht. Es verlangte mich nach dem warmen, weichen Busen meiner Tante, nach dem Duft von geräuchertem Schinken und auf Holzfeuer gerösteten Maiskolben, dem kühlen Quellwasser auf trockenen Lippen, nach den Streichen von Daniel und Maynard, den spannenden Geistergeschichten von Onkel Poke, dem Duft von Heu und Geißblatt, von frisch gemähtem Weizen und Tabakblüten.

Nachts träumte ich von dem weichen Akzent der Sklaven Virginias, der entlang der Mulberry Road zu hören war, von dem tiefen Baß eines einsamen Solisten in einem Kartoffelfeld, dem dröhnenden Lachen der Väter nach getaner Arbeit, dem hohen Sopran der Mütter, die ihren Kindern befahlen, zu Bett zu gehen, von den weichen Baumwollbällchen an den rauhen Stengeln, dem Klang von Estons Geige, Matthews Trompete, Harolds Mundharmonika und Fellers Flöte, vom Tamburin meiner Schwester und dem Spinett meiner Mutter, vom Kreischen der Ziegenmelker und dem Heulen der Wölfe, dem Brunftschrei der Berghirsche und von der blauen Silhouette der Berge, die sich gegen den Abendhimmel abhoben. Wie die geringsten Dinge uns noch hatten glücklich machen können. Wie wir noch dem Unglück Leben hatten abringen können.

Ein Jahr verging, und ich hörte schließlich auf, Charlotte immer gewinnen zu lassen. Mindestens einmal in der Woche banden wir unsere Röcke um unsere Taille und rasten den Hügel hinauf, mit offenen Haaren und rudernden Armen. Wir liefen wie Jungen, mit angezogenen Knien und Ellbogen, die Köpfe gesenkt. Daß wir in schweren Röcken rannten, unter denen sich noch mehrere Petticoats befanden, hatte unsere Brüder nie irritiert. Einer von Charlottes Brüdern hatte befunden, das sei nicht weniger unfair als die Tatsache, daß Mädchen lernen mußten, rückwärts zu tanzen.

»Das ist eben euer Schicksal ... wie das Kinderkriegen«, hatte Amos erklärt. »Wenn du jemals vor einem Mann davonlaufen mußt, hast du wenigstens eine Chance ... und dann mußt du auch in deinen Kleidern rennen.«

Ich kam als erste oben auf dem Hügel an, beugte mich keuchend vornüber, weil ich Seitenstiche hatte. Als ich mich aufrichtete, fiel Charlotte von hinten über mich her, und wir fielen beide in das kühle Gras. Unsere Gesichter waren dicht aneinandergepreßt, ihr Atem blies mir das Haar aus der Stirn. Sie umschlang mich mit ihren Armen und legte, immer noch keuchend, ihren Kopf auf meine Brust. Eine Freundin wie Charlotte hatte ich noch nie gehabt, und ich empfand eine zärtliche Zuneigung für sie.

Doch wie sollte ich für immer die Fassade unbekümmerter Fröhlichkeit aufrechterhalten, die nötig war, um Charlottes Zuneigung nicht zu verlieren? Selbst diejenigen Mädchen in unserer Schule, die Charlotte nicht mochten, mußten zugeben, daß sie einen unglaublichen Charme versprühte, der nicht nur in ihrem netten Äußeren – blond und blauäugig – begründet lag, sondern in ihrer Lebenseinstellung, die ebenso unbefangen heiter war wie ihr Gesicht. Tatsächlich war sie so sehr in die Sonnenseite des Lebens verliebt, daß sie Trübsinnigkeit und Verschlossenheit als an Verrücktheit grenzende Krankheiten betrachtete, und sie mied stets den Kontakt zu Menschen, die ihrer Meinung nach in eine dieser Kategorien fielen. Sie glaubte, den Zorn eines Lehrers oder ihrer Eltern mit einer geistreichen Antwort in nichts auflösen zu können und daß jeder Art von Ärger oder Kummer mit gesundem Menschenverstand beizukommen sei. Ich fürchtete stets, ich könnte sie irritieren, und verbarg meine Probleme und mein Unglück sorgsam vor ihr. Erst viel später erfuhr ich, daß es gerade diese Zurückhaltung und das Geheimnisvolle an mir waren, das sie zu mir hinzog. Sie erlebte mich als völlig verschieden von allen Menschen, die sie bisher kennengelernt hatte. Das sagte sie mir immer wieder, und jedesmal verdunkelten sich dann ihre großen Augen für eine Sekunde, weil sie nicht recht wußte, wie sie ihre Gefühle beschreiben sollte.

Charlotte war die erste, die sich aufsetzte, und bevor ich meine Knie anziehen konnte, bemerkte sie meine nackten Knöchel. Sie berührte meine rechte Fessel zärtlich mit ihrer Hand. »Was ist das?« fragte sie unbefangen.

Es war eine schwesterliche Geste, aber ihre Berührung ließ mich zurückzucken. Jede Geste, jeder Augenblick, der ihr sicheres, glückliches Leben symbolisierte, hatte eine doppelte Bedeutung für mich, wie eine Art verlängerter Schatten meines früheren Lebens. Sie hatte in ihrer eigenen Welt gelernt, mit den Jungen um die Wette zu laufen. Ich dagegen hatte in meiner Welt zu rennen gelernt, um Prügeln oder Schlimmerem zu entkommen. Mir wurde bewußt, daß sie mich niemals würde verstehen können, und jeder Versuch, ihr ein Leben zu erklären, das so sehr in Kontrast zu dem ihrigen stand, war unmöglich, so unmöglich wie verbotene Liebe ...

»Als du noch ein Kind warst ...«, begann sie häufig. *Ich bin nie ein Kind gewesen, Charlotte, ich war ein Sklavenkind.*

»Was wollten deine Brüder werden, als sie noch klein waren?« *Erwachsene Negersklaven, sie wollten überleben, bis sie einundzwanzig waren ... Großer Gott, Charlotte.*

»Warum bist du so zusammengezuckt, als ich dich in die Arme genommen habe?« *Weil ich Angst habe. Angst, du könntest dich in Ellen oder Cornelia verwandeln. Angst, du könntest dich in eine weiße Herrin verwandeln ...*

»Wann kommst du mich endlich einmal zu Hause besuchen?« *Wenn ich sicher sein kann, daß man nicht von mir verlangt, den Hintereingang zu benutzen.*

»Warum bist du so traurig, Harriet?« *Weil ich zu lieben beginne, und ich darf nicht zulassen, daß ich jemanden liebe, den ich verlieren werde.*

»Einmal bin ich mit meinem Vater auf die Jagd gegangen, weißt du, und da bin ich mit dem Fuß in eine Eichhörnchenfalle geraten«, erwiderte ich. Irgendwie trieb das Pathos meiner eigenen Antwort mir ungewollt Tränen in die Augen.

In dem Jahr, das Charlotte und ich zusammen am Seminar verbrachten, entwickelte sich zwischen uns eine tiefe Freundschaft, eine Art

Freundschaft, wie man sie nur in der Jugend schließt. Wir waren ineinander verliebt, ohne je klären zu können, welche geheimnisvollen Kräfte uns zueinander hingezogen hatten. Wir verbrachten so viel Zeit miteinander, daß wir schließlich wie eine einzige Person in zwei Körpern waren. Wir errieten gegenseitig unsere Gedanken und wußten im voraus, was die andere als nächstes sagen würde. Die kleinlichen Eifersüchteleien und die kleinen Gehässigkeiten, die für weibliche Freundschaften so typisch sind, hatten wir längst überwunden. Charlotte war der Anker in meiner so völlig veränderten und angsteinflößenden Welt. Ohne den Status als Schwarze, der mich von allem ausschloß, und ohne daß ich befürchten mußte, als falsche Weiße verfolgt zu werden, begann ich, den natürlichen Rhythmus meines Verstandes und meines Körper zu erkunden. Ich fing an, anders zu atmen, hielt meinen Kopf auf andere Weise und blickte schließlich über das kleine, vorsintflutliche Reich hinaus, das meine Welt gewesen war.

Doch heimlich war ich besessen von dem Gefühl, mich stets auf die eine oder andere Weise verstecken zu müssen. Ich führte ein Doppelleben als Beobachterin und Träumerin. Ich war ständig auf der Hut, fürchtete mich zu jeder Zeit vor allem Unvorhergesehenen. Nur in Gegenwart von Charlotte vergaß ich meine Wachsamkeit, wodurch ich mehrmals in Situationen geriet, die weder vorhersehbar noch beabsichtigt waren.

»Selbstbefriedigung«, sagte Charlotte in ihrer typischen, unvermittelten Art, ein Gespräch zu beginnen.

»Selbstbefriedigung«, wiederholte ich und bemühte mich, nicht zu lachen.

»Es gibt nichts Schöneres, Harriet. Auf diese Weise wirst du niemals von deinem Mann abhängig sein, um dir dieses Vergnügen zu verschaffen.«

»Und was weißt du denn über einsames Vergnügen, Charlotte Waverly?«

»Ich möchte wissen, ob du es für eine Sünde hältst.«

»In den Augen unserer Lehrer und unseres Pastors ist es eine.«

»Ach, das weiß ich. Aber die Jungs machen es die ganze Zeit – meine Brüder tun es, bis ihnen die Zunge zum Hals heraushängt. Ich habe sie beobachtet.«

»Ich ... habe auch Brüder. Ich weiß, was sie tun.«

»Frauen«, sagte Charlotte mit wichtiger Miene, »Frauen können sich gegenseitig die höchsten Wonnen bereiten ohne die Beteiligung des männlichen Geschlechts ...«

»Hmm ...«, sagte ich und fragte mich, wie weit Charlotte wohl gehen würde. Ich wußte, daß sie mich liebte. Ich liebte sie auch, und ich wußte, wie leicht es war, Gefühle durcheinanderzubringen und das eine Verlangen mit dem anderen zu verwechseln.

Wir lagen am Ufer eines kleinen Baches, der durch ein Wäldchen in der Nähe der Schule floß. Das Wasser glänzte wie Stahl, es war so still, daß man das eigene Spiegelbild darin sehen konnte. Eine Wespe schwirrte über dem Wasser, dann war sie wieder verschwunden. Ich fühlte mich matt und unbekümmert, und es war mir fast unangenehm, daß Charlottes Schwärmerei zu einem Ritual werden sollte, das unsere kindliche Freundschaft verändern und der Beginn dessen werden sollte, was die Zukunft für uns als erwachsene weiße Frauen bereithielt.

»Ich liebe dich«, sagte sie.

»Ich liebe dich auch, Charlotte.«

Zärtlich legte sie ihre Hand auf meine Wange. Ich schloß die Augen und spürte die laue Brise vom Bach her über mein Gesicht und meinen Hals wehen. Wir hatten Schuhe und Strümpfe ausgezogen und unsere Röcke hochgeschoben, um unsere Beine in der fahlen Aprilsonne zu wärmen. Charlotte hatte ein Bein über meine gelegt, und ich wandte meinen Kopf genüßlich ihrem Streicheln entgegen. Ich lag still da, öffnete die Augen und schloß sie wieder. Das Licht und die Dunkelheit waren wie die Welt, die ich erlebte: in zwei Hälften aufgeteilt, eine voller Licht und eine in Dunkelheit. Die Hälfte, in der sie lebte, war voller Freude, Hoffung und Licht; die Hälfte, in der sie fehlte, war düster und voller Dunkelheit.

Die Welt, die ich kannte, war aufgeteilt in eine Hälfte, in der man eine Wahl hatte, und eine, in der man keine hatte.

Charlotte begann, mich zu küssen, süße, einfache Küsse.

»Weißt du, wie es geht?«

»Ja.«

Einen Augenblick lang wandte ich mein Gesicht von ihren Lippen ab, so wie ein Schwimmer, der nach Luft schnappt. Ich hatte nicht vor, Charlotte zu widerstehen. Im Gegenteil, unsere schwesterliche Zuneigung hatte immer schon etwas sehr Sinnliches gehabt, und während ihre Lippen und Hände meinen Körper erkundeten, meine Kleider lösten und öffneten, mich streichelnd und liebkosend, versuchte ich meine Gefühle für Charlotte zu ergründen, und fragte mich, warum ich ihren Forderungen nachgab, obschon ich mir doch geschworen hatte, niemals den Forderungen eines anderen zu folgen. Unser Liebesspiel war gleichzeitig wonniges Entdecken und stiller Wettstreit darum, wer als Siegerin aus dem Spiel hervorgehen würde. Überraschenderweise waren wir uns in diesem Spiel auf ähnliche Weise ebenbürtig wie im Rennen. Als wir schließlich mit um die Taille gebundenen Röcken durch das silbrig glänzende Wasser des Bachs wateten, hatte keine von uns die Oberhand über die andere gewonnen.

»Schau hinab, Harriet. Du bist so schön.«

Und tatsächlich entdeckte ich im Wasserspiegel das rote Dreieck. Charlotte war so blond, daß man kaum erkennen konnte, wo ihr Bauch aufhörte und ihr Geschlecht begann. Und da mußten wir lachen, es war ein herzliches, tiefes Lachen, das wie tausend Schmetterlinge über den Wasserspiegel glitt und in der lauen Frühlingsluft widerhallte. Es war ein rauhes Lachen, das Frauen sich nur in Gesellschaft von Frauen zugestehen, Adagios von atemlosen Tönen, die aus dem Hals, dem Busen, dem Bauch, dem Geschlecht hervorquellen. Ein Lachen, das wir Männern stets vorenthielten.

Unsere Komplizenschaft dauerte mit einigen über mehrere Jahre dauernden Unterbrechungen weit über die Hälfte unseres Lebens an. Wir haben niemals jemandem davon erzählt. Die Gleichgültigkeit, die wir in der Öffentlichkeit vortäuschten, handelte uns den Ruf ein, unterkühlt und prüde zu sein. Wir lasen verbotene Bücher, befaßten uns mit den verschiedenen Methoden der Schwangerschaftsverhütung und studierten medizinische Zeitschriften. An jenem Tag gründeten wir unseren eigenen erotischen Geheimbund für zwei Personen. Wir wurden zusammen alt, überlebten viele unserer Kinder und drei Ehen bis schließlich unsere Beziehung in jenes Stadium des Friedens überging, der ebenbürtigen Paaren gegeben ist.

Bis zu diesem Zeitpunkt hatte ich ein sehr persönliches Ziel verfolgt, eine Hoffnung, eine besondere Fügung, ein privates Fegefeuer. Als ich begriff, daß mein Streben die Grundlage einer ganzen Bewegung war, die Angehörigen meiner Rasse zu befreien, hatte ich das Gefühl, als sei ich von einem anderen Stern gefallen. Noch nie zuvor hatte ich ein Traktat gegen die Sklaverei gelesen oder der Auspeitschung eines Sklaven beigewohnt. Ich wußte vom Hörensagen, daß zwei weiße Vettern in Kentucky einen Sklaven ermordet hatten, indem sie ihm erst Arme und Beine abgehackt und dann den Torso in dem Feuer verbrannt hatten, das er nicht zu ihrer Zufriedenheit angefacht hatte. Aber Kentucky war weit weg, und die Geschichte war mir eher wie eine Legende vorgekommen als eine reale Begebenheit. Ich wußte nicht, was Schwarzen-Gesetze waren, noch konnte ich Mississippi auf der Landkarte finden. Von der Gefahr, in die mein Vater sich mit seinem Doppelleben gebracht hatte, oder von den zerbrochenen Träumen meiner Mutter hatte ich nur eine sehr verschwommene Vorstellung. Was meine weißen Vettern und Kusinen anging, als deren eine ich mich nun ausgab, so kannte ich hauptsächlich ihre Ignoranz, ihre gedankenlose Grausamkeit und ihre Gier nach Zuwendung.

Dann lernte ich Robert Purvis kennen. Ich stand in der Eingangshalle des Konservatoriums, und er war auf seinem Weg zu einer Probe des Männerchors. Er war ein blasser, blonder junger Mann, ein Freund von Charlottes Bruder Dennis, und er grüßte sie mit Namen. In seiner Begleitung war William John Thadius Wellington, ein hochaufgeschossener Mann in der dunklen Tracht eines Apothekers. Die beiden Freunde waren ein vollkommen gegensätzliches Paar. Purvis war blond, redselig und selbstsicher. Wellington war dunkelhaarig, von der linkischen Geistesabwesenheit des Wissenschaftlers und Träumers. Beide sahen ausnehmend gut aus. In der Annahme, ich sei eine Weiße, eröffnete Purvis mir sogleich in heiterem Tonfall, er sei kein Weißer. Es schien ein alter Witz zwischen ihm und seinem Freund zu sein, den er Thance nannte.

»Ich bin kein Weißer, und bin es nie gewesen«, sagte er, während seine Mundwinkel zuckten, als er sich angesichts meiner Verblüffung ein Lachen verkniff. In seinen blauen Augen lag ein Leuchten, das sein ganzes Gesicht erstrahlen ließ. Er war der Sohn einer Sklavin und eines reumütigen Plantagenbesitzers aus Louisiana, der ihn und seine Mutter freigelassen und in den Norden nach Ohio geschickt hatte, wo Purvis das Oberlin College besucht hatte. Das Vermögen, das sein Vater ihm hinterlassen hatte, hatte er eingesetzt, um die Abschaffung der Sklaverei zu unterstützen. Nun besuchte er die Universität von Pennsylvania, trotz des Zutrittsverbots für Neger, Frauen und Juden, wie er mir erklärte. In seinen ehrlichen, klugen Augen entdeckte ich nicht das geringste Zeichen eines Verdachts meiner eigenen Doppelexistenz, nur freundliche Neugier und den Hochmut eines Mannes, der sich entschlossen hat, weder sein Herz noch sein Vermögen an eine Frau zu verschenken.

»Was hat es für einen Sinn, ein reicher, mächtiger Weißer zu sein, wenn es hier so viele davon gibt? Ein reicher, mächtiger Neger dagegen, das ist schon etwas anderes. Er kann eine ganze Rasse in die Freiheit führen. Ich kann die Geschwister meiner eigenen Mutter und die Geschwister meiner eigenen Großmutter aus der Leibeigenschaft befreien. Das ist wirkliche Macht. Ich besitze viel Geld, und ich habe vor, es für den Kampf gegen die Sklaverei in Amerika einzusetzen.

Darf ich die beiden Damen zu einer Versammlung der Gesellschaft der Gegner der Sklaverei am nächsten Donnerstag einladen? Ich denke, Sie werden die Erlaubnis Ihrer Familien benötigen«, fuhr er fort. »Die Versammlung findet in der Benjamin Franklin Bibliothek in der South Street statt. Es werden auswärtige wie auch schwarze Redner auftreten. Das Hilfskomitee der Damen wird in einem streng von den Männern getrennten Bereich sitzen.«

Ich errötete heftig. Wir waren zwei weiße Frauen, die sich unbefangen und gleichberechtigt mit einem Neger unterhielten. Aus meinem Augenwinkel sah ich, wie Charlotte Purvis ein Zeichen gab. Was versuchte sie ihm zu sagen? Daß ich aus Virginia stamme und die Tochter eines Sklavenhalters sei? Die Waise einer angesehenen Familie in Tidewater? Ich stand da und starrte nicht Purvis, sondern seinen Freund an, der mich mit seinem Blick in seinen Bann gezogen hatte.

»Miss … Miss Waverly, bitte helfen Sie mir.« Er lächelte.

»Darf ich vorstellen, Miss Petit aus Virginia«, sagte Charlotte mit Betonung auf dem letzten Wort.

»Miss Petit, das ist Mr. Wellington, ein Freund meiner Brüder«, fuhr sie fort.

»Hocherfreut, Miss Petit.« Wellington lächelte hingerissen. »Bitte, entschuldigen Sie uns. Wir kommen zu spät zur Chorprobe«, sagte er, als er Purvis ein bißchen zu rauh am Arm faßte, um es unbefangen wirken zu lassen.

»Hör nur, sie haben schon ohne uns angefangen«, sagte er und trieb Purvis, der mir über seine Schulter bewundernde Blicke zuwarf, zur Eile an.

Die Musik drang durch den Korridor bis in die Halle hinaus, wo Charlotte und ich den Klängen andächtig lauschten. Plötzlich ertönte eine einzelne Stimme, die das Solo in dem mir unbekannten Oratorium sang. Es war ein Tenorbariton, so volltönend und lieblich, daß ihr Klang wie Wasser über mich hinwegfloß, meine Augen und Lippen sanft badete, über meinen Hals und meine Schultern und dann über meinen Rücken bis ans Ende meiner Wirbelsäule lief.

»Das ist der alte Wellington«, sagte Charlotte lachend, als sie mein Gesicht sah. »Er hat die Stimme eines Erzengels und den Ruf eines Atheisten.«

Aber in diesem Augenblick hätte er der Leibhaftige persönlich sein können. So eine wundervolle Stimme hatte ich noch nie gehört.

7

Wäre die Welt schöner, wenn unsere Gesichter sich alle glichen? Wenn unsere Veranlagungen und unsere Talente, unser Geschmack, unser Aussehen, unsere Wünsche, Abneigungen und Interessen alle nach demselben Muster geformt wären? Wenn weder in der Tier- noch in der Pflanzenwelt, noch in der Welt der Mineralien Unterschiede bestünden, sondern alle gleich, katholisch und orthodox wären, welch physische und moralische Eintönigkeit herrschte auf unserer Welt.

Thomas Jefferson

»Ich fordere mit Nachdruck die sofortige Freilassung unserer versklavten Mitbürger«, sagte Purvis auf der nächsten Versammlung der Gesellschaft der Gegner der Sklaverei. »Ich werde so hart und kompromißlos wie die Gerechtigkeit selbst mit der Wahrheit umgehen. Ich werde die Dinge beim Namen nennen. Ich werde nichts beschönigen. Ich werde nicht einen Zoll von meinem Standpunkt abweichen, und ich werde mir Gehör verschaffen. Ich betrachte es als selbstverständlich, daß Sklaverei ein Verbrechen ist – ein verdammungswürdiges Verbrechen. Ich bin ein Verbrechen. Und deshalb werde ich meine Anstrengungen darauf richten, diejenigen zu entlarven, die dieses Verbrechen begehen.«

Voller Entsetzen starrte ich Robert Purvis an. Niemand hatte mir gegenüber jemals auch nur mit einem Wort erwähnt, daß die Sklaverei ein Verbrechen war.

»Und«, fuhr er fort, »sollte irgend jemand argumentieren, daß unsere Verfassung – unsere geliebte Verfassung – solch einem Programm im Wege steht, dann kann ich nur sagen, daß die Verfassung unrecht hat, wenn sie die Sklaverei legitimiert. Die Verfassung steht im Bündnis mit dem Tod und mit der Hölle.«

Ich sah mich ängstlich um. Vaters Verfassung. Es war, als hätte der Redner die Bibel verdammt. Es war, als hätte er das Ende der Welt vorausgesagt. Die Sklaverei war Gottes Wille. Die Sklaverei war unsterblich!

»Und«, fuhr er fort, »ich spreche alle Sklavenhalter, meinen eigenen Vater eingeschlossen, dieses Verbrechens schuldig und betrachte sie deshalb als üble und verabscheuungswürdige Menschen.«

Purvis hatte mich nicht als Verwandte in der Hautfarbe erkannt, wenn man mich so bezeichnen konnte. Ich hatte nichts von ihm zu befürchten, selbst wenn er die Wahrheit wüßte. Er war ohne Falsch und unbestechlich, sein Leben war so simpel und so leicht zu begreifen wie William Penns Stadt.

»Im allgemeinen«, sagte er, »müssen die Menschen große Anstrengungen unternehmen und sehr ausdauernd sein, bis ein Übel geschaffen ist, das die Zeiten überdauert. Aber es gibt ein Unheil, das auf heimlichen Wegen in die Welt gelangte. Zu Anfang vom gewöhnlichen Mißbrauch der Macht kaum zu unterscheiden, wurde es von einem Individuum über die Menschheit gebracht, dessen Name in der Geschichte nicht überliefert ist, um sich dann wie eine Seuche überall in der Gesellschaft zu verbreiten. Dieses Unheil ist die Sklaverei.

Im sechzehnten Jahrhundert wurde sie von den Christen als Ausnahmeregelung wieder in das gesellschaftliche System eingeführt und auf die menschliche Rasse beschränkt. Die Wunden jedoch, die der Menschheit auf diese Weise zugefügt wurden, sind, wenn auch weniger gravierend, viel schwerer zu heilen. Das hängt mit dem Umstand zusammen, daß die Sklaverei sich in der modernen Gesellschaft auf fatale Weise zu einer Frage der Hautfarbe entwickelt hat. Kein Afrikaner ist jemals freiwillig in die Neue Welt ausgewandert, woraus folgt, daß alle Schwarzen, die nun hier leben, entweder Sklaven oder Freigelassene sind. Auf diese Weise gibt jeder Neger diesen unauslöschlichen Schandfleck an alle seine Nachkommen weiter, selbst wenn die Sklaverei durch das Gesetz abgeschafft wird. Überall dort, wo die Neger am stärksten waren, haben sie die Weißen vernichtet;

das ist der einzige Ausgleich, der zwischen den beiden Rassen stattfindet. Ich sehe, daß die gesetzlichen Schranken, die die beiden Rassen voneinander trennen, in einem Teil der Vereinigten Staaten gefallen sind. Das gilt jedoch nicht für die gesellschaftlichen Schranken in diesem Land: Die Sklaverei geht zurück, aber die Vorurteile, die sie geschaffen hat, sind unauslöschlich. In dem Teil der Union, in dem die Neger nicht länger Sklaven sind, hat sich ihr Status gegenüber den Weißen in keiner Weise verändert. Im Gegenteil, in den Staaten, die die Sklaverei abgeschafft haben, scheinen die Vorurteile stärker ausgeprägt zu sein als in jenen, wo sie noch existiert. Und die größte Intoleranz herrscht in den Staaten, in denen es nie Leibeigenschaft gegeben hat.«

Ich begann, die Schriften der Sklavereigegner zu studieren und die Schilderungen entflohener Sklaven. Ich las Berichte von bekehrten Sklavenhändlern und Schiffskapitänen wie meinem Großvater. Fasziniert bestaunte ich Plakate, die Sklavenauktionen ankündigten oder Belohnungen für die Ergreifung von entflohenen Sklaven versprachen, und Landkarten, die einen Kontinent namens Afrika zeigten. Mir wurde bewußt, wie klein die Welt von Monticello war und wie tief die Wunde, die mein Land vergiftete. Ich hörte von Sklavenaufständen in Kuba, Santo Domingo und Jamaica. Zum erstenmal dachte ich über das Doppelleben meines Vaters nach, das auf seine Weise ebenso gefährlich war wie mein eigenes. Ich durchwühlte Bücher, Zeitungen und Flugschriften auf der Suche nach Informationen über ihn. In der Hoffnung, Hinweise auf meine eigene Existenz zu finden, studierte ich seinen offiziellen Lebenslauf. Ich las über ihn als Botschafter, als Außenminister, als Präsident und versuchte, mir ein Bild zu machen von diesem Fremden, der die Unabhängigkeitserklärung geschrieben, die Hälfte der Vereinigten Staaten gekauft und meine Mutter niemals freigelassen hatte.

Eines Tages nahm Mrs. Latouche mich ins Gebet wegen der vielen Versammlungen, an denen ich teilnahm.

»Meine Liebe, so sehr ich die fortschrittlichen Ideen der Sklavereigegner schätze, so muß ich dich doch, auch im Namen deines Vormundes, der zur Zeit nicht hier ist, darauf hinweisen, daß solche Versammlungen kein Ort sind für junge Mädchen. Du und Charlotte solltet euch ernsthaft Gedanken darüber machen, wie sehr ihr euren Ruf als anständige und behütete junge Damen aufs Spiel setzt, indem ihr an diesen Versammlungen teilnehmt.

Es ist schon schlimm genug, daß ihr euch so häufig im Konservatorium sehen laßt. Aber diese Bibliotheksgesellschaft! Das ist eine Brutstätte des Radikalismus. Ich weiß, daß du Charlotte in allem folgst, aber als Mitglied einer der ersten Familien Philadelphias, den Biddles, den Ingersolls, den Girards, den Wartons und den Rittenhouses ebenbürtig, kann sie sich einiges erlauben, ohne Schaden zu nehmen. Aber du, eine Waise ohne Vermögen, mußt wesentlich vorsichtiger sein. Du hast nur deine Schönheit, deine Gesundheit und deinen Anstand. Dein musikalisches Talent ist nicht mehr als die Sahne auf dem Kuchen. Es kann nicht angehen, daß du dich einer radikalen Bewegung anschließt, deren Versammlungen in ... gemischter Gesellschaft stattfinden.«

»Sie meinen gemischtrassige Versammlungen, Mrs. Latouche«, sagte ich höflich.

»Ich meine Versammlungen, bei denen die Geschlechter auf promiskuitive Weise in ein und demselben Saal versammelt sind.«

»Ach so.«

Trotz meiner Verwegenheit, die Versammlungen der Sklavereigegner weiterhin zu besuchen, gehörte die Angst zu meinem Leben. Die einzige wirkliche Bewegungsfreiheit, die mir blieb, waren meine frühmorgendlichen Spaziergänge an den Hafen, denn von nun an war es mir ansonsten nur noch in Begleitung gestattet auszugehen. Eines Morgens war ich früh aus dem Haus geschlüpft, um meinen Spaziergang zu machen, und bog gerade in die Hamilton Alley ein, als ich spürte, daß ich von einem Mann verfolgt wurde. Sykes! schoß es mir durch den Kopf. Ich zwang mich, meine Schritte nicht zu beschleunigen, um ihn nicht zu provozieren. Seine Schritte hallten wider in der langen, schmalen Ziegelsteingasse, zwischen den geschlossenen Fensterläden und den Säulen aus weißem Marmor. Es war taghell. Ich wußte, daß ich bald den Kai erreichen würde, wo es von Menschen wimmelte und die zum Verladen auf die wartenden

Schiffe bestimmten Waren sich hoch auftürmten. Meine Absätze klapperten auf den gebrannten Ziegeln, meine Hand langte tief in meine Tasche, meine Finger umklammerten den Dolch, dann blieb ich abrupt stehen, holte tief Luft und drehte mich um. Der Mann blieb zehn Schritte von mir entfernt stehen. Vor Angst wäre ich beinahe in Ohnmacht gefallen.

»Mr. Wellington!«

»Miss Petit. Ich wollte Sie nicht erschrecken.«

»Nun, ich weiß nicht, wer wen erschreckt hat«, sagte ich mit klopfendem Herzen.

»Ich habe Sie schon oft in dieser Gegend gesehen.«

»Ich wohne hier in der Nähe. Was führt Sie denn hierher in diese … Gegend?« fragte ich, und bemühte mich, das Zittern in meiner Stimme zu verbergen.

»Die pharmazeutische Fakultät der Universität von Pennsylvania befindet sich gleich dort an der Ecke«, – er deutete auf ein Gebäude hinter ihm. »Ich arbeite dort als Tutor, und außerdem habe ich dort mein Labor. Unser … unser Lagerhaus und unsere Apotheke liegen beide in der Front Street, etwa fünf Minuten von hier entfernt. Mein Vater hat unsere Firma 1789 gegründet … wenn Sie daran vorbeigehen, können Sie das Schild sehen: ›Wellington – Drogist und Apotheker‹. Ist es nicht ein Glück, daß wir uns neulich vor der Chorprobe kennengelernt haben? Sonst hätte ich Sie nicht in der Öffentlichkeit ansprechen dürfen. Gott segne Charlotte Waverly.«

Er sagte das so leidenschaftlich und ernst, daß ich erleichtert auflachte.

»Und ich dachte, sie wollten über mich herfallen.«

»O mein Gott. O mein Gott – ich habe Sie also doch erschreckt. Wie dumm von mir. Wie feige von mir. Ich habe es einfach nicht gewagt, Sie anzusprechen. Darf ich Sie nach Hause begleiten …? Doch erlauben Sie mir zunächst, Sie mit einem Wassereis wieder aufzuheitern … oder lieber Tee? Kakao?«

»Tee, bitte. Ich liebe Tee.«

»In der Nähe der Lagerhallen gibt es eine Art Café, das sich das ›China-, Indien- und Orientwarenhaus‹ nennt. Dort kann man ganz frischen Tee trinken, heiß oder eisgekühlt, oder als Sorbet.«

»Das kenne ich«, sagte ich, erfreut darüber, daß er mich in mein Lieblingscafé einlud.

»Werden Sie mir vergeben?«

»Ja«, erwiderte ich. Vor Freude konnte ich kaum an mich halten.

Arm in Arm bogen wir in die Chestnut Street ein und spazierten in Richtung Dockstreet, vorbei an den mit Segeltuchplanen überdeckten Ständen der Buchhändler und Verleger, die in dieser Straße ansässig waren. Wir gingen an der Independence Hall und an der Post vorbei, bis wir schließlich den Kai an der Stelle erreichten, wo die Ausflugsboote ablegten, die nach New York und Cape May segelten. Villen, Lagerhäuser und Läden standen dichtgedrängt auf der Front Street, die nach Süden hin am Kai entlang verlief. Hier befand sich auch Beck's Orientwarenhaus mit Blick auf das Meer. Auf seinem Dach prangte ein eisernes Reklameschild, das für eine Feuerversicherung warb. Unter den Markisen, die bis an die Straße reichten, saßen Herren und Damen, die Mr. Becks Teesorten aus aller Welt probierten.

Im frühen Morgenlicht glich der Hafen einem Wald von Masten und eingerollten Segeln. Die Markisen aus Segeltuch warfen einen goldenen Schatten auf die Cafégäste und die aus rohen Planken gezimmerten Tische und Stühle. Auf den Tischen lagen weiße Tischdecken, auf denen riesige blau-weiße Samoware aus Porzellan standen. Vor unseren Augen spielte sich das emsige Treiben der Menschen im Hafen ab: Händler, Versicherungsvertreter, Hafenarbeiter, Marktschreier, Spaziergänger, feine Herren und Damen, Waschfrauen und Matrosen bewegten sich zwischen Bergen von Ballen, schweren Holzkisten und anderem Frachtgut aus aller Welt: Reis und Baumwolle und Tabak aus Virginia, Walöl aus New Bedford, Pferdehäute aus Montevideo, Kaffee aus Brasilien, Puppenhäuser aus Köln, Leinen aus Finnland, Rum aus St. Croix, Branntwein aus Frankreich und Opium aus der Türkei. Vor dem Café lagen große Ballen Tee – Hysontee und indischer Tee, chinesischer Gunpowder, Imperial und Souchong.

Als wir uns setzten, nahmen auch wir die goldene Farbe der Markisen an. Ich war froh, daß ich mich am Morgen ohne bestimmten Grund besonders sorgfältig zurechtgemacht hatte. Ich trug ein Taftkleid mit grünschwarzgrauem Schottenkaro, darüber ein schwarzes Schultertuch und einen Hut mit grüner Schleife. Das Kleid hatte ein Jabot aus weißer irischer Spitze und weiße Rüschen an den Ärmeln. Ich hatte in Can's Buchhandlung ein paar Noten gekauft, die ich nun auf dem leeren Platz neben mir ablegte. Im Schatten der Markise nahm der hellgelbe Umschlag einen tiefen Ockerton an.

»Die pharmazeutische Fakultät ist gleich dort drüben«, sagte Mr. Wellington noch einmal und deutete nach Norden in Richtung Swanson Street. »Sie ist erst zehn Jahr alt und die erste in den Vereinigten Staaten. Pharmazie wird gerade erst als Teil der medizinischen Ausbildung anerkannt, was teilweise meinem Vater zu verdanken ist. Vorher waren wir nichts als Drogisten, die wie Mr. Beck Tee verkauften.«

»Wir hatten eine ziemlich gut ausgestattete Apotheke bei uns zu Hause.«

»Die Mädchen aus dem Süden verstehen etwas von Heilkräutern. Ich lasse mir immer gern von Hausmitteln berichten. Dabei kann man eine Menge lernen.«

»Meine Großmutter war eine Expertin in unserer Familie.« Bleib so nah wie möglich bei der Wahrheit, sagte ich mir. Dann dachte ich: O Gott. Eines Tages werde ich es ihm sagen müssen.

»Die ländliche Medizin ist voller Überraschungen.«

Thance Wellington trug einen Zylinderhut und das Herz auf seiner Zunge. Er wirkte verwirrt und zugleich beglückt, als er seinen Hut auf meinen Noten ablegte. Sein ausdrucksstarkes, gutaussehendes Gesicht hatte etwas, das Independence nicht unähnlich war, sein Lächeln strahlte die gleiche Wärme aus wie das des jungen Hündchens. Eine einzelne schwarze Locke hing ihm in die Stirn, und mir fiel auf, wie braungebrannt sein Gesicht, seine Hände und Handgelenke waren, was durch das weiße Leinen, das er trug, noch betont wurde. Selbst im Sitzen wirkte sein langer, schlanker Körper so energiegeladen, als wolle er gleich aufspringen. Nichts in meinem Leben hatte mich auf das vorbereitet, was dieser ernste, unbefangene Mann aus dem Norden in mir auslösen würde.

»Bitte, lachen Sie mich nicht aus, Miss Petit.«

»Ich lache nicht, Mr. Wellington.«

»Das Ganze hat so etwas Endgültiges«, sagte er geheimnisvoll. Seine wundervolle Stimme klang leise und vorsichtig, als gebe er ein gutgehütetes Geheimnis preis.

»Ich weiß«, erwiderte ich ebenso geheimnisvoll, obschon ich voller Zärtlichkeit dachte, das es ein Ort war, an dem ich endlich zur Ruhe kommen konnte. »Seit wann folgen Sie mir schon?« fragte ich.

»Oh, seit Monaten – seit dem Tag im Konservatorium.«

»Ich verstehe.«

»Nein, das verstehen Sie nicht. Diese, diese Sache … ist nichts Gewöhnliches … jedenfalls nicht für mich. Es zerreißt einem das Herz. Das bißchen Gewebe und Knorpel, das wir Verstand nennen. Das Organ, das uns von den anderen Primaten unterscheidet, weil es um den Tod weiß, das hier« – er tippte an seine Stirn – »ist Ihretwegen wie ein Stück Kohle verbrannt.« Mr. Wellington sah sich dramatisch um.

»Natürlich würde ich nichts ändern wollen«, sagte er lächelnd. Eine Reihe wundervoll ebenmäßiger Zähne erschien in seinem braunen Gesicht.

Ach, mein Lieber, dachte ich, aber ich würde es nur zu gerne. Ändern würde ich gerne etwas. Aber nicht Sie. Nicht Sie, Mr. Wellington.

»Ich weiß, daß es höchst unüblich ist, aber ich hoffe, Sie werden mir gestatten, Sie einzuladen, nachdem ich Sie nun halb zu Tode erschreckt habe. Ich habe Eintrittskarten für das letzte Konzert der Saison in der Music Fund Hall. Ich habe das Programm gesehen. Ich bin sicher, es wird Ihnen gefallen. Leon Bukowsky dirigiert zum erstenmal in Philadelphia. Ich kenne Ihren Musikgeschmack … bitte, sagen Sie, daß Sie mich begleiten werden …« Seine Hand zitterte. Es war eine schöne Hand, lang und kräftig, mit hervorstehenden Adern, die eine Woge zärtlicher Gefühle in mir auslösten.

»Ich werde meinen Vormund um Erlaubnis bitten müssen.«

»Selbstverständlich. Erlauben Sie mir, Ihnen eine förmliche Einladung zu senden.«

»Ja. Ich werde sie dann Onkel Adrian zeigen.«

»Natürlich.«

Ein Schatten huschte vorüber. Ob es sich um eine Wolke am

Himmel handelte oder ob es etwas in meinem Innern war, kann ich nicht sagen.

»Sie werden Ihre Entscheidung doch nicht ändern, Miss Petit?«

»Ich werde meine Entscheidung nicht ändern, Mr. Wellington.«

Eine Stunde verging. Als wir dort unter all den anderen Paaren saßen und an unserem Tee nippten, dachte ich dankbar daran, wie Charlotte mich in den Umgangsformen der feinen Gesellschaft Philadelphias unterwiesen hatte. Die Schule hatte mir Manieren, Haltung und höfliche Konversation beigebracht. Durch intensives Lesen und durch das Zusammensein mit Charlotte hatte ich mich im Laufe der beiden letzten Jahre mehr oder weniger zu der weißen jungen Frau entwickelt, die ich zu sein vorgab. Ich war mir sicher, daß mir kein grober Fehler und kein unziemliches Verhalten unterlaufen würde. Harriet Hemings aus Monticello war nur noch ein flüchtiges Bild, das ich ab und zu im Spiegel, in einer Geste oder einem Gedanken wahrnahm, sie gehörte jedoch gänzlich der Vergangenheit an. Ich hatte nicht nur mich selbst vergessen, sondern ebenso meine Mutter und meinen Vater; ich spielte die perfekte Waise. Mir war aufgefallen, daß alle auf die eine oder andere Weise ihre Rolle spielten. Und alle hatten ihre Geheimnisse. Sie hatten nicht notwendigerweise etwas zu verbergen, so wie ich, und doch gab es Gedanken, Ereignisse und Enttäuschungen, über die sie sich der Welt gegenüber lieber ausschwiegen. Nun, da ich gelernt hatte, wie kompliziert, gefährlich und voller Doppelzüngigkeit das Leben im Norden war, gewann das einfache Leben in Virginia in meinen Augen einen gewissen altertümlichen Charme.

Außerdem herrschte in Philadelphia, der ersten Stadt nördlich der Mason-Dixon-Linie, eine gewisse Sympathie für den Süden. Viele Familien aus dem Süden verbrachten hier ihre Ferien oder kamen zum Einkaufen her. Und als Händler und Schiffsbauer unterhielten die Leute aus Philadelphia enge Geschäftsbeziehungen mit dem Süden. Ich war einigermaßen in Sorge wegen der geringen Möglichkeit, daß eine Familie aus Tidewater mich wiedererkennen könnte. Oder war ich nur melodramatisch? Wem könnte ich überhaupt begegnen? Und wo?

»Sie sind Charlottes Vetter, Mr. Wellington?« fragte ich ihn.

»Ja, das bin ich in der Tat.«

»Sie ist meine beste Freundin. Ich habe keine Verwandten mehr.«

»Überhaupt keine Familie?«

»Meine Familie ist vor einigen Jahren bei einer Gelbfieberepidemie in Tidewater umgekommen. Meine Familie wurde völlig ausgelöscht. Mein Onkel Adrian ist nicht wirklich mein Onkel, aber er ist der engste Verwandte, der mir geblieben ist. Es gibt nicht viele Menschen auf dieser Welt, die so allein sind wie ich«, schloß ich aufrichtig.

»Oh, meine liebe ... Miss Harriet.«

Es waren keine Worte mehr nötig. Mich überkam eine Mattigkeit, als wäre ich eine weite Strecke geschwommen, hätte einen hohen Berg erklommen oder eine große Menge Madeira getrunken. Vielleicht war es auch nur der berauschende Duft, der über dem Café hing, der Duft von Tausenden exotischen Gewürzen, Hunderten von Tees, vermischt mit dem überwältigenden, unwirklichen Geruch nach Geheimnis, Ferne und Träumen. Vielleicht war es Thance Wellington.

Nach dieser ersten Einladung blieb die Music Fund Hall einer der wenigen Orte, die Thance und ich ohne Begleitung aufsuchen durften. Petit und Mrs. Latouche hielten sie für kultiviert und öffentlich genug, um das Ansehen eines modernen Paares, das wir schon bald waren, nicht zu gefährden. Sollten andere, etwas ältere Männer wie Charlottes Bruder Amos oder deren Kommilitonen am Konservatorium sich Miss Petit gegenüber Hoffnungen gemacht haben, so hatte Thance Wellington sie schnell eines Besseren belehrt. Miss Petit war sein Mädchen.

Nach dem letzten Konzert der Saison, die am 4. Juli endete, zogen die meisten Familien auf ihre Landsitze in Germantown, Cape May, Lemon Hill und Andalucia, um der Hitze in der Stadt zu entkommen. Charlottes Familie hatte mich für den Sommer in ihr Haus in Cape May eingeladen. Auf dem Weg zum Konzert hatte Charlotte mich schmunzelnd auf das vorbereitet, was mich erwartete.

»Meine Mutter hält es für ihre Pflicht, sich mit dir in Cape May von Frau zu Frau auszusprechen, da du ja jetzt so gut wie verlobt bist.

Da du keine eigenen weiblichen Verwandten hast, hat sie beschlossen, dich … sexuell aufzuklären.«

»Aber ich habe doch Mrs. Latouche.«

»Sie kann Mrs. Latouche, die Frau unseres Feinkostlieferanten, nicht leiden.«

Charlotte wandte sich ab, und ich versuchte mir vorzustellen, wie Mrs. Rupert Waverly mir etwas über das andere Geschlecht erzählte. Meine Lippen zuckten. Ich hatte genug damit zu tun, Thance' Leidenschaft zu zügeln und meine eigensinnigen Bedenken zu überwinden. Charlotte sah mich prüfend an und verzog ihr hübsches Gesicht.

»Um dir die Wahrheit zu sagen, ich glaube, ich werde mich nie ernsthaft verlieben. Ich entdecke in jedem Mann etwas Komisches, und dann ist alles vorbei. Wenn er nicht lächerlich wirkt, dann ist er linkisch oder dumm oder langweilig. Um es kurz zu sagen, es gibt immer etwas, das den Esel unter dem Löwenpelz verrät … Ich werde mich von niemandes Charme bestricken lassen. Gott sei Dank wird die Manie, die Fehler in den Menschen zu entdecken, mich davor bewahren, mich in irgend so einen Adonis zu verlieben.«

Während des Konzerts saß ich so dicht neben Thance, wie es mein Mut zuließ. Eine gewisse Gelassenheit nahm von mir Besitz. Ich schwelgte in dem süßen Bewußtsein, daß ich Thance so sehr in meinen Bann geschlagen hatte, daß er sich niemals von mir lossagen, niemals eine andere lieben, mich niemals verlassen würde. Was mich bewegte, war weniger meine eigene Sehnsucht als der Gedanke an die Qualen, die ich ihm auferlegen konnte.

»Du hast mir noch nie gesagt, daß du mich liebst«, flüsterte er, als die Musik begann.

Ich spürte, wie Thance in Panik geriet, als ich mich, wie jedesmal, wenn er über Liebe sprach, zurückzog. Ich zuckte nicht körperlich zurück, es war ein innerliches Zurückziehen, ein plötzliches, sklavisches Verleugnen von Hoffnung. Es überkam mich jedesmal unvermittelt und ohne Vorwarnung, und es blendete mich wie eine explodierende Granate, nahm mir den Atem wie ein plötzlicher Schneesturm. Ich starrte in das flackernde Bühnenlicht. Es war wieder einer von diesen Abenden. Liebe, der die Freude fehlt: Einsamkeit.

Ich wandte mich ab und konzentrierte mich auf das Geschehen auf der Bühne. Mit meinem Mittelfinger berührte ich einzeln die Haarnadeln auf meinem Kopf, als sei jede ein Ton der Musik. Im Licht der Gaslampen leuchtete mein Haar wie ein brennender Busch. Ich betrachtete die Partitur auf meinem Schoß. Wie zum Spott tanzten die kleinen schwarzen Noten auf dem weißen Papier. Wie konnte ich ihn lieben und ihn weiter belügen? Warum bereitete sein Leiden mir Freude und Scham zugleich?

Das Licht auf der Bühne wurde intensiver, und unheimliche Schatten überzogen die Sänger wie chinesischer Lack. Ich streckte meine Hand aus und berührte zärtlich sein Knie.

»Sei mir nicht böse.«

»Ich bin dir nicht böse, ich liebe dich.«

»Das sagtest du schon.«

Thance faßte meinen Arm und beugte sich zu mir herüber.

»Verdammt«, sagte er, während er mich wie eine Gefangene festhielt.

Kopfschüttelnd starrte ich auf die Silhouetten von Charlotte, Daniel und Luivicia, die sich vor uns im flackernden Licht bewegten. Dann betrachtete ich Thance' Profil im Gegenlicht der Bühnenbeleuchtung. Ich kannte mindestens eins seiner Geheimnisse. Thance litt fürchterlich. Als Kind hatte er seinen Zwillingsbruder bei einem schrecklichen Unfall schwer verletzt, und diese Schuld empfand er wie ein Kainsmal.

»Küß mich, bevor das Licht angeht.« Seine Stimme kam aus dem Schatten neben meiner linken Schulter, so als sei er von mir weggerückt.

»Wieso?« fragte ich verblüfft.

»Wieso?« wiederholte er hämisch.

Ich wandte mich ihm zu und sah ihm verzweifelt in die Augen. Dann neigte ich meinen Kopf zur Seite und küßte ihn sanft. Er zuckte entsetzt zurück, während ich wie gelähmt dasaß, überwältigt von dem Verlangen, das er in mir ausgelöst hatte. Wir konnten uns nicht berühren, aber meine Stimme liebkoste ihn.

»Was ist los?« fragte ich leise.

»Es steht etwas zwischen uns«, sagte er mit leiser Stimme, so als rutschten ihm die Worte gegen seinen Willen heraus.

»Aber ich bin doch ganz nah«, flüsterte ich und erhob fröhlich meine Stimme zu einer chromatischen Süße wie eine Sängerin. Ausnahmsweise fühlte ich mich wirklich glücklich. Ich strich die Partitur auf meinem Schoß glatt.

»Du bist so unnahbar. Du bist immer so unnahbar«, sagte er schmollend.

»Nun, das können wir jetzt nicht ändern«, sagte ich triumphierend, denn nun hatte ich ihn völlig in meiner Gewalt. Als er sich in seinem Stuhl zurücklehnte, konnte ich in der Dunkelheit sein Gesicht erkennen. Ich fand ihn schön, wie er so schweigend dasaß. Seine Männlichkeit umgab ihn wie der Duft eines Parfüms, der den schöngeschnittenen Formen seiner Abendkleidung entstieg, und ich liebte es, ihn anzusehen. Ich stellte mir vor, daß die Musik wie Blut durch seine Adern strömte. Meine Hände lagen ruhig und entspannt auf meiner aufgeschlagenen Partitur.

Die Töne fielen wie weiche Regentropfen, vermischten sich mit dem leisen Rascheln meiner Röcke. Ich riß mich von der gefährlichen Anziehungskraft los, die Thance auf mich ausübte, und konzentrierte mich auf die Musik. Ich spürte, wie ich in einen tiefen Schlaf sank, den ersten sorglosen Schlaf meines Lebens.

»Für dich mag das ja in Ordnung sein«, flüsterte Thance. »Du bist nicht verliebt. Aber diese Wunde, dieses unendliche Sichöffnen meiner Seele, Harriet, diese Selbstentblößung, die mich unvollständig macht, heimatlos, preisgegeben wie ein Stück Fleisch unter meinem eigenen Mikroskop, ist das Grausamste, das mir je widerfahren ist. Ich kann es weder analysieren noch sezieren, noch erklären. Ich muß wieder zu mir kommen. Ich werde diese Sehnsucht ertragen müssen, bei allem, was du mir an Qualen auferlegen wirst, aber ich werde niemals aufgeben. Ich werde dich nicht in Ruhe lassen, was du auch tust oder sagst. Wenn ich an dich denke, Harriet, dann fühle ich dasselbe, wie wenn ich durch mein Mikroskop schaue und sich mir das erdrückende Wissen um die Möglichkeiten erschließt, die das Leben bietet, die Magie, die jedes einzelne Molekül ausstrahlt, das vor meinen Augen zappelt. Du hältst den Schlüssel zum Geheimnis meiner Existenz in den Händen. Vielleicht denkst du, ich zerre an deinem Herzen wie ein kleiner Junge, der Fliegen die Beine ausreißt und die

Knospen von Blüten öffnet, nur um zu sehen, was sich in ihrem Innern befindet.«

Ich blickte auf. Thance' Worte erreichten mich wie aus weiter Ferne. Ich fragte mich, warum ein eiskalter Wind mein Herz umwehte.

In der halbdunklen Enge, die irgendwie nach Walöl und Parfüm roch, erreichte die Musik ihren Höhepunkt. Mit glühenden Wangen saß ich in dem mit rotem Samt bezogenen Sessel in der Loge von Charlottes Mutter und las die Noten in meiner Partitur.

»Es ist schön ... wunderschön«, sagte ich hingerissen. »Es hat etwas so Endgültiges. Wie mein eigenes Ende«, flüsterte ich. »Die letzte Ruhestätte. Meine Heimat. Verstehst du, was ich meine, Thance? Die Musik ist so zart, so golden, so weich und schwer, wie Gaze, die nur aus Wärme besteht, sie dringt mir bis ins Mark ... sie zerreißt mir das Herz. Oh, Thance. Sie macht einen hilflos und blind. Man gibt sich ihr willenlos hin ... damit sie nur ja nicht aufhört. Sie versklavt einen und läßt einen leiden. Weißt du, wie man leidet, wenn man eine Frau ist? Eine seidene Peitsche trifft dich, und jeder Schlag schneidet dir ins Fleisch.«

»O Gott«, stöhnte Thance. »Du sprichst wie das Opfer eines geheimnisvollen Ritus, das man in Stücke reißt und den Göttern opfert!«

Aber ich sprach nicht von der Musik.

»Es haben schon viele Männer geliebt, Thance, du bist nicht der erste, auch nicht der letzte. Hüte dich vor Frauen aus dem Süden, mein Freund.« Ich lachte.

Die Lichter gingen an, und Applaus brandete auf, als wäre es das letzte Mal. Ich sah mich um, während ich an meinen Handschuhen nestelte, und blickte in das Gesicht, das ich so sehr liebte, stolz und angstvoll zugleich. Vielleicht würde ich ihn in seiner Verzweiflung in den Tod treiben, dachte ich. Aber er lächelte matt und schüttelte den Kopf. Seine ruhigen, dunklen Augen leuchteten vor Liebe.

Ich war nicht immer so grausam. In jenem Jahr erlebten Thance und ich wunderbare Dinge miteinander. Wir gingen mit Independence in der Nähe der Philadelphia Hall spazieren, unternahmen gemeinsame Bootsfahrten oder tranken Tee in Beck's Orientwarenhaus. Charlotte, Daniel, Amos, Thance, Cornelius, Robert, Frederick, Susy, Clyde und ich machten im Frühjahr ein Wettrennen im Park. Einige Wochen vor den Abschlußprüfungen am Bryn-Mawr-Seminar lud Thance mich in sein Labor an der Universität ein.

»Ich bin dabei, etwas Phantastisches zu erforschen. Ich muß es dir zeigen.«

»Wie soll ich denn in dein Labor kommen?« fragte ich. »Frauen ist der Zutritt verboten.«

»Verkleide dich doch einfach als Mann«, sagte Thance, ohne lange nachzudenken. »Du wärst ein hübscher Apothekerassistent. Wolltest du noch nie ein Junge sein?«

»Immer. Es gibt keine Frau auf der Welt, die nicht irgendwann in ihrem Leben ein Junge sein wollte«, erwiderte ich, ohne zu lächeln.

Apotheker und deren Assistenten trugen lange, zweireihige safrangelbe Kittel mit riesigen Knöpfen und kleine Pillbox-Hüte aus demselben schweren Baumwollsegeltuch. Oft trugen sie diese Kittel offen über ihrer Straßenkleidung, so daß sie sich im Wind wie Segel aufblähten. Manchmal trugen sie auch zusätzlich weiße Manschetten, um ihre Handgelenke gegen verschiedene Verbindungen und Mineralien zu schützen, wie zum Beispiel ätzende Säuren und vor allem Quecksilber. Als Assistent stand mir nur ein blauer Kittel zu mit einem dazu passenden Hut. So waren Thance und ich gekleidet, als wir die Stufen der pharmazeutischen Fakultät an der Ecke First Street und Sansom Street hinaufeilten. Ein freundlicher Portier winkte uns vorbei, und ich bemühte mich, ein ernstes Gesicht zu machen, als wir über den Korridor auf Thance' Büro zugingen, die Hände auf dem Rücken verschränkt. Meine Füße schmerzten in Petits zwei Nummern zu kleinen Stiefeln. Thance' Lesebrille hing an einer Kette um seinen Hals, und jedesmal, wenn das von oben einfallende Licht die Brillengläser traf, blitzten sie auf wie eine verschlüsselte Botschaft.

»Har ... Harry!« sagte er lachend. »Los, komm«, fuhr er fort und ergriff meinen Arm. »Ich habe ein paar unglaubliche Artikel über eine neue kriminalistische Wissenschaft gelesen, die sich Fingerabdruckmethode nennt. Man schwärzt die Fingerspitzen irgendeiner Person mit Tinte und macht von jedem Finger einen Abdruck. Jeder

Mensch kann aufgrund dieser Fingerabdrücke mit hundertprozentiger Sicherheit identifiziert werden, denn keine zwei Personen haben identische Fingerabdrücke ... ist das nicht unglaublich? In einer Million Jahren hat es noch niemals dieselben Linien an den Fingerspitzen eines anderen Menschen gegeben – nicht ein einziges Mal, und es wird auch niemals geschehen. Fingerabdrücke sind persönlicher und exakter als ... das Innerste deines Herzens ... sie sind wissenschaftlich überprüfbar.«

»Du meinst«, sagte ich langsam und im Bewußtsein meines Dilemmas, »daß niemand die Identität, mit der er geboren ist, verändern kann?«

»Identität hat nichts mit Veränderung oder Zufall zu tun. Sie ist ein Merkmal, das jeden Menschen von Geburt an von allen anderen Menschen unterscheidet. Dieses Merkmal läßt sich nicht imitieren. Ich werde es dir zeigen.«

Thance führte mich zu einem Stapel Bücher und Papiere, die auf einem Schreibtisch lagen, der selbst am hellichten Tag von einer Gaslampe beleuchtet wurde. Vorsichtig nahm er meinen Zeigefinger, drückte ihn auf ein Stempelkissen und dann auf ein weißes Blatt Papier. Die kleinen verschlungenen Linien meiner Fingerspitze waren auf dem Papier genau zu erkennen. Ich starrte sie entgeistert an. Dann machte er das gleiche mit den restlichen Fingern meiner linken Hand.

»Schon die alten Chinesen und Ägypter wußten, daß Menschen an ihren Fingerabdrücken zu erkennen sind, aber sie haben nie so weit gedacht, daß sie als Beweis für die Einzigartigkeit eines Menschen dienen können, daß sie ihn vom ganzen Rest der Menschheit unterscheiden. Sie konnten sich nicht vorstellen, daß sie über das hinaus, was die menschliche Vorstellungskraft bis dahin erfunden hatte, eine Bedeutung haben könnten. Hier habe ich eine Kopie der These über Fingerabdrücke erhalten, die ein Wissenschaftler namens Johannes Purkinje aufgestellt hat, ein Professor für Physiologie an der Universität Breslau, der erst kürzlich einen phantastischen Bericht über dieses unglaubliche natürliche Phänomen veröffentlicht hat. Er hat bewiesen, daß man mit Hilfe der Fingerabdrücke einen Menschen zu jeder Zeit seines Lebens identifizieren kann, vom Kleinkindalter bis ins Greisenalter und sogar noch eine Zeitlang über seinen Tod hinaus. In Frankreich und England wird diese Methode, die man die Balliteniger-Methode nennt, benutzt, um Kriminelle und Hochstapler zu identifizieren. Man kann zum Beispiel die Fingerabdrücke, die jemand am Tatort auf Gegenständen oder Oberflächen hinterläßt, mit Hilfe von Wachs und Talkumpuder abnehmen und identifizieren.

Sieh mal, Harriet. Das sind meine Fingerabdrücke, und ich habe meinen Bruder Thor gebeten, mir seine zu schicken. Sie sind nicht identisch, obwohl wir doch Zwillinge sind! Wir können uns auf moralische, intellektuelle und auch auf biologische Weise voneinander unterscheiden. Durch unsere Fingerabdrücke sind wir so eindeutig verschieden, als wäre einer von uns schwarz und der andere weiß.«

»Du meinst, du und dein Bruder seid euch in allem gleich, außer in euren Fingerabdrücken?«

»Fingerabdrücke haben die einzigartige Eigenschaft, daß sie sich ein Leben lang nicht verändern. Sie stellen also, im Gegensatz zu allen anderen körperlichen Merkmalen, eine unfehlbare Methode dar, die Identität eines Menschen zu beweisen. Mein Zwillingsbruder könnte versuchen, sich für mich auszugeben, und das würde ihm nicht schwerfallen, aber seine Fingerabdrücke würden ihn immer verraten. Das hier«, sagte er und hielt meine Hand hoch, »ist deine bei deiner Geburt festgelegte menschliche Identität, ein individuelles Merkmal, auf das man sich mit *absoluter* Sicherheit verlassen kann. Du kannst nur du sein! Unveränderlich, immer erkennbar und leicht zu beweisen. Diese Handschrift kann nicht gefälscht oder auf irgendeine Weise maskiert oder verborgen werden. Sie kann niemals verblassen oder unleserlich werden, oder im Laufe der Zeit ihre Form verändern – unglaublich.«

Thance drückte meine Hand an seine Wange. Vielleicht hatte er im Überschwang der Gefühle vergessen, daß meine Fingerspitzen noch immer von Tinte geschwärzt waren, jedenfalls hinterließen meine Finger fünf schwarze Abdrücke auf seiner Wange. Ich blickte entsetzt auf, und Thance, als er bemerkte, was er getan hatte, ohne jedoch zu ahnen, was er wirklich getan hatte, begann laut zu lachen.

Dann hob er meine Hand an meine eigene Wange, wo sie dieselben schwarzen Flecken hinterließ.

»So«, sagte er, »jetzt sind wir wahrhaft und auf wissenschaftlicher Grundlage eins – selbst nach unserem Tod –, denn wir haben dieselben Fingerabdrücke.«

Mir lief ein kalter Schauer über den Rücken, als ich mich im Labor umdrehte und in den Spiegel sah. Konnten diese Fingerabdrücke beweisen, daß ich eine schwarze, flüchtige Sklavin war und nicht eine freie weiße Bürgerin von Virginia? Als ob er meine Gedanken gelesen hätte, fuhr Thance fort: »Große Hoffnungen wurden enttäuscht, nämlich, daß man mit Hilfe von Fingerabdrücken die Rasse oder das Temperament eines Menschen bestimmen könnte.«

»Du meinst, die Natur hat dieses unverwechselbare Unterscheidungsmerkmal erfunden, aber nicht, um die Rassen voneinander zu unterscheiden?«

»Genau.« Thance sah mich überrascht an.

»Man kann also nicht erkennen, ob ein Mensch schwarz oder weiß ist oder … Chinese?«

»Nein.«

»Und trotzdem ist es das einzige wahre, von Gott festgelegte Erkennungsmerkmal?«

»Von der Natur festgelegt«, sagte Thance zugleich verwirrt und gerührt.

»Gott hat uns alle unterschiedlich geschaffen, jeden Menschen mit seinem eigenen Schicksal, und dann hat er uns den Beweis dafür gegeben – den Beweis für die Einzigartigkeit unserer Seele, unserer gottgegebenen Besonderheit, hier in unserer Hand.«

»Harriet, das hast du schön gesagt.«

»Es ist der Beweis für Gottes unendliche Vielfalt – für die unendliche Vielfalt an Möglichkeiten, die dem Menschen offenstehen … wie Musik … wie Mathematik.«

Ich wandte mich ab, weil die Angst mir den Atem nahm und den Schweiß auf die Stirn trieb.

Und ich hatte geglaubt, mich verstecken zu können …

Langsam nahm ich mein Taschentuch und begann vorsichtig die schwarzen Flecken zuerst von Thance' und dann von meinem

Gesicht und schließlich von meinen Fingern zu entfernen. Als ich mein Taschentuch wieder wegsteckte, berührte meine Hand den Dolch in meiner Tasche. Kein Mensch auf der Welt sollte je erfahren, daß ich die Tochter des Präsidenten war.

»Heirate mich, Harriet.«

Ich sah ihm in die Augen. Er hatte meine schreckliche Angst nicht wahrgenommen.

»Thance, nein.« Ich betrachtete meine verwischten Fingerabdrücke. »Ich bin noch nicht soweit ...«

»Bitte, lach nicht über mich.«

»Ich bin es, die nicht ausgelacht werden will«, flüsterte ich.

»Liebst du mich?«

Herausfordernd bot ich ihm meinen Mund dar. Seine Lippen waren sanft, weich und zärtlich. Er schwieg ein paar Minuten lang, wie von dem Kuß bezaubert. Dann spürte ich, wie Traurigkeit sich wie ein Schattten über sein Herz legte.

»Eigentlich dürfte ich gar nicht ohne Begleitung mit dir in der Öffentlichkeit zusammen sein, geschweige denn, dich mitten in der Universität von Pennsylvania küssen«, sagte er.

»Mein Gott! Ich habe soeben einen Mann geküßt!«

Wir mußten beide lachen.

Im gleichen Augenblick fiel mir die Ironie meiner doppelten Maskerade auf, und meine Mundwinkel zuckten spöttisch.

Ich fragte mich, welche Verkleidung wohl die witzigste war. Die als weiße Frau oder als Mann? Ich lächelte geheimnisvoll. Thance strahlte vor Glück, und ich ließ mich von seinem Lächeln anstecken, denn er lächelte wie ein glückliches Baby.

»Thance, o Thance«, sagte ich, hilflos lachend.

Ich zog seinen Kopf zu mir herunter und küßte ihn, bis er völlig verwirrt war. Wie ein Mann gekleidet, frei von einengenden Schnürkorsetts und schweren Röcken, schmiegte mein Körper sich an den seinen. Ich fühlte mich fast körperlos, wie ein tiefer, mächtiger Seufzer, mit geschmeidigen Muskeln, ohne Sinn und Verstand, ein Teil von Thance. Wie seltsam war diese ungewohnte, atemlose Freiheit. Nicht weit entfernt sang eine Stimme, die der seinen ähnelte.

Da ich jung und töricht war
verliebt' mich in die Melancholie sogar.
Mein Herz wollte frei und glücklich sein.
Doch was ich liebte – liebt' ich allein.

»Er wird dir einen Heiratsantrag machen! Er hat den Ring schon gekauft! Einen prachtvollen Rubin!«

Ich biß mir auf die Lippe. »Charlotte, das ist nicht wahr.«

»Doch, es ist wahr. Unter den Unitariern in Philadelphia ist kein Geheimnis sicher. Du bist natürlich die letzte, die davon erfährt. Aber wenn du mich nicht bittest, deine Brautjungfer zu sein, bringe ich dich um.«

»Charlotte!«

»Meine Mutter sagt, es muß natürlich alles genau besprochen werden. Der Ehevertrag, die Verlobung. Aber die Witwe Wellington war sehr verständnisvoll und großzügig. Sie weiß, daß die Zeiten sich geändert haben und die Eltern nicht mehr die Ehepartner ihrer Kinder bestimmen können.«

»Aber sie kennt mich doch kaum.«

»Anscheinend hast du großen Eindruck auf sie gemacht. Sie hält dich für eine talentierte Musikerin und für eine sehr schöne junge Frau. Eigentlich hat sie genug von den Schönheiten aus den Südstaaten, die sie für verwöhnte, träge und nutzlose Kreaturen hält.« Charlotte bog sich vor Lachen.

»Eine Südstaatenschönheit …«

»Eine arme Südstaatenschönheit – und das sind anscheinend die Schlimmsten …«

Wer gestorben ist, dachte ich, *wer geheiratet hat, und wer sich erhängt hat, weil er nicht heiraten durfte …*

»Tja, seine Mutter glaubt, daß er dir bereits einen Antrag gemacht habe und du ja gesagt hättest – und zwar an dem Tag im Labor.«

»Aber Charlotte, ich habe nein gesagt.« Ich wandte mich von ihr ab, während ich versuchte, die Lage zu begreifen, in der ich mich befand.

»Nun, selbst wenn du nein gesagt hast, hat dich niemand gehört. Und das kannst du doch unmöglich ernst meinen! Du würdest doch Thance nicht ablehnen. Ein Mann wie er …«

»Charlotte, ich kann nicht …«

»Oh, es ist so aufregend!« plapperte sie weiter. »Das einzige, was noch fehlt, ist das, was der geheimnisvolle, schweigsame Thor dazu sagen wird.«

»Ich dachte, er sei im Ausland.«

»Er ist in Afrika. Er hat sich einer Expedition nach Natal angeschlossen, um Heilkräuter zu sammeln. Anscheinend gibt es in Natal mehr Arten als irgendwo sonst auf der Welt. Die Sutos und die Zulus sind berühmt für ihre natürlichen Arzneimittel.«

»Afrika …«

»Er ist schon seit fast drei Jahren fort.«

»Ist er wirklich Thance' Ebenbild?«

»O ja, obschon er zwanzig Minuten älter ist.«

»Wie ist er? Thance spricht nie über ihn.«

Charlotte senkte ihre Stimme.

»Thance macht sich große Vorwürfe, aber es war nicht seine Schuld.«

»Was war nicht seine Schuld?«

»Der Unfall. Wir waren erst vierzehn oder fünfzehn. Thance und Thor spielten in der Scheune auf ihrem Familiensitz in Andalucia, und ihr Spiel war ein bißchen rauh geworden. Halb im Streit schubste Thance Thor vom Heuboden, und Thor stürzte ziemlich tief. Unter normalen Umständen wäre es für einen kräftigen Jungen ein harmloser Sturz gewesen, aber unter dem Heu versteckt lag eine Heugabel, die jemand dort liegengelassen hatte. Thor fiel auf die Heugabel – und sie hat einen seiner Hoden durchbohrt. Es war eine schreckliche Wunde. Beinahe wäre er verblutet. Die Ärzte sagen, daß die Verletzung ihn sterilisiert habe. Thance glaubt, er habe seinen Zwillingsbruder kastriert und seine Nachkommen ermordet. Er quält sich fürchterlich damit. Der Unfall geschah etwa ein Jahr, nachdem ihr Vater gestorben war. Er starb an Typhus, als er amerikanische Matrosen des Flottengeschwaders behandelte, das an der nordafrikanischen Küste patrouillierte.«

Ich starrte Charlotte an, aber ich sah nur die Gesichter von Dolly und Critta, und ich dachte, wie sehr dieser Unfall nach einer traurigen Sklavengeschichte klang.

Ich fragte sie, wie es kam, daß sie über so viele Details einer Geschichte Bescheid wußte, die vor den Augen und Ohren eines jungen Mädchens ihres Alters und Standes hätten verborgen werden müssen.

»Thance redete mit mir wie mit einer Schwester, als er damals versuchte, mit seinen Gewissensbissen fertig zu werden.«

»Und Thor?«

»Thor ist ein Überlebenskünstler. Er hat sich im Leben immer behauptet. Kaum hatte er sein Studium abgeschlossen, nahm er schon an seiner ersten wissenschaftlichen Expedition teil. Seitdem ist er die meiste Zeit im Ausland gewesen. Er hat Thance als Oberhaupt der Familie anerkannt. Niemand weiß eigentlich so recht, wie er ist. Ich erinnere mich noch, daß die Zwillinge telepathische Kräfte besaßen. Sie konnten sich ohne ein einziges Wort verständigen. Ich weiß, daß Thor dich mögen wird, aber laß dir niemals anmerken, daß du von dem Unfall weißt oder daß ich dir davon erzählt habe. Er kann es nicht ausstehen, bemitleidet zu werden.«

Ich auch nicht, dachte ich.

»Natürlich nicht. Ich danke dir, daß du es mir erzählt hast. Es ... es erklärt so manches an Thance«, sagte ich. Was ich jedoch dachte, war, daß Thors Wunde ein so unermeßliches Leid darstellte, das nur eine Sklavin mit ihrer Kraft und ihrem Wissen und ihrem Willen heilen konnte – eine Verstümmelung ähnlich jener, die durch Versklavung zugefügt wird und die niemals heilt, niemals zu schmerzen aufhört.

Ich sah Charlotte lange und mit neuem Respekt an.

»Du hast recht«, sagte ich, »manche Menschen sind behütet und verwöhnt und glauben, die Welt sei ihnen nichts als Glück schuldig.«

Ich nahm Charlottes Hand und zog ihren Kopf an meine Brust. Ich lauschte meinem eigenen Herzschlag und der Stille, die uns umgab.

Der Salon im Hause der Wellingtons in der Baindridge Street, in der Nähe des Hafens, war mit betonter Schlichtheit eingerichtet. Jedes Teil in den hohen, lichten Räumen hatte seinen Platz. Die Wellingtons waren eine Familie aus guten Verhältnissen. Der Drogist Wellington hatte seiner Witwe eine große, gutgehende Apotheke, ein wissenschaftliches Labor und mehrere pharmazeutische Patente und Lizenzen hinterlassen. Seine Zwillingssöhne waren in die Fußstapfen des Vaters getreten. Er hatte zwei Töchter – eine verheiratet, eine unverheiratet –, und sein jüngster Sohn hatte den Beruf des Mediziners ergriffen. Wenn die Witwe Wellington irgend jemandem ähnelte, dann meinem Vater. Es war, als starrte ich in das Gesicht eines weiblichen Thomas Jefferson. Ihr schlohweißes Haar trug sie über der Stirn zu einer Pompadourrolle gekräuselt und im Nacken mit einem Netz zusammengehalten. Sie hatte die gleichen wasserblauen Augen wie er, nur daß ihre Augen, im Gegensatz zu seinen, ins Violette übergingen. Ihre Stimme war tief und melodisch, allerdings ohne die vertraute Härte, dem Markenzeichen der Upper-class von Philadelphia. Sie saß in einem riesigen, kirschfarbenen Lehnsessel, und die Sonnenstrahlen, die vom Hafen her reflektiert wurden, tauchten ihr Gesicht in goldgrünes Licht. Sie war noch nicht alt, vielleicht drei- oder vierundfünfzig, aber ihr Körper mußte schon früh die gesetzten Formen von Frauen mittleren Alters angenommen haben. Sie hatte rosige Wangen und war ganz in Schwarz gekleidet, mit einer Kameebrosche am Stehkragen ihres Kleides. Verglichen mit meiner Mutter oder auch meiner Großmutter, hatte sie nichts von deren beschwingter Energie. Warum ich in diesem Augenblick an Elizabeth Hemings denken mußte, weiß ich nicht zu sagen, aber ich sah plötzlich ihr Gesicht vor mir, und ihre Stimme erfüllte den ganzen stillen Raum.

Erwirke die Freiheit für deine Kinder.

Natürlich hatte ich noch nicht einen Moment lang an meine Kinder gedacht – hatte mir noch nie Gedanken darüber gemacht, welcher Status ihnen in diesem Betrugspiel zukommen würde. Das Sechzehntel schwarzen Blutes, der eine Tropfen, der sie dazu verdammte, den gleichen gesellschaftlichen Rang zu bekleiden wie ihre Mutter.

»Sie sind nicht katholisch.«

Das war keine Frage, sondern eine Feststellung.

»Nein, Mrs. Wellington, ich bin ohne formelle religiöse Erziehung aufgewachsen.«

»Ich billige gemischte Ehen nicht.«

»Wie bitte?«

»Ehen zwischen Katholiken und Protestanten oder Juden. Ich hatte angenommen, Sie seien katholisch, da Sie kreolischer Abstammung sind.«

»Thance erklärte mir, daß er sich als Wissenschaftler keiner Religion zugehörig fühlt.«

»So ist es, Harriet. Darf ich Sie Harriet nennen? Sein Vater vertrat dieselbe Einstellung. Sie sind beide deistisch.«

»Dasselbe gilt für meinen Vater. Ich habe jedoch nichts dagegen, zu konvertieren, falls ich Ihnen damit eine Freude machen könnte. Ich bin davon überzeugt, daß der unitarische Glaube die Religion der Zukunft ist.«

Nach dem, wie ich Mrs. Wellington einschätzte, hielt ich es für angebracht, in allen Dingen aufrichtig zu sein. Mein Besuch war bis ins kleinste Detail vorbereitet worden. Petit hatte mich bis zur Haustür begleitet, und ich hatte das Empfangszimmer allein betreten, zögernd, und doch selbstsicher, schüchtern, und doch gelassen. Ich trug ein grünkariertes Kleid mit Biesen am Oberteil, weißem Kragen und weißen Manschetten und weiten Keulenärmeln. Mein Pillbox-Hut war ebenfalls grün, und er hatte einen grünen Schleier mit roten Punkten. Meine Kleidung hob meine Haarfarbe hervor und betonte meine helle Haut. Ich hatte inständig gehofft, Mrs. Wellington möge mir unsympathisch sein, damit es mir leichter fiele, sie zu täuschen. Aber ich mochte sie. Sie hatte ein offenes Lächeln und ein aufmerksames Gesicht. Sie strahlte Wärme aus, und ich fühlte mich willkommen. Ich brauchte sie nicht zu belügen. Sie würde sehen, was sie sehen wollte – eine seltsame, bäuerliche Waise aus Virginia, arm wie eine Kirchenmaus, aber recht belesen, mit guten »Aussichten«, einem gefälschten Stammbaum und den Empfindlichkeiten einer Südstaatlerin.

Beim Eintreten hatte ich nach europäischer Art einen Knicks gemacht – eine lange, tiefe, elegante Verneigung, die ihr gefallen hatte –, und auf Petits Rat hin hatte ich ihre Hand geküßt, so wie es jüngere Frauen in Europa machten, wenn sie ältere Frauen begrüßten. Sie war vor Freude und Verlegenheit errötet und hatte ihre kleine dickliche Hand in meiner ruhen lassen.

»Meine Liebe, erzählen Sie mir von sich, Miss Petit. Charlotte hat mir schon viel über sie berichtet, aber das ist nicht dasselbe. Wie ich höre, würden Sie und Thance gern noch vor Weihnachten heiraten.«

»Das ist Thance' Wunsch.«

»Wäre es Ihnen möglich, erst dann den Termin für die Hochzeit festzulegen, wenn wir Nachricht haben, wann Thor hier sein wird?«

»Selbstverständlich. Wir möchten ihn bei der Hochzeit dabeihaben.«

Mrs. Wellington lächelte stolz. »Ich höre, sie hatten vier Brüder?«

»Ja ... sie sind alle tot.«

»Oh, Sie armes, armes Kind. Das Leben ist manchmal so grausam.« Dann schwieg sie eine Weile und betrachtete mich von Kopf bis Fuß. »Ich möchte offen zu Ihnen sein, Harriet. Es ist mir nicht daran gelegen, mich den Wünschen meines Sohnes zu widersetzen. Ich gebe zu, ein Mädchen aus Scranton wäre mir lieber gewesen als ein Mädchen aus Virginia. Nicht daß ich Vorurteile gegenüber den Frauen aus dem Süden hätte, aber ich habe die Erfahrung gemacht, daß die sogenannte Südstaatenschönheit dieses machiavellistische Manipulationstalent in die Wiege gelegt bekommt. Das südliche Klima begünstigt eine gewisse Trägheit, und die große Anzahl an Negersklaven eine gewisse ... sagen wir, Hilflosigkeit. Diese Schwächen verschwinden nicht durch die Heirat, sondern werden durch die Hätscheleien und die besitzergreifende Liebe der Männer noch verstärkt. Außerdem gedeiht im südlichen Klima eine ausgeprägte Sinnlichkeit, und der Besitz von Sklaven und die Macht über deren Leben und Tod weckt eine Art rücksichtslosen Fatalismus. Ich fürchte, daß die Arbeitsmoral, zu der wir die Mädchen hier im Norden erziehen, den Frauen aus dem Süden gänzlich fehlt ...«

»Madam, wo haben sie solch irrige Informationen über die Frauen aus dem Süden erhalten? Ich versichere Ihnen, die meisten von ihnen führen das Leben von Pioniersfrauen und arbeiten gemeinsam mit ihren Männern auf ihren Plantagen. Sie stehen im Morgengrauen auf, führen einen großen Haushalt und sind in allen Bereichen sozial engagiert. Es gibt Krankenschwestern, Ärztinnen, Hebammen, Köchinnen und Farmarbeiterinnen ebenso wie Südstaatenschönheiten. Im Süden gibt es weitaus mehr Blockhütten als Herrenhäuser.

Da die meisten Menschen auf abgelegenen Farmen oder Plantagen leben, wo alles in Handarbeit hergestellt werden muß und die Farmen sich selbst mit allem Nötigen versorgen, sind die Frauen notgedrungen Näherinnen und Weberinnen, Kerzenmacherinnen, Seifenmacherinnen und Honigsammlerinnen. Wenn sie Sklaven besitzen, müssen sie sie ausbilden und beaufsichtigen, sie haben bei Tagesanbruch auf den Beinen zu sein und gehen erst lange nach den Männern und Dienern zu Bett. Sie müssen ihre Kinder in der Wildnis zur Welt bringen, oft sogar ohne den Beistand einer Hebamme, und stets sind sie den Kräften der Natur ausgesetzt, den Stürmen und Fluten, dem Ungeziefer, der Dürre, Epidemien … Sie müssen alles als Gottes Willen hinnehmen. Ich glaube, Mrs. Wellington, daß Sie uns unrecht tun.«

»Und Ihre Familie, Harriet?« fuhr sie ruhig und ohne nachzudenken fort, während mir vor Empörung das Blut überkochte.

»Als ich noch eine Familie *hatte*, war es eine große Familie von Sklavenhaltern. Aber sie existiert nicht mehr, außer in meiner Erinnerung. Ich stehe allein in der Welt, ohne Vergangenheit und mit ungewisser Zukunft.«

Mrs. Wellington wurde sichtbar milder gestimmt. »Oh, ich weiß, daß es großen Mutes bedarf, um solche halbzivilisierten Neger in Schach zu halten. Das enge Zusammenleben mit solchen Wilden kann nur mit absoluter Disziplin, Trennung von Schwarz und Weiß und strengen Strafen bewältigt werden. Weiße Frauen, die in ständiger Angst vor Vergewaltigung oder einer Negerrevolte leben müssen, sind gegen ihren Willen gezwungen, grausam zu sein, um sich selbst zu schützen.

Meine arme Harriet. Wir sind da, um das alles von Ihnen zu nehmen. Mein Sohn liebt sie sehr.«

»Und ich liebe ihn«, erwiderte ich herausfordernd.

»Ich glaube, Sie erwähnten noch nicht, welche Kirche Sie besuchen.«

Schon wieder diese Frage nach der Religion, dachte ich.

»Oh, es ist dieselbe, die Charlotte besucht«, antwortete ich.

»Ach, dies ist auch meine Kirche. Bin ich, ohne es zu bemerken, meiner zukünftigen Schwiegertochter schon einmal begegnet?«

»Ich denke, Sie haben Ihre eigene Kirchenbank, während ich immer auf der Empore sitze.«

»Das stimmt. Ich verlasse die Kirche meist, bevor die Leute von der Empore herunterkommen.«

Man stelle sich vor, wie dankbar ich war, als Mrs. Wellington mir eine plausible Erklärung dafür lieferte, daß wir uns noch nie begegnet waren, denn in Wahrheit war ich noch nie in der Kirche gewesen.

»Ich würde es begrüßen, wenn Sie sich bald einmal mit Reverend Crocket unterhalten würden. Sie müssen Charlotte dazu bewegen, sich für Ihre baldige Aufnahme in unsere Gemeinde einzusetzen.«

Im Laufe des Nachmittags, den ich in diesem mit gemütlichen englischen Möbeln, poliertem Messing und bunten Teppichen eingerichteten Raum verbrachte, kamen mir verschiedene Melodien in den Sinn. Es waren weder die Melodien, die ich täglich am Flügel einübte, noch die Musik, die zu jener Zeit populär war. Die Melodien, die ich an jenem langen Nachmittag hörte, waren alte Sklavenlieder, rhythmische Gesänge, halbvergessene Kinderreime und Gospellieder, ja selbst die stampfenden Rhythmen des alten Gabriel Prosser, zu dessen Musik die Weißen tanzten, ohne den Text seiner Lieder zu verstehen. Die Musik durchdrang mich wie die Sonnenstrahlen, die durch die weißen Gardinen fielen, und plötzlich hatte ich Heimweh. Ich wollte zu meiner Mutter …

»Maman«, flüsterte ich, und dann errötete ich heftig, als ich bemerkte, daß ich laut gesprochen hatte und daß Mrs. Wellington mich gehört und sich erhoben hatte und mich an den Schultern faßte.

»Meine Liebe«, sagte sie, »kommen Sie, ich werde Sie Ihren zukünftigen Schwestern vorstellen.«

Sie läutete, und ihre Töchter Tabitha und Lividia traten ein. Sie waren hochgewachsen, dunkel und schön, mit heller Haut und rabenschwarzem Haar. Ich selbst war viel hellhäutiger als die beiden. Tabitha war mit Janson Ellsworth, einem Garnisonsarzt, verheiratet. Lividia war erst fünfzehn, jedoch bereits so groß wie ich und so erwachsen wie ihre Schwester. Ich versuchte, meine Gefühle zu ordnen. Ich mußte an Ellen und Cornelia Randolph denken. Diese

Frauen würden meine neue Familie sein. Mit der Zeit würden sie meine echte Familie ersetzen: Critta und Dolly, Ursula und Bette, Peter und John, Dolly und Wormley. Eston, Beverly, Madison und Mama. Dann gab es ja noch die Weißen in meiner Familie – Martha und Thomas Mann, Ellen und Cornelia, Meriwether und Francis, Virginia und den Präsidenten. Sie schienen plötzlich alle in diesem Zimmer versammelt zu sein, zusammen mit Tabitha, Lividia und Mrs. Wellington, bis sie und meine Lüge schließlich den ganzen Raum ausfüllten, überall umhergingen, alle mit unauslöschlichen Fingerabdrücken. Sie berührten alles, das ihren Blick auf sich zog, glitten am Kamin vorbei, am Piano, an den seidenen Vorhängen, dem niedrigen Tisch, dem Bücherregal, den chinesischen Vasen, den Lackschachteln, den Queen-Anne-Ohrensesseln, der silbernen Teekanne. Vorsichtig berührte ich das Metronom auf dem Piano. Ich würde meine schwarzen Fingerabdrücke auf dieser Familie ebenso hinterlassen wie auf meiner alten Familie.

Ohne ein Wort zu sagen, setzte ich mich an das Klavier und spielte ein paar einfache Stücke, im Takt des Metronoms und im Bewußtsein meiner kaltblütigen Lüge glitten meine Finger über die Tasten aus Elfenbein und Ebenholz. Obschon ich die Tasten nur sehr leicht berührte, fürchtete ich, meine Finger könnten auf dem Elfenbein dunkle Abdrücke hinterlassen. Aber nichts geschah.

8

Es gibt absurde Situationen, in die jene geraten, die sich anmaßen, im Namen Gottes zu handeln, und ihm vorschreiben wollen, was er hätte tun sollen.

THOMAS JEFFERSON

Die juristische Bibliothek der Universität von Pennsylvania war 1797 nach dem Vorbild der Bibliothèque Nationale Ludwigs XIV. in Paris erbaut worden. Sie besaß eine Kuppel aus Gußeisen und Glas, durch die viel natürliches Licht einfiel, und eine Galerie, die sich über alle vier Wände erstreckte, und sie verfügte über eine Sammlung von vierzigtausend Büchern. Thance hatte mir erzählt, daß der Kristallpalast, der sich über mir wölbte, fast sieben Millionen Dollar gekostet hatte.

Ich trug ein kurzes Jackett und Männerhosen, meinen Zopf unter dem hohen Kragen des Jacketts und der breiten Krempe eines blauen Filzhutes verborgen. Auf meiner Nase klemmte eine runde Nickelbrille, und eine kurzgeschnittene Haarlocke fiel mir in die Stirn. Ich war kaum zu unterscheiden von all den anderen Bürogehilfen, die für die vielen Anwälte der Gegend in der Bibliothek recherchierten.

Der Aufseher hatte kaum von mir Notiz genommen, als ich das Gebäude betrat, und der gelangweilte Bibliothekar hatte mir lediglich die Stelle angewiesen, an der ich mich einzutragen hatte. Während ich Thance' Initialen niederschrieb, zitterten meine Hände in den Lederhandschuhen, die ich übergezogen hatte, um meine zarten Frauenhände zu verbergen. Selbst wenn der Zutritt für Frauen, Neger, Juden und Hunde verboten war, was konnten sie schon tun, fragte ich mich, wenn sie mich erwischten, außer mich höflich zu bitten, das Gebäude zu verlassen.

Ich füllte rasch mein Bestellformular aus und reichte es dem Bibliotheksgehilfen. Mit klopfendem Herzen setzte ich mich an einen Platz am Ende einer langen Reihe von am Boden festgeschraubten Schreibtischen. An jedem Leseplatz stand eine kleine Walöllampe mit grünem Schirm. Ich muß meine Augen geschlossen haben, denn plötzlich hörte ich ein dumpfes Geräusch, als drei schwere, in Leder gebundene und mit Goldschrift verzierte Folianten neben mir auf die Tischplatte geknallt wurden.

»Bitte, unterschreiben Sie hier, Sir.«

Noch einmal fälschte ich Thance' Unterschrift. Langsam entfernte ich meine Handschuhe und zog die weißen Ärmelschoner und Handschuhe über, die sowohl die Buchseiten als auch meine Rockärmel schützen sollten. Bevor ich den ersten Band aufschlug, starrte ich auf den Titel. *Die Schwarzen-Gesetze des Staates Pennsylvania – Statuten zur Regelung der Verhaltensnormen für freie Schwarze im Staat Pennsylvania.*

Ein freier Schwarzer, der der Unzucht oder des Ehebruchs mit einem Weißen für schuldig befunden wird, ist zu sieben Jahren Leibeigenschaft zu verurteilen. Der weiße Beteiligte soll gemäß den Strafgesetzen betreffend Unzucht und Ehebruch zu einem Jahr Gefängnis und einer Geldstrafe von einhundert Dollar verurteilt werden. Weiße, die mit Negern zusammenleben und vortäuschen, mit ihnen verheiratet zu sein, sollen dieselbe Strafe erhalten.

In Fällen von gemischtrassigen Ehen ist der freie Schwarze als Sklave zu verkaufen, und Kinder aus solchen Ehen sollen Sklavendienste verrichten, bis sie das Alter von einundzwanzig Jahren erreichen. Ein Priester, der eine solche Ehe schließt, soll zu einer Geldstrafe von einhundert Dollar verurteilt werden.

Ein freier Schwarzer oder ein Mulatte, der einen Neger-, Indianer- oder Mulattensklaven oder -flüchtling bei sich aufnimmt und beherbergt, wird zu einundzwanzig Stockschlägen und zur Zahlung einer Entschädigungssumme verurteilt. Wenn er nicht in der Lage ist, die Strafe zu bezahlen, wird er als Sklave verkauft und die Strafe von dem Erlös beglichen.

Mit vor Staunen offenem Mund starrte ich auf die Buchstaben, meine Mundwinkel zuckten spöttisch bei dem Gedanken an meine eigene Naivität. Das war also der Norden. Hier sollte ich in einer Kirche heiraten, vor Gott und der Gesellschaft von einem Pfarrer getraut werden. Hier sollte ich unter Begleitung von Musik und von Blumen umgeben auf den Altar zuschreiten und meinem Bräutigam das Ja-Wort geben.

Die Wände mit den Büchern schienen zu explodieren. Es gab kein Entrinnen. Wo immer ich auch hinging, die ewige Hölle der Negrophobie würde mich überallhin verfolgen. Wie weit die Grenzen dieses Planeten auch sein mochten, ich würde nirgendwo in Sicherheit sein. Mein Verbrechen würde mir bis in den Tod anhaften, und wenn ich hartnäckig blieb, würde ich alles und alle, die ich liebte, mit mir reißen. Denn auf diesen Seiten war nicht die Rede von Sklaven, sondern von freien Schwarzen. Es konnte weder einen weißen Sklaven geben, wie Adrian Petit behauptet hatte, noch einen schwarzen Amerikaner. Es war ein Widerspruch in sich – eine Abweichung in einer Welt der Weißen.

Die Worte tanzten wie Noten über die Seite, und in meinem Kopf dröhnte eine immer wiederkehrende Melodie. Wie benommen, summte ich ausgerechnet Yankee Doodle vor mich hin! Doch dann wurde mir bewußt, daß es das Summen eines unterdrückten Aufschreis war, der sich gegen all die Vergehen am Leben eines freien Schwarzen in Pennsylvania richtete: die Verweigerung des aktiven und passiven Wahlrechts, das Verbot, in der Armee zu dienen, einen Flußdampfer zu führen, der Miliz anzugehören, Gruppen zu bilden, eine Waffe zu tragen, sich nach elf Uhr abends auf den Straßen aufzuhalten, herumzubummeln, in der Öffentlichkeit zu trinken, sich ohne Begleitung eines Weißen mehr als zehn Minuten von seinem Wohnsitz zu entfernen, Arzt oder Rechtsanwalt zu werden, von einem Weißen Wucherzinsen zu nehmen, eine eigene Kutsche zu besitzen. Freie Schwarze hatten ihre eigenen Gerichte, eigene Schulen, eigene Kirchen, eigene Friedhöfe. Sie wurden für Vergewaltigung, Homosexualität oder Raub an einem Weißen mit dem Tode bestraft. Für Diebstahl, Betrug und das Tragen einer Pistole, eines Schwertes oder einer anderen Waffe wurden sie öffentlich ausgepeitscht. Freie Neger mußten dem Staat eine Kaution von fünfhundert Dollar stellen, um ihr gutes Betragen zu garantieren.

Der Aufseher sah flüchtig zu mir herüber. Offenbar machte ich mir keine Notizen.

Eine Träne lief mir über die Wange und fiel auf das Buch. Dann noch eine, so heiß, so glühend, daß ich mich wunderte, daß sie kein Loch in die Seite brannte. Ich hatte gefunden, was ich gesucht hatte. Und ich hatte meinen Platz gefunden.

Ich blickte erschrocken auf, als der Bibliotheksgehilfe auf mich zu kam. Er kam mich holen. Ich wollte schon aufstehen, ließ mich dann jedoch wieder in den ledernen Sessel sinken, wobei ich beinahe die Öllampe umgestoßen hätte.

»Hier, Sir, die gebundenen Hefte des *Richmond Recorder* aus dem Jahre 1802. Würden Sie das bitte unterschreiben?«

Der Band wog in meinen Armen so schwer wie ein Kind. Mechanisch öffnete ich das Buch und blätterte die Seiten um, bis der Artikel mit dem Datum 1. September 1802 wie aus einem unterirdischen Brunnen vor meinen Augen auftauchte. Er war überschrieben »Und noch einmal der Präsident«, und er begann:

Es war bekannt, daß dieser Mann, den das Volk zu ehren beliebt, seit vielen Jahren eine seiner Sklavinnen als Konkubine hält. Ihr Name ist Sally. Der Name ihres ältesten Sohnes ist Tom, und er sieht dem Präsidenten auffallend ähnlich. Der Junge ist zehn oder elf Jahre alt. Seine Mutter begleitete den Präsidenten und seine beiden Töchter nach Frankreich. Das Delikate dieser Verbindung kann dem Empfinden der Öffentlichkeit nicht verborgen bleiben. Welch erhabenes Vorbild muß dieser Botschafter für zwei junge Damen abgegeben haben … Mit diesem Weibsbild namens Sally hat unser Präsident mehrere Kinder …

Das war es also, was meine Mutter und meine Großmutter gemeint hatten, als sie von dem »Ärger mit Callender« gesprochen und »James' tragisches Ende« erwähnt hatten. Sie hatten diese Worte so lange wie Litaneien immer wieder heruntergeleiert, daß sie mir schließlich wie ein Wort erschienen waren, wie »Ärgermitcallender«, und »Jamestragischesende«. Ich fuhr mit meinen Fingern über die schwarzen Buchstaben. Das war die wirkliche Welt. Mein Vater war verleumdet worden, und die Ehre meiner Mutter war mit Füßen getreten worden. Obwohl er inzwischen ein alter, kranker und vergessener Mann war, von seinem eigenen Land geschmäht und fast bankrott, wand er sich immer noch in der Falle, in die ihn das Verbrechen der Rassenschande gebracht hatte.

> *Mit diesem Weibsbild Sally hat unser Präsident mehrere Kinder. In ganz Charlottesville und Umgebung findet man niemanden, der diese Geschichte nicht glauben würde; und nicht wenige wissen davon … Seht Euch diesen Liebling der Nation an, den ersten Republikaner! Das leuchtende Beispiel für alles Gute und Edle! In aller Offenheit begeht er eine Tat, die dazu angetan ist, die Politik, das Glück, ja sogar die Existenz dieses Landes zu zerrütten.*

Ich fragte mich – wieso war meine Mutter eine so große und überwältigende Gefahr für das Glück der Vereinigten Staaten von Amerika, die meinem Vater ihren Namen verdankten?

> *Sie werden verstummen! Ja, verstummen werden sie, all die republikanisch gesinnten Schreiber von biographischen Artikeln. Ob sie sich bewegen oder nicht, sie werden sich fühlen wie ein Pferd im Treibsand.*

Doch ich war es, die im Treibsand steckte. Ich bekam keine Luft mehr. Ich war dabei zu versinken. Die Buchstaben und Worte verschwammen vor meinen Augen, bis mir ein Stöhnen entfuhr wie das einer Frau bei einer Geburt. Meine Hand fuhr an meinen Hals, aus dem das Stöhnen gekommen war. Ich sah mich um, aber keiner der über ihre Bücher gebeugten Studenten oder Bibliotheksgehilfen hatte etwas gehört.

»Sie werden immer tiefer sinken«, las ich weiter, »bis jede Hilfe zu spät kommt.«

Meine Augen wanderten zum Ende des Artikels, auf der Suche nach Erlösung, aber sie fanden keine.

Wir würden uns glücklich schätzen, wenn diese Geschichte widerlegt würde.
Doch wir machen sie publik in dem festen Glauben, daß ihre Widerlegung unmöglich ist. Es heißt, daß die afrikanische Venus auf Monticello als Haushälterin tätig ist. Wenn Mr. Jefferson diesen Artikel gelesen hat, wird er genügend Zeit haben, um darüber nachzudenken, was er gewonnen oder verloren hat mit all seinen unbegründeten Attacken gegen

J. T. Callender

»James T. Callender.« Ich wiederholte den Namen, der mir so vertraut war. Dann erhob ich mich unsicher und stützte mich auf das offene Buch.

Ich kann mich nicht mehr daran erinnern, wie ich die Bibliothek verlassen habe, aber mein Weggehen muß unauffällig gewesen sein, denn keine Hand legte sich auf meine Schulter, kein Wort hielt mich auf, kein spöttischer Blick folgte mir. Draußen angekommen, lehnte ich mich an einen Baum und mußte mich heftig übergeben.

»Hasse deinen Vater nicht«, sagte Petit.

Wir saßen im Restaurant in Brown's Hotel, als mein Vormund versuchte, mir die Sachlage zu erklären.

»Ich glaube, in diesem Augenblick hasse ich alle Menschen auf der Welt.«

»Aber sicherlich nicht Thance.«

»Doch. Sogar ihn.«

»Ich weiß, du glaubst, was deinen Eltern geschehen ist, kann auch dir und Thance widerfahren.«

»Natürlich glaube ich das nicht. Wir sind schließlich ganz normale Sterbliche, nicht der Präsident der Vereinigten Staaten und die berühmte Sally.«

»Du darfst auch deine Mutter nicht hassen«, sagte Petit.

»Ich hasse mich selbst. Dafür, daß ich vor lauter Angst mit einer Lüge lebe, dafür, daß ich mir die Beleidigungen anhören muß, die die Weißen gegen meine Rasse aussprechen, wenn sie sich unter sich fühlen. Ich hasse Thance dafür, daß er mich liebt und mich damit zwingt, um seinetwillen zu lügen – damit er mich nicht verläßt. Und ich schäme mich dafür, daß ich ihn hasse, denn ich liebe ihn wirklich, und ich werde niemanden belügen, den ich liebe.«

Petit zog seine buschigen Augenbrauen zusammen, bis sie über seinen Augen eine dunkle Linie bildeten.

»Du hättest diesen Artikel niemals lesen dürfen.«

»Es führte kein Weg daran vorbei. Dieser Artikel wurde mir in die Wiege gelegt«, sagte ich voller Abscheu.

»Aber daß du dich als Mann verkleidet hast!«

»Ich mußte irgendwie in die Bibliothek gelangen, Adrian! Der Zutritt ist nicht erlaubt für Frauen oder Hunde oder Juden oder *Neger*. Dabei machen sie sich noch nicht einmal die Mühe, Neger überhaupt zu erwähnen, weil die Vorstellung einfach zu absurd ist – als ob sie sprechenden Affen den Zutritt verweigerten. Als ich diese Bastion der Heuchelei verließ, habe ich meine ganze Verkleidung bekotzt.«

»Oh, Harriet.«

»Begreifen Sie denn nicht, Petit? Thance ist auch einer von ihnen. Ich liebe meinen Feind ... genau wie meine Mutter. Und ich habe mir geschworen, *niemals* so zu werden wie meine Mutter!«

»Ich kann verstehen, daß die Ausdrucksweise dich schockiert hat.«

»Oh, es war nicht die grobe Sprache, sondern die Inbrunst dieses Hasses – dieser abgrundtiefe Haß. Meine Mutter war die meistgehaßte Frau in den Vereinigten Staaten! Das hat mir Übelkeit verursacht.«

»Du bist innerhalb eines Nachmittags erwachsen geworden.«

»Ich will nach Hause.«

»Du gibst dich für eine weiße junge Frau aus, und dann weißt du noch nicht einmal, wie eine weiße junge Frau sich verhält«, sagte er grausam. »Glaubst du wirklich, daß das Glück und die Liebe jemals wieder so greifbar nahe für dich sein werden?«

»Es ist illegal«, flüsterte ich.

»Was ist illegal?«

»Rassenmischung.«

»Was ist das?«

»Eine gemischte Ehe. Vermischung. Die Ehe zwischen einem

weißen Mann und einer schwarzen Frau oder umgekehrt ist ein Verbrechen, das mit Geld- und Gefängnisstrafen geahndet wird. Ein Mann aus South Carolina hat das Wort erfunden. Es steht noch nicht einmal in Webster's Lexikon. Es ist eigentlich gar kein Wort ...

Ein Zweiunddreißigstel schwarzes Blut brandmarkt einen Menschen zum Neger und verbietet ihm damit, einen Weißen zu heiraten. Man nennt es das Ein-Tropfen-Gesetz.«

Petit mußte laut lachen, so daß der Kellner in unserer Nähe sich zuvorkommend nach uns umwandte.

»O Harriet« – er senkte seine Stimme – »es gibt auch Gesetze gegen Unzucht und Ehebruch, und trotzdem ist die Welt voller Prostituierter und gehörnter Ehemänner.«

»Und illegitimer Kinder«, fügte ich hinzu. »Wie ich zum Beispiel.«

»Viele große Männer haben illegitime Kinder in die Welt gesetzt – die meisten blaublütigen Prinzen und sogar einige Päpste! Es ist eine Sache, die so alt ist wie die Welt, Harriet.«

»Ich hatte immer geglaubt, daß er uns am Ende doch auf irgendeine Weise als seine Kinder anerkennen würde. Aber jetzt weiß ich, daß er das niemals tun wird.«

Petit schwieg, denn er wußte, daß ich recht hatte.

Petit führte mich zu einem Haus in der Vine Street, nicht weit von Brown's Hotel entfernt. »In diesem Haus ist dein Onkel James gestorben. Ich bin immer davon überzeugt gewesen, daß sein Tod irgendwie mit diesem Zeitungsartikel zusammenhing, den Callender geschrieben hat. Und ich bin immer davon überzeugt gewesen, daß James es war, der Callender die Geschichte zugespielt hat. In Albemarle County war die Sache so gut vor der Öffentlichkeit verborgen gehalten worden, daß eigentlich nur ein Mitglied der Familie sie verraten haben kann. Callender war ein gefährlicher, ehrgeiziger Journalist, der sich sowohl seinen Lebensunterhalt als auch gewisse andere Vergünstigungen verdiente, indem er Skandale über Personen aus Öffentlichkeit und Politik enthüllte. Zu diesem Zweck hat dein Vater ihn ursprünglich eingestellt.

James hatte seit Jahren versucht, deine Mutter zur Flucht zu überreden. Er war von der Idee besessen, sie in Freiheit zu sehen. Zweimal ist er aus Europa zurückgekommen, um sie zu holen. Er gab sich die Schuld für das, was in Paris geschehen war, obwohl er mit Sicherheit nicht hätte verhindern können, daß dein Vater und deine Mutter sich ineinander verliebten. Er hatte sich fest vorgenommen, deine Mutter aus der Gewalt deines Vaters zu befreien. Ein paar Monate bevor der Skandal ausbrach, war James in Richmond, und Callender ebenfalls – und zwar im Gefängnis. Ich glaube, James hat deinen Vater an Callender verraten in der Hoffnung, der Skandal würde ihn zwingen, deine Mutter und euch Kinder fortzujagen, was gleichbedeutend mit eurer Befreiung gewesen wäre. Auf diese Weise hätte James seine Schwester gerettet – zumindest in seinen eigenen Augen. Er selbst hat mir einmal erklärt, seine Männlichkeit stehe auf dem Spiel, und er werde selbst erst wirklich frei sein, wenn deine Mutter frei wäre.

Als James begriff, daß seine letzte Strategie fehlgeschlagen war und daß er nichts anderes bewirkt hatte, als deine Mutter in höchste Gefahr zu bringen und den Teil ihres Lebens, der ihr geblieben war, zu vergiften, überkam ihn tiefe Reue. Dann haben entweder die politischen Freunde deines Vaters ihn erwischt, und er hat keine Gegenwehr geleistet, oder er hat tatsächlich Selbstmord begangen, bevor sie dazu kamen, es für ihn zu tun. Man hat James erhängt in seinem Zimmer gefunden. Callender fand man ertrunken im Potomac, an einer Stelle, wo das Wasser nur einen Meter tief ist, und *das* war kein Selbstmord. Beide Tode wurden schließlich als Folge von Trunkenheit dargestellt. Aber niemand hat jemals erklären können, wie James es fertiggebracht haben soll, sich ohne Stuhl an dem Deckenbalken aufzuhängen und wie ein erwachsener Mann in einer Pfütze ertrinken konnte.

Es war damals Wahljahr für deinen Vater. Der Skandal wurde bis nach London und Paris bekannt. In Amerika machte die Geschichte Schlagzeilen, eine bunte Mischung aus Pornographie, Absurditäten und politischer Satire. Du warst das Kind dieses Skandals, Harriet. Du warst eben erst geboren.«

Ich blickte an der Fassade des Backsteingebäudes hinauf. Es war ein schmales, dreistöckiges Haus mit langen, schmalen Fenstern, weißen Fensterrahmen und drei weißen Marmorstufen am Eingang.

Die dunklen Fenster wirkten geheimnisvoll und unzugänglich. Alle meine Fragen prallten an dieser undurchdringlichen Fassade ab, an der hohen, fliederfarbenen Tür, an dem blankpolierten Messingklopfer. Falls es Stimmen aus der Vergangenheit gab, zu mir sprachen sie nicht.

»Und mein Vater hat nichts unternommen, Petit? Er hat Callender nicht widersprochen oder ihn zu einem Duell herausgefordert? Er hat nicht gelogen? Oder andere angeheuert, um für ihn zu lügen?«

»Nein.«

»Und wo waren Sie?«

»In Washington, im Zentrum des Sturms! Es gab eine wahre Lawine von Verleumdungen. Deine Mutter war das Gesprächsthema des ganzen Landes, und deinem Vater blieb nichts anderes übrig, als sich im Weißen Haus hinter seinem Schweigen zu verbarrikadieren und darauf zu warten, daß die Windrichtung sich änderte. Deine Großmutter hat Martha nach Washington geschickt, um den Vorsitz am Tisch des Präsidenten zu übernehmen und dem Klatsch entgegenzuwirken. James dachte, dein Vater würde deine Mutter ins Exil schicken. Aber der Präsident dachte nicht daran. Und jetzt bist du also hier. Hier stehn wir nun, zwanzig Jahre später.«

»Und Sie glauben, jemand hat herausgefunden, daß James es war, der meinen Vater verraten hat?«

»Nun ... das alles war in Richmond ein offenes Geheimnis. Ebenso in Charlottesville. Irgend jemand aus den höheren Kreisen der Gesellschaft hatte die Mauer des Schweigens um Monticello gebrochen.«

»Aber Sie glauben, es war James?«

»Es ist doch in der Tat merkwürdig, daß James und Callender beide eines gewaltsamen Todes gestorben sind.«

»Und was war er für ein Mensch, als er noch lebte, dieser Callender? Haben Sie ihn gekannt?«

»Callender nannte sich selbst den besten politischen Journalisten von Amerika – er hielt sich für einen großen Journalisten, der zu Unrecht verleumdet und verfolgt wurde. Selbst zu jener Zeit der heldenhaften Trinker nannte man ihn einen Säufer, man hat ihn einen

Feigling geschimpft und einen bezahlten journalistischen Attentäter, doch merkwürdigerweise hat ihn keins seiner Opfer jemals einen Lügner genannt. Er hatte einen Riecher für Dreck und menschliche Torheiten. Er besaß eine lüsterne Neugier für die Schwächen der Mächtigen und die Verwundbarkeit von Männern, die sich mit verbotenen Leidenschaften quälten. Er hatte sogar eine Art perversen Verhaltenskodex, den er mit einer Menge Gewäsch über Pressefreiheit und dem Recht der Menschen auf Information rechtfertigte. Er war davon überzeugt, daß James Thompson Callender etwas Besseres im Leben verdient hatte, als ihm gegeben war.

Er war ein hünenhafter Mann mit blondem, früh ergrautem Haar und dem kantigen Gesicht eines Boxers. Der Himmel weiß, wie oft er zusammengeschlagen worden war. Seine Gesichtsfarbe war gerötet wie die eines Schotten oder eines Trinkers. Und obwohl er noch ein junger Mann war, trug er einen Bart, eine Brille und einen grauen Zopf, um älter zu wirken. Wegen seiner enormen Größe ging er leicht gebeugt, aufgrund einer Schußwunde hinkte er, und weil er meist betrunken war, schwankte er beim Gehen. Die meisten Gentlemen ließen sich nicht dazu herab, ihn zum Duell zu fordern. Man sagte, er habe einen klugen politischen Kopf, es ist jedoch schwer einzuschätzen, ob er irgendein Ereignis jemals rational oder ohne Vorurteil betrachtete. Deshalb war er ein sehr gefährlicher Mann – und arrogant –, und da er selbst aus armen Verhältnissen stammte, wußte er genau, daß das amerikanische Volk viel lieber etwas über Skandale las als die langweilige Wahrheit.

Callender zog Verleumdungen und Unglück an wie ein Magnet, er war ein Mann außerhalb der respektablen Gesellschaft, der verzweifelt versuchte, in diesen Kreisen Fuß zu fassen, und doch wußte, daß er es nie schaffen würde. Er war der klassische Sündenbock, jedoch einer, der die Reichen und Mächtigen das Zittern lehrte. Ich nehme an, daß er deswegen so interessant war für James, welcher selbst so besessen war vom Haß auf seinen ehemaligen Herrn, der doch zugleich sein Schwager war. Jedenfalls weiß ich, daß James und Callender sich in Philadelphia begegneten. Und James machte den tödlichen Fehler, ihm sein Vertrauen zu schenken.

Mir ist schon oft aufgefallen, daß Menschen politische Anfeindungen um so weniger tolerieren können, je liberaler und demokratischer ihre eigene Haltung ist. Wenn Diktatoren in den Schmutz gezogen werden, sind sie in der Lage, dies philosophisch zu betrachten – jedenfalls solange, bis sie beschließen, ihrem Feind den Kopf abzuschlagen. Callenders Anfeindungen brachten deinen Vater in Rage. Er wurde noch sturer und verschwiegener, verzog sich in seinen Elfenbeinturm und ließ seine Untergebenen die Sache ausbaden. Dein Vater war viel zu stolz, um jemals zuzugeben, daß er deine Mutter liebte. Ein Mann, der es wie dein Vater gewohnt ist, stets seinen Willen durchzusetzen, ist selten glücklich. Sein Schicksal oder auch seine Macht lassen ihn unrealistische Wünsche hegen, die niemals in Erfüllung gehen können. Er wird zusehends zermürbt von seiner eigenen Ungeduld, seinem Hochmut und dem Gefühl, ständig verraten zu werden. Jene skandalerfüllten Jahre haben das Herz deines Vaters zermürbt, wie stetes Wasser einen Stein höhlt. Und Callender konnte sich nie dazu überwinden, Gnade mit ihm walten zu lassen, weil ... weil dein Vater ... so lange ... immer seinen Willen durchgesetzt hatte. Verstehst du, was ich meine? Dein Vater und seine Vertrauten hielten Callender natürlich für einen gemeinen Erpresser. Ich werde niemals die schreckliche Szene vergessen, deren Zeuge ich zufällig wurde. ›Das Geld steht mir zu, und zwar nicht als Almosen‹, schrie Callender, ›sondern als Schweigegeld!‹

›Sie sind ein verdammter Gauner und ein ewiger Bettler – niederträchtig und undankbar!‹ erwiderte der Präsident.

›Sie haben mich als Schreiber eingestellt. Mit einem einzigen Wort aus Ihrem Mund könnten Sie allen Anfeindungen Einhalt gebieten! Aber in Ihrer eisigen Indifferenz, auf die Sie so stolz sind, verhalten Sie sich neutral. Ich dachte, Sie mochten mich!‹

›Nicht mehr. Alles Geld, das Sie von nun an von mir erhalten, wird ein Almosen sein.‹

›Almosen, daß ich nicht lache! Sie haben mir aufgetragen, Hamiltons Liebesaffäre zu enthüllen, Washington und Adams zu diffamieren, und mich dafür mit Geld und Lob überhäuft. Ich habe immer noch Ihre Briefe, haben Sie das vergessen?‹

›Die verdammten Briefe! Ich will sie wiederhaben!‹

›Nur über meine Leiche.‹

Dein Vater gab den republikanischen Zeitungen Anweisung, Callender in der Luft zu zerreißen. Sie haben sein früheres Leben in Schottland ausgegraben und ihn beschuldigt, seinen ehemaligen Gönner, Lord Gladstone, zu erpressen. Und schon bald brach ein Sturm der Beschimpfungen los – Callenders Frau sei unter unsäglichen Bedingungen einen qualvollen Tod gestorben, seine Schriften seien ein Ausbund an Schund, Blasphemie und Schmutz. Meriwether Jones, dem Redakteur des *Republican* wurde schnell klar, daß die Diffamierungskampagne gegen Callender die Sally-Hemings-Geschichte nicht aus der Welt schaffen konnte, also begann er, euch Kinder einem anderen zuzuschreiben. ›Ist es denn verwunderlich‹, schrieb Jones, ›daß im Hause von Mr. Jefferson, in dem so viele Gäste ein und aus gehen, ein Diener, der tagtäglich mit der Familie und allen anderen Mitgliedern des Haushalts in Kontakt ist, ein Mischlingskind hat, wie Tausende andere auch? Sicherlich nicht.‹ … Sicherlich nicht, denn Jones hatte selbst eine schwarze Geliebte, die er zu sich ins Haus genommen hatte, woraufhin Callender, der seit Monaten bei ihm wohnte, angewidert auszog und Jones' Gastfreundschaft künftig verschmähte. Nun kündigte Jones an, er werde sich an Callender rächen und ihm zukommen lassen, was er verdient hatte. Darauf hatte Callender nur gewartet. Er ließ alles drucken, was er über euch und eure Mutter wußte. Wenn Thomas Jefferson nicht soweit gegangen wäre, die heilige Grabesruhe zu stören (Callenders verstorbene Frau), würden Sally und ihr Sohn Tom vielleicht immer noch im Dunkel der Vergessenheit schlummern, schrieb Callender einmal.

Der Skandal war nicht mehr aufzuhalten: Zeitungsartikel, Gedichte, Schmähschriften, Witze schossen wie Pilze aus dem Boden. Callender erhielt Morddrohungen, man drohte, ihn auszupeitschen und ihn zu teeren und zu federn. Die Parteifreunde deines Vaters wurden gewarnt, die republikanische Partei werde untergehen und für immer von der politischen Bildfläche verschwinden, falls sie nicht bereit seien, Jefferson wie den Propheten Jonas über Bord zu werfen. Viele Verleger druckten Callenders Artikel und beschworen deinen Vater, seine Unschuld zu beweisen. Aber sie warteten vergebens. Natürlich sah man sein Schweigen als Beweis für seine Schuld an.

Nach einer Weile stellten die Zeitungen ihre eigenen Recherchen an und veröffentlichten die Beweise, die sie zutage förderten. Immer und immer wieder gemahnten sie ihn, er hätte ›eine ehrenhafte Frau Ihrer eigenen Hautfarbe heiraten sollen‹, wie sie sich ausdrückten.«

»Armer Papa«, flüsterte ich.

»Arme Sally Hemings. Und wenn es nicht James war und auch keiner aus den höheren Gesellschaftskreisen, der Callender die Informationen gegeben hat, möge Gott sich seiner erbarmen.«

»Die Balladen und die Schmählieder waren von allem das Grausamste. Und meine Mutter hat sie gesehen.«

»Einige davon, sicherlich. Meriwether Jones wünschte, Callender möge über den James River zur Hölle fahren ... ›Oh‹, schrieb er, ›möge der James River ihn verschlingen!‹ Und genau da hat er sein Ende gefunden«, seufzte Petit. »Callender wurde in aller Eile begraben, noch am selben Tag, an dem er ertrunken ist, ohne jegliche offizielle Untersuchung und ohne Zeremonie.

Ach, Harriet, versuch nicht, alles auf einmal zu begreifen. Vor allem nicht deine Mutter und deinen Vater. Schau genau hin, und dann vergiß das Haus, in dem James gestorben ist. Dieses Haus gehört nicht mehr zu deinem Leben.«

»Ich habe meine Hautfarbe geändert, Petit, nicht meine Seele ...«

»Warum glaubt ihr jungen Leute immer, ihr seiet die einzigen, die zarte Gefühle, eine edle Gesinnung und eine unantastbare Seele haben? Seelen werden Tag für Tag verkauft, und nicht nur durch die Sklaverei. Und es gibt alle möglichen Arten von Sklaverei – die langsame Aushöhlung des Herzens, des Geistes und des Körpers. Das wirst du noch lernen, wenn du älter wirst!«

Aber an jenem Tag hatte ich nicht vor, alt zu werden. Ich hatte nicht vor, ein Flüchtling, eine Kriminelle, eine Diebin und eine Waise zu bleiben, zu der mein Onkel, mein Vater und meine Mutter mich gemacht hatten. Ich würde Thance heiraten.

Ich blickte noch einmal zu dem hohen, schmalen Backsteingebäude auf. Zitternd klammerte ich mich an Petits Arm.

»Gott, stehe Deinen Bastarden bei«, flüsterte ich.

9

Der Allmächtige hat nie einem seiner Geschöpfe kundgetan, wann er die Erde erschaffen hat, noch wird er verkünden, wann er seine Schöpfung wieder vernichten wird oder ob er das überhaupt jemals vorhat. Die einzige Art, sich auf dieses Ereignis vorzubereiten, ist, zu jeder Zeit darauf vorbereitet zu sein. Unser Schöpfer hat uns diese innere gläubige Kraft verliehen, und wer sich stets auf sie verläßt, wird zu jeder Zeit auf das Ende der Welt vorbereitet sein sowie auch für ein viel sichereres Ereignis, welches der Tod ist. Der Tod wird jeden ereilen; mit ihm endet sowohl die Welt als auch wir.

THOMAS JEFFERSON

Was den Ring betraf, hatte Charlotte recht gehabt – es war ein prächtiger, in Gold gefaßter Saphir. Ich zwang mich, an nichts zu denken, als Thance ihn mir an den Finger steckte.

»Es ist ziemlich ungewöhnlich«, sagte ich, »daß eine Frau durch ihre beste Freundin von ihrer Verlobung erfährt, anstatt umgekehrt.«

Thance warf den Kopf in den Nacken und lachte. Seine schwarze Locke hob sich und fiel ihm wieder in die Stirn.

»Deine Lippen haben damals nein gesagt, aber deine schönen Augen haben ja gesagt.«

»Haben sie das wirklich?«

»O ja.«

Thance zog mich an sich und gab mir einen Kuß. In seinen Augen lagen Ruhe und Glück. Er fuhr mit seinen Händen unter meine Achseln und über meinen Busen. Das löste ein seltsames Gefühl in mir aus, ich schnappte nach Luft und schloß die Augen. Er trat einen Schritt zurück.

»Harriet, Harriet«, flüsterte er heiser.

»Ich habe heute zum zweitenmal eine Einladung von deiner Mutter erhalten. Diesmal hat sie auch meinen Vormund eingeladen«, sagte ich und entriß uns beide dem heftigen Verlangen.

»Macht es dir nichts aus?«

»Nein. Ich kann verstehen, daß es für sie eine Bedrohung sein muß – eine andere Frau im Leben ihres Sohnes.«

»Dann ... hegst du also keine Zweifel mehr? Keine Vorbehalte? Du wirst mich heiraten?«

Ich lächelte, ohne zu antworten. Mein Herz raste. Was sollte ich tun?

»Thor wird rechtzeitig zur Hochzeit zurückkehren. Ich habe ihm geschrieben. Ich könnte nicht in seiner Abwesenheit heiraten. Du möchtest doch eine richtige Hochzeit, nicht wahr, Harriet?«

Meine Augen wurden so dunkel wie Feuerstein.

»Ich möchte in einer Kirche heiraten. Ich möchte auf den Altar zuschreiten ...« Meine Kehle war trocken und rauh.

»Dann ist es also abgemacht?« beharrte Thance.

»Ich weiß nicht. Ich ... es ist schwerer, als du glaubst.«

»Ich verstehe dich nicht, Harriet.«

»Thance, das mußt du nicht. Liebe mich einfach und vergib mir.« Plötzlich hatte ich das Gefühl, dieser Lüge entrinnen zu müssen.

»Könnte es sein, daß du in der Person von Thance Wellington etwas Komisches entdeckt hast?« fragte Charlotte, als wir im Spätsommer Arm in Arm zum Strand hinunterspazierten.

»Etwas Komisches? Wie kommst du darauf?«

»Du lachst neuerdings so viel«, sagte Charlotte.

»Manche Leute lachen über absurde Dinge, die weit entfernt davon sind, komisch zu sein«, erwiderte ich.

»Wir lachen aus Überheblichkeit. Wir lachen über die Liebe, weil sie uns oft in grausame oder lächerliche Situationen bringt«, sagte Charlotte, »was denjenigen unter uns, die sich über diese Herzensangelegenheiten erhaben fühlen, ein angenehmes Gefühl von Überlegenheit gibt.«

»Hast du eigentlich immer für alles eine Erklärung, Charlotte? Ich fühle mich weder überlegen noch herzlos, noch siegreich«, sagte ich.

»Er hat Angst vor dir«, sagte Charlotte düster.

»Thance? Er hat Angst vor mir?«

»Nun, Harriet, du bist eine außergewöhnliche Frau … für viele Männer. Du hast etwas so … Geheimnisvolles, eine … schicksalhafte Aura. Ich habe dich schon in die Ferne starren sehen wie eine dem Untergang geweihte Heldin, die auf ihre Rettung wartet. Und manchmal, ganz plötzlich, löschst du dich einfach aus.«

»Ich lösche mich aus?«

»Wie eine Art sterbender Stern, Millionen Meilen weit entfernt. Erst bist du da, strahlend und schön, auf eine irgendwie entrückte Art, und im nächsten Augenblick bist du einfach verschwunden, so als ob jemand dich ausgelöscht hätte.«

Ich lachte verlegen. Das *war* komisch und irgendwie ängstigend, doch gleichzeitig faszinierend.

»Weißt du, eine junge Frau ist so etwas wie ein Tempel«, fuhr Charlotte fort. »Man geht vorbei und fragt sich, welche geheimnisvollen Riten da drinnen vollzogen werden, welche Gebete gesprochen und welche Trugbilder erzeugt werden. Der privilegierte Mann – der Geliebte, der Vater, der Ehemann –, der den Schlüssel zum Allerheiligsten besitzt, weiß meistens gar nicht, wie er ihn benutzen soll. Manchmal habe ich dir in die Augen gesehen, Harriet, und dort habe ich die traurigste Art von Schändung gesehen – etwas, das ich nicht begreife –, so als ob etwas Schreckliches deine Kindheit überschattet hätte.« Ich sah von der Seite in Charlottes Augen. Sie war nah dran. Viel zu nah.

Ihre Hand berührte unsere verschränkten Arme.

»Irgendeine unverdiente Grausamkeit, die du erlitten hast, hat dich rücksichtslos, ja, unbarmherzig werden lassen … dich abgestumpft. Vielleicht ist es nur der Verlust deiner Familie. Aber wenn ich nicht fürchten würde, dich damit zu verletzen, würde ich sagen, daß du dem Leben gegenüber zynisch bist.«

»Heißt das, du glaubst, ich könnte Thance heiraten, ohne ihn zu lieben?«

»Nun, warum nicht? Die meisten Frauen heiraten nicht nur aus Liebe. Du bist ein Mensch, dem auf grausame Weise alles genommen wurde.«

»Charlotte, verschone mich mit deinem Edelmut! Ich brauche ihm nicht dankbar dafür zu sein, daß er sich in mich verliebt hat. Wenn er mich liebt, was habe ich damit zu tun?«

Adrian Petit begrüßte mich, indem er seinen Hut und seine Handschuhe auf einen Stuhl warf.

»Du hattest recht. Meine Unterredung mit der Witwe Wellington war wie eine Unterredung mit Thomas Jefferson höchst persönlich! Sie riecht sogar wie er«, sagte Petit.

»Ich glaube, sie mag Pferde.« Ich lachte. »Sie ist Thance überhaupt nicht ähnlich.«

»Das stimmt, weiß Gott. Aber sie ist ohne Umschweife auf das Geschäftliche zu sprechen gekommen. ›Mein Herr‹, sagte sie, ›ich kann und will meinen Kindern ihre Herzenswünsche nicht verweigern. Ich gebe zu, daß ich eine Frau aus dem Norden einer aus Virginia vorgezogen hätte. Die Frauen aus dem Süden haben meiner Meinung nach eine seltsame Lebenseinstellung. Vielleicht sind meine Vorurteile ihnen gegenüber nur darin begründet – obwohl es mir widerstrebt anzunehmen, daß ich so engstirnig bin.‹

›Als Franzose, der im Süden gelebt hat‹, erklärte ich ihr, ›kann ich Ihnen versichern, daß meine Harriet von ganz anderer Sorte ist.‹

›Sie sind Franzose, Mr. Petit?‹ fragte sie. ›Aber ja‹, erwiderte ich, während sie mich mißtrauisch musterte. ›Was hatten Sie denn angenommen?‹ – ›Ich dachte, Sie seien Deutscher‹, antwortete sie. Und in diesem Augenblick wußte ich, daß wir in der Tinte saßen.

›Wir sind eine Familie von Wissenschaftlern, Mr. Petit. Wir sind nicht reich, obwohl mein Mann uns in guten Verhältnissen verlassen hat. Aber wir beurteilen niemanden nach seinem Geld. Ich bin mir darüber im klaren, daß Ihre junge Waise mittellos ist; trotzdem ist mein Sohn unnachgiebig. Also dachte ich mir, wir beide sollten zusammenkommen und uns über die Zukunft des jungen Paares unterhalten. Mein Sohn ist unnachgiebig‹, wiederholte sie. ›Er liebt Harriet, und er will keine andere. Von Geld einmal abgesehen‹, fuhr sie fort, ›wissen wir nichts über ihre Familie‹, und ich dachte, mein Gott, warum sind sie nicht einfach durchgebrannt?«

»Außerdem«, fuhr Petit fort, »wußte ich nicht, was du Thance erzählt hattest, wenn überhaupt, und was Thance seiner Mutter weitergegeben hatte. Jedenfalls habe ich mich bemüht, der Witwe Wellington gegenüber so ehrlich zu sein, wie ich konnte. ›Das beste Blut von Virginia fließt in ihren Adern‹, sagte ich. ›Unglücklicherweise haben der verschwenderische Geschmack und der Mangel an Geschäftssinn ihrer männlichen Verwandten die Familie in den Bankrott getrieben, noch bevor das Gelbfieber sie alle dahinraffte. Sie besitzt keine Ländereien. Keine Mitgift. Keine Erbschaft. Es gibt keine weiteren männlichen oder auch weiblichen Familienmitglieder – nur ein paar Sklaven, die zu alt sind, um noch von irgendeinem Wert zu sein. Ihre Mutter wurde in Frankreich ausgebildet und war der französischen Sprache mächtig wie Harriet ebenfalls. Harriet ist liebevoll erzogen worden. Sie ist eine gute Musikerin, allerdings fürchte ich, daß sie immer noch ein wenig bäuerlich ist ...‹«

»Bäuerlich!« fiel ich ihm ins Wort, aber Petit erzählte unbeirrt weiter.

»Ich habe ihr erklärt, ich würde die Kosten der Hochzeit samt Pferd und Wagen für dich übernehmen, denn du wünschst dir doch eine Hochzeit, wenn ich mich recht erinnere. Außerdem würde ich natürlich den kleinen Betrag, den ich für dich angelegt habe, zur Verfügung stellen. ›Ich fürchte‹, sagte ich, ›Sie werden Harriet in gutem Glauben akzeptieren müssen, ohne Gütesiegel und ohne Empfehlungsschreiben.‹

›Das weiß ich, Mr. Petit‹, antwortete die Witwe. ›Mein Sohn liebt Ihre Nichte über alles ...‹

›Und sie ihn‹, sagte ich. ›In dieser Hinsicht können wir uns glücklich schätzen.‹

›Meine Unterhaltung mit ihr hat mir großes Vergnügen bereitet. Sie ist eine charmante junge Dame, und sie ist äußerst hübsch. Natürlich betet Thance den Boden an, auf dem sie geht.‹

›Soviel ich weiß, hat eine Ihrer Töchter mit ihr gemeinsam die Schule besucht.‹

›Ja, letztes und vorletztes Jahr. Lividia hätte sich nicht träumen lassen, daß Harriet einmal ihre Schwägerin werden würde. Lividia hat eine hohe Meinung von Harriet, und auch Harriet empfindet umgekehrt Lividia gegenüber eine große Zuneigung.‹

›Dann hat sie also die Herzen der gesamten Familie erobert?‹

›Bis auf das von Thor, der bald aus Afrika zurückkehren wird.‹

›Ich wünschte, ich könnte, aus Loyalität zu ihrem Vater, mehr für sie tun, doch meine Mittel sind leider sehr begrenzt. Ich habe vor, nach Frankreich zurückzukehren und mich um meine nun fast neunzigjährige Mutter zu kümmern, sobald Harriet verheiratet ist. Ich habe große Schulden und finanzielle Verpflichtungen. Nach meinem Tod jedoch …‹

›Ich sorge mich nicht so sehr wegen der finanziellen Dinge, Mr. Petit. Thance ist ein ausgebildeter Pharmazeut, er besitzt eine eigene Apotheke und ist Teilhaber an der Wellington Drug Company. Die beiden werden recht wohlhabend sein.‹

›Und glücklich‹, fügte ich hinzu.

›Wir können die Geschichte nicht beeinflussen, nicht wahr?‹ sagte Mrs. Wellington.

Ich fand, das war eine merkwürdige, jedoch nicht unpassende Art, die Dinge zu sehen, und ich erwiderte: ›Oder das menschliche Herz.‹

›Glauben Sie an das Schicksal, Mr. Petit?‹

›Ich glaube an das Glück, Mrs. Wellington.‹«

10

Einer Sache bin ich mir sicher. Da das Abwandern von Sklaven von einem Staat in den anderen aus keinem Menschen einen Sklaven macht, der es vorher nicht schon gewesen ist, würde ihre Verteilung auf eine größere Fläche sie individuell glücklicher machen und entsprechend ihre Befreiung ermöglichen …

Thomas Jefferson

Die monatliche Versammlung der Gesellschaft der Gegner der Sklaverei hatte eben erst begonnen, als Robert Purvis den schwach beleuchteten Saal betrat und sich zu mir und Thance setzte. Nachdem er mir einen Handkuß gegeben hatte, pfiff er leise durch die Zähne und drehte meine Hand gegen das Licht, so daß der Saphir funkelte.

»Harriet, das ist ein wunderbarer Stein!«

»Danke, Purvis. Aber wenn du jetzt bitte die Hand meiner Verlobten loslassen würdest, bevor du sie abschraubst.« Thance lachte.

»In Richmond ist etwas Unglaubliches passiert«, sagte Purvis, der seine Erregung kaum verbergen konnte. »Das Parlament von Virginia hat eine offizielle Resolution verabschiedet, die den Gouverneur beauftragt, Präsident Monroe aufzufordern, ein Territorium an der afrikanischen Küste oder ein Gebiet außerhalb der Vereinigten Staaten zu erwerben und dort eine Kolonie zu gründen, wohin alle befreiten Sklaven von Virginia oder die, die noch freigelassen werden, gebracht werden können. Das Ganze nennt sich die Amerikanische Gesellschaft für die Kolonisierung der freien Farbigen von Amerika. Oder wie man sie wieder los wird.«

»Sie meinen, sie wollen alle Neger, die keine Sklaven sind, aus den Vereinigten Staaten deportieren?« fragte ich ungläubig.

»Die Gesellschaft soll sich ausschließlich um die Kolonisierung freier Schwarzer bemühen, es gibt keinen Hinweis auf die Sklaverei. Die öffentliche Verurteilung der Sklaverei verstößt gegen die Verfassung, es ist der Gesellschaft jedoch gestattet, die Kolonisierung als Gegenmittel gegen die Sklaverei und als Vorbereitung zu ihrer möglichen Abschaffung irgendwann in der Zukunft zu betreiben.«

»Alles, was das Parlament von Virginia gutheißt, kann nur schlecht sein«, warf Thance ein.

Einer der Mitverfasser der Resolution war kein anderer als Thomas Mann Randolph. Thomas Jeffersons Schwiegersohn!

»Manchmal frage ich mich, ob ein anderes Land nicht tatsächlich die Lösung ist«, sagte Purvis.

»Purvis, das ist lächerlich«, rief ich aus. »Neger sind Amerikaner. Sie sind in Amerika geboren. Es ist ihre Heimat. Warum sollten man sie deportieren? Das erste Sklavenschiff hat zur gleichen Zeit in Jamestown angelegt wie die Mayflower in Plymouth!«

»Bravo, Miss Virginia ...«

»Schwarze Soldaten haben unter General Jackson in New Orleans gekämpft«, fiel Thance ein. »Selbst dieser General, der selbst ein Sklavenhalter war, mußte zugeben, daß sie die Gefahren ebenso wie den Ruhm mit ihren weißen Kameraden geteilt haben. Er hat dem Präsidenten berichtet, daß diese Soldaten sich durch besondere Tapferkeit ausgezeichnet haben, und ihnen versprochen, die Regierung würde ihren Einsatz belohnen. Und was bekommen sie? Kolonisation!«

»Jedenfalls nicht von Monroe«, sagte ich. Ich erinnerte mich noch gut an die erhitzten Debatten während eines Abendessens im Hause meines Vaters, als Monroe sowohl gegen eine Belohnung als auch gegen die Kolonisation gewettert hatte.

Purvis wandte sich nach mir um und betrachtete mich nachdenklich. In der schwachen Saalbeleuchtung wirkten seine Augen wie irisierend. Der wehmütige Ausdruck in seinem Gesicht erweckte stets den Eindruck, als habe er eben etwas sagen wollen, es sich jedoch anders überlegt. Mir wurde klar, daß ich einen großen Fehler begangen hatte, als ich den Mann erwähnt hatte, der der Privatsekretär meines Vaters gewesen und nun Präsident der Vereinigten Staaten war. Es war zu deutlich, zu nah an der Wahrheit.

»Das ist aber lustig, daß ausgerechnet Sie so etwas sagen«, scherzte Purvis.

»Ach, das ... das ist eben Virginia«, erwiderte ich.

»So etwas geschieht nicht nur in Virginia«, sagte er.

»Wissen Sie, Robert«, sagte ich, »Sie könnten genausogut ein Weißer sein. Ich hätte den Unterschied nie bemerkt.«

»Ich weiß. Ich dachte, Ihr weißen Südstaatler könntet uns aus meilenweiter Entfernung erkennen, Miss Virginia«, sagte er lachend. »Ein interessanter Aspekt des amerikanischen Kastensystems ist ein Phänomen, genannt ›Durchgehen‹ ... das heißt, als weiß durchgehen. Niemand weiß, wie viele hellhäutige Sklaven sich unter die weiße Bevölkerung mischen und wie viele ihrer Nachkommen dort verbleiben. Der Effekt des ›Durchgehens‹, wie vielen auch immer es gelingen mag, unentdeckt zu bleiben, ist eine Neutralisierung der Rassenmischung, welche ein Verbrechen ist, das in Amerika mit Geldstrafen und Gefängnis bestraft wird.«

»Denken Sie nur ...«, erwiderte ich.

»Alle Sklaven von Louisiana hätten das Land mit den Briten verlassen sollen«, fuhr Purvis langsam fort, während er mich immer noch eindringlich ansah. »In dem Augenblick, als sie britischen Boden betreten hätten, wären sie jedenfalls frei gewesen.«

»Sie meinen, auf britischem Territorium ist man in jedem Fall frei?«

»Aber natürlich«, erwiderte er, verblüfft über meine Naivität. »In einem Land, das die Sklaverei abgeschafft hat, kann man kein Sklave sein – oder ein flüchtiger Sklave.«

Purvis und Thance entschuldigten sich, sie wollten ihre Plätze in der Abteilung der Männer einnehmen. Charlotte setzte sich neben mich, aber ich nahm es kaum wahr; ich mußte an Purvis' letzte Worte denken.

Ich bekam Herzklopfen. Einfach indem ich nach London fuhr, konnte ich meinen Status als flüchtige Sklavin in den einer freien Frau ändern. Ich konnte zwei moralische Probleme auf einmal lösen: das, welches mir durch meinen Vater aufgezwungen worden war, und das, welches Thance mir durch seinen Heiratsantrag aufgenötigt hatte. Ich würde gleichzeitig von beiden »Verbrechen« freigesprochen werden.

Ich richtete meine Aufmerksamkeit auf die Bühne, wo ein entflohener Sklave seine Flucht in den Norden beschrieb. Er war Wachhunden und bewaffneten Sklavenwächtern entkommen, war beinahe ertrunken, hatte Erfrierungen erlitten und rohe Klapperschlangen gegessen. Er hatte mit den Zähnen eine Gewehrkugel aus seinem Unterarm entfernt und sein eigenes Blut getrunken, um nicht zu erfrieren, und er hatte sich in dem verzweifelten Bemühen, nicht verrückt zu werden, die Hälfte seiner Haare ausgerauft. Seine Frau war unter den Hieben einer Peitsche gestorben, und sein epileptischer Sohn war von seinem Herrn mit Arsen vergiftet worden. Ich mußte an meine bequeme Reise nach Philadelphia und an meine erste Mahlzeit in Brown's Hotel denken. Ich dachte daran, wie ich alle meine Freunde täuschte. Konnte es eine verachtenswürdigere Kreatur als mich geben? Während der Mann noch erzählte, faßte Charlotte mich plötzlich ängstlich an der Hand. Ich starrte auf die beiden ineinander verschränkten Hände. Sie hätten ein und derselben Person gehören können.

»Für einen Sklaven gibt es kein Morgengrauen«, schloß der Redner. »Für ihn ist immer Nacht.«

Ein Raunen ging durch den Saal. Charlotte ließ meine Hand los. Ich erhob mich und wünschte mir nichts sehnlicher, als allein zu sein, Tränen brannten in meinen Augen. Aber eine Frau, die neben mir stand und meinen Schmerz spürte, nahm meine Hände in ihre.

»Oh, meine Liebe. Sie dürfen nicht verzweifeln. Wir werden den Kampf für die Befreiung der Schwarzen gewinnen, das verspreche ich Ihnen. Wir sind uns vielleicht nicht einig darüber, wie wir dabei am besten vorgehen, auf welche Weise wir das gemeinsame Ziel zu erreichen versuchen. Sie glauben vielleicht, die Ketten, die die Schwarzen fesseln, sollten zunächst gelockert werden, während ich der Meinung bin, die Ketten müssen gesprengt werden. Vielleicht meinen Sie, und aus gutem Grund, wir sollten die harten Bedingungen lindern, unter denen die Neger zu leiden haben, während ich glaube, daß zuerst und vor allen Dingen Gerechtigkeit hergestellt werden muß. Aber auch wenn wir verschiedener Meinung darüber sind, mit welchen Mitteln und auf welchem Weg das Ziel zu erreichen ist, so bezweifle ich nicht im geringsten, daß wir dasselbe Ziel vor Augen haben – die völlige Ausrottung der Sklaverei.«

»Oh, ich glaube an die völlige Ausrottung der Sklaverei ... selbst wenn es die Ausrottung meiner Familie bedeuten würde.«

»Sie sind aus dem Süden, nicht wahr?«

»Ja«, erwiderte ich.

»Gott segne Sie, meine Liebe. Gott segne Sie. Oh, verzeihen Sie, ich bin Mrs. Lucretia Mott.«

»Mein Name ist Harriet. Harriet Petit aus Virginia.«

»Kann eine amerikanische Frau behaupten, sie sei frei, solange es auch nur noch einen Sklaven gibt? Kann irgendeine amerikanische Frau behaupten, sie habe mit der Sklaverei nichts zu tun?«

Ich nickte zustimmend.

»Die Wahrheit gilt für alle Menschen. Es gibt nicht eine Wahrheit für die Reichen und eine Wahrheit für die Armen, eine für die Weißen und eine für die Schwarzen, für Männer und für Frauen, es gibt nur eine Wahrheit.«

Ich hatte noch niemals eine Frau so sprechen hören. Ich hörte ihr wie gebannt zu.

»Ich hätte meine eigenen Rechte als Frau nicht besser verstehen können als durch mein intensives Studium der Rechte der Sklaven. Der Kampf gegen die Sklaverei ist eine Schule, die einen ein besseres Verständnis der Menschenrechte lehrt als jede andere gerechte Sache. Kann dieses Land sich eine Republik nennen, wenn ein einziger Tropfen schwarzen Blutes einen Mitmenschen zum Sklaven abstempelt? Ist dieses Land eine Republik, wenn die Hälfte seiner Bevölkerung in Gefangenschaft gehalten und zu geistiger Verblödung verurteilt wird? Können Sie als amerikanische Frau heute, im Jahre 1825, wahrheitsgemäß von sich behaupten, Sie seien frei?«

»Nein.«

»Kommen Sie nach der Versammlung, Sie müssen eine Freundin von mir kennenlernen, die im Sommer als Delegierte zum Sklavengegnerkonvent nach London reist, wo in diesem Jahr fünftausendvierhunderundvierundachtzig Petitionen im Namen der Abschaffung der Sklaverei eingereicht wurden. Sie heißt Dorcas Willowpole.«

»Ist das eine Art Sklavenversteigerung?« fragte ich Adrian Petit ärgerlich bei unserem wöchentlichen Mittagessen in Brown's Hotel.

»Thance hat bereits mit seiner Mutter gesprochen. Seine Mutter hat mit Ihnen gesprochen. Sie haben bereits geantwortet. Charlottes Mutter hat es Charlotte erzählt. Thance hat seinem Bruder geschrieben. Charlotte hat mir von meiner eigenen Verlobung erzählt. Ich nehme an, Sie haben bereits nach Monticello geschrieben? Meinen Sie nicht, ich sollte in der Sache um meine Meinung gebeten werden?«

»Harriet, du trägst Thance' Ring.«

»Den seine Mutter ausgesucht hat ...«

»Der seiner Mutter und vorher seiner Großmutter gehört hat. Das ist etwas ganz anderes. Warum bist du so aufgebracht?«

»Ich dachte, es wäre alles anders im Norden! Ich dachte, hier würde ich meine Freiheit finden! Gleichheit! Statt dessen habe ich erfahren, was die Weißen tatsächlich über die Neger denken! Sie betrachten meine Brüder, meine Mutter, meine Onkel, meine ganze Familie mit Abscheu – sie halten uns für eine Rasse, die so unmoralisch, faul, gefühllos und dumm ist, daß nichts, was sie über uns sagen, sei es offen oder hinter unserem Rücken, uns treffen kann! Sie können sich nicht vorstellen, daß wir schon so viele weiße Hintern gesehen haben, daß uns nichts mehr schockieren kann. Wie kann ich einen von ihnen heiraten? Sie, die angeblich so stark und überlegen sind, rennen schon beim geringsten Widerstand, der sich ihnen entgegenstellt, wie die Hasen ins Versteck.«

»Oh, Harriet. Wie kannst du so etwas sagen ...«

»Wie?« fiel ich ihm ins Wort. »Die Regierung der Vereinigten Staaten will die schwarze Bevölkerung von Amerika zurück nach Afrika deportieren. Aber nicht die Sklaven – o nein, die gehören sich nicht selbst, noch gehören sie nach Afrika. Sie müssen bleiben, denn sie sind ja so wertvoll, aber auf freie Schwarze kann man getrost verzichten.«

»Wo hast du das denn gehört?«

»Gestern abend auf der Versammlung der Sklavereigegner.«

»Harriet. Laß uns nicht den Überblick verlieren. Unser kleiner Traum hat mit dem allgemeinen Problem der Sklaverei wenig zu tun!«

»Und warum nicht? Ich bin eine entflohene Sklavin. Genauso wie der arme Kerl, dessen Geschichte ich gestern Abend gehört habe. Bin ich nicht genauso eine Kriminelle wie er? Und genauso schwarz?«

»Harriet, was soll ich dazu sagen? Das übersteigt meine Kompetenzen. Ich bin nur dein Vormund, nicht dein Gewissen. Vielleicht solltest du deinem Vater und deiner Mutter schreiben. Schütte ihnen dein Herz aus und richte dich nach ihrer Entscheidung. Dein Vater muß sich darüber im klaren gewesen sein, daß du mit diesen Problemen konfrontiert würdest, wenn er dich als weiß durchgehen ließ. Er muß irgendeine Philosophie dazu haben.«

»Ja«, erwiderte ich. »Er hat mir seine Philosophie erläutert. ›Da sie hellhäutig genug ist, um als weiß durchzugehen, so soll sie eine Weiße sein‹ – das ist seine Philosophie! Sei weiß und halte den Mund. Ertrage die Beleidigungen und die Verachtung!«

»Und was ist mit deiner Mutter? Sie kann dir bestimmt helfen.«

»Oh, ich kenne auch ihre Philosophie: ›Erwirke die Freiheit für deine Kinder.‹ Das war die Litanei, die meine Großmutter heruntergeleiert hat, bis zu dem Tag, an dem sie sich entschloß zu sterben … Freiheit um jeden Preis. Zu jedem Preis, sogar zu diesem.«

»Niemand hat dir versprochen, es würde einfach sein, Harriet.«

»Nein«, sagte ich erschöpft. »Niemand hat mir irgend etwas versprochen … Ich werde Thance nicht heiraten, Petit.«

Er blickte auf, um zu sehen, ob ich scherzte.

»Ich bitte dich, Harriet, warum nicht? Alle geben dir ihren Segen.«

»Es ist gegen das Gesetz«, flüsterte ich.

»Was? Nicht schon wieder.«

»Aber stellen Sie sich nur vor, er würde es von jemandem erfahren?«

»Von wem denn, Harriet? Von mir? Wer weiß denn davon, und wer würde es ihm sagen?«

»Jeder in Monticello weiß es. Jeder in Charlottesville weiß es. Jeder in Richmond weiß es. Drei Präsidenten wissen es! Callender hat es der ganzen verdammten Welt erzählt!«

»Was sie wissen, ist, daß vielleicht eine Harriet Hemings existiert. Sie wissen nicht, daß es eine Harriet Petit gibt. Oder eine Harriet Wellington.«

»Meine Kinder werden nicht wissen, wer sie sind.«

Nach langem Schweigen sagte Petit: »Harriet, Thance liebt dich.«

»Ich weiß. Und darum werde ich aus Philadelphia fortgehen.«

»Du gehst fort?«

»Auf der Versammlung der Sklavereigegner habe ich Lucretia Mott kennengelernt. Sie hat mich Dorcas Willowpole vorgestellt, die im September als Delegierte zum Anti-Sklaverei-Konvent nach London fährt. Sie war auf der Suche nach einer Reisebegleiterin. Sie hat mir den Job angeboten, und ich habe angenommen.«

»Du hast was getan?«

»Ich habe angenommen.«

»Thance wird dir niemals gestatten, diese Reise zu machen.«

»Thance ist nicht mein Herr.«

»Warum so weit weg, Harriet?«

»Zwangsläufige Befreiung. Wenn ich britischen Boden betrete, bin ich nach dem Gesetz ein freier Mensch. Genau wie meine Mutter vor vierzig Jahren. Zahllose entflohene Sklaven haben dasselbe getan, haben dort die Freiheit ausprobiert. Verstehen Sie denn nicht, Petit, wenn ich reise, werde ich nicht länger eine entflohene Sklavin sein, sondern eine freie Frau, und zwar in Wirklichkeit, nicht nur in meiner Einbildung. Und ich mache Thance frei. Er wird kein Verbrechen begehen, für das er ins Gefängnis gehen oder eine Geldstrafe entrichten müßte, genau wie mein Vater wegen meiner Mutter hätte im Gefängnis landen können.«

»Harriet, sei nicht verrückt!«

»Ich bin keineswegs verrückt. Mrs. Willowpole und ich haben beschlossen, nach dem Konvent nach Frankreich zu fahren. Paris hat mich schon immer verfolgt, Petit.«

»Du läufst vor deinem Glück davon, genau wie deine Mutter, als sie Paris *verließ*. Deine Mutter hat die Freiheit für die Liebe aufgegeben, und nun gibst du die Liebe für die Freiheit auf.«

Ich wußte, daß Petit dieses schwerwiegende Argument vorbrachte, um mich zu verletzen. Er war verzweifelt.

»Um der Wahrheit willen, Petit. Ich muß meine Seele befreien. Vielleicht gibt es eine … andere Art von Glück … ohne Thance.«

»Genausogut könntest du eine neue algebraische Gleichung für dich aufstellen. Ein Teil Sklavin, ein Teil Kriminelle, ein Teil Opfer, ein Teil Geliebte, ein Teil Opportunistin, ein Teil Feigling, ein Teil Diebin, ein Teil tragische Heldin. Warum willst du Thance ins Unglück stürzen wegen einer Sache, die weder er noch du ändern könnt. Kannst du die Hochzeit nicht einfach verschieben? Thance vielleicht dazu bringen, daß er dich versteht? Sag ihm die Wahrheit!

Harriet, gib Wellington eine Chance. Sag ihm die Wahrheit!«

»Ich habe versucht, sie ihm zu sagen, Petit. Er hat mich nicht ausreden lassen. Und ich möchte keinen Mann heiraten, dem ich nicht alles sagen kann! Ich werde reisen, Petit.«

Petit stand auf und trat auf mich zu. Ich wich vor ihm zurück.

»Warum sehen Sie mich so an?«

»Weil mir auffällt, wie sehr du deinem Onkel James ähnelst.«

»Niemand hat ihn gezwungen zurückzukehren.«

»O doch. Deine Mutter. Er war nicht bereit, sie allein nach Virginia und in die Sklaverei zurückkehren zu lassen. Er war nicht bereit zuzulassen, daß sie ihre Freiheit wegwarf …«

»So wie ich?«

»Ich weiß nicht, was du tust, Harriet. Oder was du zu tun glaubst.«

»Seien Sie mir nicht böse.«

»Ich bin nicht böse, Harriet. Ich liebe dich. Ich möchte nur, daß du glücklich bist.«

»Dann müssen Sie doch verstehen, daß ich Thance nicht anlügen kann.«

»Ich sehe, daß du ein Talent dafür hast, dich selbst unglücklich zu machen. Genau wie James.«

»Es macht mich stolz, zu sein wie er.«

»Er ist mit siebenunddreißig gestorben.«

»Also bleiben mir noch dreizehn Jahre.«

»Du wirst Thance das Herz brechen.«

»Er wird es überleben.«

»Und du, Harriet?«

Ruhe, dachte ich. Ruhe. Wann mochte ich endlich Ruhe finden?

»Jedenfalls werde ich eine freie Frau sein, sobald ich in London an Land gehe. Keine flüchtige weiße Negerin, die die Rolle ihrer Herren spielt. Der vergängliche Zustand der Sklaverei ist auf fatale Weise mit der unvergänglichen Tatsache der Hautfarbe verknüpft. Wenn ich keine Sklavin mehr bin, bin ich auch nicht mehr schwarz.«

»Du gehst ein hohes Risiko ein. Vielleicht wird Thance nicht auf dich warten.«

»Das kann ich nicht von ihm erwarten, vor allem, da ich ihm nicht die Wahrheit sagen werde«, sagte ich. »Werden Sie mich begleiten, Onkel?«

»Nein. Jemand muß hierbleiben, um deine Interessen zu wahren, denn, so Gott will, könntest du deine Meinung ändern. Wenn ich den Atlantik noch einmal überquere, dann wird es das letzte Mal sein, und dieser Fall wird erst eintreten, wenn ich deinem Vater meinen letzten Dienst erwiesen habe – dein Glück und deine Sicherheit.«

»Ich bezweifle, daß ich jemals zurückkommen werde, Petit.«

Zum erstenmal wirkte Petit ängstlich. Sein kleines Affengesicht verzog sich vor Schmerz, so als ob ich wirklich seine Tochter wäre. Aber ich war dabei, meinem Dilemma auf demselben Weg zu entfliehen, den mein Vater stets gewählt hatte – Flucht.

»Wie grausam du bist, Harriet.«

»Ich habe eine hohe Schule der Grausamkeit absolviert«, erwiderte ich. »Ich bin die Tochter des Präsidenten, vergessen Sie das nicht.«

Die Sankt Paulskirche der Unitarier lag im Zentrum der Stadt, an der südwestlichen Ecke des Washington Square. Ich betrat die Sakristei durch den Seiteneingang. Meine religiöse Erziehung war fast beendet. Zugleich mit der Bestellung des Aufgebots sollte ich in die Gemeinde aufgenommen werden. Beides würde nun nicht mehr stattfinden. Ich setzte mich in eine Kirchenbank. Ich fühlte mich vollkommen verlassen. Mein Vater hatte mir zur Flucht geraten. Meine Mutter zum Schweigen. Meine weiße Lüge war zuerst rot, dann violett, dann schwarz geworden. Ich würde keinem von beiden sagen, daß ich vorhatte, die Vereinigten Staaten zu verlassen. Ich zog Thance' Ring von meinem Finger, wickelte ihn in mein Taschentuch und schob ihn in die Rocktasche, in der ich den Dolch aufbewahrte. Auf dem Weg von der Kirche zu den Wellingtons würde ich alles

Glück hinter mir lassen, das mir wahrscheinlich im Leben beschieden war. Ich streckte die Hände vor mir aus, sie zitterten nicht, und mein Herz schlug ruhig. Ich war immer noch die unveränderte, unterdrückte Harriet Hemings, die von klein auf von ihrer Mutter gelernt hatte, Opfer zu bringen und Elend zu ertragen.

Reverend Crocket trat ein und begann die Kerzen anzuzünden.

»Ah, Miss Petit. Was tun Sie hier? Es würde Thance sicherlich nicht gefallen, Sie so spät abends allein unterwegs zu wissen.«

»Ich bin gekommen, um zu beten. Ich bin auf dem Weg zu den Wellingtons.«

»Gestatten Sie mir, Sie zu begleiten. Ich habe noch fast eine halbe Stunde Zeit, bevor der Gottesdienst beginnt.«

Ich zögerte. Sollte ich diesem liebenswürdigen Mann erzählen, daß ich vorhatte, ein heiliges Versprechen zu brechen? Nein. Er war auch einer von diesen Weißen, und ich hatte wirklich genug von ihnen.

»Danke. Das ist sehr freundlich von Ihnen.«

»Bedrückt Sie irgend etwas, Miss Petit?«

»Soviel ich weiß, haben Sie Thance getauft …«

»O ja, meine Liebe. Thance und Thor – alle beide.«

»Sie kennen Sie also schon ihr ganzes Leben lang.«

»Ja, in der Tat. Zwei gute Jungen.«

»Ich habe gehört, es hat einen Unfall gegeben, als sie noch Kinder waren, wobei Thance Thor verletzt hat. Er hat mir nie erzählt, was passiert ist.«

»Sind Sie deswegen hergekommen, Miss Harriet … darf ich Sie Harriet nennen?«

»Ich habe mich nur gefragt …«

»Thance gibt sich die Schuld, aber es war wirklich ein Unfall«, sagte er, »oder der Wille Gottes. Ich glaube, mehr brauchen Sie nicht zu wissen. Haben Sie Zweifel an der Heirat mit Thance?«

»Ja.«

»Ach, das ist doch das Normalste von der Welt, meine Liebe. Die heiligen Ehesakramente und eheliche Liebe sind die ernsthaftesten und ehrbarsten Versprechen, die Menschen sich geben können. Man sollte sie niemals leicht nehmen. Lieben Sie Thance?«

»Ja.«
»Fürchten Sie sich vor … den ehelichen Pflichten?«
»Nein, Reverend.«
»Sie sind Waise, wie ich höre.«
»Ja.«
»Ach, wie traurig muß es für eine junge Frau sein, keine Mutter zu haben, mit der sie sich am Vorabend ihrer Hochzeit besprechen kann, oder einen Vater, der sie zum Altar führt.«

Mein Vater, dachte ich. Selbst wenn er nicht mehr mein Herr ist, so ist er doch immer noch mein Vater. Der Vater, der auf seinen Knien lag, als ich ihn verließ, sein Fuß im verrotteten Holz seines verrotteten Reiches gefangen. Und meine Mutter. Als ich von ihr fortging, stand sie wie unter Drogen mitten in einem Tabakfeld, umschwirrt von Motten und Schmetterlingen. Es gelang mir nicht, meine Tränen zu unterdrücken, die mir nun über die Wangen liefen. Konnte ich mir eingestehen, daß ich Heimweh hatte? Das Haus meines Vaters war zwei Tagesreisen mit der Postkutsche entfernt. Wieso konnte ich mich nicht dazu überwinden, heimzukehren und ihn zu besuchen?

»Ich möchte zu meiner Mutter«, flüsterte ich.

»Ich weiß, meine Liebe. Ich weiß. Aber Gott in seiner Weisheit hat das unmöglich gemacht. Ich bin mir sicher, daß sie in diesem Augenblick voller Liebe auf dich herabblickt. Du mußt dich auf dich selbst verlassen.«

Reverend Crocket begleitete mich auf dem kurzen Weg zum Haus der Wellingtons. Die *Montezuma* segelte am 24. September nach England, und ich hatte Mrs. Willowpole bereits mitgeteilt, daß ich an Bord sein würde. Heute war der Zwölfte. Zu früh vielleicht. Oder zu spät? Ich zog an der Glocke und wartete. Der Reverend blieb bei mir, bis das Dienstmädchen öffnete, dann zog er seinen Hut und verabschiedete sich.

Thance war nicht zu Hause.

Er hatte Bescheid gegeben, daß er noch bis spät abends im Labor arbeiten und anschließend mit einem Freund in seinem Club speisen würde. Meine zukünftige Exschwiegermutter war ebenfalls nicht da. Konsterniert setzte ich mich in der Diele auf einen Stuhl, ohne meinen Hut und meine Handschuhe abzulegen. Doch ein Dienstmädchen kam und geleitete mich in den Salon. Um mir die Zeit zu vertreiben, begann ich, leise und immer noch mit Handschuhen an den Händen, auf Mrs. Wellingtons Klavier zu spielen.

Als ich einen Schlüssel im Schloß hörte, schlug die Dielenuhr zehn. Ich hoffte, es wäre nicht Mrs. Wellington, denn wie sollte ich ihr meinen nächtlichen Besuch erklären? Zu meiner Erleichterung hörte ich Thance' Stimme aus der Diele.

»Sie ist hier? Hat sie gesagt, was sie herführt?«

Ich erhob mich, als Thance eintrat, bereit, zu kämpfen oder zu fliehen. Ich trug immer noch meinen Hut und meine Handschuhe. Mit der einen Hand langte ich in meine Rocktasche, um den Ring herauszunehmen, spürte jedoch zunächst den Dolch. Er gab mir Mut.

»Harriet, du bist doch nicht krank?«

»Nein, es … geht mir gut. Ich habe Reverend Crocket in der Kirche besucht. Er hat mir erzählt, daß er dich getauft hat.«

»Er hat dir von Thor erzählt, nicht wahr?«

»Nein.«

Er stand bleich und zitternd vor mir.

»Nein, er hat Thor noch nie mir gegenüber erwähnt.«

»Ich hätte dir irgendwann davon erzählt.«

»Ich bin gekommen, um dir zu sagen, daß ich dich nicht heiraten kann«, sagte ich.

»Ich wußte, daß das geschehen würde. Ich wußte, daß irgend etwas alles verderben würde. Daß es das einzige Glück verderben würde, das ich je gekannt habe. Ich wußte, daß ich verflucht bin – verflucht seit meiner Geburt.«

»Du darfst nicht an Verfluchung glauben, Thance. Es gibt etwas in meiner Vergangenheit, das ich dir nicht preisgeben kann, und deswegen werde ich dich nicht heiraten, denn das Unausgesprochene würde immer zwischen uns stehen. Meine Entscheidung ist unwiderruflich.« Ich hielt ihm den Ring hin.

Er warf mir einen flüchtigen, traurigen Blick zu und begann im Zimmer auf und ab zu gehen.

»Harriet, du darfst diese Entscheidung nicht leichtfertig treffen. Wenn du noch Zeit brauchst, es macht mir nichts aus zu warten. Es war falsch von mir, dich zu drängen. Ich werde dir mehr Zeit geben, wir werden die Hochzeit verschieben.«

»Thance, das ist es nicht. In zwölf Tagen werde ich auf der *Montezuma* nach London segeln. Ich begleite Mrs. Willowpole zum Konvent der Gegner der Sklaverei.«

»Ohne mit mir darüber zu sprechen? Wann hat sie dir dieses Angebot gemacht?«

»Bei der letzten Versammlung der Gegner der Sklaverei.«

»Und du hast es die ganze Zeit für dich behalten?«

»Thance, du verstehst mich nicht. Ich muß nach London reisen. Es tut mir leid, daß ich dich getäuscht habe. Ich bin gekommen, um dir deinen Ring zurückzugeben. Das Glück, das du mir anbietest, steht mir nicht zu.«

»Ich denke an mein eigenes Glück.«

Thance war leichenblaß. Er versuchte mehrmals, etwas zu sagen, aber er konnte nicht. Schweißperlen standen ihm auf der Stirn. Er ging an das Büffet und goß sich einen Drink ein.

»Bitte, schreib mir nicht und versuche nicht, mir zu folgen, denn dann werde ich nicht die Kraft haben, es durchzustehen.«

»Harriet, ich weiß nicht … um Gottes willen … laß mir … laß mir ein wenig Hoffnung. Verschließe die Tür nicht endgültig.«

»Ich muß es tun.«

»Gibt es jemanden, den du in London treffen wirst? Gibt es einen anderen?«

»O Thance. Natürlich nicht. Ich reise als Begleiterin von Mrs. Willowpole. Es gibt keinen anderen. Wie könnte es einen anderen geben? Ich habe deinen Heiratsantrag angenommen!«

Thance hatte sich umgedreht und war ein paar Schritte auf mich zugekommen. Er war nahe genug, um mich zu ergreifen oder mich zu schlagen. Unsere Blicke trafen sich.

»Bitte«, sagte ich. Mein Herz war wie aus Stein.

»Ich werde dich selbstverständlich nach Hause begleiten.«

Als wir gerade das Haus verlassen wollten, trat Mrs. Wellington ein, umgeben von einer Wolke aus Duft und Seide. Sie war schockiert, uns zu so später Stunde allein im Haus vorzufinden. Offensichtlich ahnte sie das Schlimmste, bis sie unsere Gesichter sah.

»Mein Gott – Kinder, was ist geschehen?«

»Wir haben unsere Verlobung gelöst, Mutter.«

»Aber …«

»Harriet reist am Vierundzwanzigsten nach London ab.«

»Aber mein Kind …«

»Bitte, Mrs. Wellington, verlangen Sie keine Erklärung von mir. Glauben Sie mir, ich habe Thance' Heiratsantrag in gutem Glauben … und … mit Dankbarkeit angenommen.«

»Harriet, Sie machen einen schrecklichen Fehler. Sie lieben meinen Sohn, ich weiß, daß Sie ihn lieben. Ehen wie diese wachsen nicht auf Bäumen für …«

»… arme Waisen«, fiel ich ein.

»Mutter, bitte!«

»Harriet, ich warne Sie. Wenn Sie jetzt durch diese Tür gehen, werden Sie dieses Haus nie wieder betreten, solange ich lebe.«

Thance' Mutter stellte sich in die Tür, um uns den Weg zu versperren. In ihrer weiten Abendgarderobe, ihrem Turban und dem Fächer aus Straußenfedern wirkte sie wie ein aufgebrachter türkischer Sultan, dessen Harem geschändet wurde. Wie sehr erinnerte sie mich an Thomas Jefferson, während sie unseren Schmerz für ihre Prinzipien mißbrauchte.

Ich knickste so tief, daß mein Umhang den Boden berührte, und ergriff gleichzeitig flehend ihre Hand.

»Bitte, bringen Sie mich nicht dazu, zu bedauern, daß ich nun niemals heiraten werde.«

»Harriet! Sie … Sie werden doch nicht in einen religiösen Orden eintreten, sich den Papisten verschreiben? Nicht, nachdem sie sich zum Unitarismus bekannt haben!«

»Mutter!«

»Ich bin immer noch bestrebt, Religion mit … Freiheit zu verbinden«, erwiderte ich, während ich mich erhob. Ich überragte Thance' Mutter, und sie schien vor meiner Wut über ihren Versuch, mich wieder einmal zu einer Gleichung zu machen, zurückzuweichen. Sie trat zur Seite. Sie hatte Angst vor mir. Thance' Hand an meinem Ellbogen stützte mich, als wir die braunen Stufen hinabstiegen. Ich rutschte aus und wäre gestürzt, wenn er mich nicht sicher im Griff gehabt hätte. Ich wußte, daß er mein Zittern spürte.

»Wir werden Mutters Kutsche nehmen, es ist schon spät«, sagte er trübsinnig.

Schweigend saßen wir nebeneinander, bis wir die Fourth Street erreichten. Plötzlich begann Thance, lautlos wie ein verlassenes Kind zu weinen. Es ärgerte mich, daß er so leicht nachgegeben hatte. Vielleicht glaubte er ebenso wie ich, daß er kein Glück verdiente.

Ohne daß er es bemerkte, ließ ich den Ring in seine Rocktasche gleiten.

PHILADELPHIA, 24. SEPTEMBER 1825

Maman,

wenn dieser Brief Dich erreicht, werde ich auf dem Weg nach London, England, sein. Ich segle auf der Montezuma *als Begleiterin von Mrs. Dorcas Willowpole, die als Delegierte am zehnten Konvent der Gegner der Sklaverei teilnimmt.*

Obwohl die Montezuma *ein prächtiges Segelschiff ist, habe ich das Gefühl, in einem kleinen Ruderboot auf der endlosen Weite des Atlantischen Ozeans zu treiben. Ich habe Deinen Brief vom Fünften d. M. immer wieder gelesen und versucht, Mut aus der Tatsache zu schöpfen, daß Du wesentlich jünger warst als ich, als Du den Atlantik zusammen mit Maria überquert hast. Dabei wußtest Du noch nicht einmal, daß Dich möglicherweise die Freiheit erwartete. Aber ich weiß, daß diese Reise für mich der Schlüssel zu tatsächlicher Freiheit ist. Wenn ich englischen Boden betrete, werde ich nach dem Gesetz für immer ein freier Mensch sein. Ich werde das moralische Recht haben, mich frei zu nennen.*

Ich habe Thance seinen Ring zurückgegeben und sein Angebot, mich glücklich zu machen, zurückgewiesen, weil er mir seinen Heiratsantrag unter Annahme falscher Tatsachen gemacht hat. Es ist sehr traurig, daß ich sein Unglück noch vergrößert habe, da er doch so sehr an der Tragödie mit seinem Zwillingsbruder leidet, eine Geschichte, die den grausamsten Erzählungen von Sklaven gleichkommt. Ich nehme seinen Schmerz mit auf diese Reise.

Vergiß mich nicht.
Deine Dich liebende Tochter.

Zu meiner großen Überraschung machte Charlotte mir keinerlei Vorhaltungen. Als ich sie fragte, warum sie keine Erklärung von mir verlangte, sagte sie: »Hat Thance eine Erklärung verlangt?«

»Nein.«

»Warum sollte ich es dann tun? Wenn du es mir erzählen willst, dann wirst du es tun.«

»Ich fürchte an jeder Ecke, Thance könnte aus dem Schatten auf mich zuspringen. Die Türglocke, das Geräusch von Kutschenrädern, Schritte, alles läßt mich zusammenfahren.«

»Thance ist … verzweifelt.«

»Hast du ihn gesehen?«

»Ja.«

»Hat er dich gefragt, ob du etwas weißt?«

»Ja.«

»Und …«

»Ich habe gesagt, ich wüßte nichts, und das ist die Wahrheit, Harriet, Gott ist mein Zeuge.« Sie streichelte mein Haar.

»Weißt du noch, wie ich dir einmal gesagt habe, eine junge Frau sei wie eine Kathedrale – ein großes, unergründliches Geheimnis. So habe ich dich immer empfunden, Harriet.«

»Wirst du morgen an den Hafen kommen, um mich zu verabschieden?«

»Ja.«

Entgegen meinen guten Vorsätzen fragte ich: »Glaubst du, Thance wird auch kommen?«

»Mein Gott, Harriet!« rief Charlotte entrüstet. »Erst bringst du einen Mann um, und dann erwartest du noch, daß er seinen Hut zum Gruß zieht. Der Mann liegt im Bett«, fuhr sie fort, »und wird von seiner Schwägerin und seinem Zwillingsbruder umsorgt.«

»Thor? Thor ist zurück?«

»Wegen der Hochzeit, erinnerst du dich? Kannst du dir seine Verzweiflung vorstellen ...?«

»Oh, mein Gott«, stöhnte ich. »Oh, mein Gott.«

»Wirst du zurückkommen?«

»Ach, Charlotte! Ich weiß es nicht ... was auch geschieht, es ist Schicksal ...«

»Ich glaube, daß du für einen der Zwillinge bestimmt bist, ich weiß nur nicht, für welchen der beiden ...«

»Du kommst ja auf seltsame Ideen.«

»Ich nehme an, es hat keinen Zweck, dich ein letztes Mal zu bitten, dir die Sache noch einmal zu überlegen, oder zumindest dein seltsames ... selbstmörderisches Verhalten zu erklären.«

»Ich kann nicht, Charlotte.«

»Nun, ich sage es dies eine Mal. Geh nicht, Harriet, ich flehe dich an.«

»Ich muß.«

»Warum mußt du die Herzen aller brechen, die dich lieben?«

»Vielleicht gerade wegen dieser Liebe, Charlotte.«

Wir sahen einander tief in die Augen. Unsere Freundschaft war heil geblieben und mein Geheimnis ebenfalls.

»Ich hab' dir ein paar Bücher für die Reise mitgebracht. *Die Gedichte von Philis Wheatley*, *Über Heldenverehrung* von John Burke, *Der Sklavenhandel* von John Fitzgerald und die *Liaisons Dangereuses* von Lanclos auf französisch. Weißt du noch, du hast letzten Sommer meine Ausgabe gelesen. Ich habe dir eine Liste der Bücher gemacht, die du mir aus London schicken sollst.«

»Wirst du morgen kommen, um mir Lebewohl zu sagen?«

»Ich möchte doch nicht die Abenteuer von Tante Harriet verpassen, die ihr Leben ruiniert und sich mit offenen Armen der Möglichkeit aussetzt, auf hoher See zu ertrinken, während sie die Chance wegwirft, zu verhindern, daß sie als alte Jungfer endet.«

»Ach, Charlotte, ich liebe dich wirklich.«

»Mit dir als Freundin braucht man keine Angst mehr zu haben, daß einem das Herz gebrochen wird.«

»Paß gut auf Independence auf.«

»Ich dachte, Mrs. Latouche würde sich um sie kümmern.«

»Es wäre mir lieber, wenn du es tätest.«

»Du fürchtest, sie könnte sie sterilisieren lassen, und du weißt, ich würde das nie tun! Wenn du zurückkommst, können wir sie zu einer stolzen Mutter machen.«

Am Tag meiner Abreise trabte Petit hinter mir her und gab mir immer noch Instruktionen.

»Bist du sicher, daß Charlotte sich gut um Independece kümmern wird?«

»Natürlich – sie mag Hunde.«

»Habe ich dir die Adresse der amerikanischen Botschaft in London gegeben? Sie liegt am Grosvenor Square, genau am selben Platz wie damals, als deine Mutter nach London kam.«

»Ich weiß, Petit. Ich habe die Geschichte schon hundertmal gehört. Ich kenne die Adresse ...«

»Ich nehme nicht an, daß du Maria Cosway in London begegnen wirst«, sagte er, »höchstens ihrem Ruf. In den Londoner Galerien hängen immer noch viele Bilder von ihr, und ihre Miniaturen sind berühmt. Ich glaube, dein Vater korrespondiert immer noch mit ihr – stell dir das bloß vor, die Äbtissin von Lodi und der Präsident!«

Petit war ein unverbesserliches Klatschmaul. Maria Cosway war nie nach Amerika gekommen, und mein Vater war nie nach Europa zurückgekehrt. Es mußten vierzig Jahre vergangen sein, seit sie sich das letztemal gesehen hatten. Ich stellte mir vor, daß selbst die wärmsten Erinnerungen nach so langer Zeit verblaßt sein mußten. Oder vielleicht auch nicht. Es war gut möglich, daß ich Thance nie wieder sehen würde. Würde die Erinnerung an ihn mit den Jahren verblassen und schließlich verschwinden?

Ich empfand einen dumpfen Schmerz im Unterleib.

»Sie haben meinem Vater nichts gesagt?«

»Harriet, es war meine Pflicht, es ihm zu sagen. Sollte er den Brief bereits erhalten haben, hat er jedenfalls noch nicht geantwortet. Ich nehme also an, er weiß es noch nicht. Er hat keine Möglichkeit, dich an der Abreise zu hindern, Harriet; du bist dreiundzwanzig Jahre alt.«

»Darum geht es nicht, ich brauche ihre Erlaubnis nicht ... es ist nur … eine weiße Sklavin, die nach London kommt, genau wie meine Mutter …«

»Ich bin sicher, daß dein Verlobter selbst jetzt noch froh wäre, wenn du nicht –«

»Onkel, Sie konnten James verstehen. Warum nicht mich auch? Ich weigere mich, mein Leben als Ziffer, als Gesetzlose zu verbringen. Andererseits, sind nicht die meisten Bastarde in der gleichen Situation?«

»Der Master liebt dich, Harriet. Ich weiß es. Unterschätze ihn nicht.«

»Ich träume immer noch davon, daß er mich eines Tages als Tochter anerkennt.«

Petit schüttelte den Kopf, wie so oft, wenn er mit der verworrenen Familiengeschichte der Hemings' und der Jeffersons konfrontiert wurde. Mir jedoch war sehr deutlich bewußt, daß mein Vater mich nicht freigelassen hatte. Er hatte lediglich geduldet, daß ich mich selbst gestohlen hatte.

1825

Die Abfahrt der Montezuma

Lorenzos Lektionen

Doktor Wilberforce

Eine Frage am Ufer eines englischen Sees

Marly

Die eidesstattliche Erklärung der Äbtissin von Lodi

Der Weise von Monticello

Die Sklavenauktion

Rettung und Rückkehr

11

Kurzum, ich wiederhole es noch einmal, es müssen alle Vorurteile außer acht gelassen werden, man darf weder etwas glauben noch es ablehnen, nur weil irgendwelche anderen Leute es tatsächlich oder angeblich geglaubt oder abgelehnt haben. Die eigene Vernunft ist das einzige Orakel, das dem Menschen von Gott gegeben wurde, und jeder Mensch muß Rechenschaft ablegen nicht über die Richtigkeit, sondern über die Rechtschaffenheit seiner Entscheidungen.

THOMAS JEFFERSON

Mein Reisegepäck war bereits auf die *Montezuma* gebracht worden, und Petit und ich beschlossen, den kurzen Weg durch das geschäftige frühmorgendliche Treiben bis zu den Docks zum letztenmal zu Fuß zurückzulegen. Vielleicht waren es meine eigenen Gefühle, aber der Kai und der Hafen kamen mir chaotischer, anarchischer und aufregender vor als je zuvor. Als wir die weißen Marmorstufen von Latouches Haus hinabstiegen, hörten wir schon von weitem die Geräusche, die von der Front Street herübergetragen wurden. Die Seufzer der Straßenhändler und die durchdringenden Schreie der Versteigerer erhoben sich wie ein Pesthauch über die niedrigen Häuser, die sich wie Soldaten in roten Röcken aneinanderreihten, alle identisch, mit weißen Fensterrahmen und grünen oder schwarzen Fensterläden. Dann hörten wir das Dröhnen des Verkehrs – Lastkarren und Pferde mit Reitern, offene Wagen und Postkutschen, Eilkutschen, Maultiere, Esel, zweirädrige Karren, hoch beladen mit frischem Gemüse vom Land. Handkarren, beladen mit exotischen Gewürzen, mit eingelegtem Schweinefleisch aus Philadelphia, mit deutschen Würsten, heißer Suppe und Sauerkraut, frischen Brezeln und eingelegtem Hering, strömten die unterschiedlichsten Düfte aus, die sich mit den Gerüchen von Walöl und Erdnüssen, Petroleum und orientalischen Gewürzen, Tee und Korn, Parfüm und Räucherstäbchen, Heu und Pferdemist zu einem seltsamen Gemisch vereinten.

Oh, die Docks in London konnten kaum aufregender sein als diese, dachte ich, als wir schließlich die Front Street erreichten und die gewaltigen Schiffe vor uns erblickten, die Schaluppen und Fregatten mit ihren stolzen, in den Himmel aufragenden Masten, als wir das Kreischen der Möwen über unseren Köpfen hörten und das Klatschen des brackigen Wassers an Schiffsrümpfen in allen erdenklichen Farben – gelb, schwarz, grün und marineblau. Die Farben glänzten und spiegelten sich im Wasser des Delaware. Über den Rümpfen erhoben sich Scharen von buntbemalten Galionsfiguren: finstere, majestätische, komische oder frivole Gesichter. Es gab die verschiedensten Arten von Figuren, schwarze Gottheiten und vergoldete Fratzen, Meerjungfrauen mit goldenem Haar und salzverkrustete Totenköpfe. Und dann die Flaggen ... Flaggen aus Seide, die vor dem weißen Himmel flatterten. Die Flaggen der Händler und die Flaggen der Banken, die Flaggen der Schiffe und die Flaggen der Länder. Wappen, Streifen, Adler, Sterne, Sonnen, Quadrate, Kreuze und Kreise. Sie flatterten, hingen dann schlaff herunter, wurden wieder vom Wind erfaßt und wehten, zuckten, schimmerten, schlugen, taumelten, rollten sich auf.

Ernst dreinblickende Bankiers in schwarzen Anzügen und Händler, die eilig von Schiff zu Schiff schritten, bildeten einen krassen Gegensatz zu der grellbunten Takelage der Schiffe. Soldaten in den verschiedensten Uniformen waren zu sehen, oder auch aufgeregte Gruppen von herausgeputzten Leuten mit Reisesäcken und Schuhen über den Schultern, auf den Köpfen breitkrempige Strohhüte oder aufwendig mit Federn geschmückte Kappen, Sombreros, Panamahüte oder Feze.

Mein Herz begann, schneller zu schlagen. In dieser von Geräuschen und Gerüchen erfüllten Atmosphäre erklang nun die Musik des Schiffsorchesters. Ich würde den Musikunterricht vermissen, dachte ich, aber dafür würde mir die musikalische Welt Londons gehören. War es möglich, daß ich glücklich war?

An der Gangway angekommen, sahen wir Charlotte und Amos in einer Mietkutsche vorfahren. Independence, an einer Leine, sprang als erste aus der Tür, als nächste stieg Charlotte aus, gefolgt von Amos in Uniform. Erst Jahre später erzählte Charlotte mir, daß auch Thance und Thor in der Kutsche gesessen hatten. Wenn das stimmt, dann hat Thance nur meinen Rücken gesehen, meinen weißen Umhang aus schwerer Baumwolle und Moiréseide und meine weite grüne Schleppe. Mein Haar war unter einem breitkrempigen Panamahut verborgen. Ich ließ meinen schwarzen Lackfächer klicken, um Independence, die ein Stück zurückgeblieben war, bei Fuß zu rufen. Wenn Thance mein Gesicht gesehen hätte, hätte er wohl meinen Schmerz bemerkt. Oder hätte er nur die Aufregung im Gesicht einer jungen Frau gesehen, die zu einer Reise in eine unbekannte Welt aufbrach? Ich stieg die rauhe Gangway hinauf, stolperte kurz, hielt mich jedoch an Petit und Charlotte fest.

Die anderen aus unserer Gruppe waren bereits an Deck. Robert Purvis räkelte sich zusammen mit einigen anderen Delegierten und ein paar Angehörigen des Philadelphia Religious Committee unter den Baldachinen aus Segeltuch. Mrs. Willowpole wurde von Esther, ihrer verheirateten Nichte, und ihrem Hund Sylvester begleitet, der sich sofort mit Independence anfreundete. Zu meiner Überraschung waren ein paar von meinen Schulfreundinnen gekommen, um mich zu verabschieden. Es waren dieselben Mädchen, die ich gerne als Brautjungfern gehabt hätte.

Nachdem wir uns alle ein letztes Mal umarmt und unsere Tränen getrocknet hatten und der wunderbare Wein, den Petit mitgebracht hatte, ausgetrunken war, kniete ich nieder, um mich von Independence zu verabschieden. Charlotte kniete sich neben mich und legte den Arm um meine Schulter. Ihre letzten Worte an mich waren: »Wie kannst du nur so grausam, so selbstsüchtig und dumm sein?«

»Das muß wohl das Schicksal der Iren sein«, versetzte ich, als sie mir ein kleines Päckchen in die Hand drückte.

»Das ist von mir … und Thance. Vergiß uns nicht.«

Sie erhob sich und starrte die Gangway hinunter.

Nun war Petit an der Reihe, mir ein Abschiedsgeschenk zu überreichen. Er gab mir ein Bündel Briefe.

»Die meisten sind Kopien von James' Briefen an mich, aber du wirst auch noch ein paar andere Überraschungen darunter finden.«

Ich legte meinen Arm um den kleinen Mann, mit dem ich eine schicksalhafte Nacht in dem fliederfarbenen Phaeton verbracht hatte, mein Mentor und mein Moses, den ich lieben gelernt hatte.

»Das ist die Fortsetzung unserer Reise, Onkel«, flüsterte ich ihm ins Ohr. »Es mußte so kommen. Ich weiß, daß in London ein neues Schicksal auf mich wartet.«

»Harriet, fahr um Gottes willen nicht nach Paris. Es gibt zu viele Unruhen dort, seit der Revolution von zweiundzwanzig. Seit Karl X., der letzte Bourbone, den Thron bestiegen hat, hat es nichts als politischen Zwist, sozialen Aufruhr und Arbeiteraufstände gegeben. Die Stadt ist eine Brutstätte des Radikalismus, voller österreichischer und englischer Spione und Gerüchten von einer neuen Revolution und einem Präsidenten-König.«

»Aber Petit, die Leute, die dorthin gereist sind, haben von einer Lichterstadt berichtet, einer reichen, eleganten, kultivierten Stadt mit Denkmälern von Napoleon und großen Boulevards – es gibt dort Theater, gute Restaurants und eine glückliche Bevölkerung, die das Vergnügen liebt. Paris ist die sicherste Stadt der Welt mit der besten Polizei!«

»Mit einer von Napoleon geerbten *Geheim*polizei, die eine fast uneingeschränkte Macht über die Bevölkerung ausübt.«

»Petit, ich werde nur eine Touristin sein und kein Militärattaché! Ich werde doch nichts mit der politischen Lage in Frankreich zu tun haben.«

»Harriet, du kennst die Franzosen nicht. Sie gehen beim geringsten Anlaß auf die Straße und machen Krawall. Einundzwanzig hat es regelrechte Straßenschlachten und Barrikaden gegeben.«

»Genau wie neunundachtzig?« fragte ich leise.

»Das würde dir gefallen, nicht wahr?«

»Ich kann Ihnen nicht versprechen, nicht nach Paris zu fahren, aber ich werde sehr vorsichtig sein und Ihnen zuerst schreiben … damit Sie Zeit haben, um sich Sorgen zu machen. Und ich liebe Sie.«

»Versprich es mir.«

»Ich verspreche es.«

Die Schiffsglocke gemahnte die Besucher, das Schiff zu verlassen. Sie läutete einmal, sie läutete zum zweitenmal. Sie läutete dreimal. Wie große Tränen tropften die hellen Töne langsam zwischen all die anderen Geräusche, fielen auf das ölige Wasser und sanken schließlich in die Tiefen des Hafens hinab. Ich dachte an Thance' schöne, vor Trauer hohl klingende Stimme, die dennoch ihren wunderbar metallischen Klang nicht verloren hatte. Konnte es sein, daß ich meinen Namen rufen hörte?

Mehr als hundert Passagiere waren an Bord unseres Schiffes auf dem Zwischendeck untergebracht, dreißig reisten erster Klasse, dazu kamen sechsundvierzig Mann Besatzung, das Orchester nicht mitgerechnet. Es war ein Luxusschiff, das nicht nur Frachtgut transportierte, sondern auch Reisende, für deren Komfort in jeder Weise gesorgt war. Mrs. Willowpole und ich blieben an Deck, geradeso, als befänden wir uns in einem verdunkelten Theater und warteten darauf, daß der Vorhang sich hob und ein lange ersehntes Theaterstück begann, von dem uns nichts bekannt war: weder der Inhalt, noch der Autor oder die Schauspieler, oder ob es sich um eine Kommödie oder eine Tragödie handelte. Auf der Reling waren unsere Schatten zu sehen, die Umrisse unserer Hände, unserer Profile, die Konturen unserer Hüte und die Fransen unserer Kaschmirschals. Der Mond hatte seinen Wettstreit mit der Sonne gewonnen und stand nun voll und hell am Himmel, erleuchtete die Küste, den Horizont und die Wellen, als wir in See stachen.

An jenem ersten Abend stellte Mrs. Willowpole unseren Zeitplan auf. Wir hatten getrennte Kabinen, wollten uns jedoch zum Früstück auf der Brücke treffen. Mrs. Willowpole erklärte mir, sie lege großen Wert auf ihre Privatsphäre und könne es seit dem Tod ihres Mannes nicht ertragen, mit einer anderen Person in einem Raum zu schlafen, nicht einmal mit ihren eigenen Kindern. Sie hatte entdeckt, wie sehr sie es genoß, allein aufzuwachen, was sie als einen Luxus betrachtete, den sie nicht wieder aufgeben wollte.

»Verzeihen Sie, meine Liebe«, sagte sie, »aber nach dreißig Jahren ehelichen Glücks habe ich die Freuden der Einsamkeit schätzen gelernt. Jetzt brauche ich nicht mehr aufzuwachen und jemandem einen guten Morgen zu wünschen, bevor ich meinen Kaffee getrunken habe.«

Nach dem Frühstück wollte sie ihre Briefe diktieren (sie sollten anderen Schiffen übergeben werden, die unsere Route an bestimmten Punkten kreuzten). Anschließend würden wir bis halb zwölf lesen, um dann an einer vom Kapitän selbst gehaltenen Gebetsstunde teilzunehmen. Es stand mir frei, Mrs. Willowpole bis zum Mittagessen auf ihren täglichen Spaziergängen auf dem Schiff zu begleiten oder mich zurückzuziehen. Die Nachmittage standen zu meiner freien Verfügung, und um fünf sollte ich mich mit der Witwe zum Nachmittagskaffee treffen, der den Erste-Klasse-Passagieren im Eßzimmer des Kapitäns serviert wurde. Nach dem Tee sollte ich ihr vorlesen, bis wir uns um sieben Uhr für das Abendessen umziehen mußten. Da sie stets früh zu Bett ging, freute ich mich im voraus auf lange, ungestörte Abende, an denen ich bis spät in die Nacht lesen konnte.

Die Tränen kamen erst später. Sie überkamen mich jede Nacht, hoffnungslose, sehnsüchtige, endlose Tränen. Es schien mir kaum möglich, daß der menschliche Körper so viele Tränen hervorbringen konnte. Sollten wir mit einer bestimmten Ration Tränen geboren werden, dachte ich, dann hatte ich meinen Teil auf dieser Erde mit Sicherheit aufgebraucht. Aber jeden Tag erhob ich mich und badete meine Augen in Kamille, dankbar für Mrs. Willowpoles Liebe zu ihrer Privatsphäre.

Ich schloß die Witwe immer mehr in mein Herz. Abgesehen von einigen Lehrerinnen am Bryn-Mawr-Seminar war ich noch nie einer Frau von vergleichbarem intellektuellen Format begegnet. Obwohl Mrs. Willowpole im Gegensatz zu ihren Brüdern keine formelle Ausbildung genossen hatte, hatte ihr Vater weder Kosten noch Mühen gescheut, um sie auf dasselbe Niveau zu bringen. Sie hatte alles gelesen, und im Laufe ihres langen Lebens an der Seite ihres Mannes, der Pastor gewesen war, war sie mit den klügsten Köpfen Amerikas und Europas in Kontakt gekommen. Sie hatte daheim die Erlaubnis gehabt, jedem zuzuhören, der am Tisch ihres Vaters gesessen hatte, und über die Tafel ihres berühmten Mannes hatte sie den Vorsitz geführt. Sie war die Autorin von Essays und Artikeln, die sie unter ihrem eigenen Namen veröffentlichte. Als das neu gegründete Jefferson Medical College Frauen zuließ, hatte sie sogar für kurze Zeit Medizin studiert. Nach nur zwei Jahren jedoch war das College, wie alle anderen Medizinschulen in Amerika, ein reines Männercollege geworden.

Sie war Unitarierin. Als Tochter eines reichen Farmers in Philadelphia geboren, war sie Lehrerin geworden. Seit dem Tod ihres Mannes hatte sie sich mit all ihrer Energie und ihrem Reichtum der Abschaffung der Sklaverei gewidmet und sich weder vor Spott noch vor körperlicher Bedrohung oder gesellschaftlicher Ächtung gescheut. Sie war eine drahtige, willensstarke Frau von zweiundfünfzig Jahren mit einer leisen Stimme und einem runden, hübschen Gesicht. Zwei Paar sauber gedrehte Schillerlocken wurden an ihren von Natur aus rosigen Wangen, die kein Rouge nötig hatten, von feinen Netzen gehalten. Ihre unglaublich großen Augen, die so blau waren wie Rotkehlcheneier, strahlten eine Offenheit und Aufrichtigkeit aus, die vergessen ließ, welch scharfer Verstand sie beherrschte. Während unserer langen Überfahrt ließ sie mich an ihrem Intellekt und an ihrem enormen Wissen teilhaben und gab mir so das Gefühl, daß meine eigentliche Ausbildung begonnen hatte. In der Öffentlichkeit als Rednerin aufzutreten, hatte bisher noch keine Frau gewagt, und selbst wenn es eine gewagt hätte, wäre es nicht gestattet gewesen. Ich war jedoch davon überzeugt, daß Mrs. Willowpole, wenn die Zeit erst reif war, eine der brillantesten und leidenschaftlichsten Rednerinnen der Vereinigten Staaten werden würde.

Diese kleine, entschlossene, dunkel gekleidete Dame ging auf dem Schiffsdeck auf und ab, manchmal mit einem Buch in der Hand, manchmal improvisierend, und redete in den Wind, geradeso, als ob sie sich auf eine öffentliche Rede vorbereitete. Und ich hörte ihr fasziniert und mit Entsetzen zu.

Ich machte meinen Vater dafür verantwortlich, daß die Intelligenz meiner Mutter nie gefördert worden war, daß ihr Geist in den wilden Weiten von Monticello unkultiviert blieb und melancholisch wurde, ungenutzt und verschwendet an die kleinlichen Sorgen und Intrigen des Plantagenlebens. Das wäre auch mein Schicksal gewesen, sagte ich mir immer wieder, wenn Petit und Mrs. Willowpole nicht gewesen wären. Die Freundschaft der Witwe wurde mir von Tag zu Tag kostbarer. Durch den Einfluß von Mrs. Willowpole verwandelte ich mich langsam aus einem Schulmädchen in einen neuen Menschen.

Jede Nacht weinte ich mich in den Schlaf, und jeden Morgen an Deck lauschte ich Mrs. Willowpole, die ihre Ansichten über Liebe, Sinnlichkeit, Keuschheit und Sex referierte und über das Ausmaß, in dem Frauen erniedrigt wurden: zu bedauernswerten Kreaturen oder zu Opfern des Wahnsinns. Ich begann, mich zu fragen, ob ich dazu verleitet worden war zu glauben, ich könne die Liebe überwinden.

»Nur Kinder sind unschuldig«, gemahnte sie mich einmal, »aber wenn einer Frau oder einem Mann dieses Attribut beigemessen wird, dann ist es nichts anderes als ein beschönigender Ausdruck für Schwäche. Deswegen bin ich der festen Überzeugung, daß die beste Erziehung darin besteht, Körper und Herz zu stärken. Mit anderen Worten«, wiederholte sie immer wieder, »wir müssen Frauen befähigen, Tugenden und Verhaltensweisen zu entwickeln, die sie unabhängig machen. Es ist eine Farce, ein Wesen tugendhaft zu nennen, dessen Tugend nicht das Resultat eigener Entschlüsse ist. Verstehen Sie, meine Liebe? Genau dasselbe hat Rousseau in bezug auf Männer gesagt: ich beziehe es nun auch auf Frauen. Die unrechtmäßige Macht, die wir erlangen, indem wir uns erniedrigen, ist ein Fluch. Die Liebe in unserem Busen ersetzt eine noble Gesinnung, und wir sind einzig und allein daran interessiert, Emotionen zu wecken anstatt Respekt zu gewinnen, und dieses ... dieses *verabscheuungswürdige* Bestreben zerstört jede Charakterstärke! Wenn Frauen allein aufgrund ihrer Natur *Sklaven* sind, dann wird es ihnen niemals gestattet sein, die frische, belebende Luft der *Freiheit* zu atmen, dann sind sie dazu verdammt, für immer wie schöne, exotische Blumen dahinzuvegetieren.«

Mrs. Willowpoles Monologe waren erstaunliche Wortgefechte, sie preschte vor und wehrte ab, attackierte und zog sich wieder zurück, sie führte das Schwert der Weisheit mit großem Geschick und erbrachte ihre Beweise mit erstaunlicher Klarheit. Ihre Worte waren nicht selten schärfer als der Dolch in meiner Tasche. Ich fürchtete, niemals die starke junge Frau werden zu können, die sie aus mir machen wollte. Ich hatte zu viele Geheimnisse. Nach ihrer Definition war ich das Gegenteil von allem, an das sie glaubte: ein Feigling.

Und wie in einem guten Roman befand sich auch ein echter Südstaatler an Bord, der sich über seine Vorstellungen vom Leben in den Südstaaten und von der Sklaverei ausließ. Es war ein Mann namens Henry James Hammond aus South Carolina. Meist unterhielt er sich mit Lorenzo Fitzgerald, einem jungen Engländer, bis er von Mrs. Willowpoles Ansichten hörte. An unserem Tisch im Speisesaal saßen außer Mr. Fitzgerald und Mr. Hammond noch drei Gentlemen: Mr. Elijah Stuckey, ein Engländer, und die beiden Amerikaner Mr. Desmond Charles aus New Hampshire und Reverend Moatley aus New Orleans.

»Ich stimme ohne Vorbehalt mit der vielgeschmähten Meinung überein«, sagte Mr. Hammond einmal unerwartet, »daß die Sklaverei ein Grundstein unseres republikanischen Staatsgefüges ist. Als auf lächerliche Weise absurd dagegen bezeichne ich das vielgelobte, jedoch nirgendwo anerkannte Dogma von Mr. Jefferson, nach dem alle Menschen gleich geboren werden.«

Da war sie wieder, dachte ich – die Deklaration meines Vaters. Sie war wie ein Prüfstein, das Monument, um das sich jede Frage in Amerika drehte. Und zum zweitenmal in meinem Leben begegnete ich dem Rassenhaß, wie er zum Ausdruck kam, wenn die Weißen unter sich waren. So dachten sie also wirklich über uns.

»Ich bin ganz Ihrer Meinung«, sagte der Reverend. »Es hat bisher noch nie eine Gesellschaft gegeben, noch wird es jemals eine geben, in der nicht natürliche Klassenunterschiede herrschen. In einem Land wie dem unsrigen werden die Unterschiede am deutlichsten sichtbar zwischen den Reichen und den Armen, den Gebildeten und den Ungebildeten, zwischen den Weißen und den Schwarzen.«

»Und wie steht es mit den Christen und den Gottlosen?« zog Lorenzo Fitzgerald den Reverend auf.

»Aber natürlich. Auch das. Ich glaube allerdings, daß die Rothäute eine Seele haben«, sagte Reverend Moatley. »Und die Schwarzen ebenfalls.«

»Kehren wir zu unserem Thema zurück – Sklaverei und Eigentum«, sagte Mr. Charles.

»Daß die Zeit Unrecht *nicht* heiligt, ist ein Trugschluß, der durch die Geschichte bewiesen wird. Die Mechanismen, durch welche die Afrikaner, die in diesem Lande leben, zu Sklaven degradiert wurden, betreffen uns nicht, da sie sich nunmehr in unserem Besitz befinden, ebenso wie Ihre Ländereien, Mr. Fitzgerald, durch Erbschaft, Kauf oder aufgrund eines verbrieften Rechts Ihr Eigentum sind.«

Mir wurde ganz heiß bei der Erwähnung des Wortes *Eigentum* – wo hatte ich es zum erstenmal gehört? *Sich an meinem Eigentum zu vergreifen* ... Die Worte meines Vaters, an jenem Abend.

»Ein Mensch kann nicht *andere Menschen als Eigentum* besitzen.«

»Die Antwort lautet, daß er das sehr wohl kann. Tatsächlich gibt es auf der ganzen Welt Menschen, die andere Menschen auf die eine oder andere Weise ihr Eigentum nennen, und das ist schon immer so gewesen«, erwiderte Reverend Moatley.

»Ich glaube fest daran, daß die Sklaverei in Amerika nicht nur *keine* Sünde ist, sondern daß sie von Gott durch Moses befohlen wurde und von Christus durch seine Apostel«, sagte der rotwangige, dunkelhaarige Mr. Hammond, der neben Lorenzo Fitzgerald saß.

Ich hatte Reden gegen die Sklaverei gehört, hatte gelernt, sie sei nicht von ewiger Dauer. Jetzt sollte ich eine Rede zu ihrer Verteidigung hören. Es war das erste Mal, daß ich einem Sklavenhändler als freie Frau begegnete. Ich wußte nicht, wie ich mich verhalten sollte – oder auch, was ich sagen sollte. Er schien nur zu mir zu sprechen.

»Sie können nicht leugnen, daß es unter den Hebräern Leibeigene gab. Sie können nicht leugnen, daß Gott seinem auserwählten Volk ausdrücklich gestattete, Heiden als Leibeigene zu kaufen. Noch können Sie leugnen, daß ein Leibeigener ein Sklave ist. Die Bibel billigt die Sklaverei. Das war Gottes Botschaft, das war seine Offenbarung.«

»Mein Plan, die Sklaverei, diesen stinkenden Fleck auf unserem amerikanischen Charakter, abzuschaffen, sieht vor, ein Land zu finden, wo wir die Schwarzen ansiedeln können«, sagte Reverend Moatley.

»Hört, hört!« entgegnete Mr. Charles. »Wenn ich meinen Blick über die nordamerikanische Landkarte schweifen lasse, erblicke ich im Westen und Südwesten ein unermeßlich großes Land, das von ein paar umherziehenden Indianerstämmen und vielleicht noch ein paar weißen Eindringlingen bevölkert ist. Es gibt einen großen Überschuß an Land, das man den Schwarzen und den Indianern zur Verfügung stellen könnte. An Ihrer Stelle würde ich mir als erstes dieses Land sichern«, sagte Desmond Charles.

»Mit anderen Worten, nehmen Sie das Land, das sie für eine Schwarzenkolonie brauchen, den Indianern weg, die Sie sowieso fast ausgerottet haben«, sagte Mr. Fitzgerald. Das war also das andere Argument, dachte ich. Exil und Deportation, Kolonisation. Niemand kam auf die Idee, ein friedliches Zusammenleben überhaupt in Betracht zu ziehen. Keine Anerkennung. Niemals.

»Genau«, rief der Reverend aufgeregt. Mr. Fitzgeralds Ironie war völlig an ihm vorbeigegangen. »Die freien Schwarzen würden zum größten Teil dorthin auswandern, wo sie Herren über ihr Land sein könnten. Wo sie unter ihren Weinstöcken und unter ihren Feigenbäumen sitzen und vom klaren Quell der Freiheit trinken könnten.«

»Und wer würde uns für ihren Verlust entschädigen? Würde die Regierung der Vereinigten Staaten uns unser Eigentum erstatten?« warf James Hammond ein. »Es ist ein Trugschluß, anzunehmen, wir stützten uns auf *unbezahlte Arbeit.* Der Sklave selbst muß bezahlt werden, seine ganze Arbeit in einem einmaligen Kaufakt im voraus erworben werden, und das ist kein Pappenstiel. Und dieses Geld geht hauptsächlich an Ihre Landsleute, Mr. Fitzgerald, was zweifellos das Zustandekommen des kolossalen Reichtums und der wunderbaren Architektur ermöglicht hat, auf die ihr Engländer so stolz seid.

Welch seltsame Philanthropie, die ihre Augen vor der Not der englischen Arbeiterklasse verschließt und ihren trüben Blick auf unsere Angelegenheiten am anderen Ende des Atlantik richtet. Ihr Engländer predigt gegen Gesetze, die Gott selbst verkündet hat!« schloß er.

»Wir *Briten* haben die Sklaverei in unseren eigenen Kolonien und in England abgeschafft, und ich hoffe inständig, daß sie möglichst bald auch in Britisch-Indien abgeschafft wird. Aber die Vereinigten Staaten sind das Land innerhalb der zivilisierten Welt, wo irrationale Ängste die Opposition gegen die Abschaffung der Sklaverei beherrschen. Die Amerikaner scheinen an eine Art mystischen Über-Neger zu glauben, der über unglaubliche Potenz und Kraft verfügt, ein Para-Gott, dessen Zorn die gesamte weiße Rasse und die weiße Gesellschaft in den Abgrund stürzen würde, wäre er einmal entfesselt. Ich frage Sie, wenn eine Regierung über genügend Macht verfügt, um eine wie auch immer geartete Sklavenbevölkerung in der Unterjochung halten zu können, kann sie das nicht *a fortiori* ebenso mit einer gleichen Anzahl freier Menschen?

Durch die Befreiung wird der Neger physisch nicht stärker. Sie beseitigt in erster Linie die Hauptmotivation für eine Rebellion. Er wird nicht plötzlich übermenschlich, nur weil er frei ist – außer vom Einfluß der Staatsgewalt. Die Verantwortlichkeit geht lediglich von der willkürlichen Macht des Besitzers auf die gerechte Macht des Gesetzes über. Jede gesetzestreue Gemeinde hat das Recht, diejenigen zu bestrafen, die zu Unordnung und Gewalt aufwiegeln – die Polizei hat eine größere Macht, sowohl in moralischer als auch in physischer Hinsicht, als ein Sklavenhalter, und Fälle von Gehorsamsverweigerung ihr gegenüber sind weniger wahrscheinlich.

Es heißt, sie müssen erst Christen werden, bevor sie aus der Sklaverei entlassen werden können. Ich frage Sie, ist die Sklaverei der rechte Weg, um sie für das Christentum zu gewinnen? Und was ist mit jenen, die ihre Freiheit der Tatsache verdanken, daß sie durch zügellosen Geschlechtsverkehr in die Welt gesetzt wurden, ohne vorbereitende Unterweisung in religiösen Dingen und Moralvorstellungen, außer jenen ihrer Väter, die sich schuldig gemacht haben? Sie sind frei aufgrund einer Laune, aufgrund von Phantastereien, oft genug von einem Sklavenhalter in die Welt gesetzt, dessen Tod kurz bevorsteht. Lassen Sie uns ein für allemal die Heuchelei derjenigen entlarven, die, während sie jedes christliche Prinzip mit Füßen treten, die Trommel rühren für die Notwendigkeit der Verbreitung der christlichen Glaubenslehre.«

Ich starrte Lorenzo Fitzgerald entgeistert an, ich war wie versteinert von seinem ungewöhnlichen Vortrag.

»Es ist unser einziges Ziel, die Sklavenhalter selbst mit moralischen Sanktionen zu belegen«, sagte Mrs. Willowpole endlich bescheiden. Sie hielt es nicht aus, noch länger zu schweigen.

»›Moralische Sanktionen‹, wie rührend! Welchen Sklaven haben sie denn schon befreit? Angenommen, Sie hätten uns alle überzeugt und wir teilten Ihre Meinung über die Sklaverei. Glauben Sie tatsächlich, Sie könnten uns dazu bewegen, auf Sklaven im Wert von drei Milliarden Dollar zu verzichten und weitere drei Milliarden Dollar an Verlusten, die daraus für unser Land entstehen würden, hinzunehmen? Hat irgendein Argument, sei es menschlich oder göttlich, jemals ein Volk dazu gebracht, freiwillig sechs Milliarden Dollar herauszugeben? Sie sehen, wie absurd Ihre Ideen sind. Also, weg mit Ihren ›moralischen Sanktionen‹. Sie wissen selbst, daß das Unsinn ist«, erwiderte Mr. Hammond.

»Die Versklavung der Neger«, sagte Mrs. Willowpole und erhob sich, »verstößt gegen die Vernunft, die Gerechtigkeit, die Natur, das Prinzip von Gesetz und Staat und die Offenbarung Gottes!« Ihre Wangen glühten, ihre Lippen bebten vor Erregung, und Tränen standen in ihren großen blauen Augen. Ihre rotbraunen Locken schienen sich selbständig gemacht zu haben und standen wie Eselsohren ab. Sie schien immer größer zu werden, schien praktisch über dem blankgescheuerten Boden des Speisesaals zu schweben.

Ich selbst zitterte am ganzen Leib. Mir war flau, und ich war zu ängstlich, um etwas zu sagen. Ich war in ein bodenloses, giftiges Faß voller Haß und Negrophobie gefallen, von dessen Existenz ich nicht einmal zu träumen gewagt hatte.

Mr. Fitzgerald und Mr. Charles hatten sich ebenfalls erhoben und bemühten sich, die Gemüter zu beruhigen.

»Bitte, Mrs. Willowpole …«

»Mr. Hammond … ich bitte Sie, Sir …«

»Es gibt keinen Grund …«

»Wir wollen doch hoffen …«

»Ich fürchte, Miss Petit, daß Ihre Begleiterin völlig außer sich geraten ist«, sagte Lorenzo Fitzgerald.

»Sie ist vollkommen klar im Kopf«, erwiderte ich kühl, während ich seinem entsetzten Blick standhielt. »Menschenkäufer sind nicht mehr wert als Menschendiebe. Da Sklaven, wie Sie wissen, nicht auf ehrliche Weise erworben werden können, wie kann da ein Sklavenhändler besser sein als ein Taschendieb oder ein Straßenräuber? Sie mögen vielleicht sagen: ›Ich kaufe meine Neger nicht, ich benutze nur die, die mir von meinem *Vater* vererbt wurden.‹ So weit, so gut, aber ist das genug, um Ihr Gewissen zu beruhigen? Hatte Ihr *Vater* das Recht, einen anderen Menschen als Sklaven zu benutzen?« fragte ich mit meinem besten, verführerischsten Virginia-Akzent.

Diesmal ergriff ich Mrs. Willowpoles Arm, hielt ihn so fest wie in einem Schraubstock und dirigierte sie auf die Tür zu, während Hammond, der absichtlich sitzen blieb, uns wütend nachblickte. Dann erhob er sich langsam, wie zum Kampf, seine Hände auf den Tisch gestützt.

»Erlauben Sie mir zu bemerken, meine Damen, daß genau dies der Grund ist, warum es Angehörigen des weiblichen Geschlechts nicht gestattet sein sollte, sich in öffentliche Angelegenheiten einzumischen. Ihr Temperament ist weder für eine Debatte noch für das Akzeptieren einer gegensätzlichen Meinung geschaffen. Sobald ein Mann Ihnen widerspricht, greifen Sie zurück auf Ihre weiblichen Vorrechte und verleiten den Mann dazu, seine Argumente aus ritterlicher Höflichkeit abzumildern, wozu eine Frau, *die die Meinung eines Mannes vertritt*, nicht das Recht hat. Als freier Weißer versichere ich Ihnen, daß meine Ansichten mit denen jedes Sklavenhalters in diesem Land übereinstimmen«, rief er uns nach, als wir flüchteten.

Die eindringlichen und klangvollen Vokale von Hammonds South-Carolina-Akzent trieben uns durch die Tür, die aufgrund der Schaukelbewegungen des Schiffs hinter uns ins Schloß fiel.

Wir standen ohne Hut und Schal auf dem Wetterdeck, dankbar für die feuchte Gischt, die uns ins Gesicht schlug. Nicht nur die heftige Brise, sondern auch Hammonds Hetzreden hatten uns den Atem verschlagen. Mrs. Willowpole war sichtlich erschüttert. Ihr sanftes Gesicht war rot angelaufen, und sie atmete stockend, wie ein gescholtenes Kind.

»Sie sehen, Sie sehen, ich bin diesem Kampf nicht gewachsen. Der Unmut eines Mannes bringt mich so aus der Fassung, daß ich nicht mehr klar denken kann. Ich fange an zu stammeln und zu stottern, ich verliere meinen Faden, und das nur, weil irgendeiner, der mich an meinen Vater oder meinen Mann oder meinen Bruder erinnert, seine Stimme erhebt.

Ich bin viel zu sehr ein Produkt meiner Erziehung. Widersprich niemals einem Mann in der Öffentlichkeit, laß nie zu, daß er den Raum erbost verläßt, äußere deine Meinung nur, wenn man dich darum gebeten hat, achte stets darauf, niemals einen Mann absichtlich zu provozieren – all diese Vorschriften, die wir vergessen müssen ... im öffentlichen Leben.«

»Es gibt Möglichkeiten zu erreichen, was man will, ohne die Regeln offen zu überschreiten, Mrs. Willowpole. Für Frauen, die nicht unter so glücklichen Umständen geboren wurden wie Sie, ist das eine Frage des Überlebens«, erwiderte ich und dachte daran, wie nützlich es war, daß ich schon früh in meinem Leben gelernt hatte, einem weißen Mann die Stirn zu bieten.

»Aber Harriet, was wissen Sie denn über die Frauen der unteren Klassen?«

»Haben Sie nicht gesagt, sie seien unsere Schwestern?«

»Pistolen, Schwerter oder Angeln?« Lorenzo erhob sich lachend, als wir an jenem Abend zum Dinner erschienen. Ich hatte Mrs. Willowpole überreden müssen, sich bei Tisch zu zeigen. Andernfalls hätten wir nie wieder im Speisesaal essen können. Sie hatte sich darüber gewundert, mit welchem Gleichmut ich der Begegnung mit einem wütenden Weißen entgegensah. Aber das hatte ich bereits auf dem Schoß meiner Mutter gelernt. Nun war es Mr. Hammond, der den Tisch wechselte.

»Das war ja eine lebhafte Diskussion beim Mittagessen. Ich hätte mir nie träumen lassen, daß Mr. Hammond in der Frage der Sklaverei eine solch konservative Haltung vertreten, oder auch, daß Ihre Anstandsdame einen so radikalen Standpunkt einnehmen würde.«

»Mrs. Willowpole ist nicht meine Anstandsdame, Mr. Fitzgerald. Ich bin vielmehr ihre Reisebegleiterin. Ich bin so eine Art ... Hofdame oder Sekretärin.«

»Nun, das sind zwei sehr verschiedene Dinge, und ich bezweifle, daß Mrs. Willowpole eine Hofdame hätte, wenn sie eine Engländerin wäre – oder auch eine Sekretärin.«

»Wie wäre es denn mit ›Freundin‹?«

»Bitte, Miss Petit, seien Sie nicht eingeschnappt wegen Ihrer Mentorin oder Ihrer Begleiterin, oder was immer sie für Sie ist. Der Vorfall beim Mittagessen ist vergessen, und es war doch wirklich ein netter, ordentlicher Streit. Ihre kleine Ansprache war … bewundernswert … und für eine Frau aus Virginia absolut bemerkenswert!«

Ich konnte nicht anders, ich mußte über seine Worte lächeln. Lorenzo Fitzgerald erinnerte mich an Charlottes Bruder Dennis, nur daß er Engländer war, und zwar einer von der Sorte, wie ich mir alle Engländer vorstellte.

Wie ich gehört hatte, war er der jüngste Sohn eines hohen Offiziers, den er durch seine Weigerung, ebenfalls eine militärische Laufbahn einzuschlagen, sehr enttäuscht hatte. Lorenzo hatte dadurch keinen großen Schaden erlitten, denn er war von einem kinderlosen Onkel adoptiert worden, der ihn nach Oxford geschickt hatte, um Jura zu studieren. So war er dem Schicksal vieler jüngeren Söhne in England entgangen, die gezwungen waren, entweder in die Armee oder in den Kirchendienst einzutreten oder nach Amerika auszuwandern. Statt dessen hatte Lorenzo nicht nur zwei Jahre lang ganz Europa bereist, sondern auch die gesamte Neue Welt. Er war in die Vereinigten Staaten gereist, nach Mexiko und Brasilien und hatte mehr als drei Jahre unter seinen »Vettern«, wie er die Amerikaner nannte, verbracht. Er erzählte mir, er werde einen Reisebericht schreiben. In Amerika war er im Westen bis nach Missouri gefahren, er war in Mexico City und in den Louisiana Territories gewesen. Er hatte New Orleans und Atlanta gesehen, Richmond und Charlottesville, Boston und Philadelphia. In Lateinamerika hatte er Kuba und die Westindischen Inseln besucht, Rio de Janeiro und Caracas. Im weiteren Verlauf unserer Schiffspassage wollte er mir noch mehr über seine Reisen erzählen.

»Sie scheinen nicht viel über Ihr eigenes Land zu wissen, Miss Petit. Ich nehme an, Geographie war nicht gerade Ihre Stärke in der Schule. Oder wurden Sie von einem Hauslehrer unterrichtet?«

»Den größten Teil meines Lebens habe ich zu Hause verbracht. Ich habe jedoch während der letzten beiden Jahre das Seminar von Bryn Mawr besucht. Aber Sie haben recht. Geographie war wirklich nicht meine Stärke.«

»Es ist manchmal hilfreich, wenn man das Land, das man sich

einprägen will, aufzeichnet. Virginia zum Beispiel sieht so aus«, sagte er, nahm einen kleinen Notizblock aus seiner Westentasche und zeichnete ein grobes Dreieck. »Es liegt mehr oder weniger in der Mitte der Vereinigten Staaten, die so aussehen. Hier ist Boston. Hier liegt Philadelphia und hier Richmond. Das Gebiet von Louisiana befindet sich hier unten, wo Florida sich bis fast nach Kuba ausdehnt, und das sieht so aus. Santo Domingo liegt hier. Dreitausend Meilen davon entfernt, in Argentinien, liegt Buenos Aires. Hier ist Caracas, hier Rio de Janeiro, und hier ist Mexico City, von wo aus der französische König, der sich selbst zum Kaiser von Mexiko ernannt hatte, versucht hat, Louisiana zu erobern.

Und hier sehen Sie den gesamten amerikanischen Kontinent, Nord- und Südamerika, von Grönland bis Tierra del Fuego. Ich bin hier gewesen, hier, hier und hier. Das da ist der Atlantische Ozean, und so sehen die Britischen Inseln aus. Das sind Irland, Schottland, Wales und England. Da drüben ist der Kontinent, wie die Engländer Europa nennen. Das ist das Mittelmeer. Und hier ist Afrika.«

»Afrika?« Ich sprach den melodischen Namen genußvoll aus.

»Ja. Und morgen werde ich die Türkei für Sie zeichnen, damit Sie wenigsten wissen, wohin Ihre Reise nicht geht. Was hat man Ihnen denn in Philadelphia beigebracht?«

»Das frage ich mich langsam selbst.«

»Nun, mein Vater war Topograph bei der Armee. Im Alter von sechs Jahren konnte ich die Umrisse von allen Ländern der Welt zeichnen. Als ich acht war, kannte ich ihre Hauptstädte, ihre wichtigsten Flüsse und ihre Längen- und Breitengrade. Mit elf war ich soweit, daß ich die militärischen Befestigungen, die Gebirgszüge und kleineren Flüsse eintragen konnte« – er lachte – »und die Entfernungen dazwischen. Wahrscheinlich ist das der Grund, warum ich das Militär hasse und das Reisen liebe.«

»Darf ich die alle behalten?« fragte ich.

»Ich habe sie nur für Sie gezeichnet. Bevor wir London erreichen, sollen Sie zumindest wissen, wo der Mississippi fließt, das habe ich mir fest vorgenommen.«

»Ich weiß, wo der Mississippi fließt.«

»Oh, natürlich – drüben in Texas. – Und danach werden wir …

haben Sie jemals eine Landkarte des Mondes gesehen? Oder eine Karte von den Sternbildern? Mein Vater ist ein Visionär, so wie Leonardo da Vinci. Er ist davon überzeugt, daß wir im nächsten, wenn nicht schon in diesem Jahrhundert zu den Sternen reisen werden.«

»Zu den Sternen reisen?«

»Ich werde mit einer Karte von Jupiter beginnen. Wußten Sie, daß man in Indien, im Observatorium von Karnak, eine Karte des Mars gezeichnet hat? Es heißt, es gäbe dort sogar eine Karte des Paradieses.«

12

Einerseits sollt ihr alle Ängste und feigen Vorurteile, denen schwache Charaktere sich so bereitwillig unterwerfen, abschütteln. Setzt euren Verstand fest auf seinen Thron und laßt ihn über jede Tatsache und jede Meinung richten. Stellt mutig sogar die Existenz Gottes in Frage; denn wenn es einen Gott gibt, dann muß die Ehrung des Verstandes viel mehr sein Wohlgefallen finden als die Ehrung blinder Angst.

THOMAS JEFFERSON

Wir waren bereits zwei Wochen lang auf See, als ich schließlich Petits Brief öffnete. Als ich einmal gegen Mitternacht aufwachte, löste ich mit zitternden Händen das Band und brach die Siegel. Ich fühlte mich wie eine Diebin und Einbrecherin, so als könnte jeden Augenblick jemand in meine Kabine stürzen und wissen wollen, wer ich war und was ich dort zu suchen hatte. Mein Herz raste und dröhnte in meinen Ohren. Vielleicht hatte Petit, in einem Anfall von Schuldgefühlen, Thance meine wahre Identität offenbart. Oder er hatte im Ärger beschlossen, mich meinem Schicksal zu überlassen und mir fortan jede Hilfe zu verweigern.

PHILADELPHIA
MITTERNACHT, 23. SEPTEMBER 1825

Meine liebste Harriet,

dies sind Abschriften der Briefe, die Dein Onkel James nach seiner Befreiung, während seiner beiden Aufenthalte in Paris, an mich geschrieben hat. Sie sind teilweise traurig, teilweise lustig, scharfsinnig, ver-

drießlich, niedergeschlagen oder auch voller Hoffnung. Im großen und ganzen ähnlich, wie Du Dich zur Zeit fühlen mußt. Vielleicht liest Du sie, bevor Du Paris erreichst. Selbst wenn Du nicht dorthin fährst, werden sie Dir helfen, Deinen Onkel und sein Leben ein bißchen besser zu verstehen und damit auch das Leben Deiner Mutter und Dein eigenes Leben. Ich habe auch noch einen seidenen Schal beigefügt, den Dein Onkel am Tag des Sturms auf die Bastille getragen hat. Wie Du siehst, ist er sehr gut erhalten. Er trug ihn, als er die Schutzwälle der Invaliden erklomm, als er den Graben der Bastille überquerte und auf dem ganzen Weg bis nach Versailles. Halte ihn in Ehren.

Ich schätze, Du hast nun schon einige Wochen auf hoher See verbracht, bevor Du dieses Päckchen geöffnet hast. Ich weiß nicht warum, aber ich kenne Dich gut, Harriet. Vielleicht hast Du Deine Meinung, was Deinen Entschluß betrifft, inzwischen geändert. Falls das so ist, so zögere nicht, mit dem nächsten Schiff von London nach Hause zu segeln. Niemand wird Dir Vorwürfe machen, weder ich noch Thance, der arme Junge. Du bist das Licht unseres Lebens, und in meinem ganzen Leben ist mir noch nie etwas so schwergefallen, wie mich auf der Montezuma *von Dir zu verabschieden. Ich hatte davon geträumt, Dich in einigen Wochen in der St. Paulskirche an meinem Arm zum Altar zu führen. Wenn ich davon schreibe, kann ich weder meinen Schmerz noch meine Tränen unterdrücken. Es ist ein Glück, daß Thor Wellington heimgekehrt ist und Thance zur Seite stehen kann, der das alles noch viel schwerer verkraftet, als ich befürchtete. Und doch glaube ich, Thor wird nicht zulassen, daß Thance sein Herz vor Dir verschließt. Aber sieh Dich vor, Harriet, Du setzt sehr viel aufs Spiel. Das Leben gestaltet sich nicht immer zu unserer Bequemlichkeit, auch wenn es einige Menschen gibt, die sich das für Dich wünschen. Ich gehöre zu denen, die Dich vermissen und die jeden Tag für Dich beten.*

Ich habe meinen letzten Willen aufgesetzt und mein Testament gemacht und es zusammen mit diversen anderen Papieren in der Notarkanzlei Sillbourne & Brothers in der Front Street hinterlegt. Sollte mir etwas zustoßen, wirst Du alle meine weltlichen Güter erben, außer dem Bauernhof in der Champagne, in Frankreich, wo meine Mutter immer noch lebt. Ich gehe davon aus, daß Du in den letzten Jahren oder auch Monaten ihres bereits langen Lebens für sie sorgen wirst. Ich verlasse mich darauf. Und ich verbleibe Dein Onkel Adrian und Adoptivvater. Vergiß Deine Arbeit nicht. Vergiß Thance nicht. Vergiß nicht Deine Eltern, die Dich lieben.

Dein Dich zärtlich liebender Petit

Langsam band ich den langen roten Seidenschal um meinen Hals. Ich betrachtete die Briefe in meinen Händen. Es waren die Originale. Petit hatte nur die Abschriften behalten. Ich hielt sie unter meine Nase. Sie hatten einen scharfen, modrigen Geruch, wie verbrannte Blätter nach einem Hagelsturm. Schwungvoll, mit großen, verwegenen Lettern, hatte James Hemings seine Briefe unterschrieben. Jede freie Stelle der Seiten war mit enger, gestochen klarer Schrift ausgefüllt, selbst die Seitenränder, die er benutzt hatte, wenn das Blatt voll war. Wenn alles Papier verbraucht war, hatte er schließlich zwischen den Zeilen geschrieben.

Der erste Brief trug das Datum: Paris, 1796. In ihm beschrieb James, wie er die Stadt nach der Terrorherrschaft der Revolution vorgefunden und wie er sich auf die Suche nach seinem ehemaligen adligen Herrn gemacht hatte. »Ich habe in einem der großen Häuser in der Nähe des Hôtel de Langeac Arbeit gefunden, aber alle Leute befürchten, die Regierung könnte schon bald in die Hände eines mysteriösen korsischen Generals namens Napoléon Bonaparte fallen.«

Wie sehr bedauere ich das Verschwinden der großen Häuser, wo ich gehofft hatte, Arbeit zu finden. Sie sind während des Terrors geplündert und verbrannt worden, ihre Besitzer entweder ins Exil getrieben oder guillotiniert worden wie die arme Königin. Die »Bürger«, wie die Franzosen sich jetzt nennen, beginnen nun auch, die Klasse der Bediensteten schief anzusehen. Überall wimmelt es von Verrätern und Spionen. Nicht selten sind die Köpfe von Köchen zusammen mit den Köpfen ihrer Herren gerollt. Ich kann Dir nur zu Deinem gesunden Menschenverstand gratulieren, den Du bewiesen hast, als Du geflohen bist.

Robespierre ist tot, aber nichts kann den Glanz und die Schönheit der Eremitage, der Tuilerien oder von Marly zurückbringen – alles ist zer-

stört. Maria Cosway hat ihren Mann verlassen und ist mit einem jungen italienischen Kastraten namens Luigi Marchese durchgebrannt … der Skandal des Jahres in London.

Brief folgte auf Brief, in denen James das Chaos und den Bürgerkrieg des Direktoriums und den Aufstieg Napoleons beschrieb, während er selbst von der Küche zum Restaurant avancierte. Er arbeitete jetzt in einem Restaurant namens *Varaine* am Quai d'Orsay. Sein Traum war ein eigener Feinkostlieferservice. Und er trug sorgfältig alle seine Ideen, Rezepte und Dekorationsvorschläge für sein zukünftiges Gewerbe in ein Notizbuch ein. Jeder einzelne seiner Briefe vermittelte eine andere Stimmung, einmal waren sie tieftraurig, ein andermal satirisch, sie enthielten alle Schattierungen der Melancholie. Er erzählte Petit von all seinen Hoffnungen und Träumen. Es gab jedoch einen Brief, der mich wie ein Schlag traf, denn darin schrieb er von seiner Liebe zu meiner Mutter.

Er datierte von Ende 1799 und informierte Petit darüber, daß James in die Heimat zurückkehren würde, um seine Schwester zu holen.

PARIS,
DEZEMBER 1799

Lieber alter Freund Adrian,

ich habe endlich eine Passage auf der Tartaguilla *gebucht und werde Anfang des Jahres die Heimreise antreten. Ich hätte Dir schon eher schreiben sollen, denn nun werde ich mich vielleicht schon auf hoher See befinden, wenn dieser Brief Dich erreicht, was bedeutet, daß ich Dein häßliches Gesicht zu sehen bekommen werde, bevor Du mich erwartest.*

Die letzten Jahre waren sehr hart, und ich habe mich endlich entschlossen, mein Schicksal und das von Sally in meine eigenen Hände zu nehmen. Genauso wenig, wie ich in all der Zeit nie aufgehört habe, sie zu lieben, habe ich aufgehört, mich vor Scham über ihr Konkubinat zu winden und ihre Situation als Sklavin noch viel erbitterter zu verabscheuen, als ich meine eigene Sklaverei gehaßt habe.

Unter dem Siegel der Verschwiegenheit möchte ich Dir anvertrauen, daß ich hoffe, ihr das schon bald sagen zu können. Ich hätte Monticello nie ohne sie verlassen dürfen, denn ohne den verwandten Geist meiner Schwester bin ich mehr als allein. Ich fühle mich einsam und muß immerzu an sie denken. Wenn sie stirbt, sterbe auch ich. Solange sie in Knechtschaft lebt, lebe auch ich in Knechtschaft. Seit Jahren schon ergehe ich mich in Selbstzerfleischung. Meine brüderliche Liebe ist stärker als meine Liebe zu Gott, denn es war nicht Gott, sondern Sally, die mir ihre Liebe schenkte, als ich noch ein Sklave war, eine Liebe, die zugleich einfach, treu und echt war. Unsere Herzen waren eins, als wir noch Kinder waren, und als Junge habe ich mich gegen all die stummen, unaufhörlichen Angriffe auf ihre Schönheit, ihre innere Kraft und ihre Persönlichkeit behauptet. Sie war außergewöhnlich, Petit, und ihr Verrat an unserer Kindheit, den sie auf Geheiß von Thomas Jefferson beging, hat mich als Mann ausgelöscht. Wenn der Mensch, den man am meisten liebt und dem man all sein Vertrauen geschenkt hat, einen verrät, dann beginnt man, an der Existenz göttlicher Gerechtigkeit zu zweifeln.

Seit jener Nacht im Hôtel de Langeac bin ich nie mehr zur Ruhe gekommen. Ich wünsche mir Frieden, den niemand stören kann, doch obgleich ich mich nach nichts so sehr sehne wie nach Einsamkeit, ist es gerade sie, die mich umbringt, genau wie die blutigen Laken in meinem Alptraum.

Ich muß also, um neuen Lebensmut zu gewinnen, gegen diese Entführung offen Stellung beziehen. So zu lieben, wie ich liebe, ist schwer. Es ist schwer, weil es das höchste Zeugnis des Selbst bedeutet. Es ist das Meisterstück, für das uns alles andere vorbereitet … und die einzige wirkliche Befreiung.

Bete für mich, Adrian, so wie ich für mich selbst bete. Ich wäre gern bereit, Thomas Jefferson zu töten, wenn ich davon überzeugt sein könnte, daß ich damit ihre Liebe zu ihm, die eigentlich nur mir gehört, töten würde. Aber ich fürchte, ein Mord würde sie in ihrer Liebe zu ihm eher bestärken. Nein, sie muß sehen, wie er wirklich ist, und ihn zutiefst verachten.

Wenn mir das nicht gelingt, bin ich verloren. Vielleicht bin ich sowieso verloren, aber, o Gott, wie sehr liebe ich sie.

Jimmy

MASSON, PHILADELPHIA, 1800

Adrian, alter Freund,

Sie verachtet mich. Mich! *Nicht ihn.*

Sie hat mir vorgeworfen, ein Hurenhaus aus ihrer Welt gemacht zu haben, obschon ich doch eigentlich genau das Gegenteil wollte. ›Du bist es‹, sagte sie, ›der mich zur Hure macht, und du weißt es.‹ Sie hat recht, und es verfolgt mich unablässig, selbst im Schlaf.

Was wird nur aus mir werden, da ich doch ihre Freiheit noch nötiger brauche als meine eigene? Solange ich sie nicht befreien kann, bin ich kein Mann.

Habe auf dem englischen Schiff Supreme, *das in drei Tagen in See sticht, Passage nach Barcelona gebucht. Ich brauche Zeit zum Nachdenken. Auf amerikanischem Boden werde ich nur verzweifeln.*

Jimmy

Es folgten einige Briefe aus den europäischen Hauptstädten. Briefe mit Beschreibungen von Madrid und Barcelona, von wunderbaren Häusern in Kalabrien und Avignon. Alle hatten den gleichen Refrain. Wie konnte er meine Mutter befreien? Was konnte er tun, um sie dazu zu überreden, Monticello zu verlassen? Und dann …

RICHMOND, 1801

Adrian,

diesmal bin ich endgültig nach Hause zurückgekehrt. Erinnere Dich an unser Gespräch auf dem Kai. Ich habe mich entschlossen, die Sache durchzuführen. Ich kann nicht anders. So wie es jetzt aussieht, ist mein Leben wertlos. Am Ende wird sie mir dankbar sein.

Liebe mich so, wie ich sie liebe, Jimmy

Es dämmerte schon, als ich die Briefe zurück in den Umschlag steckte.

»Mein Gott«, flüsterte ich.

Mr. Fitzgerald kümmerte sich nicht um das deutliche Ziehen an seiner Angel, die er mittschiffs über die Reling ausgeworfen hatte. »Ihr Land wird sich schon sehr bald von der Atlantikküste bis zur Pazifikküste erstrecken. Es wird im Osten und im Westen durch den Kontinentalsockel begrenzt sein. Im Süden wird es sich bis in die tropischen Gebiete ausdehnen und im Norden bis in die eisigen Regionen von Neufundland. Aber die amerikanische Bevölkerung ist nicht so homogen wie die europäische. Die drei amerikanischen Rassen unterscheiden sich deutlich voneinander, und sie sind sich, wie ich hinzufügen möchte, gegenseitig feindlich gesinnt. Gesetze und Erziehung, Herkunft und Eigenheiten haben unüberwindliche Schranken zwischen ihnen entstehen lassen, und doch hat das Schicksal sie auf ein und denselben Kontinent verschlagen, wo sie sich nicht mischen wollen.«

Wir saßen nebeneinander. Das Licht tanzte auf den Wellen, und weit draußen auf dem Meer konnten wir die schwarzen Rücken von Delphinen sehen.

»Ich glaube, daß die Indianerstämme Nordamerikas dem Untergang geweiht sind, daß diese Rasse bis zu dem Zeitpunkt, wenn die Europäer sich an der Küste des Pazifiks niedergelassen haben, zu existieren aufgehört haben wird. Ihnen standen nur zwei Alternativen zur Verfügung, entweder Krieg oder Zivilisierung – in anderen Worten, entweder die europäische Rasse zu vernichten oder ihr ebenbürtig zu werden. Die Narragansetts, die Mohikaner und die Pequots – die früher Neuengland bevölkerten – existieren schon jetzt nur noch in der Erinnerung. Die Lenapes, die William Penn erst vor einhundertfünfzig Jahren an den Ufern des Delaware willkommen hießen, sind verschwunden. Die letzten Irokesen haben mich um Almosen gebeten. Ich bin mehr als dreihundert Meilen tief in das Innere des Kontinents vorgedrungen, ohne einem einzigen Indianer zu begegnen. Sie sind ausgerottet worden.

Aber das Schicksal der Neger ist eng mit dem der Europäer verknüpft. Diese beiden Rassen sind aneinandergekettet, ohne sich vermischt zu haben, und sie werden sich wahrscheinlich weder miteinander verbinden noch sich gänzlich voneinander trennen. Die Anwesenheit einer farbigen Bevölkerung auf ihrem Territorium ist das schlimmste aller Übel, das die Zukunft der Union bedroht.«

»Wie können Sie so etwas sagen, Mr. Fitzgerald? Es ist nicht ein schwarzes Problem, sondern ein weißes. Die beiden Rassen sind zur gleichen Zeit auf diesem Kontinent eingetroffen. Es sind offensichtlich nicht die Schwarzen, die die Union bedrohen. Und wenn die Sklaverei *nicht* schwarz wäre, wäre sie *dennoch* eine Bedrohung für eine Demokratie und eine Republik. Ich wiederhole, es sind nicht die Schwarzen, es ist die Sklaverei.«

»Miss Petit, im Bundesstaat Maine«, fuhr Mr. Fitzgerald fort, »kommt ein Neger auf dreihundert weiße Einwohner. Aber in South Carolina, der Heimat von Mr. Hammond, sind fünfundfünfzig Prozent der Bevölkerung schwarz. Es ist nicht von der Hand zu weisen, daß die südlichen Staaten der Union die Sklaverei nicht einfach abschaffen können, ohne große Gefahren heraufzubeschwören, die der Norden nicht zu befürchten hatte, als er seine schwarze Bevölkerung aus der Sklaverei entließ. Der Norden hat dieses Ziel erreicht, indem er die gegenwärtige Generation in Ketten beließ, während er ihre Nachkommen freiläßt. Es wäre jedoch sehr schwierig, diese Methode auf den Süden anzuwenden. Mit der Ankündigung, daß alle Neger, die nach einem gewissen Datum zur Welt kommen, frei sein werden, pflanzt man das Prinzip der Freiheit ins Herz der Sklaverei. Stellen Sie sich einmal einen Sklaven vor, der weiß, daß seine Kinder frei sein werden! Der Norden hatte nichts zu befürchten, denn dort gab es nur wenige Schwarze. Aber wenn dieses vage Bewußtsein von Freiheit drei Millionen von Schwarzen ihre wahre Position deutlich macht, dann haben ihre Unterdrücker allen Grund zu zittern. Wenn der Süden erst einmal die *Kinder* seiner Sklaven freiließe, würde er dieses Recht schon bald auf *alle* Sklaven ausdehnen müssen.«

Stellen Sie sich einmal einen Sklaven vor, der weiß, daß seine Kinder frei sein werden ...

»Aber Miss Virginia – warum schauen Sie so düster drein? Zu unseren Lebenszeiten wird das nicht geschehen, allerdings glaube ich, daß es mit Gewalt und Krieg einhergehen wird. Wenn man von mir verlangte, die Zukunft vorauszusagen, so würde ich behaupten, daß die Abschaffung der Sklaverei im Süden, wie immer sie auch bewerkstelligt wird, die Abneigung der Weißen gegen die Schwarzen verstärken wird. Ich stütze meine Meinung auf Beobachtungen, die ich überall in Ihrem Land gemacht habe. Ich habe festgestellt, daß die Weißen aus dem Norden in dem Maße, wie die gesetzlichen Trennungslinien zwischen den Rassen durch die Gerichte aufgehoben werden, immer stärker darauf bedacht sind, jeden Kontakt mit den Negern zu meiden. Warum sollte das im Süden anders sein? Im Norden werden die Weißen durch eine imaginäre Gefahr davon abgehalten, sich mit den Schwarzen zu mischen. Ich kann mir nicht vorstellen, daß die Angst im Süden, wo die Gefahr tatsächlich gegeben wäre, geringer sein könnte.«

»Und Sie glauben, daß die Sklaverei nicht ewig dauern wird?« flüsterte ich.

»Es besteht die Wahrscheinlichkeit, daß die weiße Rasse auf den Westindischen Inseln unterliegen wird. Auf dem Kontinent sind es die Schwarzen. Glauben Sie, daß die Sklaverei Bestand haben wird, Miss Virginia?«

»Ja.«

»Ah, Sie können Ihre Herkunft schließlich doch nicht leugnen!«

»Nein, Mr. Fitzgerald. Ich glaube, daß die Sklaverei Bestand haben wird, weil sie *schwarz* ist. Wäre sie *weiß*, dann wäre sie schon längst abgeschafft worden – genau wie die Leibeigenschaft.«

»Ganz Amerika ist eine Parodie«, sagte Lorenzo, »ein Nachäffen seiner Eltern. Allerdings ist es ein kindliches Nachäffen, das Spiel eines reizbaren, eigensinnigen Kindes, das man in die Obhut eines schlechten Kindermädchens gegeben und dem man mangelhafte Manieren beigebracht hat. Der Süden betrachtet sich als Pioniergebiet, als Hüter der liebgewonnenen Ideale des Laisser-faire und des Privateigentums, als Verfechter von geringer Kontrolle durch die Regierung und von weitestgehender persönlicher Freiheit. Die Südstaatler glauben, sie könnten die Zeit zurückdrehen oder zumindest anhalten, aber da irren sie sich.

Diese Nation stammt von so vielen verschiedenen Vätern ab, daß die Menschen, indem sie alles Gedankenlose, Zügellose und Aufrührerische der verschiedenen Nationen miteinander vermischen, sich gegenseitig neutralisieren und zu einem Volk werden, das weder Verstand noch Phantasie besitzt. Und ohne Phantasie wird das Rassenproblem nie gelöst werden.

Wie sehr die Amerikaner des Südens sich auch für die Erhaltung der Sklaverei einsetzen mögen, Miss Virginia, sie wird ihnen nicht gelingen. Die Sklaverei existiert heute nur noch in einem einzigen Gebiet innerhalb der zivilisierten Welt. Das Christentum prangert sie als Unrecht an, die politische Ökonomie betrachtet sie als schädlich, und nach den Prinzipien der demokratischen Freiheit und den Erkenntnissen unseres Zeitalters gilt sie als unmenschlich und kriminell. Sie wird entweder durch die Entscheidung der Sklavenhalter oder durch den Willen der Sklaven abgeschafft werden; und in beiden Fällen wird das großes Unglück nach sich ziehen. Meine Verachtung gilt nicht denjenigen, die als Kinder unserer Zeit zu Werkzeugen dieser Ungeheuerlichkeiten geworden sind, sie gilt vielmehr jenen, die die Sklaverei nach tausend Jahren der Freiheit wieder in unsere Welt gebracht haben.«

Wie immer saßen wir uns so gegenüber, daß Lorenzos Gesicht der Sonne zugewandt war und meins im Schatten lag, um meinen Teint zu schützen. Wir genossen die letzten schwachen Sonnenstrahlen, während wir immer weiter nordwärts auf herbstliches Wetter zu segelten. Inzwischen trugen wir keine Strohhüte mehr, sondern breitkrempige Filzhüte. Den meinen hatte ich mit James Schal unter meinem Kinn festgebunden. Mr. Lockes Hut wurde durch einen an der Krempe befestigten Lederriemen gehalten. Wie wir so dasaßen und nach Möwen, Walen und Haifischflossen Ausschau hielten, war ich nahe daran, mein Herz auszuschütten. Überall auf dem Schiff trug ich die melancholische Last von James' Schicksal mit mir herum. Ich spürte, wie meine Kehle sich zusammenschnürte, und ich wiederholte lautlos Lorenzos Fluch: Gott verfluche denjenigen, der nach tausend Jahren die Sklaverei zurück in die Welt gebracht hat.

Erst als die Klippen von Dover in Sicht kamen, fand ich den Mut, Charlottes Päckchen zu öffnen. Es enthielt ein goldenes Medaillon und einen Brief von Thance. Bedrohlich und wie ein stiller Vorwurf hatte das Päckchen sechs Wochen lang Nacht für Nacht auf dem Tischchen neben meinem Bett gelegen.

Nachdem mich nun laut Auskunft von Lorenzo Fitzgerald dreitausend Meilen von Thance trennten, konnte ich es vielleicht wagen, seinen Brief endlich zu lesen. Ich betrachtete ihn lange von beiden Seiten und schob ihn dann in meine Rocktasche, neben meinen Dolch. Nein, dachte ich, noch nicht.

Das Medaillon enthielt ein Porträt von Charlotte, und ihm gegenüber war ein Bild von Thance, das mich traurig anschaute. Wann hatten sie Zeit gefunden, teure Miniaturen anfertigen zu lassen? Sicherlich waren sie als Hochzeitsgeschenk gedacht gewesen, nicht als Abschiedsgeschenk. Trotzdem wirkte Thance nicht glücklich auf dem Bild, oder war ich es, die im nachhinein Trauer in seine Züge legte, so wie es manchmal geschieht, wenn man das Bild eines geliebten Menschen betrachtet, der gestorben ist. Es waren seine Augen. In seinem Blick lagen Tod, Verlassenheit, Schmerz.

Ich hängte mir das Medaillon um den Hals, froh, daß ich es nicht während der ganzen Reise getragen hatte. Als ich auf das Wetterdeck trat, sah ich die Klippen: gleich einem Gebirge aus geisterhaft weißem Gestein ragten sie wie Salzsäulen aus dem Meer. Ihre Spitzen verschwanden im Nebel, ihre gezackten Umrisse stachen wie Dolchspitzen in das blaue Wasser des Atlantik. Plötzlich schien die weiße Masse auf mich niederzustürzen, ich wich entsetzt zurück und faßte mit der Hand an meinen Hals.

»Großartig, nicht wahr, Miss Petit?« sagte Lorenzo Fitzgerald, der zu mir auf das Wetterdeck gekommen war.

Obwohl ich eigentlich allein sein wollte, akzeptierte ich seinen Arm. »Bitte nennen Sie mich Harriet. Wir sind ja schon fast in London.«

Er sagte nichts, doch ich spürte, wie ein Schauder der Überraschung über ihn lief. Es war unfair, dachte ich. Ich würde niemals einen anderen als Thance Wellington lieben. Nichts würde jemals daran etwas ändern können. Lorenzo konnte alle Kontinente der Welt für mich zeichnen. Heute nacht, in meiner letzten Nacht an Bord, würde ich Thance' Brief lesen.

Die untergehende Sonne tauchte die Klippen in ein gespenstisches Licht, als sie hinter ihnen verschwand, und ließ sie mit einemmal marineblau erscheinen, als wir an ihnen vorbei in die Nordsee segelten. Sie waren so nah, daß ich den Atem des uralten Gesteins roch. Ascheflöckchen rieselten auf das Schiff, vermischten sich mit den Wellen, die gegen die Kreidefelsen schlugen, und legten sich wie ein dünner weißer Schleier auf meine bloße Hand, die neben Lorenzos mit einem Wildlederhandschuh bekleideter Hand auf der Reling ruhte.

Ich hatte die Meerenge passiert und war von nun an eine weiße Amerikanerin.

Ich glaube, Lorenzo Fitzgerald spürte, wie ich erbebte, denn er legte seine Hand auf meine und drückte sie zärtlich. Es war eine brüderliche Geste, vertraut nur durch ihre menschliche Wärme, und doch zog ich meine Hand still zurück. Ich hoffte, ihn damit nicht zu verletzen, aber ich war entschlossen, ihm gegenüber Distanz zu wahren. Einmal war ich nicht auf der Hut gewesen und hatte mich genau wie in meinen Träumen verliebt. Ich konnte das böse Erwachen, das dem gefolgt war, nicht ein zweites Mal ertragen. Ich war mir meiner Liebe zu Thance auf schmerzliche Weise so sicher, daß ich niemals einen anderen würde lieben können.

PHILADELPHIA, DIE LETZTE NACHT

Harriet,

vielleicht sollte ich nicht verzweifeln. Das ist jedenfalls Thors Meinung. Ich werde mit ihm mit dem nächsten Schiff nach Kapstadt reisen. Das wird uns noch weiter voneinander entfernen, was, weiß Gott, notwendig ist. Mein Bruder sagt, Afrika sei die Wiege des Schmerzes – vor allem für Weiße. Gott habe das so eingerichtet.

Und ich entbinde Dich von dem Versprechen, mich zu heiraten. Du bist frei. Weil ich Dich liebe.

Thance

13

Das bloße Nichtvorhandensein von Schmerz wird schon für Glück gehalten. Hätten die Menschen jemals das einzigartige Hochgefühl eines beglückten Herzklopfens erlebt, würden sie alle nichtigen Spekulationen ihres Lebens dafür geben.

THOMAS JEFFERSON

Wir trafen rechtzeitig zu einem großen Begräbnis in London ein. Der letzte Held von Trafalgar, ein berühmter Admiral, war gestorben, und sein Katafalk wurde gerade von einer unglaublichen Anzahl schwarzer Pferde in silbernem Staatsgeschirr und schwarzem Federschmuck an der Themse entlanggezogen. Die *Montezuma* glitt auf die London Bridge zu und an einer Reihe von weißen Palästen vorbei, die mit schwarzem Trauerflor behangen waren. Flaggen wehten auf Halbmast, und das Geläut Hunderter Kirchenglocken erfüllte die Atmosphäre, so als ob unzählige Silbermünzen in die Luft geworfen worden wären und nun herabregneten.

Das Schiffsorchester hatte zu spielen aufgehört, und der Kapitän hatte seine Flagge auf Halbmast gesenkt. Man sagte uns, der Leichnam werde in die Westminster Abbey gebracht, wo er drei Tage lang neben all den anderen Nationalhelden, die dort begraben sind, aufgebahrt werde.

»Das einzige, was ihn gewurmt hat«, murmelte ein Passagier neben mir, »war, daß die Napoleonischen Kriege England nur vierzigtausend Tote gekostet haben. ›Billiger Sieg‹, hat er immer gesagt.«

»Ich nehme an, so etwas nennt man ein schlechtes Omen«, sagte ich.

»Keineswegs. Es bedeutet vielmehr, daß der Geist Napoleons endlich nach zehn Jahren zu Grabe getragen wird und Europa vorerst Frieden hat.«

Das Schiffsorchester stimmte die Ouvertüre von *La Traviata* an, die es am Kai von Philadelphia gespielt hatte, als die Gangway heruntergelassen wurde. Ich beeilte mich, um mich Mrs. Willowpole anzuschließen. Als wir Arm in Arm langsam die Gangway hinunterschritten, versuchte ich mir vorzustellen, wie meine Mutter im Alter von vierzehn Jahren Maria zu den Adams' begleitete, die vor achtunddreißig Jahren am Kai auf sie warteten. Vorsichtig setzte ich meinen Fuß auf englischen Boden. Mit meiner behandschuhten Hand berührte ich meine Lippen, tat so, als stolperte ich, und drückte den Kuß auf die Terra firma der Londoner Docks. Meine weißen Handschuhe wurden von dem rußigen, nassen Kopfsteinpflaster beschmutzt. Ich starrte sie an. Sie hatten meine Fingerabdrücke verborgen. Alles war so schnell und unauffällig geschehen, daß Mrs. Willowpole meine Geste nicht bemerkte. Als ich mich in der Annahme umwandte, niemand habe mich beobachtet, fand ich Lorenzo an meiner Seite vor. Er hatte alles gesehen. *Was versteckst du?* fragten seine Augen.

»Gestatten Sie mir, Sie in Ihr Hotel zu begleiten, meine Damen, falls niemand Sie an den Docks erwartet. Mein Diener und meine Kutsche sind da, und es wäre mir ein Vergnügen und eine Ehre. Ich kann nicht zulassen, daß Sie in diesem Tumult allein durch die Straßen von London wandern.«

Wir ließen uns zu einer eleganten dunkelgrünen Equipage führen, auf der vier Kutscher in dunkelgrüner Livree saßen. In weniger als einer halben Stunden waren wir unter dem hohen Bogen der London Bridge hindurchgerollt und fuhren durch die Water Street auf die Innenstadt zu, die im Verkehrschaos zu ersticken schien. Alle Geschäfte waren geschlossen, und es schien, als sei die gesamte Bevölkerung Londons auf den Straßen. Unter den Zivilisten waren Hunderte von Veteranen der Napoleonischen Kriege, die wegen des Begräbnisses in die Stadt gekommen waren. Soldaten in jeder vorstellbaren Art von Uniform waren überall zu sehen. Und um all den Tumult herum erhob sich majestätisch die zweifellos wundervollste Stadt der Welt. Paris konnte nicht eindrucksvoller sein, dachte ich.

London war eine Stadt der Häuser aus Stein und Ziegeln. Selbst die ärmlichsten Behausungen waren aus Holz und Ziegeln gebaut und mit Stuck verziert. Und die Häuser waren hoch, viele der Gebäude hatten vier oder fünf Stockwerke. Die Villen von Richmond waren lächerlich dagegen, dachte ich, als wir im Schneckentempo am Carlton House, Burlington, an St. Paul's Cathedral und Westminster Abbey vorbeifuhren. Wir brauchten fast drei Stunden, um die Stadt zu durchqueren.

Wir hatten die schönsten und gemütlichsten Zimmer, die man sich nur denken kann. Die Tapeten an den Wänden waren mit einem braun-goldenen Fleur-de-lis-Muster bedruckt, und die Möbel bestanden aus einer eigenartigen und doch angenehmen Mischung aus französischem und englischem Empirestil. Es gab Bücherregale, eine Palme und eine Ottomane. Zu meiner freudigen Überraschung entdeckte ich auch ein Klavier mit einem verblichenen, roten Seidenbehang, und in einer Ecke stand eine wunderbare Harfe. Auf dem polierten Holzboden lag ein rot-braun gemusterter Teppich. In den beiden kleinen angrenzenden Schlafzimmern standen je ein Himmelbett mit Damastvorhängen, passend zu den Stores an den hohen Fenstern. Es gab sogar ein Wasserklosett und ein richtiges Badezimmer, allerdings ohne fließendes Wasser.

Erleichtert und glücklich bezahlten wir bei der Haushälterin der Vermieterin. Am nächsten Tag machten wir uns in einer Mietdroschke auf den Weg zur Eröffnungsveranstaltung des Kongresses.

Als wir in der düsteren Oxborn Hall ankamen, die immer noch und in gewisser Weise der Situation angemessen mit schwarzen Tüchern drapiert war, erfuhr Mrs. Willowpole, daß es ihr nicht gestattet war, als Delegierte im Plenarsaal Platz zu nehmen, weil sie eine Frau war. Frauen, erklärte der Kongreßleiter, seien auf die Zuschauergalerie verbannt, direkt unter den Dachbalken der Halle. Sie hatten weder das Recht abzustimmen, noch sich zu Wort zu melden oder sich an den Debatten zu beteiligen. Auf der Galerie wurden keine Abschriften der Reden ausgeteilt. Es gab keine Damentoiletten, und es war Frauen nicht gestattet, vom Büffet der Männer zu essen. Es gab weder reservierte noch numerierte Plätze für die

Damen, außerdem durften sie das Gebäude nicht durch den Haupteingang betreten, sondern mußten den Seiteneingang und die Feuertreppe benutzen. Wer sich nicht an diese Vorschriften hielt, werde aus dem Gebäude verwiesen.

Einen Moment lang standen wir sprachlos da.

»Wir sind dreitausendfünfhundert Meilen weit gereist«, sagte Mrs. Willowpole. »Und wir sind offiziell akkreditiert worden.«

»Daran kann ich nichts ändern, Madam. In unserem Programm sind Sie als Mann aufgeführt.« Er sah uns mit strenger Miene an. »Dorcas«, sagte er, als spreche er zu einem Kind, »ist ein Männername. Ich habe noch nie von einer Frau namens Dorcas gehört. Und Sie haben weder ›Miss‹ noch ›Mrs.‹ davorgesetzt. Dorcas Willowpole ist ein *Männername.* Sie haben Ihre Akkredition durch Vortäuschung falscher Tatsachen erworben, Madam.«

»Das muß daran liegen, daß die Organisatoren des Kongresses noch nie Shakespeare gelesen haben. Dorcas ist der Name der *Schäferin* in *Das Wintermärchen!«*

»Nun, Madam, wenn ich Ihr Vater gewesen wäre, hätte ich einen solchen Namen abgelehnt.«

»Ich verlange, meine Landsleute im Plenarsaal zu sprechen.«

»Sie werden sich gedulden müssen, bis sie auf die Straße hinauskommen, oder Sie müssen den Seiteneingang für Lieferanten benutzen. Ich kann Sie nicht durch den Haupteingang einlassen.«

»Jetzt wissen Sie,« murmelte Dorcas Willowpole, »wie es ist, ein Neger zu sein.«

Zerzaust, außer Atem und ängstlich kamen wir auf der Zuschauergalerie an. Würde es uns wenigstens gestattet sein hierzubleiben? Trotz allem trafen wir die Crème der weiblichen Sklavengegner Englands in Hochstimmung an. Da war Hannah More, die Dichterin, und Amelia Opie, die Frau des Londoner Porträtmalers und Autorin von Liebesromanen. Ich hatte eins ihrer Gedichte gelesen, das den Titel trug *Die Geschichte des Negerjungen.* Hannah More, eine Freundin von Dr. Wilberforce, bewegte sich in den vornehmsten Kreisen der Londoner Gesellschaft, wo sie stets einen Druck von Clarksons Zeichnung eines Sklavenschiffs und dessen Folterinstrumenten mit sich umhertrug. Auch sie hatte mehrere Gedichte zu dem Thema geschrieben, von denen das bekannteste in Philadelphia veröffentlicht worden war.

Die eindrucksvolle Elizabeth Heyrick, die von allen Sklavereigegnern auf beiden Seiten des Atlantiks das größte Aufsehen erregt hatte, saß, umringt von ihren Anhängerinnen, auf der überfüllten Galerie. Sie war eine Quäkerin aus Leicester und mit allen prominenten Sklavengegnern befreundet: mit den Gurneys, den Buxtons, den Frys, den Hoares. In ihrer Streitschrift mit dem Titel *Sofortige, nicht allmähliche Abschaffung der Sklaverei* forderte sie die sofortige Freilassung aller Sklaven und propagierte dies als die schnellste, sicherste und effektivste Methode.

»Ah, Mrs. Willowpole, willkommen auf der Sklavenetage.« Elizabeth Heyrick erhob sich und schüttelte uns die Hand wie ein Mann. Dann gab sie uns lachend eine Kopie von Thomas Clarksons neuester Abhandlung mit dem Titel *Gedanken über die Notwendigkeit, die Bedingungen der Sklaven in den britischen Kolonien zu verbessern, im Hinblick auf ihre Befreiung.* Es war eine von Dutzenden von Streitschriften, die anläßlich des Kongresses und der Parlamentswahlen veröffentlicht worden waren. In einer ihrer neuen Ausführungen ließ Mrs. Heyrick sich über die völlige Sinnlosigkeit aus, an die Einsicht von Sklavenhaltern zu appellieren oder Kompromisse mit ihnen zu schließen. Die Idee von der allmählichen Befreiung sei das Meisterstück satanischer Politik und führe zu nichts. Die einzig richtige Methode sei es, auf der Grundlage der Gerechtigkeit eine Mehrheit gegen die Sklavenhalter zu gewinnen.

»Diese Männer da unten«, sagte Amelia Opie, »diskutieren auch über unsere Zukunft – darüber, ob es uns gestattet sein wird, nicht nur zu Hause in unseren Zimmern zu schreiben, sondern an öffentlichen Versammlungen teilzunehmen und in der Öffentlichkeit zu sprechen. Bisher durften wir lediglich Hilfsgesellschaften organisieren; darin seid ihr Amerikanerinnen uns voraus. Ich bin die Präsidentin der Sklavengegnerinnengemeinschaft von Birmingham.«

Sie streckte lächelnd ihre Hand aus. Sie war jung und sehr schön, hatte klare, graue Augen und einen wunderbar blassen englischen Teint. In ihr vereinigte sich so vieles, was an Frauen als schön empfunden wird, daß sie fast wie ein Klischee wirkte. Sie war klein und zierlich, hatte ein lebhaftes Temperament, ein strahlendes Lächeln, besaß perfekte Zähne, zarte Arme und Hände, einen schlanken Hals und war doch vollbusig. Dabei hatte sie eine so kultivierte Art von Zerstreutheit und Natürlichkeit, daß Männer, Frauen und Kinder sich unwiderstehlich von ihr angezogen fühlten. Hätte ich nicht gewußt, wo ich mich befand, ich hätte angenommen, ich säße in einem vornehmen Schneideratelier und wartete auf eine Anprobe, anstatt in einer Versammlung, wo die grausamsten Unmenschlichkeiten der Welt angeprangert wurden. Überdies war es Amelia Opies Butler, der einen Picknickkorb für die Damen auf die Galerie schleppte.

Unten im Plenarsaal wurde die Versammlung zur Ordnung gerufen und die Delegierten gebeten, ihre Plätze einzunehmen. Ich wunderte mich darüber, wie leicht es mir fiel, mir über die Sklaven anderer Leute den Kopf zu zerbrechen, so als gehörte ich nicht selbst zu dieser großen Zahl von rechtlosen Menschen. Gewiß, ich hatte weniger gelitten, aber vielleicht war mir größeres Unrecht widerfahren.

Schließlich diskutierten wir hier nicht über die drei Millionen amerikanische Sklaven, die in allen Staaten außer South Carolina in der Minderheit waren. Hier war die Rede von den achthunderttausend Sklaven auf den Westindischen Inseln, die gegenüber den britischen Plantagenbesitzern zehnfach in der Überzahl waren. Wie Lorenzo schon gesagt hatte, war es unvermeidlich, daß die Schwarzen die Weißen auf den Westindischen Inseln früher oder später ausrotten würden. Und nach mathematischen Gesetzen war es ebenso sicher, daß die amerikanischen Sklaven ihre Befreiung niemals durch zahlenmäßige Überlegenheit erreichen würden. Mit der stillschweigenden Unterstützung des Nordens waren die Plantagenbesitzer Amerikas die herrschende politische Klasse der gesamten Republik. Diese Macht mußte gebrochen werden, bevor irgend etwas anderes erreicht werden konnte.

Die Bewegung der Sklavereigegner in England war auf ihrem Höhepunkt, und Wilberforce war ihr Papst, wie Mrs. Willowpole mir erklärte. Die leidenschaftliche Stimme von Dr. Wilberforce erhob sich mit großer Macht, sie schien die Wände der Halle regelrecht hinwegzufegen und die Zuhörerschaft mitten in den wogenden

Atlantik zu versetzen. Auf den Wellen segelte ein einhundertzwanzig Tonnen schweres Schiff, auf dem dreihundert Schwarze in einem Ladedeck von einem halben Meter Höhe mit zwei mal einem halben Meter Platz für jeden eingepfercht waren, an Ketten geschmiedet waren. Offenbar gab es Schiffe, auf denen Platz für bis zu sechshundert Negern vorgesehen war, von denen ein Viertel starb oder Selbstmord beging, bevor überhaupt alle an Bord waren. Es lohnte sich also, kleinere, schnellere Schiffe zu benutzen. Das namenlose Sklavenschiff legte von der Küste ab und segelte auf das unbekannte Universum zu, das Dr. Wilberforce mit seiner hypnotischen Stimme heraufbeschwor. Sein Ziel war Afrika, und sein Rumpf war gefüllt mit wertlosem Tand aus Liverpool und ausgestattet mit eisernen Ketten für zweihundertfünfzig Menschen. Es war eine Reise, auf die ich nicht vorbereitet war. Mir schien es, als zöge der kleine, schmale Mann mich kopfüber in meine eigene Biographie. Das war keine von einem Sklaven erzählte Geschichte, die sich in der vertrauten Umgebung einer Plantage in den Südstaaten abspielte. Es war die mythische, gewaltige Legende der *Middle Passage*, der berühmten Route der Sklavenschiffe zwischen England, Afrika und Amerika. Es war der Beginn jener schrecklichen, grausamen Reise, die meine Urgroßmutter aus dem Land ihrer Geburt gerissen und unermeßliches Leid über sie gebracht hatte. Es schnürte mir die Kehle zusammen, als das Sklavenschiff in dem Bericht in der Bucht von Gambia vor Anker ging, bereit, die Ladung, für die es diese gefährliche Reise gemacht hatte, zu begutachten und zu verladen; ein ganz normales Sklavenschiff mit einem ganz normalen Auftrag, geführt von einem ganz normalen Mann.

Unwillkürlich sprach ich lautlos ein Stoßgebet: *Bitte, laß mich das nicht hören*, flehten meine Lippen Dr. Wilberforce' Stimme an. Das war keine Sklavengeschichte, die von alten Zeiten berichtete, das war das Buch der Bücher, die Bibel, die Überfahrt. Aber ich saß dort unter der brennenden tropischen Sonne, lauschte auf das Donnern des Ozeans und wartete auf unsere Ladung aus dem Landesinnern. Plötzlich erschien die Marschkolonne am Strand, eine lange, wogende Reihe von Menschen in Fußfesseln, blutend, verängstigt, stotternd. Alle waren nackt, allen standen die Strapazen des langen

Marsches in den weitaufgerissenen Augen geschrieben. Zuerst waren es zehn, ihre Köpfe durch ein gemeinsames Joch in eine unnatürliche Haltung gezwungen. Dann waren es fünfzig, sie knieten mit gesenkten Köpfen und so reglos wie Steine auf dem Schiffsdeck, während sie vom Schiffsarzt untersucht wurden. Schließlich sprangen und tanzten sie herum, vollführten ein seltsames Ritual, das der Kapitän sich für sie ausgedacht hatte. Und dann begann der Tauschhandel: Messingkessel, Kaurimuscheln, Spiegel, Stahlmesser, Kisten mit Rum und Brandy, bunte Stoffballen und Halsketten aus Münzen oder bunten Perlen gegen Männer und Frauen.

Dr. Wilberforce' Stimme hob sich eindringlich, als er den Gestank von verbranntem Fleisch heraufbeschwor: »Glühendrote Brandeisen senkten sich auf die Schultern, Gesäßbacken und Rücken von Frauen, Kindern und Kriegern, die sich unter dem festen Griff der Matrosen vor Schmerz wanden, während die Kohlenpfanne wie das Auge Gottes glühte.« Seine Stimme hatte sich in einen einzigen Schmerzensschrei aus den Kehlen der Männer an Deck verwandelt, wurde auf das wogende Meer hinausgetragen, in dem ich und die Versammlungshalle und ganz London versunken waren, nur die Köpfe und Schultern der Zuhörer unter mir waren noch zu sehen, so als ob sie auf den Wellen schaukelten, während ihr empörtes Stöhnen zu einem entsetzten und ehrfürchtigen Schweigen verstummte. Aber Dr. Wilberforce ließ sich nicht beirren. Er fuhr in seinem Bericht fort und beschrieb die Werkzeuge dieses Gewerbes: die Zangen und Trichter, mit deren Hilfe man jenen den Mund öffnete, die sich weigerten zu essen; die Eisen und Ketten und Joche, mit denen man die Menschen an Händen, Füßen und Hals fesselte, Werkzeuge, mit denen man Zähne ausriß und Augen ausstach, Peitschen aus Krokodilleder, die die Haut in Fetzen vom Körper rissen, Brandeisen, Stopfen für Ruhrkranke, die manchmal zur Folge hatten, daß Sklaven ihre eigenen Fäkalien erbrachen, und reine Folterwerkzeuge – Zwingen, Daumenschrauben, Halseisen und Spanische Kragen. Er beschrieb, was die Logik der blanken Brutalität hervorbrachte: die Vergewaltigung der Frauen, die Zwangsernährung, die Selbstmorde, die Revolten und das Überbordwerfen der lebenden Fracht im Falle der Verfolgung durch britische Sklavenpatrouillen.

Wilde, verrückte Schreie ertönten in dem Strudel um den kleinen Dr. Wilberforce und seine unermüdliche Stimme. Die Sklaven, eng nebeneinander angekettet, rollten hilflos über die rauhen Planken, die ihnen in der erstickenden Dunkelheit die Haut vom Körper schabten. Der Boden im Schiffsrumpf wurde glitschig von all dem Blut und Schleim, und die Männer, halb wahnsinnig vor Wut und Schmerz, versuchten, sich ihre Ketten und Eisen mit den Zähnen zu entfernen. Wie eine Schlafwandlerin bewegte ich mich durch diesen infernalischen Schlachthof, wo meine Röcke durch unbeschreiblichen Dreck schleiften, ging durch das stinkende Sklavengefängnis, wo es nicht einmal möglich war, eine Kerze anzuzünden. Dr. Wilberforce' heilige, berauschende Stimme führte uns durch die Blattern-, Malaria- und Ruhrepidemien, beschrieb, wie viele Sklaven wahnsinnig geworden waren, und berichtete von Sklavenaufständen. Panik erfaßte mich, ich starrte Mrs. Willowpole mit offenem Mund an, rang nach Luft und bemühte mich, einen aufsteigenden Brechreiz zu unterdrücken. Ihre Augen waren voller Tränen. Sie sah mich an und nahm meine Hand.

»Nur Mut, meine Liebe. Ich habe Dr. Wilberforce' Litaneien schon viele Male gehört, aber egal, wie oft man ihm zuhört, man ist immer wieder zu Tode entsetzt über die Schrecken, von denen er berichtet«, flüsterte Amelia Opie neben mir. Ich holte tief Luft. Mittlerweile hatte ich vor lauter Schock über das Inventar des absolut Bösen unkontrolliert zu zittern begonnen. Der kleine Mann unten am Rednerpult agierte und drehte sich immer noch wie ein Wetterhahn in den Turbulenzen seines eigenen Vortrags.

Das Schiff hatte nun Kuba erreicht, und von seiner urspünglichen Ladung war nur noch ein Drittel am Leben. Ich hatte schon von den Sklavenmärkten in Kuba gehört, wo schnelles Geld zu verdienen war, vom Feilschen um die Preise von Rum und Zucker, von der illegalen Verschiebung von Sklaven, die mit falschen Papieren auf Schonern nach Neu-England verschifft wurden, von wo aus man sie dann nach Carolina und Louisiana brachte. Auf diese Weise hatte mein Urgroßvater meine Urgroßmutter transportiert. In diesem Alptraum war meine Großmutter gezeugt worden. Und das alles war ich. Daraus war ich gemacht. Meine Fingerabdrücke waren dieser Transport.

Ich starrte immer noch in den Strudel dieses undurchdringlichen Nichts, das die Stimme des Doktors umgab und aus dem die Schreie von Kindern ertönten, die von ihren Müttern weg verkauft wurden, von Männern, die rauhe Hände auf den Auktionsblock führten, von Frauen, die auf man Heuböden vergewaltigte, bis die Schreie sich in dem leisen, fernen Plätschern der Wellen an der Küste verloren, die, wie ich gewahrte, der Applaus des gebannten Publikums waren. Es war vorbei.

Ich rückte von den Frauen auf der Galerie weg, fühlte mich angewidert und auf merkwürdige Weise fremd ihnen gegenüber, so als sei ich von einem anderen Stern gekommen. Das Meeresrauschen dröhnte anhaltend in meinen Ohren, und ich war mir auf intensive Weise meiner Körperlichkeit bewußt, spürte noch immer den unerträglichen Gestank der Schiffe in meinen Lungen, spürte meine Hände, meine Augen und meine Knöchel, die mit eisernen Ketten gefesselt waren. Von den Tiefen des Ozeans und aus dem unermeßlichen Schrecken, in den ich gestürzt worden war, kam ich langsam wieder zu Bewußtsein.

Meine eigenen engstirnigen Interessen, meine eitlen Ambitionen und Träume, mein selbstsüchtiger Ehrgeiz waren in dem leeren Raum verschwunden, den Dr. Wilberforce' Rede hinterlassen hatte. Was war meine Demütigung als Sklavin auf dem kleinen Gebiet von Monticello gegen diese ungeheuerliche, himmelschreiende Manifestation des Bösen? Noch während ich verzweifelt versuchte, die Bedeutung dessen, was ich eben gehört hatte, zu verstehen, einen kleinen Anhaltspunkt zu finden, an dem ich mich festhalten konnte, um meine Gedankenflut zu entwirren, dämmerte mir, daß es unmöglich war, dies alles zu begreifen. Mit dem Verstand war dem nicht beizukommen. Ich konnte mich nur wie eine Schwimmerin kopfüber hineinstürzen, ohne zu wissen, ob ich jemals wieder die Oberfläche erreichen würde.

Ich zuckte vor Amelia Opies Berührung zurück, als wir uns erhoben. Die Männer, die Dr. Wilberforce stehende Ovationen bereitet hatten, gingen nun umher, unterhielten sich, grüßten Bekannte. Es war wieder Leben in die Menge gekommen … alle waren froh und glücklich, auf dem Trockenen zu sein. Für mich jedoch gab es nur das Murmeln meiner eigenen trockenen, fiebrigen Lippen, das Schnalzen meiner eigenen Zunge an meinem Gaumen und den bitteren Geschmack von Gottes Bosheit.

Eines Tages, als Mrs. Willowpole mit ihren Komiteeversammlungen beschäftigt und Lorenzo Fitzgerald geschäftlich nach Manchester gefahren war, nahm Amelia Opie mich mit in die neue Kunstgalerie am Piccadilly Square. Als wir durch die Haupthalle gingen, wo italienische Gemälde und holländische Stilleben ausgestellt waren, blieb ich plötzlich vor einem Kupferstich stehen und starrte auf das kupferne Schild, das auf dem Rahmen befestigt war. Ich las:

MARIA COSWAY – WEIBLICHE AUSSCHWEIFUNG UND WEIBLICHE TUGEND. NACH EINEM VORBILD VON HOGARTH

Die Gravur trug das Datum von 1802. Mit einemmal gab es einen Beweis dafür, daß die Geliebte meines Vaters, von der Petit mir so viel berichtet hatte, tatsächlich existierte. Alles, was er erzählt hatte, fiel mir wieder ein: die Briefe, die sie sich über den Maler Trumbull hatten zukommen lassen, das merkwürdige, unstete Leben, für das sie berühmt gewesen war, und ihr Rückzug in das Kloster Lodi in Italien. Gleich neben dem Bild hing ein Selbstporträt. Es zeigte eine schöne, feingliedrige und elegante Dame mit der aufwendigen Frisur ihrer Zeit. Ihre Arme waren vor ihrem tiefen Dekolleté verschränkt. Vieles an dieser Frau erinnerte mich an meine Tante Maria Jefferson Eppes, und ich fand es noch nicht einmal abwegig, daß ich sogar eine gewisse Ähnlichkeit mit meiner Mutter entdeckte.

»Ein großes Talent, das leider vergeudet wurde«, sagte Amelia.

»Sie kennen sie?«

»Ich kannte sie, als ich noch sehr jung war. Ich glaube, ich habe sie ein- oder zweimal auf Bällen oder in der Oper gesehen, stets sehr elegant gekleidet. Sie trug orientalische Turbane und luxuriöse ottomanische Schals. Ihr Mann war ein Ungeheuer, aber er war ein großartiger Künstler, er malte Miniaturen. Niemand hat Mrs. Cosways Talent ernst genommen. Wie sollte man auch, angesichts ihres genialen Ehemannes? Er war sehr eng mit dem Prince of Wales befreundet, bevor dieser König wurde, und er führte ein aufwendiges

Leben im Schomberg House. Sie gehörten beide zur Entourage des Prinzen, bis er Regent wurde. Sie hatten eine Tochter, die Maria jedoch im Alter von sechs Monaten im Stich ließ, weil sie Europa bereisen wollte. Das Kind starb sechs Jahre später, und Richard Cosway verfiel in eine tiefe Melancholie. Maria kehrte zurück, doch er wurde mit der Zeit immer exzentrischer. Schließlich wurde er aus den königlichen Kreisen ausgestoßen, woraufhin Maria Cosway wieder auf den Kontinent floh. Sie unternahm immer häufiger lange Reisen und brannte schließlich mit einem italienischen Kastraten namens Luigi Marchese durch. Richard Cosway starb 1821, und Maria, die katholisch erzogen war (obwohl ich nicht behaupten kann, sie sei fromm gewesen), zog sich endgültig nach Lodi, in der Nähe ihres Geburtsortes in Italien, zurück und wandte sich der Religion ihrer Kindheit zu. 1812 hatte sie das Collegio della Grazie gegründet, ein Nonnenkloster, dessen Äbtissin sie nun wurde, und das zu einem Orden, bekannt als ›Englische Fräulein‹, gehört. Warum sind Sie vor diesem Bild stehengeblieben, Harriet?«

»Nichts ... ich glaube, es war der Titel. Es ist sehr schön gezeichnet. Und das Porträt. Etwas verfolgt einen daran, meinen Sie nicht? – Diese traurigen Augen ...«

»Ich glaube, Maria *ist* traurig. Jedenfalls ist ihr Leben traurig. Sie war berühmt für ihren Durchsetzungswillen und ihre Exzentrik – als echte Künstlerin. Es hieß, ihr Vater bestärkte sie in dem Glauben, sie habe großes Talent. Aber ihr Mann fühlte sich dadurch abgestoßen, daß sie für Geld malte. Es ist ihr nie gelungen, namhafte Mäzene zu finden – und wenn doch, warf man ihr vor, unschicklich zu handeln, anstatt ihr künstlerisches Talent zu attestieren, als ob eine Frau nicht auf andere Art als aufgrund ihres Geschlechts Aufmerksamkeit auf sich ziehen könnte. Sie kann ihren Mann nicht geliebt haben, dieses seltsame Ungeheuer – er war ein Zwerg: verwachsen, launisch und degeneriert. Anscheinend hatte er, als die beiden im Schomberg House wohnten, einen privaten Zugang zu den Gemächern des Königs, und zwar durch einen Tunnel, der von dort zum Carlton House führte. Aber kommen Sie, ich möchte Ihnen den van Dyck zeigen, ein wahres Wunderwerk der Kunst.«

Ich blieb jedoch noch einen Moment lang vor dem melancholischen Porträt stehen. Meine Mutter, die auf Monticello lebendig begraben war, und Maria Cosway in Lodi waren beide Frauen, die in völliger Abgeschiedenheit von der Welt lebten. Als Mütter hatten sie beide ihr Recht auf ihre Kinder aufgegeben, *Maman*, indem sie Sklavin geblieben war, und Maria, indem sie fortgelaufen war. Totgeborene Mütter. Was würde Amelia Opie als Romanautorin denken, wenn ich ihr alles über Maria Cosway erzählte, was ich wußte?

Langsam wandte ich mich ab und folgte Amelia, ohne mich noch einmal umzusehen. Ich begann, nicht nur von Paris, sondern auch von Lodi zu träumen.

Unsere Arbeit war fast beendet. Unsere Berichte über die Konferenz waren geschrieben. Die Briefe und Manuskripte, die in Philadelphia veröffentlicht werden sollten, waren fertig. Mrs. Willowpole reiste weiterhin wie besessen in der Gegend umher und stattete ihre Besuche ab, manchmal verteilte sie an einem einzigen Tag zwanzig Visitenkarten. Ich verbrachte meine Tage damit, Vorträge zu überarbeiten, Briefe abzuschreiben und Berichte zu verfassen. In jeder freien Minute lief ich zu den Musikläden in der Burlington Arcade in Piccadilly und stöberte in den neu veröffentlichten Notenblättern. Alles mußte bis Ende Dezember fertig und abgeschickt sein, damit wir Amelias Einladung nachkommen und über Weihnachten eine Woche bei ihr auf dem Land verbringen konnten.

Das Leben war zur Routine geworden. Jeden Tag erledigte Mrs. Willowpole ihre Abrechnungen, Einladungs- und Danksagungsschreiben an ihrem kleinen Davenport-Schreibtisch. Sie schrieb mit ihrem neuen Federhalter mit Stahlfeder aus Birmingham, den sie auf dem Woburn Walk in Bloomsbury erstanden hatte. Es war ein wunderschönes Schreibinstrument, versehen mit einem blankpolierten Griff aus Elfenbein, und ein notwendiges Utensil, wollte man mit der Zeit gehen und nicht als altmodisch gelten. Auch für mich hatte sie einen gekauft, und ich hatte zwei als Weihnachtsgeschenke nach Monticello geschickt, einen für meine Mutter und den anderen für ihn, auch wenn ich mir kaum vorstellen konnte, daß mein Vater jemals mit etwas anderem als einem Federkiel schreiben würde.

Unser »kleines Zuhause«, wie Dorcas Willowpole die möblierten

Zimmer nannte, die wir bewohnten, war uns immer mehr ans Herz gewachsen. Lorenzo, Brice, Mrs. Willowpoles Neffe, und sein Freund Sydney Locke, ein weiterer junger Rechtsanwalt aus London, hatten es sich zur Angewohnheit gemacht, mit uns zu Abend zu essen oder uns bis zu dreimal pro Woche zum Essen einzuladen. Sie kamen oft auf ein Glas Sherry zu Besuch oder zum Tee oder auch, um Backgammon zu spielen. Lorenzo Fitzgerald hatte an Bord der *Montezuma* begonnen, mir Backgammon beizubringen und seinen Unterricht in London fortgesetzt. Ich lernte schnell, und es fiel mir leicht, denn das Spiel hatte große Ähnlichkeit mit Musik. Man mußte einen Sinn für Rhythmus und ein gutes Gedächtnis haben, gut rechnen können und eine Art musisches Talent für Mathematik besitzen. Selbst das Geräusch der Würfel machte mir Spaß. Meine Finger bewegten sich inzwischen so geschickt über das Spielbrett wie über eine Klaviertastatur. Die Verbindung von Talent mit purem Glück entsprach in gewisser Weise meinem Doppelleben, für das auch eine Spielernatur nötig war. Es gelang mir immer häufiger, meine Arbeitgeberin zu schlagen, und selbst gegen Lorenzo konnte ich mich behaupten. Was ich nicht bemerkte, ehe meine Arbeitgeberin mich scherzhaft darauf aufmerksam machte, war die Tatsache, daß ich nun von drei heiratsfähigen jungen Männern umgeben war!

LONDON, THANKSGIVING DAY

Meine liebste Charlotte,

habe Deinen Brief vom 15. erhalten. Das Wetter ist nicht halb so schlimm, wie ich es für diese Jahreszeit befürchtet hatte. Natürlich sind die Tage grau, und es wird schon kurz nach fünf dunkel, weil wir so weit nördlich sind, aber kein Volk versteht sich besser darauf, es sich in einem kühlen Klima gemütlich zu machen, als die Engländer. Sie haben eine Million Annehmlichkeiten erfunden, wie zum Beispiel Schokolade, Tee, heiße Hörnchen, Golf, die Liebe zu Hunden und Katzen, Chintz, Landhäuser, Tweed, Regenschirme, Dudelsäcke, Kathedralen, King-Edward-Rosen, vierzigarmige Kronleuchter, Herrenclubs und, da Untätigkeit als ver-

werflich betrachtet wird, wenn nicht gar als unmoralisch, eine immense Anzahl von Spielen, denen sich selbst die ernsthaftesten Erwachsenen widmen können. Es wird viel gelesen – Romane, religiöse und historische Schriften und Zeitschriften. Auch Reisebücher sind sehr beliebt, vor allem solche über Weltreisen. Jeder liest die Londoner Times *– gebügelt. Man kann zeichnen oder malen, feine Handarbeiten machen, klöppeln oder sticken, Wachsmodelle oder Muschelbilder herstellen, Blumen in Büchern pressen, Tabletts bemalen, Klingelzüge verzieren, Postkarten in Alben kleben oder Bilder aus Zeitschriften auf Wandschirme kleben, Kleider nach Schnitten aus* The Englishwomen's Domestic Magazine *nähen. Man kann sich mit Kaleidoskopen und Stereoskopen die Zeit vertreiben oder auch mit stroboskopischen Zylindern, die Tiere auf Bildern laufen und springen lassen. Es gibt Laternae Magicae und Mappen mit Drucken und Aquarellen von Vögeln anzuschauen. Es werden Schmetterlinge und Käfer gesammelt, Puzzles gelegt, man spielt Karten, Brettspiele, Spiele mit Papier und Bleistift, Whist und Loo, Piquet und Pope Joan, Bridge und Backgammon, Schach und Faro. Und vor allem, meine Liebe, gibt es Musik. Alle anderen Spiele werden von gepflegter Unterhaltung und Geplauder begleitet, worin die Engländer sich hervortun wie keine andere Rasse, nur daß anscheinend in Italien die Männer mit den Frauen reden. Jedenfalls widme ich jede freie Minute, die mir bleibt, der Musik. Unsere Arbeit hier ist beendet, und uns bleiben noch mehrere Monate, bis wir nach Europa aufbrechen. Ich habe mir also vorgenommen, jede Art von Musik, die es in der Stadt gibt, solange zu genießen: Konzerte in St. Paul's Cathedral, die Oper im königlichen Opernhaus in Covent Garden, Kammermusik bei allen möglichen Vereinigungen und Gesellschaften. Ach, Charlotte, alles, was Rang und Namen hat, ist hier: Mario und Tosca, Norma, Lucia und Rigoletto. Ich habe ein Konzert von George Bridgetown, einem berühmten Musiker vom Kontinent, gehört. Er ist ein Mulatte afrikanisch-polnischer Abstammung, der ein göttliches Violinsolo von Giornowich gegeben hat, dann noch eins von Viotti und ein Rondo von Grosse. Überall ist Musik, in Privathäusern, vor allem auf dem Land, aber auch in den Gärten und in den Vergnügungsparks. Ich höre mir alles an, was es gibt: Opern, Operetten, Kammermusik, Quartette, Klavierkonzerte, Soli … einfach alles.*

Wir haben eine Einladung von Amelia Opie. Einen Monat auf dem

Land, wo ich meine ganze Freizeit mit Musik verbringen kann. Sydney, Lorenzo und Brice werden auch dort sein, und Gott weiß, wie viele Leute noch dazukommen. Es wird sicher schlimmer werden als auf jeder Plantage in Virginia. Und die Leute hier haben so viele Diener und Bedienstete wie ein Sklavenhalter in South Carolina, die Feldarbeiter natürlich nicht mitgerechnet. Bis zu siebzig Diener sitzen abends im Erdgeschoß am Tisch und noch einmal fünfzig auf der oberen Etage. Amelia hat allein in London einen Kammerdiener, einen Kutscher, einen Postillion, einen Gärtner, einen Laufjungen, eine Haushälterin, eine Zofe, eine Waschfrau, eine Milchfrau und eine Dienerin. Auf dem Land beschäftigt sie die doppelte Anzahl von Bediensteten, wobei es unter den vornehmsten und den niedrigsten Dienern und Dienerinnen so viele Rangunterschiede gibt wie innerhalb der Aristokratie selbst. Sie sagt, es gibt mehr Menschen, die als Hausdiener arbeiten, als in jedem anderen Beruf, außer Landarbeitern: fast eine Million. Und sind die Armen der englischen Arbeiterklasse vielleicht schlechter dran als die Sklaven in Amerika? Nein, nein und nochmals nein. Allerdings ist ein Aufstand der Armen absehbar. Werden die Briten die Abschaffung der Sklaverei vor uns durchsetzen? Ja, ich schätze in weniger als zehn Jahren. Die Gegner der Sklaverei hier kämpfen mit einer Leidenschaft für ihre Sache, die unsere Gestade noch nicht erreicht hat. Aber auch unsere Leidenschaft wird noch erwachen.

Dorcas sagt, es gibt zwei Arten von Zeit, die echte Zeit und die intellektuelle Zeit, das heißt, die Zeit, die eine Idee braucht, um im Bewußtsein der Menschheit anzukommen. Die Zeit der sofortigen und weltweiten Befreiung aus der Sklaverei ist gekommen, und wir werden es beide noch erleben. Als ich an jenem ersten Tag des Kongresses die Rede von Dr. Wilberforce hörte und dem Bösen in die Augen starrte, da wußte ich, Charlotte, obschon mein Herz verging, daß es stimmte, was Lorenzo mir auf dem Schiff versichert hatte: die Sklaverei ist nicht von Dauer. Ich habe mir geschworen, so lange zu leben, bis ich mit eigenen Augen miterlebe, wie dieses Krebsgeschwür von der Erde getilgt wird. Es rechtfertigt alles, was ich getan habe.

Meine geliebte Freundin, ich trage Dein Medaillon über meinem Herzen.

Harriet

PS: Hast Du das letzte Buchpaket erhalten? Und die Noten? Ich weiß, ich habe Dir verboten, ihn zu erwähnen, aber hast Du gehört, ob er sicher angekommen ist?

Als in jenem Winter kalter Regen und Nebel London einhüllten, zündeten wir mitten am Tag Öllampen an. Im Hyde Park grasten Merinolämmer, wie ich sie von der Plantage meines Vaters kannte, am Liechester Square boten die Leute Kohle und Holz feil, und am Haymarket wurde Heu verkauft. Die Luft in London war vom Kohleruß so verschmutzt, daß der berühmte Nebel sich schwarz über die Stadt legte, und Legionen von Wäscherinnen arbeiteten Tag und Nacht, um die *Upper class* sauber zu halten. Der Schmutz in London hatte einen Kult um alles Weiße hervorgebracht. Die vornehmen Leute wechselten mehrmals am Tag ihre Kleider, in dem Bemühen, ihren gesellschaftlichen Status deutlich zu zeigen, denn Weiß war zu einem Symbol der gesellschaftlichen Ordnung und der Schönheit geworden. Junge Frauen stolzierten in weißen Musselinkleidern umher, junge Männer trugen blendend weißes Leinen, das sie manchmal zum Stärken nach Holland verschifften. Schleier, Handschuhe, Überschuhe, Hüte, Regenmäntel, Nebelbrillen, jede Art von Schutzkleidung wurde getragen, in dem verzweifelten Bemühen, sauber zu bleiben. Ein kleiner Schmutzfleck war eine Scheußlichkeit und seine Bekämpfung ein Krieg gegen die Anarchie des Bösen und die Kräfte der Finsternis. Erbittert setzte der Engländer sich gegen den Dämon Ruß zur Wehr. Ein blasser Teint war, ebenso wie weiße Kleider, der letzte Schrei. Der meine trug mir viele Komplimente ein.

Lorenzo hatte mir erzählt, Roxborough, Amelia Opies Landhaus, das in Richmond in der Grafschaft Surrey lag, sei einer der schönsten und gemütlichsten Landsitze Südenglands. Als wir das schmiedeeiserne Tor passierten, über die lange Einfahrt an grünen, samtigen Rasenflächen vorbei auf das aus weißem Stein und Ziegeln erbaute Herrenhaus zufuhren und schließlich am Nordeingang eintrafen, wo eine Schar von Butlern, Hausdienern und Zimmermädchen strammstanden, um uns zu begrüßen, wurde mir klar, wie erbärmlich die herrschaftlichen Villen der vornehmen Familien von Tidewater waren im Vergleich zu dieser architektonischen Pracht.

Das Herrenhaus war von saftigen Wiesen umgeben, auf denen Schafe grasten, von Obstgärten, Hopfen- und Maisfeldern, kleinen Bauernhöfen und Rinderherden. Richmond liegt östlich von London an der Themsemündung. Das Meer ernährte Tausende von Menschen, in den Mendip Hills waren Blei- und Kohleminen, Schmieden in Sussex, Zinnminen in Cornwall und Eisenwerke in Birmingham. Ich wunderte mich darüber, daß England nach außen hin so reich, glücklich und selbstgefällig war, so zufrieden mit seinem Schicksal und mit seinem Platz in der Welt. Das alles war weit entfernt von dem, was ich auf dem Kongreß über England und seine Städte wie zum Beispiel Liverpool gehört hatte, wo jeder Stein nach Sklavenblut roch.

Glücklicherweise war das Landleben für uns viel leichter als das Leben in London, und obwohl Mrs. Willowpole und ich uns darüber im klaren waren, daß man von uns erwartete, viermal am Tag die Kleider zu wechseln, würde die Bescheidenheit unserer Garderobe weniger auffallen, da alle Damen sich hier ländlich »einfach« kleideten. Wir hatten beide das eine Kleidungsstück mitgebracht, das für das englische Landleben unentbehrlich war – einen roten Umhang, den man zum Kirchgang trug. Diese weiten, schweren Capes aus karmin- oder scharlachrotem doppelt gewalktem Wollstoff waren sowohl in Buckinghamshire als auch in Bedfordshire berühmt, ihre Färbung war so intensiv, daß sie bei jeder Bewegung phosphoreszierend schimmerten. Sie waren schon aus meilenweiter Entfernung auf den Hügeln zu erkennen, und es war ein wunderschöner Anblick, wenn die Frauen sich sonntags in ihren Capes vor dem Haus zum Kirchgang trafen und jeden Sonnenstrahl reflektierten wie ein Strauß Weihnachtssterne. In ein paar Jahren würde diese Mode aussterben, aber im Jahre 1825 wurden diese Capes immer noch von den Damen der hohen Aristokratie und des Landadels über ihren Kleidern aus Samt und Seide getragen. Uns Amerikanerinnen betrachtete man als Angehörige eines exotischen Adelsstandes, dem höchsten Stand, den es gab, und behandelte uns mit einem Respekt, der einem zu Besuch weilenden Sultan gebührt hätte.

Mrs. Willowpole und ich hatten Gelegenheit, uns leise zu unterhalten, bevor Amelia Opie in einem hinreißenden Nachmittagskleid erschien, um uns zu begrüßen. Das, worüber wir sprachen, hätte jeder hören dürfen, aber die Wirkung des Raumes, in dem wir uns befanden, ließ einen unwillkürlich leise sprechen, so als könnten laute Stimmen die Wandmalereien oder Deckengemälde in ihrer Ruhe stören, die üppigen Kandelaber zerspringen lassen oder eines der aufwendig in Leder gebundenen Bücher in den Regalen und auf den Tischen zum Umfallen bringen.

»Kinder«, rief Amelia Opie aus, »wir werden uns wunderbar amüsieren!« Das war nicht mehr die Sklavereigegnerin Amelia Opie, die politische Streitschriften verfaßte, sondern eine Amelia, die wir noch nicht kannten. Und wir sollten eine Ronde erleben, die als englische Landhausparty bekannt war. Ich nenne es *Ronde*, aber ich hätte genausogut *Etüde*, *Mazurka*, *Walzer* oder sogar *Variationen zu einem Thema*, *Konzert* oder *Sinfonie* sagen können, denn eine Landhausparty ähnelte nichts so sehr wie den wechselnden Rhythmen und Tempi, dem energischen Takt und dem treibenden Klang von Musik. Eigentlich war die englische Landhausparty eine Art Oper, manchmal in erster Linie komisch. Wie zum Beispiel, wenn die Sandwiches, die eine Gräfin vor ihrer Tür zum Zeichen für ihren Liebhaber hatte stehenlassen, um ihm zu sagen, daß die Luft rein war, von jemand anderem, der auf dem langen Weg bis zu seinem Zimmer hungrig geworden war, aufgegessen wurden. Manchmal konnte das Landhaus jedoch auch in tragische kleine Momente von Realität ausbrechen.

Am letzten Tag unseres Aufenthalts auf dem Land saßen Lorenzo und ich am Ufer des kleinen künstlichen Sees und sahen den Schwänen zu, die lautlos über den See glitten, die wachen Augen immer auf der Suche nach etwas Eßbarem, die räuberischen Schnäbel jederzeit bereit, irgendeine Landkreatur, die sich zu nahe heranwagte, anzugreifen. Unter ihnen befand sich ein prächtiger schwarzer Schwan, der sich unnahbar und majestätisch zwischen seinen Artgenossen bewegte.

»Sie machen sich über mich lustig. Das gefällt mir«, sagte Lorenzo.

Hinter dem schwarzen Schwan breitete sich wie ein Wandteppich eine sorgfältig gestaltete Landschaft aus. Ganz im Sinne der aktuellen Mode war eine Armee von Gärtnern darum bemüht, eine peinlich genaue Imitation des natürlichen Chaos zu kreieren, indem sie das Land so lange quälten, bis es ihrer Vorstellung eines primitiven Eden entsprach. Der ideale Garten war zur damaligen Zeit unregelmäßig, mit hügeligen Grasflächen, gewundenen Pfaden und Rinnsalen, klassischen Tempeln und Phantasietürmchen und, wenn möglich, wenigstens einer echten Ruine. Überall gab es künstliche Bäche und Seen wie diesen hier, über die romantische Brücken führten. Amelia Opies Ehemann hatte ein Vermögen dafür ausgegeben, seinen Garten nach dem Vorbild der schönsten Landschaftsgemälde gestalten zu lassen.

»Ein Schwan kann einem erwachsenen Mann mit seinem Biß den Arm brechen«, sagte Lorenzo.

»Hmm«, machte ich und starrte auf den künstlichen See, die künstliche Landschaft mit den künstlichen Ruinen auf einem von Menschenhand angelegten Hügel, der in ein von Gärtnern angelegtes Wäldchen überging, während sehnige Schwäne unter einem falschen römischen Bogen umherschwammen.

»Ich wünschte fast, Harriet ...« Plötzlich unterbrach er sich und zögerte. Es war so ungewöhnlich für Lorenzo, in seiner Rede zu stocken, daß ich ihn verwundert ansah. Etwas an ihm, wenn ich auch nicht sagen konnte, was es war, löste in diesem Augenblick den Wunsch in mir aus, wieder bei meiner Mutter, bei meinem Vater zu sein, irgendwo, nur nicht dort, wo ich war, denn ich war mir sicher, daß er mir eine Frage stellen würde, auf die ich ihm niemals eine Antwort geben konnte.

Ich blieb so ruhig, als sei ich verdammt und wartete auf meine Hinrichtung, meine Geständnisse und meine Gebete bereits gesprochen und über mir die Schlinge. Es war verabscheuungswürdig von mir, mich vor dem zu fürchten, was Lorenzo sagen würde, denn es stand in meiner Macht, ihn am Reden zu hindern. Ich würde ihm einfach sagen, wer und was ich war, und mich darauf verlassen, daß seine Verblüffung und seine Demütigung ihn zum Schweigen veranlassen würden. Es würde eher ein Kriegsschrei als ein Geständnis sein – eher ein Racheakt als eine Antwort. Schließlich konnte ich nicht jedesmal weglaufen, wenn ein Mann mir einen Heiratsantrag machte. Voller Verachtung für mich selbst zog ich meinen roten Umhang enger um meine Schultern. Hatte ich Lorenzo nicht absichtlich dazu verleitet, sich in mich zu verlieben? Hatte ich nicht bewußt an Lorenzo, an Sydney, selbst an Bryce geübt? Ich fragte mich unsinnigerweise, ob er seinen Heiratsantrag schriftlich formuliert hatte oder ob er mich hier und jetzt, in diesem künstlichen Paradies, fragen würde.

»Harriet, lieben Sie einen anderen?«

»Lorenzo, bevor Sie noch weiter gehen, lassen Sie mich eins sagen: Ich bin nicht die, für die Sie mich halten oder die ich zu sein *scheine*. Sollten Sie meine wahre Identität herausfinden, werden Sie diesen Augenblick ebenso bedauern, wie ich es jetzt tue. Ich habe nicht gewußt, was Sie für mich empfinden.« Aber ich wußte es natürlich doch, wie hätte ich es nicht wissen sollen? »Ich habe Sie immer als Freund betrachtet, und ich wäre froh, wenn wir es dabei belassen könnten.«

»Oh, Harriet. Verzeihen Sie mir ... ich habe das Thema zu unvermittelt angesprochen. Nur ... lassen Sie mich hoffen, daß Sie meinen Antrag eines Tages annehmen werden. Spenden Sie mir Trost, indem Sie mir sagen, daß Sie noch nie jemanden kennengelernt haben, von dem Sie glauben, Sie könnten ihn ...«

»Oh, Lorenzo, hätten Sie sich das doch nicht in den Kopf gesetzt!«

Ich war schockiert uber meine kalte, berechnende Entscheidung, Lorenzos Liebe auszunutzen, als Test, um Thance mein Geheimnis zu offenbaren. Sie waren sich ähnlich genug. Und in meiner gefühllosen Naivität glaubte ich tatsächlich, ich könnte beiden einen Gefallen tun. Schließlich waren sie doch beide Weiße, nicht wahr? Also würden sie wie *alle* Weißen reagieren ...

»Ich bin nicht die, für die Sie mich halten«, wiederholte ich. »Ich kann mir nicht anhören, was Sie mir sagen wollen, ohne Sie zu warnen. Ich bin die illegitime Tochter von Thomas Jefferson, dem dritten Präsidenten der Vereinigten Staaten, und Sally Hemings, einer Sklavin. Ich bin also, wie Sie auf Ihren Reisen durch Amerika gelernt haben müssen, nicht nur ein Bastard, sondern auch eine Negerin ...

eine Afrikanerin, wenn Sie so wollen. Gibt es … jetzt noch etwas, das Sie mir sagen möchten?«

Meine Eröffnung war brutaler ausgefallen, als ich es beabsichtigt hatte, und Lorenzos fassungsloser Unglauben ließ sie wie die Pointe eines Witzes erscheinen. Ich mußte beinahe selbst lachen.

Statt dessen empfand ich Verachtung und Schmerz darüber, ihn so verblüfft zu haben, und meine Lippen zuckten gequält.

»Sie, eine Farbige?« sagte er aufgebracht. »Sie sind ungefähr so schwarz wie ich!« Ich senkte meinen Kopf. »Lieber Himmel, sehen Sie mich an. Das können Sie nicht ernst meinen, Harriet!« rief er aus. »Warum sagen Sie nicht gleich, Sie seien ein Bastard von König George? Ist das eine amerikanische Art von Humor?«

Aber er wußte, daß ich nicht scherzte. Ich hatte einen verborgenen Zug von Wut und Grausamkeit an mir entdeckt, den ich vorher nicht gekannt hatte. Und nun traf es den armen Lorenzo, einen Menschen, der mein Freund geworden war und der mich fast so gut verstand wie Thance. Und dennoch war ich nicht traurig.

»Harriet«, stöhnte er mit schmerzerfüllter Stimme. »Sie sollten gnädiger mit der Qual eines Menschen umgehen, der Sie liebt.«

»Meine Herkunft ist weder Ihre noch meine Qual. Ich habe mit keinem von uns beiden Mitleid.«

Und dann sagte er etwas, das so menschlich, so kläglich und so mitleiderregend war, daß ich ihn beinahe dafür liebte.

»Sie müssen mich wenigstens ein bißchen lieben, um mir etwas anzuvertrauen, das so nachteilig ist.«

»Für mein Glück?«

»Für alles. Für Ihre Zukunft … für Ihr Überleben!« stotterte er fassungslos.

»Glauben Sie, alle Neger sind unglücklich, weil sie nicht weiß sind?« fragte ich.

»Aber Sie *sind* weiß!«

»Wenn ich weiß bin, warum sehe ich dann Mitleid in Ihren Augen?«

Es war wie die Geschichte des orientalischen Potentaten, der seinen Kopf auf Befehl des Zauberers in eine Schüssel mit Wasser tauchte und sein ganzes Leben vor sich ablaufen sah, bevor er ihn wieder herausnahm.

»Wegen Ihrer illegitimen Geburt«, flüsterte er. »Das ist etwas Unverzeihliches.«

Meine Augen weiteten sich.

»Es gibt Verletzungen, die nicht heilbar sind«, murmelte Lorenzo. »Weder Reichtum noch Bildung können die Schmach unehrbarer Geburt tilgen. Es ist eine Frage der Geographie ... feindliche Eindringlinge, die eine unantastbare Grenze überschreiten.«

Diesmal lachte ich tatsächlich, denn er meinte es ernst. Es war nicht der Tropfen schwarzen Blutes in meinen Adern, noch nicht einmal meine Rolle als Hochstaplerin; es war mein Status als Bastard, vor dem er zurückschreckte. Es war so typisch englisch. Und so absurd.

Feindliche Eindringlinge, dachte ich schamerfüllt. Was für eine perfekte Bezeichnung. Welch eine perfekte Bezeichnung für das, was ich in meinem eigenen Land darstellte. Es war Selbstbetrug gewesen zu glauben, ich könnte entkommen. Ich konnte so weiß sein wie eine Lilie, so schön wie eine Huri und so keusch wie ein Eisblock, aber ich würde nie etwas anderes sein als schwarze Schmuggelware.

»Er ... Ihr Vater hat sie fortgeschickt ... hierher?«

»Nein.«

»Es gibt einen anderen Mann. Jemanden, den Sie lieben, den sie ebenso schützen, wie Sie mich schützen.«

Plötzlich spürte ich, daß er nun ebenso bestrebt war, mich zu verlassen, wie ich mir wünschte, daß er es täte. Wie zwei Betrunkene taumelten wir an dem Abgrund, der sich durch mein Geständnis zwischen uns aufgetan hatte.

Fast gleichzeitig, wie zwei Automaten, wandten wir uns um, als ein Gong ertönte, dessen silberheller Klang mich an die Trauerglocken erinnerte, die am Tag meiner Ankunft in London geläutet hatten.

»Kommen Sie«, sagte er, nicht unfreundlich, doch mit vor Schmerz rauher Stimme.

»Nein«, flüsterte ich. »Ich komme in ein paar Minuten nach. Ich möchte einen Moment lang allein sein ... bitte.«

Er verneigte sich, und als er sich wieder aufrichtete, trafen sich unsere Blicke auf seltsame Weise. Es lag kein Vorwurf in seinen Augen, und in meinen keine Erinnerung. Nur Traurigkeit. War ich trotz allem ein bißchen verliebt in Lorenzo gewesen? Sobald er außer Sichtweite war, drehte ich mich um und lehnte mich erschöpft gegen einen Wacholderbaum, der tausend Jahre alt sein mußte. Vor langer Zeit hatte ich einmal in Monticello darum gebetet, daß die Rinde eines Wacholderbaumes diese weiße Haut von meinen Knochen kratzen möge. Es kamen keine Tränen. Zum erstenmal spürte ich Trotz in mir aufsteigen. Ich war jung. Die Welt stand mir offen. Es würde andere geben. Außerdem gab es immer noch Thance.

ROXBOROUGH, 20 UHR

Mein lieber Lorenzo,

ich habe in Ihnen nie etwas anderes als einen Freund gesehen, und das wird sich auch nicht ändern. Bitte, lassen Sie uns beide vergessen, daß es diesen Nachmittag gegeben hat. Wenn Sie der Meinung sind, daß ich Sie mit meinem Versteckspiel auf herzlose und sinnlose Weise verletzt habe, versuchen Sie, mein Dilemma zu verstehen, und vergeben Sie mir. Ich habe Ihnen Leid zugefügt, aber Ihr Kummer wird heilen. Ihnen ist Unrecht widerfahren, aber es ist nicht unauslöschlich. Ich entbinde Sie von dem Versprechen, das Sie sich selbst, *nicht mir, in einem Augenblick gegeben haben, den ich niemals vergessen werde. Was sind wir in diesem Augenblick? Bruder und Schwester. Denn nun kennen Sie mich besser als irgendein anderer Mensch auf dieser Welt!*

Ich brauche Sie nicht erst darum zu bitten, nie, nie wieder von mir zu sprechen. Ihr Stolz wird dafür sorgen, und Sie werden auch wahrscheinlich keine Gelegenheit mehr dazu haben. In einigen Wochen werde ich mit Mrs. Willowpole und Brice (die beide ebensowenig von meiner Lüge wissen wie Sie bisher) nach Paris reisen. Auch wenn ich ihnen unrecht tue, lassen Sie mir diese Chance. Als Ausgleich für das Unglück, das ich Ihnen zugefügt habe, habe ich Ihnen die Macht anvertraut, mein Leben zu zerstören. Ich bitte Sie um nichts als Schweigen. Denken Sie daran, daß ich immer auf der Flucht bin.

Leben Sie wohl.

H.

14

Da wir selbst nicht unsterblich sind, mein Freund, wie können wir dann erwarten, daß unsere Vergnügungen unsterblich seien? Es gibt keine Rose ohne Dornen, keine ungetrübte Freude. Das ist das Gesetz unseres Lebens: und wir müssen uns ihm unterwerfen.

THOMAS JEFFERSON

Unsere kleine Gruppe, Dorcas, Brice, Sydney und ich, verbrachte den Rest des Winters in London. Die Abwesenheit von Lorenzo, die niemand in Frage zu stellen wagte, trug das Ihre zu meiner melancholischen Stimmung bei. Es war, als hätte ich bisher in einem Koma gelegen, hätte im Staub von Monticello geschlafen, während dreihundert Jahre lang ein kosmischer Kampf um Leben und Tod, um Blut und Geschäft über meinem Kopf getobt hätte. Die großen Namen der Sklavengegnerbewegung, die ich nun aufschrieb, waren mir inzwischen sehr vertraut: Wilberforce, Clarkson, Benez und John Wesley, Abbé Raynal, Nathaniel Peabody und Granville Sharp. Länder, die nichts als Umrisse für mich gewesen waren, als Lorenzo sie für mich zeichnete, waren nun so wirklich wie meine zitternde Hand, als ich ihre Namen schrieb: Kuba, Antigua, Santo Domingo, Haiti, Jamaica, Brasilien, Sierra Leone, Guinea, Tobago.

Ich hatte die aktuellsten Traktate gelesen, kannte die Titel der berühmten Gesellschaften: Gesellschaft für die Abschaffung der Sklaverei, Gesellschaft für die Milderung und allmähliche Abschaffung des Zustandes der Sklaverei, Gesellschaft für die Unterstützung der Auswanderung Farbiger, Gesellschaft für die Zivilisierung von Afrika, Gesellschaft für die Unterdrückung des Sklavenhandels. Ich wußte alles über die Pläne des Königs, Entschädigung für freigelassene Sklaven zu zahlen, kannte das Matrosengesetz, den Befreiungserlaß, den Erlaß über flüchtige Sklaven, wußte von dem Kampf gegen die Sklavenpiraterie und für die sofortige Abschaffung der Sklaverei. Innerhalb von fünf Monaten war ich zu einer wandelnden Enzyklopädie der Prozesse und Gegenklagen, der Gerichtsverfahren und Petitionen, der Fluchtversuche und Gefangennahmen, der Bündnisse, parlamentarischen Mißtrauensanträge, Freilassungserlässe und des internationalen Sklavenhandels in den Vereinigten Staaten geworden.

Die Sklaverei würde nicht ewig dauern.

Der Schmerz über die Sache mit Lorenzo legte sich mit der Zeit, und ich dachte kaum noch an die Möglichkeit, daß er mich verraten oder erpressen könnte. Ich war überrascht über die große Anzahl reicher Quäker, die die Abolitionistenbewegung in England anführten: die Gurneys und die Buxtons, die Forsters, Sturges', Allens, Braithwaites. Sie drängten Dorcas Willowpole, mit den Sklavereigegnern in England und Frankreich zusammenzuarbeiten. Als wolle man sie dafür entschädigen, daß sie als Delegierte nicht offiziell akzeptiert worden war, wurden wir auf großzügige Weise bewirtet und auf Besichtigungsfahrten zu Krankenhäusern, Arbeitervierteln und durch die erschreckenden, stinkenden Slums von London begleitet. Hochstehende englische Persönlichkeiten besuchten uns in unserem Hotel. Selbst der berühmte und charmante Thomas Clarkson suchte uns zusammen mit seiner Schwiegertochter auf und schenkte Mrs. Willowpole eine Locke von seinem Haar, die sie sorgfältig aufbewahrte und später mit nach Amerika nahm, wo sie sie Strähne für Strähne verteilte.

Im März waren alle unsere Berichte abgeschlossen, unsere Briefe geschrieben oder beantwortet, und wir hatten uns von allen verabschiedet. Wir machten uns in einer Kutsche auf den Weg nach Paris. Kurz vor unserer Abreise erhielt ich eine Antwort von Lorenzo auf den Brief, den ich ihm in Roxborough geschrieben hatte.

Harriet,

bitte verachten Sie mich nicht. Ich habe ein Herz, auch wenn ich so lange geschwiegen habe. Der Beweis dafür ist, daß ich glaube, Sie heute mehr zu lieben als je zuvor – ich hasse Sie nicht wegen der Geringschätzung, mit der Sie die Wahrheit behandelt haben. Ihr Geheimnis werde ich sicher bewahren, bei meiner Ehre, denn ich werde es mit mir ins Grab nehmen, wo es neben meinem hacret lateri lethalis arundo *ruhen wird.*

Enzo

Es gibt zwei Routen von London nach Paris, eine über Dover und Calais und eine über Brighton und Dieppe. Da es mir oblag, die Reise zu planen, hatte ich dieselbe Route gewählt, die Adrian Petit mit Maman und Maria genommen hatte. Ein Schatten reiste mit uns in der Kutsche: meine Mutter. Ihre Stimme gehörte zu einem Quartett, das mich während meines ganzen Aufenthalts in Paris begleitete. *Maman*, träge, süß, melancholisch und traurig, war die erste Violine; Vater, eine Oktav tiefer, besaß eine Stimme, die ich noch nie zuvor gehört hatte, verliebt, geheimnisvoll, leichtsinnig und wohlklingend. Adrian Petit, zärtlich und derb, zynisch und lustig, war das Cello, und James begleitete das Ganze als Baß, leidenschaftlich, geheimnisvoll und bitter im Klang. Die Stimmen untermalten meine Gedanken, kamen daher mit Worten oder als Lachen, Aufschrei oder Tadel, mal als Lüge oder als heftige Anschuldigung.

Wir übernachteten in Dover und überquerten den Kanal bei Tageslicht. Am nächsten Morgen verließen wir Calais, fuhren durch das sumpfige Tal der Somme nach Amiens und dann durch die wogenden Felder bis in das schöne Chantilly. Dort blieben wir über Nacht und erreichten St-Denis am nächsten Mittag. Die spitzen Türme der Kathedrale, die sich aus den goldenen Weizenfeldern erhob, ragten in den cremefarbenen Himmel. Am folgenden Nachmittag kamen wir im Hotel Meurice in der Rue de Saint-Honoré an. Unser Gepäck wurde abgeladen, und Mrs. Willowpole machte es sich in ihrem Zimmer bequem, während Brice und ich auf einer kopfsteingepflasterten Straße die Stadt erkunden wollten. Plötzlich hörte ich eine Stimme, die die meines Vaters zu sein schien und die aus den Schatten, den glitzernden Springbrunnen und den weißen Gebäuden zu mir sprach.

VATER: *Erzähl mir alles. Wer gestorben ist und wer geheiratet hat, wer sich erhängt hat, weil er nicht heiraten darf.*

Nicht heiraten darf. Die Worte klangen wie eine Prophezeiung und wie eine Verfügung, bis eine zweite und dritte Stimme sich einmischten.

JAMES: *Die Sklaverei hat sich in Frankreich überlebt. Wir befinden uns auf französischem Boden. Das bedeutet, du bist frei.*
MAMAN: *Ich glaube dir nicht. Du machst so viele Scherze, James, erzählst so viele unglaubliche Geschichten.*
JAMES: *Ich habe deine Mutter ins Gesicht geschlagen, aber mehr aus meiner Wut heraus als wegen ihres Zweifels. Sie glaubte mir nicht! Ihrem eigenen Bruder. Für Sally Hemings war die Freiheit ein ferner, leuchtender Ort, von dem niemand zurückkehrte, um zu beweisen, daß es ihn tatsächlich gab.*

Vom Hotel aus konnte ich die Place de la Concorde sehen und die Champs-Elysées, die an der unsichtbaren Villa vorbeiführten, in der mein Vater gelebt hatte. Dann war James' Stimme wieder zu hören.

JAMES: *Ich hatte meine Schwester seit drei Jahren nicht mehr gesehen. Als ich Monticello als Thomas Jeffersons Kammerdiener verließ, war sie elf und ich neunzehn Jahre alt gewesen. Nun würde sie den süßen Duft von Monticello und Nachrichten von der Familie mitbringen – aber auch die Erinnerung an die Sklaverei, die ich nie vergessen hatte. Egal. Auf französischem Boden war ich frei, und im Bewußtsein meiner Freiheit empfand ich sogar eine gewisse Zuneigung zu meinem Herrn.*
VATER: *Ich sagte Sally, ich würde nach Amsterdam fahren. Plötzlich brachen die Worte »Versprich mir« aus ihr heraus, fast wie ein Schluchzen. Ich sah sie verblüfft an, dann hob ich ihr Kinn an und blickte ihr tief in die Augen. Mitten in ihren goldenen Augäpfeln war ein winziger Punkt zu erkennen. Mein Spiegelbild.*

Und dann beschrieb die Stimme meiner Mutter, die ich kaum wiedererkannte, die Qual und die Ekstase ihrer ersten Liebe.

MAMAN: *Eines Tages, sechs Monate nach meiner Ankunft, ging ich an einem in Gold gerahmten Spiegel in der Eingangshalle des Hotels vorbei und war entzückt von dem, was ich sah. Ich hatte mich von den Pocken gut erholt, lernte Französisch und auf eine neue, unabhängige Art zu denken und wandte meinen Blick nicht länger von den Weißen ab. Ich konnte ihnen sogar in die Augen sehen. Wie glücklich fühlte ich mich, als ich meine Röcke aufraffte und so schnell ich konnte von den Champs-Elysées über die Felder bis zur Brücke von Neuilly rannte. Ich rannte, bis ich Seitenstiche bekam, dann blieb ich stehen und lauschte auf mein Herzklopfen und das Pfeifen meines Atems.*

VATER: *Ich hielt mich nicht für eitel, aber es schmeichelte mir, wie gut der Bildhauer Houdon mich getroffen hatte. Nur wenige Tage bevor Maria und Sally mit Petit in Paris eintrafen, hatte ich die Plastik zum erstenmal gesehen. Ich hatte mich äußerlich zu einer Art Dandy entwickelt, trug am liebsten graues und saphirblaues Kammgarn und rote Patentlederschuhe mit hohen Absätzen.*

Nun war es Petit, der das Thema aufnahm. Er erinnerte mich daran, daß ich nicht nur nach Paris gekommen war, um etwas über meine Eltern zu lernen, sondern auch etwas über mich selbst.

PETIT: *Als wir ankamen, brachen Maria Jefferson beim Anblick ihres Vaters und Sally beim Anblick ihres Bruders in Tränen aus. James nahm seine Sally schließlich in die Arme. Ich glaube, Jefferson fühlte sich durch das Wiedersehen mit seiner Tochter irritiert, hauptsächlich wohl, wie er mir später erzählte, weil er sie nicht erkannt hätte, wäre er ihr auf der Straße begegnet.*

»Sind Sie nicht müde?« fragte Brice. »Wir sind schon seit einer Stunde unterwegs – wir sollten vielleicht lieber ins Hotel zurückgehen. Schließlich werden wir noch den ganzen Frühling über in Paris sein.«

Aber wir wanderten weiter am Ufer der Seine entlang, überquerten den Fluß, als wir an der ersten Brücke anlangten und standen schließlich vor dem steinernen Gebirge Notre-Dame, dessen zwei Türme im Sonnenlicht leuchteten. Die Sonnenstrahlen hatten den feinen Nebelschleier durchbrochen, der so oft über dem Seinetal lag, und brachen sich golden auf den Schieferdächern der Kathedrale. Und plötzlich hörte ich wieder die Stimme meiner Mutter.

Maman: *Vielleicht hatte ich schon immer gewußt, daß er einen Anspruch auf mich erheben würde. War meiner Mutter und meinen Schwestern nicht das gleiche widerfahren?*

Heimlich beobachtete ich Brice, um zu sehen, ob er etwas ahnte. Aber mir wurde klar, daß er erst begreifen würde, wenn der Augenblick gekommen war. Ich konnte diesen Augenblick beschleunigen oder hinauszögern, aber es stand nicht in meiner Macht, es zu verhindern.

»Gehen wir in die Sieben-Uhr-Messe, bevor wir zurückkehren«, sagte ich zu Brice.

Notre-Dame war ungeheuer groß. Am Ende des Hauptschiffs leuchtete das berühmte Bleiglasfenster, eine bunt leuchtende Rosette, die wie eine Erscheinung über der zum Gebet versammelten Gemeinde und den vielen Menschen, die zwischen den zahllosen Bögen und Säulen wandelten, zu schweben schien. Durch die Dunkelheit, die im Innern der Kathedrale herrschte, gewannen die Fenster hinter uns noch an Leuchtkraft, und die Akkorde der großen Orgel erfüllten den Raum mit grandiosen, himmlischen Klängen.

Es war ein Requiem, das ich nicht kannte. Ich war wie gebannt von seiner Klangschönheit und Kraft, ergriffen von dieser Musik, die die Betenden und die Besucher gleichermaßen zu kleinen Punkten in einem Meer von Klängen werden ließ, umgeben von Steinsäulen und geschmolzenem Glas. Petits Stimme mischte sich hinterlistig in die Musik.

Petit: *Ich sah, wie sich zwischen dem Botschafter und seiner Sklavin eine große Zuneigung entwickelte. Sie schienen sich gegenseitig auf magische Weise anzuziehen, die ich nicht ganz verstand, bis James mir erklärte, daß sie buchstäblich zu ein und derselben Familie gehörten und sowohl durch Blutsbande als auch durch Heirat miteinander verwandt waren. Die Frau des Botschafters war Sallys Halbschwester gewesen. Ich, der perfekte Diener, diskret, verschwiegen und darauf bedacht, die herrschende Klasse und ihre Privilegien zu schützen, würde diese amerikanische Familie niemals verstehen.*

Ich kniete nieder, und während ich mich der ernsten, erhabenen Musik hingab, fragte ich mich, ob es mir im Laufe meines Aufenthalts in Paris gelingen würde, die widersprüchlichen Gefühle, die ich für meine Familie empfand, zu entwirren oder meine Abstammung zu durchschauen, die mich sowohl das Blut, das mich zu einer Hemings machte, als auch das Blut, das mich zu einer Jefferson machte, abwechselnd verachten und idealisieren ließ.

Es war bereits dunkel, als wir wieder in unserem Hotel anlangten, und wir begaben uns zum Abendessen in den Speisesaal. Wir trafen Mrs. Willowpole, die sich frisch gemacht und umgezogen hatte, in der Eingangshalle.

»Wo sind Sie denn so lange gewesen?« fragte sie tadelnd. »Wir werden noch zu spät zum Abendessen kommen, wenn Sie sich nicht beeilen.«

In jener Nacht lag ich wach im Bett und lauschte auf die Geräusche, die von der Straße in mein Zimmer heraufdrangen: das Knirschen der Kutschenräder auf dem Kopfsteinpflaster, das Zischen der Gaslaternen, Kirchenglocken, die die Stunde schlugen, und in der Morgendämmerung das Geschrei der Händler auf dem nahegelegenen Markt von Saint-Honoré. Meine Stimmen waren verstummt, aber ich wußte, daß sie wiederkehren würden.

Gern hätte ich Brice oder Dorcas Willowpole von den Stimmen erzählt, aber sie kamen der Wahrheit zu nah, und Lorenzos Worte waren mir noch zu frisch im Gedächtnis. Jede Nacht befragte ich die Stimmen in der Abgeschiedenheit meines Zimmers – zuerst Petit, der stets der perfekte Führer und Kammerdiener war, dann James, den zornigen jungen Mann, dann meinen Vater, den nachdenklichen Patrizier, den Amerikaner in Paris, und schließlich meine Mutter, die junge Sklavin. Ich ließ mich von ihrem mehrstimmigen Gesang einlullen. Auf komplexe, widersprüchliche, eigennützige oder auch brutal ehrliche Weise schilderte jede von ihnen ihre Version jener zwei Winter in Paris, als mein Vater meine Mutter verführt hatte und meine eigene Biographie ihren Ursprung nahm.

Brice und ich verbrachten viele Stunden mit seinem Reiseführer für englische Touristen. Jede Faser in meinem Körper fühlte sich zu den Champs-Elysées und der Villa hinter dem schmiedeeisernen Tor hingezogen, in der mein Vater gewohnt hatte. Als wir eines Tages die Rue de Saint-Honoré hinaufgingen, sagte ich: »Mein Vater hat in jungen Jahren eine Zeitlang in Paris gelebt. Er … er bekleidete einen kleinen diplomatischen Posten als Sekretär des amerikanischen Botschafters zur Zeit König Ludwigs, kurz vor der Revolution.«

»Wer war das?«

»Der Botschafter?«

»Ja.«

»Thomas Jefferson.«

»Wirklich? Ich hatte ganz vergessen, daß er schon Minister war, bevor er Präsident wurde. War das vor Benjamin Franklin?«

»Nein, später. Von 1784 bis 1790. Die Botschaft lag am oberen Ende der Champs-Elysées, bei den Toren des Chaillot.«

»Na, dann sollten wir einmal nachsehen, ob sie dreißig Jahre später immer noch steht. Viele schöne Häuser sind während der Revolution zerstört worden, und später hat Haussmann noch einmal eine große Anzahl Häuser abreißen lassen, um Platz zu schaffen für seine großen Plätze und Boulevards. Es ist ein Wunder, daß Napoleon genug Statuen und Skulpturen stehlen konnte, um sie damit zu füllen. Aber ist der ägyptische Obelisk nicht ein erhebender Anblick?«

Wir bogen in die Champs-Elysées ein, die von einer vielfarbigen Blumenpracht gesäumt wurden: wie orientalische Teppiche schmückten Beete mit Tulpen und Hyazinthen, Lilien und Krokusse die Straße, auf der die vornehme Pariser Gesellschaft sich zeigte. Wir gingen an den Tuilerien vorbei, wo Kinder wie Schmetterlinge zwischen den steinernen Skulpturen umherliefen. Gemächlich trottende Pferde zogen kunstvoll bemalte Kutschen, Equipagen, Kaleschen und offene Wagen über den berühmten, von Kastanienbäumen gesäumten Boulevard. Ich fragte mich, wie viele Geheimnisse ähnlich dem meinen diese prächtige Stadt wohl barg. Aber es gab kein Geheimnis wie das meine.

Ich stand vor dem Hôtel de Langeac, das als Botschaftsgebäude gedient hatte, und blickte an seiner imposanten weißen Fassade hinauf. Hinter dem hohen schmiedeeisernen Gitter mit den vergoldeten Spitzen lagen die gepflegten Gartenanlagen, deren dreieckige Beete von sauber beschnittenen Buchsbaumhecken und kleinen Zypressen eingefaßt waren. Ich glaubte, eine Gestalt hinter einem Fenster vorüberhuschen zu sehen, vielleicht war es aber auch nur meine Phantasie gewesen. Konnte das James sein? fragte ich mich. Diesmal sangen die Stimmen ein Duett.

MAMAN: *Thomas Jefferson verbrachte seine Zeit mit der geheimnisvollen Maria Cosway, und wir sahen ihn kaum, außer zum Sonntagsdinner. Ich war eifersüchtig – auf ihre exquisiten Manieren, ihre prächtigen Kleider, ihr strahlendes Lächeln, ihr blondes Haar, ihre arrogante und vornehme Art, die James dazu veranlaßte, sie hinter ihrem Rücken nachzuäffen, und über die Petit die Augenbrauen hob.*
JAMES: *Die Franzosen hielten meinen schlechten Charakter für ein melancholisches, ja romantisches Wesen und verübelten mir meine Art nicht. Sie fanden mich alle so schön und edel, und ich konnte meinen latenten Zorn mit einem gewinnenden Lächeln überspielen.*
MAMAN: *Tausendmal am Tag überkam mich die Angst. Mir stieg das Blut in den Kopf, so daß ich mich an den samtenen Überwurf eines Sessels klammern mußte. Abends schlief ich aufrecht am Bettrand sitzend ein. Mein Körper war von der Tür abgewandt, aber mein Kopf und meine Schultern waren zur Tür hin gerichtet. Es gab kein Schloß, aber ich hätte auch nicht gewagt, den Schlüssel umzudrehen, wenn eins da gewesen wäre. Der Herr bewahre mich davor, herunterzufallen.*
VATER: *Ich besaß etwas, das ich ganz und gar geschaffen hatte, ohne Störung, ohne Einwände und ohne Kompromisse. In gewisser Weise hatte ich sie zur Welt gebracht. Genau wie meine Tochter. Ich hatte sie nach meinen eigenen Vorstellungen von weiblicher Perfektion geschaffen, dieses Staubkorn, diese Handvoll Lehm aus Monticello.*

Ich wußte nicht, wie lange ich schon dort gestanden hatte. Meine Anwesenheit schien für sie wie ein Befehl zu sein. Ich besah sie wie ein Mann mit Höhenangst von einem Turm aus auf ein Tal blickt. Mit all meinem Willen und meiner Einsamkeit stürzte ich auf sie zu, ohne daß irgendwelche Worte zwischen uns fielen, außer jenen kraftvollsten

Worten, die sowohl die Mächtigen als auch die Hilflosen beherrschen. »Je t'aime«, sagte ich, und sie erwiderte: »Merci, Monsieur.«
MAMAN: *Mich überkam eine unendliche Sehnsucht. Nichts würde je wieder so sein, wie es vorher gewesen war. Nichts würde mich jemals wieder von ihm befreien. Nichts würde diese seltsamen Worte der Liebe auslöschen können, die ich in meiner Schwäche glauben mußte. Ich spürte ein Feuer in mir brennen, nicht nur ein Feuer der Leidenschaft, sondern der langen Entbehrung. Es war ein Hunger nach verbotenen Dingen, eine Dunkelheit und Unvernunft, eine Wut über den Tod der anderen, der ich so ähnlich war. Ich wurde eins mit ihr, und es war nicht mein Name, den er flüsterte, sondern der meiner Halbschwester.*
JAMES: *Als ich die Tagesdecke auf dem Bett meines Herrn zurückschlug, entdeckte ich das Konkubinat meiner Schwester.*
MAMAN: *Am Tag des Sturms auf die Bastille kehrte James, der mit dabeigewesen war, aufgeregt, zerschlagen und schmutzig zurück und berichtete den verblüfften Bewohnern des Hôtel de Langeac, wie die Bastille gefallen war. Seine Augen schienen zu sagen: »Dieser Sklave aus Virginia hat heute Geschichte gemacht. Dieser Sklave hat in der Revolution gekämpft. Ich gehöre mir selbst. Wir werden uns selbst in die Freiheit führen. Wenn Gott mir gestattet hat, mich an der Revolution zu beteiligen, dann wird er es auch zulassen, daß wir unsere Freiheit erlangen, ohne sie zu stehlen.« Er lächelte mich an, und ich lächelte zurück.*
JAMES: *Männer lassen das, was sie lieben, nicht frei. Ich hatte Thomas Jefferson mehr als einmal dabei überrascht, als er Sally Hemings betrachtete wie ein seltenes Objekt, das er zu behalten beabsichtigte. Es war der lüsterne Blick eines Mannes, der über die Mittel verfügt, das, was er begehrt, zu besitzen.*
VATER: *Versprich mir, daß du mich niemals wieder verläßt.*
MAMAN: *Ich verspreche es, Herr.*
VATER: *Ich schwöre, daß ich dich immer lieben und dich nie im Stich lassen werde.*
MAMAN: *Ja, Herr.*
VATER: *Ich verspreche dir feierlich, daß deine Kinder frei sein werden.*
MAMAN: *So wahr Gott dein Zeuge ist?*
VATER: *So wahr Gott mein Zeuge ist.*
VATER: *Verriegle die Tür.*

Die Fassade des Hôtel de Langeac verschwamm vor meinen Augen.

»Brice«, sagte ich leise, »meinen Sie, wir könnten uns eine Kutsche mieten, um nach Marly zu fahren? Wir sind auf unserem Weg nach Paris daran vorbeigefahren. Es soll … der schönste Park Frankreichs sein.«

Am nächsten Tag fuhren wir alle zusammen über die schöne Brücke von Neuilly nach Bougival und von dort aus weiter zur Anlage von Marly, einem Wunder der hydraulischen Technik, das vor hundert Jahren gebaut worden war, um Wasser aus der Seine in das Aquädukt und die Sammelbecken von Versailles und seinem Zwilling zu leiten – dem königlichen Schloß von Marly.

Meine Stimmen befanden sich im Widerstreit. Mein Vater war von allem, was er sah, begeistert. Aber die Stimme meiner Mutter mischte sich ein: *Dein Vater hat mir versprochen, es würde für ihn nie eine weiße Geliebte auf Monticello geben.* Als ich von der Anhöhe des Dorfes Louveciennes auf den weitläufigen Park hinunterblickte, beschrieb James mir, wie es früher hier ausgesehen hatte. Dann fiel die Stimme meines Vaters ein: *Wie schön alles war, die Brücke von Neuilly, die Hügel entlang der Seine, die Regenbogen der Maschine von Marly, die Ebene von Saint-Germain, das Schloß, die Gärten, die Statuen von Marly …*

MAMAN: *Im Sommer meines fünfzehnten Jahres sah ich Marly zum erstenmal. Es schien über mir zu schweben, über der Erde, schien seine eigene Natur, seinen eigenen Himmel und seine eigene Sonne zu haben.*
PETIT: *Stell dir eine junge Frau vor, die mit ihrem Geliebten nach Marly kommt und zum erstenmal neben ihm steht.*
MAMAN: *Ich begann langsam, diesen seltsamen, impulsiven, melancholischen Mann zu begreifen, der voller Widersprüche und Geheimnisse war, und der mich, meine Familie und mein ungeborenes Kind besaß. Was spielte es für eine Rolle, daß er der Herr war und ich die Sklavin? Es machte mir nichts aus, daß er mehr Raum in der Welt einnahm als die meisten, und auch sein Ruhm und seine Macht störten mich nicht. Ich liebte ihn. Genauso wie Marly breitete sich die Zukunft vor mir aus, endlos und vollkommen. Ich war wie betäubt von dem Duft, der mich umgab, und dachte nicht an das, was mich jenseits des Horizonts erwartete.*

Maman: *Die Gärten, Kanäle und Terrassen zogen sich meilenweit hin. Auf jeder Seite des prächtigen Palastes standen sechs Sommerpavillons, die durch Laubengänge aus Jasmin und Geißblattgewächsen miteinander verbunden waren. Vom Hügel hinter dem Schloß floß ein Wasserfall in ein Wasserbecken, in dem Schwäne lautlos umherschwammen. Im Kanal bäumten sich glitzernde Marmorpferde mit bronzenen Reitern auf, und hier und da waren kleine Edelsteine zu sehen, Damen, die auf den Pfaden und im Labyrinth spazierengingen. Nur der Wind und das Wasser waren zu hören; alle menschlichen Geräusche verloren sich in der unendlichen Weite. An jenem Tag war ich davon überzeugt, daß es kein Virginia gab. Keine Sklaverei. Es schien mir, als könne es kein Schicksal geben, das diesen Ort, diese Stunde, dieses Marly nicht einschloß.*

Wie ein gespenstisches Trugbild schienen die Konturen des zerstörten Schlosses sich in der bläulich schimmernden Luft erhalten und die Fundamente ihre Spuren auf den grünen Grasflächen vor uns hinterlassen zu haben.

Ich kehrte noch viele Male nach Marly zurück, bevor wir Paris endgültig verließen. Jedesmal stand ich auf der Anhöhe und stellte mir vor, wie meine Mutter dasselbe Panorama bewundert hatte. Meine Mutter war nicht, wie ich, mit der Erfahrung von vier Jahren Freiheit hierhergekommen, sondern mit ihrer einzigen Identität als junge Sklavin, nur um zu hören, wie ihr Bruder erklärte, Sklaverei sei eine Sünde. Sie hatte hier gestanden und ihrem Geliebten zugehört, der ihr versprach, es werde auf Monticello nie eine weiße Geliebte geben. Sie hatte ihm geglaubt, als er ihr versprach, alle ihre Kinder würden frei sein … Und war ich nicht frei? Frei, meine Mutter, die Sklavin, zu verachten oder zu bewundern? Frei, meinen Vater, den Herrn, zu verdammen oder ihm zu vergeben? Aber wie sollte ich das eine oder das andere tun? Paris hatte mir keine Antwort darauf gegeben.

»Lorenzo kommt nach Paris.«

»Was?«

»Ich habe mit Tante Dorcas gesprochen. Ich glaube nicht, daß wir auf ihn warten werden. Mehrere meiner Bekannten haben mir bestätigt, daß die politische Situation in Frankreich äußerst unsicher und gefährlich ist. Karl X. wird sicherlich gestürzt und eine neue

Republik ausgerufen werden. Es gibt Aufstände in den Provinzen, und es ist nur noch eine Frage der Zeit, wann die Unruhen Paris erreichen werden. Und das bedeutet Revolution … Barrikaden, Straßenkämpfe. Es wäre nicht das erste Mal. Ich finde, wir sollten bald abreisen.«

Ich konnte Brice' Logik nicht folgen, fragte aber gehorsam: »Und wohin?«

»Nach Italien natürlich! Wir könnten in ein paar Tagen aufbrechen. Unsere Pässe sind in Ordnung. Wir müssen sie nur bei der Präfektur abholen. Sie haben einmal erwähnt, wie gern Sie nach Florenz fahren würden.«

Ich sah Brice lange an. Schützte er mich aus brüderlicher Zuneigung, half er mir aus Mitleid, vor Lorenzo zu fliehen, oder wollte er mich zu seinen eigenen Zwecken entführen? Was immer es auch sein mochte, ich konnte nach Italien reisen, ohne darum lange bitten oder heimlich Pläne schmieden zu müssen.

»Es stimmt«, sagte er, »die Schlagzeilen in den Zeitungen sind alarmierend. Die Ständevertretung fordert eine konstitutionelle Monarchie, in Lyon wird gestreikt, und vor der Nationalversammlung gibt es Krawalle. Anscheinend ist Louis Philippe aus dem amerikanischen Exil zurückgekehrt.«

Amerika … ich fühlte mich, als würde ich wieder von Sykes verfolgt. Würde Amerika mich nie in Ruhe lassen? Meine Angst muß in meinem Gesicht zu sehen gewesen sein.

»Dann ist es also abgemacht. Wir fahren nach Italien. Und Dorcas meint, wir sollten ein paar Tage in Lausanne verbringen … sie kennt dort einige Leute, die sie besuchen möchte. Und ich werde diesmal die Reisevorbereitungen treffen.«

Wir blieben eine Woche in Lausanne. Als wir Florenz erreichten, hatte ich mich entschlossen herauszufinden, ob Maria Cosway noch lebte.

105, RUE DE RIVOLI,
PARIS, 1. MAI

Meine liebste Charlotte,

nach der erschütternden Erfahrung auf der Konferenz und einem neuen Leben in London habe ich ein tragikomisches Abenteuer in Amelia Opies

Landhaus in Surrey erlebt. Ich wußte nicht mehr, ob ich lachen oder weinen sollte, also bin ich schließlich nach Paris geflohen.

Als wir mit der Kutsche aus Calais in Paris eintrafen, hatte ich das seltsame Gefühl, in einem früheren Leben schon einmal dort gewesen zu sein. Alles kam mir so bekannt vor – die Landschaft, die Erzählungen, die Stadt selbst mit all ihren Kunstwerken und ihren Lichtern, ihren Gärten und Statuen. Ich habe noch nie ein solches Volk gesehen, das beim geringsten Anlaß für alles und jeden ein bronzenes Standbild errichtet. Es sind noch immer Spuren der Revolution zu sehen. Wo einst die Bastille stand, hat man als Denkmal der Revolution und des Sieges über den berüchtigten, nun zerstörten Kerker eine riesige Säule aus vergoldeter Bronze aufgestellt. Durch die vielen Denkmäler, die an allen Ecken stehen, hat das Volk von Paris seine Geschichte stets vor Augen.

Wochenlang habe ich Stimmen gehört, die mich überall hin begleiteten – schmeichelnde, vertraute, liebevolle Stimmen, die abwechselnd wehmütig, glücklich, gequält, ausgelassen oder geheimnisvoll klangen – man könnte glauben, Paris sei ein verwunschener Ort. Vielleicht ist er das für mich. Ich war froh, England zu verlassen. Ich hatte genug von den Engländern und ihrer merkwürdigen Lebenseinstellung – Form ist alles, Inhalt ist nichts; vor allem ist es besser, überhaupt nicht zu denken, sondern die Regeln zu befolgen – am besten, man bleibt auf seiner engstirnigen kleinen Insel und verstößt niemals gegen die Etikette und überschreitet niemals irgendeine Grenze. Und wer macht die Regeln? Männer. Und dann behaupten sie auch noch, es sei zu unserem (der Frauen) eigenen Besten – sie glauben, wenn man den Frauen das Sagen in der Welt überließe, gäbe es nur noch Gefühle, Anarchie und Chaos. Ich habe in London gesehen, was diese Männer an der Welt verbrochen haben – das unermeßliche Elend, das so groß war, daß wir Frauen es unmöglich noch schlimmer hätten machen können, so unbeschreiblich, daß wir uns ein solches Ausmaß an Grausamkeit nicht einmal vorstellen können. Aber da wir der Natur und Kindern und dem gesunden Menschenverstand näher sind, glaube ich ernsthaft, Charlotte, daß wir es besser machen könnten. Ich durchstreifte Paris in Begleitung von Brice Willowpole und meinen Stimmen, die in gewisser Weise zu meiner Familie wurden, so wie Paris zu meiner Heimat. Es wird mir schwerfallen, diese Stadt zu verlassen. Vielleicht werde ich nie von hier fortgehen. Aber Brice und Dorcas bestehen darauf abzureisen, um den politischen Unruhen aus dem Weg zu gehen. Und wo fahren wir hin? Nach Italien! Ich wollte schon immer einmal nach Italien fahren, und ich habe vor herauszufinden, ob eine alte Freundin meines Vaters noch am Leben ist. Ich möchte sie überraschen, und vielleicht findet ja das in einem Dilemma verstrickte Rätsel, wie Brice mich nennt, eine Lösung, und vielleicht liegt sie in Lodi. Jedenfalls bete ich zu Gott, es möge so sein.

Siehst Du Thance ab und zu? Ist er in Philadelphia oder noch in Afrika? O Charlotte, Charlotte! Stimmen. Heute Abend in der Oper, und neue Stimmen, die sich zu meinen alten gesellen. Musik ist der einzige Ort, an dem ich mich sicher fühle, der Ort, an dem mich niemand verletzen kann. Vielleicht habe ich hier in gewisser Weise meine eigene Oper geschrieben: tragisch und romantisch. Die Stimmen, die ich in diesem Land in meinem Kopf höre. Aber sie haben meine Frage nicht beantwortet, Charlotte. Sie haben meine Frage nicht beantwortet.

Deine einsame, Dich liebende Harriet

15

Die Geschwindigkeit, mit der sich die Räder unserer Kutsche drehten, gab uns nur eine ferne Ahnung von jener Geschwindigkeit, mit der das Rad der Zeit sich drehte, und doch, wenn man auf einen Tag zurückblickte, wurde man gewahr, wie unendlich viele Glücksmomente man durchlebt hatte.

THOMAS JEFFERSON

Am fünften Mai 1826 um 8.50 Uhr warfen unsere drei Gestalten einen einzigen großen Schatten auf den baumlosen Platz von Lodi. Die Stadt lag in dem gnadenlosen italienischen Sonnenlicht, das genauso war, wie ich es mir in Afrika vorstellte. In der vollkommenen Stille, die den Platz umgab, war nur der Gesang einer Lerche zu hören, und bis auf einen O-beinigen alten Mann, der vier gesattelte Maultiere mit sich führte, war weit und breit kein einziger Dorfbewohner zu sehen. An der Nordseite des Platzes erhob sich die Kirche La Corona di Marie Annunciazione, ein schönes, gedrungenes, eckiges Gebäude mit einem vergoldeten Dach, das mit byzantinischen Mosaiken verziert war. Als hätten wir uns abgesprochen, waren wir alle in Schwarz gekleidet: Brice trug einen schwarzen Gehrock, eine schwarze Hose und einen Strohhut; Bruno, unser Führer, trug ein schwarzes Hemd und eine weite schwarze Hose, die in schmutzigen schwarzen Stiefeln steckte, seinen schwarzen Karabiner hatte er sich über die Schulter gehängt; und ich selbst war mit einem hochgeschlossenen schwarzen Leinenkleid angetan, das mit einer gerippten Borte und kleinen Ösen verziert war. Mein Rocksaum, der über den Boden schleifte, hinterließ ein Wellenmuster im Staub und verwischte meine Fußspuren. Der schwarze Schleier an meinem Strohhut verbarg mein Gesicht und schützte mich außerdem vor dem Staub, der in kleinen Wolken von dem ausgedörrten Boden aufwirbelte. Der schwarze Parasol, den ich über meinen Kopf hielt, bildete den Abschluß des merkwürdigen, langen Schattenbildes: eine seltsame Figur, aus der Brunos Karabiner wie das Horn eines Einhorns herausragte.

Brice und ich hatten Dorcas Willowpole in der kleinen Dorffabrik zurückgelassen, für die Lodi berühmt war, denn dort wurde weißes Porzellangeschirr hergestellt, wundervolle Stücke mit zarten, kunstvollen Lochmustern, bekannt unter dem Namen *Jourance,* und das teuerste und schönste Porzellan Italiens. Ich hatte Dorcas Willowpole erklärt, daß mich eine wichtige private Mission zum Collegio della Grazie der Englischen Fräulein in Lodi führte, und sie hatte vorgeschlagen, wir sollten doch alle nach Lodi reisen, denn die berühmte Kathedrale und das noch berühmtere Porzellan seien gewiß eine Reise wert. Im Hotel in Florenz hatte man uns dringend geraten, einen bewaffneten Führer und Kutscher anzuheuern und uns Bruno vermittelt, der so düster war wie sein Name. Nun stand er, ein breitschultriger, schweigsamer Hüne mit einem Profil wie von einer römischen Münze, zwischen Brice und mir. Er war es gewesen, der darauf bestanden hatte, daß wir uns Maultiere mieteten, da das Kloster, wie er uns in seinem gebrochenen Englisch erklärte, auf einem der Hügel gelegen war, die das Dorf umgaben, und der Weg dorthin einen gut vierstündigen Fußmarsch bedeutete.

Ich betrachtete die Hügellandschaft. Ich war nach London gereist, um etwas über die Sklaverei in der Welt zu erfahren, und hatte gelernt, daß sie zwar nicht wegzuleugnen, aber dem Untergang geweiht war. Ich war nach Paris gereist, um etwas über das Sklavendasein meiner Mutter zu erfahren und hatte Spuren einer unmöglichen Liebe entdeckt. Und nun war ich in Lodi, um etwas über das Sklavendasein meines Vaters zu erfahren: jene verhängnisvolle Begegnung zweier unterschiedlicher Menschen, die man Schicksal nennt. In Lodi würde ich der berühmten Malerin Maria Cosway begegnen, die für kurze Zeit die Geliebte meines Vaters gewesen und die in ihrem Beruf als *La Maestra* und in ihrem Kloster als *La Madre* bekannt war. Sie unterrichtete englische Damen aus vornehmen

Familien, erzog Novizinnen, Mädchen vom Lande, die dem Orden versprochen waren, und nahm verlassene oder geschiedene Ehefrauen, entehrte und schwangere junge Mädchen und abgewiesene Geliebte unter ihre schützende Obhut. Und illegitime Töchter, dachte ich. Vielleicht war dies der richtige Ort für mich.

Maria Cosways frommer Katholizismus war das einzige, was an ihrem Ruf ohne jeden Zweifel zutreffend war, hatte Dorcas Willowpole mir erklärt. Der österreichische Kaiser Franz I. hatte sich von ihrer Frömmigkeit beeindrucken lassen und sie aus Dankbarkeit dafür, daß sie den Orden der *Dame Inglesi*, der Englischen Fräulein, in sein Land gebracht hatte, zur Baronin ernannt. Und so hatten die Dorfbewohner ihrem Namen auch diesen Titel hinzugefügt, und sie nannten ihre englische Wohltäterin *La baronessa maestra Maria, madre della Dame Inglesi e nobile donna.*

Ein Gestank von Maultiermist umgab den Alten, der die Tiere führte, und es verschlug mir den Atem, als Bruno mir in den Damensattel half. Brice hatte darauf bestanden, mich zu begleiten, und die beiden Italiener fungierten als meine Leibwächter. Die italienischen Staaten von 1825 revoltierten gegen Rom, und eine Welle republikanischer Freiheitsbewegungen hatte einem ehemaligen General, einem Banditen namens Garibaldi, zu Macht und Ansehen verholfen. Ich bemerkte, daß Bruno mit dem schwarzen Hemd und dem roten Halstuch des Generals bekleidet war, während der Alte ein weißes Stirnband trug, das Zeichen derjenigen, die mit der Aristokratie und dem Papst sympathisierten. Der alte Mann hätte nichts Ungewöhnliches daran gefunden, daß eine einsame englische Dame den *Monticello* der Baronin, wie er sich ausdrückte, erklomm. Niemand hatte mir je gesagt, daß *Monticello* »kleiner Berg« bedeutete. Aber Brice war unerbittlich gewesen. Auf keinen Fall wollte er zulassen, daß eine weiße Dame, für die er die Verantwortung trug, mit zwei fremden italienischen Leibwächtern in den Piemonteser Hügeln herumkletterte, wo es nur so von Banditen wimmelte, die die herrschende Familie, die Gonzagas, regelmäßig von ihren Soldaten entweder töten oder vertreiben ließ.

Es war bereits Viertel vor zwei, als wir die weißgelben Mauern der Abtei erreichten und die eiserne Glocke läuteten, die mit einer ebenfalls eisernen Kette an dem schweren, mit Eisenbeschlägen bewehrten, doppelflügeligen Holztor befestigt war. Beinahe augenblicklich, so als hätte man uns bereits erwartet, schwang das Tor auf, und vor mir stand eine Nonne im rotweißen Ornat, gefolgt von einer Dienerin, die einen Eimer mit Wasser für die Maultiere brachte. Hinter den beiden war eine lange, von Zypressen und Oleander gesäumte Allee zu sehen, die sich bis in endlose Ferne hinzuziehen schien. Als Brice sich anschickte, auf das geöffnete Tor zuzugehen, hielten die Italiener ihn zurück und erklärten ihm, daß es Männern nicht gestattet sei, das Kloster zu betreten. Er sah mich fragend an, aber ich zuckte nur die Achseln und mußte an das denken, was Dorcas während der Tagung gesagt hatte: »Jetzt wissen Sie, wie man sich als Neger fühlt.«

Die Gärten waren im italienischen Stil angelegt, Obstbäume, Gemüse und Blumen wuchsen in streng geometrischen Beeten, gesäumt von langen Wegen und Alleen, die an kleinen, mit Statuen oder marmornen Brunnen bestückten Rondellen zusammenliefen. Wir gingen an Orangen- und Olivenhainen vorbei, an kunstvoll beschnittenen Zitronenbäumen und Obstbäumen, die in quadratischen Lavendel- und Rosmarinfeldern standen. Jasmin und Purpurwinden wuchsen an steinernen, teilweise verfallenen Mauern hoch, die die Gärten von den Feldern trennten, in denen Frauen bei der Arbeit zu sehen waren. Der Duft von Basilikum und Magnolien vermischte sich mit einem Dutzend anderer Gerüche zu einem wilden Aroma, das sich wie Nebel auf die von der Sonne erhitzten Mauern legte. Durch eine Öffnung sah ich in der Ferne die Weinberge und die kleinen Bäche, die sich von den Hängen in die Mais- und Reisfelder schlängelten.

Ich blieb einen Augenblick lang stehen, hob meinen Schleier und nahm meinen Hut ab, um die Sonne auf meinem Kopf zu spüren. Ich schloß meine Augen vor dieser Pracht, die in derselben Welt existierte, wie Unrecht und Elend. Konnte es sein, daß ich hierhergehörte, überlegte ich, anstatt in ein Land, das mich verachtete, wo ein einziger Blutstropfen, der an meine Herkunft erinnerte, ausreichte, eine Schranke des Ekels und der Ablehnung zu errichten, die ich niemals würde überwinden können?

Ich folgte der Nonne, die sich Sarah nannte, in einen rechteckigen Innenhof, an dessen vier Seiten mit Mosaiken geschmückte Säulen hohe Arkaden stützten, die den dahinter gelegenen Zellen der Nonnen Schatten spendeten und zugleich als Portale dienten. Jede Zelle hatte ein Fenster und eine hölzerne Klappe, durch die ihnen das Essen gereicht wurde. Der Innenhof war mit schweren weißen Steinplatten und kleineren Terrakottafliesen gepflastert, und in den Ecken standen Terrakottatöpfe mit blau-, weiß- und rotblühendem Oleander.

Wir waren an der Kapelle der Kirche Santa Maria della Grazie und der Loggia der Äbtissin angelangt. Sarah erkundigte sich, ob ich wünschte, mich vor meiner Unterredung mit der Baronin ein wenig frisch zu machen. Ich nahm das Angebot an, und sie führte mich in eins der Zimmer, die den Hof umgaben. Es war ein geräumiger, luftiger und einfacher Raum mit Wänden aus roten und gelben Ziegelsteinen und einem Fußboden aus weißem Marmor, der mit schweren, norditalienischen Möbeln ausgestattet war. Er enthielt ein Bett, über dem ein duftiges, weißes Moskitonetz angebracht war, einen Tisch mit einem einfachen Stuhl und einen Sessel. An einer Wand stand ein wuchtiger Schrank und daneben ein kleiner, mit Schnitzwerk versehener Hocker. Auf dem Tisch stand eine Öllampe, und an den Wänden hingen weiße Porzellanteller aus Lodi und ein blauweißes Porzellankruzifix.

Ich legte meinen Hut auf das Bett und zog meine Handschuhe aus. Dann wusch ich mir Gesicht und Hände in der blau-weißen Porzellanschüssel neben dem Bett. Ich glättete mein Haar nach Gefühl, denn es gab keinen Spiegel, in dem ich mich betrachten konnte, nur das Wasser in der Waschschüssel, das mein Gesicht ein wenig unscharf reflektierte. Ich wirkte äußerst amerikanisch, wie eine Dame aus Philadelphia. Plötzlich hörte ich, wie hinter mir eine Tür entriegelt wurde, und eine Stimme sagte auf englisch zu mir: *»La madre superiore* ist nun bereit, Sie zu empfangen.«

Was hoffte ich von dieser fremden, exzentrischen Kurtisane und Malerin über die Vergangenheit meines Vaters zu erfahren? Wollte ich mich nur davon überzeugen, daß sie tatsächlich existierte, ihm begegnet war, ihn berührt, ihn geliebt hatte? Was hatte das alles damit zu tun, daß meine Mutter sich für die Sklaverei anstatt für die Freiheit entschieden hatte?

Die Äbtissin erhob sich, als ich den Raum betrat. Ich wußte nicht, wie ich sie begrüßen sollte, aber ich brauchte nicht lange zu überlegen, denn sie begrüßte mich als erste.

»Aber Sie sind Amerikanerin … Patsy! Bist du das? … Aber nein, Sie können nicht Patsy sein, Sie müssen ihre … ihre Tochter sein. Sind Sie eine von Martha Randolphs Töchtern? Sie sind doch bestimmt ein Mitglied von Thomas' Familie?«

Verwirrt, fast ärgerlich, hielt die Äbtissin inne. Sie konnte mir nicht sagen, wer ich war. Dann lächelte sie mich an.

»Ich bin nicht Patsys Tochter«, sagte ich. »Ich bin ihre Halbschwester, Harriet von Monticello. Die leibliche Tochter des Präsidenten …«

Ich schleuderte meine Worte trotzig in die verblüffte, erwartungsvolle Stille. Was konnte schlimmer sein, als der Versuch, sich selbst zu erklären? Aber das Lächeln im Gesicht der Äbtissin blieb.

»Eine leibliche Tochter von Mr. Jefferson? Patsys Halbschwester?« fragte Maria Cosway.

»Ja.«

»Und Ihr Vater hat Sie zu mir geschickt?«

Ich senkte den Blick und betrachtete meine Hände. Ich wünschte, es stimmte. Sollte ich lügen?

»Nein«, erwiderte ich. »Er weiß nicht, daß ich hier bin. Noch nicht einmal, daß ich überhaupt von Ihrer Existenz weiß. Ich weiß selbst nicht, warum ich hergekommen bin, außer … Nein, mein Vater hat mich nicht auf die Weise fortgeschickt, wie Sie glauben … als anerkannten Bastard … wie es die Engländer tun. Denn wir sind viele Kinder auf Monticello, und in Wirklichkeit sind wir Sklaven, denn wir sind die Kinder meiner Mutter, aber wir haben das Recht, mit einundzwanzig fortzulaufen und als weiß durchzugehen.«

»Durchgehen … als weiß?«

»Ja.«

»Sind Sie denn keine Weiße?«

»Ein Sklave kann nicht weiß sein … jedenfalls nicht in Amerika.«

»Oh … ich verstehe.«

»Sie haben mich für meine Halbschwester gehalten.«

»In der Tat. Lebt Ihre Mutter noch?«

»Ja.«

»Und Sie sind die Jüngste?«

»Nein, ich habe zwei jüngere Brüder.«

»Wie alt sind Sie?«

»Vierundzwanzig.«

»Vierundzwanzig – Sie wirken wesentlich jünger«, sagte sie nachdenklich. »Stellen Sie sich vor, auf meinem Schreibtisch liegt ein Brief an Ihren Vater. Wir haben über all die Jahre miteinander korrespondiert, ohne einander jemals wiederzusehen, seit wir in Paris voneinander Abschied genommen haben. Vor langer Zeit dachte ich einmal, ich würde ihn eines Tages in Amerika besuchen, aber ich habe es nie getan.«

Ich starrte die Äbtissin an. Sie verkörperte alles, was ich haßte. Ich haßte sie, weil sie weiß war. Ich haßte sie, weil mein Vater sie einst geliebt hatte. Ich haßte sie, weil er sie möglicherweise immer noch liebte. Ich haßte sie, weil sie, obschon sie dreitausend Meilen von ihm entfernt lebte, durch seine Briefe mehr am Leben meines Vaters teilgenommen hatte als ich, die ich einundzwanzig Jahre lang in seinem Haus geschlafen hatte.

»Bitte, setzen Sie sich, Harriet, bevor Sie am Ende noch umfallen.«

Maria Cosway war ebenso schön wie meine Mutter, und wie bei meiner Mutter hatte auch ihr abenteuerliches Leben keine Spuren in ihrem Gesicht hinterlassen. Ihr Körper war unter so viel weißem Leinen verborgen, daß man kaum noch etwas davon sehen konnte. Sie trug einen Habit im mittelalterlichen Stil, mehrere Lagen gestärktes Leinen, die unter dem Busen gerafft und zusammengebunden waren und glockenförmig in tausend Falten zu Boden fielen. Darüber trug sie eine gestärkte Schürze und einen weiten, langen Umhang, der an den Schultern von zwei goldenen Fibeln gehalten wurde. Zwischen den Fibeln hing eine schwere Goldkette mit einem großen, mit Edelsteinen besetzten Kruzifix. Ihr dreieckiger Schleier reichte ihr bis auf die Schultern. Das steife Leinen wurde von einer blaßblauen Haube aus Baumwollborte gehalten, die ein Kreuz über ihrem Schädel formte und ihren Kopf eng umschloß; ein breites Kinnband hielt sie fest, so daß nur ein kleiner Teil ihres Gesichts zu sehen war. An der Borte ihrer Haube war ein kleines Monokel befestigt, das sie über ihr linkes Auge geklemmt hatte und das es doppelt so groß erscheinen ließ wie das andere. In dem tiefen, zyklopenhaften Blau lagen tausend ungestellte Fragen.

Als sie sich vorbeugte, streiften die langen Ärmel ihres Habits den Tisch, der uns voneinander trennte. Das Licht der Nachmittagssonne brach sich in ihrem Augenglas und warf ein kaleidoskopartiges Muster aus buntem Licht auf die Wände. Ich bemerkte, daß sie ziemlich stattlich gebaut war, beinahe dick. Als sie sich erhob, klimperten ein eiserner Rosenkranz und ein Schlüsselbund an ihrem Gürtel, was mich an meine Großmutter erinnerte.

»Sie sind also inkognito hier?«

»Das ist eine ziemlich extravagante Art, das zu beschreiben, was ich bin, aber, ja – man könnte sagen, ich bin inkognito hier.«

»Sie werden doch nicht ... von der Polizei gesucht?«

»Nein.«

»Glauben Sie, daß ich ein Teil im Leben Ihres Vaters bin, der Ihnen vorenthalten wurde?«

»Das gesamte Leben meines Vaters wurde mir vorenthalten.«

»Sie ... Sie sehen Thomas Jefferson so sehr ähnlich, es ist kaum möglich, Ihre Verwandtschaft zu leugnen.«

»Ich reise mit einer Delegierten der Antisklaverei-Konferenz in London.«

»Wie passsend.« Sie lachte. »Ihr Vater hatte eine äußerst bizarre Einstellung zur Freiheit. Für die einen forderte er sie, während er andere in der Sklaverei hielt.«

»Das ist die Einstellung eines Mannes aus Virginia.«

»So wurde es mir erklärt. In seinen Briefen schreibt er über die Schönheit und Freiheit von Monticello. Amerika ist ein Land, das ich gern einmal besuchen würde ... das ich gern malen würde.«

»Sie ... malen immer noch?« fragte ich unwillkürlich, während mein Blick ihr folgte, als sie ihren Platz verließ und um den Tisch herum auf mich zukam. Ich saß immer noch auf meinem Stuhl, die Hände im Schoß gefaltet, und mußte meinen Kopf wenden und zu ihr hinaufsehen.

»Nein. Ich habe die Kunst aufgegeben, um nur noch Gott zu dienen«, erwiderte Maria Cosway. Sie wandte sich wieder von mir ab und begann im Zimmer auf und ab zu gehen. »Glauben Sie an Gott, oder teilen Sie die Überzeugung Ihres Vaters?«

»Ich bin Unitarierin.«

»Er hat mir geschrieben, er sei vom Unitarismus sehr beeindruckt. Daß es die Religion der Zukunft sei – eine Art moderner Deismus. Wußten Sie das?«

»Nein.«

Sie drehte sich zu mir um, blieb mit dem Rücken zum Fenster stehen und nahm ihr Monokel ab.

»Sie sind nicht ohne Grund hierhergekommen, mein Kind. Was ist der Grund für Ihren Besuch? Sie sind sehr schön, und offensichtlich hat man großen Wert auf Ihre Erziehung gelegt. *Irgend jemand* hat sich Ihrer angenommen. Wenn es nicht Ihr Vater war, wer war es dann? Wer hat Sie erzogen?«

»Adrian Petit«, flüsterte ich.

»Adrian! Der Majordomo aus dem Hôtel de Langeac! *Plus ça change* ... Und er war es, der Ihnen von mir erzählt hat, *n'est-ce pas?«*

»Ja.«

»Und ich nehme an, er hat Ihnen alles erzählt?«

»Alles, was er wußte.«

»Petit wußte alles.«

»Und ich glaube, daß er der Ansicht war, daß Sie, da Sie auch ein Doppelleben geführt haben, die Lösung für mein Dilemma wüßten.«

»Ah, Sie sind also verliebt ... in einen Mann, der nicht weiß, wer Sie wirklich sind.«

»Wie kommen Sie darauf?«

»Das ist nicht schwer zu raten für jemanden, der, wie Sie selbst sagten, ein Doppel-, nein, ein Dreifach-, ein Vierfachleben geführt hat, meine Liebe. Aber, da Sie nicht *meine* Tochter sind, warum sollte ich mich dafür interessieren, was Sie aus Ihrem Leben machen? Dieser ... Habit macht mich nicht unfehlbar. Im Gegenteil –«

»Weil Sie eine Künstlerin sind.«

»Ich habe mich einmal für eine Künstlerin gehalten. Aber was hat Kunst Ihrer Meinung nach mit dem Leben zu tun?«

»Ein Künstler erfindet sein Leben.«

»Ach, Harriet, als ich in Ihrem Alter war, glaubte ich, genau das zu tun. Ich glaubte, alles sei möglich.« Sie streckte die Arme aus, und die weiten Ärmel bewegten sich in dem leichten Luftzug, der vom Fenster her wehte. Die Schlüssel an ihrem Gürtel klimperten leise. »Heute weiß ich, daß es weder ein Doppelleben gibt – noch eine Identität. Hier in Lodi bin ich zur Häretikerin geworden ... Wir sind nichts als Sandkörner in Gottes Hand. Es ist anmaßend und überheblich, anzunehmen, wir hätten ein *Leben*, einen freien Willen oder ein Schicksal außer dem, das Gott in seiner Weisheit längst für uns vorgesehen hat – alles ist vorbestimmt. Von allen Kreaturen Gottes sind Künstler die aufsässigsten, die treulosesten, die anmaßendsten und deshalb die sündigsten. Ich betrachte nicht nur mein Leben als Häresie, sondern meine Malerei als Sakrileg.«

»Und Musik?«

»Dafür gilt natürlich dasselbe. Warum? Sind Sie Musikerin?«

»Ich möchte eine werden.«

»Die Musik ist genauso schlimm wie die Malerei, wenn nicht noch schlimmer.«

»Aber denken Sie an Bach, Haydn und Schubert! Sie haben ihre Musik der Ehre Gottes gewidmet, das kann doch nicht als abscheulich gelten!«

»Aber sie sind ebensowenig die Wirklichkeit.«

»Dann ist also nichts real?«

»Nichts.« Sie verzog verächtlich die Mundwinkel. »Sie sehen also, Harriet, da es keine Wirklichkeit gibt, kann es auch keine Täuschung geben. Oder, anders ausgedrückt, alles ist Illusion: ich, Ihr Vater, Ihre Mutter, Ihre Hautfarbe, Ihr Geschlecht, Ihre Rasse. Die Freiheit ist eine Illusion – ebenso wie der Tod. Hilft Ihnen das weiter? Ist es das, was Sie hören wollten?«

»Ich weiß nicht –«

»Lügen Sie nicht, Harriet. Sie wollen meine Erlaubnis, um der Liebe willen eine Illusion zu leben, eine Farbe, die es nicht gibt. Das ist es doch, nicht wahr? Ihr Geliebter – Ihr Verlobter, ist vielleicht – ein Weißer, und Sie wollen ebenfalls eine Weiße sein. Für ihn, und um es ihrem Vater zu zeigen. Aber als Malerin muß ich Ihnen sagen, daß Farbe nur in bezug auf andere Farben existiert, daß dort, wo zwei Farben aneinandergrenzen, eine *dritte* Farbe entsteht, ein Zwischenton dieser beiden Farben, der die ersten beiden definiert. Was wäre Ihre Mutter ohne Ihren Vater? Aber was wäre Ihr Vater ohne Ihre Mutter? Wenn es keine Schwarzen gäbe, müßten die Weißen sie erfinden.«

»Haben Sie meinen Vater geliebt?«

»Sie wollen wissen, ob Ihr Vater liebenswert ist, nicht wahr? Ist es Ihnen möglich, ihn zu lieben, nach allem, was er Ihnen angetan hat? Ihr Vater ist ein Genie, Harriet, und die Menschen, vor allem Frauen, müssen einem Genie gegenüber große Zugeständnisse machen.«

Ja, dachte ich, meine Mutter, für die die Zeit in den Tabakfeldern stehengeblieben war, hatte wahrhaftig große Zugeständnisse gemacht. Wie sehr Maria Cosway, für die die Zeit in ihrem Kloster stehengeblieben war, ihr ähnlich war!

Und doch gab sie mir an jenem Nachmittag den Mut, mich selbst zu erfinden, was meine Mutter nicht getan hatte. Ich hätte nicht sagen können, daß ich Maria Cosway mochte, aber ich verabscheute sie auch nicht. Sie war einfach da, wie ein natürliches Phänomen, eine vollkommen amoralische Kreatur – eine Katze, ein Baum oder ein Felsen. Ein Teil des komplizierten und geheimnisvollen Mannes, der meine Mutter dreißig Jahre lang von der Welt abgekapselt hatte. Sie riet mir, die Sklavin, den Flüchtling und die Tochter in mir zu unterdrücken. Sie forderte mich auf, das Leben und auch die Liebe mutig beim Schopf zu fassen. Mir zu nehmen, was ich wollte, ohne nach dem Preis zu fragen. Und was würde dann von Harriet Hemings übrigbleiben, fragte ich. Ihre Antwort lautete: »Namen sind Schall und Rauch.«

Sie hatte gelogen, als sie zu Anfang unseres Gesprächs behauptet hatte, sie hätte die Malerei aufgegeben, um nur noch Gott zu dienen. Maria Cosway malte immer noch, und sie malte ausgezeichnet. Sie selbst hatte die Fresken in den Privaträumen angefertigt, in denen wir uns nun aufhielten. Der offene Kamin war kunstvoll in Form einer Felsenhöhle gemeißelt, und der Feuerstelle gegenüber stand ein ebenso schön gemeißelter Brunnen. Die Wände des Salons waren mit Gemälden von Landschaften der verschiedenen Kontinente geschmückt.

»Dies«, sagte Maria Cosway und deutete in eine Ecke des Raumes, »dies ist der Hügel, auf dem ich Monticello und die Universität Ihres Vaters malen wollte, aber Ihr Vater hat mir nie eine Beschreibung geschickt. Vielleicht könnten Sie mir die beiden Gebäude beschreiben, dann könnte ich diesen Raum fertigstellen.« Sie lächelte.

Mir blieb fast das Herz stehen. Mich um eine Beschreibung von Monticello zu bitten, war etwa so, als ob man einen entflohenen Sträfling darum bäte, sein Gefängnis zu beschreiben. Und dennoch sah ich plötzlich voller Sehnsucht alles wieder vor mir, den westlichen Rasen, die schattigen Bäume, die Kuppel, die Wendeltreppe, die traurigen Korridore, die gelben Vorhänge, Mulberry Row ...

»Das Wohnhaus meines Vaters steht auf einem ebensolchen Hügel, wie Sie ihn gemalt haben. Es ist dem Pantheon in Rom nachempfunden, oder dem Marché des Halles in Paris, den ich selbst gesehen habe. Die Fassade ist dreigeteilt, es gibt einen linken und einen rechten Flügel, in der Mitte eine Eingangshalle und eine Veranda, die, nach griechischem Vorbild, von sechs Säulen umrahmt ist. Das Dach hat eine Kuppel, die sich mehrere Meter über die Fassade erhebt. Mein Vater hat sich sehr stark von Palladio beeinflussen lassen, wie er Ihnen sicherlich erzählt hat. Das Haus ist eher klein in seinen Proportionen. Es gibt keine große Treppe. Mein Vater kann Treppen nicht ausstehen, und beinahe hätte er vergessen, auch nur eine schmale Treppe einbauen zu lassen. Das Gebäude ist aus roten Backsteinen und hat weiße Fensterrahmen. Die Säulen sowie der Fries und die Fassade bestehen aus bemaltem Holz. Es gibt ausschließlich traditionelle Schiebefenster und keine Glastüren, wie man in einem Herrenhaus dieses Stils erwarten könnte.

Die Universität dagegen ist wesentlich eindrucksvoller. Sie ist kein in sich geschlossenes, massives Gebäude, sondern wurde nach dem Vorbild eines akademischen Dorfes erbaut und weist die verschiedensten architektonischen Elemente auf. Das Hauptgebäude ist wiederum nach dem Vorbild des Pantheon gebaut, jedoch nur halb so groß. Es hat einen Innenhof, der von einer Kuppel überdacht ist, die

Fassade ist in neugriechischem Stil gehalten, mit sechs Säulen, einem Fries und einer breiten Treppe, die zum Haupteingang führt. Auch diese Fassade ist dreigeteilt, wobei die beiden Flügel zur Rechten und zur Linken niedriger sind als der mittlere Teil. Das Gebäude ist nur zwei Etagen hoch, und die Kuppel etwa drei.«

»Vielen Dank«, sagte Maria Cosway, die sich, während ich sprach, Skizzen gemacht hatte.

»Das Hauptgebäude der Universität ist außerdem von schattigen Bäumen und Gärten im italienischen Stil umgeben. In der Ferne sind die Blue Ridge Mountains zu sehen. Ich hoffe, daß Ihnen das hilft«, sagte ich mit zitternder Stimme. »Monticello ist einer der schönsten Orte ganz Amerikas. Mein Vater hat sein ganzes Leben lang daran gebaut, und von dem Rest seines Vermögens hat er die Universität von Virginia bauen lassen. Meine Onkel haben alle gußeisernen Teile hergestellt und alle Holzarbeiten gemacht; und mein Vetter Burwell hat die Fenster verglast. Das Dach und die Gärten, die Fußböden und die Treppen sind alle durch die Arbeit meiner Familie entstanden.«

»Sie müssen mir beim Abendessen noch mehr erzählen. Ich kann Sie nicht hungrig nach Florenz zurückreisen lassen.«

In dem unfertigen, in goldenes Licht getauchten Raum, in dem überall Staffeleien herumstanden, nahmen wir einander gegenüber an einem Tisch Platz, um zu essen. Es gab Makkaronisuppe, anschließend Omelett mit Leber, Kalbsbries und Zucchini, gekochtes Rindfleisch und Wurst. Ein wunderschöner Blumenstrauß in einer Porzellanvase wurde auf den Tisch gestellt. Dann wurden Kalbszunge mit Trüffeln, eine Pfirsichspeise, Truthahnbraten, Pudding, Kalbsbraten und Reisküchlein aufgetragen. Es gab köstlichen Wein, Obst, Käse und Eiskrem. Nicht gerade ein Mahl, das ich von jemandem erwartet hätte, der den fleischlichen Genüssen abgeschworen hatte.

Nach dem Essen zogen wir uns in ein anderes Zimmer zurück, ihr *Cabinet*, das mit Büchern und kostbaren Drucken, Zeichnungen und Kuriositäten gefüllt war. Das Zimmer hatte einen großen Balkon, von dem aus man einen herrlichen Blick auf die Landschaft und die Brücke von Lodi hatte, auf der eine berühmte Schlacht stattgefunden hatte. Ebenso wie mein Vater hatte die Baronin Cosway sich eine Festung der Schönheit und Einsamkeit erbaut, wo nichts sie mehr erreichen konnte, wie es schien – genauso wenig wie meinen Vater noch etwas hatte erreichen können.

»Ich würde Sie gern zeichnen, Harriet. Lassen Sie mich eine Skizze machen, bevor sie gehen.«

Ich saß in den länger werdenden Schatten, während Maria Cosway zu zeichnen begann. Aus der Ferne hörte ich einen Mädchenchor das Te Deum singen.

»Im Jahre 1822, es muß kurz nach Ihrer Abreise von Monticello gewesen sein, hat ihr Vater mir geschrieben, er sei 1786 zusammen mit dem Grafen del Verme aus Mailand hier in Lodi gewesen und habe einen ganzen Tag lang, vom Sonnenaufgang bis zum Sonnenuntergang, in einer Meierei verbracht und den Leuten dabei zugesehen, wie sie Parmesankäse machten ... Eine seltsame Vorstellung, daß Ihr Vater hier gewesen sein soll ... bevor ich diesen Ort als meine Heimat wählte. ... Glauben Sie an das Schicksal, Harriet?«

»Ich glaube an den Zufall.«

»Sie sagten, Sie spielen Klavier, Harriet? Der Chor probt für unser nächstes Konzert. Vielleicht würde es Ihnen Freude machen, noch eine Weile hierzubleiben und für uns zu spielen?«

Ich schloß die Augen und stellte mir vor, wie es wäre, wenn ich im Kloster bliebe. In Lodi wäre ich in Sicherheit.

»Bleiben Sie doch«, sagte Maria Cosway plötzlich, so als sei ihr der Gedanke eben erst gekommen. »Es würde mich freuen, wenn Sie blieben. Ich glaube, Sie müssen sich von Ihrem Doppelleben ausruhen. Und Sie können mir alles erzählen. Jedes Geheimnis. Das hier ist schließlich ein Kloster.«

Ich war überrascht und wußte zunächst nicht, was ich sagen sollte. In ihrer Stimme hatte echte Anteilnahme mitgeklungen, aber auch eine Einsamkeit, die mir sehr vertraut war.

»Manchmal muß man sich von den Anstrengungen erholen, die es bedeutet, eine Rolle zu spielen«, fuhr sie fort. »Es ist eine große Erleichterung, sich in Gesellschaft von jemandem zu befinden, dem man nichts vormachen muß. Ihr Vater hat das gewußt und oft festgestellt.«

Ich wurde gewahr, daß Maria Cosway und ich uns auf eine vertraute Art unterhielten, die mich in gewisser Weise verblüffte, noch während ich sprach. Ich gab Gefühle preis, die ich lange Zeit in meinem tiefsten Innern bewahrt hatte: meine Scham darüber, ein illegitimes Kind zu sein, das Geständnis über meine wirkliche Hautfarbe, der Verrat, den mein Vater durch sein Schweigen an mir begangen hatte, die Bitterkeit darüber, daß ich meine Mutter verlassen hatte, den Abscheu, den ich empfand, weil ich Thance getäuscht hatte, und die Verachtung, die ich gleichzeitig für ihn hegte, wegen seines naiven Vertrauens in andere, meine Einsamkeit, mein Unvermögen, den wahren Grund für die Selbstverleugnung meiner Mutter zu begreifen, die Angst vor meinem Doppelleben, davor, daß ich erkannt wurde, mein Widerwille dagegen, gezwungen zu sein, das Leben einer Abenteurerin zu führen.

»Es gibt Schlimmeres, als eine Abenteurerin zu sein. Jede Frau, die ihr Leben selbst in die Hand nimmt, wird als solche betrachtet.«

»Na ja«, entgegnete ich, »ich würde mich eher mit einem See vergleichen, der auf dem Boden gefroren ist und nur an der Oberfläche Wellen zeigt, denn nichts interessiert oder amüsiert mich in meinem tiefsten Innern. ...«

»Nun, ich bin vierzig Jahre älter als Sie, und selbst in meinem Alter läßt man sich noch berauschen, selbst der Tod hat etwas Faszinierendes. Mir scheint, niemand liebt alle Dinge des Lebens so wie ich – ich habe oft mit Ihrem Vater darüber gesprochen – die schönen Künste, Musik, Bücher, die Gesellschaft, Kleider, Luxus, Aufregung, Ruhe, Lachen, Weinen, Liebe, Melancholie, Unsinn, den Schnee, den Sonnenschein, alle Jahreszeiten, jedes Klima, die Stillen Weiten Rußlands, die Berge um Neapel, den Frost im Winter, herbstliche Regengüsse, den launischen Frühling in Paris, den Bois de Boulogne. Ich weiß noch, wie Marly vor der Revolution war ... stille Sommertage, schöne, sternenklare Nächte. Ich liebe das alles, ich bewundere es – genau wie Ihr Vater. Wir sind als sinnliche Menschen geboren. Wir können uns an Gedanken betrinken, an Büchern oder an einer wissenschaftlichen Abhandlung ebenso leicht wie an Champagner oder Madeira – ja, noch leichter. Alles kommt mir erhaben vor. Ich möchte alles in mich aufnehmen: Gott, die Ewigkeit, die Liebe, das Vergnügen. Da ich in zwei oder in zwanzig Jahren ohnehin sterben muß, soll es in Ekstase geschehen, nicht der des Fleisches, sondern der des Geistes, des Glaubens – auf der Suche nach dem letzten Geheimnis.

Sie scheinen entsetzt zu sein, Harriet. Wußten Sie denn nicht, daß Ihr Vater auch so war? Ganz genau so?«

Als wir nach zwei Wochen voneinander Abschied nahmen, langte Maria Cosway in ihre Tasche und holte ein goldenes Medaillon hervor. Das Sonnenlicht brach sich in seinem Deckel, als es sich wie eine Lüge um sich selbst drehte.

»Ich habe etwas für Sie, das ich nicht mehr brauche.«

Das Bild in dem Medaillon war ein männliches Spiegelbild meiner selbst und hatte die stahlblauen Augen meines Vaters. Er war es. Oder ich war es. Ich blickte zu der Äbtissin auf, die mich anlächelte. Sie hatte mir das Porträt meines Vaters geschenkt, das John Trumbull 1789 für sie gemalt hatte.

»Behalten Sie es«, sagte sie. »Es gehört zu Ihnen. Zu Ihrer Biographie.«

»Woher wissen Sie, daß ich die bin, für die ich mich ausgebe?« fragte ich sie.

»Weil Sie hierhergekommen sind, Sie wunderbares Geschöpf.«

»Beten Sie für mich, *Madre.*«

»Oh, sorgen Sie sich nicht. Das habe ich vor, Harriet.«

FLORENZ,
19. MAI 1826

Mein lieber Thance,

heute ist mein Geburtstag. Was immer ich Dir an Leid angetan habe, darfst Du mir für den Rest unseres Lebens zurückzahlen.

Große Liebe schafft großes Unglück.

Wer hat Dir bloß erzählt, ich sei perfekt?

Ich werde zu Dir zurückkehren, wenn Du mich noch willst. Ich komme auf jeden Fall zurück.

Harriet

Es gibt Menschen, denen es bestimmt ist, in die Geschichte einzugehen. Zu diesen Menschen gehört Harriet. Ich, Maria Cosway, habe einst geglaubt, auch ich gehörte dazu, aber heute weiß ich, daß ich ein Nichts bin, eine Fußnote der Lebensgeschichten meines toten Ehemannes, meines sterbenden Geliebten und selbst dieser Negerin. Diesen dreien gehört die Welt, während ich nur eine Mieterin bin. Und dabei habe ich mir so sehr gewünscht, wie eine Heldin aus alten Zeiten über diesen Planeten zu wandeln, eine Rolle im Theater des Lebens zu spielen.

LODI, ITALIEN, 1826

Postscriptum:

Thomas, mein Freund, ich füge diesem, meinem letzten Brief an Dich, dieses Postscriptum hinzu in der Hoffnung, daß meine Nachricht Dich erreicht, bevor die Person, um die es hier geht, selbst nach Hause zurückkehrt. Harriet, Deine leibliche Tochter, hat mich gefunden und mir einen Besuch abgestattet. Ich wußte sofort, daß sie Deine Tochter ist, denn sie ist Dein Ebenbild in weiblicher Schönheit. Einen Augenblick lang, lieber Sir, fühlte ich mich in das Paris des Jahres 1787 zurückversetzt, in die Zeit mit Dir und Martha und Maria, in einen Teil unseres Lebens, der mir heute eher wie eine Fabel erscheint, als wirklich gelebtes Leben. Damals waren wir von Liebe, Freunden und Ruhm umgeben. Ich lud sie ein, eine Weile hier in meinem Kloster zu verbringen, und sie blieb zwei Wochen lang.

Harriet hat mir erzählt, was Du mir nie eingestanden hast: die Negerin Sally lebt immer noch an Deiner Seite, obwohl alle ihre Kinder verschwunden sind oder eines Tages mit Deiner Erlaubnis verschwinden werden. Was für eine merkwürdige Art, mit seinen Kindern umzugehen! Nichts *kann die Seele eines Menschen so sehr aushöhlen wie der Verlust eines Kindes von Deinem eigenen Fleisch und Blut, sei es durch Tod oder Hautfarbe, Streit oder Trennung. Schließe Frieden mit Deiner Tochter, mein Freund! Stirb nicht, ohne sie vorher freigelassen zu haben. Du bist der einzige, der es tun kann; kein Papier kann es. Das bist Du ihr schuldig.*

Du hast einmal gesagt, es gäbe kein Wesen unter der Sonne, dessen Glück Du mehr wünschtest als das meine, daß Du die Sonnenstrahlen bündeln wolltest, um das Zimmer zu vergolden, in dem ich wohnte und den Weg, auf dem ich wandelte. Deine Tochter, die sich als Tochter des Präsidenten gibt und die ihre wahre Identität nicht verleugnen kann, ohne sich irgendeines Vergehens schuldig zu machen, hat die gleiche Zuneigung in mir geweckt. Du hast einmal gesagt, Du weigerst Dich zu glauben, daß wir uns erst wiedersehen würden, wenn wir an einem Ort angelangt wären, an dem Zeit und Entfernung keine Bedeutung mehr haben. Aber, mein Liebster, wir sind fast an diesem Ort angekommen, und uns bleibt schrecklich wenig Zeit, um uns damit abzufinden.

Harriet hat mir eine seltsame Geschichte über Fingerabdrücke erzählt. Daß sie einmalig und unübertragbar sind, für immer eingraviert, wie ein Abdruck unserer Seele ... wie die Liebe ein unverwechselbarer Ausdruck unserer Identität. Da ich Katholikin bin, fällt es mir leicht, das zu glauben. Und weil ich eine Äbtissin bin, machen Harriets Geständnisse mich dafür verantwortlich, für ihre Erlösung zu sorgen, die in Deinen Händen liegt, in dem Verhältnis zwischen Vater und Tochter.

Das Vespergebet beginnt. Schade, daß Du niemals das Gemälde von Monticello sehen wirst.

Adieu

Ich, die Unterzeichnende, Baronin Maria Louisa Cecilia Cosway, geborene Hatfield, Äbtissin des Konvents der Englischen Fräulein, Collegio della Grazie, in der Grafschaft Lodi, Piemont, Italien, Weiße, geboren am 16. Juni 1760 in Genua, englische Staatsbürgerin, Witwe, fünfundsechzig Jahre alt, schwöre hiermit, daß Harriet Hemings von Monticello, illegitime Tochter Thomas Jeffersons, am Sonntag, dem neunzehnten Mai 1826, mein Kloster nach einem zweiwöchigen Aufenthalt verlassen hat, um nach Amerika zurückzukehren. Am folgenden Tag fügte ich das oben aufgeführte Postscriptum einem Brief bei, den ich an Thomas Jefferson Esquire, Monticello, Albemarle County, Virginia, Vereinigte Staaten von Amerika, adressierte. Besagten Brief schickte ich per Frachtboot am 20. Mai 1826 ab.

Baroneß Maria Louisa Cecilia Cosway

16

Das Problem hat dem Anschein nach genug Ähnlichkeit mit einer moralischen Frage, um den Leuten Sand in die Augen zu streuen und ihre Phantasie zu beschäftigen; für die Wissenden dagegen ist es lediglich eine Frage der Macht ... wirkliche Moral ist auf der anderen Seite.

THOMAS JEFFERSON

Laut kreischende Möwen füllten den hellen Sommerhimmel und umkurvten die Matrosen auf den Rahen und Masten, als wir am 29. Juni 1826, kurz vor Mittag, in die Mündung des Delaware segelten. Brice, Mrs. Willowpole und ich standen an Deck und sahen, wie die niedrige Silhouette von Philadelphia langsam vor unseren Augen auftauchte: die zweistöckigen Lagerhäuser und die schindelgedeckten Geschäfte, die Schiffswerft mit ihrem Mastenwald, neue Fabriksgebäude aus rotem Ziegelstein und die graugrünen Hügel und das Ackerland hinter dem spitzen Turm der St.-Martins-Kirche. Im Vergleich zu den großartigen Häfen von London, Calais und Genua war diese Landschaft, in der ich das zweite Vierteljahrhundert meine Lebens verbringen sollte, wenig einladend. Auch wenn Dorcas Willowpole eine behagliche Umgebung erwartete, war sie, wie ich, eine einsame Frau mit verdächtigen Ambitionen. Meine Beschützerin drückte meinen Arm. Sie war über unsere Heimkehr so erfreut wie ich besorgt.

Ich kam mir so alt vor wie die Hügel am Horizont. Mein blaßgrün und weiß kariertes Baumwollkostüm mit den blauen Paspeln und Schleifen hatte ich mir von dem großzügigen Gehalt leisten können, das Mrs. Willowpole mir gezahlt hatte. Die Röcke wurden allmählich immer weiter; statt der schmalen Kleider ohne Petticoat, wie sie noch vor ein paar Jahren in Mode gewesen waren, trug man jetzt aufwendig geschmückte Korsagen und knöchellange Röcke, die aus unzähligen Metern Stoff zu bestehen schienen. Von nun an breiteten sich die Röcke wie Öllachen auf Wasser zu immer größeren Kreisen aus, bis sie steif waren wie Segel und einen Durchmesser von einem Meter fünfzig erreichten. Die Taillen waren schmaler geworden und wurden mit Hilfe von Fischbein und Elfenbein immer enger geschnürt, während die Krinolinen immer ausladendere Formen annahmen. Ich faßte mit der Hand an meinen Kopf, auf dem ein blaßgrüner Borsalino-Filzhut saß, so genannt nach einem der berühmtesten Hutmacher Italiens. Er hatte fast den gleichen Umfang wie mein Rock und trug ein seidenes Hutband in einem dunkleren Grünton. Der Hut saß verwegen schräg auf meinem Kopf, seine weiche Krempe verdeckte fast meine rechte Gesichtshälfte und wurde von einem langen Chiffonschal, dessen Enden über meinen Rücken fielen, festgehalten. In meiner Hand hielt ich eine Reisetasche aus grünem Wildleder und eine kleine weiße Lederhandtasche, passend zu meinen weißen Lederhandschuhen.

Als ich die Gangway der *Aurora* hinunterging, entdeckte ich die einsame Gestalt von Adrian Petit, der mit Independence auf dem Kai wartete. Thance war nicht zu sehen. Auch Charlotte nicht. Wir umarmten uns, und Petit überreichte mir einen Brief aus Monticello. Er kam von meiner Mutter, und er war mehr als drei Wochen alt. Mein Vater lag im Sterben und wollte mich ein letztes Mal sehen.

»Sie wissen davon, Petit?«

»Ja. Joe Fossett, der den Brief überbracht hat, hat es mir erzählt. Ich habe nicht gewagt, den Brief nach London zu schicken, aus Angst, er würde dich dort nicht mehr erreichen … Harriet, du siehst umwerfend aus – älter und klüger. Und welch eine Pracht!«

Ich kniete nieder, um Independence in die Arme zu nehmen, bis Petit mich wieder aufrichtete. Er strahlte vor Glück, und die vielen Lachfalten ließen sein Gesicht wie einen faulen Pfirsich aussehen.

»Meine Kleine ist wieder da!«

Um Ärger zu machen, dachte ich.

»Ich habe Ihnen so viel zu erzählen, Onkel. Vieles, das ich in meinen Briefen nicht erwähnt habe.«

»Ich habe einiges zwischen den Zeilen gelesen, Harriet. Das kann alles warten. Du mußt nach Monticello fahren.«

»Ich habe mir geschworen, nie mehr dorthin zurückzukehren.«

»Vielleicht kannst du vollenden, was dein Onkel James vergeblich zu erreichen versucht hat. Rette deine Mutter. Wenn dein Vater nicht mehr ist, gibt es nichts, was sie noch in Monticello hält.«

Mit seiner schlauen französischen Mentalität hatte Petit angesprochen, was er für das einzige Argument hielt, das mich dazu bewegen würde, nach Monticello zurückzukehren.

»Sie haben Charlotte nichts von meine Ankunft erzählt?«

»Ich habe niemandem davon erzählt. Auf diese Weise brauchst du deine Reise nach Monticello niemandem zu erklären, nicht einmal Mrs. Latouche.«

»Und Thance?«

»Thance ist nicht hier, Harriet. Er und Thor sind noch in Kapstadt. Ich glaube allerdings, daß sie vor dem Ende des Sommers wieder heimkehren werden.« Seine Augen schienen mich zu ermahnen: eins nach dem andern.

»Aber ich habe ihm geschrieben … aus Italien.«

»Dann hat seine Mutter den Brief an ihn weitergeschickt. Vielleicht. Vielleicht aber auch nicht …«

»Ich habe Maria Cosway in Lodi besucht. Sie lebt noch«, platzte ich plötzlich heraus. »Sie hat mir das hier gegeben.« Ich löste die Miniatur mit dem Porträt meines Vaters von meinem Rockband, wo ich es zusammen mit meiner Uhr und dem Porträt von Thance trug.

»Jetzt haben also alle eins, dank dem teuflischen Trumbull«, sagte Petit geheimnisvoll. Er hielt die Miniatur zärtlich in seiner Hand, so als ob sie tausend Erinnerungen heraufbeschwor.

Es gelang mir, noch für denselben Tag eine Passage nach Richmond zu buchen. Ich nahm nur meine Reisetasche mit auf den Dampfer, der zwischen den beiden Städten verkehrte, und verabschiedete mich von Brice und Dorcas, die einen Dampfer nach New York nahmen.

Ich wollte meinen Bruder Thomas aufsuchen, der in Richmond lebte, seit ich ein kleines Mädchen war. Er besaß ein Haus in einem kleinen Vorort, weit entfernt vom Stadtzentrum. Nach meiner

Ankunft in Richmond fuhr ich direkt zu ihm. Als ich durch das Gartentor trat, schwang die Tür des blaßgrünen Holzhauses geräuschlos auf, ohne daß ich geklopft hätte, und schloß sich ebenso lautlos hinter mir. Ich war drei Jahre alt gewesen, als Thomas von Monticello fortgelaufen war, und seitdem hatte ich ihn nie wieder gesehen. Ein fremder, blondgelockter Hüne mit einem ernsten Gesichtsausdruck begrüßte mich mürrisch. Er war sechsunddreißig Jahre alt.

»Woher weißt du, daß ich die bin, für die ich mich ausgebe?« fragte ich lächelnd, als er wortlos vor mir stand.

»Wer sonst könntest du denn sein, Harriet?« erwiderte er. »Du bist hier, weil er im Sterben liegt.«

»Hast du ihn gesehen?«

»Ich habe ihn seit zweiundzwanzig Jahren nicht gesehen, und ich habe nicht vor, ihn jetzt zu sehen, tot oder lebend. Ich habe sogar meinen Namen geändert, nenne mich jetzt Woodson, nach dem Mann, für den ich arbeite, also brauche ich ihn auch nicht als meinen Erzeuger anzuerkennen. Genau wie du deinen Namen geändert hast, wie du sagst. Du heißt jetzt Petit. Die weiße Miss Petit. Du hättest nicht als weiß durchzugehen brauchen, Harriet.«

»Was hatte ich denn für eine Wahl, Thomas?«

»Dieselbe, die ich hatte. Ich bin auf der schwarzen Seite geblieben.«

»Das sieht man dir aber nicht an.«

Er lachte rauh und bitter. »Du glaubst offenbar, daß du als Weiße glücklicher bist. Aber das ist deine Vorstellung von Glück – eine hohe soziale Stellung, ein sicheres Zuhause und eine Familie, die dir niemand nehmen kann. Dinge, die Weiße als selbstverständlich betrachten. Ich verstehe nicht, wie es dir so wichtig sein kann, diese Dinge zu besitzen, daß du deine echte Familie dafür opferst. Wenn du bereit bist, deine Familie, deine Vergangenheit, deine Geschichte und alle, die dich lieben, zu verleugnen, nur um zu den Weißen zu gehören, dann werde ich dir nicht noch mehr Schmerz zufügen, als du dir bereits selbst zugefügt hast, indem ich dich hasse … du lebst ja jetzt schon in einem Irrenhaus.«

»Als Neger kann man nicht in Würde leben …«, sagte ich.

»Wie schon unsere Vorfahren glaube ich daran, daß der Haß nicht gegen mich als Individuum gerichtet ist, sondern gegen meine Rasse, meine Hautfarbe, meine Pigmente – und das bewahrt mich davor, völlig zu verzweifeln. *Ich* kann als Individuum in Würde leben, auch wenn ich das als Neger nicht kann.«

»Ach, Thomas.«

»Komische Sache, das Durchgehen als weiß. Wir lehnen es ab, und dennoch vergeben wir denen, die es tun. Wir verachten es, und dennoch gibt es manche, die es bewundern. Wir schrecken mit einem gewissen Abscheu davor zurück, und dennoch schützen wir es.« Er machte eine Pause. »Was du tust, ist sehr gefährlich, Harriet. Wenn Vater erst einmal tot ist, können unsere Vettern und Kusinen dich entführen und gegen deinen Willen festhalten. Sie können dich in Ketten legen.«

»Das würden sie nicht wagen!«

»Was denn? Martha? Jeff? Die Carrs? Wer zum Teufel glaubst du eigentlich, daß du bist, Harriet, mit deinen vornehmen Kleidern, deinem englischen Akzent und deinen gebildeten Manieren? Hier unten bist du ein Nigger! Bewegliches Eigentum. Und im Norden ebenfalls! Du bist etwas voreilig, Schwester.«

»Ich mußte zurückkommen. Ich bin gekommen, um *Maman* zu holen, ich bringe sie von hier weg. Was soll sonst aus ihr werden?«

Thomas sah mich so mitleidig an, daß ich mich wie seekrank fühlte.

»Du glaubst, er wird dich freilassen, weil er im Sterben liegt, nicht wahr? Du denkst, auf dem Sterbebett wird er endlich sein Versprechen erfüllen und die Worte sagen, von denen du dein Leben lang geträumt hast. ›Meine Kleine, es tut mir leid, daß ich dich zur Sklavin gemacht habe. Ich entschuldige mich für das, was ich getan habe. Bitte vergib mir. Ich liebe dich ... Hiermit lasse ich dich und deine Mutter frei, weil ich euch liebe.‹ Du arme Irre! Er wird es nicht tun«, sagte Thomas leise. »Er bringt es nicht fertig. Es verstößt gegen seine Prinzipien. Es verstößt gegen die Prinzipien seines Landes.«

Schweigen.

»Du weißt«, fuhr er tonlos fort, »wenn dir irgend etwas zustößt, bin ich derjenige, der die Verantwortung übernehmen muß. Ich bin dein ältester Bruder. Und der einzige von uns, der frei ist. Eston und

Madison können ihre Hand nicht gegen ihre Herren erheben. Ich bin derjenige, der dich da herausholen muß ... mit einem Gewehr.«

Thomas begleitete mich bis zur Pantops Plantage, wo er sich abrupt von mir verabschiedete. Er sagte, er habe seit zweiundzwanzig Jahren keinen Fuß mehr auf den Boden von Monticello gesetzt und hege nicht die Absicht, es jetzt zu tun. Die Villa meines Vaters war nur noch eine Viertelmeile entfernt. Ich gab meinem geliehenen Pferd die Sporen und ritt auf den Ort zu, von dem ich mir immer noch einbildete, er sei mein Zuhause. Kurz vor Sonnenuntergang erreichte ich die Hügelkette, von der aus man auf Monticello hinunterblicken konnte, und hielt den Atem an, als ich seine felsige Grenze überquerte. Ich betrachtete das Haus meines Vaters.

Die abblätternde Farbe, die bröckelnden Ziegel, die immer noch nicht reparierten Verandadielen und Roberts rostige Eisengitter waren aus der Entfernung und im goldenen Licht der Abendsonne nicht zu erkennen. Im Schatten von mächtigen Bäumen und umgeben von Gärten, die von niedrigen Mauern eingefaßt waren, stand das Haus mitten auf dem dreieckigen Grundstück, das in sanftem Grün schimmerte. Dahinter waren die sandfarbene Mulberry Row zu erkennen und die in regelmäßige Rechtecke eingeteilten Sassafrasfelder, die sich bis zu den größeren, noch nicht abgeernteten Tabakfeldern erstreckten. An der nördlichen Grenze verlief wie ein silbrig glitzerndes, gewundenes Band der Ravenna River. Die Fenster im Haus waren schon erleuchtet, und Rauch stieg aus den Kaminen auf. Auf dem westlichen Rasen, wo ein beladener Wagen geparkt stand, grasten ein paar Merinolämmer. Ich konnte sogar die Schatten von Gestalten hinter den Fenstern erkennen, Kinder, die auf dem Rasen vor dem Haus spielten, Leute, die auf den Feldern arbeiteten, und auf den Koppeln weidende Pferde.

Die Welt der Sklaverei stieg aus dem Tal herauf und schnürte mir die Kehle zu. Sie schien das Leben, das ich ihr gestohlen hatte, zurückzufordern.

Trotz ihrer ambitionierten Architektur, ihrer Steinmetzarbeiten und hölzernen Säulen erschien die Villa mir wesentlich kleiner, als ich sie in Erinnerung hatte, ja, sie kam mir vor wie eine kleinere Nachbildung, die auf magische Weise ihren Platz eingenommen hatte. Mit einemmal überkam mich die Sehnsucht, die ich während der letzten vier Jahre so eisern verdrängt hatte, nicht nach der Sklaverei, sondern nach diesem Ort, dem einzigen Ort auf der Welt, an den ich gehörte, der einzige Ort, der meinen wirklichen Namen kannte.

»*Maman*«, flüsterte ich.

»Du bist eine schöne Frau geworden, Harriet.«

»Danke, *Maman.*«

Anstatt vier Jahre hätte es genauso gut vier Tage her sein können, seit ich meine Mutter zum letztenmal gesehen hatte. Kein Tag meiner Abwesenheit hatte auf ihrem Körper oder in ihrem Gesicht Spuren hinterlassen.

Anstelle ihres schwarzen Leinenkleides, der weißen Schürze und des weißen Turbans trug sie ein rotgrün kariertes Taftkleid mit einer gelben Schürze und einer kleinen Tournüre, so als habe sie sich fein gemacht, um mir zu gefallen. Der gelbe Untergrund des Karos betonte die schöne Farbe ihrer goldenen Haut und ihrer goldenen Augen, und die Rubinohrringe aus Paris, die sie immer trug, leuchteten im Licht der Laterne.

»Papa?«

»Schwach. Wir nehmen an, daß er noch einen Schlaganfall erlitten hat, aber wir sind uns nicht sicher. Burwell schwört, er wird noch bis zum vierten Juli durchhalten.«

»Hat er wirklich darum gebeten, mich zu sehen, oder hast du dir das ausgedacht, *Maman?*«

»Er hat darum gebeten. Er hat darum gebeten, obschon er wußte, welches Risiko du eingehen würdest, wenn du herkämst. Er glaubt, er könne dich immer noch vor seiner weißen Familie beschützen, solange er lebt.«

»Denk dran, *Maman*, ich habe britischen Boden betreten. Ich bin frei.«

»In *deinem* Bewußtsein und in den Augen deines Verlobten, aber nicht im Staat Virginia. Du wirst bald in den Besitz deiner Halbschwester Martha übergehen.«

Meine Mutter sagte das mit einem solch boshaften Vergnügen, daß ich trotz all meiner guten Vorsätze einen Anflug von Zorn nicht unterdrücken konnte. Es *gefiel* ihr, mir das zu sagen, so als könnten die Worte ihr eigenes Sklaventum rechtfertigen.

»Nach den Sklavengesetzen von Virginia, für die Sklavenpolizei, einen Sheriff oder einen Kopfgeldjäger bist du immer noch eine entflohene Sklavin. Die Leute in der Mulberry Row werden sich das Maul zerreißen«, fuhr sie in ihrer weichen, honigsüßen Stimme fort.

»Dann laß sie doch, wenn sie ihren Mund nicht halten können«, entgegnete ich ärgerlich und fiel mit jedem Wort mehr zurück in meinen Virginia-Akzent.

Meine Mutter erwiderte nichts. Statt dessen trat sie scheu auf mich zu und nahm mich auf Zehenspitzen in ihre Arme. Sie versuchte, mich mit ihrem winzigen Körper zu umschlingen, und ich drückte sie fest an mich. Ich empfand Mitleid für sie und zugleich eine zärtliche Zuneigung. Sie war so klein, so zerbrechlich. Meine Äbtissin von Monticello.

»Wenn alles vorbei ist, kommst du mit mir mit«, sagte ich.

»Denk erst gar nicht darüber nach, Harriet. Ich werde Monticello niemals verlassen, außer in einer Holzkiste.«

»Wir werden darüber reden, wenn es soweit ist«, sagte ich. Plötzlich überkam mich eine große Müdigkeit, ich war erschöpft von meiner Fahrt hierher, von der Seereise, von der Vorstellung, meinem sterbenden Vater gegenüberzutreten, von allem.

Die Plantage hatte mich wieder. Ich spürte die Anwesenheit meiner Vettern und Kusinen, meiner Tanten, Neffen, Brüder, Halbschwäger und -schwägerinnen beider Hautfarben: der Carrs, der Eppes', der Jeffersons, der Randolphs und der ewigen Hemings'. Sie alle bekriegten sich immer noch gegenseitig in diesem kleinen Ameisenhaufen der Sklaverei.

»Wer ist alles auf Monticello?«

»Alle. Martha und alle Kinder. Cornelia, Ellen. Jeff hat die Leitung der Plantage übernommen. Die Eppes' sind hier. Peter Carr ist hier, um Jamey und Critta zu besuchen.«

»Ich meinte die Hemings', *Maman.*«

»Peter arbeitet immer noch als Koch. Critta, Thenia, Robert, sie sind alle da. Joe Fossett. Mary und Martin, Bette und John, und natürlich Wormley und Burwell … deine Brüder …«

»Keiner ist geflohen?«

»Du redest wie James, als er damals aus Spanien zurückkam, um mich abzuholen ... als er mich anflehte, Monticello zu verlassen.«

»Nach Vaters Tod gibt es nichts mehr, was dich hier noch hält«, sagte ich.

Wir standen draußen auf der Veranda, denn meine Mutter hatte mich noch nicht ins Haus gebeten. Die nächtlichen Geräusche, die von den Schuppen und hölzernen Hütten entlang der Mulberry Row zu uns herüberdrangen, klangen wie leise Musik. Das Klappern aus den Küchen, in denen das Abendessen vorbereitet wurde, mischte sich mit dem Gesang der Sklaven, die von ihrer Arbeit in den Feldern zurückkehrten. Es waren Schreie von spielenden Kindern zu hören, Mütter, die zur Ordnung riefen, und von der mit Ziegelsteinen gepflasterten Straße erhob sich ein fast hörbarer Duft, der die Geräusche wie ein langgezogener Ton begleitete.

Warum war ich überhaupt nach Hause gekommen? Um zu trauern oder um mich in Schadenfreude zu ergehen? Ich betrachtete das schöne Profil meiner Mutter, das sich gegen das rauhe Holz der Küche abhob. Was hatte ich von ihr erwartet? Auflehnung? Bewunderung? Träume? Sie konnte mich nicht überraschen. Wie eine Pflanze oder ein Tier ordnete sie sich dem jeweils stärkeren Willen unter, ohne darüber nachzudenken. So hatte sie es mit meinem Vater gemacht, und so machte sie es jetzt mit mir. Ich seufzte. Man konnte weder an ihr vorbei noch über sie hinweggehen; man mußte durch sie hindurch.

Ich hatte keine Lust mehr, auf der Veranda herumzustehen, schob sie beiseite und betrat die Küche. Meine Mutter schüttelte den Kopf, als wolle sie sagen, ich hätte mir die Manieren einer Weißen angewöhnt. Aber in Philadelphia hatte ich gelernt, mich auf eine andere Art zu bewegen. Ich schritt frei und beherzt aus, anstatt meinen Blick verwirrt zu senken und mir den Kopf darüber zu zerbrechen, ob es ratsam war oder nicht, die Aufmerksamkeit anderer auf mich zu ziehen. Ich hatte gelernt, einen gewissen Respekt zu erwarten, Aufmerksamkeit gegenüber meiner Stimme und meiner Meinung. Mit der Erziehung, die ich im Norden genossen hatte, hatte ich auch Freiheiten erworben. Und ich war davon überzeugt, daß sie mir zustünden, denn meine Stimme, meine Meinung und meine Person hatten ihren eigenen Wert. Und natürlich entging dies meiner Mutter nicht. Für solche Dinge besaß sie ein feines Gespür.

Kaum hatte ich das Haus betreten, schien die Küchenluft mit ihren vertrauten Gerüchen meine Verkleidung zunichte zu machen. Mit einemmal war ich wieder Harriet Hemings, das Mädchen für alles, die Spinnerin in der Weberei am Ende der Straße. Einen Moment lang stand ich mit klopfendem Herzen da. Die Küche mit ihrem Durcheinander kam mir noch ärmlicher und schäbiger vor als je zuvor, als ich an die geräumigen, hellen Küchen der englischen Landhäuser dachte, mit ihrem Silber und blankpolierten Kupfer, ihren Herden aus Eisen und Porzellan und den blitzblanken, sauber angeordneten Küchengeräten. Die Tür zur Vorratskammer stand offen, ein unerhörter Verstoß gegen die Ordnung in diesem Hause. Ich spähte hinein und sah die Gläser mit Eingemachtem in den Regalen stehen, Rauchfleisch, Käse und gepökelten Fisch, Quark und eingelegte Kirschen. Von der Decke hingen etwa ein Dutzend geräucherte Schinken, Speckseiten und Würste. Erinnerungen an unzählige Mittag- und Abendessen, Frühstücke und Grillfeste schlummerten in dieser Speisekammer. Bilder von langen Reihen von vorfahrenden Kutschen, Cricketspielen auf dem Rasen, von schwarzen und weißen Kindern, die auf dem Gras herumtollten, von bellenden Hunden, schnaubenden Pferden, Ponywagen, Sklavenorchestern, Banjos, Violinen und Musik tauchten vor mir auf. Ich wandte mich wieder der Küche zu. All das gehörte der Vergangenheit an. Tod und Armut waren in dieses Haus eingezogen und würden es nie wieder aus ihren Klauen lassen. Mein Vater würde seine weiße Familie als arme Schlucker zurücklassen und seine schwarze Familie mit nichts als ihren Körpern als Ware. Ich konnte es riechen. Ich konnte es fühlen. Ich konnte es schmecken.

»Manchmal«, sagte meine Mutter, »ist es so schlimm, daß er nicht einmal mehr weiß, wer er ist oder wer ich bin, oder wer Marthas Kinder sind. Nur seine Häuser kennt er noch. Er erinnert sich an die Namen seiner Häuser. Jeff Randolph kümmert sich jetzt um seine Geschäfte, aber er hätte das lieber Madison oder Eston überlassen sollen, denn Jeff, der gute Junge, hat keine Ahnung, wie er eine sterbende Plantage führen soll – oder wie er sie retten könnte. Nachdem er alle anderen Plantagen verkaufen mußte, war er gezwungen, auch alle seine besten Sklaven zu verkaufen.«

»Aber Vater hat Martha Wayles versprochen, er würde uns niemals verkaufen! Und jetzt läßt er Jeff ihre eigenen Onkel, Nichten, Neffen, Halbschwestern und Halbbrüder verkaufen.«

»Wann«, erwiderte meine Mutter, »war je ein verzweifelter Plantagenbesitzer davon abzuhalten, zu tun, was er für notwendig hält? Jeff will die Schulden deines Vaters tilgen, und das kann er nur, indem er verkauft und verkauft.«

»Und was ist mit dem, was er uns schuldig ist – den Hemings? Dir und Onkel Robert, Martin ... uns allen.«

»Es ist schon immer eine besondere Schwäche deines Vaters gewesen, sich einzubilden, er sei über die notwendige Kunst, sich in der Geschäftswelt zu behaupten, erhaben. Und jetzt, angesichts einer Katastrophe nach der anderen, ist es schwer zu sagen, ob es gefährlicher ist, stillzuhalten oder sich zu bewegen. Die Gewohnheiten deines Vaters, seine Vorlieben, seine Extravaganzen, seine Bekanntschaften, seine Erziehung, selbst sein aufrechter Charakter, sein Mangel an Geschäftssinn, sein hitziges Temperament – alles, was ihn zu einem typischen Mann aus Virginia macht, hat ihn auch zum Opfer von Inkompetenz, Naivität, Fehlspekulationen und schlechten Krediten gemacht. Und nun müssen wir dem Bankrott ins Auge sehen.

Selbst Eston hat sich darüber beklagt, daß sein Vater nichts von den geschickten Rechtsgriffen verstand, die man benötigt, um einen großen Besitz zu verwalten: wie man einen Bankrott vortäuscht, wie man Transportpapiere fälscht oder sein Vermögen seiner Frau oder Tochter überschreibt. Von solchen Tricks, wie zum Beispiel einen Neger, der angeblich an irgendeiner Phantasiekrankheit gestorben war, in einem Sarg zum Friedhof bringen zu lassen, nur um ihn rechtzeitig an den Ufern des Chattahoochee River wieder ›auferstehen‹ zu lassen, hat der Präsident noch nie etwas gehört. Er hatte keine Ahnung von doppelter Buchführung, ungesicherten Krediten von befreundeten Bankiers oder davon, wie man seinen politischen Einfluß einsetzt, um Mißernten abzusichern. Und, wie Eston sich ausgedrückt hat, er hat sich als Südstaatler wie ein Narr verhalten, aber seine Pleite wie ein Gentleman ertragen. Und um dem etwas entgegenzusetzen, hat er versucht, wenigstens einen Teil seines Traums zu bewahren: das Herrenhaus und die Universität. Wie ein Bettler hat er die Regierung von Virginia angefleht, ihm zu gestatten, seine Ländereien in einer Lotterie zu versteigern, um mit dem Erlös seine Gläubiger bezahlen zu können, und hat ihnen ergeben all die Dienste aufgezählt, die er der Nation im Laufe seines Lebens erwiesen hat. Als er erfuhr, daß sein alter Freund, General Lafayette, der ihn hier besuchte, von der Regierung der Vereinigten Staaten mehr als einhunderttausend Dollar erhalten hatte, als Dank für seine Verdienste während der Revolution, hat er einen schrecklichen Wutanfall bekommen. Und mein Thomas, der Vordenker, der Erfinder der Revolution, stand da mit Löchern in den Stiefeln. Sogar die Lotterie war ein Reinfall. Niemand hat seine Aktien gekauft.«

Ich war schockiert.

»Am besten, du erwähnst die Lotterie deinem Vater gegenüber nicht. Er glaubt, daß er damit sein Haus gerettet hat und als zahlungsfähiger Mann sterben kann.«

»Was sagt Thomas Mann zu alldem?«

»Martha Jeffersons Mann weigert sich immer noch, einen Fuß über die Schwelle dieses Hauses zu setzen, Harriet. Er hat sich mehr als alle anderen verändert, seit du fortgegangen bist.«

»Aber du hast dich nicht verändert, Mutter.«

Meine Mutter sah verwundert auf, sie war, wie immer, ohne jede Eitelkeit.

»Findest du nicht?«

»Als ich noch klein war, sahst du genauso aus wie jetzt, *Maman*. Es ist unglaublich, wie wenig du dich verändert hast. Die Zeit scheint dir nichts anhaben zu können.«

»Aber der Kummer schon.«

»Wieso hast du Kummer? Du wirst bald frei sein.«

»Ich werde niemals frei sein.«

»Er wird dich sicherlich auf dem Sterbebett freilassen«, sagte ich, unfähig, meine Tränen zurückzuhalten.

Meine Mutter schwieg. Sie hatte mir ihren geraden, schmalen Rücken zugewandt, als sie an ihrem Schlüsselbund hantierte und den

Schlüssel zur Speisekammer suchte. Sie drückte die Tür zu und verschloß sie.

»Nein.«

»Dann lauf weg«, rief ich. »Komm mit mir, bevor es zu spät ist.«

»Ach Harriet, ich bin zu alt, um fortzulaufen.«

»Sei nicht albern, *Maman.* Freiheit bedeutet nicht Fortlaufen – es bedeutet, zum erstenmal wirklich zu leben!«

Ich drehte mich um, weil ich jemanden kommen hörte, und sah Burwell, der durch den Flur eilte, welcher die Küche mit dem Haupthaus verband. Inzwischen mußte jeder Sklave in Monticello wissen, daß Harriet Hemings nach Hause zurückgekehrt war.

»Schnell, lauf hinunter zu Grandma Elizabeths Hütte, bis ich dir ein Zeichen gebe, daß die Luft rein ist«, ermahnte er mich.

Zu meiner Überraschung war Burwell unerbittlich. Wenn ich auf Monticello bleiben wolle, müsse ich mich wie die entflohene Sklavin, die ich nun einmal war, verstecken. Ich war also wirklich wieder in den Vereinigten Staaten angekommen. Und so fand ich mich in der verlassenen Hütte meiner Großmutter wieder, die als Depot für die Möbel meiner Mutter diente, wo ich durch das mit Brettern zugenagelte Fenster auf die Mulberry Row hinausspähte. Aber trotz der Entfernung und der Dunkelheit erkannte ich meine Brüder Eston und Madison, die auf die Hütte zugeeilt kamen. Dann sah ich sie nicht mehr, denn meine Augen hatten sich mit Tränen gefüllt.

Ehe ich noch dazu kam, die Lampe hochzudrehen, wurde ich in einer wilden, brüderlichen Umarmung herumgewirbelt. Eston war mindestens zehn Zentimeter gewachsen. Er war genauso groß wie sein Vater, dem er wie ein Zwilling glich. Seine blauen Augen funkelten, und seine rotblonde Mähne leuchtete im Lampenlicht. Er roch nach Weizen, Erde und Holzspänen, und sein schlanker, sehniger Körper preßte sich an mich, als sei er gerade einer schrecklichen Gefahr entronnen. Madison tollte um ihn herum wie ein junger Hund, Madison mit den grauen Augen und den sandfarbenen Haaren, der mit den Armen ruderte wie ein Chordirigent. Unsere Schatten hüpften über die Wände, die aufgestapelten Kisten und die niedrige Decke, als wir in unserer dreifachen Umarmung lachend und weinend eine Art makabren Tanz aufführten. Ich hatte ihnen so viel zu erzählen, daß ich erst mit meinem Bericht endete, als die Morgendämmerung heraufzog.

»So sieht also die Freiheit aus«, sagte Eston.

»Nun, wie sieht es denn aus, weiß zu sein?« fragte Madison.

»Ach Madison, laß das! Du redest immer zuviel! Harriet geht hier nicht als Weiße durch, nicht heute nacht.«

»Dieselben Probleme, Madison. Dieselbe Sonne. Derselbe Mond. Derselbe Regen. Derselbe Himmel«, erwiderte ich. »Derselbe …«

»Bockmist«, sagte Eston. »Wenn es keinen Unterschied macht, Schwester, was soll das Ganze dann?«

»Ich habe nicht gesagt, daß es keinen Unterschied macht. Der größte Unterschied ist nicht, weiß zu *sein*, sondern die Welt der Weißen, wie ich sie euch beschrieben habe. Was wissen wir denn schon von der Welt, solange wir hier in diesem Sklavenmausoleum begraben sind? Wir werden beherrscht, gekauft und verkauft von Leuten, die kaum lesen und schreiben können. Monticello ist nichts als ein Staubkorn auf diesem Planeten, ein unbedeutendes, provinzielles Nest. Es gibt … eine ganze Welt da draußen. Und es gibt eine Bewegung – eine Bewegung, die sich für die Abschaffung der Sklaverei in dieser Hemisphäre einsetzt. Das ist es, was unsere Herren in den Südstaaten uns vorenthalten … und es gibt einen ganzen Kontinent, der uns gehört – Afrika. Ich kann euch sogar ein Bild davon zeichnen.«

»Und wo gibt es diesen Kontinent, außer in der Phantasie der Weißen, die ihn sich als bodenlosen See für Diebe und Entführer ausgedacht haben?«

»Das wird nicht immer so sein, Eston. Als ich von hier fortging, dachte ich, die Sklaverei würde ewig sein. Jetzt weiß ich, daß das eine Lüge ist. Der Sklavenhandel ist abgeschafft. Als Nächstes wird die Sklaverei abgeschafft. Die Welt bewegt sich schneller, als ihr euch das vorstellen könnt. In der modernen Welt mit ihren phantastischen Erfindungen, neuen gesellschaftlichen Prozessen und einer neuen Lebenseinstellung, die durch diese Wunder entsteht, ist die Sklaverei dem Untergang geweiht. Es ist eine Frage der Zeit, aber ich glaube fest daran, daß wir – du, ich, Jeff, Ellen, Cornelia – das erleben werden.«

»Weiße und Schwarze sind gleich?«

»Weiße und Schwarze, die von der Schwerarbeit befreit sind. Ich habe euch alle Traktate der Sklavereigegner mitgebracht, deren ich habhaft werden konnte. Die Schriften von Wilberforce und Clarkson und Dutzende andere. Verteilt sie an alle, die lesen können.«

»Aber du hast uns noch nicht erzählt, wie es ist, weiß zu sein.«

»Um Himmels willen, Madison, ich habe es euch erzählt. Es gibt keinen Unterschied zwischen den Weißen und uns. Außer … vielleicht dem Standpunkt.«

Eston lachte, aber ich meinte es ernst.

»Ich weiß, daß es keinen Unterschied zwischen Weißen und Schwarzen gibt. Du brauchst dir nur unsere Familie anzusehen. Nein, was ich wissen will, ist, wie es ist, weiß zu sein – das hat nichts mit Unterschieden zu tun«, sagte er.

Ich starrte Eston an. Ich wußte, was er meinte, aber ich wußte nicht, wie ich ihm antworten sollte. Weiße waren immer noch Weiße. Er wollte wissen, ob die Weißen uns hinter unserem Rücken ebenso verachteten wie vor unseren Augen.

»Wir sehen Weiße als menschliche Wesen an, was wir alle sind, aber sie halten uns für anders … *menschlich* anders als sie selbst sind. Wenn wir an jemandem vorbeigehen, der leidet oder noch schlechter dran ist als wir selbst oder im Gefängnis, dann sagen wir uns: ›Bei Gott, das könnte auch mich treffen.‹ Weiße dagegen«, sagte ich langsam, weil ich wollte, daß sie mich verstanden, »sagen sich: ›Bei Gott, das könnte mich *niemals* treffen – weil ich weiß bin.‹ Sie glauben wirklich, daß es eine wertvollere und eine minderwertige Rasse gibt. Und selbst noch der ärmste, gemeinste, ungebildetste Weiße hält sich für von Gott gesegnet, weil er zu der wertvolleren Rasse gehört. Weil wir uns auf der untersten Stufe befinden und ihm dadurch seine Überlegenheit beweisen. Was Weiße sehen, wenn sie euch ansehen, ist nicht sichtbar. Was sie wirklich sehen, wenn sie euch ansehen, ist das, was sie in euch hineinlegen – ihr wißt schon was, Sünde, Tod und Hölle. Mit einem Wort, was die meisten Weißen in Wirklichkeit glauben, aus dem Sturm des Lebens retten zu können, ist ihre Unschuld. Sie glauben, schwarz zu sein ist ein Schicksal, das schlimmer ist als der Tod.«

»Und das stimmt nicht, bei Gott«, sagte Madison lachend.

»Doch. Sie wären lieber tot als für das gehalten zu werden, für das sie uns halten – nicht menschlich.«

»Aber sie waren es, die diese Lüge in die Welt gesetzt haben!«

»Sie glauben an die Lüge, die sie sich ausgedacht haben.«

»So wie du, Schwester?« fragte Madison.

»Ja, ich glaube an die Lüge, die ich mir ausgedacht habe.«

»Weil du dich in einen von ihnen verliebt hast«, sagte Eston.

»Tut dir nichts leid, Harriet?« fragte Madison, der alte Aufwiegler.

»Ich habe viele Gewissensbisse, Madison. Ich möchte *Maman* mitnehmen, mit oder ohne Papiere«, sagte ich.

»Sie wird niemals von hier weggehen. Und wir gehen nicht ohne sie.«

»Papa wird uns doch sicherlich alle in seinem Testament freilassen. Er hat es versprochen«, sagte Eston.

»Er muß auch *Maman* freilassen«, sagte ich.

»Wir werden's ja bald wissen. Aber halte dich von den Randolphs fern – bleibe in Richmond.«

»Vergiß nicht, du hast immer noch keine Papiere, Harriet.« Es war Madison, der das gesagt hatte.

Ich holte meinen Paß mit der Unterschrift des Präsidenten der Vereinigten Staaten hervor.

»Ich habe das hier, Madison. Unterzeichnet von John Quincy Adams.«

Madison nahm das gefaltete Papier in die Hand, als wäre es aus purem Gold.

»Da steht drin, daß ich eine Amerikanerin bin, eine Bürgerin der Vereinigten Staaten, und daß ich als solche den Schutz meiner Regierung genieße, die mir freies Geleit garantiert ... selbst in Richmond, Virginia.«

»Freies Geleit«, murmelte Eston. »Nicht schlecht ...«

»Freies Geleit garantiert oder nicht, Cornelia wird dir deinen kostbaren Paß mit der Unterschrift des *Präsidenten* abnehmen, wenn du nicht von Monticello verschwindest ...«

»Jetzt reicht's, Madison. Wir haben kein Recht, Harriet zu sagen, was sie zu tun und zu lassen hat.«

»Und wieso nicht? Wir sind ihre Brüder!«

»Weil«, erwiderte Eston langsam, während er nachdenklich den Paß betrachtete, »weil wir schon viel zu lange nach der Pfeife unseres Vaters tanzen, darum«, knurrte er. »Harriet ist frei, weiß und über einundzwanzig. So steht es in diesem Paß. Sie kann tun, was ihr verdammt noch mal paßt. Sie ist einer von Präsident Adams beschützten Bürgern.«

»Sag mal, Harriet, worüber unterhalten die Weißen sich, wenn sie unter sich sind?«

»Über uns«, erwiderte ich, ohne zu lächeln.

17

Du bist das unbelehrbarste aller Geschöpfe, die je gesündigt haben …

Thomas Jefferson

Am frühen Morgen des 4. Juli stürzte meine Mutter in die Hütte und weckte mich.

»Beeil dich«, sagte sie. »Burwell sagt, du sollst kommen.«

Er konnte doch noch nicht sterben, dachte ich. Er konnte noch nicht sterben, weil er mich noch nicht als seine Tochter anerkannt hatte. Das war mein Schlüssel zum Leben.

»Mach schnell, Harriet! Bis jetzt hat er durchgehalten, aber er wird den Morgen nicht mehr erleben. Die ganze Familie versammelt sich. Wenn du dich von ihm verabschieden willst, mußt du es jetzt tun.«

Burwell trat dicht an mich heran. Die tieftraurigen Augen in seinem ungeschlachten braunen Gesicht sahen mich mitleidsvoll an. Hatte sein schrecklicher Kummer etwas mit dem Tod meines Vaters zu tun oder mit der Angst jedes Sklaven, verkauft zu werden?

»Burwell …«, sagte ich. Aber er bedeutete mir zu schweigen.

»Fünf Minuten, Harriet. Die weiße Familie ist auf dem Weg hierher. Sie werden bald vor dieser Tür stehen und abwarten, bis ich ihn gewaschen habe. Er ist wach und hat starke Schmerzen.«

Schnell stiegen wir über die Hintertreppe ins erste Stockwerk hinauf, und dann ging ich ebenso schnell über die winzige Treppe, die das Schlafzimmer meines Vaters mit dem oberen Flur verband, hinunter. Meine Röcke bauschten sich auf, als ich mich durch den engen Gang quetschte, der nicht breiter als einen halben Meter war. Ich war allein. Meine Mutter war am oberen Ende der Treppe zurückgeblieben. »Vergiß nicht«, flüsterte sie, »auch wenn er nicht mehr dein Herr ist, so ist er immer noch dein *Vater.*«

Ich betrat das Zimmmer am Fußende des Bettes und schob mich an seinem hölzernen Wäscheständer vorbei, auf dem alle seine Jacken aufgehängt waren, jede einzelne mit dem Herstellungsdatum versehen, das meine Mutter sorgfältig hineingestickt hatte. Ein bleicher Geist lag auf Thomas Jeffersons Bett, wie eine ausgestopfte Lumpenpuppe aufgerichtet und gestützt von einem Dutzend Kissen. Der Geruch von Arsen, Quecksilber und Opium erfüllte den Raum, vermischt mit schwer auszumachenden Dünsten von Minze, Kampfer, alter Haut, altem Atem und alten Knochen. Die geschlossenen Augen lagen tief in ihren Höhlen. Ich stellte die Lampe ab, beugte mich mit pochenden Schläfen über ihn und küßte seine bleiche Stirn. Er öffnete sofort die Augen, und ich hatte das Gefühl, in weißschäumendem Meerwasser zu ertrinken. Grauer Star.

»Sally?«

»Herr«, flüsterte ich, »ich bin es, Harriet.«

»Harriet?«

»Harriet Hemings, dein eigen Fleisch und Blut.«

Er sah mich mit seinen trüben Augen an. Es war ein seltsam starrer Blick, als suche er nach der Lösung eines Rätsels oder nach der Pointe eine Witzes, den er vergessen hatte. Dann lächelte er, es war ein süßes, bezauberndes Lächeln – das Lächeln eines jungen Mannes. Dasselbe Lächeln, das auf der Miniatur in Maria Cosways Medaillon zu sehen war.

Ich kam dem Abgrund immer näher. Er versuchte, mich wegzuschieben, aber ich zog seinen welken Körper an mich und legte seinen Kopf an meine Brust. Er sprach in meinen Busen, er war zu schwach, um sich meiner Umarmung zu entziehen.

»Ach Harriet, Harriet! Es kann nicht sein, daß jeder so etwas Schreckliches durchmachen muß.«

Ich kniete nun neben seinem Bett und hielt seine Hand. All meine trotzigen Worte schienen auf meinen Lippen zu ersterben. Und dennoch mußte ich sagen, was ich ihm zu sagen hatte, es war lebenswichtig für mich. Er schien einsam und verlassen. Seine großen Hände auf dem Laken wirkten so nutzlos und zerbrechlich, daß ich einen Aufschrei unterdrücken mußte. Aber ich wagte nicht, die Stille zu brechen. Schließlich sagte er mit einem vom Opium getrübten Lächeln: »Bist du gekommen, um deine Mutter zu holen?«

»Du mußt sie freilassen«, flüsterte ich verkrampft. »Du hast es versprochen.« Ich lehnte mich zurück, um ihm in die Augen sehen zu können. »Du mußt sie freilassen, bevor du stirbst.«

»Nur Burwell sagt, daß ich im Sterben liege.«

»Ich sage es auch. Deswegen bin ich hier.«

»Und du willst deine Mutter mitnehmen?«

»Ja. Wenn du sie freiläßt.«

»Du mußt wissen, daß ich sie aus Virginia verbannen müßte und damit den Skandal wiederaufleben lassen würde, wenn ich sie freiließe. Verlange das nicht von mir, Harriet.«

»Aber was spielt das jetzt noch für eine Rolle? Du liegst im Sterben! Du verläßt sie! Du lieferst sie der Willkür von Jeff und den anderen aus!«

»Ich habe für euch Kinder alles getan, was ich konnte.«

»Erkenne uns an, und nenne uns bei unseren Namen! Harriet, Eston, Madison, Beverly und Thomas! Erkenne uns an!«

»Ach Harriet, Harriet, hab doch Mitleid mit deinem Vater. Ich habe dir gestattet fortzulaufen. Ich habe dir sicheres Geleit besorgt. Ich habe dich zu einer Weißen erklärt – und was ist der Dank für meine Großzügigkeit und Fürsorge? Du kommst zurück, um noch auf meinem Sterbebett auf mich einzureden. Wie kannst du nur so grausam sein?«

»Du hast nach mir geschickt. Ich dachte, du wolltest mich rechtmäßig freilassen.«

»Ich habe nicht nach dir geschickt. Es ist viel zu gefährlich. Du könntest als Teil meines Besitzes beschlagnahmt werden.«

Meine Mutter hatte mich also belogen, um mich herzulocken …

Sein weißes Haar stand in Strähnen von seinem Schädel ab. Sein Atem roch nach Krebs. Ich empfand keine Zuneigung für ihn, und dennoch stiegen mir Tränen in die Augen und liefen über meine Wangen. Wo kamen sie her? Alles Blut war aus meinem Körper gewichen und hatte sich in meinen Lenden gesammelt. Ich fühlte mich so schwer, als läge ich in Ketten und Eisen. Ich konnte nicht aufhören zu weinen. Um ihn? Seinetwegen? Das Messer in meiner Tasche wog so schwer wie ein Baumstamm. Konnte ich meinen Vater töten, wenn er schon im Sterben lag?

Ich betrachtete das Durcheinander der weißen Kissen in seinem Rücken. Ich war stark. Es wäre in einer Sekunde geschehen. Ein friedlicher, angemessener Tod. Konnte ich so dumm sein, wie ich erscheinen mußte, während ich weinend an seinem Bett stand, ein Kissen im Arm haltend? In vierundzwanzig oder auch in sechsunddreißig oder achtundvierzig Stunden würde er nicht mehr sein. Warum weinte ich? Es gab nichts, worüber ich weinen müßte. Ich war frei, weiß und über einundzwanzig.

»Harriet, weine nicht, bitte.«

Was glaubte er, daß meine Tränen bedeuteten? fragte ich mich, da ich es doch selbst nicht wußte.

»Hab Mitleid mit einem Sterbenden.«

Etwas in meinem Kopf und zugleich in meiner Kehle schien zu explodieren. Genug, dachte ich, genug.

»Hab Mitleid mit einem Sterbenden! Wann hast du jemals Mitleid mit mir gehabt – mit Maman? Ich habe dich so lange gesucht … ohne dich jemals zu finden. Ich habe mich nach dir gesehnt, habe nach dir gerufen«, rief ich aus. »Ich rufe dich jetzt, und selbst mit deinem letzten Atem *antwortest* du mir nicht.

Du glaubst, dich kann niemand besitzen, Vater, aber du gehörst mir genauso, wie ich dir gehöre. Du steckst hier in diesem Zimmer mit mir fest, und du wirst hier in diesem Zimmer mit mir sterben – ein Sklave deiner Sklaventochter. Du kannst dir nicht einmal ein Glas Wasser nehmen ohne meine Hilfe!

Soll ich dir die Geschichte meines Lebens erzählen, Vater? Wie ich in ganz Europa nach dir gesucht habe? Ich wollte ein doppeltes Leben leben – mein Selbst, das sich in mir wiederspiegelt. Das große Rätsel warst du! Du! Du bist weder gütig noch barmherzig. Du bist nur *großartig*. Du bist nichts als Ruhm und Schönheit. Du kannst nicht lieben.

Ich habe darum gekämpft, dich losgelöst von mir zu sehen, losgelöst von allem und jedem. Dich, die unerreichbare, einzige Wahrheit meines Lebens. Und jetzt spreche ich zu dir, als sei meine Zuneigung nichts Zwanghaftes, als sei sie keine emotionale Verirrung – denn welche Tochter würde einen Vater lieben, der sie *verkaufte?*«

Da richtete er sich aus seinen Kissen auf.

»Ich bin kein Feigling, und ich halte mein Wort. Ich bin mir selbst treu, bin unerbittlich mit mir selbst und anderen gegenüber fordernd. Selbst dir gegenüber, Harriet. Das bin ich, der Mann. Ich bin der beste Kamerad, der aufrichtigste Freund, ein Künstler im weitesten Sinne des Wortes. Ich bin grausam in meinen zärtlichsten Gefühlen. Ich verabscheue die Dinge, die mir am liebsten sind. Nichts kann mich umwerfen, weil mir alles so klar und deutlich vor Augen ist. Ich habe hochfliegende Träume, in meinem Handeln bin ich engstirnig, ich kann nicht nachgeben. Ich habe noch niemanden gefunden, der mir ebenbürtig ist, denn jemand, der mich so begreifen könnte, wie ich mich selbst begreife, wäre eine viel zu starke Persönlichkeit, wie du, Harriet, um auf mich angewiesen zu sein. So wie du habe ich mich moralischer Einsamkeit verschrieben. Wie ähnlich sind sich jene, die sich auf ihre Intelligenz verlassen, anstatt auf ihr Herz, denn sie ist es, die meine Fähigkeiten beflügelt, so daß sie sich vom Alltäglichen loslösen und nach dem Idealen streben. Auch deine Mutter ist so. Mitleid wird mich niemals liebenswert machen. Noch nicht einmal Liebe wird mich liebenswert machen. Nur der kühle Verstand …«

Während ich ihm zuhörte, fügte sich mit einemmal alles zusammen. Ich war weder die legitime *noch* die illegitime Tochter meines Vaters. Ich war nur *ich selbst.*

Das, was die meisten Weißen glauben, aus dem Sturm des Lebens retten zu können, ist ihre Unschuld.

»Vater, ich habe dagesessen und geträumt und nach dir gerufen. Ich habe Tränen der Erlösung und Tränen der Leidenschaft vergossen und bin an ein Bett geeilt, wo noch nie menschliche Liebe gewesen ist. Ich bin dir entkommen, und dennoch peinigst du mich immer noch mit allen Qualen der Welt: Angst vor der Dunkelheit, Angst, allein gelassen zu werden, Angst, niemals in Sicherheit zu sein … Angst, weiß zu sein … Angst, schwarz zu sein … Angst, niemals geliebt zu werden …

Sind es nur Illusionen, die mich an dich binden? Alles ist ein

Trugbild, eine Vision. Ich erzähle mir selbst Geschichten, ich erfinde Gefühle für mich selbst. Und jedesmal, wenn ein Teil meiner seltsamen Konstruktion umfällt, bin ich deprimiert, weil mir dadurch ein Blick auf die Wirklichkeit gewährt wird!«

»Du bist nicht die einzige, Harriet, die sich Dinge einbildet, ersehnt, erträumt, erfindet oder sich vor ihnen fürchtet«, erwiderte er. »So sehr ich auch glaube, dich geliebt zu haben, so war es doch eines dieser Dinge, die in den Augen der Wirklichkeit unmöglich sind.«

Vielleicht war er zu schwach, um weiterzusprechen. Nur noch Schweigen kam aus den roten Seidenüberwürfen und den zerwühlten Laken. Mein Vater versank in ihrem Rot und Weiß. Seine kobaltblauen Augen baten um Frieden. Aber ich war nicht in der Stimmung für Frieden, auch wenn mir noch eine Träne über die Wange lief.

»Ich liebe alle Dinge, die es nicht gibt. Das könnte der Sinnspruch meines Lebens sein«, sagte er.

Ich kniete nieder und legte das Kissen auf seine Brust. Dann legte ich meinen Kopf auf das Kissen. Ich konnte sein Herzklopfen hören, durch die Gänsedaunen drang es an mein Ohr.

Er versuchte schwach, mich wegzuschieben, und seine Hände verfingen sich in meinem Haar. Aber ich war endlich stärker als er, und ich preßte ihn an mich, hielt seine knochigen Schultern fest im Griff. Wir rangen in einem lautlosen Kampf miteinander, in einer Umarmung, die eher an eine Schlange und ihre Beute gemahnte als an Vater und Tochter.

»Laß mich los, Tochter. Laß mich in Frieden sterben.«

»Nein, ich werde dich niemals loslassen. Selbst der Tod kann uns nicht trennen. Denn ich bin du. Ich habe deine … Fingerabdrücke.«

Ich vergrub mein Gesicht in den bitteren, besudelten Bettüchern, um meine Schreie zu ersticken. Ich hatte das getan, was für einen Sklaven das Unverzeihlichste war – ich hatte gehofft.

»Möge deine Seele in der Hölle brennen, Vater.« Und dann preßte ich meine Lippen auf die seinen, versank in einem inzestuösen Kuß, so als könne ich genug Kraft aus ihm saugen, um weiterzuleben.

Plötzlich war es nicht mehr die sieche Stimme eines Kranken, sondern die vertraute hohe Stimme von früher, der rhythmische Virginia-Akzent: »Was immer meine Vergehen gewesen sein mögen, ich habe mit ihnen und mit deiner Mutter meinen Frieden gemacht. Wie kannst du es wagen, an mein Sterbebett zu treten und ihren eigenen Wünschen zu widersprechen? Sie ist es, die nicht gehen will.«

Es war eine elegante Mischung aus Wahrheit und Lüge, etwas, das mein Vater bis zur Perfektion beherrschte.

»Sie wird hier auf Monticello in Sicherheit sein«, sagte er.

Da erhob ich mich, von Kraft erfüllt. Ich richtete mich auf wie eine zornige Göttin. In meinen Händen hielt ich eins der Kissen. Aber tief in meinem Herzen wußte ich, *ich würde Thomas Jefferson niemals töten können.*

»Du glaubst, Monticello bedeutet Sicherheit, aber so ist es nicht. Es gibt kein Monticello mehr. Alles ist weg. Du bist allein und liegst im Sterben. Dein Hafen, dein Heim, dein *Reichtum*, alles ist weg.«

»Warum diese Schmerzen ... warum diese Schmerzen? Würden sie doch in diesem Augenblick aufhören!« schluchzte er.

Geschlagen wandte ich mich um, mein Herz von Liebe übermannt.

»Wo ist deine Medizin?«

»Nein, es ist genug, Harriet. Es ist genug.«

Im Schatten neben dem Tisch mit der Medizin sah ich Burwell, der die ganze Zeit über dort gestanden hatte.

»Wie konntest du es wagen, so mit deinem Herrn zu sprechen!« zischte er.

»Er ist nicht mein Herr!« schrie ich. »Er ist mein Vater!«

Burwell schob mich auf die Tür zu, als Thomas Jefferson sich in seinem Bett halb aufrichtete. Ich nahm einen Brief von seinem Tisch. Er war ungeöffnet und trug den Absender von Maria Cosway. Ich zerriß ihn in kleine Stücke und warf sie in den Wind. Weiße.

Ich verließ das Haus durch die Vordertür und ging die Mulberry Row hinunter, die Schritte entschlossen, verträumt, wie von einem Waisenkind, die von nun an für immer zu mir gehören sollten.

Der letzte Mensch, den ich sehen wollte, war meine Halbschwester Martha Jefferson Randolph, die nun ohne anzuklopfen in die Hütte meiner Großmutter trat.

»Ich will, daß du die Plantage auf der Stelle verläßt, oder ich hetze dir die Sklavenjäger auf den Hals, das schwöre ich dir.«

»Hallo, Martha.«

Ich starrte meine Zwillingsschwester an, oder besser, meine dreißig Jahre ältere Zwillingsschwester. Die gleiche Größe, die gleiche Hautfarbe, die gleiche Haarfarbe, über die Jahre etwas ausgebleicht. Die Augen, die Nase und der Mund waren die gleichen, und doch hatte das Schicksal die eine unansehnlich werden lassen, die andere das Gegenteil. Sie trat ein mit einer Haltung der Besitzerin meines Körpers.

»Komm mir nicht mit ›Hallo‹! Wenn du wissen willst, wie ich herausgefunden habe, daß du hier bist – einer von deinen Sklavenfreunden hat es mir gesagt.«

»Das ist mir gleich. Ich gehe nicht, bevor er tot ist.«

»Auch seine Gläubiger warten schon auf seinen letzten Atemzug. Wenn du bleibst, läufst du Gefahr, verkauft zu werden, Harriet. Mein Vater ist bankrott – es wird alles verkauft, um seine Schulden zu bezahlen. Wenn du wartest, bis er tot ist, mußt du vielleicht um dein Leben rennen.«

»Das würde dir gefallen, nicht wahr?«

»Ja.«

»Warum haßt du mich so sehr?«

»Weil du für die weiße Frau des Südens eine Beleidigung darstellst. Sieh dich doch an. Du gehörst nicht hierher. Du gehörst nirgendwohin – nicht in diesem Land. Du und deinesgleichen – ihr seid, was wir am meisten verabscheuen. Ihr glaubt, ihr könnt die Grenze überschreiten, die Gott zwischen uns gesetzt hat.«

»Nicht Gott zieht diese Grenze. Es sind Leute wie du, Martha. Ich will nur –«

»Ich weiß, was du willst. Du willst dasselbe, was diese Hure will, die deine Mutter ist, aber ihr werdet es niemals bekommen, keine von euch beiden! Ihr werdet niemals zu ihm gehören, und er wird euch niemals lieben. Geht das nicht in euren dicken Wollschädel? Es liegt ihm nichts daran, euch zu lieben, und selbst wenn er es täte, dann würden es die Randolphs, die Carrs, die Eppes' und die Wayles' *nicht zulassen!*«

Ich wich zurück, als Martha auf mich zutrat, bis ich mit dem Rücken die Wand berührte und ihr blasses Gesicht so dicht vor mir war, daß ich sie hätte küssen können. Ich roch ihren Körper und ihren Atem und dachte: So werde ich sein, wenn ich alt bin, es gibt keinen Unterschied. Wir sind alle gleich, weiß auf weiß und Blut auf Blut, und nichts wird uns jemals voneinander erlösen können. Ich gehörte zu ihr, genauso, wie sie zu mir gehörte. Zwei weiße Frauen. Wir umkreisten einander, als seien wir durch unsichtbare Fäden miteinander verbunden, zogen uns voneinander zurück, nur um durch eine unerbittliche Verbindung wieder zueinandergezogen zu werden.

»Geh zurück in den Norden und halte diese Yankees zum Narren, die nur dein weißes Gesicht sehen, denn hier unten kannst du niemandem etwas vormachen!«

»Du glaubst also, das würde etwas ändern! Gleichgültig, wohin ich gehe, ich werde immer deine Halbschwester sein!«

Martha hielt sich die Ohren zu.

»Ich höre mir deine Lügen nicht an!« schrie sie.

Um zwölf Uhr mittags war er tot. Lautes Wehklagen erhob sich aus den Sklavenhütten und bebte über der Plantage wie Fledermausflügel. Der Präsident war gestorben, ohne daß einer der Randolphs oder der Hemings' bei ihm gewesen wäre. Burwell und noch zwei Männer – Alexander Garrett, sein Sekretär, und Samuel Carr, ein Neffe, der viele Jahre später, als er bereits selbst in seinem Grab lag, verdächtigt werden sollte, uns alle gezeugt zu haben – waren als einzige in seinem Zimmer zugegen gewesen.

Burwell machte sich daran, den Toten für das Begräbnis herzurichten. Martha stampfte mit trockenen Augen auf den Stufen von Monticello herum, als sei ihr ein persönliches Unrecht widerfahren. Zusammen mit meiner Mutter hielt ich mich in der Hütte meiner Großmutter verborgen. Dort fand Burwell uns.

»Ich bin freigelassen! Auch Robert und Roberts Halbbruder Joe Fossett hat er in seinem Testament freigelassen. Madison und Eston sind auch befreit und bleiben unter Roberts Vormundschaft, bis sie einundzwanzig sind.« Er hielt inne. »Frauen hat er keine freigelassen.«

Meine Mutter hörte nicht auf, stumpfsinnig zu lächeln, wie Burwell nicht aufhören konnte zu weinen. Selbst ich lächelte wie sie, grinste wie eine Elster, während ich neben ihr in der Hütte meiner Großmutter saß. Es war also alles ein Witz gewesen. Auf meine Kosten. Auf Kosten von *Maman.* Auf Kosten des Präsidenten.

Dann wandte Burwell sich an mich und gab mir etwas.

»Der Präsident wollte, daß du das bekommst«, sagte Burwell.

Ich erkannte es aus Adrian Petits Beschreibung. Es war ein goldenes Kästchen, ein *présent du roi,* ein Abschiedsgeschenk, das Ludwig XV. meinem Vater überreicht hatte, als er 1789 Paris verließ. Auf seinem Deckel war ein Porträt des Königs, das von kleinen Löchern umgeben war. Nach Petits Bericht waren sie einmal mit vierhunderteinundzwanzig Diamanten gefüllt gewesen. Sie waren auf Anordnung meines Vaters entfernt worden, weil die Verfassung der Vereinigten Staaten ihren Staatsdienern untersagte, Geschenke von ausländischen Regierungen oder Prinzen anzunehmen. Nach langem Zögern und schweren Herzens, so Petit, und um die Sache nicht vor dem Kongreß rechtfertigen zu müssen, hatte mein Vater es vorgezogen, die Diamanten entfernen und verkaufen zu lassen, anstatt das Geschenk zurückzugeben. Von dem Erlös hatte er sein Abschiedsgeschenk für den Außenminister bezahlt, das von ausländischen Diplomaten erwartet wurde, die den Hof von Versailles verließen. Petit hatte das Kästlein des Königs schließlich zusammen mit dem restlichen Gepäck mit nach Monticello gebracht, als er nachgekommen war. Das verstümmelte *présent du congé* des Königs lag in meinem Schoß. Anstelle der Freiheit hatte mein verstorbener Vater mir das Porträt eines berühmten, enthaupteten Mannes vererbt, das von Löchern umgeben war, aus denen alles, was jemals einen Wert gehabt hatte, bereits heimlich und verstohlen entfernt worden war.

18

Mein einziger Trost besteht darin, daß ich das nicht mehr erleben werde!

THOMAS JEFFERSON

AUKTIONSLISTE

Barnaby	$ 400
Hannard	$ 450
Betty, alte Frau	kein Wert
Critta	$ 50
Davy	$ 500
Davy senior (wertlos)	$ ~~250~~
Davy junior	$ 250
Fanny	
Ellen	$ 300
Jenny	$ 200
Indridge (der jüngere)	
Bonny Castle	
Doll (wertlos)	
Gill	$ 375
Isaac, alter Mann	0
Israel	$ 350
James	$ 500
Jersy	$ 200
Jupiter	$ 350
Ned	$ 50
Jenny (wertlos)	
Moses	$ 500
Amy	$ 150
Joe, ab Juli frei	$ 400
Edy & ihr Kind Damie	$ 200
Maria, 20	
Patsy, 17 oder 18	$ 300
Betsy, 15	$ 275
Peter, 10	$ 200
Isabella, 8–9	$ 150
William, 5	$ 125
Daniel 1½, Lucys Kind	
Good John, wertlos	
Mary, junge Frau	$ 50
Zachariah	$ 350
Nace	$ 500
Nance, alte Frau	kein Wert
Louisa, 12	$ 150
Caroline, 10	$ 125
Critta, 8	$ 100
George, 5	$ 100
Robert, 2	$ 75
Säugling samt seiner Mutter Ursula	$ 60

Peter Hemings .... $ 100
Polly, Charles' Tochter ... $ 300
Sally Hemings .... $ 50
Shepherd .... $ 200
Indridge, der ältere .... $ 250
Thrimston .... $ 250
Wormsley .... $ 200
Ursula und ihr
Kleinkind .... $ 300
Anne & Kind Esau ...... $ 350
Dolly, ~~22~~ 19 .... $ 300
Cornelius, ~~18~~ 17 .... $ 350

Thomas, 14 .... $ 200
Tante Marcks und meine
Sklaven sowie die
5 Freigelassenen habe ich
nicht erwähnt.
Das Alter habe ich so genau,
wie es ohne Buch
möglich ist, angegeben.
Johnny, nächsten Juli
freizulassen .... $ 300
Madison, dito .... $ 400
Eston, dito .... $ 400

$ 11.505

[unterzeichnet] THOMAS JEFFERSON RANDOLPH

»Das ist die Liste für die Auktion«, sagte Burwell. »Sie lag auf dem Schreibtisch von Jefferson Randolph.« Er hielt mir mit zitternder Hand ein Blatt Papier hin.

»Steht meine Frau da drauf, Harriet? Ich kann nicht lesen.«

Langsam las ich die Preisliste der Sklaven von Monticello durch, die in die Konkursmasse eingegangen waren. Mindestens die Hälfte von ihnen waren Hemings in den verschiedensten Hautfarben. Der Name meiner Mutter stand an neununddreißigster Stelle auf der Liste. Ihr Wert war auf fünfzig Dollar geschätzt worden.

Jetzt war es meine Hand, die zitterte. Meine Stimme war rauh und klang fremd in meinen Ohren.

»Sie steht drauf«, sagte ich, meinte aber Sally Hemings.

»Wieviel?«

»Fünfzig Dollar.«

»Gott sei Dank, ich hab' genug, um sie zu kaufen.« Er seufzte. Ich sah Burwell mit zusammengekniffenen Augen an, so als versuchte ich, eine Gestalt am Ende eines Tunnels zu erkennen.

»Nicht deine Frau, Burwell, meine Mutter.«

Die Worte hingen in der Luft wie die Zweige einer Trauerweide in einem Sturm. Ich hörte meine eigene gebrochene, heisere, von geronnenen Tränen erstickte Stimme. Die Welt drehte sich um sich selbst, kam wieder zum Stillstand, aber ich mußte mich immer noch am Türrahmen der Hütte festhalten, um nicht umzufallen. Ich schwankte, schaukelte vor und zurück wie eine Wiege. Die Tränen, die ich in all den Jahren, nein, in all den Jahrhunderten nicht vergossen hatte, fielen nun ungewollt und unkontrolliert, aber ich konnte nichts dagegen tun.

Ich konnte die Liste nicht mehr erkennen, die noch immer wie ein Vogel in meiner Hand bebte. Meine Mutter, meine schöne, wunderbare Mutter war auf einen Wert von fünfzig Dollar geschätzt worden. Meine Mutter würde der Welt für denselben Preis verschachert werden wie Old Eagle.

»Mein Gott«, flüsterte Burwell. »Als Sklave muß man wirklich mit allem rechnen, nicht wahr?«

Ohne wirklich zu wissen, wie ich dorthin gekommen war, stand ich im Büro meines Vaters meinem Neffen Jeff gegenüber.

»Ich bin gekommen, um meine Mutter zu kaufen«, sagte ich.

»Harriet? Ich habe schon gehört, daß du hier bist. Als Freund rate ich dir jedoch, geh fort.«

»Nicht ohne meine Mutter!« rief ich. Es muß regelrecht hysterisch geklungen haben, denn Jeff erhob sich erschreckt und richtete sich zu seiner ganzen Größe von fast einem Meter neunzig auf. Er war beinahe, aber nicht ganz so sehr wie Eston, das Ebenbild von Thomas Jefferson.

»Nun beruhige dich doch, Har. Du brauchst sie nicht zu *kaufen*. Meine Mutter hat sie freigelassen und hat die Regierung von Virginia ersucht, ihr zu gestatten, hier in diesem Staat zu bleiben. Großvater hat es so gewollt. Es blieb ihr nichts anderes übrig, als sich seinem Wunsch zu fügen. Und ich fühle mich durch meine Ehre und als ein Gentleman des Südens verpflichtet, das zu respektieren. Ich respektiere es«, wiederholte er vorsichtig. Jeff blieb hinter dem Schreibtisch stehen, als sei dieser ein Fluß oder ein Burggraben, den keiner von uns beiden überqueren konnte. »Bei meiner Ehre, ich nehme sie von der Liste. Es gibt nichts zu kaufen.«

Ich starrte ihn wortlos an. Martha hatte sich nicht einmal die Mühe gemacht, mir zu sagen, daß sie *Maman* freigelassen hatte.

Glaubte sie etwa, diese Geste würde sie von Schuld reinwaschen? Oder daß *sie* meine Mutter freilassen konnte, nachdem sie ihr Leben lang darauf gewartet hatte, daß er es tun würde?

»Wenn du fünfzig Dollar *hast*, kannst du eins von den Kindern kaufen ... Louisas kostet einhundertfünfzig Dollar. Oder wie wäre es mit Mary Bets Tochter Thenia? Sie ist dreizehn. Ich glaube, sie ist auf fünfzig Dollar geschätzt worden. Mal sehen ... hier ist die Liste mit den geschätzten Preisen. Auf meiner Liste steht sie nicht. Du wirst bis zur Auktion hierbleiben müssen oder jemanden beauftragen, der es für dich tut. Ich kann nicht einfach irgend jemanden auf der Liste zu dem geschätzten Preis verkaufen, denn bei der Versteigerung könnte ja ein höherer Preis erzielt werden ... du verstehst?«

»Du meinst, ich muß bis zur Auktion warten?«

»Wie jeder andere auch. Danach würde ich an deiner Stelle sehen, daß ich von hier wegkomme, Harriet. Ich verstoße gegen das Gesetz, indem ich dich verstecke. Jeder weiß, wer du bist.«

Ich sah Jeff in die Augen, die den arglos prüfenden Blick seiner Kaste hatten. Ich wußte, was er dachte: ein Negerweib. Eine Schönheit, die viel Geld einbringen würde. Welch eine Verschwendung. Und dennoch fehlte ihm der Mut, es zu tun. Auch das wußte ich. Der Haß, den ich für meinen weißen Neffen empfand, brannte wie ein schimmernder Heiligenschein über seinem Kopf, sein schwefliger Gestank erfüllte den Raum.

»Ich schwöre dir, Mädel, ich kann dir gar nicht sagen, durch welche Hölle ich gegangen bin. Die Lotterie war ein kompletter Fehlschlag. Großvater ist gestorben und hat mehr als einhundertfünfundzwanzigtausend Dollar Schulden hinterlassen. Bis zum Ende hat er geglaubt, die Lotterie würde Monticello retten. Aber nichts wird Monticello retten, verstehst du? Wir werden jedes einzelne Möbelstück, jedes Bettlaken, Vorhänge, Geschirr, Bücher, Teppiche, Gemälde, Skulpturen, jede einzelne Vase, jede Uhr, alle Tische, Pferde, Maulesel, Hunde und Sklaven, alles, was ihm gehörte, schätzen, mit einem Preisschild versehen und verkaufen. Seinen gesamten verdammten Besitz; seine Prachtstücke, seine Lieblingssachen, seine Waffen, seine Weine, seine Hände und seine Augen. Ich sage dir, das ist der große Kummer meines Lebens. Daß ich zusehen muß, wie

Großvaters Sachen … seine Leute von dem alten Tom und seinen Auktionären taxiert und verpackt und einzeln verschachert werden. Er und sein ganzes Leben werden durchwühlt, geschätzt, gewogen und geprüft, alles, was er besessen und geliebt hat, ob Tier, ob Mensch, wird versteigert als handle es sich um Old Eagle.«

Ich hatte noch nie vorher von einem Pferd gehört, das Selbstmord beging. Aber genau das tat Old Eagle, der Hengst meines Vaters. Etwa zwölf Stunden, nachdem der Präsident seinen letzten Atemzug getan hatte, rannte Old Eagle sich in den Feldern und Hügeln, wo mein Vater ihn dreizehn Jahre lang geritten hatte, zu Tode.

Ich starrte Jeff an, der so tat, als sei ich nicht da. Er wäre erleichtert gewesen, wenn ich gegangen wäre. Er war in meiner Gegenwart schon immer nervös gewesen. Ich nehme an, er kam sich angesichts meines weißen Auftretens und Benehmens schäbig vor. Klein. Schuldig. Er sah mich immer mit diesen seltsam großen Augen an, aus denen eine moralische Verunsicherung sprach, so als fragte er sich sein Leben lang, wer ich war und warum es mich gab. Und ich hatte weiß Gott nichts getan, was ihm Schuldgefühle verursachen müßte. Ich hatte diese Welt nicht geschaffen. Ich hatte die Sklaverei nicht erfunden. Ich hatte *ihn* nicht gemacht.

Der Wert der Sklaven sei gefallen, jammerte er. Sie waren nichts mehr wert. Ich dachte bei mir, daß ich wohl die einzige war, die etwas wert war, aber Jeff beteuerte, er sei kein Sklavenhalter. Er sagte, er sei lediglich ein Mann mit Gefühlen. »Es war schon schlimm genug, daß ich für meinen Großvater verantwortlich war«, sagte er. »Ich kann nicht auch noch für die ganze Welt verantwortlich sein.« Er schüttelte mutlos den Kopf und wandte sich dann wieder seinen Abrechnungen zu. »Großer Gott, Harriet«, sagte er, als ich ihm schon den Rücken gekehrt hatte, »alles ist verloren …«

Ich, der Unterzeichnende, Thomas Jefferson Randolph, weiß, vierunddreißig Jahre alt, Sohn von Thomas Mann und Martha Randolph, Enkel meines Namensvetters, Thomas Jefferson, erkläre hiermit an Eides Statt, daß ich im County Albemarle die Versteigerung des Wohnsitzes sowie des gesamten Eigentums des verstorbenen Thomas Jefferson bekanntgegeben habe, bestehend aus Negern, Vorrats- und Erntebestän-

den, etc., Haus- und Küchenmobiliar. Die Neger sind wahrscheinlich die wertvollsten, die in dieser Anzahl jemals im Staat Virginia zum Verkauf angeboten wurden. Es gibt eine große Anzahl wertvoller historischer Gemälde von John Trumbull, Marmor- und Gipsbüsten von berühmten Persönlichkeiten einschließlich einer Büste auf einem Sockel mit geschnitzter Säule von Thomas Jefferson, ein Werk des Künstlers Ceracci, einen Polygraphen, ein Kopierinstrument, das Thomas Jefferson während der letzten vierundzwanzig Jahre benutzt hat, sowie einen Satz Federhalter mit Stahlfedern, hergestellt in London. Die Notwendigkeit der Versteigerung reicht aus, um zu garantieren, daß sie zum vorgesehenen Zeitpunkt und am vorgesehenen Ort stattfinden wird.

Thomas Jefferson Randolph
Nachlaßverwalter des verstorbenen
Thomas Jefferson

19

Durch die Arglosigkeit dessen, was sich um mich herum abspielt, ist es mir vergönnt, selbst allen Menschen gegenüber arglos zu sein, niemanden zu verletzen und so vielen wie möglich meine Hilfe zuteil werden zu lassen.

THOMAS JEFFERSON

»Die Notwendigkeit der Versteigerung«, las ich, »reicht aus, um zu garantieren, daß sie zum vorgesehenen Zeitpunkt und am vorgesehenen Ort stattfinden wird.« Mein Gesicht hinter einem Schleier verborgen, um nicht erkannt zu werden, stand ich neben meiner Mutter in der gierigen Menge und sah zu, wie alle anderen Hemings an den Meistbietenden verkauft wurden. Crittas Tochter Maria, für die Jeff, da sie Tante March gehörte, keine Preisvorgabe gemacht hatte, erzielte den höchsten Preis. Sie war so hellhäutig, daß man sie für mich hielt, und so entstand das Gerücht, Thomas Jeffersons eigene Tochter sei von ihrem Geburtsort nach New Orleans verkauft worden. Diese Legende wurde mit der Zeit immer weiter ausgeschmückt, und so kam es, daß ich an fremden Orten und in merkwürdigen Augenblicken meines Lebens darüber las.

Nachdem ich Burwells Frau für ihn gekauft hatte, konzentrierte ich mich darauf, Thenia Hemings, das kleine Mädchen, zu retten, das ich als meine Nichte betrachtete, eine zarte, dreizehnjährige Enkelin meiner Tante Bet, deren gesamte Familie soeben verkauft worden war. Ich bezahlte fünfundsiebzig Dollar für sie, alles, was von dem Gehalt übriggeblieben war, das Dorcas Willowpole mir gezahlt hatte. Meine Mutter und ich mußten zusehen, wie der Rest unserer Familie auf dem aus Kiefernholz grob gezimmerten Podest, das auf dem westlichen Rasen errichtet worden war, unter den Hammer des

Auktionators kam. Als Thenia weggeführt wurde, trat mein Onkel Peter auf den Block. Ein plötzlicher Brechreiz überkam mich, und ich rannte würgend fort, von James' wütender Stimme verfolgt.

Glaubst du, ich würde meinen Samen als Sklave vergeuden? Um weitere Sklaven zu zeugen? Glaubst du, ich würde den Reichtum eines weißen Masters mehren, indem ich noch mehr Sklaven für ihn produziere? Ich habe in Paris geschworen, niemals eine Frau anzurühren. Ich führe ein zölibatäres Leben, Schwester. Ich habe noch nie eine Frau berührt … Frau berührt … Frau berührt …

»Oh, Thance«, stöhnte ich, »Thance, antworte mir.«

Aber es war James, der mir mit seinem Lachen antwortete. *Seit wann heiraten Sklaven?*

»Ich werde niemals wiederkommen, um dich zu holen, *Maman!*«

»Ich weiß. Ich habe immer noch Madison und Eston.«

»Sie wollen nach Westen ziehen, *Maman*. Sie müssen Virginia bis nächstes Jahr verlassen, sonst laufen sie Gefahr, wieder als Sklaven verkauft zu werden.«

»Nein, da hat Martha vorgesorgt. Sie hat bei der Regierung von Virginia um die Erlaubnis ersucht, daß wir alle drei hierbleiben dürfen.«

»Ich weiß«, erwiderte ich erschöpft. »Jeff hat es mir gesagt. Ich habe versucht, dich zu kaufen, aber du warst nicht zu verkaufen. Wahrscheinlich war es ihr eine besondere Befriedigung, mir das vorzuenthalten.«

»Sie hat versucht … sie hat mich kurz vor der Auktion freigelassen. Sie wedelte mir mit den ausgefüllten Freilassungspapieren vor der Nase herum. Ich hab ihr gesagt, wo sie sich die Papiere hinstecken kann.« Die Miene meiner Mutter verdunkelte sich. »Sie hat mich als Hure beschimpft, sagte, ihr wärt nicht seine Kinder, würdet niemals seine Kinder sein.«

»Papa hat also Martha gebeten, es zu tun. Was für ein Feigling!«

»Sprich nicht in diesem Ton über einen Toten.«

»Einen Toten! Er hat mich zu einer Diebin gemacht, einer Diebin, die sich selbst gestohlen hat!«

»Sch!« sagte meine Mutter. »In seinen Augen bist du immer frei gewesen, selbst hier. Alle seine Kinder. Nur mich hat er behalten. Nur mich.«

»Und jetzt?« fragte ich.

»Jetzt bleibe ich. Ich bin zu alt, um mit den Jungs nach Westen zu ziehen. Sie werden sich gedulden müssen, bis ich in einer Holzkiste von hier fortgehe. Monticello wird nicht verkauft. Martha hat ein paar Morgen Land und das leere Herrenhaus gerettet. Ich bin endlich die Herrin von Monticello. Sie hat uns die Hütte an der südlichen Grenze und drei Morgen Land überlassen.«

»Ist das fair?«

»Fair oder nicht, so sieht's aus. Du gehst besser von hier fort, Harriet. Martha ist auf dem Kriegspfad, und ebenso Cornelia und Ellen. Daß dein Vater Eston und Madison freigelassen hat, ist ein offenes Eingeständnis, daß sie seine Kinder sind. Das gleiche gilt für die Tatsache, daß du hier ungehindert wie eine freie Weiße herumlaufen kannst. Wenn sie dich in Richmond erwischen, werden sie dich festnehmen, um es ihm doch noch zu zeigen.«

»Keine Sorge, ich habe dir gesagt, ich werde niemals wieder hierher zurückkommen.«

»Ich weiß. Ich bin froh, daß du noch ein letztes Mal gekommen bist. Stell dir nur vor, wie du dich gefühlt hättest, wenn dein Vater gestorben wäre, während dein Fluch noch immer auf ihm lastete.«

»Du hast mich ihn noch nie verfluchen hören.«

»Das stimmt. Aber ich habe ihn verflucht.«

Ich sah meine Mutter verwundert an.

»Ich habe Maria Cosway besucht, als ich in Italien war«, sagte ich. »Sie hat mir das hier gegeben.«

Als ich ihr die Miniatur zeigte, holte sie ein exaktes Duplikat hervor und hielt es mir hin. Wir starrten die beiden Bilder schweigend an. Nichts schien sie je überraschen zu können.

»Es scheint mir angemessen, daß du und Martha, seine einzigen Töchter, ein Bild von ihm habt. Das dritte Medaillon gehört mir. Ich denke, wir werden nie herausfinden, wie viele John Trumbull wirklich gemacht hat, nicht wahr?«

»Möchtest du nicht hören, was ich von Maria Cosway zu erzählen habe?« Den ungeöffneten Brief würde ich allerdings nicht erwähnen.

Meine Mutter sah mich ungerührt an.

»Was hat Maria Cosway mit mir zu tun?«

Die beiden Porträts drehten sich wie ein Zwillingspaar an ihren Ketten, das Sonnenlicht brach sich in den filigranen Mustern ihrer goldenen Deckel.

Warum sind Töchter so unversöhnlich? Oh, Harriet war ein Minenfeld: vorsichtig, verschwiegen, stolz. Seit dem Vorfall mit Sykes war sie so. Seit sie klein war, hegte sie diesen Groll gegen mich, Sally Hemings, gegen ihren Vater, gegen die ganze Welt. Ich glaube, Harriet hat all diese Bitterkeit, all den Zorn mit meiner Muttermilch eingesogen. Sie war in jenem Sommer gezeugt worden, als Thomas Jefferson Wahlkreis für Wahlkreis zum Präsidenten der Vereinigten Staaten gewählt wurde. Sie wurde in eine Atmosphäre von Angst, Machtkämpfen und Machenschaften hineingeboren. Angst wegen der Sache mit James T. Callender. Machtkämpfe, weil neidische Männer wie John Hamilton nach dem höchsten Amt des Landes trachteten. Machenschaften wegen der Naivität meines Masters und der ehrgeizigen Ambitionen unseres alten Feindes, Aaron Burr. Und Harriet war auch in einer Zeit zur Welt gekommen, die vom Tod überschattet wurde. Zuerst starb Jupiter, der fünfundsiebzigjährige Leibdiener ihres Vaters, dann Callender, die Nemesis ihres Vaters, was ihn endlich verstummen ließ. Und schließlich James' Selbstmord.

Ihre kleinen Ohren müssen meine Schreie gehört haben, als Thomas Mann Randolph verkündete, daß James sich in Philadelphia erhängt habe. Möglicherweise hat sie sogar gehört, wie Meriwether Lewis unter Freudengeheul auf dem Rasen herumtanzte, als er erfuhr, daß Callender für immer zum Schweigen gebracht worden sei. Vielleicht ist ihr kleines Gesicht auch vor Entsetzen erstarrt, als sie die Flüche hörte, die ich ausstieß, als mein ältester Sohn Thomas von Monticello verbannt wurde, um den Klatsch über seine Herkunft zu ersticken.

Mit all dem war Harriet aufgewachsen, und sie hatte all diese Wahrheiten mitgenommen, als sie Monticello am 19. Mai 1822 in dem fliederfarbenen Phaeton verließ. Was war denn eigentlich die Wahrheit? In Virginia war die Wahrheit wie eine Pflanze, die aus einem längst vergessenen Samenkorn sprießt. Mord, Verbannung oder Selbstmord geschahen erst, als die eigentliche Ursache längst verschwunden war – ausgelöscht durch Spekulation, Rhetorik, Phantasie, Stolz und Eigennutz. Die Leidenschaften, Selbsttäuschungen und Hirngespinste des Südens, ob schwarz, ob weiß, stürzten sich über die arme Wahrheit und verschlangen sie. So erging es der Wahrheit hier immer. Die Virginier legten so viel Wert auf Männlichkeit, daß Skepsis, eine Voraussetzung für klares Denken und demnach eine realistische Lebenseinstellung, nicht existierte. Das bedeutet, daß wir ständig auf unsere eigene Vorstellungskraft zurückgeworfen wurden, und unsere Phantasie war lediglich dadurch begrenzt, wieweit wir in der Lage waren, das Unglaubliche heraufzubeschwören.

Jeder wußte, daß Harriet ein Bastard war, wußte, daß sie eine Sklavin war, daß sie weder praktisch noch theoretisch eine Weiße war, daß sie alle diese Tatsachen *auf illegale Weise* annullieren mußte, wenn sie jemals frei sein wollte, und doch kam es, daß dieses kleine Körnchen Wahrheit in dem fliederfarbenen Phaeton verschwand. Ein ganzes Volk von Lügnern lebte hier unten in Virginia: schwarze, weiße und Halbblut-Lügner, deren einzige Gesprächsthemen Wahrheit und Schönheit waren. Sie waren diejenigen, die die stärkste Säule unseres Lügengebildes errichtet hatten: daß wir bei allen Gesten und Emotionen, bei jedem Atemzug, den wir taten, selbst bei den Pollen, die wir einatmeten, niemals so tief in das Leben der Weißen eindringen konnten wie die Weißen in unseres.

Ich, die Unterzeichnende, Sally Hemings von Monticello, Farbige, dreiundfünfzig Jahre alt, geboren 1773 auf der Plantage meines Vaters John Wayles, Bermuda einhundert, Tochter von Elizabeth Hemings, Zofe, Ehefrau und Sklavin sowie Schwägerin von Thomas Jefferson, Mutter von Harriet Wayles II., geb. 1801, und sechs weiterer Kinder des Präsidenten Thomas Jefferson, geb. 1790; – Harriet I., geb. 1790 (verstorben); Beverly, geb. 1798; Thenia, geb. 1799 (verstorben); Madison, geb. 1805, und Eston, geb. 1808, bestätige hiermit, daß ich diese eidesstattliche Erklärung am Tag der Auktion, dem fünfzehnten Januar 1827, im Vollbesitz meiner geistigen Kräfte abgegeben habe.

Sally Hemings

Diesmal war alles anders, als ich auf der mit tiefem Schnee bedeckten Market Street am Kutschendepot stand und mit Thenia fest an der Hand auf Petit und Charlotte wartete, die mich abholen wollten. Ich war immer noch nicht frei. Thomas Jefferson besaß selbst im Tod noch Macht über mich. Noch immer lebte ich am Rande eines Abgrunds, immer noch war ich mit einer gefährlichen Welt konfrontiert, in der meine Identität eine einsame Herausforderung für meinen toten Vater darstellte. Aber ich hatte keine Angst mehr. Was ich zu tun beabsichtigte, wollte ich aus Liebe tun, nicht trotz meiner Liebe. Es war nicht weniger verachtenswürdig, als sich wieder in die Sklaverei zu begeben, dachte ich.

Ich sah auf Thenia hinab, die stumm neben mir stand. Seit ihr Wert auf fünfundsiebzig Dollar festgelegt worden war, hatte sie kein einziges Wort gesagt. Wie sollte ich diesem kleinen Wrack der Vergangenheit in den Kopf hämmern, daß ich hier als Weiße durchging? Daß ich eine falsche Identität, einen falschen Namen, eine falsche Hautfarbe angenommen hatte? Thenia blickte mich mit ihren großen braunen Augen an, ihr Haar sauber im Nacken zusammengefaßt, ihr neuer Wollmantel mit dem kleinen Spitzenkragen und den Glockenärmeln leuchtete in der Sonne wie eine glänzende, neue Rüstung. Ich war fest entschlossen, sie so lange wie möglich bei mir zu behalten. Sie war mein Anker, mein Fetisch, mein Gewissen, meine Zeugin. Sie war auch meine nächtliche Alarmglocke, meine ständige Gefahr, verraten oder entdeckt zu werden. Ich brauchte sie.

»Du darfst mich nie wieder Harriet nennen. Oder Tante. Ich habe dich befreit. Du bist jetzt niemandes Eigentum mehr.«

Thenia schüttelte stumm den Kopf.

»Nicht vor meinen Augen und nicht hinter meinem Rücken … jemand könnte dich hören. Nicht einmal im Schlaf. Wer bin ich?«

Thenia versuchte zu antworten. Ich sah, wie ihre Gesichtsmuskeln zuckten, wie ihre Augen sich vor Anstrengung noch mehr weiteten und mit Tränen füllten. Aber sie gab immer noch keinen Laut von sich.

»Wer bin ich?«

Sie machte eine Schnute, zog eine Grimasse, ihre weichen Wangen wurden so rund wie Äpfel, und sie kniff die Augen fest zu.

»Mmmm-iss Pe-Pe-Petit.«

Sie atmete schwer vor lauter Anstrengung. Unter entlaufenen Sklaven gab es ein ungeschriebenes Gesetz, das besagte, daß ein dunkelhäutigerer Verwandter niemals ein Familienmitglied, das als weiß durchging, verraten durfte. Sie hatte genauso viel Angst wie ich.

»Ist ja gut, meine kleine Thenia«, flüsterte ich. »Du brauchst mit keinem Weißen mehr zu sprechen, wenn du das nicht willst.«

Thenia und ich hatten kaum damit begonnen, unsere Koffer auszupacken, als Mrs. Latouche an unsere Tür klopfte, um uns mitzuteilen, Mr. Wellington erwarte uns im Erdgeschoß. Die Farbe, die mir in die Wangen stieg, muß verraten haben, was sie bereits geahnt hatte. Ich war dreitausend Meilen weit gesegelt, um ihn wiederzusehen. Als sei ich für den Auktionsblock bestimmt, ging ich die Treppe hinunter, Independence auf meinen Fersen. Die Tür zum Empfangszimmer stand offen, und der Schock beim Anblick von Thance' vertrauter Gestalt ließ mich einen Moment lang zurückschrecken. Dann wandte er sich um. Als ich ein paar Schritte auf ihn zulief, hielt er die linke Hand hoch, wie um einen Fremden abzuwehren. In seinen Augen lagen Verwunderung und Staunen, sie hatten etwas Fremdes, so als ob die Zeit seine Züge ganz leicht verändert hätte.

»Nein, Harriet«, sagte er plötzlich, als ich auf ihn zutrat. Bevor er jedoch zur Seite treten konnte, lag ich in seinen Armen, meine Lippen auf den seinen. Er war da. Er hatte meinen Brief erhalten. Er hatte mir vergeben. Einen Augenblick lang erwiderte er meinen Kuß, doch dann ergriff er mich und hob mich fast vom Boden hoch.

»Ich bin nicht Thance, Harriet. Ich bin Thor ... Theodore, Thance' Zwillingsbruder. Verzeih mir.«

Entsetzt stolperte ich zurück. Der Zwillingsbruder aus Afrika. »Oh, mein Gott«, sagte ich mit hochrotem Gesicht. Thor sprudelte los, geriet beim Erklären ins Stottern.

»Thance hat versucht, rechtzeitig hier zu sein, aber er wird erst nächsten Monat eintreffen. Seine ... seine Ärzte hatten ihm verboten, vor dem Ende seiner Quarantäne zu reisen, und dann mußte er auf den nächsten Dampfer warten, der von Kapstadt aus hierherfuhr.«

»Quarantäne?«

»Er war krank. Ein paar Wochen vor meiner Abreise aus Kapstadt erkrankte er an einem mysteriösen Fieber, nachdem er einige Matrosen eines amerikanischen Sklavenschiffs, das von einem britischen Polizeischiff in den Hafen geschleppt worden war, behandelt hat.«

»Aber warum Thance? Er ist doch gar kein Arzt.«

»Sie konnten das Fieber nicht diagnostizieren. Es war weder Malaria noch eine andere der in Afrika bekannten Fieberkrankheiten. Also haben sie nach mir geschickt.«

»Nach Ihnen?«

»Ja. Ich bin Spezialist für Tropenmedizin.«

»Für ein Sklavenschiff?«

Das war der Krieg, der zwischen den britischen Polizeischiffen und privaten Sklavenschiffen ausgetragen wurde, dachte ich.

»Die Schiffsmannschaft war extrem dezimiert. Nicht mehr als ein Dutzend Matrosen hatten überlebt.«

»Und die Sklaven?«

»Die Fracht?«

»Ja, die Fracht.«

»Etwa einhundert von einer Fracht von vierhundert wurden gerettet. Wir haben keinen von ihnen zu sehen bekommen. Sie waren in Abwesenheit freigelassen und auf einen britischen Schoner gebracht worden, der zu den Westindischen Inseln segelte.«

»Und Thance hat sich mit dem Fieber angesteckt?«

»Ja. Ich mache mir Vorwürfe, weil ich ihn mitgenommen habe.«

»Nein, es ist meine Schuld. Wenn ich dort gewesen wäre …«

»Harriet, das hätte nichts geändert. Wir wären trotzdem hingegangen. Es ist unser Beruf. Ich habe Tausende von medizinischen Pflanzen und andere Medikamente aus Afrika mitgebracht. Wir werden sie alle katalogisieren. Nichts hätte uns aufhalten können.« Er hielt inne. »Harriet?«

Ich sah in die Augen des Fremden, der das Ebenbild meines Geliebten war. In seinen identischen Zügen lag etwas Härteres, etwas Ausdauernderes, das ich auch in seinen Augen entdeckte.

»Möchten Sie nicht hören, was Thance Ihnen mitteilen läßt?«

»Ich glaube, Sie haben es mir schon gesagt.«

Er lächelte Thance' Lächeln und zog seine dunklen Augenbrauen zusammen, die sich wie die Klangöffnungen einer Violine bogen. »Er liebt Sie immer noch. Er hat nie aufgehört, Sie zu lieben, und er wird niemals eine andere lieben. Er will Sie zu jeglichen Bedingungen, die Sie zu stellen belieben, wiederhaben. Es steht alles in dem Brief, den er mir mitgegeben und den er geschrieben hat, nachdem er den Ihren erhalten hat.«

Er reichte mir ein dickes Kuvert. Ich erkannte Thance' große, schwungvolle Handschrift.

»Wissen Sie, warum ich nach Europa gereist bin?« fragte ich, als ich ihn wieder ansah.

»Ich weiß nicht ...«

»Weil ich nicht bin, was ich zu sein scheine, Mr. Wellington, und ich werde es auch nie sein.«

»Und warum sind Sie zurückgekehrt, Miss Petit?«

»Weil ich in Europa gelernt habe, daß die meisten Menschen nicht sind, was sie zu sein vorgeben.«

»Er schert sich nicht um Ihr ... Ihr Geheimnis, was immer es sein mag.«

»Er will es nicht wissen?«

»Nein.«

»Und was ist mit Ihnen?« fragte ich herausfordernd. »Interessiert Sie mein Geheimnis? Ich bin bereit, es Ihnen zu sagen.«

»Sagen Sie es mir, wenn es sein muß. Aber ich schwöre bei Gott, daß ich es niemals irgendeinem anderen weitererzählen werde einschließlich meines Bruders. Sie haben ihn glücklich gemacht. Ich weigere mich, ihn unglücklich zu machen. Aber Sie sagten ja selbst, daß niemand ist, was er zu sein vorgibt. Sie hielten mich für Thance, der ich nicht bin. Ich wünschte, ich wäre er«, flüsterte er leise.

»Sie sind aus demselben Holz geschnitzt wie Thance. Und ich vertraue Ihnen.«

Thor Wellington hielt den Atem an, als müsse er einen Schlag abwehren, während ich am Abgrund stand und mich über den Klippenrand lehnte, wie meine Mutter sich in den Wind gelehnt hatte, der die Tabakblüten zauste. Vor der Tür stand Thenia, die alles, was ich sagte, bestätigen konnte. Ich öffnete meinen Mund, brachte jedoch keinen Ton heraus. Es herrschte nur Stille. *Ich bin die Tochter Thomas Jeffersons, des dritten Präsidenten der Vereinigten Staaten, den ich verflucht habe, als er am 4. Juli 1826 auf seinem Sterbebett lag. Ich liebe ihn, und ich hasse ihn, und ich habe ihn vergessen.*

War es fair, Thor, einem Fremden, mein größtes Geheimnis zu enthüllen? Würde es leichter sein, als mich Thance anzuvertrauen? Ich erinnerte mich an mein Experiment mit Lorenzo. Was konnte es schaden, noch einen Monat zu warten? Ich hatte so lange gewartet. Ich hatte mein ganzes Leben lang gewartet.

MBABANE (UNDATIERT)

Meine liebe Harriet,

ich finde keinen Schlaf. Wie soll ich den wichtigsten Brief meines Lebens beginnen? Indem ich Gott dafür danke, daß es mein letzter Brief an Dich sein wird, bis wir uns wiedersehen, um uns dann nie wieder trennen zu lassen, es sei denn durch den Tod.

In dieser Morgendämmerung ist mir so leicht ums Herz, daß ich mir vorkomme, als sei ich schwachsinnig vor Glück. Alles, was ich ansehe, ist umwerfend schön. Noch bevor ich ihn sehe, spüre ich den Zustand des Himmels: er ist von einem majestätischen Azurblau. Der fast volle Mond, der immer noch am Himmel steht, wird mit dem heraufziehenden Morgen blasser. Die Luft ist von einer unvergleichlichen Lieblichkeit, sie ist berauschend, zärtlich, leicht …

Ich möchte gut sein, und ich möchte vernünftig sein. Ich verfluche die Zeit der Rekonvaleszenz, die mich daran hindert, zu Dir zu eilen.

Thor, der in vierzehn Tagen abreisen wird, wird diesen Brief, den ich mit der ganzen Inbrunst einer geretteten Seele und mit der Leidenschaft eines erlösten Herzens küsse, in Deine Hände legen. Ich lese Deinen Brief immer wieder. Ich falte ihn zusammen und wieder auseinander. Ich streiche ihn glatt. Ich halte ihn ins Licht, vielleicht in der Hoffnung, noch ein liebes Wort zu entdecken, das ich bisher übersehen habe. In dem Bewußtsein, daß Du dieses Papier berührt, vielleicht sogar an deine Lippen gepreßt hast, drücke ich es an mein Herz. Die Worte, die ich in meinen Händen halte, sind geruchlos. Wie froh bin ich, daß Du sie nicht wie ein banales Billet-doux parfümiert hast, denn dies ist nicht nur ein Liebesbrief, es ist ein Brief über Krieg und Frieden, er ist eine Bedrohung, ein Versprechen, ein Ruf des Herzens, ein Vertrag, ein Gedicht. Überdies könnte kein europäischer Duft dem Parfüm Afrikas gleichkommen. Welchen Duft Du auch gewählt hättest, er könnte nur dumm, geschmacklos und künstlich wirken angesichts dieser üppigen Natur, wo man in einem einzigen Augenblick so viel Schönheit erblickt, daß sie für ein ganzes Leben reichen würde, wo die Farben eines Schmetterlings den Blick und die Gefühle eines Menschen für Stunden fesseln können, wo alles vor seinen Augen wächst, sich durch den Lichteinfall, die Feuchtigkeit, die Temperatur von Augenblick zu Augenblick verändert, als sei es Zauberei. Das Leben in Afrika – Pflanzen-, Tier- und menschliches Leben – reagiert auf die betörenden Kräfte der Natur wie auf die Liebkosungen einer Geliebten: nicht herablassend oder halbherzig, sondern vorbehaltlos, mit Haut und Haar wie Kompostwürmer, die sich in die braune Erde wühlen.

Wie schnell die Zeit vergeht! Wie schrecklich waren die Monate, in denen die Zeit stillzustehen schien, als die Nächte kein Ende nehmen wollten und ich jeden Tag vor dem Morgengrauen aufwachte, als selbst die Erschöpfung mir weder Frieden noch Schlaf bescherte. Dann legte Thor Deinen Brief in meine Hand, und sogleich verschwanden meine Kopfschmerzen, meine Augen sahen wieder klarer, meine brennende Kehle war wieder frei. Ich erhob mich auf wacklige Beine und brüllte. Und als Thor entsetzt und besorgt zurückgelaufen kam, fand er mich weinend vor Glück und endlich wieder auf den Beinen vor. Gemeinsam gingen wir zu Fuß bis zum Ende der Siedlung, nahmen die Straße, die hinauf in die Hügelkette führt, hinter der sich ein endloser, eine Million Jahre alter Wald erstreckt, so dicht, daß er wie eine riesige Granitfläche aussieht. Die Baumwipfel leuchteten im letzten Sonnenlicht. Erst herrschte eine tiefe Stille. Dann, als die Schatten länger wurden, füllte sich der Wald mit seltsamen Geräuschen, mit Kampfgeschrei und Vogelgesang, mit Lauten von unbekannten Tieren, dem Rascheln der Blätter, das wer weiß was für ein Tier oder irgendein Flüstern Gottes verrät. In der Nähe schnattert eine Gruppe Affen, aber wir sehen sie nicht. Den wie ein Zebra gestreiften Schmetterling mit einem blauen Körper, den ich fing, lege ich in diesen Brief.

Nächster Tag. Überall auf der langen Landstraße eilen verschiedene Stämme, Männer und Frauen, auf dem Kopf große, mit Palmblättern bedeckte Körbe mit Waren aus entfernten Dörfern – Süßkartoffeln, Maismehl etc. –, auf die Stadt zu. Wenn wir an ihnen vorbeigehen, stellen sie ihre Last ab, grüßen uns wie Soldaten und brechen dann, bevor wir dazu kommen, ihren Gruß zu erwidern, in schallendes Gelächter aus. Wir müssen ihnen lächerlich vorkommen. Die Witze gehen hier auf unsere Kosten.

Fünfzig Fuß von meiner Wohnung entfernt ist durch das hohe Elefantengras der dunstige Vorhang des Wasserfalls zu erkennen, der im hellen Schein des Mondes, der hier größer erscheint als bei uns, silbrig schimmert. Bei Sonnenaufgang wirkt der Wasserfall wie eine Lichtsäule von der Breite eine Gebäudes. Eigentlich sind es zwei Wasserfälle, denn die Wasserkaskaden werden durch eine grüne Insel getrennt, so daß man die beiden Wasserfälle nicht gleichzeitig sehen kann. Man kann nur darüber staunen, daß das, was einen durch seine majestätische Größe beeindruckt, lediglich aus der Hälfte *der Wasser des* Fleuve *besteht.*

Afrika ist ein seltsamer Kontinent, wo die Hitze den Körper sticht und ihn wieder zu dem Staub werden läßt, aus dem wir alle kommen.

Genug – mehr kann ich nicht schreiben. Meine Hand zittert immer noch, nicht vor Schwäche, sondern vor Liebe. Ich füge diesem Schreiben meine Briefe bei, die ich nie abgeschickt habe, deren Bestimmung nur mein Grab gewesen ist. Ich glaube, es sind etwa einhundert. Du wirst in chronologischer Reihenfolge von den Ereignissen unserer Expedition lesen und erfahren, wie oft ich an Dich gedacht habe.

Das kleine Päckchen enthält Edelsteine, von denen ich möchte, daß du sie von einem guten Juwelier in New York oder Philadelphia in eine wertvolle Halskette fassen läßt. Das Kunsthandwerk ist hier nicht gerade von bester Qualität. Mutter wird Dir helfen. Es ist ein Hochzeitsgeschenk von

Deinem glücklichen Thance.

»Man kann nicht, wie du es tust, einem Mann das Herz brechen und dann ein Jahr später zurückkommen und die Scherben einsammeln. Für wen hältst du dich eigentlich? Und für *was* hältst du Thance?«

Charlottes strenge Augen sahen mich vorwurfsvoll an.

»Charlotte, woher willst du wissen, was ich beschlossen habe?«

»*Du* hast beschlossen! Es hat Thance' ganze Kraft gekostet und dazu unsere, um ihn auf dieses Schiff nach Kapstadt zu bekommen ... um sein Leben zu retten.«

Einen Augenblick lang glaubte ich, Charlotte sei in Thance verliebt. Mir blieb das Herz stehen. Nein. Wenn Charlotte hätte Thance haben wollen, hätte sie ihn niemals nach Afrika reisen lassen. Ich erwiderte nichts auf ihre Vorwürfe. Jedes verletzende, herausfordernde Wort meiner geliebten Charlotte war wie Balsam für meine tiefe, offene Wunde, denn es half mir, mein Herz abzuhärten.

»Das Problem mit dir ist, daß du so sehr mit deinen eigenen unerheblichen Sorgen beschäftigt bist, Harriet, daß du nicht zu bemerken scheinst, daß andere deinetwegen leiden.«

»Thance war krank, und du hast mir noch nicht einmal davon geschrieben«, warf ich ihr vor.

»Ich *habe* dir geschrieben – nach Paris«, rief Charlotte. »Aber meine Briefe kamen zurück mit dem Vermerk ›Adresse unbekannt‹. Das war im Juli.«

»Aber ich war –« Ich brach ab.

»Ja, Harriet, wo warst du?«

Ich war ... *Teil des Nachlasses von Thomas Jefferson* – und bat um mein Leben.

»Er hätte sterben können ... und ich hätte es noch nicht einmal erfahren«, sagte ich laut.

»Vielleicht ist er gestorben, und vielleicht hat Thor jetzt seinen Platz eingenommen«, sagte Charlotte bitter. »Du würdest den Unterschied noch nicht einmal bemerken.«

In diesem Augenblick fragte ich mich, ob Charlotte *Thor* liebte.

»Wie kannst du nur plötzlich so hartherzig sein?« fragte ich.

»Weil du den Leuten gegenüber, die dich lieben, stets grausam bist«, sagte Charlotte beharrlich, »und je mehr sie dich lieben, um so grausamer bist du zu ihnen.« Dann brach sie in Tränen aus, und schluchzend fügte sie hinzu: »Wo warst du, Harriet? Was verbirgst du vor uns? Wo kommt Thenia wirklich her?« flüsterte sie.

Ich betrachtete Charlotte. Meine Charlotte. Ihre Unwissenheit war der Preis für die Freundschaft, die mir die wichtigste war.

Zwei Männer kamen die Gangway des Schiffes namens *Galleon* herunter. Beide trugen weiße Anzüge im Kolonialstil, indigoblaue Hemden und breitkrempige Panamahüte, aber einer der beiden war schwarz, der andere weiß. Kaum neun Wochen nach meiner Begegnung mit seinem Zwillingsbruder kehrte Thance zurück. Wochen, in denen ich die Briefe, die er mir aus Afrika geschickt hatte, immer wieder gelesen hatte. In Gedanken hatte ich jeden einzelnen beantwortet. Das Afrika, das Thance mir beschrieben hatte, verfolgte mich weit mehr als die Landkarte, die Lorenzo auf der *Montezuma* für mich gezeichnet hatte.

Der dunkelhäutige Mann war äußerst gutaussehend. Er hatte ein kantiges Gesicht, kluge, intelligente Augen und tiefe Grübchen in beiden Wangen, die von etwas, von dem ich später lernte, daß es in die Haut geritzte Stammeszeichen – Fingerabdrücke – waren, noch hervorgehoben wurden. Er hatte noch weitere solche Zeichen: drei waagerechte Linien auf seiner Stirn. Sie leuchteten wie Signale, als die beiden Männer, in eine angeregte Unterhaltung vertieft, auf den Kai traten. Thance stützte sich auf den Arm des anderen, und sein Anzug hing lose um seinen Körper; er hatte das Gewicht, das er durch die Krankheit verloren hatte, noch nicht wieder zugenommen. Sie waren immer noch zu weit von mir entfernt, als daß ich ihr Gespräch hätte verstehen können, von dem sie beide so gefesselt waren. Als Thor dann durch die Menge auf sie zulief, drehten sie sich gleichzeitig um.

»Thance!« rief Thor. »Abraham!«

Es versetzte mir einen Stich, als ich sah, wie die drei sich gegenseitig in die Arme fielen, obschon ich wußte, daß es unfair war, eifersüchtig zu sein. Gleich würde Thance sich von den anderen abwenden. Gleich würde ich in seine schwarzen Augen sehen und zur Ruhe kommen. Meine Odyssee war zu Ende.

Die beiden Brüder und der Mann zwischen ihnen wandten sich um. Thance riß sich los und rannte über das Kopfsteinpflaster auf mich zu. Er roch nach Salz, Liebe und Afrika. Er sah so jung aus.

Er gab mir keinen Kuß. Nicht einmal einen Handkuß. Wir waren viel zu schüchtern, zu verlegen in Gegenwart all der fremden Menschen, die uns von Bord der *Galleon*, von den Kais und von den kunterbunt überall parkenden Kutschen aus sahen.

»Laß mich dich ansehen«, sagte er zärtlich. »Du bist noch schöner geworden, nicht wie früher, sondern noch schöner. Und du trägst die Kette.«

»Deine Mutter hat mir geholfen. Mr. Duren von Bailey, Banks und Biddle hat Tag und Nacht daran gearbeitet, damit sie rechtzeitig fertig wurde«, sagte ich schüchtern. »Sie wartet zu Hause auf dich.«

Ich hatte Glück gehabt, daß die Witwe Wellington es mir so leichtgemacht hatte. Aber nachdem Thance mit knapper Not dem Tod entronnen war, war sie sogar bereit gewesen, ihren Schwur, mich niemals wieder in die Familie aufzunehmen, zurückzunehmen.

»Ich bin so glücklich, Harriet.«

»Ich auch.«

Dann trat er beiseite und wandte sich nach Thor und dem lächelnden braunen Mann um, die inzwischen zu uns gestoßen waren.

»Das ist Abraham Bos'th, der mich im Hospiz gepflegt hat. Er ist ein hervorragender Apotheker und Homöopath, den ich in die pharmazeutischen Wunder von Philadelphia einweihen werde. Er ist mitgekommen, um in unserem neuen Labor zu arbeiten. Er ist vom Stamm der Ndebele.«

Ich streckte meine Hand aus, doch Abraham Bos'th verbeugte sich nur.

»Ndebele-Männer berühren weiße Frauen nie, es sei denn, sie sind krank«, sagte Thance.

Ich errötete und wandte mich ab, um mir nicht anmerken zu lassen, wie sehr ich erschrocken war. Ich hoffte, daß Mr. Bos'th (dessen Name schon bald in Boss amerikanisiert werden würde) mich mochte, denn er gefiel mir vom ersten Augenblick an. Trotz all meiner Erfahrungen mit den Gegnern der Sklaverei in London war ich noch nie einem echten Afrikaner begegnet.

Ich hatte Independence mitgebracht, die nun schwanzwedelnd um Thance herumsprang, bis sie eine Katze entdeckte, deren Verfolgung sie sofort aufnahm, wobei sie mehrere leere Transportkörbe umstieß.

»Independence«, rief Thance. »Komm zurück.« Abraham lachte.

Aber die Hündin war bereits bei der Jagd auf ihre Beute vom Pier hinunter und in einen Lastkahn gesprungen, der in unserer Nähe vertäut war.

»Ich habe noch nie ein solches Tier gesehen«, sagte Bos'th. »Es muß sehr selten sein.«

»Sie ist eine reinrassige Dalmatinerin. Ihre Rasse stammt aus Kroatien an der Adria. Normalerweise werden sie für die Jagd gezüchtet, aber ich habe sie nie für diesen Sport abgerichtet, deswegen muß sie ihren Jagdinstinkt an Wasser-, Feld- oder Stadtratten ... oder Katzen ausleben. Sie heißt Independence.«

Er lächelte. »Ein schöner Name. Ein edler Name. Independence – Unabhängigkeit.«

Er war ernst und schüchtern, aber um seine Lippen spielte ein kleines Lächeln.

»Ich freue mich sehr, zu Ihrer Hochzeit hier zu sein, Madam.«

»Harriet«, sagte ich. »Harriet Petit. War das Ihre erste Fahrt über den Atlantik?« fragte ich. Dann hielt ich verwirrt und verlegen inne, als mir klar wurde, daß ich einem Schwarzen gegenüberstand, der aus freien Stücken von Afrika nach Amerika gekommen war.

»Ja. Ich bin entlang der Westküste Afrikas bis nach Freetown gesegelt. Aber das ist natürlich nicht dasselbe wie eine Überquerung des Ozeans.«

»Und wo haben Sie so gut Englisch sprechen gelernt?«

Abraham hob spöttisch die Augenbrauen, so daß die Stammeszeichen an seinen Schläfen seine Augen wie die Maske eines Waschbären umschlossen.

»Oh ... in der Missionsschule in Kapstadt«, sagte er. »Dort habe ich meinen englischen Namen erhalten. Ich habe auch noch einen afrikanischen Namen, er bedeutet, ›der Auserwählte‹ oder ›Orakel‹, so weit ich ihn in Ihre Sprache übersetzen kann.« Abraham blickte von einem zum anderen in unserer kleinen Begrüßungsgesellschaft. Seine Augen blieben an Thenia hängen, die sich die Hand vor den Mund hielt und ihn fasziniert anstarrte.

Ich ließ meinen Blick über die Docks und das bunte Treiben schweifen, über die Leute, die alle ihren eigenen Geschäften nachgingen, die mir keine Fragen stellten und keine Antworten von mir erwarteten. Sie waren gleichgültig, kritiklos, nicht voneinander zu unterscheiden. Wie grausam wäre es, Thance mit dem Geheimnis zu belasten, das mein Vater so mühevoll vierzig Jahre lang gehütet hatte. Als hätte meine Begegnung mit Thor die tickende Zeitbombe meiner Identität entschärft, beschloß ich, mir Zeit zu lassen und zu einer Entscheidung zu gelangen, wenn ich gelassener sein würde. Schließlich hatte ich noch den Rest meines Lebens vor mir.

20

Sie wirkte zufrieden.

Thomas Jefferson

Ich fragte mich, ob meiner Mutter das Ironische gefallen hätte an meinem weißen Ritter in glänzender Rüstung, der in der afrikanischen Sonne gebadet hatte. Aber meine Mutter war nicht da.

Thenia war die einzige aus meiner Familie, die bei meiner Hochzeit anwesend war. Mit ihrem herzförmigen Gesicht, der edlen Stirn und den übergroßen Augen stand sie da wie ein Paket brauner Erde aus Monticello, stellvertretend für Vater und Mutter, Schwestern und Brüder, Tanten, Vettern und Kusinen. Sie war alles, was ich hatte. Meine Verbindung zur Wahrheit.

Als ich an Petits Arm, ganz in Weiß, auf den Altar zuging, sagte ich mir im stillen, daß das Leben, das mir bis zu diesem Zeitpunkt so viele Unwägbarkeiten beschert hatte, nichts anderes war als eine Folge von Verträgen, Zeremonien, Versicherungspolicen, Schuldscheinen und vorherbestimmten Worten, mit denen die Menschen ihr gesellschaftliches Leben regelten, um sich nicht gegenseitig umzubringen. Alle hatten die gleiche panische Angst vor dem Unbekannten. Die Kirche, die sich mit ihren bunten Bleiglasfenstern über der größten Stadt Amerikas erhob, nahm mich in sich auf. Dahinter lagen die unendlichen Weiten des atlantischen Ozeans und dahinter die Alte Welt, wo alles erdacht worden war, einschließlich der Sklaverei. Und wie eine Vision stand plötzlich eine simple Tatsache vor mir, eine Art Vision, wie Entdecker sie haben, wenn sie zum erstenmal einen unbekannten Kontinent betreten: Die Bewohner waren nicht von Haß erfüllt, sondern vor Angst gelähmt. Anstatt sie noch mehr zu erschrecken, dachte ich, brauchte ich ihnen nur zu helfen, mich so kennenzulernen, wie ich wirklich war, denn das unterschied sich in nichts von dem, was ich sein wollte, oder was *sie* von mir erwarteten. Auch die Mitglieder dieser Gemeinde waren nicht anders, als ich erwartet hatte, sie waren weder besser noch schlechter, als ich sie mir vorgestellt hatte. Schließlich waren sie nur Weiße.

An meinem Kleid aus irischer Spitze, verziert mit seidenen Rosen und Satinschleifen, war eine endlos lange weiße Schleppe befestigt. In einer tiefen Tasche meines Rocks steckte der vertraute Dolch meiner Jugendzeit. Die Luft war stickig vom Duft der vielen Blumen, dem Geruch schwitzender Männer in teuren Anzügen, von übertrieben parfümierten Frauen, die mich ansahen, als ich gelassen Einzug in ihre Welt hielt.

Ich blickte in jedes einzelne Gesicht und sah nur Wohlwollen, ehrliche gute Wünsche und die sentimentale Überschwenglichkeit der Gefühle, die durch das Austauschen von Eheversprechen unweigerlich hervorgerufen werden. Der harte Akzent meiner neuen Familie, mit seinen gedehnten »a's« und den scharfen »d's« klang so unmusikalisch in meinen Ohren, daß ich mir schwor, meinen Südstaatenakzent beizubehalten. Wenigstens in dieser Hinsicht würde ich eine Frau aus Virginia bleiben. Es war das einzige aus meinem früheren Leben, das ich bewahren würde. Ich hatte in einer Kirche geheiratet, so, wie ich es mir selbst versprochen hatte, vor Gott und den Menschen. Ich hatte aus Liebe geheiratet. Ich hatte meinen Gatten selbst gewählt, und ich war ihm als Jungfrau entgegengetreten.

In einem Anflug von Ironie oder Sentimentalität hatte Petit als Ort für das Hochzeitsfest das Hotel gewählt, in dem ich meine erste Mahlzeit als Weiße eingenommen hatte. Thance und ich sollten in einem Zimmer dieses Hotels unsere erste gemeinsame Nacht als Mann und Frau verbringen, bevor wir zu unserer Hochzeitsreise nach Saratoga Springs aufbrachen. Die Musiker im Frack, zu deren Orchester sich auch noch mehrere Studenten des Konservatoriums gesellten, ließen in dem Hotelrestaurant mit seinen prächtigen Palmen und Kronleuchtern die neuesten Walzer erklingen. Es wurde gesungen und auf das Brautpaar angestoßen, und schließlich sprach Reverend Crocket ein Gebet. »Möge dieses schöne junge Paar die Früchte der Liebe und Treue, der christlichen Moral und der christlichen Nächstenliebe ernten, von nun an bis ans Ende ihres Lebens!« sagte der Reverend. Auf meinen Vorschlag hin fügte er noch eine Fürbitte für die Abschaffung der Sklaverei aus den Annalen der Nation hinzu.

Es war Thor, der mir liebevoll die frischgebügelte Heiratsanzeige aus der Zeitung in den Schoß legte.

Am Samstag, dem 1. März 1827, um elf Uhr haben sich Miss Harriet H. Petit aus Albemarle County, Virginia, und Mr. William John Thadius Wellington aus Philadelphia in der St.-Pauls-Kirche der Unitariergemeinde am Washington Square in Gegenwart von Freunden und Verwandten der Mutter des Bräutigams, der ehrenwerten Mrs. Nathan Wellington, geborene Rachel Lysses du Graft von Scranton und Wilmington, Mitglied des Vorstandes der St.-Pauls-Kirche und der Philadelphia Academy, das Ja-Wort gegeben. Brautjungfern waren Miss Charlotte Waverly und Miss Lividia Wellington, die Schwägerin der Braut. Miss Petit ist Mitglied des Konservatoriumsorchesters von Philadelphia, Absolventin des Bryn-Mawr-Seminars für Frauen und Mitglied des Hilfskomitees der Damen der Gesellschaft der Gegner der Sklaverei von Philadelphia. Der Bräutigam ist ein Sohn des seligen Wissenschaftlers und Pharmazeuten Dr. Nathan Wellington und Absolvent der Universität von Pennsylvania. Das Paar wird seine Hochzeitsreise in Saratoga Springs verbringen und anschließend sein Domizil in der Church Street 120 in Philadelphia beziehen.

Auf der Rückseite des Zeitungsausschnitts mit meiner Heiratsanzeige las ich die folgende Anzeige:

Zwanzig Dollar Belohnung – Ein Negermädchen namens Molly ist dem Inserenten am 14. d. M. entlaufen. Sie ist 16 oder 17 Jahre alt, schlank. Sie wurde kürzlich mit einem R *auf der linken Wange gebrandmarkt sowie mit einer Kerbe im linken Ohrläppchen. Außerdem wurde ihr das* R *auf beide Innenseiten der Oberschenkel eingebrannt.*

Abner Rose
Fairfield District, S. C.

Die nackten Buchstaben des Sklavensteckbriefs verliehen dem Ereignis auf seiner Rückseite ihre Endgültigkeit: eine Ehe zwischen Norden und Süden, Schwarz und Weiß, zwischen einem kriminellen Flüchtling und einer Stütze der Gesellschaft, zwischen unehelicher Geburt und weißer Unbescholtenheit.

Der Steckbrief sollte mich mein Leben lang wie ein Schatten meiner Hochzeit verfolgen. Jedesmal, wenn ich den Zeitungsausschnitt mit der Heiratsanzeige hervornahm, starrte er mich wie sein Zwilling an.

Mein Hochzeitsgeschenk des Staates Pennsylvania war ein neues Gesetz, das »Gesetz der persönlichen Freiheit«, das das Einfangen eines entflohenen Sklaven zu einem Verbrechen machte. Eigentlich sollte ich nun in Sicherheit sein. Doch eine gemischtrassige Ehe war in Pennsylvania noch immer strafbar. William John Thadius Wellington war ebenso ein Krimineller, wie mein Vater es vor ihm gewesen war, wegen Rassenvermischung drohten ihm Geldbuße und Gefängnis. Ich konnte, da ich seinen Heiratsantrag angenommen hatte, mit Geldstrafen belegt, ins Gefängnis gesteckt und öffentlich ausgepeitscht werden, und meine Kinder konnten als Sklaven verkauft werden.

Als ich die Gestalt meines Mannes im Widerschein der Gaslampe in unserem Zimmer stehen sah, kam er mir gar nicht wie ein Mann vor, sondern wie die wundersame Verkörperung einer Phase meines Lebens, die nun endete. Mein Selbst, alle meine Sinne schienen nur noch aus Liebe und Verlangen zu bestehen. Ich hatte es nicht erwartet, noch wußte ich genau, was es war, aber es überkam mich wie eine köstliche, furchteinflößende Kraft. In diesem Feuer der Liebe, das mich zugleich erhob und auflöste, löschte ich mein ganzes früheres Leben aus. Das unwissende Gesicht meines Mannes über mir war so rein wie das eines Priesters. In seinen schönen schwarzen Augen lag eine solche Willenskraft, daß ich meine Stirn berührte, um festzustellen, ob ich noch am Leben war.

Thance küßte mein Gesicht langsam, zärtlich, mit einer Art kindlichen Glücksgefühls, er überraschte mich mit weichen, blinden Küssen, die wie seltsame Motten waren – vollkommen lautlos und köstlich legten sie sich über meine Seele und mein Geheimnis. Zum erstenmal seit der Hochzeit wurde ich unruhig, und ich schreckte kurz zurück, aus Scham vielleicht. Dann, um ihm zu zeigen, daß ich eine glückliche, willige Ehefrau war, wandte ich mich ihm wieder zu und zog ihn fest an mich. Ich hatte ihm nichts gesagt, und ich würde ihm auch nichts sagen. Ja, in dem kleinen Feuer, das er entfacht hatte, lag der tiefe Schmerz, den ich mir selbst zugefügt hatte, indem ich ihm nichts gesagt hatte.

Langsam, vorsichtig schob er mein Hemd hoch und vergrub sein Gesicht in meinem Geschlecht, küßte meine unteren Lippen, bis ich in Verzückung geriet. Weit, weit entfernt hörte ich ein leises Klagen, als er in mich eindrang. Der Schmerz schlug mich in seinen Bann, dann löste er sich auf, als Thance sich zurückzog und mich mit seinen starken Armen hochhob. Auf meinem verschwitzten Hemd prangte das kleine Zeichen des Triumphs. Ich schloß meine Augen, und Freudentränen spülten meine Gedanken fort. Ich wurde gehalten von der Welt, in der er war, der Welt, die aus Licht und Freude und Glück bestand, und von der Welt, in der er nicht war, wo Düsternis und Angst und Leere herrschten.

Meine Gedanken verloren sich im Unbewußten, dann kamen sie zurück. Wie Gespenster verschwanden sie und kehrten wieder, wurden mit jedem Mal undeutlicher. Plötzlich sah ich einen Mimosenbaum vor mir, und ich war wieder in Monticello, in dem kleinen Gemüsegarten hinter der Hütte meiner Großmutter. Meine Mutter führte mich an der Hand. Zart und zerbrechlich, wie eine Wolke, erhob der Mimosenbaum sich auf seinem bleichen Stamm und breitete seine langen, samtigen Arme aus. Meine Mutter deutete mit dem Finger auf den Baum. In dem zitternden Laub bebten die duftigen kleinen Blütenbäusche wie Tausende tropischer Vögel. Der Baum schien den Garten zu beleuchten, die Hütte meiner Großmutter und die ganze Mulberry Row. Die Luft um uns herum war von seinem intensiven Duft erfüllt. Meine Mutter (oder war es meine Großmutter?) deutete wieder auf den Baum, und der Duft wand sich wie eine Schlange.

Ich verspürte Schmerz; außen an meinen Fingerspitzen und zwischen meinen Beinen brannte es. Jetzt war der Zeitpunkt gekommen, meine Seele preiszugeben und mich fallenzulassen, dachte ich. Mein Körper hatte sich hingegeben, warum also nicht auch mein Geist? Aber gleichzeitig wußte ich, daß Liebe nichts anderes war als eine neue Herrschaft: die Stimme eines neuen Herrn.

»Harriet, mein Liebling«, flüsterte er. »Hab keine Angst ... Das passiert nur beim ersten Mal. Ich werde dir nie wieder auf diese Weise weh tun. Meine geliebte Frau ...«

Mondlicht fiel auf die Tropfen lauwarmen Wassers und machte sie zu feurigen Diamanten, die von dem Schwamm tropften, den ich wie eine Opfergabe in beiden Händen hielt. Ich hielt den Schwamm höher, ließ die schimmernden Rinnsale über meinen Hals und über meine Brust und in die tiefe Schwärze des Wassers unter mir fließen. Die kleinen Tröpfchen blitzten auf und liefen ineinander, tanzten heimlich in der Dunkelheit, stoben auseinander, bildeten neue Muster, hüpften, sprangen vorwärts und fielen dann wie in Panik zurück. Dann arbeiteten sie sich wieder unaufhaltsam vor, taten so, als wollten sie fliehen, während sie vorwärts drängten, immer näher auf den Rand aus weißem Porzellan zu. Der Mond goß sein Licht in das Becken, als ich Thance' Stimme hörte, die mich leise zurück ins Bett rief.

Mein Mann konnte sich nie erklären, wie eine erwiesene Jungfrau, die keine nennenswerten Erfahrungen hatte, sich so gut darauf verstand, einem Mann Vergnügen zu bereiten und sich ihres Körper bei der ehelichen Liebe so sicher war. Eheliche Liebe jedoch war das, wovon ich geträumt hatte, für das ich gelebt und gekämpft hatte, seit ich sieben Jahre alt war. Vielleicht konnte ich mich so frei und vorbehaltlos hingeben, weil ich schon früh gelernt hatte, daß mein Körper nicht mir gehörte, so als ob die Leibeigenschaft mich alles gelehrt hätte, was ich wissen mußte. Meine Weisheit lag in meinen Fingerspitzen, denn ich wußte, wie zart oder heftig ich Thance' Körper berühren oder halten, küssen oder massieren mußte. Mit feierlichem Ernst nahm ich das heiße Verlangen meines Mannes auf. Falls es entgegen aller wissenschaftlichen Vernunft war, daß ich wußte, was ihm Vergnügen bereiten würde, oder daß ich selbst körperliche Leidenschaft empfand, dann war es genauso entgegen aller wissenschaftlichen Vernunft, daß zwei Menschen, die einander kaum kannten, die nichts miteinander verband, die von unterschiedlichem Charakter und unterschiedlich aufgewachsen und sogar verschiedenen Geschlechts waren, sich plötzlich verpflichteten, bis an ihr Lebensende zusammen zu leben, in ein und demselben Bett zu schlafen, die intimsten Zärtlichkeiten auszutauschen und zwei Schicksale miteinander zu verbinden, die möglicherweise dazu bestimmt waren, eines Tages in verschiedene Richtungen zu gehen.

1836

21

Daß eine Änderung der Verhältnisse, denen ein Mensch ausgesetzt ist, seine Vorstellung von moralischem Recht und Unrecht verändert, ist weder neu noch eine Besonderheit der Schwarzen. Von Homer wissen wir, daß das schon vor 2600 Jahren so war. Aber die Sklaven, von denen Homer spricht, waren weiß.

THOMAS JEFFERSON

Neun Jahre waren vergangen. Bis zu dem Zeitpunkt, an dem ich diese Geschichte wiederaufnehme, waren sechs Kinder geboren worden und hatten überlebt. Da waren meine neugeborenen, goldblonden Zwillinge William John Madison und William John James, die still in meinen Armen lagen; dann die dreijährige Jane Elizabeth, der fünfjährige Beverly, die siebenjährige Ellen Wayles und mein Ältester, der neunjährige Sinclair. Ich hatte weder durch Krankheit noch durch einen Unfall ein Kind verloren. Meine Geburten waren alle leicht gewesen, selbst die Geburt der Zwillinge, und meine Kinder waren alle makellos und gesund. Keins von ihnen wußte, daß es den Status ihrer Mutter geerbt hatte und nach dem Gesetz ein amerikanischer Sklave war.

In Philadelphia war ich anerkannt als die jüngere Mrs. Wellington, Mutter von sechs Kindern, Ehefrau, Schwägerin, Schwiegertochter, Abolitionistin und Musikerin. Meinen gesellschaftlichen Erfolg verdankte ich zu einem großen Teil meiner Schwiegermutter und Charlotte Waverly Nevell of Nevellstown, die meine beste Freundin geblieben war. Meine Rolle gefiel mir, meine Familie war gut situiert, und meine Kinder liebten mich um meinetwillen, nicht wegen meiner Hautfarbe. Ich betrachtete mich als eine glückliche

Frau, ich glaubte mich in Sicherheit. Der Wendepunkt in meinem Doppelleben kam im Jahre 1836, als zwei Dinge geschahen. Das eine war das Resultat der Vergänglichkeit; das andere war so unerwartet und so unglaublich, daß ich mich noch heute frage, ob ich es vielleicht geträumt habe.

Wir waren von unserem Haus in der Church Street in ein größeres in Westphiladelphia umgezogen. Die Wellington Drug Company hatte ihren Firmensitz in der Front Street, Ecke Arch Street. Neben dem Wellington Warehouse lag Thance' Labor, wo die neuen Arzneien und Medikamente, die er zusammen mit Thor entwickelte, hergestellt wurden. Eine ganze Reihe von Patenten hatte meine Schwiegermutter und die Familie reich gemacht, und Thor kehrte regelmäßig mit neuen Ideen, Pflanzen und Formeln von seinen Expeditionen in Afrika zurück.

Ich hatte meine Arbeit für die Abschaffung der Sklaverei fortgesetzt, und Thance hatte nie Einwände gegen unsere Beteiligung an illegalen Aktionen der Untergrundbewegung vorgebracht. Nach jener ersten schicksalhaften Begegnung mit Emily und Gustav Gluck, einem deutschstämmigen Paar, das wir auf unserer Hochzeitsreise kennengelernt hatten, waren sie unsere Freunde geblieben und zu einem wichtigen Teil unseres Lebens geworden. Emily Gluck hatte mich angesprochen und sich erkundigt, ob meine Dienerin eine Sklavin sei, da sie mich an meinem Akzent als Südstaatlerin erkannt hatte. »Mrs. Wellington«, hatte sie gesagt, »bitte, nehmen Sie es mir nicht übel. Mein Anliegen ist es, mich mit Ihnen über die wichtige und heroische Rolle zu unterhalten, die die Frau aus dem Süden in diesem titanischen Kampf um die Seele der Vereinigten Staaten spielt.«

Ich war schockiert und sprachlos gewesen. Da war eine Weiße, die mich inständig bat, das Unrecht der Sklaverei zu überdenken. Die potentielle Sklavenjägerin hatte sich in eine leuchtende Jeanne d'Arc verwandelt, bereit, weiße Frauen und deren Sklaven in die Freiheit und zu gegenseitiger Anerkennung zu führen. Verblüfft hörte ich Mrs. Gluck an, die mit vor Überzeugung bebender Stimme und verächtlich blitzenden Augen für die Sache der sofortigen Befreiung der Neger des Südens plädierte.

»Wir müssen nicht nur diejenigen anklagen, die sich selbst der Unterdrückung schuldig machen, sondern auch jene, die deren Fortsetzung stillschweigend dulden. Ich mache mir wahrlich Vorwürfe, weil ich so viel Zeit habe vergehen lassen, ohne mich für die Abschaffung des Jochs einzusetzen, das die demütigendste und bitterste Knechtschaft über die Welt gebracht hat, die die Menschheit jemals gekannt hat.«

Ich errötete heftig. Ich war seit fast drei Jahren frei. Und dennoch hatten alle meine Anstrengungen nichts anderem gegolten als meiner eigenen egoistischen Sicherheit und Bequemlichkeit und meinen Sorgen hinsichtlich des Verbrechens der Rassenvermischung, der Schuld meines Vaters und meiner Angst um das Vertrauen meines Mannes. Ich hatte die Farbgrenze überschritten, um der Sklaverei zu entkommen, und ohne darüber nachzudenken, hatte ich alle, die ich liebte, auf der anderen Seite zurückgelassen, wo sie sich mit den Konsequenzen auseinandersetzen mußten. Da saß mir nun an einem blassen Septembermorgen mein Gewissen gegenüber und sprach zu mir über das gestärkte weiße Tischtuch eines luxuriösen Kurhotels hinweg. Ich erfuhr, daß die Glucks einer deutschen Pazifistengruppe angehörten, die sich die Druiden nannte und ihrer Gesinnung nach den Quäkern aus Pennsylvania sehr ähnlich war. Sie verabscheuten jede Art von Gewalt sowohl gegen Menschen als auch gegen die Natur, lehnten Zerstörungswaffen wie Gewehre und Kanonen ab sowie kriegerische Auseinandersetzungen aus welchem Grund auch immer. Sie verdammten die institutionalisierte Religion als diejenige unter allen menschlichen Einrichtungen, die die meiste Gewalt ausgeübt hatte, und sie glaubten, daß nur die Naturwissenschaften, nicht aber die Philosophie, die Welt retten konnten. In gewisser Weise wurde ich durch die Glucks errettet. Denn sie waren es, die mich unwiderbringlich auf den Weg der aktiven Gegnerschaft der Sklaverei brachten. Dorcas Willowpole hatte mich vorbereitet, und Emily Gluck war die Auslöserin für mein aktives Engagement.

Dank Emily wurde ich ein aktives Mitglied der abolitionistischen Bewegung, die sich unaufhaltsam zu einer weltweiten Bewegung entwickelte und die Fäulnis der amerikanischen Sklaverei bekämpfte, die das Antlitz des wohlhabenden Nordens, des unnachgiebigen

Südens und des florierenden Westens verunstaltete. Nach der Nat-Turner-Rebellion im Jahre 1831, als Hunderte von verfolgten Sklaven aus Virginia flüchten mußten, um ihr Leben zu retten, hatten Emily und Gustav auf ihrer Farm in Pottstown einen Unterschlupf eingerichtet. Das geheime Signal, an dem er zu erkennen war, war eine brennende Öllampe in der Hand eines hölzernen, bunt bemalten schwarzen Bräutigams, der vor ihrer Scheune stand. Von der Scheune aus gelangte man zu einem Versteck im Keller unter ihrem Haus, und von dort aus führte ein unterirdischer Tunnel zu einem verlassenen Frachtkahn auf dem Schuylkill River. Die Flüchtlinge gelangten mit Hilfe von verständnisvollen Kapitänen von Frachtkähnen und Flußdampfern, die die Wasserwege zwischen Philadelphia und dem Erie Canal befuhren, über Flüsse und Kanäle in den Nordwesten und nach Kanada.

An einem sonnigen Septembertag stellte sich ein freigelassenes Sklavenpaar bei Emilys Komitee für den Schutz von freigelassenen und entflohenen Sklaven vor. Das Komitee hatte in der Nähe von Thance' Apotheke ein Büro eingerichtet, wo ich zweimal pro Woche ehrenamtlich tätig war. Die Eheleute hießen Marks. Als ich jedoch aufsah, starrte ich in die Augen von Eugenia, die ich seit vierzehn Jahren nicht mehr gesehen hatte. Eugenia war im gleichen Jahr wie ich, 1801, auf Monticello als Sklavin von Thomas Jefferson geboren worden.

Seltsamerweise war ich weder bestürzt, noch geriet ich in Panik, sondern wartete gelassen ab, ob sie mich erkennen würde. Es konnte doch nicht sein, daß Eugenia vor mir stand, ohne zu wissen, wer ich war! Sie war mein Geburtstagszwilling! Und dennoch gab es nicht das geringste Anzeichen des Wiedererkennens zwischen uns. Ich war eine Weiße, und die beiden waren als freigelassene Sklaven in Gefahr, wieder eingefangen zu werden. Der Name des Mannes war Peter Marks. Er war 1793 in Charlottesville als Sklave von James Monroe, einem Freund meines Vaters und fünften Präsidenten der Vereinigten Staaten, geboren. Monroes Töchter hatten ihn 1831 gemäß dem von ihrem Vater auf dem Sterbebett geäußerten Wunsch freigelassen. Anschließend war er in die Dienste eines Armeeoffiziers namens

Alfred Mordecai getreten. Dieser Captain Mordecai kaufte 1833 Eugenia meiner Kusine Cornelia für zweihundertfünfzig Dollar ab. Im Hause des Captains verliebten sich Peter und Eugenia ineinander und heirateten. Der Captain ließ Eugenia offiziell frei, war jedoch von der Vorstellung besessen, Eugenia oder Peter oder auch beide könnten nach seinem Tode oder auch, falls er zum Militärdienst eingezogen würde, in die Hände von Sklavenjägern fallen und erneut in die Sklaverei geraten.

»Mr. Monroes Tochter hat nie bei der Regierung ein Gesuch eingereicht, uns den Aufenthalt in Virginia zu gestatten, so wie Mr. Jeffersons Tochter es für die Hemings' getan hat. Auch der Captain hat dies versäumt, als er Eugenia freiließ«, sagte Peter Marks. »Nach dem Gesetz können wir als freigelassene Sklaven nicht länger als ein Jahr in Virginia bleiben. Darum sind wir fortgegangen. Es ging das Gerücht um, daß es dies war, was Sally Hemings, die berühmteste Sklavin von Virginia, umgebracht hat. Es hieß, man habe versucht, sie und ihre Söhne aus Albemarle County zu vertreiben. Aber das stimmt nicht. Sie starb an einem Herzanfall, als sie erfuhr, daß Monticello ohne ihr Wissen an einen hebräischen Drogisten aus Charlottesville verkauft worden war und daß derselbe alle Bäume Thomas Jeffersons hatte fällen lassen.«

»Sie ist gestorben?«

Für sie ist es nichts anderes als eins von vielen Sklavenschicksalen, sagte ich mir immer wieder, als der Raum sich wie ein Tornado um mich herum zu drehen begann.

»Und wann ist das geschehen, Mr. Marks?«

»Etwa vor zwei Wochen«, sagte Eugenia Jefferson, die zum erstenmal das Wort ergriff.

»Sie ist auf dem westlichen Rasen von Monticello tot umgefallen, als die neuen Eigentümer alle Bäume fällten. Ein Verwalter namens Nathan Langdon hat sie gefunden. Man hätte meinen können, seine eigene Mutter wäre gestorben, so wie er sich aufgeführt hat. Ich hoffe nur, daß diese neuen Geschäftsleute, denen das Herrenhaus jetzt gehört, nicht auch noch den Friedhof umgraben.«

»Wir sind jetzt seit Samstag hier. Es geschah am Donnerstag vor einer Woche. Wir haben gemacht, daß wir aus Charlottesville wegkamen. Es kam mir wie ein Zeichen vor – wo ich doch auch auf Monticello geboren bin und überhaupt, wie die Hemings …«

Es war für sie nichts anderes, sagte ich mir noch einmal, als eine Sklavengeschichte aus vergangenen Zeiten. *Ich hatte keine Mutter mehr. Ich war eine Waise. Aber ich hatte mich von meiner Mutter losgesagt, ebenso wie ich mich von allem losgesagt hatte, was schwarz, braun und beige war. Wenn sie nicht mehr existierte, wie konnte sie dann tot sein?*

Ich betrachtete Eugenia, ihr gelb-schwarz kariertes Kleid, die hölzernen Knöpfe, die schlechte Qualität des handgemachten Stoffs. Er war von Sklavenhänden gewebt – wahrscheinlich in der Weberhütte in der Mulberry Row, wohin meine nicht existierende Mutter mich sechzehn Jahre lang jeden Morgen geschickt hatte. *Maman.* Ich spürte, wie die Übelkeit wie das Heulen eines Wolfes in mir aufstieg. *Du bist gestorben, ohne je eins deiner Enkelkinder gesehen zu haben.*

Wie benommen saß ich da und schrieb weiter, während Eugenia und Peter sich verabschiedeten, ihre wertvollen Freilassungspapiere dank meiner Hilfe in Ordnung.

Dann überkam mich ein Gefühl der Verzweiflung, das mich in all den Jahren begleitet haben mußte, das ich jedoch mit jeder Faser meines Körpers verleugnet hatte, und ich fühlte mich einsam und entwurzelt. Thomas hatte es damals schon gesagt. So vieles, was man verleugnen mußte. So viele Verbindungen, die man lösen mußte. Mein Glück löste sich vor meinen verblüfften Augen auf. Das war ein Alptraum. Steh auf, Sally Hemings. Steh auf! Du kannst doch nicht gestorben sein, während ich lachte, die Zwillinge fütterte, Musik hörte, Klavier spielte, Wäsche sortierte, Blumensträuße arrangierte, den Tisch mit weißem Leinen, Silber und Wein deckte. Mein Herz war ein Leuchtfeuer von Zorn und Scham. Ich hatte meine Mutter ihrem Schicksal auf Monticello überlassen, *ohne je wieder an sie zu denken.* In meiner Gier nach Leben war ich noch grausamer gewesen als irgendein Sklavenbesitzer, grausamer als mein Vater. Von ferne hörte ich ein leichtes Flügelschlagen und ein schwaches *Ticktack,* das sich wie ein Metronom anhörte, das jedoch von meinem Fuß unter dem Tisch kam, der nervös auf den Boden klopfte und wegzurennen versuchte. Mir wurde bewußt, daß dasselbe eingefrorene Lächeln in meinem Gesicht lag, das ich an meiner Mutter gesehen hatte, am Tag, als mein Vater starb. Hatte ich geglaubt, sie würde ewig leben? Ich hatte geglaubt, die Sklaverei würde ewig andauern. Wie aus weiter Ferne hörte ich die Ballade, die sie früher über Sally Hemings sangen, wie einen leisen Refrain.

Ihr Geist spukt an dem Ort, bedeckt mit Wolle
Und verlangt geduldig von Thomas, er solle
Ihr die Zunge mit der Wurzel ausreißen ...
Sieh her, falsche Negerin, sieh her, er wütet,
Dann lernst du, welche Folgen Übel ausbrütet.
Gott gebe, daß mein Geist mit 'ner Botschaft der Hölle,
Zu strafen deiner stolzen Falschheit Quelle,
Dir erscheine und fortan ewig sei zur Stelle.

Daß ich als Weiße durchgegangen war, hatte mir eine schwerere Last auferlegt, als je einem Sklaven aufgebürdet wurde, denn ihre Last konnte von ihnen genommen werden, meine dagegen nicht. Ich hatte meine Mutter verlassen, für ein Leben, das mir wichtiger erschienen war, und nun hatte sie mich verlassen – ich war allein in dieser weißen, weißen Welt. Mein Leben lang hatte ich gegen alles gekämpft, was mir feindlich gesinnt war. Nun ließen meine Kräfte nach – ich ergab mich. Aber ich vergoß keine Tränen für meine Mutter, genauso, wie sie keine Tränen für meinen Vater vergossen hatte. Wir waren Frauen ohne Tränen. Doch das *Ticktack* meiner Füße, die auf der Stelle liefen und liefen ... die gegen die Seiten des großen Schreibtisches trommelten, an dem ich saß, ersetzten die Tränen

»Wie konntest du nur so lange damit warten, mich zu informieren?« schrie ich Eston an, der ein paar Tage später als Bibelverkäufer verkleidet in einem Planwagen vor meiner Tür erschien.

»Schwester, es gab niemanden, den ich hätte schicken können. Es gibt keine Burwells oder Fossets mehr, die man als Eilboten mit Nachrichten die Ostküste hinaufschicken kann. Wir sind seit einer Woche unterwegs, und wir sind hundemüde. Und davor hatten wir genug damit zu tun, die Wagen für die Fahrt in den Westen zu packen. Den langen Umweg haben wir für dich gemacht. Wir hätten die Appalachen in Knoxville überqueren können, anstatt bis nach Pennsylvania zu kommen und sie in Ferryville zu überqueren. Alles geschah so schnell. Einen Tag vorher war sie noch kerngesund, sie redete, kochte, arbeitete im Garten, und am nächsten Tag war sie tot.«

»Trotzdem …«, widersprach ich.

»Wenn du mit uns in Verbindung geblieben wärst, Harriet … andererseits geschah es so ohne Vorwarnung. Glaube mir, Harriet, sie ist nicht krank gewesen. Nicht einen Tag.«

»Weiß Beverly Bescheid?«

»Wir konnten Beverly nicht finden. Noch nicht. Aber wir werden ihn finden. Du weißt nicht zufällig, wo er ist?«

»Nein.«

»Und Thomas?«

»Thomas hat sich geweigert, an der Beerdigung seines Vaters teilzunehmen, und er hat sich geweigert, zur Beerdigung seiner Mutter zu kommen. Er sagt, er gehöre weder zu den Hemings' noch zu den Jeffersons.«

»Sie ist nicht einen Tag krank gewesen«, wiederholte Eston. »Sie war besorgt und melancholisch, seit ich sie zu Nat Turners Gerichtsverhandlung mit nach Jerusalem genommen hatte.«

»Du warst da?«

»*Sie* war da. So habe ich sie vorher noch nie erlebt. Von dem Tag an ging es mit ihr bergab. Sie fing auf einmal an, lange Monologe darüber zu halten, wie sie ihren Feind geliebt hatte, wie sie ihr Leben vergeudet hatte. Dann ist sie jeden Tag auf den Friedhof gegangen, mal zu Großmutters Grab, mal zu Vaters Grab. Schließlich hörte sie davon, wie schlecht es den Randolphs ging, die wie die armen Weißen mit all ihren Kindern ohne einen blanken Cent in Edgeville lebten.«

»Cornelia hat Eugenia für zweihundertfünfzig Dollar verkauft«, sagte ich.

»Kein Wunder.«

»Eugenia und ihr Mann, der früher einmal James Monroe gehört hat, sind in Philadelphia beim Komitee zum Schutz freigelassener

Sklaven aufgetaucht, als ich dort gerade Dienst hatte. Eugenia hat mich nicht erkannt. Sie hat mir von Mutters Tod erzählt, als sie von ihrer gemeinsamen Flucht berichtete. Wie eine alte Sklavengeschichte.«

»Wie meinst du das, Eugenia hat dich nicht erkannt?« fragte Eston.

»Wie ich's gesagt habe. Die Leute sehen, was sie sehen wollen.«

»Und was siehst du vor dir?«

»Meinen Bruder«, sagte ich.

»Einen Weißen«, sagte Eston. »Ich werde im Westen als weiß durchgehen, Harriet. Madison hat sich entschlossen, auf der schwarzen Seite der Farbgrenze zu bleiben. Unsere Wege werden sich in Missouri trennen. Er will sich im Norden von Wisconsin Land kaufen. Ich ziehe weiter nach Westen. Du hattest recht, Harriet. Es ist leicht, sich selbst neu zu erfinden, wenn man sich einmal dazu entschlossen hat. Und was ändert es denn? Du bist immer noch du.«

Ich erwiderte nichts. Es war Estons Entscheidung. Aber ich war mir nicht so sicher, ob ich immer noch ich selbst war.

»Außerdem haben wir Monticello zum letztenmal gesehen. Es ist nur noch eine Ruine. Roberts schmiedeeiserne Gitter fallen aus den Angeln, Joe Fossetts Farbe blättert ab, das ganze Haus ist windschief, das Dach ist beschädigt, die Zimmer sind leer, die Glasscheiben in den Fenstern sind zerbrochen. Der Wind heult durch den großen Saal. Und der Regen. Und der Schnee. Wenn Häuser eine Seele haben, dann ist diese tot und zur Hölle gefahren. Und jetzt ist diese Ruine für immer aus der Familie weg verkauft worden. Das Haus wird nie wieder einem Jefferson gehören.«

Eston verstummte und starrte auf sein Requisit, eine King-James-Version der Bibel. »Ich habe mein Haus auf Sand gebaut ...«

»Eugenia hat mich nicht erkannt!«

»Und wenn sie dich doch erkannt hat, Schwester? Du weißt doch, es gibt ein ungeschriebenes Gesetz unter Schwarzen. Sie hätte dich niemals verraten – erst recht nicht in der Öffentlichkeit.«

»Aber sie hat tatsächlich *nicht* gewußt, wer ich war, Eston. In ihren Augen war kein Zeichen des Erkennens.«

»Harriet, sie hat eine mächtige Weiße vor sich gesehen, die sie und ihren Mann vor den Sklavenjägern beschützen würde. Wie sollte sie auf die Idee kommen, daß du die entflohene Sklavin Harriet Hemings bist? Verstehst du das denn nicht? Wenn du die Farbgrenze einmal überschritten hast, *bist* du eine Erfindung. Wie sollte es auch anders sein? Die Farbgrenze selbst ist eine Erfindung! Du wirst nicht mehr als dieselbe Person wahrgenommen – nicht, weil du innerlich nicht mehr du bist, sondern weil die Leute dich anders sehen. Du bist ihr Geschöpf, nicht dein eigenes. Ich weiß das. Und ich weiß, was ich zu tun habe. Eines Tages werde ich reich sein, Harriet. Nicht wie Thomas Jefferson, der ohne Land dastand, von Krediten erdrückt, abhängig von Ernten und vom Wetter und von Preisen, die in London und New York bestimmt werden. Nein, ich werde ein Mann sein, der selbst die Preise für einen ganzen Industriezweig bestimmt. Die Energieindustrie – Dampfschiffe, Dampfmaschinen und Dampflokomotiven. Ich wechsle nicht die Rasse, um Farmer zu sein.

Ich werde eine Frau heiraten, die so weiß ist wie ich, aber *farbig*. Damals wußte ich es noch nicht. Sie ist eine entflohene Sklavin aus Virginia. Für mich war es Liebe auf den ersten Blick. Hab' nicht die geringste Ahnung, wo sie im Moment ist. Aber ich werde sie finden. Ich habe noch den Rest meines Lebens Zeit, sie zu suchen.«

In den vergangenen neun Jahren hatte Eston sich von einem ungeschlachten achtzehnjährigen Jungen zu einem kräftigen, ausgewachsenen Mann entwickelt. Seine Hände waren riesig. Seine Füße, die fest auf meinem Küchenboden standen, schienen wie Baumstämme dort verwurzelt zu sein. Die breiten Schultern des fast einmeterneunzig großen Mannes schienen fast die ganze Küche auszufüllen. Er war in handgewebten Stoff und Leder gekleidet, und er war bewaffnet. Er trug Indianerstiefel aus weichem Leder und eine Wildlederhose, dazu ein schwarz-weiß kariertes Hemd, das mich an den roten Gehrock meines Vaters erinnerte, und ein rotes Halstuch um seinen kräftigen Hals. Das sommersprossige Gesicht ähnelte so sehr dem Gesicht auf der Miniatur, daß es mir fast unheimlich war.

»Wie würde es dir gefallen, dein Porträt in dem Medaillon zu sehen?« fragte ich ihn.

»Welches Porträt?«

»Na, du hast es mir mitgebracht. Das Porträt von Papa in Mutters Medaillon.«

»Ich habe das Medaillon nie geöffnet.«

»Warst du denn nie neugierig, zu sehen, was es enthielt?«

»Nein. So weit es mich betraf, gehörte es dir.«

»Es enthält eine Locke von Vaters Haar und ein Miniaturporträt von ihm, das John Trumbull neunundachtzig in Paris gemalt hat.«

Ich gab ihm das Medaillon zurück. Er öffnete es langsam und betrachtete sein Ebenbild. Dann pfiff er leise durch die Zähne und schloß es wieder.

»Nimm es«, sagte ich. »Ich habe schon eins. Es gibt drei davon. Martha hat das dritte.« Estons riesige Hand schloß sich um das glänzende Kleinod.

»Kommt Madison mich nicht besuchen?« fragte ich.

»Er weiß immer noch nicht, wie er mit dir umgehen soll, Schwester.«

»Sag mir wenigstens, ob es ihm gutgeht.«

»Er ist verheiratet – mit einer freigelassenen Sklavin namens Mary McCoy. Sie sind im Wagen. Sie haben eine Tochter, Sarah. Mamas erstes Enkelkind ...«

Er sah verlegen weg, als ihm meine Kinder einfielen.

»Vielleicht wollen Mary und Sarah hereinkommen, wenn Madison nicht will.«

»Ich hole das Baby«, sagte Eston. »Mama hat dieses Baby geliebt.«

Als Eston zurückkam, trug er eine dicke, braune, wunderschöne Dreijährige auf dem Arm, meine Nichte Sarah, das einzige Enkelkind, das meine Mutter jemals in ihren Armen gehalten hatte. Als ich Sarah in meine Arme nahm, schien mich die ganze Last der Widersprüche meines Lebens niederzudrücken. Ich begann zu schluchzen, es war ein tiefes, hilfloses, quälendes Schluchzen. Mit meiner Hand schützte ich Sarahs Kopf, damit meine Tränen ihn nicht besudelten.

Meine Brüder machten sich mit ihren überladenen Planwagen bei Morgengrauen auf den Weg. Eston hatte mir alles gegeben, was meine Mutter mir hinterlassen hatte, die Briefe, die Pendeluhr, den Louis-quatorze-Schreibtisch, die bronzene Uhr, die französische

Flagge und die Rubinohrringe, die ich Sarah schenkte. Ich behielt die Schachtel mit den Briefen, die Pendeluhr und den Schreibtisch. Die bronzene Uhr legte ich für Thenia weg, sie sollte sie bekommen, wenn sie einmal heiratete.

Ich wußte, daß der Weg nach Westen lang, hart, und, wenn man den Missouri einmal überquert hatte, gefährlich war. Sie wollten den Susquehanna und bei Youngstone die Appalachen überqueren, von wo aus ihr Weg sie nach Zanesville und Columbus, Ohio, und schließlich bis in die Pionierstadt Terre Haute in Indiana führen würde. Von dort aus wollte Madison nach Norden weiterziehen, bis nach Vandalia, Illinois, und Eston wollte bei Wheeling den Ohio durchwaten und dann seine Reise Richtung Süden nach Missouri fortsetzen. Dort angekommen, beabsichtigte er, seinen Namen zu ändern und sich künftig Eston Jefferson zu nennen.

Als sei der Missouri selbst die Farbgrenze, trennten meine Brüder sich an seinem Flußlauf und verloren einander für dreißig Jahre aus den Augen. Von da an entwickelte sich das Leben jedes einzelnen von uns, ob schwarz, ob weiß, jeweils nach seinen eigenen Kriterien, und die Gräber unserer Eltern blieben ein Vierteljahrhundert lang unbeachtet.

Während meine Brüder den Westen Amerikas durchstreiften, durchstreifte mein Schwager die Südspitze Afrikas. Gleich nachdem Thance und ich geheiratet hatten, brach Thor zu einer wissenschaftlichen Expedition auf. Während der darauffolgenden Jahre machte er eine Forschungsreise nach der anderen, rastlos auf der Suche nach neuem Material, überprüfte seine Forschungsergebnisse, katalogisierte und schrieb. Die Briefe, die er verfaßte, waren wunderschön.

Thor schickte uns Briefe von den entferntesten Orten der Welt – aus Kapstadt oder Durban oder von so weit nördlich wie St. Paul de Luanda – Briefe von solcher Schönheit und erzählerischer Kraft, daß jeder wohl ein dutzendmal vorgelesen wurde. Er beschrieb die Flora und die Fauna, die Landschaft, die Leute, das Wetter, die Tiere, die Expeditionen, die ganze menschliche Komödie, als betrachte er sie von einem anderen Stern aus, als befinde er sich an einem weltabgeschiedenen Ort, zurückgezogen und einsam, und dennoch offen für die große Perspektive, für unverhoffte Entdeckungen und wilde Abenteuer.

Jedesmal, wenn Thor nach Afrika zurückkehrte, nahm er Abraham mit, und nach jeder Reise wurde Thenia nachdenklicher. Es war nicht zu übersehen, daß sie in Abraham verliebt war.

Abraham vereinte alles in sich, was an einem Mann bewundernswert war. Das Werk, das er und Thor unter gefährlichen, wenn auch faszinierenden Bedingungen geschaffen hatten, hatte zwischen den beiden Männern eine tiefe Freundschaft entstehen lassen, die der engen Beziehung zwischen den Zwillingsbrüdern in nichts nachstand. Abraham hatte endlich die Erlaubnis erhalten, an der Jefferson Universität in Philadelphia Pharmazie zu studieren, und obwohl er niemals ein Diplom würde erwerben können, war das ein persönlicher Triumph für ihn und Thor und auch für Thenia, der die Vorstellung gefiel, daß er eine Schule besuchen würde, die nach ihrem ehemaligen Herrn benannt war. Abraham war intelligent, ehrgeizig und ausdauernd, und er plante, eines Tages endgültig in seine Heimat zurückzukehren.

In Afrika kamen Thor und Abraham nicht mit der Sklavenpiraterie in Berührung, die sich weiter im Norden an der Küste von Guinea und Sierra Leone abspielte, sie hatten jedoch von Captain Denmore und seinen britischen Polizeischiffen gehört, von der Befreiung der Sklavensammellager in Lumbata, und sie jubelten ebenso wie ich, als die miteinander verfeindeten Könige, die die Sklavenladungen lieferten, 1833 einen Friedensvertrag unterschrieben.

IM LAGER IN DER NÄHE DES DORFES KOKAULUOME

Meine Lieben,

man hat keinen Sonnenuntergang gesehen, bis man hier erlebt, wie das Abendrot zwischen den dunklen Wolken wie rotglühendes Feuer leuchtet und wie der edle, eindrucksvolle graue Elefant vor dem orangefarbenen Sonnenball seinen Mammutkopf hebt und glücklich trompetet. Seine mächtige Gestalt watet durch das mannshohe Gras, das seinen

Bauch streift, während er seiner Familie (zwei Kühe und deren Kälber) bedeutet, ihm zu folgen ... Die ganze Welt wird in rotes Licht getaucht, und dann verschwindet die Sonne hinter dem Horizont wie eine verlöschende Lampe. Die Nacht legt sich bleischwer über das Land. Die Afrikaner segnen den Sonnenuntergang, ebenso wie sie den Sonnenaufgang verfluchen, der ihnen eine vulkanische Hitze beschert, die so aggressiv ist, daß sie einem die Seele verschmort. Im Hochland jedoch herrscht ein beinahe gemäßigtes Klima, für Weiße zumindest erträglich, für die Zulus jedoch, die vor hundert Jahren aus den Wüstengegenden des Südens hierher auswanderten, ist es der Himmel.

Abraham und ich, Kelly, Tournewell und die anderen haben uns Dr. Swin und Dr. Carrington, einem schottischen Botaniker und einem Naturwissenschaftler, angeschlossen, um eine gemeinsame Expedition in den Busch um Ladysmith durchzuführen. In einer Gruppe sind wir sicherer und können effektiver arbeiten. Es gibt einen walisischen Anthropologen namens Kenneth Summers, der den Stamm der Hottentotten studiert. Er ist auf der Suche nach einem Ort, von dem er behauptet, er sei die Wiege der Menschheit. Er führt lange Gespräche darüber mit Abraham, dessen Stamm ebenfalls glaubt, daß dieses Land die Wiege der Menschheit ist. Wenn Abraham seine Arbeit in Philadelphia beendet hat, will er endgültig in seine Heimat zurückkehren. Merkwürdig, die Träger und Gehilfen behandeln Abraham eher wie einen Europäer als wie einen Afrikaner. Seltsam auch, wie schnell die Verwandlung vonstatten geht. Er übersetzt immer noch für uns, aber die Bewohner der Dörfer, die wir aufsuchen, um unsere Proben und Heilmittel zu sammeln, behandeln ihn mit viel größerem Respekt als früher, als er noch ein »Missionsarzt« war. Die Tatsache, daß er den Ozean überquerte, hat ihn in ihren Augen unwiderruflich verändert und ebenso sein Verhältnis zu seinem – ich wollte schon schreiben »ehemaligen« – Stamm. Sie finden, er sei von westlichen Vorstellungen verseucht. Seltsam, hier in diesem Land Fremdenfeindlichkeit zu begegnen ... aber die Tatsache, daß er sich trotz seines Reichtums und seiner hohen Position weigert, eine Frau zu kaufen oder auch als Geschenk zu akzeptieren, gilt als unverständliche Taktlosigkeit. Inzwischen kenne ich jedoch den Grund für seine Keuschheit.

In den frühen Morgenstunden hat es eine Mondfinsternis gegeben, die ich mit ihm zusammen beobachtet habe. Der Schatten trat kurz vor drei

Uhr in seine Peripherie, und um 5.30 Uhr war die Finsternis vollkommen. Schließlich verlor sich das Schauspiel im frühen Morgennebel. Ich hatte erst einmal eine Mondfinsternis gesehen und noch nie umgeben von einer so majestätischen Landschaft. Dieses kurze, mystische Schauspiel erlebten wir gemeinsam. Abraham hat mir erzählt, die Bantus glauben, eine Mondfinsternis bedeute den Besuch des Herrn des Himmels in seinem Harem, der ausschließlich vom Mond beleuchtet wird, um sich eine Frau auszusuchen, deren Gesicht kein Mensch erblicken darf. Also verdunkelt er den Himmel, um zu verhindern, daß jemand zuschaut. Er erzählte diese Geschichte auf so ergreifende Weise, daß ich im selben Moment wußte, daß er Thenia liebt, daß Abe sie liebt, seit er sie zum erstenmal gesehen hat. – Das Schicksal geht doch seltsame Wege! Und er hat gewartet, bis sie erwachsen wurde, um ihr einen Heiratsantrag zu machen, was er tun will, sobald wir nach Amerika zurückkehren. Das Bekenntnis zu dieser Liebe, die er schon so lange in seinem Herzen trägt, war eine der vornehmsten und ergreifendsten Liebeserklärungen, die ich je gehört habe. Und da wir alle *wissen, daß Thenia hoffnungslos in Abraham verliebt ist, seit er über die Gangway der* Galleon *kam, glaube ich, daß uns schon bald eine Hochzeit ins Haus steht. Er sagt, er dankt den Göttern, daß sie keine* Afrikanerin *ist, denn dann müßte er einen verdammt hohen Brautpreis für sie bezahlen …*

Abe Boss ist für mich von unschätzbarem Wert. Ohne ihn hätte ich niemals all die Proben sammeln und katalogisieren können, die wir während der letzten Monate zusammengetragen haben, noch die Heilmittel und Rezepte, die er selbst von Priestern und Medizinmännern aus seinem Bekanntenkreis erhalten hat. Auch die Firma Wellington profitiert von Abes Arbeit, und da man es abgelehnt hat, ihm ein Diplom als Pharmazeut auszustellen, könnten wir ihm vielleicht eine eigene Apotheke einrichten – sozusagen als Zweigstelle der Firma Wellington. Ich würde mich gern mit Mutter darüber unterhalten, wenn wir wieder zurück sind.

Seit die trockene Jahreszeit begonnen hat, haben wir unser Lager auf den Höhen zwischen den Lummocks und den Lagunen, außer Sichtweite des Meeres, aufgeschlagen. So sind wir besser vor Plünderern geschützt. Wir haben hier ein richtiges Labor eingerichtet, wo ich meine Proben lagern und kennzeichnen kann. Meine Destillerien blubbern, meine Alkoholgefäße sind gefüllt ... Vorletzte Nacht habe ich etwas Bananenschnaps gemacht ... Es ist fast gemütlich hier mit unseren Feldbetten und Stühlen, den groben Matten auf dem Boden und den indigoblauen Tüchern, die an den Wänden hängen.

Ich denke, ich habe nicht nur das Recht verdient, in diesem Land zu leben und zu arbeiten, sondern es zu lieben.

Euer T. Wellington

Zunächst herrschte Totenstille, doch dann sprangen alle auf und jubelten. So wurde Thenia Hemings mit Abraham Boss verlobt.

»Hilfe!«

Ich hörte den Schrei, bevor ich eine junge, dunkelhäutige Frau sah, die mit gerafften Röcken und fliegenden Füßen die Front Street entlang und in dem Augenblick an der Wellington Apotheke vorbei rannte, als Charlotte und ich auf die Straße traten. Die junge Frau lief so dicht an uns vorbei, daß ich den Geruch von unverfälschter Angst wahrnahm. Sie wurde verfolgt von einem Aufseher, einem Polizisten und zwei Männern, die aussahen wie Sklavenjäger. Charlotte und ich drückten uns in den Eingang des Lagerhauses. Die Männer holten sie ein und versuchten, ihr Handschellen anzulegen, während sie verzweifelt zu entkommen trachtete. Die in die Enge getriebene junge Frau verdrehte die Augen und machte grunzende Geräusche wie ein Tier in der Falle. Sykes, dachte ich. Sykes, Sykes, Sykes. Die Welt färbte sich rot. Bevor ich wußte, was ich tat, erklang meine Stimme in einem herrischen, südstaatlerischen Tonfall, ähnlich dem meines Vaters, im Ton so klar und rein wie der Klang einer Klarinette.

»Was hat das zu bedeuten, *Officer?* Warum verhaften Sie diese Frau?« Der gebieterische Ton in meiner Stimme ließ den Polizisten zurückweichen, als ich auf ihn zuging.

»Eine entlaufene Sklavin, Miss. Habe hier einen Haftbefehl, und außerdem ist eine Belohnung für ihre Ergreifung ausgesetzt.«

»Unmöglich«, hörte ich mich selbst sagen. »Sie arbeitet für mich. Sie arbeitet in diesem Lagerhaus hier. Lassen Sie sie los!«

»Nein, Ma'am. Sie ist eine entflohene Sklavin. Sie entspricht genau der Beschreibung hier auf diesem Steckbrief – sehen Sie!«

»Aber Sie wissen doch, daß dieser Steckbrief in Pennsylvania ungültig ist. Wir haben hier ein Gesetz, das die persönliche Freiheit garantiert. Einen entflohenen Sklaven einzufangen ist ein Verbrechen! Sie helfen einem Kriminellen, Sir!«

»Ich möchte nur kontrollieren, ob sie ihren Paß bei sich hat, Ma'am, und ob sie sich nicht weiter als zehn Blocks von ihrer Wohnung entfernt hat. Ich war gerade dabei, sie nach den Schwarzen-Gesetzen des Staates Pennsylvania wegen Landstreicherei und Prostitution zu verhaften, als dieser Herr sie ebenfalls gefangennehmen wollte.«

Der Aufseher reichte mir einen Sklavensteckbrief, den ich langsam las, während meine Gedanken rasten.

»Sehen Sie denn nicht, daß sie nicht die ist, die Sie suchen? Sehen Sie nicht, daß sie keineswegs von brauner Hautfarbe ist? Sie ist leicht dunkelhäutig, was noch lange nicht dasselbe ist. Ihre Augen sind nicht grau, sondern kastanienfarben. Sie wiegt niemals siebzig Kilo, und wo ist die Narbe eines Hundebisses an ihrem linken Handgelenk?«

Ich hoffte, daß die Kopfgeldjäger nicht oder zumindest nur wenig lesen konnten. Ich hielt den linken Arm der jungen Frau hoch.

»Außerdem habe ich Ihnen bereits erklärt, daß sie meine Angestellte ist. Ihr Name ist Thenia Hemings. Ich bürge für sie. Ich weiß, daß diese Leute für Sie alle gleich aussehen, aber als ausgebildeter Polizist können Sie sicherlich zwischen brauner Hautfarbe und leicht dunkelhäutig unterscheiden, zwischen grauen und kastanienfarbenen Augen, zwischen einem runden und einem ovalen Gesicht, zwischen einer flachen und einer spitzen Nase, zwischem krausem und glattem Haar. Sehen Sie! Sie kann nicht älter als sechzehn sein. Aber aus dem Steckbrief geht hervor, daß Sie eine Frau von fünfundzwanzig Jahren suchen! Kommt Sie Ihnen wie eine Fünfundzwanzigjährige vor?«

»Nun, warum ist sie dann geflüchtet, wenn sie unschuldig ist? Warum hat sie uns nicht gesagt, daß sie für Sie arbeitet? Sie ist einfach abgehauen, ist wie vom Teufel gejagt aus dem Gasthaus gerannt.«

»Gasthaus! Gentlemen! Weil sie ihre Papiere nicht bei sich hatte! Weil sie nach Hause gerannt ist. Ich habe ihre Papiere. Sie hätten sie wegen Prostitution verhaftet. Sie hat Angst vor dem Gefängnis – und das mit gutem Grund! Stimmt's Thenia?« fragte ich flehend.

In dem braunen Gesicht lag die nackte Verzweiflung. Nun hellte es sich angesichts dieses Hoffnungsschimmers auf.

»Ja, Herrin.«

»Haben Sie Papiere, mit denen Sie ihre Identität beweisen können?«

»Ich habe sie bei mir zu Hause. Wenn Sie es wünschen, werde ich sie unverzüglich aufs Polizeirevier bringen lassen. Sie werden sie in meine Obhut geben.«

Das war keine Frage, sondern ein Befehl.

»Gentlemen, ich bin Mrs. Thance Wellington. Dort steht mein Name in riesigen grünen Buchstaben. Ich entschuldige mich für meine ... Dienerin. Sie hätte nicht ohne Papiere unterwegs sein dürfen, und dafür entschuldige ich mich. Es ist mein Fehler, und ich übernehme die volle Verantwortung.«

Ich ließ meine Stimme tiefer und besonders »verantwortungsvoll« klingen und verlegte mich anschließend auf meinen südstaatlerischen Charme.

»Meine Güte, wenn mein Mann davon erfährt ...«

Ich ließ meinen Blick abschweifen und machte ein zerknirschtes Gesicht.

Charlotte war sprachlos. Sie hatte diese junge Frau ebensowenig jemals zuvor gesehen wie ich. Sie öffnete mehrere Male den Mund, um etwas zu sagen, war jedoch unfähig, auch nur ein Wort herauszubringen.

»Und Mrs. Waverly Nevell von Nevelltown ist meine Zeugin. Das sind Sie doch, nicht wahr? Sie wissen natürlich, wer Mrs. Nevell ist, nicht wahr, *Officer*?«

»Selbstverständlich, Ma'am.«

Die arme Mrs. Nevell nickte stumm. Die beiden Kopfgeldjäger starrten uns wütend an, wagten es jedoch nicht, meine Aussage in Frage zu stellen – die Aussage einer Weißen. Sie trollten sich, und die kleine Menschenmenge, die sich um uns versammelt hatte, löste sich auf. Innerlich zitterte ich vor Aufregung und mußte gleichzeitig lachen.

»Harriet, du hast diesem Polizisten eiskalt ins Gesicht gelogen«, flüsterte Charlotte mehr ehrfürchtig als vorwurfsvoll. »Du ... du hast sie mit deinem Ton richtig eingeschüchtert ... und mit diesem unmöglichen südstaatlerischen Akzent! Du mußt vollkommen verrückt sein! Was ist bloß in dich gefahren?«

Das Bild von Sykes mit seiner Peitsche flimmerte in der schweren, feuchten Luft. Ich hatte keine Wahl gehabt.

»Ich kann einfach große weiße Männer nicht ausstehen, die kleine Negermädchen mit der Peitsche verfolgen. Ich habe etwas gegen Sklavenfänger und Kopfgeldjäger. Mir ist die Vorstellung zuwider, daß irgendein Südstaatler hier in den Norden kommen und die Straßen von Philadelphia durchstreifen kann, um Neger zu fangen. Der Süden kann uns seine Gesetze über entlaufene Sklaven nicht einfach aufnötigen.«

Konnte ich es wagen, Charlotte das Entsetzen zu beschreiben, das ich empfand, weil ich mich in dieser jungen Frau wiedererkannte?

»Hältst du mich für böse?«

»Nein, ich halte dich für mutig. Aber was willst du Thance erzählen?«

»Ich werde Thance überhaupt nichts erzählen. Wir sollten sie vielleicht zu Robert Purvis schicken, er wird wissen, was zu tun ist. Wir haben die Frau gerettet.« Ich wandte mich um und sah die verängstigte Gestalt an, die an der roten Ziegelwand kauerte.

»Was willst du jetzt mit ihr tun?« murmelte Charlotte.

»Ich werde sie mit ins Labor nehmen. Im Moment ist niemand dort. Ich kann sie nicht mit nach Hause nehmen. Wir müssen sie zu Emily Gluck bringen. Aber wie?«

»Dein Hausmädchen?«

»Thenia? *Beide* ohne Papiere? Zu gefährlich.«

»Keine Sorge. Ich bringe sie hin«, erwiderte Charlotte. »Du kümmerst dich am besten um jemanden, der ... die Papiere deines Hausmädchens aufs Polizeirevier bringt.«

»O Gott. Sie sind in Thance' Safe. Ich muß den Buchhalter, Mr. Perry, bitten, ihn für mich zu öffnen.«

»Gut, aber schicke um Gottes willen nicht Abe mit den Papieren zur Polizei. Laß das einen Weißen machen.«

Kaum hatten wir das leere Labor betreten, fiel die junge Frau auf die Knie und küßte meine Hände.

»Steh auf«, sagte ich sanft. »Du brauchst vor mir nicht zu knien. Ich entschuldige mich im Namen der gesamten weißen Rasse.«

Als sie diese freundlichen Worte hörte, verließen sie ihre Kräfte. Sie brach schluchzend zusammen und erzählte mir ihre ganze Geschichte. Einen Augenblick lang war ich versucht, Charlotte fortzuschicken. Das war nichts für ihre Ohren, meinte ich. Aber dann, als ich die endlosen Regale voller etikettierter brauner Flaschen, die Gefäße mit Säure und geheimnisvollen Pulvern, die Teströhrchen und Destillierkolben betrachtete, die einen bitteren, beißenden, medikamentösen Geruch verströmten, dachte ich, *ich kann meine Freundin nicht ewig vor der Wahrheit schützen.*

Der Name der Sklavin war Mary Ferguson, und sie war tatsächlich diejenige, die auf dem Steckbrief beschrieben wurde. Sie war von einer Reisplantage in North Carolina geflohen und hatte niemanden auf der Welt. Während sie ihre Geschichte erzählte, tauchten Erinnerungen an die Mulberry Row vor mir auf. Als sich der wahre Grund für ihre Flucht ihrer Seele entrang, war es zu spät, um Charlotte zu schützen.

»Mein Master hat versucht, meinen Willen zu brechen. Er hatte keinen besonderen Grund – ich habe ihm nie einen Grund gegeben, unzufrieden mit mir zu sein –, es war einfach sein Wille gegen meinen. Eines Tages hat er mich ins Haus gerufen, er hat meine Hände mit einem Seil hinter meinem Rücken gefesselt, mir mein Kleid vom Rücken gezerrt und mich mit einer Peitsche geschlagen. Nur zum Vergnügen. Als ich fragte, was ich getan hätte, nahm er einen Stuhl und zerbrach ihn auf meinem Kopf. Am nächsten Tag ließ er mich wieder kommen. Er hat mich mit einem Stock geprügelt, bis mir schwarz vor Augen wurde. In dem Kampf mit ihm hab' ich ihn in den Finger gebissen. Ich hab mich gewehrt und ihn gekratzt. Beim nächsten Mal hat er eine andere Waffe gebraucht – sein Geschlecht. Er befahl mir, mich auszuziehen. Er hat mich an sein Bettgestell gefesselt und mir solange auf die Beine geschlagen, bis ich gezwungen war, vor ihm niederzuknien.«

Wie ich erwartet hatte, fing sie leise an zu schluchzen.

»Als ich mich nicht mehr rühren konnte, hat er mir mit Gewalt sein … sein Geschlecht in den Mund geschoben. Danach hatte ich keine Kraft mehr, mich zu wehren. Er hat mich auf alle erdenklichen Arten genommen, aber am liebsten hatte er es, wenn ich vor ihm kniete. Drei Jahre lang. Jeden Tag habe ich innerlich gelitten. Ich schrie wie ein Tier, wenn er mich holen kam. Er hat mich solange benutzt, bis ich schwanger wurde, und als es geboren wurde, das Baby, so weiß wie Schnee, da hat meine Herrin es mir weggenommen und es wie ein Lumpenbündel an einen durchreisenden Sklavenhändler verkauft, der eine Sklavin hatte, die selbst ein Baby stillte. Dann hat sie meine Milch für ihr eigenes Baby benutzt. Und noch bevor meine Milch versiegte, kam er mich wieder holen. Ich dachte, wenn ich nicht fliehe, bringe ich ihn um. Also bin ich geflohen. Seine Frau war vielleicht froh, mich los zu sein, aber er hat die Sklavenfänger hinter mir hergeschickt.«

»Und was ist mit dem Hundebiß?«

»Ach das. Das ist passiert, als ich acht Jahre alt war. Er hat die Hunde auf mich und meine Mama gehetzt. Das ist eine alte Geschichte.«

Ich saß mit trockenen Augen da, aber Charlotte schluchzte hemmungslos.

»Charlotte«, sagte ich leise und hielt ihre kalten Hände, um sie zu trösten. »Wir müssen sie zu Emily bringen. Sie wird wissen, was zu tun ist. Wir können sie nicht verstecken.«

»Was ist, wenn die Polizei sie hier suchen kommt?«

»Dann werden sie Thenia finden, und sie werden den Unterschied nicht bemerken.«

»Thenia … Thenia hat auch so eine Geschichte … nicht wahr?« murmelte Charlotte.

»Ja«, erwiderte ich einfach.

»Und du?« fragte Charlotte.

»Wie meinst du das?«

»Liebst du Thenia so sehr, weil deine Familie ihr einmal etwas Schlimmes angetan hat?«

»Warum fragst du mich das, Charlotte?«

»Weil ich manchmal den Eindruck habe, daß du ein schreckliches

Geheimnis in dir trägst – eine Schuld, die wie ein Gewicht auf dir lastet … Ich habe es in deinen Augen gesehen …«

»Ja«, sagte ich. »Meine Familie hat Thenia etwas Schlimmes angetan.«

»Liebst du sie deshalb mehr als mich?«

»Ich liebe Thenia nicht mehr als dich, Charlotte. Ich liebe euch beide. Und dich liebe ich schon länger.«

»Wie lang sind zehn Generationen, Harriet?«

»Nun, wenn wir bei Plymouth Rock zu zählen anfangen, würde ich sagen, es dauert noch bis 1860.«

»Es ist mir egal, was du oder deine Familie getan haben … es ändert nichts daran, wie ich zu dir stehe …«

»Ich weiß. Ich weiß, Charlotte. Manchmal denke ich, du wirst mich noch einmal zu Tode lieben.«

»Und du hast den Polizisten belogen! Für eine Frau, die du noch nie in deinem Leben gesehen hast! Und mich hast du auch zum Lügen gebracht!«

Ich grinste boshaft, bleckte alle meine Zähne und verdrehte die Augen.

»Ach, Charlotte, es war nur die Lüge einer Weißen.«

Plötzlich wurde mir klar, daß ich sowohl Thenia als auch mich selbst ins Gefängnis hätte bringen können. Aber Thenia war frei und konnte es beweisen – sie hatte ihre Papiere. Ich war diejenige, die weder weiß noch frei war, die sich gemeinsam mit ihrem Mann des Verbrechens der Rassenvermischung schuldig gemacht hatte. Ich war diejenige, die sich eigentlich ohne Paß nicht weiter als zehn Blocks von ihrer Wohnung entfernen durfte. Ich war die verrückteste Negerin, die ich kannte. Der Geruch nach verbranntem Kork lag in der Luft – oder kam von mir. Ich wußte, daß es keine Angst war, und dennoch konnte ich nicht sagen, was es war. Ich fühlte mich lebendiger, als ich mich jemals zuvor in meinem Leben gefühlt hatte. Am liebsten hätte ich im Rausch meiner Verwegenheit angesichts meiner lebensgefährlichen Situation einen Freudentanz aufgeführt. Ich brach in hilfloses, hysterisches Gelächter aus. Charlotte fiel ein. Wir lachten, bis uns die Tränen kamen.

Ich erzählte Thenia nichts von der Geschichte mit Mary Ferguson. Ich hatte mich bemüht, Thenias Leben so sicher und sorglos zu machen, wie ich konnte. Den Verkauf ihrer Familie hatte sie nie verwunden, und selbst jetzt noch konnte ein Zeitungsartikel über die Sklaverei oder die Erwähnung eines entflohenen Sklaven sie in Panik versetzen, ihr den kalten Angstschweiß auf die Stirn treiben und sie so zum Zittern bringen, daß sie sich ins Bett legen mußte. Ich hatte Thenia Lesen und Schreiben beigebracht, sie war eine erfahrene Hebamme und Lehrerin an der First African Methodist Church Sunday School – der einzigen Schule für schwarze Kinder, die es gab. Sie war jetzt dreiundzwanzig Jahre alt, und sie war seit dem Augenblick, als sie Abraham Boss das erstemal gesehen hatte, bis über beide Ohren in ihn verliebt.

Ich hatte Thenia versprochen, eines Tages ihre Hochzeit auszurichten, und nun, da Abraham ihr sozusagen durch einen Bevollmächtigten einen Heiratsantrag gemacht hatte, stand ihre Hochzeit bevor. Endlich würde sie ihre eigene Familie und ihr eigenes Zuhause haben. Ich würde die Zeugin meines früheren Lebens an Abraham verlieren, der inzwischen geprüfter Apotheker und Direktor unseres Depots war. Thenia war über die Jahre zu einer schönen Frau herangewachsen, ihre Schönheit war der Gesprächsgegenstand innerhalb der Gemeinde der First African Methodist Church, und ihr Körper war der Traum aller Männer. Ihr dunkles Haar trug sie zu einem Nackenknoten zusammengebunden, was ihre hohe Stirn zur Geltung brachte. Sie trug es so stark gestrafft, daß ihre großen Augen mit den langen, schwarzen Wimpern durch die Spannung an den Winkeln nach oben gezogen wurden. Am liebsten kleidete sie sich in Rüschenblusen mit Stehkragen, die ihren unglaublich langen Hals und ihren üppigen Busen betonten. Abraham betete sie an, die schwarze Gemeinde jedoch war, laut Thenia, der Meinung, sie hätte einen Amerikaner heiraten sollen.

Nichtsdestotrotz fuhren Abraham und Thenia an einem kalten Sonntag im Dezember bei Schnee und Eis in unserer Kutsche in die Kirche zu ihrer Trauung. Sie trug ein langes, schönes Samtkleid mit einer Schleppe, meinen Hochzeitsschleier und die Perlenohrringe, die ihr zukünftiger Mann ihr zur Verlobung geschenkt hatte. Bischof

Richard Allen, der die beiden traute, wäre wahrscheinlich in Ohnmacht gefallen, hätte er gehört, was Abe mir kurz vor der Zeremonie ins Ohr flüsterte: »Ich mache das für Thenia, aber eines Tages werden wir das alles noch einmal wiederholen müssen, wenn wir nach Afrika gehen. Ich bin Moslem.«

Abraham sah mich mit halbgeschlossenen Augen an und lächelte. »Ich hoffe, das schockiert sie nicht, Mrs. Wellington«, sagte er. »Ich wurde in die Religion meiner Ahnen und meines Stammes hineingeboren, eines Volks, das keine Familiennamen kennt. Im Alter von sechzehn Jahren wurde ich gefangen, an protestantische Missionare in Durban verkauft und zwangsweise anglikanisch getauft. Mit einundzwanzig bin ich zum Islam konvertiert, und aus Liebe zu Thenia bin ich ein Methodist geworden, damit wir in ihrer Kirche heiraten können. Für mich ist eine religiöse Zeremonie so gut wie die andere. Wenn ich nach Afrika zurückkehre, wende ich mich der Religion dieses Kontinents zu: dem Islam. Wenn ich in den Busch gehe, um meine Proben zu sammeln, nehme ich die Religion meiner Ahnen an. Vielleicht kommt es Ihnen unmoralisch vor, auf diese Weise zwischen den Religionen zu wechseln, aber ich finde es noch wesentlich unmoralischer, Religionskriege zu führen. Da es nur einen Gott gibt, sind die verschiedenen Religionen nichts als Türen, die man öffnen und schließen kann. Das Licht dahinter bleibt ewig und unveränderlich. Ihr Mann stimmt als Wissenschaftler mit mir darin überein, daß man ebenso zufällig in eine Religion hineingeboren wird wie in eine Rasse. Natürlich«, fügte er hinzu, »habe ich das meiner kleinen Methodistin nie erzählt.«

»Ihr Geheimnis ist bei mir sicher aufgehoben.«

Wir strahlten uns an. Geheimnisse. Gab es irgend jemanden, der keins hatte?

»Wir kennen uns nun schon so viele Jahre, Abraham, nennen Sie mich doch Harriet.«

Und so eröffneten Thenia und Abraham ihre eigene Apotheke im Moyamensing Distrikt von Philadelphia. Nachmittags arbeitete Abraham weiterhin für Thance. Thenia kümmerte sich um ihren kleinen Laden und arbeitete in ihrer Nachbarschaft als Hebamme, Apothekerin, Krankenschwester und häufig auch als Kinderärztin.

Die Todesanzeige meiner Halbschwester Martha erschien am Ende jenes Jahres in der *Richmond Times.* Mein schweigsamer, ernster Bruder Thomas, dessen Handschrift ich auf dem Umschlag erkannte, hatte sie mir ohne Absender und ohne Kommentar zugeschickt. Martha hatte meine Mutter nur um neun Monate überlebt. Sie war quer zu den drei Gräbern beerdigt worden, in denen mein Vater, meine andere Halbschwester Maria Eppes und die Halbschwester meiner Mutter, Martha Wayles, begraben lagen. Ich trauerte nicht um Martha. Ich empfand weder Sympathie noch Mitleid für irgendeinen meiner weißen Angehörigen oder für die Notlage von Cornelia, Ellen oder sonstjemandem. Ich hatte Martha Randolph und alles an ihr immer verabscheut, vielleicht weil sie mir in vielen Dingen so ähnlich war. Aber ihr Gehabe, ihre künstliche Vornehmtuerei und ihre Grausamkeit gegenüber meiner Mutter hatten sie mir zur Feindin gemacht. Und nun, da meine Feindin besiegt war und ihre Leiche an mir vorüberschwebte, versuchte ich, mich an etwas Gutes an ihr zu erinnern, und wenn es nur die Tatsache war, daß sie meine Mutter auf Geheiß meines Vaters freigelassen hatte. Was ihre überlebenden elf Kinder und sieben Enkelkinder anging, konnten sie meinetwegen zur Strafe für die Welt, die sie geschaffen hatten, zur Hölle fahren. Ich wünschte ihnen dasselbe Leid, das sie ihrer Sklavenfamilie angetan hatten.

Nach dem Tod von Sally Hemings und Martha Randolph, der letzten Bewohner von Monticello, beschloß Adrian Petit, nach Frankreich zurückzukehren. Im Alter von sechsundsiebzig Jahren, alt und gebrechlich, tat er, was er seit elf Jahren angekündigt hatte – er zog sich in sein Heimatdorf in der Champagne und in das Haus seiner inzwischen angeblich zweiundneunzigjährigen Mutter zurück. Er kam sogar zu mir und bat um die Erlaubnis zu gehen, so als stehe er immer noch in den Diensten von Thomas Jefferson. Er war und blieb der perfekte Kammerdiener – loyal, diskret, zynisch, ein außergewöhnlich guter Lügner, genial in seinen Ausflüchten und jedermanns Freund.

Ich fragte mich manchmal, ob Petits berühmte Koteletten nicht vielleicht Merkurs Flügel waren, so oft hatte er anderen als Bote gedient. Er hatte weder Frau noch Kinder (außer mir) noch ein eigenes Haus. Er rauchte nicht, trank nicht, gab sich weder dem Kartenspiel noch Pferdewetten hin, und wenn er sich je verliebt haben sollte, so hatte niemand, den ich kannte, jemals herausgefunden, in wen. Sein einziges Laster war die Völlerei, und dem hatte das Alter schließlich Einhalt geboten.

»Sehen Sie mal, was ich für Sie habe, Petit.« Ich öffnete die eigens angefertigte Schachtel, in der sich James' frisch gesäuberter und polierter Dolch befand. Die blanke Stahlklinge glänzte bedrohlich, und auch der bescheidene, aus Silber getriebene Griff konnte nicht darüber hinwegtäuschen, daß es sich um eine tödliche Waffe handelte. Ich hatte mich selbst entwaffnet, um ihn mit einem Abschiedsgeschenk überraschen zu können.

»Ich möchte, daß das Ihnen gehört«, sagte ich. »Das ist Ihr *présent du congé*. Ich habe den Dolch immer bei mir getragen, seit ich sechzehn war. Er hat einmal James gehört. Ich brauche ihn nicht mehr. Nehmen Sie ihn mit nach Frankreich. Nehmen Sie ihn mit in das Land, in dem James frei war.«

Adrians Augen weiteten sich. »Woher hast du diesen Dolch? Ich erkenne ihn wieder, meine Liebe. Ich selbst habe ihn James geschenkt.«

»Er gehörte zu den wenigen Habseligkeiten, die Thomas Mann Burwell mitgab, nachdem er James' Leiche gefunden hatte. Als ich … sechzehn war, hat meine Mutter ihn mir gegeben. Seitdem habe ich ihn stets als Verteidigungswaffe bei mir getragen.«

Adrian sah mich eindringlich an. »Und du glaubst, du brauchst ihn jetzt nicht mehr – wirst ihn nie mehr brauchen?«

»Wozu?« fragte ich lächelnd. »Ich werde durch das Gesetz der weißen Gesellschaft und von Thance beschützt. Und von meinen weißen Kindern. Wozu sollte ich ihn noch brauchen?«

Petit streichelte den Dolch liebevoll. »Ich würde ihn dir niemals wegnehmen. Er war James' Banner, seine Unabhängigkeitserklärung, sein Aufschrei, seine Eleganz, sein Gram, seine Warnung und sein Schutz. Ein Talisman, wenn du willst. Er sollte auf dieser Seite des Ozeans bleiben – bei dir, wo er hingehört. Er ist James' Versprechen, dich zu beschützen, und der Beweis dafür, daß sein Anspruch auf die

Zugehörigkeit zu deiner Familie legitim ist, daß er dein Onkel ist, dein Beschützer. Ich hatte keine Ahnung, daß er in deine Hände geraten war. Wie seltsam das Leben manchmal ist. Ich habe ihm den Dolch 1796 zu Weihnachten geschenkt.«

Er schloß die Schachtel und gab sie mir zurück.

»Solange es die Sklaverei in diesem Land gibt, solange dieses Land aus freien Menschen und Sklaven besteht, kannst du, meine liebe Harriet, James' Waffe ebensowenig weglegen, wie du aus deinem Versteck kommen, Thance dein Geheimnis anvertrauen, die Farbgrenze wieder überschreiten, zum Anfang zurückgehen oder deine Kinder, die nach dem Gesetz noch nicht einmal dir gehören, freilassen kannst. Solange die Sklaverei existiert, gibt es keinen Ruheplatz für den entflohenen Sklaven, kein Ende der Reise. Ich bete dafür, daß der Tag kommen möge, Harriet, aber im Moment ist er nicht absehbar. Statt dessen scheinen sich, so fürchte ich, neue Schwierigkeiten anzukündigen, und wenn ich etwas von der Sklavenoligarchie verstehe, der ich einst gedient habe, dann *wird* man Waffen – und eine zweite Revolution brauchen, um sie zu beseitigen.«

»Das berühmte Pistolenduell der Südstaaten?« fragte ich lächelnd.

»Ja.« Adrian lächelte nicht. »James wußte das. Und darum«, fuhr er fort, »lasse ich diese Warnung in deiner Obhut. Ich habe genug Erinnerungen an ihn.« Er schwieg einen Moment lang. »Ich frage mich oft, wie mein Leben wohl verlaufen wäre, wenn ich dem Ruf deines Vaters nicht gefolgt wäre … zweimal.«

»Sie, und ein Klingeln mißachten, Adrian?«

Er lachte. »Ach, du hast ja recht. Zumindest bist du nun in Sicherheit, so wie ich es deinem Vater versprochen habe. Und mein Testament ist geschrieben.«

»Machen Sie sich keine Sorgen um mich, Petit. Ich bin reich.«

»Ja. Ist das nicht unglaublich? Das ist etwas, das keiner von uns beiden voraussehen konnte, nicht wahr?« Er legte eine knochige Hand in meine. Lächelnd nahm ich seine Hand und drückte sie an meine Wange.

»Sie haben mir das Leben gerettet.«

»Das habe ich … für Sally Hemings getan.«

»Ich dachte, Sie hätten es für ihn getan.«

»Ich ...«

»Ist schon gut, Petit. Sie sind alle tot. Alle, die auf Monticello gelebt haben.«

»Du vergißt dich selbst und deine Brüder und jene Hemings, die sich, über den ganzen Süden verteilt, immer noch in Sklaverei befinden«, sagte er.

»Ich vergesse nicht, Petit«, erwiderte ich ruhig. »Ich werde niemals vergessen. Die Sklaverei wird nicht ewig andauern. Ich werde alle meine Verwandten wiederfinden. Und zusammen werden wir alle die finden, die wir verloren haben – sogar die, die wir an die Weißen verloren haben.«

Schließlich gehören wir alle zu Monticello ..., oder nicht?

Das ganze verdammte Land.

22

Wir haben den Wolf bei den Ohren gepackt … und wir können ihn weder bezwingen noch ihn laufenlassen.

THOMAS JEFFERSON

Ich war seit drei Jahren ein »weißes« Mitglied der Gesellschaft der Abolitionisten von Philadelphia unter der Präsidentschaft von Lucretia Mott, derselben Lucretia Mott, die meine Reise nach London mit Dorcas Willowpole arrangiert hatte. Es gab auch schwarze Mitglieder – Sarah, Harriet und Marguerite Forten, Hetty Burr und Lydia White –, aber keine von ihnen verdächtigte mich, eine von ihnen zu sein. Die Gesellschaft veranstaltete Volksfeste gegen die Sklaverei und unterstützte den Selbstschutzausschuß von Philadelphia. Robert Purvis hatte diesen Ausschuß gegründet, um mittellosen Flüchtlingen zu helfen; man stellte ihnen Unterkunft und Verpflegung, Kleidung und Medizin zur Verfügung, klärte sie über ihre Rechte auf und schützte sie sowohl moralisch als auch mit rechtlichen Mitteln vor Sklavenjägern. Indem ich mich wie eine Fliege an der Wand verhielt, hatte ich erfahren, was Weiße tatsächlich über uns dachten.

Sie machten alle kein Hehl aus dem, was sie von Schwarzen hielten. Daß sie unter aller Kritik waren, eine Rasse, deren Moral, Feinfühligkeit und Intelligenz so niedrig waren, daß nichts, was man in ihrer Gegenwart oder hinter ihrem Rücken über sie sagte, sie verletzen konnte. Als meine weißen Bekannten mir, ohne zu ahnen, wer ich wirklich war, all ihre geheimen Ängste, ihre sündigen sexuellen Phantasien und unbewußten Haßgefühle eingestanden, verlieh mir das ein Gefühl der Überlegenheit. Die Verletzlichkeit der Weißen faszinierte mich, denn ich konnte sie leicht ins Bockshorn jagen. Schon bald war ich berühmt für meine scharfe Zunge und meine vorwurfsvollen Worte, wenn es darum ging, die Schwarzen zu verteidigen. Ich sprach unter dem Schutz der unüberwindlichen Rüstung meines Status als Weiße, und ich sprach für jeden farbigen Mann, jede Frau und jedes Kind, das jemals geboren worden war. Ich ließ sie für jede einzelne Ungerechtigkeit leiden, ließ sie Zeuge jedes Todesfalles werden.

Es war ein gefährliches, verwegenes Spiel. Unangebrachter Respekt, der einem bloß vorgetäuschten Mitglied der weißen Rasse gezollt wurde, konnte, wie ich von Sykes gelernt hatte, in einem betrogenen Weißen mörderische Wut auslösen. Sykes hatte mich wegen dieses Affronts töten wollen.

Aber Tod und Strafe vermochten mich nicht mehr schrecken. Ich war meinem gemischten Blut gegenüber unempfindlich geworden – ja sogar gleichgültig. Ich kämpfte nicht mehr dagegen an, widersetzte mich nicht mehr. Ich war einfach eine Zusammensetzung aus den beiden Rassen, die mich geschaffen hatten.

Thor sollte nach zweijähriger Abwesenheit zurückkehren. Ich beschloß, ein neues und gefährliches Unternehmen vorzuschlagen, sobald sein Schiff Anker geworfen hatte. Thance und ich hatten überlegt, die Labors und auch unseren Wohnsitz aus der Stadt hinaus nach Anamacora zu verlegen, denn das Haus in West Philadelphia war, seit die Zwillinge da waren, zu klein für unsere Familie geworden. Die ländliche Abgeschiedenheit würde es mir ermöglichen, einen geheimen Unterschlupf für Flüchtlinge aus Virginia und Maryland zu organisieren, von wo aus sie über die Blue Ridge Mountains, über die Kanäle und den Susquehanna River entkommen konnten.

Ich hielt mich für unbesiegbar.

»Das Risiko, das wir eingehen«, begann ich, »ist minimal im Vergleich zu der großen Sache, der wir dienen würden.« Wir befanden uns in der Bibliothek, nur wir drei, und tranken Kaffee.

»Du weißt, daß ich dir in deiner hingebungsvollen Arbeit für die Sache der Abschaffung der Sklaverei nie im Weg gestanden habe, Harriet. Seit du als überzeugte Abolitionistin aus London zurückgekehrt bist, habe ich deine Wünsche stets respektiert. Aber das, das geht zu weit! Eine Flüchtlingsversteck in Anamacora, direkt vor der

Nase meiner Mutter, kommt nicht in Frage! Denk doch mal an *sie.* Denk an die Kinder. Denk an mich. Was ist, wenn dir etwas zustößt? Es hat schon mehr als einmal Schießereien in diesen Verstecken gegeben, und es gibt überall Spione und Denunzianten. Ich könnte mir vorstellen, daß sie im Rathaus bereits eine Akte über uns führen, bei all deinen Mitgliedschaften in subversiven Organisationen und Thors mysteriösen Unternehmungen in Afrika. Erinnere dich daran, daß du dir letztes Jahr mit Passmore Williamson eine böse Narbe geholt hast. Er hätte dich in den Johnson-Skandal hineinziehen können, und dann säßest du jetzt im Old-Moyamensing-Gefängnis! Und was ist mit deiner Freundin Lucretia Mott? Als sie diese Abolitionisten-Versammlung Arm in Arm mit William Lloyd Garrison verließ, hätte die Menge sie umbringen können. Nein, Harriet. Um deiner Kinder willen, du kannst dich nicht noch mehr in diese … Untergrundbewegung verwickeln lassen, als du es schon bist!«

Thor war merkwürdig schweigsam, als er sich seine Pfeife anzündete und mich neugierig betrachtete.

»Es gibt bereits mehrere Stützpunkte rund um Anamacora«, sagte ich. »Die Sklaven werden aus Reading Pine Forge und Whitebar nach Philadelphia geschickt. Und von Philadelphia weiter über die Städte Bristol, Bensalem, Newtown, Quakertown, Doylestown, Buckingham und New Hope, das ja gleich hinter unserem Haus liegt.«

»Harriet, ich möchte nicht, daß du diese Namen aussprichst. Stell dir vor, eins der Kinder käme ins Zimmer.«

»Harriet«, sagte Thor langsam, »wie tief bist du eigentlich in diese geheimen Operationen verwickelt? Wieviel weißt du? Oder darfst du uns das überhaupt sagen?«

Thor stand an den Kamin gelehnt, sein schlanker Körper angeschmiegt, als suche er eine Erinnerung an die tropische Hitze, die er vor neun Wochen verlassen hatte. Seine langen, schmalen Hände waren ständig in Bewegung, als sammle er selbst im Schlaf noch Heilkräuter. Es lag keine Feindseligkeit in seiner Stimme, nur die Sorge um seine Neffen und Nichten und deren Mutter. Er, der den Sklavenhandel aus erster Hand erlebt hatte, würde mich verstehen, dachte ich, und so sprudelte ich los.

»Zu eurer eigenen Sicherheit und der Sicherheit der Kinder kann ich euch nicht alles erzählen. Aber ich kann euch folgendes sagen. New Jersey, Pennsylvania und New York arbeiten als Zentren des Flüchtlingsnetzwerks eng zusammen. Die Hauptstrecke führt über den Delaware River nach Camden, über Mount Holly, durch Broadtown, Pennington, Hopewell, Princeton und New Brunswick. Die Namen der Leute, die diese Stützpunkte unterhalten, kann ich euch nicht nennen, denn die Sklavenjäger haben auf der Suche nach Entlaufenen in diesen Orten Hauptquartiere eingerichtet. An der Brücke in Raritan, östlich von New Brunswick, halten sie manchmal die Züge an, um sie nach entflohenen Sklaven zu durchsuchen. Damit keine Flüchtlinge erwischt werden, fungieren örtliche Zugschaffner (und zwar echte) als Beobachtungsposten und geben ihren Kollegen Bescheid, wann sie die Sklaven besser in Booten nach Perth Amoy bringen. Einige Hochseekapitäne riskieren es, Flüchtlinge zu verstecken, und heuern sie an, um das Wasser aus ihren Kanalbooten zu pumpen. Andere bringen Flüchtlinge in sichere Häfen in Neu-England oder New York. Ein kleiner, aber unaufhörlicher Strom von Flüchtlingen ist auf diese Weise nach New York gelangt. Fünftausend der zwanzigtausend Schwarzen in dieser Stadt sind Flüchtlinge. Einer der bekanntesten Aktivisten ist der Quäker Isaac T. Hopper, der mit Geld von Arthur und Lewis Tappan unterstützt wird. Einige von diesen Männern und Frauen leben schon im Untergrund seit der Verschwörung von Gabriel Prosser in Virginia oder der Revolte von Denmark Vesey in South Carolina 1822, oder Nat Turners Aufstand in Virginia.«

Ich holte tief Luft und bemühte mich, das Zittern in meiner Stimme zu verbergen.

»Die Fäden des Verbindungsnetzes der Untergrundbewegung laufen in Städten wie Philadelphia, New York und Boston zusammen. Zum Beispiel gibt es in jeder dieser drei Städte Selbstschutzkomitees, die zum Teil nur aus Negern bestehen, manchmal aber auch aus Negern und Weißen, die den Flüchtlingen beistehen. Die Selbstschutzkomitees arbeiten mit Leuten in Maryland und Delaware zusammen, die mehr als hundert Flüchtlinge pro Jahr befördern, und die in der ständigen Angst leben, verraten zu werden. So ein Komitee hat auch Verbindungen zu zwei oder drei Hochseekapitänen, die Flüchtlinge gegen hohe Gebühren in ihren Schiffen versteckt aus südlicheren Teilen des Landes nach Wilmington oder hierherbringen. Die verschiedenen Komitees verstecken die Flüchtlinge hauptsächlich in den Negervierteln der Stadt, geben ihnen Kleidung und bezahlen die Kosten für Kutschen, Planwagen, Eisenbahn- oder Schiffahrten, falls die Leute noch weiter nach Norden wollen, wo sie sich sicherer fühlen. Die Selbstschutzkomitees versuchen die Ankunft von Sklavenjägern aus dem Süden abzupassen und, wenn möglich, deren potentielle Opfer rechtzeitig zu warnen. Wenn Neger ergriffen werden, ohne daß die Sklavenjäger ausreichende Beweise dafür haben, daß es sich um Sklaven handelt, versucht das Komitee, sie per Gerichtsbeschluß zu befreien.

Viele, die es bis nach New York schaffen, setzen ihre Reise Richtung Kanada fort. Dabei kommen sie durch die Hafenstädte nach New Haven; von dort aus führen zwei Routen weiter in den Norden, eine nach Southampton, Southwick und Westfield in Massachusetts, die andere durch North Guilford, Meriden und Hartfort in Connecticut bis nach Springfield, Massachusetts. In jeder einzelnen dieser Städte gibt es Leute und Organisationen, die offen für die Erhaltung der Sklaverei eintreten, die sich freuen, wenn Sklaven zu den Herren zurückgeschickt werden, vor denen sie geflohen sind, und sie scheuen sich nicht, ihnen Sklavenjäger und Hunde auf den Hals zu hetzen. Soll ich weitererzählen und euch bis nach New Brunswick und über die Grenze nach Kanada führen?«

Noch einmal atmete ich tief ein. Ich hatte Seitenstiche, so als wäre ich über Stunden gelaufen.

»Großer Gott, Harriet!« Thor pfiff leise durch die Zähne und verlagerte sein Gewicht. »Jetzt erzähl mir, was du über Captain Denmore weißt und über Shaka Zulu und Lord Brunswick und die Kapstadtreiter.«

Ich zitterte.

Thance kam zu mir herüber, wischte eine Träne fort, die mir über die Wange gelaufen war. Aber Thor stand einfach da, seinen Blick fest auf mich gerichtet, so als könne er durch mich hindurchsehen. Fragte er sich, was oder wer da in seine Familie geraten war?

»Mein Gott, Harriet, du steckst bis zum Hals in dieser Sache«, rief Thance aus. »Du bist doch nicht Dorcas Willowpole, die für niemanden als sich selbst verantwortlich ist, oder Emily Gluck, die vom schlechten Gewissen ihres Mannes angetrieben wird, oder Thenia, die selbst einmal eine Sklavin war – du bist eine Weiße, die für sechs Kinder verantwortlich ist, und dazu, wenn du gestattest, für einen Ehemann und dessen Familie.«

»Als Weiße«, fuhr ich fort, »kann ich vieles tun, was zum Beispiel Harriet oder Sarah Forten oder Lydia White nicht tun können. Ich kann überall hingehen, alles tun, was nach dem gesunden Menschenverstand ...«

Thor schnaubte verächtlich.

»Erinnerst du dich an Prudence Crandell? Sie ist auch weiß und ziemlich vernünftig. Sie hat versucht, in Massachusetts eine Schule für schwarze Mädchen zu gründen. Sie haben die Schule abgebrannt, Prudence ins Gefängnis gesteckt und sie beinahe gelyncht!«

»Ich bin keine Heldin, Thor. Ich möchte nur tun, was ich als meine Pflicht empfinde. Ich bin mir darüber im klaren, daß ich in erster Linie eine Pflicht gegenüber Thance und den Kindern habe. Aber ich bin zumindest willens, Anfeindungen und Leid fast bis zu jedem Ausmaß auf mich zu nehmen, um diese Sache zu unterstützen. Wenn Anamacora nicht in Frage kommt, dann kommt es nicht in Frage. Wenn du mir eine Scheune zur Verfügung stellen willst, dann stell mir eine zur Verfügung. Aber ich muß darauf bestehen, daß nichts von dem, was ich gesagt habe, jemals außerhalb dieser vier Wände wiederholt wird.«

Die Zwillinge standen wie gebannt da. Sie schienen sich miteinander zu unterhalten, indem sie die Gedanken des anderen lasen. Ich wußte, daß sie in der Lage waren, sich ohne Worte zu verständigen, und ich sah, wie der Ausdruck in ihren Gesichtern sich veränderte. Hatte ich zunächst Respekt in ihren Augen gesehen, blickten sie bald nur noch bestürzt drein.

Ich selbst errötete vor Scham. Ich hatte eine der Regeln unserer Organisation gebrochen: nämlich keine geheimen Informationen an Nichtmitglieder weiterzugeben. Aber ich hatte keine Namen genannt, außer von Personen, die in der Öffentlichkeit tätig waren.

Ich hatte keinen echten Mitarbeiter oder Kollaborateur verraten. Aber vielleicht war ich dennoch zu weit gegangen. Und nun gab es niemanden, an den ich mich um Rat wenden konnte. Ich konnte Robert Purvis oder Emily Gluck schlecht erzählen, daß ich meinem Mann und meinem Schwager von ihrem Netzwerk erzählt hatte, im Austausch für eine Scheune.

»Der Bürgermeister behauptet, neunundneunzig Prozent der weißen Bevölkerung von Philadelphia sei gegen die Abschaffung der Sklaverei!« sagte Thor.

»Und doch hat diese Stadt, dank der Quäker, stets ihre einflußreiche Stellung innerhalb der Bewegung behauptet«, erwiderte ich.

»Die American Anti-Slavery Society hat weniger als dreihundert Mitglieder«, hielt Thor mir entgegen, »und auch wenn ein träumerischer, liberaler Dichter wie John Greenleaf Whittier die Chefredaktion des *Pennsylvania Freedman* übernommen und seinen literarischen Stil wesentlich verbessert hat, haben seine Versuche, politische Propaganda zu betreiben, den Negern nichts als ein Desaster nach dem anderen eingehandelt.«

Und er fuhr fort: »Harriet, der Abolitionismus gilt als so staatsgefährdend, daß jeder Angriff auf seine Verfechter als legal betrachtet wird, das heißt, es ist rechtens, ihre Häuser zu verbrennen, sie aus der Stadt zu jagen, sie zu teeren und zu federn, zu verprügeln, zu verbrennen und zu ermorden. Der Mob kommt sich vor wie eine Gruppe von Patrioten, während die gesamte Bewegung als eine von britischen Agenten angezettelte Verschwörung gegen die Nation gilt.«

»Die Alternative zur Sklaverei«, sagte Thance, »ist entweder Krieg zwischen den Rassen oder Rassenvermischung, und letzteres ist stets eine sichere Garantie dafür, daß der Mob gewalttätig wird.«

»Erwartest du von mir, daß ich untätig herumsitze und zusehe, wie Rassengewalt sich zu einem festen Bestandteil des Lebens in Amerika entwickelt?«

»Sie *ist* ein Bestandteil des Lebens in Amerika, Harriet«, sagte Thor. »Häuser werden niedergebrannt, Menschen werden verletzt, und Angriffe gegen Neger sind häufig und bleiben unbestraft. Denk bloß daran, was Boss passiert ist, als er dieser irischen Bande in die Hände fiel.«

»Das erzählst du mir, Theodore Wellington? Ich war diejenige, die von Abrahams Schreien geweckt wurde.«

»Und vergiß nicht, wie diese Verrückten sich aufgeführt haben, die die *Boston Tea Party* noch einmal wiederholen wollten und eure Büros stürmten, in eine Lagerhalle voller Flugblätter gegen die Sklaverei eindrangen und sämtliches Material in den Fluß warfen. Gott sei Dank waren die Büros verschlossen. Was wäre geschehen, wenn das nicht der Fall gewesen wäre?«

»Ich …«

»Und was ist mit der Pennsylvania Hall passiert, nachdem der Abolitionistenkongreß dort getagt hatte und Schwarze und Weiße Arm in Arm herumliefen? Ich sage dir, was passiert ist. Eine entfesselte Menge hat das Gebäude bis auf die Grundmauern niedergebrannt!«

»Thor, ich weiß das alles. Ich bin weder ein Kind noch eine Idiotin.«

»Ich frage mich, *was* du bist, Harriet. Diese Sucht nach … Gefahr. Wie du mit deinem und dem Leben derjenigen spielst, die du liebst«, sagte Thance.

»Der Brand in der Pennsylvania Hall hat unsere Sache gestärkt«, flüsterte ich. Aber ich wußte, daß ich seit dem Erlebnis mit Mary Ferguson süchtig war nach Gefahr … nach dem Spiel mit dem Feuer.

»Ja, und ebenso würde ein Mob eure Sache stärken, der Mutter nachts um drei auf der Suche nach einem Unterschlupf aus dem Bett zerrt«, erwiderte er.

Ich mußte anerkennen, daß meine Schwiegermutter gegenüber meinen Verbindungen mit der Abolitionismusbewegung stets geschwiegen hatte, nur einmal hatte sie bemerkt, sie frage sich, ob der frühe Verlust meiner Familie vielleicht der Grund für mein morbides Interesse am Wohlergehen der Schwarzen sei, da ich doch mit einem Haus voller Kinder eigentlich genug zu tun hätte.

War meine Sache verloren? Ich hatte mit Thors Unterstützung gerechnet, doch er war noch mehr entsetzt darüber, daß ich mich in

Gefahr begab, als Thance. Woher sollten sie auch wissen, daß ich mein Leben lang in Gefahr gewesen war? Ich versuchte es ein letztes Mal.

»Und wenn wir es hier in der Stadt machen? Wir könnten unter den Labors ein Versteck einrichten, mit einem Tunnel, der zum Lastkahnhafen auf dem Schuylkill-Kanal führt. Wir haben diese Möglichkeit schon einmal diskutiert. Wir haben Kapitäne, die bereit wären, dort Flüchtlinge aufzunehmen. Abraham und Thenia könnten an meiner Stelle als Mittelsleute fungieren.«

»Harriet!«

»Keine Diskussion mehr, Harriet. Es gibt keinen Stützpunkt. Jetzt nicht und in der Zukunft nicht. Weder hier noch in Anamacora. Selbst Purvis wäre gegen ein solches Unterfangen.«

»Purvis' Farm in Byberry *ist* ein Stützpunkt«, sagte ich. »Er und sein Bruder arbeiten schon seit vierzehn Jahren für die Sache.«

»Harriet, Robert Purvis' leidenschaftlicher Einsatz für diese Sache ist, wie wir alle wissen, beinahe selbstmörderisch, und ich glaube, wir wissen auch, warum. Außerdem glaube ich, daß er deine Freundschaft auch schätzt, ohne daß du über die Arbeit im Hilfskomitee der Damen hinausgehst.«

»Harriet, meine Liebe«, sagte Thor, der seinen Bruder unterstützen wollte, »versuch nicht, die Heldin zu spielen.«

Mein Blut kochte. Es war nicht fair. Ich mußte nicht nur Thance überzeugen, sondern Thor ebenfalls. Ich stand vor zwei Gerichten gleichzeitig, und das war gegen die Verfassung. Nur kaltblütige Logik konnte mich jetzt noch retten. Ich erinnerte mich daran, was Thor darüber erzählt hatte, wie er seine wissenschaftlichen Experimente überprüfte: um die Reaktion zu beweisen, führte er das Experiment auf umgekehrte Weise durch.

»Ihr redet nur von der Gefahr«, sagte ich, »von der gesellschaftlichen Stigmatisierung, der Sinnlosigkeit der ganzen Sache. Aber was ist mit der Gerechtigkeit? Ihr wißt, daß die Flüchtlingsverordnung in Pennsylvania immer noch angewendet wird, obschon sie inzwischen gegen das Gesetz verstößt. Ihr wißt, daß es falsch ist, Sklavenjäger auf nördlichem Boden zu dulden. Was wäre«, fuhr ich erregt fort, »wenn nicht ich, sondern Thance es wäre, der von der absoluten

Notwendigkeit dieser Aktionen überzeugt wäre? Überzeugt genug, um *seinen* Ruf, sein Vermögen, seinen guten Namen aufs Spiel zu setzen? Was wäre, wenn er seine Ehre in die Unterstützung der Sache legte und ich diejenige, die ihm mit dem Argument der Gefahr widerspräche, mich gleichgültig zeigte und mich weigerte, seine Gründe zu akzeptieren? Glaubt ihr nicht, daß Mutter Rachel und ich schon bald mit Laternen in unseren Händen vor *euren* Kellertüren stehen würden?«

Die Zwillinge waren so verblüfft, daß sie fast wie aus einem Munde sprachen. Denn nach aller wissenschaftlichen Logik wäre genau das geschehen.

»Harriet«, sagte Thor, »du bist mit allen Wassern gewaschen.«

»Sie ist eher wie ein Fangeisen«, sagte Thance.

»Wo hast du gelernt, so zu argumentieren?« Die Frage hing in der Luft.

»In der Politik«, sagte ich. Ich war nicht umsonst die Tochter des Präsidenten.

Noch ehe das Jahr vergangen war, hatte ich meinen geheimen Unterschlupf. Nicht in Anamacora, aber in der Front Street. Abraham grub einen Tunnel von einem leeren Bottich im Lagerraum des Labors bis zu unserem Keller. Von dort aus waren es nur wenige Meter bis zu einem Lastkahn auf dem Schuylkill River. Ein Lotse brachte die Flüchtlinge bis nach Terrytown, und dann wurden sie von einem anderen Führer auf Purvis' Farm in Byberry gebracht, wo Jean Pierre Burr, ein Mulatte und illegitimer Sohn von Aaron Burr, die Leute nach Albany und zur kanadischen Grenze auf den Weg schickte.

23

Was aber ist Zufall? Nichts auf der Welt geschieht ohne einen Grund. Kennen wir ihn, nennen wir es nicht Zufall; kennen wir den Grund jedoch nicht, so sagen wir, etwas hat sich durch Zufall ereignet. Wenn wir beobachten, wie ein präparierter Würfel mit der leichtesten Seite nach oben fällt, dann kennen wir die Ursache und wissen, daß das Ergebnis nicht dem Zufall zuzuschreiben ist; fällt jedoch eine beliebige Seite eines unpräparierten Würfels, so kennen wir die Ursache nicht und sagen, das Ergebnis beruht auf Zufall.

THOMAS JEFFERSON

Dr. Wilberforce' Traum ging am ersten August 1838 in Erfüllung, dem Tag, an dem die Sklaverei auf den unter britischer Herrschaft stehenden Westindischen Inseln abgeschafft wurde. Von da an waren die Augen der Welt auf die Vereinigten Staaten gerichtet. Achthunderttausend Sklaven hatten die Freiheit erlangt. Die freien Schwarzen in den nördlichen Staaten Amerikas machten den Tag zu ihrem Feiertag und begingen diesen Sieg von nun an jedes Jahr.

Zahlreiche britische Abolitionisten kamen nach Amerika, um für ihre Sache zu werben. George Thomson, den ich zusammen mit Dorcas Willowpole in London kennengelernt hatte, brachte seine Pläne für eine stufenweise Freilassung mit: zuerst sollten die Kinder freigelassen werden, dann die Alten, dann die dankbaren Sklaven und schließlich der rachsüchtige Rest. Auch Charles Stuart, dem ich in Birmingham begegnet war, kam nach Amerika. Beide Männer waren hervorragende Redner und Prediger, beide waren mit dem Gesetz in Konflikt geraten, und beide wurden vom antiabolitionistischen Pöbel angegriffen, der in den dreißiger Jahren das Klima in

Amerika bestimmte. Im selben Jahr nahm Harriet Martineau an der Versammlung der Antisklavereigesellschaften der Frauen in Boston teil, wo sie eine Rede hielt. In der Öffentlichkeit vor einem gemischten Publikum zu reden war die gewagteste Leistung, die eine Frau jemals vollbracht hatte. Sie zog gegen die Haltung der protestantischen und der katholischen Kirche zu Felde, die sich nicht gegen die Sklaverei stellten: alle Männer waren schuldig – Baptisten, Methodisten, Episkopalisten, Presbyterianer. Sie wetterte gegen die »American Friends«, die sich nicht entschließen konnten, mit den gemischtrassigen Antisklavereigesellschaften zu kooperieren. Sie klagte in ihrer Rede alles und jeden an und schrieb anschließend ein Buch darüber. Und sie war nicht die einzige.

Eine Flut von britischen Reisebüchern, in denen die Autoren gegen Amerika und gegen die Sklaverei polemisierten, wurde gedruckt oder neu aufgelegt. In Edward S. Abdys *Tagebuch einer Reise durch die Vereinigten Staaten* wurden sowohl der heuchlerische Norden als auch der sklavenhaltende Süden zur Rechenschaft gezogen, und mein Vater wurde der Rassenvermischung beschuldigt. Die Gerüchte über die Sklavenkinder meines Vaters waren weit verbreitet, und mehr als einmal las ich über mich selbst, über die Tochter des Präsidenten, in der Zeitung. Ich las außerdem *Menschen und Sitten in Amerika* von Thomas Hamilton. Der Autor warf meinem Vater vor, er habe große Reden über Freiheit und Gleichheit und die Unwürdigkeit der Sklaverei geführt, während er gleichzeitig seine eigenen Kinder verkauft habe. Er schlug vor, die Grabinschrift für meinen Vater sollte lauten: »Hier ruht der Mann, der in den Armen einer Sklavin von der Freiheit träumte ...«

Ich starrte die häßlichen Worte an und klappte das Buch leise zu. Ich sah zu dem elfjährigen Sinclair hinüber, der an meinem Schreibtisch über seinen Hausaufgaben hing, während Madison und James unter dem Tisch spielten. Die Mädchen und Beverly waren im Kinderzimmer, wo die Witwe Wellington mit ihnen gespielt hatte, die gerade die Treppe herunterkam. Ich blickte erfreut zu ihr auf, als sie das Zimmer betrat: sie kam häufig von Anamacora zu uns zu Besuch, meistens kurz vor oder nach ihren monatlichen Geschäftsbesprechungen in Philadelphia. Thor war zu Hause, und das bedeutete stets emsige Geschäftigkeit im Labor, im Lager und in der Apotheke. Wir hatten inzwischen ein eigenes Lagerhaus mit einem Anschluß an das Schienennetz der Eisenbahn. Und wir besaßen einen Klipper, der zwischen dem Kap und Philadelphia verkehrte und tonnenweise Heilpflanzen, Kakao und Kaffee nach Amerika brachte. Und doch schien meine private Welt wieder einmal über mir zusammenzubrechen. Petit hatte mir geschrieben, er habe aus der *Royal Gazette* erfahren, daß Maria Cosway am fünften Januar 1838 in Lodi gestorben und unter der Kapelle in ihrem Kloster begraben worden sei.

Und dann, gegen Ende jenes Winters, setzte Rachel Wellington sich mit verweinten Augen an meine Bettkante. Zwölf Jahre lang hatten wir friedlich als Mutter und Tochter zusammen gelebt. Nun mußten wir uns mit der Sterblichkeit auseinandersetzen. Der Geruch nach Morphium und der unbeschreibliche Fortschritt der tödlichen Krankheit umgaben ihren immer noch robusten und äußerlich unversehrten Körper.

»Ich sterbe«, war alles, was sie an jenem Tag sagte, als sie ihr Gesicht an meiner Schulter vergrub und sich an mich klammerte. Ihre Tränen durchnäßten mein Kleid, und mir wurde klar, daß sie es schon lange gewußt hatte.

»Sag den Zwillingen nichts davon«, bat sie. »Noch nicht, denn es wird noch lange dauern.«

Ebenso wie meine Großmutter Elizabeth, hatte meine Schwiegermutter einen schweren Tod. Aber sie starb nicht in einer ärmlichen Sklavenhütte, in der drückenden Augusthitze von Virginia, sondern in einem Federbett mit weißem Baldachin, umgeben von ihren Kindern und Enkelkindern. Ihre Schmerzen konnten nicht mehr durch Morphium und Opium gelindert werden, und sie klagte darüber, daß ihr Herz nicht zu schlagen aufhören wollte. Und wie meine Mutter damals, drückte ich mit aller Kraft auf ihre ausgezehrte Brust, um sie von ihrem Leiden zu erlösen, so wie meine Mutter Elizabeth Hemings erlöst hatte. Aber Rachel Wellington weigerte sich, den Geist aufzugeben. Erst die Cholera raffte sie dahin, und am Morgen des ersten August 1839 starb sie endlich während einer schrecklichen Epidemie, die in den Slums der Arbeiterklasse von Philadelphia ausgebrochen war.

Wie Dominosteine waren alle Frauen, die mein Leben beherrscht hatten, eine nach der anderen gefallen, alle im gleichen Alter, so als sei jeder von ihnen, wie zum Zeichen der Ehre, die gleiche Anzahl von Atemzügen verliehen worden. Rachel Wellington hinterließ die prosperierende Wellington Drug Company und ein persönliches Vermögen, das sie in ihrem Testament in fünf gleiche Teile aufgeteilt hatte, wobei der fünfte Teil mir zufiel, als sei ich ihre eigene Tochter gewesen.

Nun war ich eine finanziell unabhängige Frau und die einzige Mrs. Wellington.

Das Jahr, das mit einem eisigen Winter begonnen hatte und mit einer Choleraepidemie endete, ging zur Neige. Am 15. November war der Winter eingebrochen, und er dauerte bis zum 15. Mai. In den Straßen von Philadelphia fuhren Schlitten mit hell klingelnden Glöckchen; rotwangige Damen und Gentlemen in warmen, pelzbesetzten Mänteln liefen Schlittschuh auf dem zugefrorenen Delaware River. Die Kinder lernten Hockey zu spielen und bauten Eisschlösser, und die Armen bettelten in den Straßen um Holz und Nahrung. Dann schlug das Wetter um, und die Eismassen auf dem Delaware tauten auf. Der Fluß führte zuviel Wasser, so daß seine Zuflüsse über die Ufer traten und den westlichen Teil der Stadt überfluteten. Und dann war plötzlich der Sommer da, ohne daß es einen Frühling gegeben hätte, und aus den stinkenden Gassen in den Slums der sauberen Stadt Philadelphia stiegen Dünste auf, die einen schnellen und fürchterlichen Tod brachten: die Cholera. Wer immer sie nach Anamacora gebracht haben mochte, und wir glaubten, es war der Frost, hatte meiner Schwiegermutter einen Gefallen getan.

Mehrere unserer Laborarbeiter, die sich in der Stadt aufgehalten hatten, erkrankten ebenfalls, aber sie überlebten. In anderen Teilen Philadelphias war der breite Graben zwischen der grünen, sauberen Stadt der Wohlhabenden und den Armenvierteln unüberbrückbar. In den Slums bot sich dem Auge nichts als Dreck, Elend und Krankheit: ekelerregende Misthaufen vor Schweine- und Kuhställen, faulende Abfälle, verwesende Tierkadaver, verdreckte Häuser und verdreckte Kinder, feuchte, schmutzige Keller, in überfüllten, schlecht belüfteten Gassen, stinkende, überquellende Aborte, aus denen verderbliche Gase entwichen. Die Behausungen, in denen die Epidemie wütete, waren arme, schmutzige, dicht an dicht gezimmerte Hütten ohne Belüftung, ohne Abwasserrohre und ohne fließendes Wasser.

Als die Epidemie ausbrach, hatte sich die Firma Wellington durch Thors genialen Forschergeist und Thance' harte Arbeit zu einer der erfolgreichsten Arzneifirmen der Ostküste entwickelt, die berühmt war für ihre Forschung und medizinischen Patente. Während ich den Atem anhielt und meine Kinder in Anamacora behütete, setzten Thor und Thance all ihre Überredungskünste ein, um die Stadtverwaltung zu der Einsicht zu bringen, daß sie der Epidemie nur durch verbesserte sanitäre Einrichtungen und nicht mit Hilfe von frommen Gebeten Einhalt gebieten konnte – jedoch ohne Erfolg.

Es war die Zeit der Regierung von Präsident Andrew Jackson, die Ära der Demokratie, der staatlichen Schulen und Universitäten und des Respekts für den einfachen Menschen, aber das öffentliche Gesundheitswesen lag noch ziemlich im argen. Die Zwillinge allerdings arbeiteten unermüdlich daran, die Defizite überwinden zu helfen; auch Abraham Boss und Thenia waren in ihrer Nachbarschaft Tag und Nacht im Einsatz. Und als die Seuche endlich nach zweitausenddreihundert Cholerafällen abzuebben begann, wurden Thor und Thance zusammen mit dreizehn Ärzten, die die Erkrankten in den Krankenhäusern behandelt hatten, von der Stadt mit einem silbernen Pokal für ihre Dienste geehrt. Das war das erstemal, daß Pharmazeuten eine solche Ehrung erhielten.

Philadelphia war nun wahrscheinlich die sauberste Stadt Amerikas. Die Bürgersteige wurden regelmäßig gefegt, die Marmorstufen vor öffentlichen Gebäuden waren makellos sauber, die Einwohnerzahl war bei einhunderttausend stehengeblieben, und das Stadtzentrum hatte sich nach Westen um die Siebente Straße verschoben, da die Hälfte der Stadtbevölkerung nun westlich dieser Linie wohnte. Zwischen dem Merchant Coffee House und dem Schuylkill-River war eine Buslinie eingerichtet wurden, auf der stündlich von Pferden gezogene Omnibusse verkehrten. Und es war noch eine weitere Annehmlichkeit hinzugekommen: das Hansomcab, ein Einspänner, der zwei Personen im Innern befördern konnte und einen Kutscher, der hinter der Passagierkabine auf einem erhöhten Kutschbock saß.

Reihenweise wurden schöne, drei- oder vierstöckige Ziegelsteinhäuser mit Bad und Wasserklosett gebaut. Eindrucksvolle öffentliche Gebäude entstanden, wie zum Beispiel die Handelskammer, die Bank der Vereinigten Staaten und die staatliche Münze. Die Straßen wurden nun von Gaslaternen erleuchtet. Alle waren sich darüber einig, daß diese Laternen das hellste Licht verbreiteten, das sie je gesehen hatten, und sie machten Philadelphia, das sich nach drei Seiten hin immer weiter ausdehnte, zur am besten beleuchteten Stadt in der Welt, mit der Ausnahme von Paris.

Charlotte und ich waren in einem Cab auf dem Weg zu Brown's Hotel, um zu Mittag zu essen, was wir uns seit Jahren zur Gewohnheit gemacht hatten. Sie hatte mich bei mir zu Hause abgeholt, und als ich einstieg, füllte sie mit ihrem beträchtlichen Umfang bereits zwei Drittel des Sitzplatzes aus.

»Ich glaube, mein Mann läßt mich beobachten«, verkündete sie, als ich die Tür geschlossen hatte.

»Was? Sei nicht verrückt, Charlotte. Wieso sollte er das tun? Du warst doch diejenige, die einen Detektiv auf *ihn* angesetzt hat.«

»Ich bin weiß Gott keine Frauenrechtlerin, aber ich sträube mich dagegen, daß Frauen in dieser Gesellschaft *auf ewig Anathema* sind, wenn sie genau dieselbe Verfehlung begehen, die einem Mann *jedesmal* verziehen wird. *Das* ist eine *absolute* Ungerechtigkeit.«

Andrew, Charlottes Ehemann, hatte sich nicht nur als ziemlicher Taugenichts entpuppt, sondern sich mit der Zeit auch zu einem notorischen Schwerenöter entwickelt. Und eines Tages hatte Charlotte beschlossen, ihm einen Schluck von seiner eigenen Medizin zu verpassen. Sie hatte sich einen Liebhaber genommen, einen charmanten Gentleman aus dem Süden namens Nash Courtney, der einmal im Monat nach Philadelphia kam, wo er im Drake Hotel wohnte. Charlottes Mann war dahintergekommen und hatte den Mann aus Virginia zum Duell gefordert – obschon Duelle seit Jahrzehnten in Pennsylvania verboten waren. Als echter Südstaatler hatte

Charlottes Geliebter die Herausforderung sofort angenommen. »In New Jersey ist es nicht verboten, sich zu duellieren. Fahren wir also dorthin.«

Nun befürchtete Charlotte, schon bald eine sehr junge Witwe mit drei wunderschönen Kindern zu sein, anstatt eine Verfechterin der freien Liebe, die sie eigentlich hatte sein wollen. Sie hatte schreckliche Angst.

»Harriet, ich weiß, daß ich im Leben schon manche Dummheit begangen habe, und das war wahrscheinlich die größte von allen, aber ich kann diese ganze Sache wirklich nicht ernst nehmen«, hatte sie zu mir gesagt. »Zwei erwachsene Männer! Aber sie sind tatsächlich wild entschlossen, es zu tun. Weißt du vielleicht, wer da ... intervenieren könnte?«

»Dein Vater?« schlug ich vor.

»Er redet nicht mehr mit mir.«

»Robert Purvis?«

»Ach, Andrew würde niemals einen Nigger als Schlichter akzeptieren«, sagte Charlotte.

»Ich dachte, Robert wäre dein Freund«, sagte ich.

»Er *ist* mein Freund! Das hat er mir jedenfalls gesagt, als ich ihn gebeten habe, mit den beiden zu reden!«

»Ach, Charlotte, wir sind doch nicht in Rußland! Andrew ist nicht Alexander Puschkin!«

»Sie werden es tun«, sagte sie gedankenverloren.

An einem diesigen Morgen um fünf Uhr früh fand das Duell in einem Kartoffelacker auf der Farm eines gewissen Harry McMillian statt. Nash Courtneys Sekundant war ein Verwandter, der am Jefferson Medical College studierte, und Charlottes Mann hatte ironischerweise ausgerechnet Jean Pierre Burr, den Sohn von Aaron Burr, zum Sekundanten bestellt. Charlottes Liebhaber wurde nur leicht verletzt, starb jedoch ein paar Tage später an einer Blutvergiftung und ersparte Charlotte damit den Skandal, ihren Mann wegen Mordes angeklagt zu sehen.

Jenes Jahr der Trauer brachte Charlotte und mich wieder so eng zusammen, wie wir es über die Jahre schon oft in schwierigen Zeiten unseres Lebens gewesen waren. Wenn das geschah, erwachten zwischen uns jedesmal wieder die zärtlichen Gefühle aus unseren Schultagen. Charlotte war davon überzeugt, sie würde für das, was sie getan hatte, sterben und zur Hölle fahren. Ich fürchtete aus anderen Gründen zu sterben und verdammt zu werden. Manchmal ging ich an einem Spiegel vorbei, ohne ein Spiegelbild zu sehen. Das machte mir mehr angst als alles andere. Der Graben zwischen der echten Harriet und der Rolle, die ich allen anderen gegenüber spielte, war zu einem Abgrund der Selbsttäuschung geworden. Einzig Thenia gegenüber, die nun ein Leben jenseits der Farbgrenze und getrennt von mir führte, konnte ich meine Maske fallenlassen. Also gab es nur noch Charlotte.

Ich brauchte sie. Daher spielte ich die treue Ratgeberin, wenn sie mir ihren Kummer anvertraute und ihr Vertrauen schenkte. Ich brachte sie dazu, zwölf Kilo abzunehmen und sich zweimal neu einzukleiden mit Kleidern von Perrot, Lanvin und aus dem neuen Kaufhaus Wanamaker & Company. Sie kam zu dem Schluß, daß Schwarz und Indigoblau »ihre« Farben waren, da sie ihre helle Haut und ihr blondes Haar betonten. Sie wirkte schließlich zwanzig Jahre jünger, was zur Folge hatte, daß ihr Mann sich von neuem in sie verliebte. Er hörte auf, anderen Frauen den Hof zu machen und wurde ein treuer Ehemann. Die beiden verbrachten die nächsten beiden Jahre auf einer Art verspäteten Hochzeitsreise in Frankreich, Italien und Deutschland. In Charlottes Gleichberechtigung lag ebenso viel ironische Gerechtigkeit wie in meiner.

Was Thance anging, so überkam mich jedesmal, wenn ich einen erneuten Versuch machen wollte, mich ihm zu eröffnen, eine schreckliche Angst, ihn zu verlieren, was es mir schließlich unmöglich machte, mit ihm darüber zu sprechen. Es ist keine bloße Phantasie von Dichtern, daß es doppelt soviel Kraft kostet, in moralischen Fragen Mut aufzubringen, als körperlich beherzt zu sein. Es wäre mir leichter gefallen, mich einem Pöbel zu stellen, der mich lynchen wollte, als meinem Mann und meinen Kindern zu sagen, wer ich wirklich war.

24

Ich hoffe bei Gott, daß nichts sie jemals dazu bringen wird, vor Kummer und Leid Schutz suchen zu müssen … Ich würde meine Tränen in ihre Wunden gießen; und wenn auch nur ein Tropfen Balsam auf den Gipfeln der Kordilleren oder an der entferntesten Quelle des Missouri zu finden wäre, ich würde selbst hingehen, um ihn zu suchen und ihnen zu bringen.

THOMAS JEFFERSON

IRGENDWO IN DER NÄHE DER GRENZE
ZU MOZAMBIQUE; TRANSVAAL

Meine Lieben,

es hat unglaubliche Veränderungen hier gegeben, seit die Zulus von den Briten geschlagen wurden und die Buren Richtung Norden in die Provinzen Oranje, Transvaal und Lesotho geflüchtet sind. Dies ist ein Dreifrontenkrieg, der gleichzeitig ein Bürgerkrieg ist. Die Buren gegen die Engländer, die Engländer gegen die Zulus, und die Zulus gegen alle. Der englische Kommandeur hat alle Hände voll zu tun, und wenn er die Verstärkung nicht bekommt, um die er die Königin gebeten hat, hat er keine Chance, die Provinzen zurückzuerobern, die die Buren sehr zum Erstaunen der Zuluhäuptlinge und vor allem des Stammes der Ndebele, um deren angestammtes Gebiet es sich handelt, abspalten wollen.

Man sollte meinen, daß es möglich wäre, in einem Land, das zehnmal so unterbevölkert ist wie der Westen der Vereinigten Staaten und doppelt so groß, irgendeine Art von Vertrag über eine Gebietsaufteilung zu schließen. Die Zulus werden natürlich wie unsere Indianer behandelt, obwohl die ersteren erst vor etwa hundert Jahren aus dem Norden hier eingewandert sind – mit List und Tücke, Arroganz und Verlogenheit. Das Bündnis, das vor zwanzig Jahren unter Kaiser Shaka Zulu zustande kam und selbst das Britische Außenministerium in einen Wutanfall trieb, ist in Auflösung begriffen. Die einzelnen Gruppen bekriegen sich jetzt gegenseitig und vergeuden ihre Kräfte in nichtigen Gefechten zwischen Prinzen und Häuptlingen.

Die Briten sind natürlich wahre Meister in der Kunst, aus unklaren Situationen ihren politischen Vorteil zu ziehen. Es ist ihnen gelungen, die Zulus dazu zu überreden, die Trecks der Buren zu überfallen, sobald sie Oranje erreichten. Die Prinzen und Anführer scheinen nicht zu begreifen, daß nicht die Buren, sondern die Briten ihre eigentlichen Feinde sind. Die Buren haben, anders als unsere Siedler im Westen, keinen anderen Ort, an den sie gehen können, und sie werden jeden Angriff, den die Zulus gegen sie führen, abwehren, während die Engländer am Kap und die Portugiesen in Mozambique sich die Hände reiben vor lauter Schadenfreude über die übersäten Schlachtfelder.

Unsere Expedition hat inzwischen ihre Arbeit hier beendet, und wir sind auf unserem Weg zurück Richtung Küste, nach Durban: einhundert Träger, Köche und Jäger, sechs Wagen mit medizinischem Gerät und mobilen Labors, eine Herde Ochsen, eine ganze Menagerie an Fleischreserven auf Beinen, sechzehn Zelte – in anderen Worten, eine komplette Armee. Wir müssen uns mit allen guthalten, damit wir unsere Arbeit fortsetzen können. Wir können es uns nicht leisten, weder die Engländer noch die Buren, noch die Zulus zu verärgern. Gleichzeitig mit uns arbeitet hier eine deutsch-französische Gruppe, und wir haben beschlossen, gelbe Kreuze auf all unsere Zelte und Wagen zu malen und alle unsere Kisten und die Lasten der Träger ebenfalls mit gelben Kreuzen zu versehen. Vielleicht schützt uns das nicht vor einem Angriff der Zulus, aber wir hoffen, daß es seine Wirkung auf unsere christlichen Brüder nicht verfehlt.

Die Regenzeit steht kurz bevor, und obwohl es noch nicht regnet, ist der Morgen nebelverhangen, der Himmel ist bewölkt, und alles ist grau in grau. Abraham sagt, es gibt nichts Tristeres als Philadelphia, aber in Philly ermuntert diese Art Wetter die Menschen zur Besinnlichkeit, zum Lesen, Nachdenken und Musikhören. Hier löst es eher alte Erinnerungen aus, und ich habe ein Phänomen beobachtet, das mir so außer-

gewöhnlich erscheint, daß ich schon mit mehreren der französischen Wissenschaftler darüber gesprochen habe. Es handelt sich um folgendes: Meine Erinnerung an dieses Land – das heißt, so wie ich mich daran erinnere, wenn ich zum Beispiel zu Hause in den Vereinigten Staaten bin – ist so intensiv, will sagen, ich habe es mir in meinen Gedanken so deutlich ausgemalt, daß meine Erinnerung mit der Wirklichkeit, die ich vor meinen Augen sehe, im Widerstreit liegt.

Ich blicke hinaus auf ein eindrucksvolles Elefantengrasfeld, das vor mir im Nebel liegt und sich bis zu den grauen Hügeln in der Ferne erstreckt, wo zwei Seeadler ihre Kreise ziehen. Mitten in dieser Landschaft erhebt sich aus dem Nebel ein Affenbrotbaum, der zwanzig Leuten Schatten bieten könnte, seine eintausend Jahre alten Zweige ragen in den Himmel wie die Arme eines Maestros, der ein Symphonieorchester dirigiert. Aber ist das, was ich vor meinen Augen sehe, wirklich da, oder ist es meine Erinnerung an diese Landschaft, die sich über die Wirklichkeit legt? Anscheinend sind wir oft so verliebt in unsere Erinnerungsbilder, daß selbst die Wirklichkeit ihren Abdruck in unserer Phantasie nicht auslöschen kann. Man sieht, was man sehen will …

In fünf Tagen werden wir Durban verlassen und uns auf die Heimreise begeben. Wir sind jetzt seit zwei Jahren unterwegs. Ich habe mich inzwischen in einen fliegenden Holländer oder in einen verdammten Zulu verwandelt, ich weiß es nicht. Ihr könnt es Euch aussuchen.

Gebt Euren Kindern einen Kuß von ihrem Onkel. Und einen Kuß für Euch. Dieser Brief ist für Lividia und Tabitha ebenso wie für Euch beide, meine Lieben. Ich denke oft an Mutter. Gott segne und beschütze Euch.

Th. Wellington

Thor war durch seine Forschungsarbeit über Heilkräuter und homöopathische Medizin berühmt geworden. Kaum war er zu Hause angekommen, erhielt er eine Einladung nach der anderen zu Konferenzen und Lesungen. Thors Zeit wurde fast gänzlich in Anspruch genommen, und nachts arbeitete er mit Abraham im Labor, während der eine oder andere Flüchtling durch eben dieses Labor kletterte, das als Tarnung für unseren geheimen Fluchtweg diente.

Thor schien dieses nächtliche Treiben nicht zu bemerken, und wir sprachen auch nie darüber oder erwähnten Worte wie *Flüchtling, Kopfgeldjäger, Polizei, Sheriff* oder *Sklave.* Thors Verhältnis zu Afrika und den Afrikanern war so romantisch und fern jeglicher Gewalt, daß es unangebracht schien, diesem träumerischen, leidenschaftlichen Wissenschaftler eine andere Art von Loyalität abzuverlangen, solange es nicht unbedingt notwendig war.

Thor wohnte bei uns, weil es sein einziges Zuhause war, außer seiner Forschungsstation in Afrika. Wenn er nicht aus war, um zu arbeiten, spielte er zu Hause mit den Kindern oder schrieb Briefe. Ich spielte häufig Klavier für ihn. Wenn es nur eine Möglichkeit gäbe, sagte er einmal, Musik mit auf Reisen zu nehmen, ohne daß man sich der Dienste eines ganzen Orchesters bedienen müßte. Als Begrüßungsgeschenk hatte ich ihm eine Schreibmaschine wie die meines Vaters anfertigen lassen.

Auf meinem Weg zum Kai oder zum Lagerhaus ging ich häufig an seinem Labor vorbei. Dann warf ich einen Blick hinein und sah Thor und Thance, die eifrig dabei waren, ihre Proben zu sortieren. Wenn sie über ihren Arbeitstisch gebeugt waren, konnte man sie kaum auseinanderhalten.

»Warum macht ihr euch keine Namensschilder auf eure Arbeitskittel, damit man euch voneinander unterscheiden kann?« fragte ich.

»*Du* kannst uns doch auseinanderhalten«, sagte Thor lachend.

Ich erinnere mich noch, daß es regnete und daß es sehr spät abends war. Die Regentropfen verursachten ein zischendes Geräusch auf den Dachfenstern. Ich ging an den Fenstern des Labors vorbei, mein Cape über meine Schultern gezogen. Ich wollte zu den Büros im Lagerhaus zurückkehren, als ich im Vorbeigehen meinte, Thance zu sehen. Er stand vor seiner Abreise; er wollte diesmal selbst ans Kap, um an einer wissenschaftlichen Expedition teilzunehmen, und er plante Abraham mitzunehmen, der schon seit sieben Jahren nicht mehr in Südafrika gewesen war. Thenia hatte sich erneut geweigert, mit Abe zu reisen und damit ihre »Hochzeit auf dem Land« einmal mehr aufgeschoben. Sie fürchtete sich vor Schiffen, vor großen Wasserflächen und vor Afrika. Ich hatte alles darangesetzt, sie davon zu überzeugen, daß eine Seereise so sicher war wie eine Fahrt mit der Eisenbahn von Pennsylvania. Thance schien etwas zu suchen. Beauty, die Enkelin von Independence, war dicht auf meinen Fersen, als ich die Tür des Labors öffnete und hineinspähte.

»Thance?« sagte ich, als ich mit meinen nassen Kleidern eintrat. In dem Augenblick, als ich mein Cape von meinen Schultern nahm, entdeckte der Hund, der gerade das Regenwasser abschüttelte, etwas, das sich hinter einem der Regale bewegte, und stürzte darauf zu. Als Beauty mich streifte, geriet ich aus dem Gleichgewicht und rutschte aus. Um meinen Sturz aufzufangen, griff ich nach dem nächsten Regal. Hinter mir hörte ich eine Stimme, die vor Schreck aufschrie.

»Harriet! Faß diese Regale nicht an!«

Wie im Traum erkannte ich Thors Stimme, als mein Cape sich in dem wackligen hölzernen Gestell verfing und es umriß. Dunkle Glasflaschen fielen eine nach der anderen um wie Dominosteine. Ich trat einen Schritt zurück, um nicht in die Scherben zu treten, mein Fuß blieb jedoch in meinem Rocksaum hängen, der sich in dem Regal verfangen hatte, und ich fiel vornüber auf meine Hände in die dampfenden Flüssigkeiten. Das zerberstende Glas machte ein Geräusch wie Kanonendonner, das Beautys hysterisches Gebell übertönte. Die zerbrochenen Flaschen hatten alle sorgfältig beschriftete Etiketten: Silbernitrat, Vitriol, Schwefelsäure, Carbolsäure, Formaldehyd, Oxalsäure …

Die Flüssigkeiten und Gase verteilten sich um mein Cape herum, das meinen Körper vor ihnen schützte, aber meine Hände brannten wie Feuer. Ein unerträglicher Schmerz fuhr mir durch die Handgelenke und Unterarme, so heftig, daß mir fast das Herz stehenblieb. Fast im gleichen Augenblick wurde ich, während ich fürchterlich schrie, von zwei starken Händen ergriffen, die mich in Richtung Wasserpumpe zerrten. Während ich mich gegen den Schmerz aufbäumte, der mich fast übermannte, lief das kühle Wasser über meine Handgelenke. Der Raum begann sich um mich herum zu drehen, und ich wurde ohnmächtig.

Als ich wieder zu mir kam, fand ich mich auf dem Chesterfieldsofa in Thors Büro wieder. Meine Hände brannten wie Feuer. Ich blickte auf sie hinab. Sie waren vollständig verbunden. Ich fing an zu weinen.

»Harriet«, sagte Thor zärtlich, »trink das bitte. Du hast einen Unfall gehabt. Deine Hände sind verätzt worden, aber nur oberflächlich. In ein paar Tagen werden sie zu heilen beginnen. Ich habe sie mit einer Salbe aus dem Moos von Walnußbäumen und Kokosnußöl behandelt, die man in Afrika bei Verbrennungen anwendet. Kannst du deine Finger bewegen?«

Langsam versuchte ich, meinen Daumen zu bewegen; wenn auch unter fürchterlichen Schmerzen, konnte ich die Finger an beiden Händen bewegen.

»Ja«, sagte ich, während ich die weißen Verbände betrachtete.

»Gott sei Dank hast du deinen Sturz mit den Händen aufgefangen.«

Ich stöhnte.

»Mein Gott, Harriet. Wenn dir etwas geschehen wäre … deinem Gesicht …«

»Ich war unvorsichtig.«

»Ich hab' solche Angst gehabt, als ich dich dort gesehen habe … Harriet … mein Gott, Harriet, ich hatte solche Bange.«

Ich schloß die Augen. Als ich sie wieder öffnete, starrte Thor mich an. In seinem Gesicht lag derselbe Ausdruck wie in dem seines Zwillingsbruders, in seinen Augen dieselbe hilflose Liebe.

»Ich mache mir solche Vorwürfe«, sagte Thor. »Diese Flaschen hätten dort nicht stehen dürfen.«

»Beauty hatte nichts hier drinnen zu suchen. Ich habe mich ablenken lassen, ein unverzeihlicher Fehler in einem Labor. Es tut mir leid.«

»Es tut *dir* leid? Es war allein meine Schuld!«

»Oh, Thor, das stimmt nicht. Ich bin doch kein Kind. Du bist nicht für mich verantwortlich.«

»Ich *bin* für dich verantwortlich. Seitdem ich dich zum erstenmal gesehen habe, wußte ich, daß du die einzige Frau bist, für die ich mich jemals verantwortlich fühlen würde.«

Da war es. Er zitterte, seine Augen glänzten vor unvergossenen Tränen. Das Blut war aus seinem Gesicht gewichen. Er hatte das alles nicht sagen wollen. Ich hatte es nicht hören wollen.

»Die Frau deines Bruders«, sagte ich warnend.

»Ja, die Frau meines Bruders. Die geliebte Frau meines geliebten Bruders. Von ihrem Schwager ebenso geliebt wie von ihrem Mann.«

Seine Worte hingen in der Luft wie ein silbernes Banner unausgesprochener Sehnsucht und uneingestandenen Schmerzes. Wieviel verworrener und undurchschaubarer konnten meine Familienverhältnisse noch werden, dachte ich und mußte beinahe lachen. Hochstapelei, Rassenvermischung, ein Doppelleben, das nun ein Dreifach- oder Vierfachleben war. Vielleicht hätten sie mich doch in New Orleans verkaufen sollen. Das wäre eins der banaleren Ereignisse in meinem Leben gewesen. Jetzt hatte ich meinen Schwager verführt.

»Ich liebe euch beide«, sagte ich aufrichtig. »Ich kann euch kaum auseinanderhalten.«

Der letzte Satz war eine Lüge, wie so viele meiner Lügen. Ich wußte genau, wer Thor und wer Thance war, und es fiel mir nicht schwer, sie zu unterscheiden.

Mit Hilfe von Thors Medizin und aufgrund der Tatsache, daß er meine Wunden so schnell mit Wasser und Laugensalz ausgewaschen hatte (ich hatte immer noch das Rauschen des Wassers im Ohr, das Quietschen der eisernen Pumpe und Thors ruhige Stimme), begannen sie bereits nach zwei Wochen zu heilen. Auf den verbrannten Handflächen wuchs gesunde Haut nach. Das tote Fleisch hatte sich abgeschält. Die Schmerzen ließen nach. Schließlich konnte ich wieder etwas in den Händen halten.

Thor entfernte die Verbände und streifte mir Mullhandschuhe über, die nur leicht an den Handgelenken befestigt wurden. Eines Tages, als ich allein im Haus war, nahm ich die Handschuhe ab und betrachtete meine Handflächen.

Schockiert und ungläubig mußte ich feststellen, daß ich keine Fingerabdrücke mehr hatte! Meine Fingerspitzen waren so glatt wie polierter Marmor. So weich und glatt wie meine Handrücken, die unverletzt geblieben waren. Quer über meine Handflächen, dort, wo meine Lebenslinie verlief, hatte sich eine Narbe gebildet, unregelmäßig wie eine von einer Peitsche hervorgerufene Wunde. Solche Narben hatte ich auf den Händen von entflohenen Sklaven gesehen. Aber selbst diese Narben würden bald verblassen und nur eine feine, helle Linie auf einer Handfläche zurücklassen, die noch heller war als zuvor.

Meine glatten Fingerspitzen waren das einzige dauerhafte Andenken an den Unfall. Meine Identität war ausgelöscht. Ich war zugleich traurig und beglückt. Mein Herz schlug schneller. Es war ein Zeichen, dachte ich, als ich meine verstümmelten Hände anstarrte. Das Wundmal meiner Geburt war getilgt. Aber bedeutete das eine Strafe, oder war es die Erlösung? Tränen der Verwirrung traten mir in die Augen. Machte es mich zur Tochter meines Vaters, oder bedeutete es das Gegenteil?

Während der ersten Wochen nach dem Unfall besuchte mich Thenia beinahe jeden Tag, ihren sechsjährigen Raphael im Schlepptau. Bei ihrem ersten Besuch starrten wir uns schweigend an. Thenia wollte mich nicht mit ihren Problemen belasten, und ich wußte nicht, wie ich ihr erklären sollte, welche Bedeutung Fingerabdrücke für mich besaßen. Mit der Zeit erfuhr ich jedoch, daß Thenia viele Dinge von mir ferngehalten hatte. Abe wollte nach Afrika zurückkehren. Er wollte nicht länger die Demütigungen hinnehmen, die ihm als Schwarzen im Norden widerfuhren, und der Haß und die Ablehnung, die ihm überall entgegenschlugen, hatten ihn mutlos gemacht. Abe wollte, daß seine Söhne in seinem Heimatland aufwuchsen. Obwohl er sich das methodische Denken der westlichen Wissenschaftler angeeignet und am Jefferson College of Pharmacy studiert hatte, hatte man ihm die Aufnahme in die Standesvertretung der Apotheker verweigert. Nicht einmal eine Hausiererlizenz für Medikamente hatte man ihm zugestanden. Auf einer sechsmonatigen Expeditionsreise konnte er mehr lernen als hier in Philadelphia, wo er Thors Medizinflaschen beschriftete und Thance' Lagerhaus verwaltete. Abe war entschlossen, wieder an Expeditionen teilzunehmen.

Thenia fürchtete sich vor Afrika, und sie wollte nicht, daß Raphael mitreiste. Abe hatte ihr zugestanden, daß sie in Amerika bleiben könne, bis er von dieser Expedition zurückgekehrt sei, aber das solle der letzte Aufschub sein. Er würde nach Afrika zurückgehen, und er wolle Thenia mitnehmen.

»Wenn ich gehe, werde ich niemals zurückkommen, und ich werde meine Familie niemals finden. Ich werde s-s-sie nie mehr w-w-wiedersehen«, schluchzte sie. »Solange ich hier bin, kann ich noch hoffen, sie eines Tages zu finden: Mama, Daddy, Doll, Ellen. Aber wenn ich *dort* bin, werde ich sie nie finden. Und ich bin wieder schwanger«, fuhr sie fort. »Wenn ich das Abe erzähle, dann glaubt er, ich sage das bloß, weil ich ihn nicht weglassen will. Aber wenn er nicht in acht Monaten zurückkommt, dann wird dieses Baby geboren ohne seinen V-v-vater.«

»Sie werden vor der Geburt des Babys wieder dasein, Thenia. Und ich bin möglicherweise ebenfalls schwanger. Vielleicht liegt es aber auch an dem Unfall, daß ich in diesem Monat keine Migräne gehabt habe.«

Ich war dreiundvierzig Jahre alt. Meine Großmutter hatte ihr letztes Kind im Alter von dreiundvierzig geboren.

Thance sprach kaum mit mir über den Unfall, so als könne seine Erwähnung die Erinnerung an einen anderen Unfall, der sich vor langer Zeit ereignet hatte, heraufbeschwören. Er und Abraham brachen Ende Januar auf der *Rachel*, unserem eigenen Schiff, nach Kapstadt auf. Zwar kannte Thance erst wenig von Afrika, aber Thor stand kurz vor der Entwicklung eines Impfstoffes und hatte eingewilligt, daß sein Zwillingsbruder an seiner Stelle reiste.

Die *Rachel* hatte Walöl geladen und sollte auf der Rückreise Rohstoffe für Medikamente, Gewürze aus Sansibar und roten Pfeffer mitbringen. Das Schiff erreichte Kapstadt im Frühjahr 1843.

25

Und doch kann die Moral einer Sache nicht auf unserer Kenntnis ihrer Ursache beruhen. Das Werfen eines unpräparierten Würfels oder das Wetten auf seine Augenzahl kann nicht dadurch zu einer unmoralischen Handlung werden, daß wir nicht wissen, warum eine bestimmte Seite oben erscheint. Wenn wir Glücksspiele als unmoralisch betrachten, dann ist jede menschliche Beschäftigung unmoralisch.

THOMAS JEFFERSON

21. März 1843, im Busch in der Nähe von Bulawayo, Südafrika, kurz nach unserer Ankunft.

Vom ersten Tag an hatte ich gespürt, daß meine Frau, Harriet, eine seltsame Einsamkeit umgab. Obwohl ich und auch die anderen Mitglieder meiner Familie sie mit Liebe umgaben, brannte tief in Harriets Innerem, geschürt von Gott weiß welchen Schrecken, ein Feuer der Einsamkeit, das sie Tag und Nacht verzehrte. Eines Tages entdeckte ich einen Dolch in ihrer Rocktasche. Offenbar war sie bewaffnet nach Übersee gereist.

Meine Mutter führte das auf Harriets plötzlichen Verlust ihrer gesamten Familie während der Gelbfieberepidemie zurück, aber meine Mutter machte diese Tragödie für alles und jedes verantwortlich, das sie an Harriet nicht verstand. Mir kam es eher vor wie ein Gefühl des Verlorenseins als eine Folge von Verlust, so als sei Harriet, als sie aus ihrer Heimat im Süden gerissen wurde, mit einem entfernten Onkel, als einzigem Schutz, der ein Fremder in diesem Land ist, selbst zu einer Fremden geworden. Eine Einwanderin in ihrem eigenen Land.

Während unserer langen Überfahrt auf der *Rachel* verbrachten Abe und ich unsere Zeit mit Arbeit in unserem provisorischen Labor oder mit Gesprächen über unsere Frauen. Ich hoffte, durch Abes Erzählungen über Thenia einen Hinweis auf den Grund für Harriets Geheimniskrämerei zu erhalten, denn ich wurde das Gefühl nicht los, daß Thenia meine Frau besser kannte als ich selbst. Außerdem vermutete ich, daß die beiden eine Art Familiengeheimnis hüteten, und fragte mich, ob Abe wohl etwas darüber wüßte. Falls dem so war, so ließ er es sich jedenfalls nicht anmerken. Er schien ebenso wenig über Thenia zu wissen wie ich über Harriet, außer daß sie beide Waisen sind: eine schwarze und eine weiße. Ich wußte, daß meine Frau Thenia aus der Sklaverei befreit, sie erzogen und beschützt hatte und daß Thenia sie dafür mit hingebungsvoller Liebe und Treue und absolutem Stillschweigen belohnte.

Ich dachte über viele Dinge nach, die mir unerklärlich schienen. Harriet liebte mich, dessen war ich mir sicher. Aber diese Liebe schien ihr keine Gelassenheit zu verleihen. Sie schien in ständigem Widerspruch zu irgend etwas in ihrem Innern zu leben. Manchmal bemerkte ich, wie sie Sinclair oder einen der Zwillinge oder mich auf die merkwürdigste Art anstarrte. Ihre Kinder schienen für sie eine besondere, zusätzliche Bedeutung zu haben. Sie war weiß Gott eine perfekte Mutter, eine beschützende Löwin, sie war gerecht, geduldig und überaus liebevoll. Und doch schien ein Feuer des Zorns in ihr zu lodern, und ich spürte eine Einsamkeit in ihr, so tief, so traurig, daß auch die Kraft meiner Liebe nicht ausreichte, um sie zu stillen. Ich konnte sie nicht von ihrem inneren Geheimnis befreien oder sie von dieser endlosen Traurigkeit und dem quälenden Schweigen erlösen. Was ich auch versuchte, um diese wütende Flamme zu löschen, sie brannte wie ein Nachtlicht in ihrer Seele, selbst in Stunden, in denen wir uns am nächsten waren – Stunden, die so zärtlich waren, so leidenschaftlich, so wunderbar, daß mir, wenn ich davon spreche, das Herz fast stehenbleibt bei der Erinnerung an dieses Glück. Ich habe nie begriffen, was die *Ursache* für ihren Kummer war, und dieses Nichtbegreifen hat auch mich zu einer ähnlichen Einsamkeit verdammt. Um diesem Gefühl zu entkommen, habe ich mich in meine Arbeit gestürzt und mich vor ihren Geheimnissen zurückgezogen. Sie schienen mir im Ganzen zu sehr mit den Südstaaten verbunden, zu absonderlich, vor allem, da sie doch alles besaß, das ihrem Geschlecht zum Glück gereichte: einen Ehemann, ein Heim, ihre Freunde, eine sie liebende Familie, Kinder, die an ihr hingen, und ein musikalisches Talent.

Aber Harriet hatte Angst, und ihre Angst, so glaube ich, drückte sich in einer gewissen Distanziertheit gegenüber ihren Kindern aus, so als dürfe sie sie nicht zu sehr lieben, aus Furcht, sie könnten ihr jeden Moment entrissen werden. So als *gehörten* sie ihr nicht, sondern befänden sich lediglich *in ihrer Obhut.*

Außerdem besaß sie einen schon fanatischen Abscheu gebenüber jeder Art von Unterdrückung und Unmenschlichkeit, eine fast irrationale Angst, die sich in einem übertriebenen Enthusiasmus für jede Art von guter Sache äußerte: Abolitionismus, Frieden in der Welt, Abstinenz, Transzendentalismus, Gleichberechtigung der Frauen, Tierschutz, die Rechte der Indianer. Sie verschrieb sich diesen Zielen mit einem Eifer und einer Inbrunst, die sie sonst in ihrem täglichen Leben kaum an den Tag legte. Ich übertreibe nicht. Nach Thenias Hochzeit weigerte sie sich, irische Kindermädchen einzustellen, weil ein paar irische Schläger Abraham Boss übel zugerichtet hatten. Sie ereiferte sich darüber, daß es den Schwarzen in Philadelphia nicht gestattet war, mit den neuen, von Pferden gezogenen öffentlichen Bussen zu fahren. Sie setzte ihre gesellschaftliche Stellung und die ihrer gesamten Familie aufs Spiel, indem sie entflohene Sklaven versteckte. Sie reichte Gesuche beim Kongreß ein, um Mischlinge zu unterstützen, die ihre Freiheit einklagen wollten, um die Sache der Abolitionisten zu unterstützen, um die sofortige Freilassung aller Sklaven zu fordern. Und sie hatte stets den gleichen Vorwand für ihr Verhalten: sie hatte so viel – so viel Liebe, Glück, Geld, Gesundheit –, daß sie es als regelrecht kriminell betrachtet hätte, ihren Wohlstand nicht mit den Glücklosen und den Verstoßenen dieser Welt zu teilen.

Musik konnte sie zu Tränen rühren. Bilder brachten sie zum Weinen. Sie vergoß Tränen über Romane. Waisen, Babys, alte Menschen, selbst Neger brachten sie zum Weinen. Das Markenzeichen ihres Charakters war die Melancholie, die jedoch andererseits durch ihre glühende Lebensfreude, ihre Schönheit, die sie als eine Last empfand, Lügen gestraft wurde. Sie war in sechzehn Jahren überhaupt nicht gealtert. Ich selbst hatte ein paar graue Haare bekommen, ich ermüdete schneller, und die Brille, die ich einst aus Eitelkeit getragen hatte, war zur Notwendigkeit geworden. Aber die Haut meiner Frau war noch immer so glatt, ihr Teint so frisch, ihr Körper so fest, schlank und kräftig, ihre Hände so feingliedrig und zart wie an dem Tag, an dem ich ihr zum erstenmal begegnet war.

Charlotte zog mich immer auf und behauptete, Harriet müsse wohl in der Konservierungsflüssigkeit schlafen, die ich für meine Präparate benutzte. Selbst Thor machte Bemerkungen über die erstaunliche Unvergänglichkeit von Harriets Schönheit, wenn er von langen Reisen in Afrika zurückkehrte. Manchmal unterhielten wir uns bis spät in die Nacht darüber. Wir bewunderten ihr Aussehen, ihre südstaatlerische Art, ihren Mut, ihren eisernen Willen, ihre Liebenswürdigkeit, ihre Intelligenz, ihre Begeisterungsfähigkeit. Oft betrachtete ich sie im Schlaf und dankte Gott dafür, daß er eine solche Frau in meine Obhut gegeben hatte. Manchmal konnte ich mich des Gefühls nicht erwehren, daß Harriet glaubte, *sie* sei es, die *mich* beschützte, und auch das gefiel mir. Eine Kriegerin wie meine Mutter (Gott hab sie selig) hatte auf mich stets eine gewisse Anziehungskraft ausgeübt, aber Harriet schien noch höher hinaus zu wollen. Sie war auf der Suche nach Rollen, die sie in den Mittelpunkt einer Tragödie, Komödie oder Farce stellten, das Genre spielte eigentlich keine Rolle, solange sie das Gefühl hatte, mitten im Leben zu stehen.

Thor brachte immer dieses Gefühl intensiven Lebens mit aus Afrika: diese dunkle Ahnung und den Moschusduft des unbekannten und unbegreiflichen Afrika mit seinem Reichtum und seiner Fülle, seinen Geheimnissen, seiner Gewalt und seiner Brutalität, seiner Gefahr und seiner Schicksalhaftigkeit. Er brachte uns die Gerüche Afrikas, seine Unwägbarkeiten und Überraschungen, und Harriet strahlte und glühte und führte ihm stolz eine neue Nichte oder einen neuen Neffen vor. Dann machte er sich wieder auf, um erst nach Jahren wiederzukehren und abermals eine neue Nichte oder einen neuen Neffen im Empfang zu nehmen und wieder in unserem Labor zu verschwinden, wo er seine Blätter und Rindenstücke, Wurzeln und Sporen untersuchte, analysierte und seine Ergebnisse zu wissenschaftlicher Erkenntnis destillierte.

Die Geheimnisse der Alchemie banden Thor und mich als Brüder immer enger aneinander, während wir Nacht für Nacht, Experiment um Experiment immer wieder die gleichen Handbewegungen ausführten, die gleichen Substanzen destillierten. In gewisser Weise hatte ich gehofft, dasselbe mit Harriet zu tun. Ich wollte den Kern dieser Frau entdecken, sie zu Pulver verarbeiten, sie in Flaschen abfüllen, die ich auf ein Regal stellen konnte, um sie zu untersuchen, sie zu lieben, ihre Farbe, ihren Geschmack, ihre Konsistenz zu bewundern und schließlich zu glauben, daß der Inhalt des Gefäßes mit der Aufschrift auf dem Etikett übereinstimmte. Denn ich glaubte nicht an den Zufall. Ich glaubte, ich würde nie wieder einen so großen Fehler machen wie jenen ersten, schrecklichen damals mit Thor. Er glaubte, daß dieser Fehler, der ihn für immer von mir getrennt hat, der ihn zu einem halben Mann gemacht hat, gleich einem Sklaven, mich für den Rest meines Lebens vor weiteren Mißgeschicken bewahren würde. Auch Harriet glaubte das: sie glaubte, daß die eine schreckliche Tragödie ihres Lebens ihr Schlimmeres ersparen würde, daß damit alle weiteren Schicksalsschläge abgegolten wären und sie bis ans Ende ihres Lebens sicher sei. Wie hätte sie denn auch wissen sollen, daß das Leben sich nicht immer an dieselben Regeln hält? Bei dem Versuch, den Zufall aus meinem Leben zu eliminieren, habe ich das Schicksal herausgefordert und mich ihm ausgeliefert. Zufall. Das, was der wissenschaftliche Verstand ausschließt.

Ein Versprecher. Während eines Gesprächs in einer sternklaren Nacht auf der *Rachel* sprach Abe von Thenia als Harriets Nichte. Ich war so arglos gewesen, daß ich ihn noch nicht einmal fragte, wie er das gemeint hatte, oder ihn bat zu wiederholen, was er soeben gesagt hatte. Plötzlich gingen mir die Augen auf, die Sterne schienen zu explodieren. Die Erkenntnis fuhr mir wie glühende Kohle in die Eingeweide, stieg mir wie ein heißer Klumpen in den Kopf. Harriets Mutter mußte eine Farbige gewesen sein. Eine Sklavin. O Gott. Verdammt. Der Mann aus Virginia. Er hatte Harriet dazu gebracht, ihre Kinder zu belügen.

Wie von einer ungeheuren Kraft in meinem Innern angezogen,

versinkend, vorwärts gleitend, sehnte ich mich nach meiner Heimat, nach meinen Söhnen, nach Harriet ... während das Schiff langsam, unaufhaltsam, wie eine gewaltige Klinge durch den Ozean glitt.

Halt! Ich spüre einen Luftzug hinter mir – vielleicht einer von den kleinen Tornados, die es manchmal hier in den Ebenen von Transvaal gibt. Ich höre Stahl klirren. Ein dumpfer Aufprall. Blindheit gepaart mit unsäglichem Schmerz. Meine Augen sind in Ordnung, aber jetzt hat sich ein dunkler Schleier pechschwarz über sie gelegt. Nein, er ist rot. Es ist mein eigenes Blut. Hilfe! Hilfe! Abraham. Abraham ist bei mir. Ich höre ihn. Er schreit etwas – was? Ich kann ihn nicht verstehen. Plötzlich sehe ich, wie sein Arm abgehackt wird. Er wirkt verblüfft. Er schwankt, sein Arm fliegt durch die Luft, sein Finger immer noch auf etwas deutend. Oder bin ich es, der noch tiefer im Blut versinkt? Noch ein Schlag, diesmal mit blankem Stahl, nicht mit Holz. O Gott. Es hört sich anders an. Harriet. Meine Frau. Meine Liebe. Das ist der Tod. Erinnerungsfetzen steigen in mir auf. Die Hand meiner Mutter auf meiner Stirn, wie der grüne Übermantel meines Vaters nach Regen riecht, die Nacht, in der Thor stürzte, Harriets Hochzeitskleid und ihr Duft nach Rosen, Sinclairs frischgewaschenes Haar. Die Zwillinge. O Harriet, meine Brust klafft offen, ich sehe mein Herz schlagen. Es sieht so schön aus. Abraham ist da, und Mutter. Bringt die Trommeln zum Schweigen. Das ist der Tod. Das ist der Tod. Das ist der Tod. Harriet ...

PER DIPLOMATISCHER KURIERPOST AUF DEM AFRIKANISCHEN PATROUILLENSCHIFF *Wanderer* MIT EINER KOPIE VON KAPITÄN LEWIS VON DER *Rachel* PERSÖNLICH ZU ÜBERMITTELN.

23. MÄRZ 1843

Sehr geehrte Dame,

als Brigadegeneral und Divisionskommandeur des Dritten Regiments der Royal Scouts and Lancers Ihrer Majestät, Königin Victoria, habe ich die traurige Pflicht, Sie darüber in Kenntnis zu setzen, daß die Forschungsstation von Dr. William John Thadius Wellington in der Nacht von

Sonntag, dem 21. März, in der Nähe von Bulawayo von einer Horde Zulukrieger überfallen wurde. Aus Rache für einen grundlosen Angriff der Buren auf das Zuludorf Bulawayo, bei dem der Ngwane-Prinz Ngoza ums Leben kam, führen die Zulus eine Revolte gegen die Streitkräfte des Dritten Königlichen Regiments in der Nähe von Durban in der Provinz Natal. Eine militärische Rettungsmannschaft, die am frühen Donnerstagmorgen, dem 22. März 1843, am Ort des Geschehens eintraf, fand das Lager völlig verwüstet und alle seine Bewohner massakriert vor. Die Plünderer konnten nicht gefaßt werden. Wellingtons Leichnam wurde gefunden und mit militärischen Ehren an Ort und Stelle beigesetzt. Wir erwarten nunmehr Ihre Instruktionen. Sein Assistent Abraham Boss, ein Ndebele, wurde schwer verwundet in der Nähe gefunden. Als er kurze Zeit später seinen schweren Verletzungen erlag, wurde er neben Ihrem Gatten beerdigt.

Bitte, erlauben Sie mir, Madam, Ihnen meinen höchsten Respekt und mein tiefstes Beileid und Mitgefühl auszusprechen. Unser Außenministerium wird Ihnen den vollständigen Bericht über die Todesumstände Ihres Gatten zukommen lassen.

Möge Gott sich der Seele von Dr. Wellington erbarmen.

Mit vorzüglicher Hochachtung,
Brig. Gen. Banastre Tarleton II.

26

Es ist mein Schicksal, alles zu verlieren, das ich liebe. Andere mögen einen Teil ihres unermeßlichen Reichtums verlieren, doch ich habe selbst von dem wenigen, das ich besaß, die Hälfte verloren.

THOMAS JEFFERSON

Die Form der Erdkugel. Der Äquator. Der Wendekreis des Krebses. Wie oft hatte Thance mir erklärt, wie die Erde sich dreht?

Der Brief des Brigadegenerals Tarleton war bereits unterwegs, und die Welt drehte sich weiter um ihre Achse. Ahnungslos lebte ich weiter, vorerst noch ohne Nachricht darüber, daß die Hälfte meines Lebens versank. Die Kinder und ich erhofften von den Seglern, den Barken, den Schonern, den Briggs und Schaluppen, die die Meere kreuzten, den Ozean, der die nördliche Halbkugel von der südlichen trennt, Nachrichten vom Kap.

Glücklich und zufrieden machte ich die Inventur in unserem Lagerhaus, badete die Kinder, hörte mir den Kummer der Zwillinge und die glücklichen Berichte von Ellen Wayles und Jane Elizabeth an, führte meinen Haushalt, pflanzte mein Gemüse, stellte meine Menüs zusammen, bleichte meine Wäsche, bezahlte Rechnungen, musizierte und rettete entflohene Sklaven. Ich polierte die Oberfläche meines falschen Lebens, bis es wie ein Spiegel glänzte.

Und ich glaubte, das Leben gehe weiter im Rhythmus der Jahreszeiten, der Gezeiten, der Planetenbahnen und des Zyklus der Frauen. Ich war im vierten Monat schwanger und Thenia ebenfalls. Dieses unerwartete Glück sollte ein Willkommensgeschenk für Thance und Abraham sein. Ich bewahrte das Wissen darum in meinem Innern auf, behütet in meinem Bauch, in meinem Körper und darüber hinaus geschützt von meinem Haus, meiner Stadt und meiner gesicherten Stellung in der amerikanischen Gesellschaft als Mrs. Thadius Wellington.

Die *Rachel* lief am 30. April, vier Monate früher als erwartet, ein. Noch bevor sie am Hafen anlegte, wurde ein Beiboot zum Kai geschickt, wo der Kapitän Thor und mich im Lagerhaus antraf. Er brauchte gar nichts zu sagen. Das vorzeitige, unerwartete Eintreffen der *Rachel* kündete von Unheil. Das Gesicht des Kapitäns, seine hilflosen Gesten sagten uns den Rest. Und plötzlich hörte meine Welt auf, sich um ihre Achse zu drehen.

»Ich hätte Thance niemals allein reisen lassen dürfen … selbst nicht mit Abraham.« Thors verzweifelter Aufschrei gefror meinen eigenen Kummer, und ich empfand nur noch tiefes Mitgefühl für ihn.

Es hatte sich bereits herumgesprochen, daß die *Rachel* vorzeitig zurückgekehrt war, als Thenia in das Lagerhaus stürzte. Aber ebenso wie wir alle, die so sehr an unseren schlagenden Herzen hängen, konnte sie dem Tod ins Auge sehen, ohne zu glauben, was sie erblickte. Ohne den Kapitän zu beachten, richtete sie sich direkt an mich.

»Unser Schiff ist wieder da, aber wo ist Abraham?«

»Abe ist in Afrika«, sagte ich. »Und Thance auch.« Aber sie muß gesehen haben, daß der Tod mir so deutlich ins Gesicht geschrieben stand wie Abes Stammesnarben. Sie blieb abrupt stehen. Ich sah, wie ihre Füße sich nervös hoben und scharrten, so als tanze sie auf heißen Kohlen.

»O Gott. Sie kommen nicht wieder. Sie werden nie wieder zurückkommen!«

»Thenia, es hat … einen Unfall gegeben … einen Überfall auf die Forschungsstation in der Nähe von Durban. Sie sind umgebracht worden. Alle beide.«

Als ich hörte, wie Thenia nach Luft schnappte, machte ich mich darauf gefaßt, daß sie schreien würde.

»Wir wissen nicht, warum es geschehen ist … anscheinend ein Racheakt für einen Überfall der Buren … um Zucker und Medikamente, vielleicht auch Waffen zu erbeuten … alles ist möglich. Es gibt so viele Plünderer, Engländer, Buren, Zulus, Noumies ... In Südafrika ist ein Bürgerkrieg ausgebrochen«, versuchte der Kapitän zu erklären.

Es kam kein Ton aus Thenias offenem Mund. Statt dessen wandte sie sich an Thor.

»Wie konntest du sie dann fahren lassen?«

Innerhalb einer einzigen schicksalhaften Sekunde war die Schuld, die Thance seit dem Unfall mit sich getragen hatte, auf Thor übergegangen. Nun trug der andere Zwilling das Kainsmal.

Thenia zog sich ebenso wie damals nach der Sklavenauktion in Schweigen zurück. Ich fragte mich, wieviel eine Frau in dieser Welt ertragen mußte. Sie hatte ihre Familie irgendwo im Süden verloren, und nun hatte sie Abraham irgendwo in Afrika verloren. Der einzige Schwarze, dem wir je begegnet waren, der freiwillig nach Amerika gekommen war, würde nie wieder zurückkehren.

»Falls du wieder ans Kap reisen solltest, komme ich mit«, erklärte ich Thor. »Ich kann Thance nicht in Afrika lassen. Dort gehört er nicht hin.«

»Die *Rachel* muß ihre Fracht abholen – und die Verpflichtungen der Wellington Company erfüllen«, sagte Thor. »Ich werde Thance' Leichnam mitbringen.«

»Ich muß fahren, Thor. Thenia will auch mitkommen. Sie macht sich Vorwürfe, weil sie sich nicht schon vor Jahren bereit erklärt hat, mit Abe nach Afrika zu gehen. Nun ist er endgültig zurückgegangen – ohne sie. Ich möchte, daß Sinclair auch mitkommt.«

»Er ist zu jung.«

»Er muß das Grab seines Vaters sehen, damit er akzeptieren kann, was geschehen ist. Er hat ein Recht, an diesem Grab zu stehen und zu trauern.« Ich setzte mich und starrte meine glatten Fingerspitzen an.

Unsere Reise war eine Pilgerfahrt. Nicht weil wir Thance' Leichnam heimholen wollten, sondern weil wir auf der Suche nach der Antwort auf die Frage waren, warum wir am Leben waren und warum unsere ungeborenen Kinder lebten. Allerdings sagte ich Thor nichts davon, daß Thenia und ich im vierten Monat schwanger waren, denn dann hätte er uns die Reise untersagt.

Sobald die achtundzwanzigköpfige Mannschaft an Bord war, wollten wir mit unserem sechshundert Tonnen schweren dreimastigen, mit Tee beladenen Segler in See stechen. Die *Rachel* war robust, sicher und schnell, genau wie ihre Namenspatronin. Sie würde uns in nur fünfundvierzig Tagen zur Kolonie am Kap der Guten Hoffnung bringen. Während die Reisevorbereitungen in vollem Gange waren, verbreitete sich die Nachricht über Thance' Tod wie ein Lauffeuer in der medizinischen Welt von Philadelphia. Wir erhielten Kondolenzgrüße aus der gesamten Welt der Pharmazie. Dann, kurz bevor wir Segel setzten, erreichte mich die Nachricht aus Reims, daß mein geliebter Petit, mein Schutzengel, mein Mentor, mein Moses, meine letzte Verbindung zu meiner Vergangenheit und zu meinem Vater, gestorben war. Die unerschütterliche, liebevolle Charlotte war die letzte, mit der ich vor unserer Abreise sprach.

»Ich hoffe bei Gott, daß du stark genug bist für diese Reise«, sagte sie.

»Es bleibt mir gar nichts anderes übrig, Charlotte. Andernfalls müßte ich mich damit abfinden, für den Rest meines Lebens als Schatten zu existieren.«

»O Harriet, haben wir als Schulmädchen geahnt, daß wir den Tod von Männern verursachen würden?«

»Das ist aber seltsam, was du da sagst, Charlotte.«

»Findest du? Das tut mir leid.«

»Was ist los, Charlotte? Ich kenne dich gut genug, um zu wissen, daß du etwas auf dem Herzen hast.«

»Wirst du es mir auch nicht übelnehmen?«

»Charlotte, wir sind nun seit dreiundzwanzig Jahren befreundet, und wir haben gute und schlechte Zeiten erlebt, aber nichts hat unsere Liebe füreinander jemals erschüttern können.«

»Ich werde nur eines sagen, und dann werde ich das Thema nie wieder ansprechen.«

»Nun?«

»Vielleicht hättest du von Anfang an Thor und nicht Thance heiraten sollen.«

Ich starrte Charlotte an.

Am nächsten Tag gingen Thenia, Thor, Sinclair und ich gemeinsam an Bord der *Rachel*, jeder von uns in seinem eigenen Kummer gefangen. Aber das Leben in meinem Schoß gab mir einen Grund weiterzuleben. Dieses Kind war nicht nur der Schlüssel zu meiner Zukunft, sondern auch ein Versöhnungsgeschenk von Thance an seinen Bruder Thor. Vielleicht würde es Thor dabei helfen, Thance' Tod als den Willen Gottes zu akzeptieren.

Nachdem wir in Kapstadt angekommen waren, stürzte Thor sich in die unvollendete Arbeit seines Zwillingsbruders, als wolle er sich für jede Sekunde seines Bruders rächen. Er wiederholte jeden einzelnen seiner Arbeitsschritte, jedes einzelne seiner Experimente, sammelte noch einmal genau die gleichen Proben und führte die Expedition zu Ende. Wir hatten einen Troß von über hundert Trägern, bewaffneten Beschützern, Köchen, Führern, Dolmetschern und afrikanischen Heilkundigen. Die Expedition bewegte sich langsam und bedächtig durch eine Landschaft von so großer Vielfalt und Schönheit, daß ich mir wünschte, ich könnte zeichnen oder malen. Sinclair dagegen machte ganz unbefangen Skizzen von Pflanzen und von der Landschaft, ja er machte sogar Porträtzeichnungen von verschiedenen Mitgliedern unserer Begleitmannschaft. Thenia trug ständig ihre Bibel mit sich herum, die sie manchmal wie einen Schutzschild vor ihre Brust drückte. Ihre westliche Kleidung und Art wirkten auf viele der Männer verwirrend, und schließlich gaben sie ihr den gleichen Status, den sie sonst nur weißen Frauen vorbehielten, ob Nonnen, Missionarinnen oder auch Königin Viktoria – sie waren geschlechtslos. Thenia jedoch war eine schöne Frau von einunddreißig Jahren, und Thor erhielt nicht wenige Heiratsangebote für sie, wobei ein Dutzend weiße Rinder nebst einer Flinte der höchste Brautpreis war, der ihm geboten wurde. Auch für mich hatte er mehrere Angebote erhalten, die allerdings bei weitem nicht so großzügig ausgefallen waren wie die für Thenia, wie er uns lachend berichtete. Nichtsdestotrotz ziehe er das eine oder andere Angebot in Betracht, sagte er, um uns aufzuziehen.

Da im östlichen Südafrika Weiß die Farbe der Trauer war,

tauschte ich meine schwarze Trauerkleidung aus Philadelphia gegen weiße ein. Jeden Morgen sah ich Sinclair eine Weile beim Zeichnen zu, dann las Thenia laut aus der Bibel vor. Anschließend begleitete ich Thor auf seinen Rundgängen, wenn er Proben sammelte, den Konservierungsprozeß und die Destillerie überprüfte. Da er mehrere Assistenten hatte, brauchte er meine Hilfe nicht, ich schien tatsächlich die einzige Person in unserem gesamten Troß zu sein, die nichts zu tun hatte, die kein Interesse an der Expedition hatte, sondern nur ihren Kummer. Ich fing keine Schmetterlinge und sammelte keine Pflanzen. Und doch sprach das Land mit mir, es umfing mich in einer kraftvollen Umarmung, und all das Klagen während der langen Reise konnte das Gefühl der vollkommenen Sicherheit nicht erschüttern.

Zwei Wochen lang reisten wir unter dem Schutz einer Abordnung britischer Soldaten. Als wir an dem Ort eintrafen, an dem Thance und Abraham überfallen worden waren, überwucherte die üppige Vegetation bereits die beiden einsamen Gräber, die an zwei rauhen Holzkreuzen zu erkennen waren. Schweigend sahen wir zu, wie die beiden in Öltuch eingewickelten Leichname von den Soldaten ausgegraben und auf die Sänfte gelegt wurden, die Abraham in sein Heimatdorf und Thance auf den englischen Friedhof in Ladysmith bringen sollte. Nach langen Diskussionen hatten Thor und ich uns entschlossen, Thance doch nicht mit zurück nach Philadelphia zu nehmen, sondern ihn zusammen mit Abraham in Afrika zu belassen.

Abraham hatte in seinem Heimatdorf Nobamba ein für ihn bestimmtes, geweihtes Grab, das gen Mekka ausgerichtet war. Die Beerdigungszeremonie, die die Dorfältesten durchführten, war einfach und kurz. Ich sah dem Begräbnis aus einiger Entfernung zu, ich konnte die Nähe nicht ertragen. Der kleine Erdhügel und der runde Grabstein, in den Verse aus dem Koran eingraviert waren, erinnerten mich daran, daß ich noch nie das Grab meiner Mutter gesehen hatte. Ich sah zu, wie Thenia niederkniete, eine Handvoll gelber Erde aufnahm und sie vorsichtig in ihr Taschentuch einwickelte. Dann nahm sie kleine Stücke von den Grabbeigaben, die neben den Grabstein gelegt worden waren.

»Ich bin zufrieden«, sagte sie, als sie an meine Seite zurückkam. »Ich lasse ihn hier zurück, und ich werde niemals wieder hierherkommen. Ich bin froh, daß du auch Thance hier zurückläßt. Er gehört nach Afrika.«

Ladysmith lag nur eine Tagesreise von Abrahams Dorf entfernt. Der weiße Friedhof befand sich auf einem kleinen Hügel vor den Stadttoren im Westen, in Richtung der Heimat. Der lutherische Pfarrer vollzog eine improvisierte Beerdigungszeremonie, während Thor eine leidenschaftliche Trauerrede hielt. Brigadegeneral Tarleton erwies Thance alle militärischen Ehren, und zu meiner Überraschung erhob Thenia ihre Stimme und sang ein Requiem. Ihr Gesang wurde über das Tal hinweg in die Hügel getragen, wo er wie der aufsteigende Nebel verklang. Wie Thenia, so nahm auch ich eine Handvoll von der Erde, der ich meinen geliebten Mann übergeben hatte, wickelte sie in mein Taschentuch und steckte sie tief in meine Rocktasche, neben James' Dolch.

Schließlich kniete ich nieder, eine Geste, die ich kaum selbst begriff, und flüsterte *meinen* Namen in die geglättete Erde. Wie viele Absolutionen würde ich wohl brauchen?

Am meisten freute ich mich für Sinclair, denn ich wußte, wieviel es für ein achtzehnjähriges Herz bedeutete, am Grab seines Vaters zu knien. Wir bestellten einen neuen Grabstein, beließen jedoch das alte Holzkreuz am Fußende des Grabes und sagten Thance Lebewohl. Von uns würde er von nun an getrennt sein, aber nicht von der Erde, die ihn umhüllte, und nicht vom Himmel, der ihn bedeckte.

Als Thor und ich am Fuß von Thance' Grab standen, mußte ich daran denken, wie ich Thor zum erstenmal begegnet war, als ich den geheimnisvollen Zwilling aus Afrika für meinen zukünftigen Gatten gehalten hatte.

»Diese Landschaft«, sagte Thor vorsichtig, »kommt mir immer irgendwie biblisch vor … Ich weiß, daß es unsinnig ist, aber ihre Schönheit und Weite erscheinen mir wie die Welt am ersten Tag der Schöpfung, ihre Reinheit, das Geheimnisvolle an ihr … ebenso wie ihre Gewalt, ihre Gnadenlosigkeit. Die jungfräulichen Dämmerungen, Regengüsse und Stürme, das Blattwerk und die paradiesische Vegetation, das Gefühl, daß das ganze Universum hier auf einem einzigen Blatt zu finden ist – dabei bin ich keineswegs religiös, wie du weißt. Die Bibel ist für mich lediglich großartige Literatur, keineswegs das Evangelium, und ich bin noch weniger ein Unitarier als Thance. Und doch kann ich als Wissenschaftler nicht alles, was in der Natur und damit in der Schöpfung existiert, sammeln, studieren und betrachten, ohne Ehrfurcht zu empfinden. Ich kann nicht den afrikanischen Sternenhimmel bewundern und gleichzeitig leugnen, daß es einen Schöpfer geben muß, der das alles in seiner Vorsehung geschaffen hat, der diese Entfernungen bestimmt hat, und daß die Unendlichkeit unmöglich ist. Manchmal nehme ich nachts, anstatt die Sterne zu bestaunen, die Bibel zur Hand und lese ein paar Kapitel, um mich zu beruhigen, um … meinen Platz zu finden … Vor ein paar Tagen habe ich nachts im Alten Testament die Geschichte von Tobias, dem Sohn von Tobit, gelesen, der um die Hand seiner Kusine Sarah anhält. Und ihr Vater, Raquel, stimmt zu, denn es entspricht dem Gesetz des Moses.« Er hielt inne und sah mich an.

»Nach den Worten von Moses«, fuhr Thor fort, »ist es einem Hebräer von Gott befohlen, die Witwe seines Bruders zu heiraten, damit ihre Kinder nicht vaterlos bleiben und sie, anstatt in die Hände von Fremden zu fallen, weiterhin zum Klan ihres Gatten gehört. In der biblischen Geschichte schickt Raquel nach Sarah, nimmt ihre Hand und gibt sie Tobias mit den Worten: ›Nimm sie zur Frau nach dem Gesetz aus dem Buch Mose.‹«

Nur die Stille des Waldes und das leichte Flattern von Schmetterlingsflügeln waren zu hören. Ein Blatt Papier, das Thor in der Hand hielt, zitterte heftig.

»Und du glaubst«, sagte ich, »daß wir es genauso machen sollten? Sollen wir das Gesetz Mose befolgen?«

»Das ist eine Frage, die ich nicht zu beantworten wage, Harriet.«

»Dann soll ich also die Antwort geben?«

»Vielleicht solltest du es in Anbetracht dessen, wo wir uns befinden und um wen wir trauern, in Erwägung ziehen … und auch in Anbetracht der Liebe, die ich stets für dich empfunden habe …«

»Die Geschichte in der Bibel ist wunderschön, aber es ist nur eine Geschichte«, sagte ich. *Eine alte Sklavengeschichte,* dachte ich, *eine Methode, die versprengten, versklavten Stämme Israels zusammenzuhalten.*

Sinclair und seine Geschwister waren nun vaterlos, ebenso wie ich dem Namen nach vaterlos gewesen war, und meine Mutter vor mir. Meine Mutter und auch ihre Mutter hatten sogar gegen das Gesetz verstoßen, indem sie ihren Kindern die wahre Identität ihres Vaters preisgegeben hatten. Welch eine Ironie des Schicksals, die mich hatte vor der Vaterlosigkeit davonlaufen lassen, nur um zu erleben, daß meine Kinder dasselbe harte Los traf.

»Ich liebe dich so sehr«, sagte Thor, »wie ich meinen Bruder geliebt habe.«

»Ich weiß nicht, ob ich dich genauso lieben würde, wie ich deinen Zwillingsbruder geliebt habe«, sagte ich.

»Es wird niemals dasselbe sein, das weiß ich. Es wäre unrecht, wenn es dasselbe wäre, oder wenn wir versuchten, die Liebe eines anderen zu imitieren. Aber ich liebe dich wirklich, Harriet.«

»Und das genügt dir?«

»Mehr als das, Schwester.«

Wir blickten hinab auf Thance' Grab. Es lag im Schatten eines großen Eukalyptusbaums, und in der Nähe plätscherte ein seichter Bach. Ebenso wie die Engländer ein Talent dafür hatten, schöne Gärten anzulegen, hatten sie ein gutes Gespür dafür, beschauliche Orte für ihre Friedhöfe zu finden. Und so begannen wir im afrikanischen Winter, der unserem Frühling ähnelt, unseren langen Heimweg. Obschon wir stets von Gefahr umgeben waren, nahmen wir sie nicht sonderlich wahr. Trommeln hatten unser Kommen angekündigt, und Trommeln kündigten unsere Abreise an. Auch die Weißen hatten ihre Trommeln – die erste Telegraphenlinie war zwischen dem Militärkommando der Kolonie und dem fünfzig Meilen weit entfernten Fort Monroe eingerichtet worden.

Von Durban aus segelten wir auf einer holländischen Fregatte um die Südspitze Afrikas herum bis zur Kap-Kolonie, wo unser eigenes Schiff, beladen mit Thance' Proben und seinem gesamten mobilen Labor, auf uns wartete.

Als wir Afrika verließen, fand ich keine Worte, um meine vielschichtigen Gefühle zu beschreiben. Aber in meinen Träumen, auf die ich keinen Einfluß hatte, tobten meine Gefühle sich ungehindert aus. Ich träumte, ich sei mit beiden Zwillingen gleichzeitig verheiratet, liebte sie beide, ich träumte, daß beide Männer mich nachts aufsuchten, mich mit ihren Liebkosungen verwöhnten und mich gemeinsam liebten. Der eine küßte meine blanken Fingerspitzen, während der andere seine Lippen auf meinen betrügerischen Mund drückte, identische Geschlechtsteile drückten sich an mich und drangen in mich ein, die Körper der Zwillinge bewegten sich wie ein doppelschneidiger Dolch, ich wurde liebkost von Händen, Mündern, flaumbedeckten Lenden, Stirnen, kleinen Falten an identischen Hälsen, Nasen, Augen. Wie im Rausch klammerte ich mich an beide, drückte meinen Körper beglückt an sie beide, denn es gab keine andere Möglichkeit. Jedesmal erwachte ich aus dieser erotischen Phantasie wie aus einem Alptraum, voller Verzweiflung und Begierde.

Sieben Wochen nachdem die *Rachel* im Hafen von Philadelphia vor Anker gegangen war, sieben Monate nach dem Tod ihres Vaters und ein Jahr vor meiner Hochzeit mit Thor kam das Baby zur Welt, dem ich den Namen Maria gab. Eine Woche später wurde Thenias Baby geboren, und sie gab ihm den Namen Willy. Vom ersten Tag an betrachtete ich Maria als Thors Kind. Sie war, wie Thance mir auf seinem grasbewachsenen Hügel zugeflüstert hatte, seine Wiedergutmachung für die vor langer Zeit begangene Sünde, die ebenso wie sein Tod als Gottes Wille hingenommen werden mußte. Der Kreis hatte sich geschlossen, und auf dem Felsen Maria bauten Thor und ich unser Haus und unser Glück. Ein neues Glück. Weder dasselbe Glück wie mit Thance noch sein Schatten oder seine Imitation.

Ich hatte mir geschworen, niemals so zu werden wie meine Mutter, Sally Hemings. Und doch war ich wie sie, nicht nur immer noch eine Sklavin, sondern ich hatte, wie sie, meinen Schwager zum Mann genommen. Diesmal war mein Hochzeitsgeschenk des Staates Pennsylvania eine Entscheidung des Obersten Gerichtshofes, die das Gesetz über die persönliche Freiheit, das das Einfangen entflohener Sklaven zum Verbrechen erklärt hatte, aufhob und den Erlaß über die Festnahme flüchtiger Sklaven wieder in Kraft setzte. Nach all den Jahren war ich wieder eine Ausreißerin – eine entlaufene Sklavin.

27

Während die Wahrheit noch dabei ist, ihre Stiefel zu schnüren, ist die Lüge schon tausend Meilen weit gelaufen.

Thomas Jefferson

An jenem Tag auf dem Hügel starrte ich das Blatt Papier an, das ich immer noch krampfhaft in den Händen hielt. Es gibt eine Art Erstaunen, das keine Fragen stellt. Ich hatte das Gefühl, daß Harriet fast wütend auf mich war, und trotzdem war ich glücklich. Ich liebte Harriet so schamlos, wie man das Leben liebt. Es war eine unerschütterliche, stoische, unerklärliche Liebe. Jeden Morgen erwachte sie neu in jeder einzelnen Zelle meines Körpers und auch in meiner Seele. Es schien mir unglaublich, daß ich, Thor Wellington, so lange mit dem Gedanken an Selbstmord gelebt hatte. Der verstümmelte Zwilling. Als Krüppel, der nur noch ein halber Mann war, mußte ich zusehen, wie mein Bruder Thance ein Kind nach dem anderen in die Welt setzte. Als ich an seinem Grab stand, war ich nicht weniger verwirrt als zuvor, aber jetzt war ich trotz meiner Trauer verwirrt vor Glück.

Während dieser letzten Wochen hatte ich irgendwie angefangen, an Gott zu glauben, ohne jedoch an Ihn zu denken. Ich befand mich in jener metaphorischen Gemütsverfassung, in der die Welt um mich herum mir nicht die zu sein schien, die ich vor mir sah, und vielleicht zum erstenmal seit dem Unfall fühlte ich mich nicht ausgeschlossen, sondern lebte in einem Zustand tiefster Überzeugung. Was wir taten, war das Richtige. Für mich bedeutete es eine innere Metamorphose, eine vollkommene Wandlung. Ich stellte mir einen Gott vor, der seine Welt wie ein Versteck preisgibt.

»Man kann sich selbst nur schaden, wenn man mehr vom Leben

verlangt, als man erfahren kann«, sagte Harriet mit ihrem weichen Südstaatenakzent.

»Du mußt eine Entscheidung treffen ...«

Als sie aufsah, geriet ich beinahe aus der Fassung, und als ihr aufgewühlter Blick mich traf, hatte ich nur noch einen einzigen Wunsch, nämlich ihr Vertrauen und ihre Liebe zu gewinnen, nicht als Schwester, sondern als Frau. Obwohl ich versuchte, sie wie die letzte Glut eines Lagerfeuers auszutreten, glimmten neue Gefühle in mir auf, verbunden mit bestimmten Gedanken: ich hatte eine Pflicht gegenüber Thance, seiner Frau schuldete ich Ehre, Schutz, Kontinuität, Glück. Die eiskalte Erstarrung, in der ich so lange gefangen gewesen war, schien sich zu lösen, und warmes, lebendiges Blut strömte wieder durch meine Adern, mein Herz, meinen Kopf. Meine hartnäckige Liebe war richtig, ich hatte recht mit der Vermutung, damit dem Wunsch meines Bruders zu entsprechen. Ich hatte an seinem Grab gestanden und ihn gefragt, was ich tun solle, und dann hatte ich seine Gedanken gelesen und war meinem eigenen Herzen gefolgt.

Aus dem Augenwinkel konnte ich Harriets Stupsnase sehen, ihr Kinn, ihr Ohrläppchen mit dem Ohrring, ihre weichen Lippen und die wenigen grauen Strähnen, die sich in ihr rotblondes Haar mischten. In ihrem Gesicht lag ein Ernst, der nicht aus einem harten Material wie Elfenbein oder Sandstein geschnitzt, sondern aus etwas Weichem geformt zu sein schien, das der Druck eines schrecklichen Geheimnisses mit der Zeit gehärtet hatte. Es war, als habe ein unermüdlicher, unerreichbarer Wille, der sich gegen einen viel weicheren Kern durchgesetzt hatte, diesem unglaublich weiblichen Gesicht seine harten, asketischen Züge verliehen. Ich hatte in Afrika in vielen langen Stunden über Harriet nachgedacht. Es wunderte mich, daß mir diese innere Verwandlung, die sich über die Jahre vollzogen hatte, nicht aufgefallen war. Ich hatte mir selbst vor langer Zeit verboten, über Harriet nachzudenken, hatte sogar die Erinnerung daran ausgelöscht, ob sie schön war oder nicht. Harriet war die Frau meines Bruders gewesen, meine eigene Schwester, deren Schönheit ich nicht wahrzunehmen hatte, außer in Gedanken an das Glück meines Bruders. Nun fragte ich mich, wieviel es noch gab, das ich über die Frau meines Bruders nicht wußte.

»Man darf dem Glück niemals davonlaufen«, sagte ich in meiner Verwirrung, während ich meine Brille putzte, deren Gläser beschlagen waren, und ohne mir dessen bewußt zu sein, daß ich den letzten Satz eines inneren Selbstgesprächs ausgesprochen hatte, von dem Harriet nichts wissen konnte. Sie war über meine Worte so verblüfft, daß sie mich mit großen Augen ansah. In ihrem Blick lag etwas Unerklärliches, etwas zutiefst Weibliches, das wahrscheinlich nicht für meine Augen bestimmt war.

Eine schöne Frau ist gefährlich, dachte ich. Sie verfügt über eine ähnliche Macht wie ein Prinz, ein Papst oder ein Präsident. Die Leidenschaft für eine solche Frau hatte schon Kaiser und Prinzen zu Fall gebracht.

Und ihre Macht war launenhaft, willkürlich und absurd. Sie verfügte über keinerlei Strategie und in vielen Fällen keinerlei *Raison d'être,* außer ihrem Selbstzweck, dachte ich, als Harriet langsam und bedächtig zu sprechen begann, wobei sie ab und zu zu mir aufsah, während wir uns Seite an Seite auf den Weg machten.

Gemeinsam entfernten wir uns von dem Grab, traten aus dem Schatten der Bäume auf die offene Ebene am Fuß der Bergkette, ohne daß einer von uns Anstalten gemacht hätte, einen der Pfade einzuschlagen, die hinunter ins Tal führten. Statt dessen gingen wir, in unser Gespräch vertieft, am Rand des Friedhofshügels entlang, kehrten wieder um, bis wir schließlich zum drittenmal an derselben Stelle vorbeikamen, so als wisse keiner von uns beiden, wo der andere hinging, und als sei jeder darauf bedacht, die Pläne des anderen nicht zu stören.

»Ich bilde mir natürlich nicht ein, man könne irgend jemandem sagen, was er tun soll«, sagte ich. »Aber das Leben ist nie einfach. Wenn wir über unser eigenes Leben nachdenken, erscheint es uns verworren und undurchschaubar. Aber in dem Augenblick, in dem wir von uns selbst absehen und jemandem Hilfe anbieten, scheint es plötzlich ganz einfach zu sein. Außerdem müssen wir an das Kind denken.« Harriet schwieg, und ich redete weiter, mit einemmal von Angst erfüllt.

Konnte es sein, daß Harriet nur nachgab, um Thance' ungeborenes Kind zu schützen? Harriet war reich. Sie brauchte weder meinen brüderlichen noch meinen väterlichen Schutz. Ich war derjenige, der sie brauchte.

Ihr Arm schien zu zucken, dann wurde sie ganz steif, so als ob sie mit sich selbst in heftigem Widerstreit läge.

Ohne sie anzusehen, fuhr ich fort: »Allem, was uns persönlich betrifft, messen wir eine so große Bedeutung bei. Wir sprechen davon, unser Leben ganz auszuleben ... das Leben zu nehmen, wie es ist, unser Schicksal hinzunehmen. Aber was ist es, das akzeptiert oder hingenommen werden muß? Woher sollen wir wissen, warum wir geboren wurden oder wie wir sterben werden? Ist alles akzeptabel, egal, wie verworren es uns erscheint?«

Schließlich fragte sie: »Verstand oder Instinkt, Thor? Moral oder Charakter? Selbstsucht oder Liebe, Thor? Ich bin mein ganzes Leben lang selbstsüchtig und unmoralisch gewesen und habe immer nach meinen Instinkten gelebt.«

»Wenn wir unsere höhere Natur ausleben wollen, dann müssen unsere niederen Instinkte lernen, Entschädigung zu akzeptieren und zu gehorchen«, sagte ich. Mir fiel ein Geständnis ein, das sie mir einst beinahe gemacht hätte.

»Es ist immer leichter, sich um andere zu kümmern als um sich selbst«, sagte sie und sah mich mit ihren großen Augen an.

»Harriet, ich halte dich für einen der wenigen durchaus nicht selbstgefälligen Menschen, die, auch wenn sie glauben mögen, sie dächten stets nur an sich selbst, ihre eigenen Interessen völlig vernachlässigen. Und genau das möchte ich für dich tun – das ist es, was ich für dich tun möchte, seit ich dich zum erstenmal gesehen habe. Und das hat wenig mit gewöhnlicher Selbstsucht zu tun, die nur ihren eigenen Vorteil im Sinn hat.«

»Du hast dir ein Bild von mir gemacht, das vielleicht gar nicht stimmt.« Harriet lächelte. »Verwechsle mich nicht mit dem, was du dir wünschst, Thor. Ich bin eine freie Frau« – sie seufzte – »aber ich liebe dich tatsächlich.« Sie senkte ergeben den Kopf, doch ich ließ mich nicht täuschen. Harriet hatte nichts Ergebenes oder Unterwürfiges.

»Glaub mir, Harriet, jeder, der ehrlich mit sich selbst ist, weiß im tiefsten Innern seines Herzens, was ihn wirklich frei macht oder der

Freiheit beraubt, was ihn wahrhaft glücklich macht oder sein Glück zerstört. Es ist nur eine Frage dessen, ob man richtig zuhört!«

»Ich höre zu«, sagte sie ruhig.

»Mir oder Thance?« fragte ich ebenso ruhig.

»Dir. Ich kenne den Unterschied zwischen dir und Thance. Du siehst mich mit seinen Augen an, du sprichst zu mir mit seiner Stimme, aber ich kenne den Unterschied trotzdem.« Sie sah mich neugierig an. »Die Frage ist, kennst du den Unterschied zwischen mir … und mir? Kennst du den Unterschied zwischen Schwarz und Weiß?«

Wir gingen am Rand des Hügels entlang, von wo aus wir einen guten Blick in das weite Tal mit seinem saftigen Grasland hatten. Riesige Flamingoschwärme, die in dem majestätischen afrikanischen Licht wie korallenfarbene Verzierungen wirkten, hatten sich in der feuchten Ebene niedergelassen. Harriet blieb stehen und beendete mit einer Bewegung ihres Strohhutes, den sie die ganze Zeit in der Hand gehalten hatte, unser Gespräch.

Aber ich war bereits zur Ruhe gekommen. Sie hatte akzeptiert. Ich wurde von so intensiven Gefühlen übermannt, daß mir schwindelig wurde.

Obschon ich fest mit meinen Füßen auf dem Boden stand und die afrikanischen Steppen und Sumpfgebiete vor mir sah, die am Horizont in dunkle Wälder und nebelumhüllte Berge übergingen, hatte ich das Gefühl, aus mir herauszutreten, so als sei mir ein zweiter Körper gegeben worden, mit dem ich ein neues Leben beginnen konnte.

»Warum bist du so anders, Harriet?« fragte ich, während ich stehenblieb, um einem Adler nachzusehen, der wie eine Peitsche über unsere Köpfe hinwegflog. Und wie ein Schlag dieser Peitsche drehte sie sich plötzlich um, ihr Gesicht kreidebleich.

»Weil ich die Primaballerina und zugleich die Choreographin bin«, sagte sie mit einem Anflug von Stolz. In ihren traurigen Augen spiegelte sich die grüne afrikanische Landschaft, die sie umgab. Dann hielt sie mir ihre Handflächen hin. »Das bin ich.«

Ich ergriff die blassen Fingerspitzen, hielt sie in den Händen und küßte jede einzelne. Ich wußte, es würde noch lange dauern, bis wir uns in die Arme nehmen würden.

Ich, William John Theodore Wellington, sechsundvierzig Jahre alt, geboren am 10. März 1800, weißer Amerikaner, Chemiker und Apotheker, habe am 3. November 1844 in Philadelphia, in Gegenwart unserer Familien, ihrer Söhne Sinclair, Beverly, Madison und James Wellington und deren Schwestern Jane und Ellen, meiner Schwestern Lividia und Tabitha, meine Schwägerin, die Witwe Harriet Petit Wellington, geheiratet. Zur gleichen Zeit habe ich das jüngste Kind meines Bruders, Maria Elizabeth Wayles Wellington, das erst nach seinem Tod am 3. Oktober 1843 geboren wurde, als meine Tochter und Erbin adoptiert.

William John Theodore Wellington

1856

Der kälteste Winter

✧

Ein Wiedersehen mit dem Konservatorium

✧

Bewegliche Habe

✧

John Browns Hinrichtung durch den Strang

✧

Kriegsausbruch

✧

Adieu

✧

Konterbande

✧

Antietam

✧

Die eidesstattliche Erklärung des Präsidenten

✧

Das besonnene Urteil der Menschheit

✧

Robert E. Lee

28

Wenn nicht etwas getan wird, dann werden wir die Mörder unserer Kinder sein.

THOMAS JEFFERSON

Es war der kälteste Winter seit Menschengedenken. Die ganze Stadt ächzte unter dem grausamen Joch eines arktischen Frostes, der von Kanada aus immer weiter nach Süden vordrang. Seen, Flüsse und sogar der Hafen waren zugefroren, und selbst Hunderte von Schlittschuhläufern und von Segeln getriebenen holländischen Schlitten konnten die dicke Eisschicht nicht zum Bersten bringen. Die neue Hängebrücke, die den Schuylkill River überspannte, wankte unter der Last zahlloser bizarr geformter Eiszapfen und schimmerte in dem bläulichen Licht des Nordens, oberhalb des sechsunddreißigsten Breitengrades, der die Vereinigten Staaten in Nord und Süd, Sklaven und Freie teilte, wie ein gespenstisches, frostbehangenes Mahnmal. Die *Rachel* lag wie eine Gefangene im Hafen von Philadelphia fest, in der Kälte erstarrt, von Eiskristallen bedeckt, ihre goldenen Lettern von kleinen Eiszapfen umsäumt und ihre Reling, die Taue und die Planken salzverkrustet.

Ich starrte auf die schwarzen Fensterscheiben, die mich von der dunklen Außenwelt trennten; ruhelose Kräfte schienen draußen umherzuirren, die wie kleine Metallsplitter von einem mächtigen Magneten angezogen wurden. Blind bewegten sie sich auf seine hufeisenförmigen Arme zu, lösten sich auf und formierten sich wieder wie eine Armee marschierender Soldaten. Ich hatte die Vorhänge nicht zugezogen, so daß das Licht der Kerosinlampe wie der Strahl eines Leuchtturms durch die mit verschlungenen Eisblumen bedeckten Fenster in den Hof fiel, wo es sich brach, gegen den Himmel geworfen wurde und diese gräßlich eisige Wand wie eine Lanze durchstach. In dem Wintergarten, den wir im hinteren Teil unseres Hauses angebaut hatten, war es wohlig warm, in dem schwedischen Kachelofen bullerte ein gemütliches Feuer. Die Wärme, die die feinen, blauweiß bemalten Kacheln ausströmten, verleitete die Farne, Gummibäume und Palmen zu der Annahme, sie befänden sich nicht in einem beinahe arktischen Klima, sondern am Äquator, irgendwo in der Wildnis um den dreißigsten Breitengrad, wo wir vor dreizehn Jahren Thance und Abraham zurückgelassen hatten.

Ich breitete meine Noten aus, eine von Franz Liszt angefertigte Transkription der italienischen Oper *Norma* von Bellini, und griff in die blanken Elfenbeintasten meines Pleyel-Pianos, meines kostbarsten Besitzes. Die Musik erfüllte den Raum, und die Akkorde waren Ausdruck der inneren Konflikte Normas, die sich in der Schlußszene der Oper hin- und hergerissen fühlte zwischen ihren Pflichten als Hohepriesterin und ihren Gefühlen als Frau. Während meine Finger über die Tasten flogen, ertönten die schmerzvollen, eindringlichen a-Moll-Passagen des *Più lento*, gingen über einen Wechselgesang mit dem tiefen Baß des *Padre tu piagi*, »Vater, du weinst«, und kulminierten schließlich in dem anklagenden *Guerra, guerra*. Ich sprach und sang mit dem Piano, redete ihm zu, forderte es heraus und verführte es, summte Liszts virtuose Melodien, folgte den schwarzen Soldaten, die in Formation zielsicher und unbeirrt über das Notenblatt marschierten. Einen Augenblick lang schloß ich die Augen, während meine Finger leicht und sanft das Thema des *Padre tu piagi* wiederaufnahmen. »Vater, du weinst«, sang ich mit verhaltener Stimme, als die Melodie sich dem Ende näherte, während meine Halsmuskeln und meine Schultern sich entspannten und mit der Musik lösten. Mir standen die Haare zu Berge, meine Augen leuchteten hinter meiner Goldrandbrille. Es war zu warm in dem Wintergarten, Schweiß perlte mir auf Nase und Stirn. Die Hände auf den Klaviertasten waren nicht mehr die eines jungen Mädchens, sie waren von Altersflecken gezeichnet, und blaue Adern hoben sich auf der Haut ab, die trotz aller meiner Pflege mit Salben und Cremes rauh war. Aber sie hatten noch Kraft, die Finger waren immer noch lang und schmal. An meiner linken Hand leuchteten meine beiden Eheringe im Licht der Kerosinlampe.

Independence IV., die Tochter von Beauty, wachte zu meinen Füßen auf, als ich mich zurücklehnte, um die letzten Akkorde *presto con furia* erschallen zu lassen. Ich ließ meine Hände noch auf den Tasten ruhen, während die Musik verebbte und ich diese letzten glücklichen Momente auskostete. Es war ein wunderbares virtuoses Stück von fünfzehn Minuten Länge, das ich nie wagen würde, vor einem anderen Publikum als meiner Familie zu spielen, dessen a-Moll-*Più lento* jedoch die erhabenste Klavierpassage war, die ich kannte. *Guerra.* Krieg.

Draußen vor den Fenstern sammelten sich Kräfte, die das Wort *Krieg* neu prägen würden. Selbst der Himmel hielt den Atem an und rationierte seine Wolken voller weißer, träger Flocken, die schon bald vom Himmel fallen und alles bedecken würden. Wahrscheinlich war ich aufgrund des privaten Krieges um meine doppelte Identität, den ich seit so langer Zeit ausfocht, in der Lage, den Krieg zu riechen, lange, bevor er ausbrach.

Wie auf einer Bühne bildete meine weiße Familie hinter mir einen Halbkreis verschwommener, vertrauter Schatten, die sich gegen das Licht abhoben. Weihnachten war vorbei, und der Neujahrstag stand kurz bevor, aber der Christbaum stand immer noch da, beladen mit Girlanden und Schmuck und hübschen Ornamenten, die von Jahr zu Jahr aufgehoben wurden. Sie waren wie das Leben, dachte ich, lauter unbedeutende, glitzernde Ornamente, auf eine Weise aneinandergereiht und drapiert, die man als schön bezeichnen konnte. Als ich mich auf meinem Klavierstuhl abrupt umdrehte und dabei den Hund erschreckte, strahlte Maria mich glücklich an.

»Mama, das war phantastisch. Wie schön, daß wir, dank Mr. Liszt, Norma in unserem Haus begegnen können.«

»Er hat das Stück Marie Pleyel gewidmet.«

Ich lächelte meiner mittleren Tochter, Jane-Elizabeth, zu, die so schön war wie die Tante, nach der ich sie genannt hatte. Sie war eine gute Musikerin und eine liebevolle, wenn auch etwas konventionelle Tochter. Mit ihrem hochgesteckten Haar, das von einer schwarzen Samtschleife gehalten wurde, wirkte sie älter als dreiundzwanzig. Ihre ruhige, konzentrierte, folgsame Art verlieh ihr einen eigenen Charme, und ihre verschlossene Schönheit umgab sie mit einer dramatischen Aura, die ihrer natürlichen Veranlagung keineswegs entsprach. Sie hatte gelernt, diesen Effekt mit Hilfe von burgunderroten, schwarzen, dunkelvioletten und tannengrünen Kleidern zu unterstreichen. In wenigen Monaten würde sie einen Armeechirurgen heiraten, der sich gerade mit seiner Truppe in Wyoming aufhielt. Mein Sohn Beverly war fünfundzwanzig, alt genug, so ging es mir wie eine Litanei ständig durch den Kopf, um fortzulaufen. Auch Beverly erinnerte mich an den Bruder, nach dem ich ihn genannt hatte: er war die Anständigkeit in Person, mit einem eisenharten Ehrgeiz und festen Willen, der sein galantes, beinahe südlich anmutendes Auftreten Lügen strafte. Mit seinem rotblonden Haar, seinen grauen Augen und dem sommersprossigen Gesicht war er außer mir der einzige wirklich Hellhäutige in unserer Familie. Beverly sah mir sehr ähnlich, aber vor allem glich er seinem Großvater. Seine Stimme war hoch und mädchenhaft geblieben, und er hatte dasselbe Lachen. Von klein auf war er stets damit beschäftigt, irgend etwas zu reparieren, etwas auseinanderzunehmen und wieder zusammenzusetzen und irgendwelche Pflanzen zu züchten. Mit acht Jahren erfand er eine Miniaturdestille, als er zehn war, hatte er bereits den größten Teil der Flora und Fauna um das Landhaus seiner Großmutter gesammelt und katalogisiert. Er würde ein guter Arzt werden. An der Universität von Pennsylvania hatte er 1855 seinen Dr. med. erworben. Eines Tages brachte er einen Kommilitonen namens John Hill Callender mit nach Hause. Das Schicksal wollte es, daß er der Enkel James T. Callenders war, der Nemesis meiner Eltern. Ich starrte die beiden jungen Männer an, die in jeder Hinsicht unschuldig waren.

Wir vergeben niemals jenen, denen wir Unrecht getan haben …

Während John Hill sich über meine Hand beugte, fragte ich mich, welcher von den dreien sich wohl am heftigsten im Grabe umdrehen würde … John Hill Callender war auch noch mit einer Großnichte von Thomas Jefferson verlobt … mit meiner Großnichte.

Ich wollte im Moment nicht darüber nachdenken, ich wollte darüber nachdenken, wenn ich etwas ruhiger war.

Die zwanzigjährigen Zwillinge saßen neben ihrer Schwester. Madison und James sollten bald aufs College gehen. William John

Madison und William John James waren beide groß, schlaksig und sportlich. Sie waren für ihr Alter erstaunlich besonnen, und ihre offene, heitere Art schien das Markenzeichen ihrer gelassenen, rationalen, zurückhaltenden Charaktere zu sein. Sie sahen ihrem Vater und dessen Zwillingsbruder, Thor, auffallend ähnlich. Sie hatten den gleichen dunklen Teint und schwarze Augen mit kleinen goldenen Sprenkeln. Im vergangenen Jahr waren sie enorm in die Höhe geschossen und wußten noch nicht so recht mit ihren Körpern umzugehen, sie schienen noch hin- und hergerissen zu sein zwischen der ruhigen Selbstverständlichkeit junger Männer und kindlicher Ausgelassenheit.

Sinclair, mein Ältester, wohnte nicht mehr bei uns. Er hatte vor drei Jahren geheiratet und lebte ein paar Häuserblocks von uns entfernt, kam jedoch häufig am Abend zu Besuch. Er war der erste Arzt in unserer Familie, und Thor war überaus stolz auf ihn. Schließlich war Thor es gewesen, der seine Intelligenz und seinen Ehrgeiz gefördert hatte, eine seltene Kombination von intellektueller Disziplin und künstlerischer Intuition. Tatsächlich waren sich alle darüber einig, daß Sinclair ein Wissenschaftler und gleichzeitig der Dichter und Intellektuelle der Familie war. Fast übertrieben ernst und melancholisch, ähnelte er meinem Bruder Thomas Woodston mehr als irgendein anderer naher Verwandter oder auch seine Brüder und Schwestern, die ihn langweilig fanden. Aber er hatte auf seine ruhige Art etwas Verführerisches und einen ganz eigenen, boshaften Humor, der bei all seiner Konventionalität so scharf war wie sein Skalpell.

Maria saß auf dem Boden neben Thor. Sie war ein vielversprechendes zwölfjähriges Mädchen, das immer noch seinen Babyspeck hatte. Ihr rundes, noch unfertiges Gesicht ließ erahnen, daß sie einmal zu einer großen Schönheit heranwachsen würde, und ihr Verstand zeigte bereits jetzt so kompromißlose und zugleich phantasievolle, burleske Züge, die von einer extremen Intelligenz, wenn nicht gar von Genie zeugten. Sie stand unter dem wachsamen Auge von Thor, denn er sah in ihr einen außergewöhnlichen Intellekt vereint mit künstlerischem Talent, eine Kombination, die den wahren Intellektuellen ausmacht.

Ich hatte mit meinen Kindern Glück gehabt. Maria und Madison schienen dazu bestimmt zu sein, Großes zu leisten. Ellen, meine älteste Tochter, war ebenfalls verheiratet und lebte mit ihrem Mann und zwei Kindern in der Nähe von Terrytown in Bucks County. Ich war also auch eine Großmutter.

Meine Röcke zeichneten Kreise auf dem Teppich, während ich mich auf meinem Pianohocker hin und her schwang. Ich nahm meine Brille ab und zog mein Taschentuch aus dem Ärmel, um sie zu putzen. Als ich mich noch einmal auf meinem Hocker drehte, berührte James' Dolch mein Knie. Ich lächelte. Würde ich mich niemals frei genug fühlen, um meinen Dolch abzulegen? Würde ich niemals meinen Frieden schließen mit ... ich schaute meine geliebte und liebende Familie an. Meine weiße Familie. Ich rückte meine Brille zurecht.

»Möchtest du gern etwas spielen, Maria?« fragte ich.

»Nein, Mutter. Ich finde, dein Konzert ist nicht zu übertreffen.«

»Du brauchst mich nicht zu übertreffen, Maria.«

»Es wäre nur langweilig.«

»Das wäre es nicht«, sagte Thor. »Ich habe gehört, deine Lehrer sind mehr als zufrieden mit deinem Spiel. Sie meinen, du hättest durchaus das Talent, eine gute Musikerin zu werden.«

»Das wäre eine Möglichkeit, wenn es Frauen gestattet wäre, in einem Symphonieorchester zu spielen, Papa. Doch das ist es nicht.«

»Aber in Europa ist das anders«, sagte ich. »Nur die Vereinigten Staaten sind so rückständig in diesen Dingen.«

»Trotzdem werde ich es nie bedauern, Musikunterricht genommen zu haben«, fuhr Maria fort, »selbst wenn ich nie mehr daraus machen werde, als eingebildeten Kindern Klavierstunden zu geben.«

»James, würdest du bitte die üble Angewohnheit ablegen, die Zigarren deines Vaters zu rauchen? Es ist ungesund!«

»Ja, Mutter.«

»Komm, und gib mir einen Kuß.«

»Ja, Mutter«, wiederholte er zögernd.

Während ich meinen Sohn fest in den Armen hielt, meinen aufgewecktesten, meinen Lieblingssohn, und den süßen Duft junger Männlichkeit einatmete, sah ich zu Thor hinüber, meinem Geliebten, meinem Gatten, meinem Anker, dem Vater meiner vaterlosen

Kinder, dem einzigen, der mich in der Welt, in der ich lebte, vor dem Wahnsinn bewahrte.

Thor blickte auf und lächelte. Er war immer noch ein gutaussehender Mann. Der graumelierte Bart, den er neuerdings trug, rahmte immer noch dieselben schwarzen Augen unter ihren dicken, geschwungenen Augenbrauen ein, dieselben hohen Wangenknochen, denselben dunklen Teint, der inzwischen von der vielen Sonne für immer gebräunt blieb. Nach jener Reise nach Kapstadt, die ich unternommen hatte, um Thance' Grab zu sehen, war ich nie wieder dorthin zurückgekehrt. Thor jedoch hatte meinen Bitten nicht nachgegeben und seine Expeditionen fortgesetzt, wenngleich er aufgrund der Verantwortung, die er gegenüber den Kindern seines Bruders empfand, die Reisen wesentlich abkürzte. Ab und zu begleitete Sinclair ihn. Und jedesmal, wenn sie hinüberfuhren, besuchten sie Ladysmith, und jedesmal schickte Sinclair mir zarte Aquarelle von diesem grasbewachsenen Hügel in Afrika.

Thor konnte nun auf lange Jahre der Forschung zurückblicken. Das Material, das er zusammengetragen hatte, reichte aus für Hunderte von Studien, ohne daß er noch eine Fahrt ans Kap hätte unternehmen müssen. Das Labor beherbergte Tausende von Proben, und es wurden ständig zahllose Experimente durchgeführt. Er hatte sogar in London eine posthume Ausgabe von Thance' Aufzeichnungen und Studien über Fingerabdrücke veröffentlicht. Der schmale Band stand in der Bibliothek neben Francis Galtons Standardwerk über Anthropologie und Kriminalistik, das im selben Jahr erschienen war. Oft küßte er meine blanken Fingerspitzen, ohne jedoch den Unfall jemals zu erwähnen. Ich fragte mich, ob er während dieser letzten vierzehn Jahre je daran gedacht hatte. Alle anderen, die sich noch daran erinnern könnten, waren tot, außer Thenia.

Inzwischen führten Eisenbahngeleise durch unser Lagerhaus, und ein mit den Waren der Firma Wellington Drugs gefüllter Waggon wurde von einer Dampflok nach Westen bis Illinois und nach Südwesten bis Arkansas befördert. Arkansas war im Jahre 1836 zum Sklavenstaat geworden, während Iowa 1846 sich den freien Staaten angeschlossen hatte. Fünfzehn freie und fünfzehn Sklavenstaaten gehörten zur Union. Über die Aufnahme von Missouri, Oklahoma und

Nebraska war erbittert gestritten worden, und als Resultat hatte man schließlich den sogenannten Missouri-Kompromiß geschlossen. Die bevorstehende Aufnahme von Kansas in die Union würde das delikate Gleichgewicht zwischen freien und Sklavenstaaten ins Wanken bringen. Dies war das Gesprächsthema in unserer Familie, wie überall in Amerika, einem Land mit dreiundzwanzig Millionen Einwohnern, von denen vier Millionen Sklaven waren. In South Carolina und Mississippi waren die Sklaven in der Überzahl, und in Louisiana war die Anzahl von Sklaven und Freien gleich. In Alabama waren etwa drei Siebentel der Bevölkerung Sklaven. Nördlich von Charleston waren es sogar achtundachtzig Prozent, und an der Küste von Georgia achtzig. In Zentralalabama waren es siebzig Prozent, und entlang des Mississippigürtels kamen auf einen Weißen neun Sklaven. Unter einer Bevölkerung von sechs Millionen Weißen im Süden waren nur fünf Prozent Sklavenhalter, wobei die meisten Sklaven drei- oder viertausend Familien gehörten. Diese aristokratische Oberschicht, der auch mein Vater angehört hatte, besaß das beste Land, in ihre Taschen flossen drei Viertel des gesamten Einkommens, und sie hielten die kulturelle und politische Macht in Händen.

Die alte Streitfrage um die Sklaverei in diesen Gebieten war von Kansas und Nebraska erneut aufgeworfen worden. Nach den Bedingungen des Missouri-Kompromisses war die Sklaverei in diesem weiten, fruchtbaren, menschenleeren Land oberhalb des sechsunddreißigsten Breitengrades verboten. Kansas und Nebraska grenzten an Missouri, das wahrscheinlich auch zu einem freien Staat werden würde. Ein neues Gesetz, das den Missouri-Kompromiß abschaffte und die Anhänger der Abolitionistenbewegung in Rage versetzte, war im Kongreß verabschiedet worden. Nach diesem Gesetz war es Neusiedlern in Kansas und Nebraska erlaubt, Sklaven zu halten und sich mit oder ohne Sklaven der Union anzuschließen. Den Territorien Utah und New Mexico war es freigestellt, sich für oder gegen die Sklaverei zu entscheiden, obgleich New Mexico unterhalb des sechsunddreißigsten Breitengrades gelegen war. Daß diese weit im Westen gelegenen, jungfräulichen Präriegebiete für die Sklaverei geöffnet wurden, erschien Millionen von uns Nordstaatlern als unverzeihlich.

Und dann rüttelte ein merkwürdiger und undurchsichtiger Fall vor dem Obersten Gerichtshof das nationale Gewissen auf: *Scott gegen Sandford.* Die skandalöse Entscheidung des Gerichts für die Seite der Sklavenhalter hatte die Schlinge um den Hals der Sklaven noch enger gezogen und den Sklavenbesitzern neue Macht verliehen, ihr aufmüpfiges »Eigentum« zu verfolgen, wieder einzufangen und unter Kontrolle zu halten. Sie hatte nicht nur die Freiheiten freier Schwarzer sowohl im Norden als auch im Süden beschnitten, sondern ebenfalls die der Weißen in den Nordstaaten, die mit der Sklavenhalterei nichts zu tun haben wollten.

Der über sechzigjährige Dred Scott war fast sein ganzes Leben lang Sklave eines Militärarztes namens John Emerson gewesen, der ihn nach Fort Snelling, im freien Staat Illinois, oberhalb des sechsunddreißigsten Breitengrades mitgenommen hatte. In Fort Snelling hatte Scott eine von Emersons Sklavinnen geheiratet, mit der er ein Kind besaß, das nach den Bestimmungen des Missouri-Kompromisses frei geboren war. Als nach Emersons Tod dessen Witwe die Sklaven erbte, hatten Freunde Scott geraten, unter Berufung auf seine langjährige Ortsansässigkeit in einem freien Staat vor Gericht seine Freiheit einzuklagen. Elf Jahre später hatte sich der simple Prozeß um seine Freiheit zu einem Aufschrei der Sklaverei entwickelt und wurde vor dem Obersten Gerichtshof verhandelt.

1857 entschied das Gericht, daß Dred Scott sowohl von der Verfassung als auch von allen in ihr garantierten Rechten ausgeschlossen und darüber hinaus kein Bürger der Vereinigten Staaten sei. Das »Alle Menschen« in der Unabhängigkeitserklärung meines Vaters schloß Neger nicht ein, sie gehörten nicht zu jenen, die von Gott »gleich« geschaffen waren. Was diesen Punkt betraf, so argumentierte das Gericht, sei nicht von der Hand zu weisen, daß Neger zu dem Zeitpunkt, als die Unabhängigkeitserklärung verfaßt wurde, als minderwertige Wesen betrachtet wurden – und zwar in einem Grade minderwertig, daß sie keinerlei Rechte besaßen, die ein Weißer zu achten hatte. Die Richter entschieden, daß die langjährige Ortsansässigkeit Dred Scott nicht zu einem freien Bürger mache, weil die Aufhebung der Sklaverei gegen die Verfassung verstoße. Sie waren zu dem Schluß gekommen, daß sowohl die Sklaverei als auch der Besitz der Sklavenhalter in allen Staaten durch die Verfassung legitimiert seien. Von diesem Zeitpunkt an war die Verfassung eine Verfassung der Sklavenhalter. Und der Norden schrie: »Niemals!«

Der Name Dred Scott war an jenem Abend in unser aller Munde.

»Ich kann nicht beweisen, daß das Urteil im Fall Dred Scott Teil einer Verschwörung ist, die sich zum Ziel gesetzt hat, die Sklaverei auf alle Staaten auszudehnen, aber wenn ich eine Menge Holzbalken sehe, von denen ich weiß, daß sie von verschiedenen Handwerkern zu verschiedenen Zeiten zusammengefügt worden sind – etwa von Stephen Douglas, Franklin Pierce, Roger Taney und Präsident Buchanan –, und wenn ich sehe, daß diese Balken zusammen eindeutig ein Haus ergeben, dann kann ich genau wie Abraham Lincoln nicht umhin zu glauben, daß all diese ambitionierten Zimmerleute nach einem gemeinsamen Plan vorgegangen sein müssen, daß sie nämlich versuchen, die Sklaverei mit allen Mitteln zu fördern, bis sie in *allen* Staaten, im Norden wie im Süden legalisiert wird.«

Thor war dabei, die Zeitung zu überfliegen, die Sinclair ihm mitgebracht hatte.

»Die Befürworter der Sklaverei manipulieren den Präsidenten«, sagte Sinclair, »und sitzen in allen Ämtern. Sie führen nicht nur drei Viertel ihrer Sklaven als Wähler auf, was ihnen gestattet, die meisten Wahlmänner zu stellen, und ihre Vertretung im Senat und im Kongreß verstärkt, nein, ich glaube, sie haben sich zum Ziel gesetzt, die Sklaverei per Beschluß des Obersten Gerichtshofes auf alle Staaten auszudehnen. Und um dieses Ziel zu erreichen, werden sie den Missouri-Kompromiß und jedes unserer Gesetze, das die freien Territorien schützt, Stück für Stück aushöhlen.«

»Kein Gericht würde so eine Dummheit wagen!« rief ich aus.

»Kein Gericht? Und was ist mit den eben gesetzten Schritten, die zu dem Henkersurteil über Dred Scott geführt haben? Was ist damit, daß sie den Präsidenten mundtot gemacht und den Obersten Gerichtshof fast ausschließlich mit Südstaatlern besetzt haben? Was ist mit dem Erlaß über das Einfangen von flüchtigen Sklaven und mit dem Kansas-Nebraska-Erlaß? Und was wird als nächstes kommen?« Ich sah ihn erwartungsvoll an. »Ich werd's dir sagen, Mutter«, fuhr Sinclair fort. »Der Süden strebt den Anschluß der Sklavengebiete Kuba und Haiti an und will den Sklavenhandel auf dem

Weltmarkt wiederbeleben. Wenn der Sklave im Süden als bewegliche Habe gilt, warum dann nicht auch in den freien Staaten?«

»Das würde bedeuten, daß ein Sklavenhalter seine ›bewegliche‹ Habe gegen unseren Willen überall in die Nordstaaten mitnehmen kann«, sagte ich.

»Das Scott-Urteil hat die Sklaverei bereits in die Schutzgebiete eingeführt, meine Liebe. Ich fürchte, der nächste Schritt wird sein, sie in allen Staaten des Nordens zu etablieren«, sagte Thor. »Im Namen des Gesellschaftsvertrags sollen wir uns damit abfinden, daß jedem, der das möchte, das Recht zusteht, Sklaven zu halten – daß der Neger keinen noch so geringen Anteil an der Unabhängigkeitserklärung hat«, fuhr Thor fort. »Diese Vorstellung ist dabei, unser moralisches Empfinden zu vernebeln, und wir werden darauf vorbereitet zu akzeptieren, daß die Institution der Sklaverei auf ewig in unserer Nation verankert wird.«

»Sie wird nie wie ein Vergehen behandelt«, fügte ich gereizt hinzu. »Mit welcher anderen Sache, die wir als Vergehen ansehen, wird auf diese Weise verfahren? Vielleicht *nennt* man die Sklaverei ein Vergehen, aber Präsident Buchanan würde das nie tun. Man legt sich mit jedem an, der behauptet, Sklaverei sei unrecht. *Hier* darf man nichts über die Sklaverei sagen, weil sie nicht *hier* ist. *Dort* darf man nichts über sie sagen, weil sie dort *ist.* Ich kann damit nicht leben.«

»Aber was«, fragte Thor gequält, »was wird dann aus der Union?«

»Die Union wird gespalten«, sagte ich.

»Lieber soll die Spaltung durch Gewalt vollzogen werden, als daß wir uns der Macht der Sklavereibefürworter unterwerfen«, fügte Thor mit solchem Nachdruck hinzu, daß seine Stimme im Raum nachhallte.

»Wer hat dich denn zu einem Republikaner gemacht, der für die Rechte der Schwarzen eintritt?« fragte ich lachend.

»Du«, erwiderte er liebevoll.

Für mich hat der Sezessionskrieg immer mit dem Dred-Scott-Urteil begonnen. Es war Dred Scott, der die Weißen zwang zuzugeben, daß sie alle Neger, ob frei oder unfrei, als Flüchtlinge betrachteten, als einen Teil der Bevölkerung, der ohne Land und ohne Rechte war. In Amerika war schwarz gleichbedeutend mit »flüchtig«.

Alle Schwarzen in Amerika waren Flüchtlinge. Sie waren ein Volk von Flüchtlingen, stets bereit, ins Nichts abzutauchen, sich unsichtbar zu machen, immer auf der Flucht, mußten ständig Zäune, Grenzen und Farbschranken überwinden: eine Rasse, die sich nirgendwo ansiedeln konnte, für die es keinen Ort gab, an dem sie nicht Gefahr lief, verscheucht, gejagt, mißhandelt oder versteckt zu werden, wo man sie nicht ignorierte, ablehnte und mißachtete. Und vielleicht, weil ich in Feindesland lebte, sah ich das alles deutlicher als dunkelhäutigere Neger – als Thenia oder Raphael – oder als weiße Amerikaner wie Thor und meine Kinder.

Meine eigene innere Spaltung ließ mich Dinge wahrnehmen, die meine weiße Familie nicht erkannte – wir waren eine Nation von Flüchtlingen: Iren, Deutsche, Italiener und Schweden. Alle waren sie auf der Flucht vor irgend etwas, alle auf der Suche nach den Idealen meines Vaters. Aber nur die schwarzen Flüchtlinge wurden in ihrem eigenen Land als Feinde betrachtet. Die flüchtigen Europäer wurden nach einer Generation zu waschechten Amerikanern, während auch zweihundert Jahre Ansässigkeit in diesem Land noch keinen Schwarzen zu einem waschechten Amerikaner machten.

Doch dann begab sich das Ereignis, das die gesamte Nation elektrisierte: John Browns Überfall auf das Bundesarsenal von Harpers Ferry. John Brown war ein weißer Radikaler und militanter Abolitionist, der »Stimmen« hörte, denen er folgte. Er hatte bereits in Kansas einen Guerillakrieg gegen die Sklaverei angeführt. Indem er Land besetzte, das der Regierung gehörte, wollte er einen allgemeinen Sklavenaufstand anzetteln, dessen Hochburg in den südlichen Bergen von Kansas entstehen sollte.

Am späten Abend des 14. Oktober 1859 begann er zusammen mit seinen Söhnen und einer kleinen Gefolgschaft, diesen Plan in die Tat umzusetzen, und besetzte die Stadt. Allerdings tauchte die Armee aufständischer Sklaven nie auf, und zwar einfach deshalb, weil er ihnen keine Anweisungen gegeben hatte – es gab keinen Schlachtplan, keine Ausrüstung, keine Fluchtwege. Der Aufstand wurde von einem Colonel namens Robert E. Lee niedergeschlagen. Zehn Mitglieder von Browns Gruppe, darunter drei seiner Söhne, wurden dabei getötet, während John Brown selbst gefangen genommen und am 2. Dezember 1859 gehängt wurde. Als ich zu Bett ging, zog ich die Decke über meinen Kopf und wandte dem schlafenden Thor den Rücken zu. Wenig später legte er mir seinen Arm um die Taille und zog mich an sich. Er schmiegte seinen Kopf in meinen Nacken und seufzte zufrieden. Es war eine Geste der Zärtlichkeit, Vertrautheit und Unschuld. Aber in jener Nacht empfand ich nichts dergleichen.

Der Bürgerkrieg stand kurz bevor. Man konnte ihn in der angespannten, erstickenden Atmosphäre im Land regelrecht spüren. Man hörte ihn an dem hysterischen Geschrei der Menge bei politischen Versammlungen. Der Krieg war wie eine Flutwelle, die von einer unsichtbaren Wand aufgehalten wurde; schon ein Flüstern konnte den Zusammensturz auslösen. Und dann würde etwas Größeres, etwas Bedeutenderes entstehen.

Nach der Wahl Lincolns zum Präsidenten setzte sich im Süden die Überzeugung durch, daß man sich gewaltsam von der Autorität der Bundesregierung lösen mußte. Weniger als drei Monate nach seiner Amtseinführung wurde die Konföderation der Amerikanischen Staaten gegründet, man entwarf eine Verfassung und wählte Montgomery in Alabama als Regierungssitz. Als erstes sagten sich South Carolina, Georgia, Florida, Alabama, Mississippi, Louisiana und Texas von der Union los. Dann folgten Virginia, North Carolina, Tennessee und Arkansas.

Während Lincoln sich mehrere lange, quälende Monate lang unschlüssig verhielt, versuchten diejenigen Teile der Presse der Nordstaaten, die die Sklaverei befürworteten, gemeinsam mit der Klasse der Kaufleute und Industriellen den Frieden zu erkaufen, indem sie dem Süden ein Zugeständnis nach dem anderen machten. Der Süden beschränkte seine kriegerischen Aktivitäten zunächst auf Drohungen und Proklamationen sowie darauf, Kokarden zu tragen und Fächerpalmen, Klapperschlangenflaggen und Tausende von Kanonen zur Schau zu stellen. Bis zu dem Tag, an dem Präsident Lincoln sich entschloß, Nachschub nach Ford Sumter zu entsenden, wo Major Anderson und seine Garnison von den Konföderierten belagert wurde und die Aufständischen zum erstenmal die amerikanische Flagge beschossen. An diesem Tag änderte sich alles.

Madison und James kamen wie lebende Kanonenkugeln in das Büro des Komitees zum Schutz freier Schwarzer geschossen und brachten uns die Neuigkeiten. »Die Rebellen haben Fort Sumter beschossen! Lincoln hat den Krieg erklärt! Es steht alles in der Zeitung!« Das war am 12. April 1861.

Gott sei Dank, dachte ich. Am Ende hatten die Sklavenhalter selbst dafür gesorgt, daß die Sache des Abolitionismus nicht unterging. Unsere größte Gefahr hatte in den unfaßbaren Zugeständnissen gelegen, die Präsident Lincoln den Sklavenstaaten und den Grenzstaaten gemacht hatte, um den Frieden zu erhalten. Er hatte sie praktisch auf Knien angefleht, in das Bündnis zurückzukehren. Er hatte ihnen versprochen, die Sklaverei in den konföderierten Staaten unangetastet zu lassen; alles sollte so bleiben, wie es war. Er hatte den Grenzstaaten versprochen, die Union zu erhalten und die Sklaverei gemäß den Artikeln in der Verfassung zu schützen.

»Ich vergieße keine Träne darüber, daß Fort Sumter gefallen ist«, sagte ich. »Sie haben ihre eigenen Geschütze vernagelt. Sie haben den Kompromißlern in die Beine geschossen und jeden dazu gezwungen, sich zu entscheiden, ob er ein wahrer Patriot oder ein Verräter sein will, der die Sklaverei befürwortet. Gott sei gepriesen«, sagte ich an jenem Tag zu Emily Gluck vor dem Büro des Komitees. »Lincoln kann nicht die Union retten, indem er die Sklaven opfert, weil es keine Union mehr zu retten gibt.«

Ich sah Emily an. »Der Süden war nicht gezwungen, das zu tun«, fuhr ich fort. »Die Regierung hielt sich wohlwollend zurück. Sie behandelte den Verrat des Südens wie eine exzentrische Schrulle, die in ein paar Monaten vergehen würde, wenn man nur Geduld bewies. Aber all das hat sich nun geändert. Gott sei Dank.«

»Ach, Harriet, unsere nationale Sünde hat uns eingeholt! Es ist keine ausländische Macht, die uns bestrafen will; kein König, der sich durch unseren Wohlstand beleidigt fühlt, hat unseren Untergang geplant: die Sklaverei allein hat das über uns gebracht. Unsere Feinde wohnen in unserem eigenen Haus. Es ist Bürgerkrieg, der schlimmste aller Kriege.«

»Emily hat recht«, sagte Thor an jenem Abend. »Der Süden hat seine Hand gegen die Regierung der Vereinigten Staaten erhoben und sich ihr widersetzt. Zwanzig Jahre lang haben wir alles getan, um zu einer Versöhnung zu gelangen, haben uns bemüht, das Wohlwollen und die Loyalität der Klasse der Sklavenhalter zu gewinnen. Wir haben die Neger verfolgt, das Dred-Scott-Urteil geschluckt und John Brown gehängt. Wir haben die Gesetze für die Schwarzen verschärft, haben Sklavenjägern gestattet, Menschen wie Tiere überall im Norden zu jagen, haben die Gesetze, die die Ausbreitung der Sklaverei verhindern sollten, außer Kraft gesetzt und auf tausend verschiedene Arten unsere Macht und unseren moralischen und politischen Einfluß eingesetzt, um den Aufstieg der Sklaverei zu fördern. Und das ist jetzt unsere Belohnung dafür – die Konföderation kommt mit Schwertern, Musketen und Kanonen, um die Regierung zu stürzen. Die Macht, die wir eingesetzt haben, um den Neger zu vernichten, hat sich gegen die Weißen gewendet. Die Republik hat ein Ende der Kette um die Knöchel des Sklaven und das andere Ende um den eigenen Hals gelegt.«

»Was glaubst du, wie lange wir brauchen werden, um die Rebellen fertigzumachen?« fragte Madison begierig. Aber Thor fuhr fort, als spräche er mit sich selbst.

»Das amerikanische Volk und die Regierung mögen sich vorerst weigern, das einzusehen, aber die unausweichliche Logik der Geschehnisse wird sie schließlich zu der Erkenntnis zwingen, daß der Krieg, der nun über uns gekommen ist, ein Krieg für oder gegen die Sklaverei ist, und daß er erst vorüber sein wird, wenn eine der beiden Seiten vollständig vernichtet ist.«

»Nun, Ma«, sagte James, »dein Wunsch ist in Erfüllung gegangen. Wir werden die Sklaven befreien.«

»Das Schicksal der Republik ist untrennbar mit dem der Sklaverei verbunden, und beide können nur gemeinsam überleben oder untergehen. Der Versuch, die Freiheit der Sklaven vom Sieg der Regierung zu trennen, einen Frieden für die Weißen anzustreben, der die Schwarzen in Ketten beläßt, wäre vergebliche Mühe.«

»Die Konföderation soll verflucht sein!« fiel James ein.

Aber der Ton in Thors Stimme machte mir angst. Es war die

Stimme eines Arztes, der soeben einen Krebs diagnostiziert hatte. Sie war fest, ruhig und voller Mitgefühl, doch zugleich unerbittlich, präzise, überdrüssig, ja grausam. Das war die längste Rede über die Sklaverei, die er je gehalten hatte. Es war die einzige, die er je in Gegenwart meiner Söhne gehalten hatte. Die Zwillinge waren fünfundzwanzig Jahre alt. Alt genug, um fortzulaufen. Alt genug, um zu kämpfen. Alt genug, um zu sterben.

Draußen tanzten die Leute auf der Straße. Die Qual des langen Wartens und der Unschlüssigkeit war vorüber. Wohnhäuser, Geschäfte und Kutschen waren zum Gedenken an den Fall von Fort Sumter mit Flaggen geschmückt, und Philadelphia würde sich schon bald in eine Kriegsstadt verwandeln. Nachdem der Präsident zu den Waffen gerufen hatte, sah man überall Männer exerzieren. Philadelphia stellte sechs Regimenter auf. Ich konnte nicht verhindern, daß Madison, James, Beverly und Sinclair sich freiwillig zu den Truppen meldeten. Sinclair ging zur Marine, während Madison, James und Beverly sich dem Vierundzwanzigsten Kavallerieregiment von Pennsylvania anschlossen, das bald darauf der Potomac Armee zugeschlagen wurde. Raphael Boss wurde nicht zur Armee zugelassen, doch die Marine war gern bereit, ihn auf dem Schoner *S. J. Waring* aufzunehmen. Es dauerte nicht lange, und ganze Regimenter in dunkelblau und hellgrau exerzierten in den Straßen von Philadelphia. Rekrutierungsstellen, Krankenhäuser und der Unionsfreiwilligen-Erfrischungssalon von Philadelphia machten glänzende Geschäfte. Es würde ein kurzer Krieg werden. Neunzig Tage. Es würde ein schöner Krieg werden. Wenn die Yankees dem Süden erst einmal eine gute Lektion erteilt hätten, würde er sich der Union wieder anschließen.

»Ich will Ihnen etwas sagen, Mrs. Wellington«, sagte Thenia. »Wir werden unsere Vettern Sklavenhalter aus Virginia schlagen. Raphael und Sinclair und die Zwillinge und Beverly werden diese lilienweißen Ärsche verprügeln, bis sie um Gnade winseln.«

Und dann warf sie ihren Kopf in den Nacken und lachte, bis ihr die Tränen kamen.

Die Stadt Philadelphia, die in den beginnenden Kriegszeiten

bereits florierte, war wegen des Wirrwarrs von Zuständigkeiten und Gerichtsbarkeiten, die die Polizeiarbeit behinderten und Gangstern wie den Moyamensing Killers leichtes Spiel machten, schon bald nicht mehr regierbar. Einundfünfzig weitere Straßenbanden, in denen sich Heranwachsende und junge Männer zusammentaten, verteidigten ihre Gebiete und prügelten sich an Straßenecken, terrorisierten Passanten und beschmierten Wände und Zäune mit ihren Parolen. Immer wieder kam es zu heftigen Kämpfen zwischen der Feuerwehr und den Banden. Überall in der Stadt brachen Aufstände aus, die sich abwechselnd gegen die Schwarzen, gegen Katholiken, gegen Iren, gegen Deutsche oder gegen den Süden richteten. In Moyamensing, so wurde berichtet, fanden mehrere Lynchmorde und versuchte Lynchmorde statt; eines der Opfer war ein Neger, der mit einer Weißen verheiratet war. Der Bürgermeister reorganisierte die Polizei, um die Kontrolle über die Stadt zu gewährleisten, und er begann die »Blue laws« durchzusetzen, Gesetze, die gemäß dem Prinzip der Quäker, wonach der christliche Sabbat heilig war, an Sonntagen den Verkauf von Alkohol und Zeitungen sowie das Betreiben von Amüsierparks verboten. Der durch die Kriegsvorbereitungen bedingte Anstieg der Stadtbevölkerung war so enorm, daß eine große Wohnungsknappheit entstand, denn der noch junge Immobilienmarkt verfügte nicht über genug alte, heruntergekommene Häuser, in denen man die Armen hätte unterbringen können, wenn die bessergestellten Bewohner auszogen. Die Reichen beanspruchten noch immer das Stadtzentrum um die Chestnut Street, die Walnut Street, die Spruce Street und die Pine Street, während die Armen sich gleich nebenan in den Slums von Kingsensing oder Richmond ihre Behausungen zusammenzimmern mußten. Schlechte Straßen und das Fehlen öffentlicher Transportmittel zwangen die Arbeiter dazu, so nah wie möglich bei den Fabriken zu wohnen, in denen die Uniformen für die Union hergestellt wurden. Hausbedienstete, Knechte und Mägde siedelten sich in den Gassen und Nebenstraßen hinter den Stadtvillen ihrer Arbeitgeber an. Mit all den kleinen, niedrigen Häusern, die überall entstanden, glich die Stadt, die sich bis in die Vororte und darüber hinaus bis zur Unendlichkeit auszudehnen schien, einem wimmelnden Ameisenhaufen.

Zu Anfang konnten die Menschen in Philadelphia es kaum fassen, daß die Kontroverse um die Sklaverei das Land in einen Bürgerkrieg gestürzt hatte. Alles, was aus dem Süden kam, wurde immer noch begeistert aufgenommen. Die Leute hätten sich nie träumen lassen, daß der Norden es in dieser Streitfrage bis zum Äußersten treiben und einen Bürgerkrieg riskieren würde, denn sie mochten die Neger selbst nicht. Diese Haltung änderte sich auch dann nicht, als bewaffnete und uniformierte schwarze Soldaten durch die Straßen marschierten.

Der Krieg verband Thenia und mich noch enger als wir es seit Abrahams Tod gewesen waren. Thenia hatte weiterhin ihre Apotheke geführt und als Hebamme gearbeitet. Nun hoffte sie, während der Kriegswirren irgendwie nach Richmond zu gelangen, um dort nach ihren Familienangehörigen zu suchen. Eine große Anzahl entlaufener Sklaven strömte bereits in die Kasernen und Forts der Union, von denen die meisten allerdings auf direkten Befehl von Präsident Lincoln zu ihren Besitzern zurückgebracht wurden. General Frémont in Missouri und General Butler in Maryland waren die einzigen, die versuchten, eine Lösung für dieses Problem zu finden. Frémont erklärte die Flüchtlinge kurzerhand für frei und nahm sie als Hilfskräfte in die Armee auf, während Butler sie als Konterbande konfiszierte und ebenfalls für sich arbeiten ließ.

»Wenn sie jemandes Eigentum sind«, sagte Thenia, »dann gehören sie zur Kriegsbeute, wenn sie in die Hände des Feindes fallen.«

»Nur, daß sie die einzige Art von Kriegsbeute sind, die sich freiwillig in die Hand des Feindes begibt«, erwiderte ich.

Der Präsident war wütend darüber, daß seine Generäle das Problem in die eigenen Hände nahmen. Lincoln selbst hatte nicht die Absicht, sich in die Angelegenheiten der Sklaverei im Süden einzumischen. Er befahl Frémont, seinen Freilassungsbefehl zu widerrufen, und Butler, alle Sklaven, die er als Konterbande konfisziert hatte, zurückzugeben. Von da an haftete das Wort *Konterbande* den entflohenen Sklaven an.

»Ich weiß, daß auch ein paar von den Hemings' über diese Linien flüchten und ihre Beuteärsche in die Freiheit retten. Ich weiß es ganz genau«, sagte Thenia.

»Es gibt einen alten chinesischen Fluch, von dem Thor mir vor ein paar Tagen erzählt hat – ›Möge dein sehnlichster Wunsch in Erfüllung gehen.‹«

Mein »sehnlichster Wunsch« war bereits in Erfüllung gegangen. Thomas Jeffersons geliebter alter Süden war dem Untergang geweiht. Er lag am Boden in den Straßen von Philadelphia, während die Iren und Schweden, die Polen und Deutschen auf ihm herumtanzten. Auf der Grundlage der Unabhängigkeitserklärung meines Vaters wurden wir von einem hinterwäldlerischen Anwalt, der aus dubiosen Verhältnissen stammte, in den Krieg geführt. Meine stolzen Verwandten aus Virginia hatten begonnen, sich ihr eigenes Grab zu schaufeln. Eigentlich hätte ich in Hochstimmung sein müssen, aber statt dessen hatte sich eine merkwürdige Lethargie über meine Seele gelegt, und ich fühlte mich einsam und verlassen. Mein Mann, meine Söhne, meine Freunde, meine Angestellten, selbst Thenia waren von all dem ausgeschlossen … ausgeschlossen von dieser inneren Verzweiflung, die mich gleichzeitig glücklich machte. Ich konnte es weder mir selbst erklären noch Thenia, die sich wie ein Kind über die Aussicht freute, Südstaatler zu töten, noch Thor, der sich mit Visionen eines bevorstehenden Bürgerkrieges von unvorstellbarer und nie dagewesener Grausamkeit und Zerstörungswut quälte.

Manchmal, wenn ich das Lagerhaus oder die Laboratorien betrat, unterbrachen die Leute dort ihre Diskussionen über den Krieg. Ich wußte, warum. Obwohl ich einen Ruf als Republikanerin, als Streiterin für die Rechte der Schwarzen, als Unitarierin und Abolitionistin hatte, war ich in ihren Augen immer noch eine Frau aus Virginia. Man nahm an, daß meine heimliche Sympathie der Konföderation galt. Ich war vollkommen allein.

29

Der Allmächtige kann in diesem Konflikt nicht auf unserer Seite stehen.

THOMAS JEFFERSON

Im August 1862 waren die Bahnhöfe von Philadelphia, Wilmington und Baltimore mit blauweißroten Flaggen geschmückt. Unter der Kuppel aus Gußeisen und Glas fing sich der Dampf aus den schwarzen Lokomotiven und erfüllte die Luft mit einem beißenden, im fahlen Sonnenlicht gelblich schimmernden Nebel. Er stieg in kleinen Wölkchen von den riesigen Rädern und aus den Schornsteinen der Loks auf und legte sich in Schwaden über die rufende, drängelnde Menschenmenge. Das Rauchglas der Kuppel und der dichte Nebel ließen alles schmutziggelb erscheinen, nur das tiefe Schwarz der schweren, keuchenden Lokomotiven, die wie heilige Bullen inmitten all des Treibens standen, hob sich dagegen ab.

Der Bahnhof war wie die Stadt: eine lärmende, gefährliche Durchgangsstation. Frisch rekrutierte Soldaten strömten in die Waggons, die sie nach Süden bringen sollten.

Sinclair und Raphael waren schon fort. Die Zwillinge sollten zu ihrem Kavallerieregiment in Baltimore stoßen und sich der Potomac-Armee anschließen. Sie hatten mich nicht um meinen Rat gebeten, bevor sie sich freiwillig meldeten, aber nachdem die Feldzüge der Generäle McClellan und Pope während des ersten Kriegsjahres auf so katastrophale Weise fehlgeschlagen waren, hatte der Präsident weitere dreihunderttausend Freiwillige gefordert – zusätzlich zu der einen Million Soldaten, die ursprünglich aufgeboten worden war. Madison und James waren dem Ruf des Präsidenten gefolgt, um die Union zu verteidigen.

Beverly und Thor waren die einzigen Männer, die mir geblieben waren, und auch sie würden mich bald verlassen. Beverly hatte sich bereits freiwillig gemeldet und wartete auf seine Bestellung als Militärarzt, und Thor war nach Washington beordert worden, wo er als Verbindungsoffizier zwischen dem Sanitätscorps der Armee und dem Gesundheitsamt fungieren sollte. Bald würde ich die Wellington Drug Company allein führen müssen.

Am hinteren Ende der Bahnhofshalle spielte eine Band *John Brown's Body,* das eine Frau namens Julia Ward Howe zur »Schlachthymne der Republik« umgeschrieben hatte. In einer einzigen Nacht, so wollte es die Legende, hatte Mrs. Howe das Lied über den Volkshelden zur Hymne der Republik gemacht, weil Gott ihr die Worte ins Ohr geflüstert habe. Die Hymne drückte die Stimmung der Zeit und die Ehrfurcht vor der großen Sache aus, die auf dem Spiel stand, und sie hatte sich wie ein Lauffeuer im gesamten Norden ausgebreitet. Sie war zu einem Marschlied geworden, zu einem Trauerlied, einer Arie, einer Serenade. Männer und Frauen sangen sie wie ein Spiritual, wie ein Oratorium, ein Schlaflied, ein Gebet.

Soldaten sangen sie im Feld, Frauen summten es für Kriegswaisen, und Blaskapellen, Orchester und Fanfaren spielten sie als Erkennungsmelodie der Union. Alle kannten inzwischen den Text auswendig, als die Musik zu dem Zischen und Keuchen der schwarzen Dampfloks ertönte.

Mine eyes have seen the glory of the coming of the Lord,
He is trampling out the vintage where the grapes of wrath are stored,
He has loosed the fateful lightning of his terrible swift sword,
His truth is marching on. …

Niemand sprach mehr von einem Neunzigtagekrieg. Lincolns Armee wurde durch Eifersüchteleien zwischen den Generälen und durch deren Unentschlossenheit und Angst vor der Überlegenheit der konföderierten Streitkräfte aufgerieben. Der Norden hatte trotz seines unbestreitbaren Potentials an Soldaten, Ressourcen und ausgeklügelter Logistik noch keinen nennenswerten Sieg errungen. Man sprach von Mangel an Führungskraft, von schlecht ausgebildeten Rekruten, von Unordnung und Fehlplanung auf der Befehlsebene. Aber eigentlich kannte jeder den wahren Grund des Dilemmas: die uneindeutige Haltung in der Frage der Sklaverei.

Um die abtrünnigen Staaten zurück in die Union zu locken und die Grenzstaaten nicht zu verlieren, behauptete Lincoln, der Krieg habe mit der Sklaverei nichts zu tun. Sein einziges Ziel sei es, die Union zu erhalten, und um dieses Ziel zu erreichen, werde er entweder alle Sklaven oder einige Sklaven, oder auch überhaupt keine Sklaven freilassen. Aber die Frage der Sklaverei war nicht von diesem Krieg zu trennen. Von dem Augenblick an, als der erste Sklave die militärischen Linien überquert hatte, um sich dem Feind als Kriegsbeute auszuliefern, war dieser Krieg ein Krieg über uns.

Aus einiger Entfernung sah ich meinen Zwillingen zu, wie sie sich von ihren Mädchen verabschiedeten, die in Begleitung ihrer Mütter an den Bahnhof gekommen waren. Die Jungs hatten dunkles Haar und dunkle Augen, und mit ihren langen Beinen und breiten Schultern sahen sie schneidig aus in ihren neuen, blaugrauen Uniformen. Obwohl sie mit dem Zug zu ihrer Kompanie reisten, trugen sie die Sporen und Säbel des Vierundzwanzigsten Kavallerieregiments. Und doch wirkten sie unbeholfen mit ihren Waffen, wie Kinder, die Soldaten spielten. Aber das war kein Spiel. Trotz der Geräuschkulisse von vielen tausend Menschen, die einander Lebewohl sagten, wurden ihre Stimmen zu mir herübergetragen. Der Zug zischte und ruckelte wie ein ungeduldiges Schlachtroß, während die Mädchen den jungen Männern selbstgenähte Schärpen um die Taille banden und ihnen bestickte Taschentücher in die Brusttaschen steckten, geradeso, als sei dies tatsächlich ein Spiel. Aber das Spiel hatte bereits fünfzigtausend Leben gefordert.

»Wußten Sie schon, daß der französische General Lafayette damals in Cincinnati gesagt hat, wenn er gewußt hätte, daß er die Sklaverei verteidigen würde, hätte er niemals sein Schwert gezogen, um für die Vereinigten Staaten zu kämpfen?«

Der steife, französische Akzent von Maurice Meillasoux versetzte mich stets um Jahrzehnte zurück in meiner Erinnerung. Zu Beginn des Krieges war eine merkwürdige Gesandtschaft aus meiner Vergangenheit aufgetaucht und Teil meines Haushalts geworden: Maurice, der Großneffe von Adrian Petit, war nach Philadelphia gekommen, um sich, ähnlich wie hundert Jahre zuvor Lafayette, der Armee der Union anzuschließen, für ihre Sache zu kämpfen und später darüber berichten zu können. Bevor er nach Philadelphia kam, hatte Maurice den Westen und den Süden Amerikas bereist. Nachdem er Sinclairs Briefe gelesen hatte, in denen dieser beschrieb, wie langweilig es bei der Marine war, hatte er sich entschlossen, sich einem der Regimenter von General Frémont anzuschließen – von denen sich viele aus deutschen Freidenkern und leidenschaftlichen Abolitionisten aus Missouri zusammensetzten –, und wartete nun auf seinen Marschbefehl.

»Jedenfalls wissen Sie, für wen Sie kämpfen, mein lieber Maurice«, sagte ich lächelnd.

»Es wundert mich, daß irgend jemand annehmen kann, man könne diesen Krieg führen, als sei die Frage der Sklaverei eine Nebensache. Wenn Staaten, deren Wohlstand auf der Sklaverei basiert, im Namen der Sklaverei rebellieren, dann kann diese Rebellion nur unterdrückt werden, indem man gegen die Sklaverei vorgeht.«

»Da kann ich Ihnen nur recht geben«, stimmt Thor zu. Er sah blendend aus in seiner neuen Galauniform eines Brigadegenerals, die er zu Ehren der Verabschiedung der Zwillinge angelegt hatte. »Sklavenhalter bekämpfen zu wollen, ohne die Sklaverei zu bekämpfen, ist mehr als halbherzig.«

»Und wie steht es mit dem Verbot für Schwarze, in der Armee zu dienen?« erwiderte Maurice. »Laßt den schwarzen Mann die goldgestickten Buchstaben der US auf seiner Brust tragen: gebt ihm den Rock mit den Adlerknöpfen, eine Muskete über die Schulter und eine Patrone in der Tasche, und keine Macht der Welt wird leugnen können, daß er sich seine Bürgerrechte verdient hat. Wahrscheinlich würden sie härter kämpfen als jeder Nordstaatler!«

»Genau darum geht es, mein Lieber. Lincoln kann nicht von den Weißen verlangen, für die Neger zu kämpfen, damit würde er einen Aufruhr in den Truppen auslösen – die totale Anarchie. Das würden sie einfach nicht tun.« Ich schüttelte traurig den Kopf.

»Das glaube ich nicht«, sagte Maurice. »Erstens halte ich es für eine militärische Notwendigkeit sowohl im Norden als auch im Süden, Schwarze kämpfen zu lassen, und zweitens, wenn das Weiße Haus eine klare Führungslinie vorgibt, dann wird der Mann auf der Straße die Notwendigkeit erkennen und ihr folgen.«

»Die Kabinettsmitglieder Cameron, Chase und Blair sind Ihrer Meinung«, erklärte Thor. »Sie gelten allerdings als Radikale.«

»Sie erkennen, was notwendig ist«, fuhr Maurice fort. »Die Rebellen vom südlichen Ufer des Potomac zu vertreiben oder gar Richmond zu besetzen ist eine Sache. Aber ein Land, das beinahe die Größe Rußlands erreicht, ein Land, das siebenhundertfünfzigtausend Quadratmeilen umfaßt und fast doppelt so groß ist wie die ursprünglichen Vereinigten Staaten, dauerhaft unter Kontrolle zu halten, ist eine andere. Napoleon hat das genausowenig geschafft wie George III.!«

»Wir brauchen ein überzeugendes Argument für die Notwendigkeit des militärischen Eingriffs. Die Südstaatler berufen sich auf die Sklaverei als eine der Säulen ihrer Stärke, weil sie der Konföderation ermöglicht, eine im Verhältnis zu ihrer Bevölkerungszahl immens große Streitmacht aufzubieten. Die Sklaven stellen mehr als die Hälfte der Arbeitskräfte, sie produzieren die Verpflegung für die Armee, bauen ihre Forts, transportieren den Nachschub, reparieren die Bahngeleise, arbeiten in Minen und Munitionsfabriken – der Süden hat seine Sklaven zur Arbeit für die Armee rekrutiert, noch bevor der erste weiße Soldat eingezogen wurde.«

»Der Sklave ist das Herzstück dieser besagten Rebellion. Glauben Sie mir, in dem Augenblick, in dem man die Hacke in der Hand des Negers erbeutet, trifft man die Rebellion an ihrem Lebensnerv.«

»Während wir in der Theorie mit einem innerstaatlichen Aufstand konfrontiert sind, haben wir in der Praxis einen Krieg – was Lincoln bereits eingestanden hat, indem er eine Blockade errichtet hat und die Soldaten der Rebellen wie Kriegsgefangene behandelt. Feindliches Eigentum zu konfiszieren, ist eine militärische Handlung. Sklaven sind Eigentum? In Ordnung. Ben Butler hat das bereits im Mai 1861 in Fort Morse praktiziert – er weigerte sich, drei entflohene Sklaven einem General der Konföderation, der sich auf das Gesetz über entlaufene Sklaven berief, auszuliefern, weil Virginia nicht mehr zur Union gehörte und dieses Gesetz keine Geltung mehr hatte«, räsonierte Maurice.

»Und was ist mit den Grenzstaaten?« wandte Thor ein.

»Die Grenzstaaten sollen sich zum Teufel scheren. Tausend Lincolns können die Menschen nicht davon abhalten, die Sklaverei zu bekämpfen«, sagte Maurice grinsend. »Finanzminister Chase will nicht nur, daß wir die Sklaven befreien, er fordert, daß wir sie bewaffnen. Und Kriegsminister Cameron unterstützt ihn.«

»Beschlagnahmt ihr verdammtes Eigentum. Das ist Abolitionismus in Aktion, meine liebe Harriet. Die Abschaffung der Sklaverei ist das Mittel, das uns zum Sieg verhelfen wird, sie ist kein Selbstzweck. Ich verfolge kein persönliches Ziel im Hinblick auf die Sklaverei, weder ist mir daran gelegen, sie abzuschaffen, noch, sie zu erhalten. Aber der Krieg ist auf seiten der Neger.«

Die beiden Männer sahen lächelnd zu den Zwillingen hinüber, die weiß, frei und einundzwanzig waren und an nichts anderes dachten als an den Kampf.

Im vergangenen Jahr hatten so viele Veränderungen stattgefunden, daß sie für ein ganzes Leben ausgereicht hätten. Weiterhin begaben sich zahlreiche Sklaven als Kriegsbeute in Feindeshand. Ich sah Thor an, der immer noch mit Maurice ins Gespräch vertieft war. Kriegsbeute war eine gute Bezeichnung für das, was ich war – Vaters nicht identifizierte, »verlorene« Handelsware, die in Philadelphia vom Wagen gefallen war. Konterbande.

Der Pfiff einer Lokomotive ertönte, und all die Soldaten und Offiziere auf den Bahnsteigen begannen in die Waggons zu steigen, während die Band die Nationalhymne dazu spielte. Madison und James kamen auf mich zu, gefolgt von ihren Verlobten und deren Müttern, die in ihren weiten weißen Reifröcken wie Boote mit aufgeblähten Segeln daherzuschweben schienen. Die Röcke waren gemäß der neuesten Mode inzwischen so weit, daß die Säume fast einen Durchmesser von zwei Metern erreichten, und wir Frauen glichen Galeonen oder riesigen Wassermelonen. Es war unmöglich, uns zu transportieren, unmöglich, einen Platz am Tisch für uns zu finden, unmöglich, uns auszuziehen. Wie eine Gruppe bunter Schwäne kamen die Frauen auf uns zu. Es wurde nun nur noch über belanglose Dinge geplaudert, um den gefürchteten Moment des Abschieds hinauszuzögern. Niemand sprach mehr von der Sklaverei oder von militärischen Notwendigkeiten; es gab nur noch die schlecht überspielte Angst der Frauen und das irrationale Kriegsfieber der jungen Männer. Was fanden junge Männer am Krieg so schön?

»Mutter«, flüsterte Madison im letzten Augenblick, »was ist mit deinem Segen?«

»Gott segne dich, mein Liebling. Und Gott schütze dich. Komm gesund nach Haus.«

»Aber natürlich«, sagte er lachend. »Mit diesen Rebellen machen wir kurzen Prozeß. Das wird nicht mal bis Juni dauern.«

»Juni! Das Mississippital ist bereits eingenommen, und McClellan und seine einhunderttausend Mann können schon die Glocken von Richmond läuten hören. Wenn wir dazustoßen, werden einhundertfünfunddreißigtausend Mann auf Jeff Davids Richmond vorrücken. Ich sage euch, Richmond wird am ersten Mai fallen!«

»Das ist doch Ihre Heimatstadt, nicht wahr, Mrs. Wellington?« Der kühle Nordstaatenakzent legte sich wie frischer Schnee auf meine Schultern.

»Ja, das ist richtig«, erwiderte ich und hoffte im stillen, nicht mehr dazu sagen zu müssen.

»Es muß Sie, als Südstaatlerin, in schreckliche Konflikte stürzen.«

»Es kann keinen Konflikt zwischen Vaterlandsliebe einerseits und Sympathie mit Verrätern andererseits geben«, antwortete ich kühl. »Wenn der Süden seine Sklaven freiläßt und sich der Union wieder anschließt, dann erst werde ich mich wieder als Südstaatlerin betrachten.«

Doch mein Herz war von Schmerz und Zorn erfüllt, als ich sah, wie James und Madison, meine jungen, anmutigen Söhne, in den Waggon stiegen, als meine zukünftigen Schwiegertöchter mit ihren Taschentüchern zum Abschied winkten, als Thor beim Anfahren des Zuges den Atem anhielt und als nach den letzten Abschiedsworten Maurice' leichtes Lachen erklang.

»Laßt noch ein paar von den Rebellen für die Franzosen übrig«, rief er, »bevor die Briten sie alle wiedererkennen und auf die Idee kommen, ihre Kolonie zurückzufordern.«

Zum erstenmal seit Ausbruch des Krieges waren Charlotte, Emily und ich einer Meinung. Wir traten als Sanitäterinnen in die Dienste des Sanitätskorps. Charlotte stellte sich vor, daß wir die Florence Nightingales des Nordens werden würden; Emily und ich stimmten darin überein, daß es sinnlos war, uns weiterhin um entflohene Sklaven zu kümmern, da sie nun nichts anderes zu tun brauchten, als die militärischen Linien zu überqueren und sich »konfiszieren« zu lassen. Und obwohl Thenia für die Arbeit als Sanitäterin qualifiziert war, stellte die Sanitary Commission sie lediglich als Wäscherin ein.

»Aber sie ist Apothekerin und Hebamme«, wandte ich ein.

»Tut mir leid, Ma'am, aber ich habe meine Befehle. Putzen und Waschen sind das einzige, was Niggerfrauen gestattet ist. Kein Pflegedienst.«

»Nun, und was ist, wenn ich sie als … Assistentin brauche? Was ist, wenn ich meine Arbeit nicht ohne sie tun kann? Sie trägt meinen Schwesternkoffer. Sie wickelt die Bandagen für mich auf. Sie stellt meine Medikamente zusammen«, log ich.

»Wenn sie Ihre *Dienerin* ist, das ist eine andere Sache, Mrs. Wellington. Ich trage sie als Ihr Kindermädchen ein, einverstanden?«

Vor Zorn und Verzweiflung wurde mir ganz heiß. Ich brachte es nicht fertig, Thenia in die Augen zu sehen. Das war alles, was ich meiner eigenen Nichte an Unterstützung zu bieten hatte.

»Wie heißt sie?«

»Mrs. T. H. Boss«, sagte Thenia.

»Ja, aber wie lautet ihr Vorname?«

»Ich habe keinen Vornamen«, fiel Thenia ein.

Die Rekrutierungsbeamtin sah mich an. »Sagt sie die Wahrheit?«

»Natürlich.«

»Wenn Sie für sie bürgen, kann sie bleiben.«

»Und Pflegedienste verrichten?«

»Mrs. Wellington, ich habe Ihnen bereits erklärt, daß es farbigen Frauen lediglich gestattet ist, zu kochen, zu putzen und zu waschen – kein Pflegedienst.«

»Spielt es eine Rolle, ob wir diesen Krieg gewinnen?«

»Nein, Ma'am, nicht für Nigger.«

»Danke.«

»Warum wolltest du ihr nicht deinen Namen nennen?« fragte ich Thenia, als wir wieder draußen waren.

»Wenn ich einem Weißen meinen Vornamen angebe, dann werde ich nur noch beim Vornamen gerufen. Ich mag es nicht, wenn völlig fremde Menschen mich Thenia nennen. Ich reagiere auch nicht auf ›Auntie‹ oder ›Mammy‹. Wenn sie meinen Namen nicht kennen, können sie mich damit auch nicht demütigen. Für jeden, der nicht das Recht hat, mich Mutter oder Ehefrau ... oder Liebste zu nennen, bin ich Mrs. T. H. Boss, Mrs. Wellington.«

Als Thenia und ich gerade gehen wollten, zog mich die Rekrutierungsbeamtin beiseite.

»Ich muß gestehen, Madam, daß dieser Krieg auf sozialem Gebiet wahre Wunder wirkt, wenn man bedenkt, daß wir jetzt schwarze Soldaten und weibliche Sanitäter haben«, flüsterte sie. »Eine uralte Tradition ist gefallen«, fügte sie hinzu. »Bisher hat man es immer als selbstverständlich angesehen, daß der Sanitätsdienst nur von Soldaten oder höchstens von Flittchen verrichtet wurde. Aber Florence Nightingale und der Krimkrieg haben das alles geändert. Jetzt sind wir ein Sanitätskorps, das aus den Ehefrauen, Schwestern und Müttern besteht, die unsere Soldaten zurückgelassen haben. Auch wenn eine Sanitäterin in einem Feldlager die einzige Frau unter siebenhundert Männern ist, werden ihr all der Respekt, die Fürsorglichkeit und Höflichkeit entgegengebracht, die einer weißen Frau zustehen.«

»Aber viele farbige Frauen sind hochqualifizierte Schwestern, und doch werden sie von Ihnen abgelehnt«, wandte ich ein.

»Das Korps, meine Liebe, ist aus gutem Grund rein weiß – wir können uns nicht den geringsten *Verdacht* auf lasche Moral oder Prostitution erlauben, die mit farbigen Frauen assoziiert werden. Unser Ruf darf weder dem Militär noch der Kirche gegenüber jemals in Frage gestellt werden. Oberschwester Dix läßt auch junge und schöne Frauen nicht zum Dienst im Korps zu, Mrs. Wellington. Ich frage mich, wie Sie es überhaupt geschafft haben, bei uns aufgenommen zu werden.« Sie lächelte.

»Es gibt keine Frau in Amerika, die moralisch rechtschaffener wäre als Mrs. Boss, einschließlich Oberschwester Dix.«

»Nun, das tut mir leid, aber nach ihrer Hautfarbe zu urteilen, würde man nicht auf die Idee kommen, Madam.«

»Ich bin auch in das Korps eingetreten«, fiel die arme Charlotte naiv ein, »aber mit meinem Gewicht bin ich für die jungen, schönen Frauen keine Konkurrenz«, sagte sie und lachte.

Der Krieg stiftete eine Menge Ehen. Beverly heiratete seine Liebste, Lucinda Markus, ein paar Tage bevor er, seine Bestellung zum Militärarzt in der Hand, an die Front abreiste. Er war als Arzt dem Achtundfünfzigsten Pennsylvania-Regiment zugeteilt worden.

»Ich fühle mich so hilflos wie ein Blinder, der mit einem Elefanten in einem Zimmer eingesperrt ist«, sagte er. »Ich weiß, daß durch Schmutz und primitive sanitäre Anlagen Krankheit und Infektionen entstehen – aber warum ist das so? Ich weiß, wie eine Blutvergiftung in den Kreislauf gelangt und zum Tod führt – aber wie kann man das verhindern? Ich weiß, es gibt einen Zusammenhang zwischen schlechtem Wasser und Cholera, zwischen Schmutz und Epidemien, zwischen verseuchtem Wasser und Typhus ... Ich *weiß*, daß es falsch und barbarisch ist, Patienten zu schröpfen und zur Ader zu lassen, vor allem bei der Behandlung von infektiösen Krankheiten. Ich weiß, daß Quecksilber, in der richtigen Dosierung verabreicht, desinfizierend wirkt – aber was ist die korrekte Dosierung? Ach, Mutter, wir stehen kurz vor entscheidenden Entdeckungen ... in Europa arbeiten Pasteur, Lister und Parmentier daran ... aber für diesen Krieg kommen ihre Entdeckungen zu spät. Gott steh uns bei, denn es sterben doppelt so viele Soldaten an Krankheiten, wie im Feld fallen. Die Gefahr, daß ein Soldat an einer Blutvergiftung stirbt, ist zweimal so groß wie die, daß eine Bombe auf das Lazarett fällt, in dem er liegt. Junge Männer vom Land sterben wie die Fliegen an Pocken, Wundbrand und Diarrhöe. Die Ruhr geht wie eine Sense durch die Regimenter. In jedem Krieg fallen mehr Soldaten der Lungenentzündung zum Opfer als feindlichen Säbeln. Ich weiß, daß es einen Zusammenhang gibt zwischen Mücken und Malaria, genauso wie ich weiß, daß ein Destillat aus der Rinde des Afrikanischen *Yar tree* bestimmte Lungeninfektionen heilen kann. Ich weiß, daß man Wundbrand aufhalten kann, indem man die befallenen Körperglieder amputiert.«

Beverly betrachtete Thor, der dasaß, den Kopf in die Hände gestützt.

»Ich bin nur Pharmazeut. Ein Apotheker, Beverly. Berühmte Ärzte und Chirurgen arbeiten an all diesen Problemen! Ich kann dir für deine Sorgen nur die Erklärungen eines Apothekers geben. Und ich habe keine Möglichkeiten, meine Vorstellungen dem Sanitätskorps aufzuzwingen.«

»Eines Tages wird Beverly das tun«, sagte ich lächelnd.

»Vielleicht«, erwiderte Thor. »Ich habe gehört, du hast mehrere Bestellungen abgesagt, Harriet, die wir laut Vertrag einhalten müßten. Warum?«

»Ich weigere mich, Bestellungen für Medizin entgegenzunehmen, die für den Süden bestimmt ist.«

»Ma, wenn sie einen Vertrag haben – «, hob Beverly an.

»Es interessiert mich nicht, ob sie einen Vertrag haben. Es ist eine Blockade verhängt worden, und es findet eine Rebellion statt.«

»Ja, aber die Regierung hat gesagt, daß wir bereits abgeschlossene Verträge einhalten dürfen.«

»Das kann sein. Aber ich bin dazu nicht bereit. Nicht ein Faß Wellington-Chloroform, nicht eine Flasche Wellington-Jod, nicht eine Unze Wellington-Morphium werden von mir in den Süden geliefert. Keine Medizin der Firma Wellington wird das Leid der Kranken und Verwundeten des Südens lindern. Sollen sie bluten, sollen sie sterben. Sollen sie für jeden Tropfen Blut bezahlen, der durch die Peitsche vergossen wurde – das interessiert mich nicht.«

»Aber diese Bestellungen sind bereits bezahlt, Harriet.«

»Ich habe alle Zahlungen, die wir erhalten haben, zurückerstattet. Ich habe übrigens auch verschiedene Bestellungen aus England abgelehnt, weil sie an die Konföderation weitergeleitet werden sollen.«

»Mein Gott, Harriet.«

»In diesem Punkt werde ich mich dir widersetzen, Theodore Wellington. Nicht ein Tropfen Medizin der Firma Wellington wird jemals der Konföderation zugute kommen.«

Ich unterdrückte einen Anflug von Bedauern, aber ich empfand keine Reue. In Gedanken sah ich die azurblauen Augen meines Vaters vor mir, nahm den Geruch von Laudanum und Morphium wahr, der über seinem Sterbebett gehangen hatte. Gab es Verwandte von mir, die aufgrund meiner Entscheidung sterben würden? Ich verschloß mein Herz in kindlicher Logik vor solchen Gedanken. Sie hätten all das längst ändern können. Sie hatten diesen Krieg begonnen, und jetzt war es zu spät. Warum hatten sie nichts unternommen, bevor es zu spät war?

»Du bist eine hartherzige Frau, meine Liebe, und du bist nicht aufrichtig. Wir haben diese Lieferungen zugesagt, und wir haben unser Wort gegeben.«

»Seit wann wird verlangt, daß man ein Wort hält, das man Staatsverrätern gegeben hat? Der Süden besitzt keine Vorrecht oder Privilegien, die ein Nordstaatler achten muß. … Kommt dir das bekannt vor? Das ist der totale Krieg, Thor«, fuhr ich fort. »Krieg gegen die Armee, Krieg gegen Zivilisten, Krieg gegen Frauen und Kinder. Und warum? Weil die *Sklaverei* ein Krieg ist, ein Krieg gegen Zivilisten, Frauen und Kinder. Und das, was Lincoln letzten Endes unternehmen wird, um den Süden zu zerstören, wird meine kleine Kriegslist wie ein Dominospiel aussehen lassen. Und das kann mich nur freuen.«

»Mein Gott«, sagte Thor leise. »Es gibt nichts Grausameres als einen bekehrten Südstaatler.«

»Das stimmt«, sagte ich. »Meine Familie hat sich versündigt. Und nun müssen sie für ihre Sünden bezahlen. Selbst die Unschuldigen.«

Thor reiste ab, um seinen neuen Posten in Washington anzutreten, und Beverly fuhr an die Front.

»Ich fahre nach South Carolina.«

Willy Boss und ich blickten überrascht auf, als Thenia in Hut und Mantel, die Reisetasche in der Hand, in das Lagerhaus schritt, als sei sie bereits auf ihrem Weg zum Bahnhof. Ich erhob mich. Mein gelber Apotherkittel, den ich über meinem Krinolinenrock trug, bildete einen ebensolchen, allerdings größeren Kegel wie der gelbe Apothekerhut, der auf meinem Kopf saß, so daß ich aussah wie ein riesiger Kürbis. Ich streifte meine Handschuhe ab.

»Thenia, du wirst dort niemanden antreffen, jetzt, mitten im Krieg!«

»Mrs. Wellington hat recht, Ma. Was willst du denn tun, wenn du erst einmal dort bist?«

»Die Regierung hat Freiwillige dazu aufgerufen, die Konterbanden zu unterrichten, die aus Virginia in die Union überlaufen. Tausende von Sklaven befreien sich selbst, indem sie die militärischen Linien überqueren. Die Armee läßt sie Erdarbeiten verrichten und Gräben ausheben, sie läßt sie Brücken und Wälle bauen, sie werden als Köchinnen und Wäscherinnen eingestellt, aber wer soll sie *unterrichten*? Vor allem die Kinder? Viele weiße Frauen, Abolitionistinnen, haben sich bereits freiwillig gemeldet. Das ist immerhin eine interessantere Aufgabe, als für das Sanitätskorps Wäsche zu waschen. Diese Leute brauchen auch medizinische Versorgung. Sie sind genauso Kriegsflüchtlinge und Opfer wie alle anderen. Unsere Marine, deren stolzes Mitglied mein Sohn ist, hat die gesamte Küste von South Carolina und die Inseln erobert: Hilton Head, Port Royal und Beaufort stehen alle unter dem Schutz der militärischen Verwaltung des Südens. Tausende von Exsklaven in diesen Gebieten brauchen Hilfe. Wirst du dich in meiner Abwesenheit um Willy kümmern?«

Das war die längste Ansprache, die Thenia je ohne zu stottern gehalten hatte. »Selbstverständlich werde ich mich um ihn kümmern. Aber warum willst du nicht wenigstens abwarten, bis Richmond eingenommen ist?«

»Weil das vielleicht noch Jahre dauert. Weil Lincoln vielleicht Frieden schließt, bevor Richmond fällt. Die Leute haben diesen Krieg so satt, es heißt, es ist unmöglich, den Süden zu erobern.«

»Und was ist mit Raphaels Frau und Kind?«

»Ich habe Suzanne gebeten, mich zu begleiten und Aaron mitzunehmen, aber sie fürchtet sich vor dem Süden. Sie ist eine Nordstaatlerin, sie ist noch nie jenseits der Mason-Dixon-Linie gewesen. ›Was passiert, wenn die Konföderierten Fort Monroe einnehmen und mich als Sklavin verkaufen?‹ fragte sie. Ich habe gesagt, niemand nimmt Fort Monroe ein, solange mein Sohn es verteidigt.«

»Wo willst du hingehen?«

»Nach Hilton Head, South Carolina. Präsident Lincoln und Staatssekretär Chase haben das Hilfsprogramm abgesegnet. Es trägt den Namen Port-Royal-Experiment. Man hat uns mitgeteilt, daß alle freiwilligen Helfer in vierzehn Tagen auf der *United States* von New York aus nach Hilton Head segeln werden. Ich werde auf diesem Schiff sein. Es wird fast so sein, als segelte ich ans Kap, um Abe wiederzusehen.«

Ich stand da in meiner gelben Narrenkappe und meinem gelben Apothekerkittel, meine weißen Handschuhe fest umklammert, und starrte Thenia voller Bewunderung und Zuneigung an. Plötzlich fiel sie mir um den Hals, und ich vergrub mein Gesicht an ihrer Schulter. Erschrocken bemerkte ich, daß sie eine große, kräftige Frau war. Kräftig. Sie war genauso groß wie ich. Wann würde ich endlich aufhören, sie als Dreizehnjährige zu sehen? Sie war neunundvierzig Jahre alt und Großmutter. Und sie war dabei, mich zu verlassen und sich in Gefahr zu begeben.

»Ich werde mich um Willy kümmern, und ich werde nach Suzanne und Aaron sehen.«

»Leb wohl, Mrs. Wellington.«

»Leb wohl ... Mrs. T. H. Boss. Gott segne dich und schütze dich.«

»Nun, Präsident Lincoln hat einen ›großen‹ Sieg errungen«, sagte Sarah Hale, die Herausgeberin der Zeitschrift *Godey's Lady's Book*, mit der Charlotte mich bekannt gemacht hatte. »Wollen wir mal sehen, ob Salmon P. Chase recht hat.«

»Wovon sprichst du?« fragte ich Sarah vor ihrem Büro. Ich war zu ihr gegangen, um ihr die Neuigkeiten über Thenia zu erzählen.

»Es heißt, Lincoln will Lees Niederlage in Antietam als Vorwand benutzen, um die Befreiung aller Sklaven anzukündigen. Wenn der Süden sich nicht bis zum ersten Januar 1863 der Union wieder anschließt, sind alle Sklaven der Konföderation frei! Das war eine verdammt hitzige Kabinettssitzung! Ich habe gehört, Gideon Welles, der Marineminister soll mit tränenüberströmten Gesicht aufgestanden sein und gerufen haben: ›Die Armee unternimmt nichts! Die Armee unternimmt nichts! Anstatt den Sieg zu sichern und den Rebellen nachzusetzen und sie gefangenzunehmen, hat McClellan Lee über den Fluß entkommen lassen ... mein Gott, mein Gott. Ihr Befehl, Mr. Präsident, lautete, Lees Armee zu *zerstören* ...‹ Und dann hat

Chase gesagt: ›Wenn McClellan glaubt, er kann es sich leisten, den Befehl des Präsidenten zu mißachten und Lees Armee zu schonen, dann irrt er sich gewaltig, es sei denn, Lee ergibt sich freiwillig! General McClellan hat dem Präsidenten mitgeteilt, er habe einen ›großen Sieg‹ errungen, daß Maryland frei von feindlichen Besatzern ist und Pennsylvania in Sicherheit. Ich hoffe bloß, daß er die Wahrheit sagt, denn wir verlassen uns auf seine Aussage!‹

Dann hat Halleck, der Stabschef der Armeen, sich erhoben und gesagt, daß der Krieg sich während des letzten Jahres verändert habe und daß es keine Aussicht auf Versöhnung mehr gebe. ›Wir müssen die Rebellen besiegen, sonst werden wir von ihnen besiegt‹, sagte er. ›Jeder Sklave, der dem Feind abgejagt wird, kommt einem Weißen gleich, der außer Gefecht gesetzt wird. Jetzt ist es eine Frage der Unterwerfung.‹ Der alte Süden soll zerstört werden und durch neue Konzepte und Ideen ersetzt werden. Das hat Halleck dem Kabinett und dem Präsidenten gegenüber erklärt. Stanton, Chase, Stewart und Bates waren seiner Meinung. Smith und Blair haben sie gebilligt. Und auch der Präsident. Es heißt, er wird dem Süden hundert Tage Zeit geben, um zu einer Entscheidung zu gelangen.

Dann hat der Präsident gesagt: ›Die Menschen in den aufständischen Staaten müssen einsehen, daß sie nicht zehn Jahre lang versuchen können, die Regierung zu stürzen und schließlich, wenn es ihnen nicht gelungen ist, ungeschoren in die Union zurückkehren. Wenn sie erwarten, die Union unverändert vorzufinden, dann ist es jetzt, bevor die Verfassung geändert wird, an der Zeit, die Sklaverei ein für allemal abzuschaffen.‹ Darauf sagte Caleb Smith: ›D-d-damit haben wir Indiana verloren.‹ Und Chase erklärte: ›Man sollte die Schwarzen bewaffnen.‹«

Sarah blieb atemlos auf den Stufen des Godey-Verlagshauses stehen, wandte sich zu mir um und packte mich am Arm, als wolle sie mir ein Gewehr in die Hand drücken. Ich starrte sie an, ohne sie wirklich zu sehen. Nach dem, was sie mir gerade erzählt hatte, blieb mir fast das Herz stehen.

Um uns herum herrschte das geschäftige Treiben einer Stadt im Kriegszustand: Soldaten, Matrosen, Händler, Droschken, Equipagen, Ambulanzfahrzeuge, Postkutschen, Planwagen, Munitionswagen, Sanitäterinnen, elegante Kavalleristen zu Pferd, in Formation marschierende Soldaten mit geschulterten Musketen, Maultiere, Ochsen und herrenlose Hunde füllten die Straßen. Eine riesige Kanone wurde auf einem flachen Eisenbahnwaggon die Market Street hinuntergezogen; Omnibusse klapperten über das rote Ziegelpflaster; im Osten stachen die Masten und Schornsteine der Schiffe im Marinehafen in den Himmel, Kinder spielten, Straßenbengel flitzten durch den Verkehr, vierrädrige Wagen, beladen mit zu dicken Ballen zusammengebundener Armeeuniformen, die wie Leichname aussahen, rumpelten durch die Market Street, während ein Orgelspieler sein klagendes Lied spielte.

Und über all dem Lärm und all der Geschäftigkeit, über unseren Köpfen schwebten die Buchstaben des Wortes *Befreiung*, das Wort, mit dem ich meinen Vater auf seinem Sterbebett verflucht hatte. Es schwebte über Sarah und mir, zwei weißen Frauen, die über eine geheime Sitzung von Abraham Lincolns Kabinett diskutierten. Brauchte ich diese Erklärung Lincolns, um mich frei zu fühlen? Wenn nicht, warum schlug mein Herz dann wie eine Büffelherde und warum sah ich die Gesichter meiner Männer wie Raketen um mich herumwirbeln?

Wenn Abraham Lincolns Proklamation am ersten Januar in Kraft trat, dann würden mein Mann und meine Söhne ihre eigene Frau und Mutter mit Waffengewalt befreien. Thomas Jeffersons Enkel würden das tun, wozu ihm der Mut gefehlt hatte. Plötzlich war ich zum Nachlaß zweier Präsidenten geworden – des einen, der mich versklavt hatte, und des anderen, der mich befreien würde. Ich sah die verwirrten, liebevollen Gesichter aller meiner Männer mir zugewandt. Aber ich beschloß, jetzt nicht darüber nachzudenken. Ich würde mich nach und nach damit beschäftigen – wenn ich mich beruhigt hatte. Und ich richtete meinen Blick auf Abraham Lincoln.

30

Folgende Wahrheiten erachte ich als selbstverständlich: daß alle Menschen als Gleiche geschaffen werden, daß ihnen von ihrem Schöpfer bestimmte unveräußerliche Rechte verliehen sind und daß zu diesen Rechten das Leben, die Freiheit und das Streben nach Glück gehören.

THOMAS JEFFERSON

Während ich hier im Oval Office des Weißen Hauses sitze und auf die Delegation freier Schwarzer warte, die ich dazu überreden muß, die Vereinigten Staaten freiwillig zu verlassen, kann ich nicht umhin, mir zu sagen, daß es keinen Abraham Lincoln gäbe, hätte es nicht einen Thomas Jefferson gegeben. Nicht daß ich mich mit dem großen Jefferson, dem Schöpfer unserer nationalen Identität, vergleichen wollte. Ich bin ein pragmatischer Präsident, der Tycoon, ungeliebt, nicht wiederwählbar, derjenige, der Jeffersons Wolf, die Sklaverei, bei den Ohren hat und von diesem schwer mißhandelt wird – geschüttelt wird wie von einem Braunbären, der das letzte Stück Fleisch von einem Koyotenknochen zerrt.

Präsident Jefferson muß sich in manchen Situationen genauso einsam gefühlt haben, wie ich mich nun hier in meinem Schaukelstuhl fühle. Wie? Oh, ich kenne die Geschichten über seine heimliche Sklavenfamilie. Ich habe bei Kabinettssitzungen zusammen mit den anderen über den großen Revolutionär und seine schwarze Aphrodite hinter vorgehaltener Hand gekichert. Aber, um ehrlich zu sein, ich sehe das genauso wie schon ein anderer Präsident vor mir, der einzige, der die Geschichte damals aus erster Hand kannte: John Adams. Er sagte (und er sagte es als Präsident, als Yankee und als Gentleman), daß er die Geschichte für wahr hielt und daß sie die tragische, unvermeidliche Konsequenz der Sklaverei sei. Ich glaube das ebenfalls, und was noch mehr ist, auch ich, der ich hier sitze, bin eine tragische, unvermeidliche Konsequenz der Sklaverei. Die verschlungenen Beziehungen zwischen den Südstaatlern und ihren Sklaven, die häufig ihre Blutsverwandten sind, ihre dunklen Schatten, gehen niemanden etwas an, es sei denn ... es sei denn, diese Beziehungen berühren das Staatswesen der Vereinigten Staaten von Amerika.

Die ganze Liebesgeschichte wurde von Jeffersons Feinden für politische Zwecke ausgenutzt. Ich habe die Erfahrung gemacht, daß das Privatleben von Männern, die im Licht der Öffentlichkeit stehen, stets besonders verwundbar ist, aber es ist unfair, den Politiker mit dem Privatmann zu verwechseln. Und Tatsache ist, ich bewundere Jefferson.

Ich bewundere ihn, denn er war damals, und ist es noch heute, der aufgeklärteste Geist unserer Geschichte. Möglicherweise hat er ein paar Nachkommen dunkler Hautfarbe gezeugt (oder auch nicht), aber gleichzeitig zeugte er (man möge mir den Vergleich verzeihen) uns alle. Ich meine, ihm gehört alle Ehre, ihm, der unter dem Druck eines Unabhängigkeitskrieges die innere Kraft, die Besonnenheit, die Voraussicht besaß, ein Werk, das zunächst nichts anderes war als ein revolutionäres Dokument, in ein Medium abstrakter Wahrheit umzumünzen, das für alle Menschen und alle Zeiten Gültigkeit besitzt. Und er wußte genau, was er tat. Er wußte, daß wir um mehr als bloße Unabhängigkeit kämpften, ebenso wie ich heute weiß, daß wir um mehr ringen als den Erhalt der Union. Ich weiß noch, wie ich schon als Junge glaubte, daß Thomas Jefferson und die anderen Unterzeichner mit dieser Unabhängigkeitserklärung der tiefsten Hoffnung der Menschheit Ausdruck verliehen hatten. Und ich kämpfe aus tiefster Überzeugung dafür und habe dabei große Schuld auf mich geladen, daß diese Union weiterhin gemäß seiner Idee Bestand hat. Ich habe für seine Idee einen Krieg begonnen. Ich habe seiner Idee 79.000 amerikanische Jungs geopfert. Ich werde Sklaven für sie befreien – selbst seine eigenen. Und ich werde den Süden im Namen seiner Idee zerstören, selbst Virginia, denn er ist der Erzeuger, der Stammvater unserer nationalen Ideale. Ohne sie hat Amerika keine Geschichte.

Es gibt einige, darunter notwendigerweise einige Schwarze, die direkte Nachkommen jener Unterzeichner sind, aber die meisten von uns sind heute, im Jahre 1864, gewöhnliche Einwanderer: Schweden, Deutsche, Iren, Italiener und Polen, die nicht durch Blutsbande mit dieser Idee verbunden sind – sondern einzig durch das Blut, das wir vergießen. Die Hälfte von uns spricht noch nicht einmal Englisch; wir sind eine Bevölkerung von Flüchtlingen, Fremden, Zugezogenen. Nur die *Idee* macht uns zu Amerikanern – nur wenn wir auf diese gute alte Unabhängigkeitserklärung zurückblicken und den alten Jefferson sagen hören »Folgende Wahrheiten erachten wir« – dann, und nur dann spüren wir die Verbindung zum Vater jeglichen moralischen Prinzips in uns, und werden dadurch Blut von seinem Blut, Fleisch von seinem Fleisch, Kinder seiner Unabhängigkeitserklärung. Sie ist die Nabelschnur, die uns alle miteinander verbindet.

Das war es, was ich der Delegation der Schwarzenführer zu erklären versuchte, als ich sie am Samstag, dem 16. September 1862, zu einem geheimen Treffen im Oval Office empfing, um ihnen meine Pläne darzulegen, die vorsahen, alle Neger (mit deren Zustimmung) zurück nach Afrika oder in ein Land in Südamerika bringen zu lassen, wo sie sich meiner Meinung nach wohler fühlen würden.

Ich sprach offen mit ihnen, auf brutale Weise offen, das möchte ich betonen. Ich erklärte ihnen, ich sei nicht geneigt und sei es auch nie gewesen, in irgendeiner Weise die soziale und politische Gleichberechtigung zwischen der weißen und der schwarzen Rasse herbeizuführen. Dasselbe habe ich in allen Debatten gesagt, und ich wiederhole es, seitdem ich Präsident bin. Ich war nicht gewillt, sie zu Wählern oder Richtern zu machen, ihnen das Bekleiden von Ämtern oder (um auf Jefferson zurückzukommen) ihnen die Eheschließung mit Angehörigen der weißen Rasse zu gestatten.

Sechs Delegierte waren gekommen. Große, eindrucksvolle Männer – einer war so schwarz wie meine Hündin Lucy, ein anderer hellhäutiger als ich. Ich erklärte ihnen, ich sei davon überzeugt, daß es körperliche Unterschiede zwischen beiden Rassen gebe, die es uns für immer unmöglich machten, an ein und demselben Ort in sozialer und politischer Gleichberechtigung zu leben. Und da wir nun einmal nicht zusammen leben könnten, müßten wir uns trennen.

»Ob ich recht habe oder nicht, steht nicht zur Debatte«, sagte ich. »Aber die Rasse der Schwarzen, viele von Ihnen, leiden sehr darunter, unter uns leben zu müssen, während unsere Rasse an Ihrer Gegenwart leidet. Es mag hart sein, aber auf seiten unseres Volkes herrscht ein Widerwille dagegen, freie Schwarze unter uns zu dulden. Ich bin nicht gewillt, über diesen Punkt zu diskutieren, sondern stelle ihn als Tatsache hin, mit der wir umgehen müssen. Daran läßt sich nichts ändern.«

Meine schwarzen Mitbürger faßten ihre Reaktion auf diese »Unterredung« in ihren eigenen Worten zusammen.

»In körperlicher Hinsicht, Herr Präsident, mögen Sie sich geringfügig von einem Neger unterscheiden«, sagte er (er war der Schwärzeste von ihnen), »und ebenso von den meisten Weißen. Möglicherweise empfinden Sie, wie Sie andeuten, diesen Unterschied als *höchst nachteilig* für sich. Aber bedeutet das, daß man Sie in ein fremdes Land deportieren sollte?«

»Sagen Sie, ist unser Anspruch auf ein Heim in diesem Land geringer als der Ihre, Herr Präsident?« sagte ein anderer, leicht dunkelhäutiger Mann. »Sind Sie Amerikaner? Wir sind es auch. War Ihr Vater Amerikaner? Und der Vater Ihres Vaters? Sind Sie ein Patriot? Wir sind es auch. Würden Sie es dann nicht als absurd, aufdringlich und völlig unangebracht empfinden, wenn man auf die Idee käme, Sie in einem fremden Land anzusiedeln? Nennen Sie mir einen vernünftigen Grund, warum wir, warum irgend jemand in Zentralamerika in Kohleminen schmachten sollte – falls es dort überhaupt welche gibt? Ist ein Kohlegebiet in Ihren Augen die beste Gegend, um ein Unternehmen zu gründen?«

»Darüber hinaus«, sagte ein anderer, der ziemlich hellhäutig war, »können wir, wenn wir es wünschen, dieses Land zu verlassen, selbst ein Gebiet nach unserem Geschmack aussuchen und dafür bezahlen, Herr Präsident. Außerdem sind wir in der Lage, unsere Reisekosten selbst zu bestreiten, wenn wir fortzugehen bereit sind. Und wenn es soweit ist, werden wir es Sie wissen lassen. Tatsache ist, daß wir jetzt nicht gehen wollen, und wenn irgend jemand möchte, daß wir dieses Land verlassen, dann wird man uns dazu zwingen müssen.«

»Ich weiß, daß wir Ihnen in manchen Dingen unterlegen sind,

Präsident Lincoln«, sagte ein äußerst gebildeter, eleganter Geistlicher, »regelrecht unterlegen. Wir bewegen uns unter Ihnen wie Zwerge unter Riesen. [Gelächter.] Unsere Köpfe ragen kaum aus dem großen Meer der Menschheit heraus. Die Deutschen sind uns überlegen, die Franzosen sind uns überlegen, die Yankees sind uns überlegen. [Gelächter.] Diese Idee von der Minderwertigkeit einer Rasse ist ein alter Trick. Wenn Sie sich mit der Geschichte der Eroberung durch die Normannen befassen, dann werden Sie feststellen, daß die Angelsachsen von den normannischen Eroberern als minderwertig betrachtet wurden. Damals schufteten die Angelsachsen auf den Feldern des guten alten England mit einem Messingring um den Hals, in den der Name ihres Herrn eingraviert war. Damals wurden *Sie* unterdrückt! [Gelächter.] Heute werden wir unterdrückt. Es freut mich, daß Sie nun frei sind, Herr Präsident, aber ich möchte auch frei sein.«

»Dieses Volk hat uns Unrecht getan, Herr Präsident«, sagte der fünfte, der Hellhäutigste von allen, »und aus *diesem* Grund werden wir von vielen gehaßt. Es gibt ein spanisches Sprichwort, das lautet: ›O esde que te erre nunca bien te guise.‹ – ›Da ich dir unrecht getan habe, kann ich dich niemals mögen.‹ … Wenn ein Mensch einem anderen Unrecht zufügt, haßt er diesen nicht nur, sondern versucht, alle anderen dazu zu bringen, ihn ebenfalls zu hassen.

Wir sind stolz darauf, farbige Amerikaner zu sein, aber wir bestreiten, ein ›Volk anderer Rasse‹ zu sein, denn Gott hat alle Völker der Erde gleich geschaffen und macht daher keinen Unterschied zwischen den verschiedenen Hautfarben. …

Wir gehören in dieses Land, weil wir hier geboren sind. … Dies ist unser Heimatland; wir sind den Hügeln, Tälern, Ebenen, den üppigen Wäldern, reißenden Bächen, mächtigen Flüssen und hohen Bergen unserer Heimat ebenso verbunden wie jedes andere Volk. … Dies ist das Land unserer Väter und damit das Land unserer Wahl. Wir lieben dieses Land, und wir haben unseren Teil zu seinem Wohlstand und Reichtum beigetragen. …

Abschließend möchten wir erklären, daß die Rede des Präsidenten einzig im Sinne unserer Feinde war, die uns beleidigen und anpöbeln wollen, so wie wir bereits seit ihrer Veröffentlichung wiederholt beleidigt und aufgefordert wurden, dieses Land zu verlassen. Wir kommen also zu dem Schluß, daß die Politik des Präsidenten im Hinblick auf die farbige Bevölkerung dieses Landes *eine falsche Politik ist.*«

Sie waren nicht bereit, ihre Umsiedlung zu akzeptieren. Ich sagte ihnen nicht, daß ich sehr simple Beweggründe für ihre Deportation hatte: damit würde ich den Fortbestand der Union retten. Kein Neger, der jemals gelebt hat, würde mich dazu bringen, die großartigen, unveräußerlichen Rechte der Weißen anzutasten.

Schließlich gab ich den schwarzen Männern, die an jenem Nachmittag ins Weiße Haus gekommen waren, folgende Erklärung: »Gentlemen, wir wollen all diese Haarspaltereien über die Minderwertigkeit des einen oder anderen Menschen – der einen oder der anderen Rasse – unterlassen. Wir wollen in diesem Land als ein Volk zusammenstehen, bis wir einmal mehr erklären können, daß alle Menschen als Gleiche geschaffen werden. Ob der Schwarze gegenüber dem Weißen geistig oder moralisch minderwertig ist oder nicht – in dem Recht, das Brot, das er mit seiner eigenen Hände Arbeit verdient, zu essen, ohne die Erlaubnis eines anderen einzuholen, ist er mir und jedem Menschen in allen Ländern gleich. Das ist eine Tatsache, die in diesem Land noch Gültigkeit haben wird, wenn alle, die heute in diesem Büro zusammengekommen sind, längst tot sind.«

Dies war der einzige Punkt, auf den wir uns einigen konnten. Es spielte keine Rolle mehr, daß mein Marineminister mir beizubringen versuchte, daß eine Deportation der gesamten schwarzen Bevölkerung nicht nur vierzig Jahre dauern, sondern auch den gesamten Etat der Vereinigten Staaten aufbrauchen würde. Das Thema Deportation war abgehakt. Wir verfügten weder über genügend Schiffe noch über genügend Waffen, um die Männer, die mir gegenüberstanden, zum Verlassen des Landes zu zwingen. Und zweifellos würden sie das Land nur verlassen, wenn sie mit Gewalt dazu gezwungen wurden. Im Gegensatz zu meinem Helden Jefferson war ich mir darüber im klaren, daß diese Männer – die niemals als weiß durchgehen würden – sich aufgrund ihrer Geburt in diesem Staat als Amerikaner betrachteten. Darüber hinaus waren sie nicht bereit, einen Übergangsstatus zwischen ihrer Befreiung und ihrer Anerkennung als Staatsbürger hinzunehmen. Sklaven mochten keine Staatsbürger sein, was freie Schwarze jedoch waren.

Marineminister Welles und Postminister Blair retteten mich schließlich aus der Situation und geleiteten die Männer aus dem Oval Office hinaus. Ich blieb noch lange allein an meinem Schreibtisch sitzen. Trotz aller Bemühungen der schlechtesten Männer Amerikas saß ich – Gott möge mir beistehen – mit Jeffersons Idee und einem Konflikt zwischen Recht und Unrecht fest. Ich erkannte, daß, was immer es war, das Jefferson in mir ausgelöst hatte und das mir keine andere Wahl ließ, als mich als Amerikaner zu betrachten, – daß er das auch in ihnen ausgelöst hatte. Aus dieser Erkenntnis erwuchs die Grundidee für meine Proklamation, zu deren Formulierung ich keinen einzigen Neger zu Rate zog. Und da ich eine gute Menschenkenntnis besaß, war ich nicht gerade optimistisch, was die Folgen meiner Proklamation betraf. Es war mir noch nie gegeben, große Hoffnungen zu hegen. Ich hatte in dieser Hinsicht stets eine gewisse Behinderung oder einen Mangel empfunden; meinen Gefühlen war nie viel Sonne beschieden … und in diesem Augenblick empfand ich nichts als Trauer und Depression.

Wenn ich die Union retten konnte, ohne die Sklaven zu befreien, dann würde ich es tun; und wenn ich die Union nur retten konnte, indem ich alle Sklaven befreite, so würde ich auch das tun; und wenn ich sie retten konnte, indem ich einige Sklaven befreite und andere nicht, dann würde ich das ebenfalls tun. Aber zunächst brauchte ich einen Sieg. Irgendeinen Sieg. Ich schloß einen Vertrag mit Gott. Ich würde jeden gottverdammten Sklaven in den Vereinigten Staaten befreien für einen Sieg in Maryland.

Ich, der Unterzeichnende, Abraham Lincoln, sechzehnter Präsident der Vereinigten Staaten, vierundfünfzig Jahre alt, einsneunzig groß, geboren in einer Blockhütte in den Wäldern von Kentucky, Rechtsanwalt, Politiker, Republikaner, Ehemann von Mary Todd Lincoln aus South Carolina, Vater von vier Söhnen (davon einer verstorben), Führer und vorübergehend (wie ich hoffe) Machthaber über das Volk der Vereinigten Staaten in der größten Krise und tragischsten Periode seiner Geschichte, gebe hiermit Rechenschaft über meinen Geisteszustand am 23. September 1862 n. Chr., dem Tag meiner Proklamation, die in einhundert Tagen in Kraft treten soll, wenn der Süden nicht bis zum ersten Januar 1863 nachgibt.

Als ich mit meiner Proklamation die Freilassung und Gleichstellung aller Sklaven ankündigte und damit dem Krieg eine von mir nie gewollte Richtung gab, also aus der militärischen Niederschlagung einer Rebellion eine Revolution mit Waffengewalt machte, die von niemand geringerem als Karl Marx sanktioniert wurde, der laut Bericht eines mir bekannten deutschen Journalisten gesagt hat: »Die Revolution von 1776 hat die Bourgeoisie befreit, und die Revolution von 1861 die Arbeiterklasse«, war ich für einen Mann, der politischen Selbstmord beging, auf wundersame Weise ruhig und gelassen. Aber ich wußte, daß ich mich von dem Druck aller politischen Kräfte freimachen mußte, denn diese Proklamation trug meinen und nur meinen Namen. Hier stand mein Platz in der Geschichte auf dem Spiel, meine Überzeugung, daß die Mehrheit der Bevölkerung der Vereinigten Staaten nach diesem Krieg die Sklaverei niemals wieder in ihrem Land tolerieren würde. Die Menschen waren empört über die Sklaverei. Die Armee würde mit einer Grimmigkeit und Überzeugung kämpfen, an der jeder Versuch scheitern würde, zu einer Einigung zu gelangen, die einer Vertuschung der Sklaverei gleichkäme. Ich brauchte nur das Fundament zu legen und das besonnene Urteil der Menschheit anzurufen. Diese illegale Praxis der Beschlagnahmung von Eigentum, genannt Befreiung, würde den Schwarzen auch das Recht auf Selbstverteidigung einräumen, obschon ich sie beschwor, auf Gewalt zu verzichten. Aber wenn der Krieg zwischen den Rassen ausbrechen sollte, war das nicht zu verhindern. Auch hatte ich keine Bedenken mehr, Schwarze als Soldaten in die Armee aufzunehmen. Das Papier, das vor mir auf dem Schreibtisch lag, hatte ein Eigenleben entwickelt. Die Kraft, die von ihm ausging, machte mir beinahe angst. Es war nichts als ein Blatt Papier, es war im größten Teil des Landes nicht durchsetzbar, und obendrein verstieß es wahrscheinlich gegen die Verfassung, und doch leuchtete es wie die Heilige Schrift, wie eine moralische Rechtfertigung für all das Blutvergießen, das ich in meinem Land ausgelöst hatte. Es strahlte eine Kraft aus, die stärker war als alles, was ich in der Verfassung entdecken konnte, eine Kraft, die Jeffer-

sons Idee gleichkam. Mit einem Federstrich würde ich vier Millionen Menschen befreien. Ich hatte Mühe, die Tragweite meines Vorhabens zu erfassen. Mit einem Federstrich und ohne Reue würde ich, heute theoretisch, morgen praktisch … würde ich die Worte »für immer« vor »frei« streichen, denn wer konnte überhaupt irgend etwas versprechen, ganz zu schweigen von Freiheit für immer? Das würde selbst den Allmächtigen in Verlegenheit bringen. Eins war jedoch sicher: Ich würde diesen Krieg bis zum bitteren Ende durchstehen müssen. Hier ging es nicht um die besonnenen Kompromisse der Verfassung, sondern um die leidenschaftliche Überzeugung der Unabhängigkeitserklärung. Um mich herum herrschte Stille, eine so ehrfürchtige Stille, daß ich sogar das Kratzen der Feder auf dem Papier hörte. Ich blickte auf und sah die Mitglieder meines Kriegskabinetts an – Chase, Stanton, Blair – lauter rechtschaffene Männer. Meine Augen füllten sich mit Tränen – eine tropfte auf das Papier, auf ein Komma, eine Fußnote; niemand bemerkte es. … Allmächtiger Gott, flehte ich, steh mir bei. Dann atmete ich tief aus.

Abraham Lincoln

31

Mein Blut fließt nicht schnell genug, um mit dem Tumult in der Welt mitzuhalten.

THOMAS JEFFERSON

»Und jetzt – stillhalten, bitte.«

Eine Hand kam hinter dem schwarzen Tuch hervor und entfernte den Deckel der Kameralinse. Die Magnesiumlampe blitzte vor uns auf wie eine Granatenexplosion, und der Raum füllte sich mit einem beißenden Geruch, der sich mit dem süßlichen Duft der Fichte mischte, die wir als Weihnachtsbaum aufgestellt hatten. Wir hatten beschlossen, ein Familienfoto machen zu lassen, nicht nur als feierliches Andenken an diesen Tag, den 1. Januar 1863, sondern auch aus Freude darüber, daß alle meine Männer, selbst Raphael und Maurice, Fronturlaub hatten und daß Abraham Lincolns Proklamation seit diesem Tag im ganzen Land geltendes Gesetz war.

Kurz zuvor hatten Kanonenschüsse aus der Waffenkammer den Wintergarten erschüttert, und alle Glocken Philadelphias hatten in einem dissonanten Freudenkonzert geläutet, während ich die Proklamation vom 23. September, die auf der Titelseite des *Philadelphia Inquirer* abgedruckt war, laut vorlas.

»Kraft der obgedachten Gewalt und in obgedachter Absicht verordne und erkläre ich, daß alle innerhalb bezeichneter Staaten und Teile von Staaten als Sklaven gehaltene Personen frei sein sollen …

Und ich erkläre und tue kund, daß solche Personen von tauglicher Beschaffenheit in den bewaffneten Dienst der Vereinigten Staaten aufgenommen werden …

Und auf diesen Akt, den ich aufrichtig für einen Akt der Gerechtigkeit halte, der durch die Verfassung aufgrund militärischer Notwendigkeit geschützt ist, rufe ich das besonnene Urteil der Menschheit und die Gnade des allmächtigen Gottes herab …

Unterzeichnet diesen ersten Januar im Jahr unseres Herrn 1863, im siebenundachtzigsten Jahr der Unabhängigkeit der Vereinigten Staaten von Amerika.«

Dann schwieg ich mit tränenerfüllten Augen und dachte an die Unabhängigkeitserklärung meines Vaters. Für mich hatte das alles immer den gleichen Bezug: mein Vater. Es war, als sei er nicht nur in diesem Raum, sondern auch im Volk gegenwärtig – als ob der ganze Krieg sich um ihn drehte.

»Die Menschen – *schwarze* Menschen – haben heute morgen auf den Straßen getanzt«, sagte Maria in ihrer präzisen, rhythmischen Sprache.

»Sie nennen den heutigen Tag einen Jubeltag.«

»Lincoln muß annehmen, daß wir dabei sind, den Krieg zu verlieren.«

»Lincoln sagt nichts über die Sklavenhalter, die der Union treu geblieben sind. Die dürfen ihr Eigentum anscheinend behalten. Er hat ganz Tennessee und West Virginia ausgenommen«, bemerkte Maurice.

»Auch über eine Kolonie für die Schwarzen hat er nichts gesagt.«

»Nun, er kann schließlich nicht die Schwarzen auffordern, in die Armee einzutreten und gleichzeitig das Land zu verlassen«, sagte Raphael.

»Und was ist mit den vier Milliarden Dollar, die sie wert sind? Werden die Vereinigten Staaten die Sklavenhalter für den Verlust ihres Eigentums entschädigen?« fragte Maurice.

»Entschädigung für die Befreiung! Wiedergutmachungsleistungen für die Befreiung! Befreiung und Deportation! Ich höre gar nichts anderes mehr!« erwiderte ich aufgeregt. »Wie wäre es mit Befreiung und Wiedergutmachung *für die Sklaven*? Wiedergutmachung für das Verbrechen der Entführung, des Säuglingsdiebstahls, illegaler Einsperrung, grausame und außergewöhnliche Bestrafung? Wie wäre es mit Wiedergutmachungsleistungen für eine Mutter, der ihr Kind aus den Armen gerissen wurde?«

Thor warf mir einen merkwürdigen Blick zu. »Daran habe ich

schon oft gedacht«, sagte er nachdenklich, »aber ich hatte bisher noch nie den Mut, es auch auszusprechen.«

»Nein, du warst in Gedanken damit beschäftigt, die ganze Rasse zu deportieren.«

»Nein, das ist nicht fair, Mutter.«

»Warum sollte ich Tränen darüber vergießen, daß der Süden bankrott ist?«

»Weil du aus Virginia bist, Ma. Auch wenn du den Süden haßt, so sind die Südstaatler immer noch deine Leute«, meinte James.

James hatte recht. Sie waren immer noch meine Leute, es waren meine Blue Ridge Mountains, mein Beaver Creek, mein Sonnenaufgang und mein Sonnenuntergang, mein blühendes Tabakfeld. Aber er ist euer Großvater, dachte ich. Hört euch nur alle reden. Ihr seid wie er. Ihr zitiert ihn. Ihr kennt seine Worte auswendig. Er gehört zu euch. Ihr habt ihn mit der Muttermilch in euch aufgenommen. …

»Der Süden soll ruhig jeden einzelnen Penny seines Reichtums, den die Sklaven für ihn erwirtschaftet haben, ausgeben«, sagte ich langsam. »Die Südstaatler sollen für jeden Tropfen Blut von Schwarzen, das sie vergossen oder vergiftet haben, einen Tropfen ihres eigenen Blutes vergießen. Ich habe kein Mitleid mit ihnen, und ich kenne keine Gnade für die sogenannte blutende Konföderation.«

»Ist das ein Gebet?« fragte Maria.

»Ich denke, wir sollten ein Gebet sprechen«, sagte ich.

Die Proklamation hatte mir meinen Lebenssinn geraubt. Ich war eine Fluchthelferin ohne Flüchtlinge. Eine Abolitionistin, deren Aufgabe sinnlos geworden war. Ich lief Gefahr, ausgelöscht zu werden – geschlagen, überholt und vernichtet durch meine eigene Biographie. Von nun an war es überflüssig, als weiß durchzugehen, um die Freiheit zu erlangen. Ich war als Jeffersons Bastard geboren, und jetzt war ich Lincolns Kind.

Ich war von einer schrecklichen Einsamkeit erfüllt, schrecklicher, als ich sie je zuvor empfunden hatte. Mein Mann und meine Söhne würden ihre eigene Mutter und Ehefrau befreien. *Ohne je davon zu wissen.*

Das Gebet wollte nicht kommen. Aus der Ferne war wie eine Begleitmelodie der Jubel in den Straßen zu hören, das Krachen eines

Feuerwerks und das dumpfe Geräusch von Tausenden Menschen in Bewegung. Die Kanonen der Schiffe im Hafen, die abwechselnd mit denen im Munitionsdepot abgefeuert wurden, bildeten die Bässe in dem Konzert, das die Glocken von fünfzig Kirchen angestimmt hatten. Bewegt von den Klängen setzte ich mich an mein Klavier und senkte den Kopf auf die Brust.

»Spiel etwas, Mutter«, sagte James.

Aber ich wußte nicht, was ich spielen sollte. Ich langte hinunter und streichelte Independence' Ururureenkelin Liberty. Ich befleckte ihr Fell, genauso, wie ich die Klaviertasten befleckte, denn meine Finger waren voller Druckerschwärze. Ganz leise begann ich das neue Lied von Stephen Foster zu singen: »We are coming, Father Abraham, three hundred thousand strong.«

In diesem Frühling jagte ein Ereignis das andere. General Robert E. Lee, der mit seiner Armee Sieg um Sieg für die Konföderation errang, fühlte sich ermutigt, immer weiter nach Norden bis über die Mason-Dixon-Linie nach Pennsylvania zu marschieren und Harrisburg anzugreifen.

Im Juni veranstaltete das Sanitätskorps auf dem Logan Square ein großes Fest zu Ehren der Armee und Abraham Lincoln. Zu unser aller Überraschung sagte der Präsident sein Erscheinen auf dem Fest zu. Ganz Philadelphia versammelte sich, um ihn reden zu hören.

Lincolns Rede war gegen die Demokraten von Philadelphia gerichtet, die für den sofortigen Frieden eintraten.

»Es gibt eine Reihe von Leuten, die unzufrieden mit mir sind«, begann er. »Denen sage ich: Sie rufen nach Frieden und machen mich dafür verantwortlich, daß wir ihn nicht haben. Aber wie sollen wir den Frieden herbeiführen? Wir haben nur drei Möglichkeiten zur Wahl. Erstens, die Rebellion mit Waffengewalt niederzuschlagen. Das versuche ich zu tun? Sind Sie dafür?«

Es ertönten Hochrufe, es wurde applaudiert und mit den Füßen getrampelt.

»Wenn Sie dafür sind, dann sind wir uns soweit einig. Wenn Sie dagegen sind, wäre eine zweite Möglichkeit, die Union aufzugeben. Ich bin dagegen. Sind Sie dafür?«

Laute Buh-Rufe, Pfiffe und Getrampel erfüllten das Festzelt.

»Wenn Sie dafür sind, dann sollten Sie das deutlich zu verstehen geben. Wenn Sie weder für Gewaltanwendung noch für die Auflösung der Union sind, bleibt als dritte Möglichkeit nur noch der Kompromiß. Ich glaube nicht, daß es möglich ist, einen Kompromiß zu erzielen, der den Erhalt der Union garantiert. Die Stärke der Rebellen liegt in ihrer Armee. Es kann keinen Kompromiß geben, der Lees Armee davon abhalten könnte, Pennsylvania einzunehmen! Nur die Armee von General Hooker kann Lees Truppen daran hindern, in Pennsylvania einzumarschieren, und sie schließlich gänzlich aufreiben …«

Wieder ertönten laute Hoch- und Hurra-Rufe. Der Präsident war ein fesselnder Redner. Wie ein großer schwarzer Habicht blickte er vom Podium aus in die Menge, sein dunkles Haar stand ihm zu Berge, seine stahlblauen Augen funkelten, tiefe Linien schienen mit schwarzer Kohle auf sein Gesicht gemalt zu sein, dessen Haut dunkler war als die vieler Neger.

»Aber, um es deutlich zu sagen, Sie sind unzufrieden mit mir wegen der Neger. Ihnen gefällt meine Befreiungsproklamation nicht; Sie glauben, sie verstoße gegen die Verfassung. – Ich sehe das anders. Die Verfassung gestattet ihrem Oberbefehlshaber, in Kriegszeiten das Kriegsrecht einzuführen. Besteht auch nur der geringste Zweifel daran – oder hat er je bestanden –, daß es nach dem Kriegsrecht gestattet ist, Eigentum sowohl von Feinden wie auch von Freunden zu konfiszieren? Die Befreiungsproklamation und die Rekrutierung von farbigen Soldaten sind der schwerste Schlag, den wir bisher gegen die Rebellion geführt haben. Sie sagen, Sie sind nicht bereit zu kämpfen, um Neger zu befreien. Einige von ihnen scheinen dagegen bereit zu sein, für *Sie* zu kämpfen …«, unter lautem Jubel der Farbigen unter seinen Zuhörern fuhr er fort: »… um die Union zu retten. Wenn wir die Abtrünnigen besiegt haben und ich Sie dann immer noch auffordere zu kämpfen, *dann* haben Sie immer noch Zeit zu erklären, daß Sie nicht kämpfen wollen, um die Neger zu befreien …«

Ich starrte den Mann auf dem Podium an. Hatte ich so lange als Weiße gelebt, daß ich mich nicht mehr zu den Leuten gehörig fühlte, über die er sprach? Was war ich? Wenn ich so weiß war, wie ich vorgab, warum kochte mir dann die Galle über, wenn ich das Wort *Neger* aus dem Mund des Präsidenten hörte? Für ihn bedeutete der Begriff nichts weiter als eine Kategorie, genau wie damals für meinen Vater oder nun für meinen Mann. Wann, fragte ich mich, würde das Wort *Neger* für den Präsidenten gleichbedeutend sein mit *Amerikaner*? Welche algebraische Gleichung von Leid und Opfer würde er benutzen? Die Hälfte? Ein Drittel? Ein Sechzehntel? Als hätte er meine Gedanken gelesen, fuhr der Präsident fort: »Wenn wir Neger zu Soldaten machen können, dann bedeutet das, daß weiße Soldaten weniger zu leisten brauchen, um die Union zu retten ...«

Alles, was die Weißen an Arbeit für die Schwarzen übrigließen, alles was sie nicht selbst tun konnten, was ihnen zu schmutzig oder zu gefährlich erschien, um es selbst zu tun ... so sah also die Gleichung des Präsidenten aus.

»Oder sind Sie anderer Meinung? Aber Neger brauchen, wie jeder andere Mensch auch, eine Motivation. Warum sollten sie irgend etwas für uns tun, wenn wir nicht bereit sind, etwas für sie zu tun? Wenn sie ihr Leben für uns aufs Spiel setzen, dann brauchen sie die stärkste Motivation überhaupt – sogar das Versprechen der Freiheit. Und wenn dieses Versprechen einmal gegeben wurde, dann muß es gehalten werden.«

Das Publikum wurde allmählich unruhig. In den hinteren Reihen gab es ein Handgemenge. Thor und Charlottes Mann verließen eine Gruppe von Männern in Uniform und kamen zu uns herüber.

»Lee ist in Pennsylvania. Hooker hat Befehl, mit seiner Armee nach Norden zu schwenken und sich ihm entgegenzustellen, nur daß Hooker nicht weiß, wo Lee ist«, brüllte eine Stimme vom hinteren Ende des Festzeltes. Aber der Präsident redete unbeirrt weiter und rechtfertigte seine Entscheidungen.

»Dann werden wir die Menschen gelehrt haben, daß sie durch einen Krieg nicht bekommen können, was ihnen die Wahlzettel versagen. ... Und dann wird es einige Schwarze geben, denen bewußt wird, daß sie schweigend, mit zusammengebissenen Zähnen, festem Blick und dem Bajonett in der Hand dazu beigetragen haben, daß die Menschheit dieses hohe Ziel erreicht hat. Gleichzeitig befürchte ich, daß es einige Weiße geben wird, die nicht vergessen können, daß sie mit Bosheit im Herzen und hinterlistigen Reden alles darangesetzt haben, dies zu verhindern.«

Noch bevor der Präsident seine Rede beendet hatte, ertönten Buh-Rufe, Pfiffe und Hoch-Rufe durcheinander.

»Als erstes müssen wir Lee suchen!«

»General Hooker gehört gefeuert!«

In all dem Lärm und Aufruhr hörte ich, wie Thor sich mit Andrew Nevell unterhielt.

»Es gibt keine Armee ohne Soldaten«, sagte er. »Und Soldaten kriegt man nur freiwillig oder unfreiwillig in die Armee. Wir haben aufgehört, Freiwillige aufzurufen, und um sie unfreiwillig zu bekommen, müssen wir die Wehrpflicht einführen, Andrew.«

»Wir kriegen nicht genug Leute zusammen«, erwiderte Andrew Nevell.

»Ich weiß, es herrscht große Unzufriedenheit darüber, daß ein Wehrpflichtiger das Recht hat, sich für dreihundert Dollar freizukaufen; aber keiner regt sich darüber auf, daß man ebensogut einen anderen Mann als Ersatz anbieten kann!« mischte sich Gustav Gluck ein.

»Das Recht, einen anderen Mann als Ersatz zu stellen, begünstigt vor allem die Reichen und Wohlhabenden. Da es sich hierbei jedoch um eine alte, wohlbekannte Praxis bei der Rekrutierung von Soldaten handelt, nimmt niemand Anstoß daran«, erwiderte Andrew.

»Aber tun wir nicht genau das, indem wir farbigen Männern gestatten, sich freiwillig zum Dienst zu verpflichten? Ersetzen wir damit nicht auch Weiße durch Schwarze? Schließlich beruht das Prinzip der Wehrpflicht auf unfreiwilliger Dienstleistung«, sagte Gustav.

»Lincoln hat recht – wir sollten die Neger oder zumindest ein paar von ihnen kämpfen lassen«, meinte Nevell.

»Was soll das bedeuten?« rief Thor. »Sollen wir davor zurückschrecken, die notwendigen Maßnahmen zu ergreifen, um unsere freie Regierung zu verteidigen, die unsere Großväter erkämpft und unsere Väter unterstützt haben? Sind wir ein degeneriertes Volk? Besitzt unsere Rasse nicht genug Männer? Brauchen wir Neger, um für uns zu kämpfen? Es ist wirklich niederträchtig«, fuhr Thor fort, »daß wir Amerikaner die Neger als Staatsbürger anerkennen, wenn wir auf ihre Hilfe angewiesen sind, sie jedoch als minderwertig betrachten, wenn es uns gutgeht. Als unser Land anfangs um seine Existenz gerungen hat, galten die Neger als Mitbürger. 1776 waren sie Mitbürger. Zu dem Zeitpunkt, als Jefferson seine Unabhängigkeitserklärung formulierte, hatten die Neger in elf von dreizehn Staaten das Wahlrecht. 1812 hat General Jackson sie als Mitbürger angesprochen. Er wollte, daß sie für unser Land kämpften! Und nun, da wir gezwungen sind, die Wehrpflicht einzuführen, ist der Neger plötzlich wieder ein Staatsbürger. Geht in die Armee! Hebt Gräben aus! Dreimal in der Geschichte dieses Landes wurden die Neger als Staatsbürger akzeptiert, und jedesmal ging es darum, daß sie ihr Leben für unser Land riskieren sollten.«

Emily, Charlotte und ich verließen das Zelt und überließen unsere Männer ihren Diskussionen. Wie immer, verteidigten sie ihre Männlichkeit und ihr Land mit Hilfe *unserer* Söhne. Ich mußte über die Ironie grinsen. Als Mutter hätte ich liebend gern die Auslösesumme von dreihundert Dollar für jeden meiner Söhne bezahlt. An den Auktionspreisen für Sklaven bemessen war das ein echtes Schnäppchen.

Wenn Robert E. Lee noch einen einzigen entscheidenden Sieg auf dem Boden des Nordens errang, konnte er diesen Krieg mit einem Triumph für den Süden zu Ende bringen. Ich kannte den Stolz und den Charakter der Südstaatler gut genug, um zu wissen, daß der General alles auf diesen nächsten Kampf setzen würde. Und die nächste Schlacht würde hier in Pennsylvania stattfinden.

1863

32

Mein einziger Trost ist die Gewißheit, daß ich das nicht mehr erleben werde.

Thomas Jefferson

Robert E. Lee marschierte nach Norden und fiel in Pennsylvania ein. Von diesem Tag an bestand das Leben meiner Zwillinge aus immer längeren und anstrengenderen Gewaltmärschen der Armee von Nordvirginia entgegen. Auf den langen Strecken wurde die Nacht zum Tag und der Tag zur Nacht. Sie marschierten durch Staub und Schlamm, unter sengender Sonne, im strömenden Regen, durch Prärien und Schluchten, durch Flüsse und über die Schlachtfelder des vergangenen Jahres, wo die ausgebleichten Skelette von toten Soldaten immer noch in den Gräben lagen; erschöpft, ohne Schlaf, gequält von Zeitungsnachrichten, die besagten, der Feind sei in Philadelphia, in Baltimore, überall dort, wo sie ihn doch nicht antrafen, bis sie schließlich herausfanden, wo er wirklich war: in Gettysburg, einem kleinen Dorf nicht weit entfernt von Anamacora, wo das Landhaus ihrer Großmutter stand.

Wie erwartet, wurden Emily und ich vom Sanitätskorps in das Feldlazarett geschickt, das man in der Nähe des Ortes eingerichtet hatte, wo die Schlacht erwartet wurde. Ich ließ Maria in Anamacora zurück, sattelte ein Pferd namens Virginius, packte meine Sachen und machte mich auf den Weg, um Emily abzuholen. Wir konnten den Vorposten des Korps in Taneytown, etwa dreizehn Meilen vor Gettysburg, in einem Tagesritt erreichen. Ich nahm nur wenige Dinge mit: weiße Handschuhe und etwas Unterwäsche, Thance' Teleskop, Thors Pistole, einen Kompaß, eine Armbanduhr, das Familienfoto, das wir am 1. Januar hatten machen lassen, und eine

Bibel. Weder in Anamacora noch auf der Farm der Glucks konnte man jemanden entbehren, der mit uns hätte reiten können, also ritten Emily und ich ohne Begleitung, bewaffnet und mit schnellen Pferden ausgerüstet.

In der Nähe von Gettysburg gelangten wir zu einem weißen, stuckverzierten Gebäude, das auf einem kleinen Hügel stand, umgeben von Weinbergen und Pfirsichplantagen. Es war das Kloster St. Joseph, vor dessen Mauern überall zu Stapeln aufgetürmte Waffen und der Rauch von den Lagerfeuern des Heereslagers zu sehen waren. Der viereckige Bergfried erhob sich wie ein toskanischer Turm über die sanften Hügel, und man hatte von dort aus einen guten Blick über das gesamte Tal mit seinen Flüssen und Wäldern, einen kleinen Friedhof und das Dorf selbst. Das Tal wirkte wie der sicherste Ort auf der Welt.

Viele der Sanitäterinnen in Taneytown stammten aus geachteten Familien, manche trugen die Namen von Universitäten und Krankenhäusern, von Fabriken und Hüttenwerken. Ich war für jeden, dem ich begegnete, Mrs. Wellington, und unter diesem Namen würde ich in den Kampf ziehen. Aber heimlich trug ich einen anderen Namen, der nicht weniger berühmt und glanzvoll war als alle anderen. Ich schnitzte die Initialen H. H. J. in meinen ledernen Schwesternkoffer, um mich daran zu erinnern, daß ich die Tochter des Präsidenten war. Ich war nicht nur als Sanitäterin, sondern auch als Augenzeugin hierhergekommen. In Kürze würde ich Thor wiedersehen, der von Camp Rapidan hierher unterwegs war, und Madison und James, die von irgendwoher auf dem Weg an diesen Ort waren, dessen war ich mir sicher. Bis zu dieser Begegnung hatten sie drei Wochen und ich vierzig Jahre gebraucht.

Emily, Dorothea Dix und ich verbrachten den Rest des Abends damit, den Inhalt der Versorgungszelte zu überprüfen: Marmeladengläser und Sirupflaschen; Hemden, Unterwäsche, Schutzkittel, Socken, Überschuhe. Tücher und Bandagen lagen sauber gefaltet in Holzkisten. Es gab Fässer mit Kaffee, Tee und Plätzchen und Tamarinde in Säcken. Ich inspizierte persönlich den Vorrat an Medikamenten und medizinischem Gerät: Alkohol, Kreosot, Salpetersäure, Bromid, Jod, Kaliumpermanganat, Morphium, Codein,

Kampfer, Laudanum, Spritzen, Zinnbecher, hölzerne Arm- und Beinschienen, Krücken, Eimer, Tragen, Schlafsäcke und Decken. Ich fand irdene Töpfe, gefüllt mit Jod und Heilkräutern, die die Aufschrift WELLINGTON trugen, sowie Fässer mit Chloroform und Äther, die aus unserer Firma stammten.

Am 1. Juli war für alle der Tag des Schicksals gekommen. An diesem Tag hörten wir zum erstenmal das dumpfe Grollen der Kanonen, während der leere Operationsraum uns in stummer Erwartung anstarrte.

»Es geht das Gerücht«, sagte Emily, »daß Lincoln General Hooker entlassen und Meade an seiner Stelle eingesetzt hat. Gott gebe, daß das stimmt.«

Die dritte, erste und zweite Division der Potomac-Armee waren alle südöstlich des Hügels an der Straße nach Taneytown zusammengezogen worden – fast einhunderttausend Unionssoldaten standen derselben Anzahl an Rebellen gegenüber. Die beiden Armeen waren endlich aufeinandergetroffen.

Oberschwester Dix erkannte die Generäle Meade und Gibbson, als sie an unserem Feldlazarett vorüberritten. Noch einmal überprüften wir unsere Vorräte und Gerätschaften. Die endlosen Reihen leerer Krankenbetten wirkten wie ein Aufschrei in der Dunkelheit, wie unwirkliche Mahnmale des Todes und der Verstümmelung.

Wir sprachen kaum ein Wort miteinander. Die Ärzte und Chirurgen trafen ein. Karren für den Transport der Verwundeten fuhren im Mondlicht vor und wurden in langen Reihen aufgestellt. Die schwarzen Arbeitstrupps hoben während der ganzen Nacht schweigend Gräben aus. Man sollte meinen, dachte ich, daß die Menschen am Vorabend eines solchen Ereignisses von außergewöhnlichen Gefühlen überwältigt würden, daß sie von einer Erregung durchdrungen wären, die dem bevorstehenden Geschehen angemessen war. Aber nichts dergleichen war um das Feldlazarett herum zu spüren, dieser Abend hatte nichts Erhabenes. Die Potomac-Armee bestand aus Soldaten, die schon viele Niederlagen erlebt hatten, sie hatten schon zu viele Kameraden sterben sehen, um sich durch die Aussicht auf eine erneute Schlacht um den Schlaf bringen zu lassen. Nein, ich glaube, die Soldaten schliefen gut in jener Nacht.

Ich setzte mich im Mondlicht auf die Eisenbahnschwellen, um Thor zu schreiben, obwohl ich wußte, daß mein Brief ihn nie erreichen würde, aber meine Hände zitterten so sehr, daß ich keinen Stift halten konnte.

Der Morgen des 2. Juli war schwül und drückend, der Himmel war grau und verhangen, und es fiel ein leichter Nieselregen. Ich nahm Thance' Teleskop und beobachtete das Treiben auf der Anhöhe in der Nähe des Friedhofs, an dem ich am Tag zuvor vorbeigeritten war. Die Männer wirkten wie Riesen dort im Nebel, und die Kanonen sahen so bedrohlich aus, daß ich erleichtert war zu wissen, es waren die unseren.

»Oberschwester Dix hat mich gebeten, den Schwestern drüben im Kloster einen Vorrat an Morphium zu bringen«, sagte ich zu Emily, während ich mein Pferd sattelte. »Ich nehme mein Teleskop mit. Ich werde auf den Glockenturm steigen und versuchen, etwas zu sehen.«

Während ich von unserem Lager fortritt, ertönte der erste Kanonendonner, und etwas, das sich wie Meeresrauschen anhörte, jedoch von Abertausenden von Füßen marschierender Soldaten herrühren mußte, stieg wie ein fernes Echo aus dem Tal. Beim Kloster angekommen, band ich Virginius an und meldete mich bei der Schwester Oberin. Ich übergab ihr das Morphium und stieg dann in den Glockenturm hinauf in der Hoffnung, das, was ich eben gehört hatte, sehen zu können.

Als ich durch das Teleskop schaute, sah ich, daß die Truppen sich zu einem U formiert hatten. Der kleine Friedhof, nun von Soldaten umschlossen, befand sich genau südlich der Stadt Gettysburg, die trügerisch friedlich im Sommerdunst dalag. Drei Straßen liefen vor der Stadt zusammen und bildeten einen Winkel von sechzig Grad. Die Straße, die von Osten kam und am Friedhof vorbeiführte, war Baltimore Pike; von Westen her verlief die Emmettsburg Road; und dazwischen zog sich die Taneytown Road von Norden nach Süden hin und vereinigte sich zwischen Friedhof und Stadt mit der Emmettsburg Road. Zwischen den beiden Straßen lag Seminary Ridge, eine Anhöhe, auf der sich achtzigtausend blaugekleidete Soldaten mit ihren Gewehren verteilt hatten, und an den Flanken stand die Kavallerie. Das war die Schlachtordnung der Potomac-Armee.

Von den Konföderierten war jedoch zunächst nichts zu sehen, so gut hatten sie sich in den Wäldern nördlich der Stadt getarnt. Als sie ihre grauen Massen dann schließlich in Bewegung setzen, zeigten sie sich im Westen und Nordwesten der Seminary-Hügelkette. Am ganzen Körper zitternd, ließ ich das Teleskop sinken. Ich mußte zu Emily und ins Lazarett zurück. Plötzlich verwandelte sich die ganze Landschaft vor mir in ein riesiges, schwankendes Staatsschiff, die Wolken am Himmel hatten sich zu Segeln aufgebläht, und die Erde bewegte sich wie ein wogendes Meer. Tausende blauberockte Männer und mehrere Kavallerieschwadrone bewegten sich vor meinen Augen von den Hügeln hinab und durch das schmale Tal, das Norden und Süden trennte. Das war die erste Schlachtwelle der neunzigtausend Mann starken Potomac-Armee.

Möglicherweise hörte ich das Gerassel von zehntausend Ladestöcken, die zehntausend Bleikugeln in zehntausend Läufe rammten. Die Erde bebte fürchterlich, der Glockenturm erzitterte, und ein ohrenbetäubendes Getöse erschütterte die Welt, als sei der jüngste Tag gekommen. Zu meiner Verblüffung fand ich mich auf dem Boden sitzend wieder, so als hätte der Lärm mich umgeworfen. Ich stand auf, aber anstatt aus dem Glockenturm zu fliehen, schaute ich noch einmal durch das Teleskop und entdeckte kleine graue Punkte, die in Scharen aus den Wäldern brachen, um sich der blauen Welle entgegenzuwerfen.

Dann sah ich zahllose Blitze und hörte das Krachen von Musketensalven, vermischt mit dem Donner der Kanonen. Die langen grauen Kolonnen stürmten den Hügel hinab, stürzten sich in das Meer von Blau und Pulverrauch. Im nächsten Augenblick strömte dieselbe Farbe aus den Büschen und den Obstgärten zu meiner Rechten. Oh, welch ein Krachen und Dröhnen – und plötzlich hörte ich in der Ferne aus dreißigtausend Kehlen den Schlachtruf der Rebellen. Mir standen alle Haare zu Berge, und ich blinzelte in den Himmel, den der Rauch der Geschütze zu verdunkeln begann. Ich fühlte mich vollkommen allein auf der Welt, während ich dieses Spektakel verfolgte. Hier würde ich sterben, dachte ich. Es gab kein Entrinnen.

Wie gebannt stand ich auf dem Turm und sah, wie die Welt sich in ein Meer von Feuer verwandelte. Die Landschaft hatte sich vom Hügel bis zum Friedhof in ein einziges Schlachtfeld verwandelt. Es war ein schreckliches Gefühl, den Kampf von hier oben aus zu beobachten, aber wie mußte es erst für die sein, die mitten drin waren? Alle meine Sinne waren wie abgestorben, nur mit den Augen nahm ich noch etwas wahr. Das Dröhnen der Kanonen und das Kriegsgeheul der Rebellen drangen nicht bis zu mir vor, während ich alles sah, was der Rauch nicht verbarg.

Dieses Schauspiel mit einem Sommergewitter zu vergleichen, mit dem Grollen des Donners, dem Aufzucken von Blitzen, dem Heulen des Sturms und dem Pfeifen von Hagel, wäre dieser Symphonie von zweihundertfünfzig Kanonen, die ihre Geschosse in den vom Rauch verdunkelten Himmel spieen, nicht gerecht geworden: Sie erfüllten die Luft über meinem Kopf mit einer erdrückenden Hitze, sie ließen den Boden unter mir erbeben, das Dröhnen war einmal ganz nah, dann krachte es in der Ferne, es war ein durchdringendes, ohrenbetäubendes Getöse. Man konnte es nicht mit einem Sturm vergleichen, denn ein Sturm ist ein göttlicher Akt. Es war eine unüberschaubare Masse von rennenden, stürzenden, kriechenden, sich duckenden Männern. Aber die Geschütze waren nicht von dieser Welt, sie waren den Menschen gegenüber gleichgültig. Diese Kanonen waren große, wütende Dämonen mit Feuerzungen in ihren Rachen, die mit ihrem faulen, schwefeligen Höllenatem die kleinen Gestalten vor sich her trieben. Und die bedauernswerten, winzigen, verdreckten Männer, die schreiend und mit Panik im Herzen herumrannten und die schwarzen Kugeln und Zündsätze dirigierten, gehorchten diesen Dämonen des Krieges wie willige Sklaven.

Ich ertappte mich dabei, wie ich schrie und dann wieder vor mich hin flüsterte, während Rebellen vorwärtsstürmten und in das Feuer der langen, blauberockten Linien liefen. Überall sanken Männer zu Hunderten zu Boden: arme, verstümmelte Kreaturen, manche mit einem leblosen Arm, manche, denen eine Kugel ein Bein gebrochen hatte, schleppten sich humpelnd oder kriechend hinter die Linien zurück. Sie schienen keinen Ton von sich zu geben. Jetzt übertönte das Gebrüll der vorwärtsstürmenden Unionssoldaten das der Rebellen.

Eine blaue Welle ergoß sich über den grauen Fels und zermalmte die Grauröcke. Ich fing unwillkürlich an zu schreien, als die Linien der Rebellen sich auflösten und die Soldaten wie Tränen zurückflossen.

Durch dichten Rauch tastete ich mich stolpernd über die Stufen des Glockenturms hinunter, meine Wäsche von Urin durchnäßt, mein Gesicht rußgeschwärzt. Unten angekommen, taumelte ich durch die Reihen der ersten Verwundeten. Sie lagen dicht an dicht vor der Kapelle und um den Glockenturm. Viele, die es geschafft hatten, sich selbst vom Schlachtfeld hierherzuschleppen, waren nun so erschöpft, daß sie nicht mehr weiterkonnten. Manche versuchten sich die Kleider vom Leib zu reißen, um ihre Wunden in Augenschein zu nehmen, denn sie wußten, daß ein Bauch- oder Brustschuß tödlich war. In einer langen Reihe lagen halb bewußtlose Männer nebeneinander, die erbärmlich stöhnten und zuckten, und um die sich niemand kümmerte – Männer, die einen Kopfschuß erlitten hatten oder deren Zustand nach hastiger Untersuchung als hoffnungslos eingestuft worden war. Man hatte sie etwas abseits hingelegt, um sie dort sterben zu lassen. Nicht weit entfernt, vor einem der Lazarettzelte, stand ein langer Tisch, an dem Ärzte dabei waren, Arme und Beine zu amputieren, daneben ein Armeekarren, der die abgetrennten Gliedmaßen abtransportierte, um dann zurückzukehren und eine neue Ladung aufzunehmen. Eine neue Welt war entstanden, während ich mich in dem Bergfried aufgehalten hatte.

In der Kapelle hatte man Holzplanken über die Kirchenbänke gelegt und den gesamten Innenraum in ein riesiges, hartes Lager für die Verwundeten umgewandelt, die dicht an dicht darauf lagen. Entsetzt und von Ehrfurcht ergriffen stand ich da, umgeben von einem Meer des Leids.

Ich ging den Mittelgang hinunter durch die auf Brusthöhe errichteten Lager, auf denen die Verwundeten nach mir riefen und die Hände nach mir ausstreckten. Blut war durch die Ritzen in den Planken zu Boden gesickert und hatte sich mit dem Wasser vermischt, das in einer Rinne in dem ausgetretenen Steinboden stand und durch das mein Rocksaum beim Gehen schleifte. Die weißen Hauben und Schultern der Nonnen glitten an mir vorüber, als ich mir meinen Weg auf das Kruzifix zu bahnte, das über dem Altar hing und über den Verwundeten zu schweben schien. Endlich stand ich vor dem Kreuz, und dann, wie in Trance und ohne zu wissen, was ich als nächstes tun sollte, wandte ich mich um und machte kehrt.

Wie eine Schlafwandlerin bewegte ich mich durch dieses infernalische Schlachthaus, zwischen den Planken, die mir bis an die Brust reichten, meine Röcke durch unbeschreiblichen Dreck schleifend, taumelte durch dieses stinkende Sklavenloch, in dem keine Kerze brennen konnte.

Es blieb keine Zeit zum Beten, und es blieb keine Zeit zum Nachdenken. Ein Chirurg packte mich am Arm und schob mich auf das Lazarettzelt zu. »Nein! Bleiben Sie nicht hier drin. Sie werden da draußen gebraucht.« Unsere Blicke trafen sich. Ich ließ mich von ihm aus der Kapelle hinaus ins Sonnenlicht führen, auf den Operationstisch zu, wo abgetrennte Gliedmaßen sich zu Bergen auftürmten und die Verwundeten wie an einem Fahrkartenschalter Schlange standen.

Stunden später fand ich Virginius, der in aller Seelenruhe in der Nähe des Bergfrieds graste. Ich warf mich schluchzend gegen seine warme, lebendige Flanke. Als ich wieder genug Kraft gesammelt hatte, stieg ich langsam auf seinen Rücken und ritt zurück zum Depot des Sanitätskorps.

Mein Pferd scheute vor den vielen Leichen, fürchtete sich, auf die toten Menschen und Tiere zu treten. Die Tiere hatten im Tod einen fast menschlichen Blick, während die Menschen mir wie vom Tod überraschte wilde Tiere entgegenstarrten. Sie waren alle so still, wie sie da nebeneinander lagen; Süden und Norden, Virginia und Massachusetts, manche mit entspannten, dem Himmel zugewandten Gesichtern, manche mit vor Schmerz und Angst verrenkten Gliedern. Aber als die Dunkelheit sich über das Blutbad legte, wirkten sie nur noch wie in tiefen Schlaf versunken.

Die Ärzte und Sanitäter, die inzwischen im Schein von Fackeln arbeiten mußten, versuchten, die Toten von den Lebenden zu trennen. Viele, die noch lebten, würden bis zum Morgengrauen warten müssen, bis sich jemand um sie kümmern konnte. Ich konnte in der Dunkelheit nichts mehr erkennen. Doch dann sah ich etwas in dem gespenstischen Zwielicht – einen grauen Schatten, einen erhobenen

Arm, einen Unionssoldaten, der auf dem Bauch lag und um etwas flehte. Versuchte der Schatten, ihn auszurauben oder ihn zu töten? Ich war die einzige Zeugin. Um mich herum schliefen nur Tote. Die Fackeln waren weit, weit weg. Noch ehe ich wußte, was geschah, wurde das Dämmerlicht von einem Blitz durchstoßen. Ein Schuß fiel, und der Geruch von verbranntem Schwarzpulver brannte mir in der Kehle. Der Unionssoldat, der seine Arme flehend erhoben hatte, war gerettet. Der Rebell fiel tot neben ihm und vor meinen Füßen zu Boden. Ich hatte einen Menschen getötet. Einen Deserteur. Mein Handgelenk schmerzte vom Rückstoß von Thance' Pistole, und ich ließ meinen Arm sinken.

Ich zerrte den Unionssoldaten, der sich kaum noch selbst schleppen konnte, zu Virginius. Mit letzter Kraft gelang es uns, ihn auf den Rücken des Pferdes zu hieven. Mein erschöpftes Pferd war nicht in der Lage, uns beide zu tragen, also führte ich es am Zügel zurück zum Lazarettzelt. Als ich dort ankam, war der Junge im blauen Rock tot. Ich hielt nach einem Ort Ausschau, an dem ich ungestört weinen konnte. Da ich keinen fand, zog ich mir Virginius' Decke über den Kopf und weinte noch einmal in seine Flanke, die nach Schweiß und Schwefel roch.

»Harriet, ich dachte, du seist umgekommen!« Emily sah mich vorwurfsvoll an, als ich das Zelt des Sanitätskorps betrat, so als hätte ich vor Entsetzen die Flucht ergriffen. »Wo bist du gewesen?«

»Im Kloster.«

»Du hast alles verpaßt. Sie haben verkündet, daß das Schlachtfeld uns gehört ... laut Aussage der Generäle. Gott in seiner Güte hat den Sieg des heutigen Tages der Union geschenkt.« – »Dieses Feld wird niemals uns gehören«, sagte ich. »Und auch dieser *Tag* wird niemals uns gehören! Ich verabscheue das Schlachten dieses blutigen Tages«, fügte ich weinend hinzu. Und dann erinnerte ich mich daran, warum dies ein blutiger Tag war. Die Konföderierten führten Krieg für die Freiheit, mich zu besitzen. Und meine Freiheit.

»Du mußt dich ein wenig waschen, Harriet«, sagte Emily.

Aber ich lehnte ab. Mein Gesicht war so schwarz wie meine wirkliche Hautfarbe, und ich wollte es dabei belassen – für heute nacht.

Emily und ich sahen einander an. Wenn wir gehofft hatten, daß das, was wir am Tag zuvor erlebt hatten, ein Traum war, dann hatten wir uns getäuscht. Unsere Blusen waren steif von getrocknetem Blut, unsere Glieder schmerzten, und wir stanken zum Himmel. Oberschwester Dix rief ihre Helferinnen zusammen. Wer immer wir gestern noch gewesen waren, nun waren wir andere Menschen. Aber keine von uns war weggelaufen. Keine war krank geworden. Keine von uns weinte. Ich sah diese erschöpften weißen Frauen an, die mit trockenen Augen dastanden, und ich war überrascht und gerührt über den Respekt, den ich für sie empfand.

Bin ich nicht auch eine Frau?

Wir wuschen uns, zogen frische weiße Schürzen an und begannen bei Tagesanbruch mit unserer Arbeit.

Am dritten Juli um zwölf Uhr mittags fragte Emily: »Was war das für ein Geräusch?«

Es war kein Irrtum möglich. Es war das scharfe, deutliche Krachen der feindlichen Geschütze. Alle wandten sich nach der Richtung, aus der das Dröhnen gekommen war. Direkt über dem Hügelkamm war der Rauch zu sehen, und dann donnerten wieder die Kanonen. Im nächsten Augenblick, noch ehe irgend jemand etwas sagen konnte, und so als sei das der Startschuß für ein Rennen gewesen, war eine Folge von erschreckend lauten Böllern zu hören.

Die Frauen in meiner Gruppe unterdrückten einen Aufschrei; die Rufe der Verwundeten, die um Wasser oder Hilfe baten, klangen wie eine Art Begleitmusik, die Kugeln aus den Gewehren machten Geräusche wie schrille, langgezogene Pfiffe, Männer fluchten, schrieen, grunzten, röchelten, was sie von sich gaben, war Ausdruck ihres Überlebenswillens und der Raserei.

Ich malte mir aus, wie die grauen Linien geradewegs in das Mündungsfeuer der Unionsgeschütze marschierten; wie die Blauen sich den Grauen fast bis auf Reichweite näherten und aus kürzester Entfernung auf sie schossen. Ich wurde von einer tiefen Leidenschaft ergriffen. Es war nicht die Art von Leidenschaft, die einen überwältigt und verwirrt, sondern eine, die einem das Blut aus dem Gesicht treibt und alle anderen Sinne und Fähigkeiten überlagert. Die Soldaten schrien nicht, und sie jubelten nicht. Sie knurrten. Selbst hinter den Linien war das Geräusch dieser unruhigen See noch zu hören, vermischt mit dem Dröhnen der Musketen. Später erfuhr ich, was geschehen war, aber jetzt sah ich nur, wie die Linien sich auflösten: Wie der Kamm einer Welle schien sich die Erde mit einem riesigen Getöse zu heben und vorwärts zu stürzen – sie stürmten an uns vorbei, Männer, Geschütze, Rauch und Feuer, gefolgt von einem durchdringenden Geschrei, dem Schlachtgeschrei der Division von Pickett. Die Schlacht von Gettysburg war zu Ende.

Keiner von uns hatte irgendeine Vorstellung davon, wieviel Zeit seit dem ersten Schuß vergangen war, bis die Waffen schwiegen. Und nun war alles still. Es genügt zu erwähnen, daß die Konföderierten sich am Abend des 3. Juli zurückzogen, und am Morgen des 4. Juli – dem Tag der Unabhängigkeitserklärung meines Vaters, dem Todestag meines Vaters, dem Tag, an dem ich ihn vor dreißig Lichtjahren im Zorn über meine Leibeigenschaft verflucht hatte – an diesem Tag nahmen die Streitkräfte der Union die kleine Stadt Gettysburg wieder in Besitz. Der Sieg hatte sechzigtausend Tote, Verwundete und Vermißte gefordert. Ich sah mich auf dem Schlachtfeld um. Wo die feindlichen Linien vorgestoßen waren, lagen überall Männer in Grau zu Tausenden in dem zertrampelten Gras, ebenso wie Tausende von blaugekleideten Männern, auf ewig miteinander vereinigt und verschmolzen. Regen fiel, als ich zum Kloster zurückritt, unfähig, mich der Vision zu verschließen, die ich dort erfahren hatte.

33

Ich mache diesen Grundsatz, den ich für selbstverständlich halte, zu meiner Handlungsgrundlage, daß die Erde in ihrem Nießbrauch den Lebenden gehört und daß die Toten weder Macht über sie noch Rechte an ihr haben.

Thomas Jefferson

Als ich die Schlacht von Gettysburg von der relativ ruhigen Warte eines Armengrabes aus beobachtete, kam ich mir fast wie Gott vor, anstatt wie James Hemings von Monticello. Ich wurde fast ein ganzes Jahrhundert zurückversetzt, nämlich in die Stunde meiner Geburt. Ein hundert Jahre alter Mann gehört nicht mehr zu den Lebenden, und vielleicht ist das instinktive Wissen um das Jüngste Gericht universell, denn ein Leben, das zum Tod führt, ist ein perfektes Sinnbild für eine Geschichte, die zu diesem endlosen, nagelneuen Schlachtfeld geführt hat, diesem nationalen Denkmal des Wahnsinns. Ja, es ist James Hemings, der hier spricht. Ich denke gerade über meine Nichte Harriet nach, die ihr Doppelleben – nein, Dreifachleben – so lange geführt hat, daß sie nun mit ihrer falschen Identität hier stehen und über das falsche Opfer dieses falschen Augenblicks von (das gebe ich zu) unbestreitbarer Größe weinen kann, das diese falsche Nation gebracht hat. Aber warum müssen diese großen Augenblicke sich immer auf Schlachtfeldern, in Kathedralen, auf Friedhöfen oder, in diesem Fall, auf einem Schlachtfeld und einem Friedhof ereignen? Weil Geschichte den Masseneffekt liebt: viel Bewegung und Tausende von Schauspielern, Millionen von Statisten, der Hintergrund mit Toten bedeckt, damit dort am Himmel die Großen in leuchtenden Wagen erscheinen können, begleitet von dunklen Wolken, Blitz und Donner und dem Klang von Trommeln und Klarinetten. Genau wie jetzt. Der Nebel steigt, der Himmel riecht nach Hitze und Regen, die Wolken teilen sich, und da kommen sie: die schreckliche Armada, die wütende Menge, die die Bastille stürmt, die große Potomac-Armee. Wahrscheinlich ist großes historisches Theater immer so, mit Scheinwerferlicht von links und einer Menge von Helldunkeleffekten.

Mein weißer Namensvetter James ist auf den Seminary-Hügeln für die Befreiung seiner Mutter gefallen, von der er noch nicht einmal wußte, daß sie eine Sklavin *und* eine Schwarze ist. Wie die meisten Weißen kannte er den Text zu der Musik nicht, zu der er getanzt hat, und ich habe eigentlich keine Meinung dazu, außer, daß sie genau die Mutter ist, die sie nie sein wollte. Ich verfolge die Abenteuer meiner Nichte seit fünfzig Jahren, ich habe gesehen, wie sie die Farbgrenze immer wieder aufs neue überschritten hat, wie sie ihrem Vater mißtraut und ihre Mutter verachtet und ihre Ehemänner aus Liebe betrogen hat; sie hat keinen Ehebruch begangen, oder gar Inzest, nein, – weh mir! – es ist einzig eine Frage der Hautfarbe. Eine Frage, die alle Schwarzen, die lebenden und die toten, irritiert.

Ich habe immer noch meine rotweißblaue Kokarde von dem Tag in Paris, 1789, an dem die Bastille gestürmt wurde. Was sagt man dazu? Ich habe gerade meine Hand in meine Hosentasche gesteckt, und da habe ich sie gefunden. Ich frage mich, ob sie mir die wohl mit in mein, wie ich betonen möchte, Einzelgrab (ein Jutesack, ein bißchen Kalk, ein Loch in der Erde) gelegt haben? Es soll niemand behaupten, ich würde in einem Massengrab Rassenintegration betreiben. O nein, in Philadelphia werden die armen Weißen und die armen Schwarzen säuberlich getrennt beerdigt.

Und nun fragen Sie sich: Was ist denn eigentlich mit ihm passiert? Werden wir es je erfahren? Ist er nun ermordet worden, oder hat er an dem Tag, als Thomas Mann Randolph ihn gefunden hat, oder dies zumindest behauptet, Selbstmord verübt? Glauben Sie tatsächlich, daß alles historisch belegt und vor dem Vergessen bewahrt werden muß, lieber Leser? Ich meine, kann mein Schicksal nicht einfach im Dunkel der Vergangenheit verbleiben? Die Jungs da drüben wissen es auch: tot ist tot.

Warum führe ich diese Unterhaltung überhaupt, warum tauche

ich auf und unterbreche die Erzählung? Ich denke, aus Wut. Wut über meine vertrockneten Knochen, meine wurmzerfressenen Augen, meine verblichene Kokarde, obwohl ich mir nichts im Leben so sehr gewünscht hätte, wie einer von Lincolns dreihunderttausend Männern zu sein. Tot zu sein, hat andererseits auch sein Gutes – man wird nicht älter. Und mit siebenunddreißig bin ich ein guter Kämpfer, und wenn sie mich nicht als Schwarzen kämpfen ließen, dann hätte ich dasselbe getan wie Harriet, Eston und Beverly. Dann wäre ich als weiß durchgegangen, denn die Leute wissen noch nicht einmal, was weiß ist, außer, daß Weiße keine Neger sind, und sie kämpfen für das Recht, sich Nicht-Neger nennen zu dürfen. Ich liege einfach hier und wünschte, ich hätte ein Gewehr. Ich habe meinem Mörder längst vergeben. Und auch Callender. Meinem Vater habe ich vergeben. Meinem Schwager. Ich habe der ganzen Welt vergeben. Es war nichts weiter als Politik. Wie kann ich von Mord reden, wenn mich fünfzigtausend Ermordete anstarren? Vergeßt es. Vergeßt mich. Ich empfinde eine tiefe Zuneigung zu meinem Großneffen, der tot im Feld liegt. Wie alle Toten weiß ich, daß es nicht vorüber ist. Bisher ist erst der halbe Preis bezahlt. Nur der halbe Kummer. Nur der halbe Schmerz. Nur die halbe Schmach. Harriet wird noch einen Sohn verlieren. Der Süden wird bis zum Letzten kämpfen. Und der Norden wird nicht aufgeben und sie letztlich zermalmen, denn Amerika ist unteilbar. Versöhnung? Ich glaube nicht, daß Harriet sie jemals finden wird. Ich weiß nicht, ob sie das überhaupt noch will. Sie hat so viele andere Probleme – von ihren eigenen Söhnen befreit zu werden und all das – und die Tatsache, daß sie es noch nicht einmal wissen. Aber vor allem wartet der große amerikanische Alptraum auf sie, nämlich eines Morgens aufzuwachen und festzustellen, daß sie einen Tropfen Negerblut in den Adern haben.

Blut. Harriet ist durch Blut gewatet, ohne sich darüber im klaren zu sein, daß ihr ganzes Leben sich seit fünfzig Jahren um einen einzigen Tropfen Negerblut dreht, genau wie mein Leben sich seit hundert Jahren um einen einzigen Tropfen weißen Spermas dreht. Und in hundert Jahren wird das alles immer noch eine Rolle spielen. Selbst mich, einen Mann, der angeblich seine letzte Ruhe gefunden hat, macht es wütend, daran zu denken, daß eine Frau es lieber akzeptiert, eine Sklavin zu sein, als auf die allmächtige Liebe zu verzichten.

Ich, James Hemings, ein Selbstmörder, zweitgeborener Sohn von John Wayles und Elizabeth Hemings, Bruder von Sally Hemings, Schwager und freigelassener Sklave von Thomas Jefferson, erkläre hiermit an Eides Statt, daß ich in Gettysburg anwesend war, als die Erde durch den Tod meines Namensvetters James Wellington geweiht wurde. An diesem von Gott geschaffenen Tag, dem 4. Juli im Jahr des Herrn 1863, fiel er für die Union, ohne je zu wissen, daß er schwarz war.

Warum findet unser Triumph immer in Gräbern statt?

James Wayles Hemings

34

Wenn ein Vater weder aus Gründen der Menschlichkeit noch aus Selbstliebe seine Leidenschaft für seine Sklavin zügeln kann, dann sollte zumindest die Anwesenheit seines Kindes ihn dazu bringen.

THOMAS JEFFERSON

Ich ritt gern zu dem Friedhof auf den Seminary-Hügeln hinauf. Ich mochte das einsame, verwitterte Schild, das per Erlaß den Gebrauch von Feuerwaffen an diesem Ort verbot. Ich fragte mich, was all die stillen Schläfer gedacht haben mußten, als dicke Kanonenkugeln über sie hinwegdonnerten und schwere Geschütze ihre Grabsteine zersplitterten. Virginius scheute vor einem Pferdekadaver, als ich neben der zerbrochenen Statue eines Lamms, das ein Kindergrab bewacht hatte, abstieg. Ich band seine Zügel an das Rad eines Kanonenkarrens, den man hier zurückgelassen hatte.

Verstohlen zog ich eine Spiegelscherbe aus meinem Schwesternkoffer, die ich benutzte, um festzustellen, ob ein Bewußtloser noch lebte.

Ich konnte kaum glauben, was ich erblickte. Mein Haar war fast weiß geworden, das Blau meiner Augen war verblaßt, meine Wangen waren eingesunken und hohl, und ich hatte dunkle Ränder unter den Augen. Meine helle Haut war braungebrannt, und um meine Mundwinkel hatten sich tiefe Sorgenfalten eingegraben. Ich konnte kaum erkennen, ob ich einen Mann oder eine Frau vor mir sah, denn von der Anziehungskraft meines Geschlechts war kein Funke mehr übriggeblieben. Meine Gelenke schmerzten, und auf meiner Brust lastete das Gewicht des Kummers über die vielen Toten, deren Augen ich geschlossen hatte – ein Gewicht so schwer wie ein Geständnis.

Als ich meinen Blick über das verwüstete Land schweifen ließ, sah ich ihn. Ich erkannte ihn an seinem Gang, an seiner Haltung, er hatte die gleiche Gestalt wie sein Zwillingsbruder. Mein Herz schlug mir bis zum Hals, erst vor Freude, dann vor Angst. Wie hatte er es geschafft, Fronturlaub zu bekommen? Ich lief ihm mit offenen Armen und leuchtenden Augen entgegen, bis ich nah genug war, um sein Gesicht zu erkennen. Es war das Gesicht eines alten Mannes. Sein dichtes Haar fiel ihm immer noch in die Stirn, aber jetzt hatte er eine zweifingerbreite weiße Strähne, so weiß, als habe er sie in weiße Farbe getaucht. Sein Gang war schleppend, und seine Schultern in der blauen Uniform waren gebeugt. Ich bemerkte gleichgültig, daß er befördert worden war. Auf seinem Ärmel und auf seiner Schulter prangten die Streifen eines Generalmajors. Geduldig wie ein Zugpferd wartete ich, bis er mich an den Schultern faßte; bis er mir liebevoll und mitleidsvoll in die Augen sah; bis er mir sagte, welcher von meinen Söhnen tot war.

»James.« Anstatt eines Grußes sagte er nur dieses eine Wort.

Der Schmerz traf mich wie eine Gewehrkugel, fuhr mir durch die Eingeweide wie rotglühendes, geschmolzenes Eisen.

»Sein Regiment ist fast gänzlich vernichtet worden. Das vierundzwanzigste stand auf den Seminary-Hügeln und kämpfte gegen Picketts Division. Madison lebt. Er war bis zuletzt bei ihm.«

»Willst du damit sagen, es ist *hier* passiert?«

»Harriet, es tut mir leid. Ich habe ihn genauso geliebt wie du. Vergib mir. Ich wäre gern an seiner Stelle gefallen. Vergib mir.«

Vergib mir. Das sagten alle Weißen. Vergib mir. Vergib mir. Vergib mir. Ich konnte ihnen nicht mehr vergeben.

»Ein Arbeitstrupp freier Farbiger hat James in der Nähe des Lagers begraben«, fuhr Thor fort. »Es waren Armeearbeiter, die dabei waren, Eisenbahnschienen instand zu setzen. Madison und ich sind an dem Abend zu ihrer Gebetsstunde gegangen und haben ihrem Gesang zugehört. Sie hatten sich unter einem Zeltdach versammelt. In der Mitte hatten sie einen Tisch aufgestellt, an dem ihr Anführer saß – es waren etwa dreißig, sie waren so schwarz, es schien, als hätten sie die Dunkelheit von draußen mit hereingebracht … oder die afrikanische Nacht von der Südspitze Afrikas. Ich fühlte mich … wie zu Hause.

Madison kannte die Texte von all ihren Liedern. Sie schienen unter niemandes Befehl zu stehen. Sie haben sich versammelt und für James, der so jung gestorben ist, gebetet, wie nur Schwarze das können. Ich weiß nicht, warum, aber ich bin zum Quartiermeister gegangen und habe ein paar gelbe Armeehalstücher geholt. Wir haben sie auf den Tisch gelegt, und einer nach dem anderen gingen die Männer hin und nahmen sich eins. Ich sagte ihnen, das Halstuch der Union sei der Beweis dafür, daß sie für die Vereinigten Staaten kämpften, und es sei ein Zeichen des Sieges ... ein Zeichen dafür, daß sie den Konföderierten widerstanden hatten. Ich sagte ihnen, sie sollten das Halstuch mit demselben Stolz tragen, als trügen sie eine volle Uniform der Union.

Sie banden sich die Halstücher um den Hals, um den Kopf oder an den Ärmel. Sie waren sehr stolz. Dann haben sie noch ein Lied gesungen, *Sweet Religion.*«

»Und Madison?« fragte ich, vor Angst stotternd.

»Ich habe ihn im Feldlazarett zurückgelassen. Sie haben eine Kugel aus seinem Schenkel geholt, die glücklicherweise den Knochen verfehlt hat. Der Chirurg meinte, wenn er laufen könne, solle er versuchen, morgen das Depot hier zu erreichen, damit er von hier aus mit dem Zug evakuiert werden kann.«

»Aber ich habe mein Pferd. Ich kann ihn abholen, und dann kann er bei mir bleiben.«

»Er hat mich vorausgeschickt, weil er sich fürchtet, dir ohne seinen Zwillingsbruder zu begegnen. Er glaubt nämlich, daß James dein Liebling war.«

»O Thor! Wie könnte ich den einen mehr lieben als den anderen? Sie sind wie zwei Seiten derselben Münze, genauso wie du und Thance ...«

Unsere Blicke trafen sich in stillem Verstehen. War es möglich, daß die Geschichte sich tatsächlich wiederholte? Oder war es nur die Familiengeschichte? Thors Gesicht wirkte matt und abgezehrt, seine rotgeränderten Augen, um die sich tiefe Furchen gebildet hatten, starrten leer und gequält. Sein schöner Mund war nur noch eine einzige dünne Linie, ein Ausdruck des Zorns. Seine Stimme war, wie meine, rauh und heiser von all dem Qualm, dem beißenden Rauch des Schwarzpulvers und dem Gestank der verwesenden Leichen, der mit dem Wind aus dem Tal heraufgetragen wurde. Ich hatte durch das, was ich erlebt hatte, an Körper und Geist gelitten. Ich war ungewaschen, mein Haar war fast weiß. Mein Atem ging schwer. Meine Uniform war verdreckt, durchtränkt von den Säften des Todes. Ich suchte in meinen Rocktaschen nach einem Kamm, wünschte, ich hätte etwas Rouge zur Hand. Doch dann dämmerte mir die Ungeheuerlichkeit dessen, was ich eben erfahren hatte.

Wir fielen einander in die Arme. Thors Soldatengeruch und mein Lazarettgeruch vermischten sich mit dem Geruch nach Schweiß und Blut auf dem Schlachtfeld. Seine Tränen fielen auf meinen Kopf und meine machten einen weiteren Fleck auf seine verdreckte Uniform.

»Ach, Harriet, was bist du für eine tapfere Frau. Ich würde vor dir salutieren, wenn ich nicht schon den Boden anbetete, den du mit deinen Füßen berührst.«

»Ich liebe dich, Thor.«

»Wir haben keine Zeit.«

»Wir werden wieder Zeit haben.«

»Ich muß dich wieder verlassen. Ich muß wieder von dir Abschied nehmen.«

»Leute, die so alt sind wie wir, sollten sich jeden Abend, wenn sie schlafen gehen, voneinander verabschieden, denn jede Nacht könnte ihre letzte sein«, sagte ich.

»Leute, die so alt sind wie wir, sollten sich auch jeden Tag sagen, daß sie sich lieben. Denn jeder Tag ist ein Geschenk.«

»James ist um sein Leben betrogen worden.«

»Madison wird bald hier sein.«

»Und du wirst bald weg sein.«

»Ich glaube, es wird in den nächsten Tagen wieder eine Schlacht geben. Darum schicken wir die Chirurgen nach Süden. Lee sitzt diesseits des Potomac in der Falle, denn es gibt keine Brücken mehr, und der Fluß führt Hochwasser. Meade muß ihn dort endgültig schlagen.«

»Dann ist es also noch nicht vorbei?«

»Nein, Harriet, es ist noch lange nicht vorbei.«

»Ich muß hierbleiben, bis jeder einzelne verwundete Soldat entweder evakuiert oder begraben ist.«

»Charlotte kommt mit dem nächsten Kontingent des Sanitätskorps hierher«, sagte Thor.

Als Charlotte ankam, so rotwangig und energiegeladen wie immer, noch nicht von den tragischen Ereignissen gezeichnet, begruben sie und Emily ihre eifersüchtigen Animositäten, und wir wurden ein Trio, das die Männer »die drei rothaarigen Engel« nannten, obwohl wir alle längst grau geworden waren.

Es schien schier unmöglich zu sein, daß einer von so vielen Soldaten unter so vielen Sanitäterinnen seine Mutter finden konnte, aber einen Tag später trat Madison Wellington in das Lazarettzelt.

»Schwester.«

Seine Stimme klang leise und wehmütig. Ich war froh, daß ich frisch gewaschen war und frische weiße und blaue Kleider trug, mein Haar in sauber geflochtenen Zöpfen um den Kopf gelegt, meine Schere und das Riechsalz an einer Schnur um meinen Hals. Er stolperte auf mich zu. Er hinkte, aber er lebte, er war kräftiger, größer und schwerer, als ich ihn in Erinnerung hatte. Ich sah James' Augen, James' Haar, seine Nase, Mund, Ohren, seine Haltung. James' Schultern, James' Hände. O Gott, mein Gott, seine Stimme, seine Lippen, seine Gestalt, sein Leben, seine andere Hälfte.

»Gott sei Dank.«

»O Gott, Mama. Mama, ich liebe dich.«

Es war schon sehr lange her, seit Madison mich so genannt hatte.

»Du lebst, Mad, und das ist alles, was jetzt zählt.«

»Mama, wie kannst du so etwas sagen, jetzt, wo James tot ist? Ich hätte ihn nie ... wenn ich ihn nicht dazu überredet hätte, wäre er nie freiwillig zur Armee gegangen. Es ist meine Schuld, daß er tot ist.«

»Schsch, mein Liebling. Du bist verschont worden, aus was für Gründen auch immer – und Gott hat James zu sich genommen. Nichts kann daran etwas ändern. Trauere um James, aber gib dir nicht die Schuld an seinem Tod. Gott sei Dank, daß du am Leben bist.«

»Glaubst du an das Schicksal, Mama?«

»Ich glaube an den Zufall.«

Ich ließ ihn weinen. Ich hielt ihn, wie ich es früher getan hatte, als er ein kleiner Junge war. Wir ritten in die Hügel hinauf, ritten zwischen den provisorischen, mit hölzernen Kreuzen versehenen Gräbern umher, die von Schwarzen ausgehoben worden waren, und suchten nach dem von James. Schließlich fanden wir das jämmerlich zersplitterte Holzkreuz. Ich schwor mir, ihn zum Haus seiner Großmutter in Anamacora mitzunehmen, wenn dieser Krieg zu Ende war. Ich erzählte Madison, wie ich zufällig Zeugin der Schlacht geworden war, wie ich vom Glockenturm aus den ganzen Schrecken miterlebt hatte. Aber er wollte nicht über den Krieg reden; er wollte nur über seinen Bruder sprechen und über ihre gemeinsame Kindheit – die Dinge, die James gesammelt hatte, die Liebesbriefe, die seine Verlobte ihm geschrieben hatte, all die kleinen und großen Dinge, die zum Leben eines jungen Mannes gehören. Ich erfuhr so vieles über meinen Sohn, das ich nicht gewußt hatte; so vieles in seinem Leben – wie das jedes jungen Mannes – war mir verborgen geblieben, Geheimnisse, die er mit ins Grab genommen hatte. Wir wandten uns von dem abscheulichen, alles überlagernden Gestank der noch nicht begrabenen Toten ab, der dem Schlachtfeld seinen Ruhm und den Überlebenden ihren Sieg raubte.

Als wir wieder am Zelt des Sanitätskorps anlangten, waren viele Männer dabei, in den abfahrbereiten Zug zu steigen. Ich setzte Madison auf den Zug nach Philadelphia, der ihn in Sicherheit und in die Obhut seiner Schwester in Anamacora bringen würde.

Die Mühen von Emily, Charlotte und mir dauerten noch vier Monate lang an.

»Wie kommt es, daß die Soldaten der Südstaatenarmee nie von der Sklaverei, von ihrer Sache sprechen, wenn sie sterben? Wie ist es möglich, daß sie für eine solch unehrenhafte Sache so tapfer kämpfen und so würdevoll sterben?«

»Ich weiß es nicht, Charlotte ... Ich weiß es nicht ...«, erwiderte ich. In der Hitze der Schlachten und im Kampf gegen den Tod hatte ich gar nicht mehr an die Südstaatler und ihre »Sache« gedacht.

Am 4. Juli hatten fünftausend Pferde und achttausend Menschen in der glühenden Hitze tot auf dem Feld gelegen. Die Pferde und Maultiere wurden verbrannt, und statt des süßlichen Verwesungsgeruchs breitete sich der Gestank von verbranntem Fleisch im strömenden Regen aus. Soldaten, schwarze Hilfsarbeiter, gefangene Südstaatler und Zivilisten aus den umliegenden Dörfern bemühten sich, vor Übelkeit würgend, die Leichen so schnell wie möglich mit Erde zu bedecken. Aber selbst nachdem die Toten begraben waren, blieb das Gelände ein Ort des Grauens, dessen Boden sich mit den vielen verwesenden Leichen lautlos hob und senkte. Ganz Gettysburg hatte sich in eine Art provisorischen Friedhof verwandelt, der Gestank erfüllte die ganze Stadt, während Angehörige eintrafen, um die Gräber ihrer Toten zu suchen.

Es brachte uns fast zur Verzweiflung, daß General Meade Lees Armee nicht in Williamsport angriff, wie Thor vorausgesagt hatte. Als Meade seine Soldaten endlich am 19. in Stellung brachte, traf er nur noch die Nachhut der Südstaatler an. Robert E. Lees Rebellen waren in der Nacht zuvor über eine notdürftig reparierte Brücke verschwunden. Man hatte Lee abermals entkommen lassen. Der Krieg ging weiter. Der Süden würde weiterkämpfen, weil ihm nichts anderes übrigblieb. Jetzt ging es nicht mehr um »die Sache«, sondern um den Stolz. Den Stolz der Südstaatler. Ich kannte ihn nur zu gut.

Am 17. November fuhr der letzte Zug mit verstümmelten Männern in Richtung Pittsburgh. Endlich konnte ich mich ausruhen. Endlich konnte ich zu Madison und Maria nach Hause fahren. Endlich konnte ich trauern.

1864

Ein Militärball

✧

Enkel

✧

Wiedersehen mit Sinclair

✧

Der Fall von Atlanta

✧

Die eidesstattliche Erklärung von Charlotte

✧

Eine Abhandlung über schwarze Hautfarbe

✧

Jubiläum

✧

Die eidesstattliche Erklärung von Thenia

✧

Die eidesstattliche Erklärung von Harriett

✧

Die eidesstattliche Erklärung von Eston

✧

Die eidesstattliche Erklärung von Madison

35

Wenn man nur Zahlen, die Natur und natürliche Hilfsmittel in Betracht zieht, ist eine Umdrehung des Glücksrads, eine Veränderung der Situation in der Tat im Bereich des Möglichen.

THOMAS JEFFERSON

Es war das dritte Kriegsjahr. Auf dem Ball zu Ehren des Geburtstags von George Washington tanzten wir auf den Gräbern des Südens, während die Konföderierten am gegenüberliegenden Flußufer auf den unseren tanzten. Das Fest im Hauptquartier der Unionsarmee am Ufer des Rapidan River begann pünktlich um halb zehn abends. Ganze Züge mit Frauen und Töchtern von Offizieren waren selbst aus so weit entfernten Orten wie Philadelphia gekommen, um zusammen mit den Frauen der höheren Offiziere, die bei ihren Männern in deren Winterquartieren wohnten, an den Feierlichkeiten teilzunehmen. Und wie in einem Spiegelbild begingen Robert E. Lee und die Offiziere der Konföderierten auf der anderen Seite des Flusses den Geburtstag des Präsidenten mit *ihrem* Ball. Die munteren Klänge der Musik wehten über den zugefrorenen Rapidan herüber, der die Demarkationslinie zwischen den feindlichen Armeen bildete. Die zu Besuch weilenden Frauen, wie Maria und ich, waren in Hauszelten untergebracht, und da Frauen in den ungeheuer weiten Reifröcken, die in diesem Jahr modern waren, weder ein Pferd reiten noch über die schlammigen Planken eines Armeefeldlagers gehen konnten, wurden wir in den mit weißen Baldachinen versehenen Sanitätswagen transportiert. Die Stimmung war betont ausgelassen, so als könnten die Musik und die stilisierte Umarmung des Walzers uns aus den Fängen des Winters und den Schrecken eines weiteren, für das Frühjahr geplanten Feldzuges reißen, in einem Krieg, der nun schon seit vierzig Monaten andauerte. Wie auch immer, die Offiziere in Galauniformen trugen Sporen auf dem Tanzboden, und die Frauen, die sich in ihren weiten Krinolinenröcken beim Tanz drehten, wollten nur eins: einen Augenblick lang die Illusion einer Ära heraufbeschwören, die sowohl im Norden wie im Süden endgültig vorüber war.

Es herrschte Krieg, und unser persönliches Leid ging auf in dem kollektiven Leid von Tausenden von Vätern, die ihren Sohn verloren hatten, von Müttern, die über den Tod von einem, oder sogar zwei oder drei Söhnen weinten, Frauen, die nie wieder in den Armen ihrer Männer schlafen würden. Maria trug zu Ehren ihres Bruders eine gelbe Schleife an ihrem Handgelenk.

Beverly, der für den Winter im Feldlazarett in Rapidan stationiert war, sah umwerfend aus in seinem blauen Rock und seiner gelben Seidenschärpe. Wie seine Kameraden trug er das Zeichen seiner Trauer am Ärmel: am 15. Februar 1864 waren die Ärmel von Tausenden Uniformen mit schwarzen Armbinden versehen worden. Einhundertundzehntausend Männer waren im letzten Jahr gefallen, verwundet worden oder galten als vermißt. Die Menschen sprachen einander ihr Beileid so häufig aus, wie sie einander einen guten Morgen wünschten.

Neben Beverly stand seine Frau Lucinda; sie war mit den Zwillingen Roxanne und Perez, die im Dorf bei ihrem Kindermädchen schliefen, hierhergekommen, um den Winter mit ihm zu verbringen. Es war lange her, seit ich dieses hübsche Paar zum letztenmal gesehen hatte. Beverly sah aus wie vierzig, obschon er erst dreiunddreißig war. Aber er war glücklich. In zwei Jahren machte er soviel Erfahrung auf medizinischem Gebiet, wie sonst nur in zwanzig Jahren möglich war. Ich sah hinüber zu Maria.

Dies war nicht ihr erster Ball, und doch war die Erfahrung noch so ungewohnt, daß sie vor freudiger Erregung ganz rosige Wangen hatte. Bekleidet mit einem burgunderroten, mit weißen Rosen geschmückten samtenen Ballkleid, das ihre Wangenröte noch unterstrich, war sie eine strahlende Schönheit. In ihrem glänzenden, dunklen Haar, das von kunstvoll gehäkelten Bändern gehalten wurde, trug Maria die gleichen weißen Rosen wie in ihrem Kleid. Ein paar Löckchen fielen ihr ins Gesicht, und dazwischen leuchteten meine besten Perlenohrringe. Den jungen Offizieren auf der gegenüberliegenden Seite des Ballsaals war ihre Jugend und ihre Schönheit nicht entgangen, und sie hatten bereits entdeckt, daß Maria nicht verlobt war. Die Vorstellung von einer weiteren Kriegsehe flößte mir Angst ein, aber ich war mir dessen bewußt, daß der Glanz, die Tragik und die Leidenschaft des Krieges selbst die flüchtigste Liebelei wie unsterbliche Liebe erscheinen lassen konnten.

Die Tänzer spielten die Rolle, die für ein dramatisches Theaterstück unabdingbar ist. Die extravaganten Kleider aus Seide, Spitze und Samt, bestickt mit allen Arten von Verzierungen von Seidenrosen bis hin zu glitzernden Rheinkieseln und schwarzem Bernstein, mischten sich zwischen die Uniformen der Unionsoffiziere. Es gab Kleider aus Seide und aus Samt, aus besticktem Satin und mit Pailletten besetzter Spitze; es gab violette und blaßgrüne Ballkleider, butterblumengelbe und schneeweiße, es gab alle Schattierungen von Blau und auch Trauerkleider in Schwarz und Grau. An den Galauniformen in Weiß, Marineblau oder Preußischblau glänzten goldene Tressen, Messingknöpfe, Epauletten, rote, graue und gelbe Schärpen und kurze, aufwendig verzierte Galaschwerter. Auf der Brust der Offiziere prangten Orden, Tapferkeitskreuze und Kriegsmedaillen. Wallendes, schulterlanges Haar und verwegene Schnurrbärte schmückten die schöngeschnittenen Gesichter junger Männer, die vor der Zeit gealtert waren. Es gab Colonels von zwanzig und Brigadegeneräle von fünfundzwanzig Jahren. Das Orchester übertönte die Wirklichkeit mit Polkas, Mazurkas und Polonaisen, Quadrillen und Walzer und beflügelte die jungen Männer und Frauen in ihrer trotzigen Fröhlichkeit.

»*Ma tante*, ich denke, als intimem Freund der Familie gebührt mir die erste Polka mit Maria.«

»Maurice«, rief Maria und fiel ihm um den Hals.

»Maurice, hat Grant dir etwa für dieses Fest Fronturlaub gewährt?«

»Nein, *chère tante*, ich bin in offizieller Mission für den General hier. Worüber ich natürlich nicht sprechen darf.« Er sah sich um.

»Ein eindrucksvolles Fest, nicht wahr? Es könnte der Ball der Gräfin von Richmond sein, den diese am Vorabend von Waterloo gegeben hat.«

»Maurice, sei nicht so spöttisch.«

»Also, heiß und voll genug ist es immerhin! Ich habe gehört, sie haben den Ballsaal extra für dieses Fest gebaut – wie amerikanisch!«

»Es stimmt«, sagte Maria und ließ ihr Tanzprogramm fallen. »Die Ingenieure der Armee haben vierzehn Tage gebraucht, um ihn zu bauen.«

»Nun … dann ist es fast eine Bagatelle, nicht wahr?«

Die Bauingenieure der Armee hatten aus Zedern- und Kiefernholz einen Tanzsaal von dreißig Metern Länge errichtet, und der Geruch nach frischem Holz, Bienenwachs und Firnis mischte sich mit dem Duft von Damenparfüm, Kerzenwachs, mit Küchendüften und Tabaksqualm und mit dem Duft von Zimt, mit dem die Bowle gewürzt war. Der Saal war fast zehn Meter hoch, und von der Decke hingen alle Regimentsflaggen, die das zweite Korps der Unionsarmee besaß: etwa zweihundertdreißig Stück. Die bunten Seidenfahnen, durchwirkt mit grünen, blauen und weißen Bahnen, geschmückt mit Sternen und Streifen, Adlern, Schlangen, Hähnen und Tauben, mit Wolken und Sonnen, Schwertern und Pfeilen, Hellebarden und Säbeln, füllten die gesamte Saaldecke. Die Namen, Zahlen und Buchstaben wogten und schwankten über den tanzenden Paaren, die sich im goldgelben Licht der chinesischen Laternen drehten. An einem Ende des Ballsaals befand sich ein Podium, auf dem als Kulisse das übertrieben idyllische Modell eines typischen Armeelagers aufgebaut worden war: saubere, neue, perfekt aufgebaute Zelte, Trommeln und Signalhörner, zu spitzen Kegeln aufgestellte Musketen, eine Lagerfeuerattrappe über der ein Kessel hing, zwei riesige, blankgeputzte Kanonen, tödliche Waffen, die trügerisch festlich wirkten. In dem schwachen Licht, das durch die hohen Fenster des Ballsaals fiel, sah ich eine kleine Menschenmenge versammelt, bestehend aus Ordonnanzen, Adjutanten, einfachen Soldaten, Köchen, Krankenwagenkutschern, Kurieren und Konterbanden, die das Fest von draußen verfolgten. Sie erinnerten mich an die Schar von Zimmermädchen, Stalljungen, Zureitern, Fahrern, Kammerdienern, Leibdienern und Lakeien, die sich vor den Fenstern der Ballsäle in Virginia einfanden, um den Festlichkeiten als Zuschauer beizuwohnen. Ich war in Montpelier unter ihnen gewesen, in der Nacht vor meiner Flucht aus Monticello. Mein Fuß klopfte den Takt der Musik, doch nur einen Moment lang, denn plötzlich hatte ich nur noch Gabriel Prossers Lied im Kopf und hörte nicht mehr, was das Orchester spielte.

There was a musket shot and musket balls
Between his neckbone and his knee,
The best dancer amongst them all
Was Gabriel Prosser who was just set free!

War ich nicht die beste Tänzerin und die Ballettmeiserin zugleich?

»*Je t'écrirai, Maman.*«
»*Oui, écris-moi.*«
»*Tu ne viens pas?*«
»*Non, je ne viens pas.* Im not coming. ...«

»Wir haben noch keinen Quadratmeter Boden von Virginia erobert, außer dem Gebiet, auf dem wir stehen.«

Es war Charlotte, umwerfend attraktiv in ihrem hellen, blaudurchwirkten Seidenkleid, das zu ihrer Augenfarbe paßte. Das Kleid war teuer, aufwendig und für ihr Alter unpassend, aber sie sah einfach göttlich aus. Sie hatte ihr blondes Haar durch ein Haarteil bereichert und zu einer eindrucksvollen Hochfrisur aufgetürmt, die von einer mit Diamanten und Mondsteinen besetzten Tiara gehalten wurde. Dazu trug sie passenden Halsschmuck, und in der Hand hielt sie einen riesigen Fächer aus Straußenfedern in der gleichen Farbe wie ihr Ballkleid.

»Dieser Ball hat dieselbe Aura wie unser Krieg«, sagte sie. »Theatralisch, übertrieben und vollkommen melodramatisch – keine Spur von der Erhabenheit einer griechischen Tragödie. Nein, das erinnert vielmehr an Paris, an das Zweite Empire, Napoléon III.: Profitgier,

Korruption, Kollaboration, Verrat, Gaunereien, Inkompetenz, Feigheit, Gemetzel ...«

»Charlotte, welch –»

»Welch ein Wankelmut? Welch ein Mangel an Loyalität?«

Charlotte hatte das unnötige Gemetzel in Gettysburg nicht verwunden, auch nicht General Meades kolossalen Fehler, als er Robert E. Lee entkommen ließ. Meade kam gerade an der Seite von Thor auf uns zu.

»Dieser Mörder! Hilf mir den Mund zu halten, Harriet!« Ich drückte ihre Hand.

»In Ordnung. Wie geht es deinen Jungs?«

»Gut. Und deinen?«

»Gut. Sinclair ist immer noch auf der *Monitor*, die auf dem Mississippi patrouilliert. Madison ist wieder an der Front im Westen von Tennessee.«

»Schade, daß Sarah nicht hier sein kann. Sie ist ganz verrückt nach solchen Hurra-Veranstaltungen für Washington.«

»Aber sie ist doch hier. Du müßtest doch wissen, daß sie sich überall in oder in der Nähe von Washington eine Einladung beschaffen kann.«

»Und wo steckt sie?«

»Wahrscheinlich lauscht sie heimlich bei Lincolns improvisierter Kabinettssitzung.«

»Hmm«, machte Charlotte. Ich drückte noch einmal ihre Hand.

Thor und der General blieben nicht lange. George Meade lachte, wechselte ein paar Worte mit uns, machte einen Witz und spielte den siegreichen Generalmajor, der sich im Moment um nichts zu sorgen brauchte. Als er und Thor gegangen waren, sagte Charlotte: »Wir brauchen General Grant. Ohne ihn werden wir diesen Krieg nie gewinnen.«

»Sarah sagt, Lincoln denkt darüber nach.«

»*Er denkt!* Willst du damit sagen, Abraham Lincoln denkt tatsächlich nach? Vielleicht schaut er auch nur in Mrs. Lincolns Kristallkugel. Falls er das tut, dann wird er sehen, daß er die nächste Wahl verliert.«

»Man darf sich nicht über die Trauer einer Mutter lustig machen«, erwiderte ich.

»Nicht ihre Trauer ist lächerlich, sondern ihr Wahrsager und ihr Ehemann sind es.«

Ich ließ meinen Blick durch den Ballsaal schweifen und sah Maria Wellington, die unermüdlich tanzte, dann Sarah Hale, die zusammen mit ihrem Mann auf uns zukam. Ich hatte keine Lust, mich weiter über Mary Todd Lincoln zu streiten – sie war eine Südstaatlerin, für die dieser Krieg zugleich eine persönliche wie auch eine nationale Tragödie war. Sie hatte drei Brüder, die für sie nicht mehr existierten, weil sie sich entschieden hatten, auf der Seite der Konföderierten zu kämpfen, und sie hatte einen Sohn verloren, der gefallen war. Nichts konnte einen so sehr treffen wie der Tod eines Sohnes, dachte ich. Wenn ich glaubte, ich könnte mit Hilfe eines Mediums oder irgend etwas Ähnlichem mit James sprechen, ich würde es auch versuchen.

»Staatssekretär Chase wird unser nächster Präsident werden«, sagte Charlotte.

»Nein, meine Liebe. Es wird McClellan sein«, sagte Sarah Hale. Sie beugte sich vor und küßte mich zur Begrüßung auf die Wange. Sie trug ein preußischblaues Kleid mit besonders weiten Reifen, das mit silberner Litze und silbernen Knöpfen verziert war, dazu ein Schleiertuch aus silberner Spitze über einem riesigen falschen Nackenknoten. Das Kleid stand ihr ausgezeichnet. Ich machte ihr ein Kompliment.

Die Erinnerung an Prestonville ließ mich nicht los. Es war keine bittere Erinnerung, doch während die Enkelin des Präsidenten glücklich und sorglos tanzte, beobachtete ich die Sanitäter und einfachen Soldaten draußen vor den Fenstern, die mich still daran gemahnten, daß festliche Bälle und Offiziere in Galauniform und alles andere auf Kosten derer möglich waren, die da draußen standen, genau wie es damals in Prestonville gewesen war. Das waren die Männer der unteren Ränge, die auf kein Fest gingen und um fünf Uhr früh aufstanden, um für die Frauen der Offiziere zu paradieren und ihre Stärke zu demonstrieren. Das waren dieselben, die ihr Blut auf den Schlachtfeldern vergossen, die zu Namen und Nummern auf den Gefallenenlisten in den Zeitungen wurden, zu Markierungsnadeln auf den Landkarten ihrer Generäle. Sie hatten sich selbst einen neuen Namen gegeben, sie nannten sich »Kanonenfutter«.

Die U-förmig aufgestellten Tische waren beladen mit all den Luxusspeisen, die mit einem Kriegsembargo belegt waren. Es gab eine Fülle von französischen Käsesorten, Foie gras und Trüffel, vier Sorten Paté, drei verschiedene Arten von Soufflés und Rosinenkuchen mit Rum. Die Engländer hatten flaschenweise schottischen und irischen Whiskey spendiert, mit Zimt gewürzten Punsch, Plumpudding und Fruitcake, außerdem gegrillten Stör, Roastbeef und gebratene Gans mit Minze. Es gab italienischen Wein, Makkaroni und Käse, italienische Trauben und noch mehr Käsesorten. Aus Deutschland kamen Strudel, Hering und Kartoffelsalat, Hirsch- und Wildschweinbraten. All das hatte die Blockade uns beschert. Die offizielle Speisenkarte, von der Münze der Vereinigten Staaten gedruckt, führte fünfundzwanzig verschiedene Horsd'œuvres und sechzehn Hauptgerichte auf. Das Buffet war wie der Krieg: verschwenderisch, ohne Plan, übertrieben und im Begriff, langsam zu verderben.

Noch niemand war gegangen. Es war, als spürte jeder, daß an diesem Abend etwas Außergewöhnliches passieren würde. Um punkt Mitternacht erschien eine düstere, außergewöhnlich große Gestalt mit dunklem Teint und tief in den Höhlen liegenden Augen, mit einem dichten Haarschopf, der vor Jahren einmal schwarz gewesen, jetzt jedoch, ebenso wie die Augenbrauen und der Bart, deutlich mit Grau durchsetzt war. Mit melancholischem Blick betrachtete er die ausgelassene Gesellschaft, und plötzlich kamen viele von uns sich komisch vor. Neben ihm war Mary Todd Lincoln, die First Lady, in teuren, leuchtend roten Samt gekleidet.

Die Band spielte *Hail to the Chief.* Was hatte sein Besuch zu bedeuten? War der Präsident gekommen, um General Meade persönlich zu feuern? Das Paar ging langsam durch den Ballsaal, während die Tänzer den Weg frei machten wie für einen König. Die nüchterne Kleidung des Präsidenten und sein ernster Blick bildeten einen scharfen Kontrast zu der beinahe hysterischen Farbenpracht der Ballbesucher und dem Kleid von Mrs. Lincoln. Er blieb immer wieder stehen und begrüßte jeden einzeln, lächelte sogar hin und wieder. Es war das erste Mal, daß ich den Tycoon, wie er von allen genannt wurde, aus der Nähe sah.

»So ein schlauer Fuchs«, sagte Sarah. »Sieh nur, wie höflich und freundlich er zu Meade ist. Ich wette, in zwei Wochen wird Meade draußen und Grant der Oberbefehlshaber der Armee sein. Eigentlich hat der Tycoon gar keine andere Wahl. Die Konföderierten verfügen inzwischen über ein halbes Dutzend erstklassige Generäle, während die Union nur Grant hat. Eine Armee von einer Million Mann, und kein Befehlshaber. Kein Wunder, daß wir diesen Krieg immer noch nicht gewonnen haben.«

»Wir werden ihn gewinnen, Sarah«, sagte jemand zu ihrer Linken.

»Ja, aber zu welchem Preis?« fiel Beverly ein. Beverly hatte sich sehr verändert. Nicht nur, daß er früh gealtert war, es waren auch nicht die dunklen Ränder unter seinen Augen oder sein lichter werdendes Haar. In seinem ganzen Habitus, selbst in seinem Gang lagen eine große Erschöpfung, ein Unwille, so als ob er seinen aussichtslosen Kampf gegen Tod und Verwüstung inzwischen für verachtenswürdig hielt.

»Was hat es für einen Zweck, einen Mann zusammenzuflicken, nur um ihn wieder an die Front zu schicken? Beim nächsten Mal werde ich dann weniger Arbeit mit ihm haben, denn dann wird er tot sein.«

Ich sah Beverly überrascht an. In seiner Stimme lag so viel Bitterkeit.

»Mutter, selbst du, die so viel gesehen hat, kannst dir die Wirklichkeit dieses Krieges nicht vorstellen. Ich glaube, der Krieg hat den Charakter der Amerikaner verändert. Früher glaubten wir, das Leben eines Menschen sei heilig ...«

»Nun, Mr. Präsident«, sagte General Meade. Er sprach so laut, daß wir ihn aus einiger Entfernung hören konnten. »Ohne Verluste ist das nicht zu machen.«

Ich starrte Beverly in die Augen, und ein Ahnungsschauer lief mir über den Rücken. Der Präsident ging so nah an mir vorbei, daß ich ihn berühren konnte.

»Ehe ich die Prinzipien der Unabhängigkeitserklärung verrate, um die Union zu retten, würde ich lieber auf der Stelle ermordet.« Lincolns leichter Kentucky-Akzent erinnerte mich an hohes, sonnenverbranntes Gras.

Und plötzlich, so als ob mir buchstäblich ein Licht aufgegangen wäre, wußte ich, warum dieses Fest zu Ehren von Washingtons Geburtstag mich an den Ball in Montpelier erinnerte, warum ich den ganzen Abend über den Eindruck gehabt hatte, zusammen mit den Sanitätern und den einfachen Soldaten draußen vor den Fenstern zu stehen. Drinnen waren ausschließlich Weiße. Sogar die Diener waren weiß. Es gab kein schwarzes Paar Beine in blankgeputzten Stiefeln, keinen Stern auf einer schwarzen Schulter, kein glänzendes Schwert an einer schwarzen Hüfte. Es gab keine schwarzen Offiziere in der Armee der Vereinigten Staaten. Draußen standen die einfachen Soldaten und warteten geduldig auf ihre Leutnants, ihre Majore und ihre Colonels, genau wie ich, Harriet, damals zusammen mit den anderen Sklaven auf meine weißen Herren gewartet hatte. Es hatte sich nichts geändert. Keine schwarze Hand half dabei, das Schicksal der Union zu lenken, keine schwarze Hand wurde um Hilfe gebeten – und doch, wie konnte jemand leugnen, daß eine schwarze Hand diese zweite amerikanische Revolution ausgelöst hatte, so sicher wie eine schwarze Hand die Wiege von Thomas Jeffersons Kindern geschaukelt hatte.

Mir wurde bewußt, daß sie alle, selbst Lincoln, zu einem Stück tanzten, dessen Text sie nicht kannten. Es war so typisch für *Weisse.*

»Nichts auf der Welt ist mehr so, wie es einmal war – weder der Krieg, noch die Armee, noch wir … oder, oder diese Sache, diese schwarze, für die wir kämpfen«, hörte ich Beverlys Stimme durch die Musik.

Eine Welle von Schmerz und Liebe durchströmte mich, als ich Beverly in meine Arme nahm. Meine weißen Söhne begaben sich in höchste Gefahr, um die Mutter zu befreien, die sie nie gekannt hatten. Durch den Krieg waren Sinclair, Beverly und Madison ebenso verletzlich geworden wie jeder Sklave. Ihr Leben war ebenso unsicher, wie es in der Mulberry Row gewesen wäre. Der Krieg hatte meine ganze Existenz, die ich mir so mühevoll aufgebaut hatte, meine weiße Familie zurück in die gefährliche, ungewisse Welt der Sklaverei gestürzt, nachdem ich alles darangesetzt hatte, ihr zu entkommen. Der Krieg hatte Thomas Jeffersons Enkel, der frei und weiß gewesen war, getötet. Was würde ich tun, wenn der Krieg noch einen meiner Söhne forderte? Oder alle?

Ich fragte mich, ob Gott sich von Thomas Jefferson abgewandt hatte. Oder von seiner Tochter. Ich schwor beim Leben meiner Kinder, daß ich nach Monticello gehen, auf Thomas Jeffersons Grab tanzen und den Tag verfluchen würde, an dem ich geboren war, sollte Gott mir noch einen Sohn nehmen. Ich würde weder Jefferson noch Gott jemals vergeben. Ich schwor bei Gott, der mir Gerechtigkeit verweigert hatte, beim Allmächtigen, der mich mit Bitterkeit erfüllt hatte, daß ich niemals meinen Anspruch, als seine Tochter anerkannt zu werden, aufgeben würde, solange noch ein Funken Leben in mir war, solange Gottes Atem mich am Leben hielt: ich würde mich niemals ändern, solange ich lebte.

Die Dämmerung brach durch die dunklen Schneewolken, und der Himmel färbte sich rosa, als die letzte Gruppe Frauen in die letzten Sanitätswagen stieg. Sie zogen ihre Kaschmirschals fest um den Kopf, und ihre Reifröcke bildeten Halbmonde, als die Krinolinen gegen die Seiten der Wagen stießen. Leichter Schnee fiel auf beiden Seiten des Rapidan.

CAMP RAPIDAN,
4. MAI 1864

Liebe Mutter,

wir sind dabei, das Lager abzubrechen. Die Hartriegelblüten flattern im Wind wie lauter weiße Schmetterlinge, wie Licht an den Bäumen, die die Straße in den Süden säumen. Die Regimenter formieren sich, mit Kanonen beladene Wagen quietschen über die Straße, ein farbiges Regiment singt »We are Coming, Father Lincoln, Three Hundred Thousand More.« Tatsächlich sind wir hunderttausend Mann, die einem ebenso starken Feind auf der anderen Seite des Flusses entgegenmarschieren.

Ich danke Gott dafür, daß Präsident Lincoln endlich Ulysses S. Grant zum Oberbefehlshaber der Unionsarmeen ernannt hat. Jetzt haben wir einen Führer, für den es sich lohnt, zu kämpfen und zu sterben.

Gott segne Dich. Gott segne General Grant.

Beverly Wellington

Am 10. Juni sprach Lincoln noch einmal zu den Mitgliedern des Sanitätskorps in Philadelphia: »Wir haben diesen Krieg mit dem Ziel akzeptiert, die Regierungsgewalt über das gesamte Staatsgebiet wiederherzustellen, und der Krieg wird dann zu Ende sein, wenn dieses Ziel erreicht ist. General Grant hat gesagt, er wird die Armee der Rebellen zerschlagen, und wenn es den ganzen Sommer dauert.« (Hochrufe und Fähnchenschwenken.) »Ich sage, wir werden die Armee der Rebellen zerschlagen, und wenn es noch drei Jahre dauert.«

»Lincoln tut gut daran, seine Kriegsziele noch einmal deutlich zu formulieren«, flüsterte Sarah Hale, »sonst glauben die Leute noch, daß er diesen Krieg nicht weiterführt, um die Union zu retten, sondern um die Sklaven zu befreien. Der Norden will Frieden, und viele wollen Frieden und wünschen sich ›die Union wieder, wie sie war‹ und Amnestie für den Süden.«

»Von denen, die vor Ausbruch der Rebellion Sklaven waren«, fuhr der Präsident fort, »sind einhunderttausend auf unsere Seite übergelaufen und tun nun Dienst in der Armee der Union, die Hälfte von ihnen als Soldaten. Auf diese Weise profitieren wir doppelt davon, daß wir den Aufständischen so viele Arbeitskräfte wegnehmen, denn sie übernehmen für uns Aufgaben, die ansonsten von Weißen erfüllt werden müßten. Unsere bisherigen Erfahrungen haben gezeigt, daß sie ebenso gute, wenn nicht bessere Soldaten sind. Nicht ein einziger Fall von Auflehnung oder einer Tendenz zu Gewalt oder Grausamkeit hat uns die Befreiung und Bewaffnung der Schwarzen bereuen lassen.«

»Es hat sich herumgesprochen, daß Greeley sich an den Niagarafällen mit den Rebellen getroffen hat«, flüsterte Sarah. »Und obwohl Jeff Davis seine Bedingungen für eine Beendigung dieses Unabhängigkeitskrieges des Südens ebenso deutlich gemacht hat, wie Lincoln an seinen Bedingungen für den Erhalt der Union festhält, haben die Zeitungen Lincolns zweite Bedingung, nämlich die Befreiung der Schwarzen, als das wahre Hindernis für einen Frieden erkannt. Sie schreiben, daß noch weitere Zehntausende von Weißen ins Gras beißen müßten, um die Negromanie und Negrophilie des Präsidenten zu befriedigen. Die Öffentlichkeit reagiert nur auf unseren

Mangel an militärischen Erfolgen und auf den Eindruck, daß wir Frieden haben *könnten*, wenn wir wollten, daß es aber dem Präsidenten nicht mehr um den Erhalt der Union geht, sondern um die Abschaffung der Sklaverei.«

Wie um auf Sarahs Beschwerde zu entgegnen, erhob der Präsident seine Stimme: »Ich bestreite, daß ich diesen Krieg einzig mit dem Ziel der Abschaffung der Sklaverei führe. Solange ich Präsident bin, wird das einzige Ziel dieses Krieges die Wiederherstellung der Union sein. Aber niemand kann diese Rebellion niederwerfen, ohne die Sklaven zu befreien, so wie ich es getan habe. Etwa 130.000 schwarze Matrosen und Soldaten kämpfen auf seiten der Union. Wenn sie ihr Leben für uns aufs Spiel setzen, brauchen sie das stärkste aller Motive – sogar, wie ich schon früher gesagt habe, die Aussicht auf Freiheit. Und das Versprechen, einmal gegeben, muß gehalten werden.«

An diesem Tag erhielt ich zwei Briefe von Beverly. Andere folgten.

IM FELDLAGER BERMUDA EINHUNDERT, VIRGINIA
26. MAI 1864

Liebe Mutter,

Fitzhugh Lees berühmte Ritterlichkeit wie auch seine Kavallerie haben letzten Dienstag im Kampf gegen schwarze Soldaten von der Garnison in Wilson's Landing eine schwere Niederlage erlitten. Die Schlacht begann um 12.30 Uhr und endete am frühen Abend um sechs, als die Kavallerie sich geschlagen und angewidert zurückzog. Lees Männer sind weit hinter den eigenen Linien abgesessen und haben dann als Infanteristen weitergekämpft. Sie drangen durch die vorgeschobenen Posten und Schützengräben bis zu den Gräben vor, und mehrmals unternahmen sie wütende und leichtsinnige Angriffe auf unsere Befestigungen. Um unsere Anlagen zu stürmen, mußten sie ein offenes Feld durchqueren, das vor unserer Stellung lag und vor einer tiefen, unüberwindlichen Schlucht endete. Unter ohrenbetäubendem Kriegsgeheul unternahmen die Rebellen immer wieder neue Versuche, aber die Neger ließen sich nicht beeindrucken, und die Angreifer zogen sich schließlich entmutigt zurück und gingen hinter ihren stark dezimierten Linien in Deckung. Die Besessen-

heit, mit der die Rebellen kämpften, zeigte, daß Lee sich in den Kopf gesetzt hat, die Neger um jeden Preis zu vernichten. Nachdem ihr Sturm auf unseren Mittelabschnitt gescheitert war, versuchten die Rebellen es erst an unserer linken Flanke und dann an der rechten, aber ohne Erfolg … Die Linien der Schwarzen hielten stand.

Wir sind alle beeindruckt von den Fähigkeiten, die die Neger hier in dieser Schlacht gezeigt haben. Selbst Offiziere, die bisher wenig Zutrauen zu ihnen empfanden, konnten nicht umhin zuzugeben, daß sie sich geirrt hatten. Ich dachte, es würde Dich freuen, das zu hören, da Du Dich immer so für ihr Recht zu kämpfen eingesetzt hast.

Dein Dich liebender und gehorsamer Sohn
Bev'ly

2. JUNI 1864

Mutter,

seit fast einer Woche bin ich nicht zum Schreiben gekommen. Es hat keine Kampfpause gegeben. Jeden Tag wird geschossen, und jeden Tag wird das Lazarett von neuem gefüllt. Seit vier Tagen operieren wir Männer, die in einer Schlacht von nur zwei Stunden Dauer verwundet wurden; aber die Soldaten hatten schwerere Verletzungen erlitten als in vorangegangenen Gefechten. Das alles bringt mich schier zur Verzweiflung. Wenn die Konföderierten in jeder Schlacht die gleichen Verluste erlitten wie wir, hätten wir eine größere Chance. Aber bei ihnen kommt nur etwa ein Toter auf fünf Tote in unseren Reihen, denn sie verlassen niemals ihre Gräben, während unsere Männer gezwungen sind, sie anzugreifen, selbst wenn sie nicht die geringste Aussicht haben, den Feind zu bezwingen. Mehrmals schon mußten unsere Truppen sich sofort unter großen Verlusten zurückziehen, nachdem sie die Befestigungen der Rebellen eingenommen hatten, denn es gab keinen Nachschub. Die Männer fühlen sich langsam entmutigt, aber trotzdem haben sie immer noch eine Menge Kampfgeist.

Dein treuer Sohn
B. W.

COLD HARBOR, 4. JUNI

Meine liebste Mutter,

Hunderte von Soldaten heften sich kleine Zettel mit ihrem Namen und ihrer Adresse an die Uniform, damit ihre Leichen nach der Schlacht identifiziert werden können. Die Rebellen haben sich in Gräben verschanzt, die sich wie ein Labyrinth verzweigen, sie bauen Linien auf, um ihre Flanken zu verteidigen, und Linien, die die gegnerischen Stellungen mit Feuer bestreichen – Gräben innerhalb von Befestigungen und Gräben ohne Befestigungen. Acht Colonels und 2500 weitere Soldaten sind gefallen, als die Rebellen die Unionstruppen zurückgeschlagen haben. Insgesamt haben wir Yankees 7000 Mann verloren. Lee hat bisher 20 von 57 Offizieren verloren. Die Aussicht, die in ihren Gräben verschanzten Rebellen noch einmal anzugreifen, erfüllt unsere Männer mit Furcht und Schrecken.

Ich habe Dir auf dem Ball gesagt, daß wir nicht mehr dieselben Männer sind, daß dies nicht mehr dieselbe Armee ist. In diesem seit sieben Wochen andauernden Feldzug ist eine ganz neue Art der Kriegführung entstanden: es ist ein brutaler, verbissener Guerillakrieg, in dem Privatbesitz mutwillig zerstört wird, ohne Rücksicht auf Frauen und Kinder, in dem seit dem 4. Mai 65.000 Jungs aus den Nordstaaten getötet oder verwundet wurden oder als vermißt gelten.

Seit dreißig Tagen erlebe ich eine einzige, nicht enden wollende Beerdigungsprozession, und es wird mir zuviel, Mutter! Zuviel!

Gedenke immer in Liebe und Zärtlichkeit dessen, der kein höheres Glück auf Erden kennt, als Dein geliebter Sohn zu sein,

Beverly Wellington

LAZARETT IN DER NÄHE VON ST. PETERSBURG,
20. JUNI 1864

Mutter,

unsere Division wurde an der Front abgelöst, wo wir seit Beginn des Feldzuges ununterbrochen gekämpft haben. Gestern gegen Mittag hat ein Scharfschütze der Konföderierten, wahrscheinlich, weil er es leid war, untätig zu sein, einen der unseren zum Zweikampf herausgefordert. Lieutenant Jefferson, ein anständiger Kerl, der in Socken mindestens einsfünfundachtzig groß ist, hat die Herausforderung angenommen, und die beiden begannen einen Zweikampf, den sie offenbar als eine Art sportlichen Wettstreit betrachteten. Aufgrund von Jeffersons außergewöhnlicher Größe war sein Gegner im Vorteil, und unsere Männer haben alles versucht, ihn zu überreden, einen kleineren Mann an seiner Stelle antreten zu lassen. Aber nein! Er wollte nichts davon hören, und mit jedem Erfolg, den er verbuchte, wurde er aufgeregter. Als die Duelle wegen der Dunkelheit eingestellt werden mußten, hatte er immer noch keinen Kratzer abbekommen, während jeder einzelne seiner Gegner seinen Kugeln zum Opfer gefallen war.

Der Lieutenant war so begeistert, daß er großartig verkündete, er habe einen Schutzengel, und nichts könne ihn töten, und am nächsten Morgen werde er den Beweis dafür liefern. Wir Offiziere versuchten alles, ihm sein tollkühnes Vorhaben auszureden und ihm klarzumachen, daß er sein Todesurteil herausfordere. Aber der Mann war von dem Glauben an seine neun Leben nicht abzubringen. Als wir von ihm weggingen, wartete er schon ungeduldig auf den Tagesanbruch, damit er seine Duelle wiederaufnehmen konnte.

Zu unserer Überraschung und großen Erleichterung spielte sich am nächsten Tag dasselbe Schauspiel ab wie am Tag zuvor, bis ein junger Leutnant der Konföderierten, der sein Gewehr bereits auf unseren Mann angelegt hatte, herüberbrüllte: »Wie heißt du, Yankee? Ich will wissen, auf wen ich schieße!« Und unser Mann antwortete: »Jefferson, John Wayles.« Und der Duellgegner sagte: »Verdammt! Mein Name ist Jefferson, Peter Field. Wahrscheinlich sind wir zwei gottverdammte Vettern vierten Grades!« Und sie ließen beide ihre Gewehre sinken und lachten. Dann ertönten laute Hochrufe auf seiten der Konföderierten, und unsere Leute ließen Jefferson für seine Tollkühnheit und sein Geschick und seine Vernunft hochleben.

Beverly

FELDLAZARETT IN DER NÄHE VON ST. PETERSBURG,
4. JULI 1864

Mutter,

Krieg! Krieg! Krieg! Ich denke oft, daß es in der Zukunft, wenn der menschliche Charakter reifer geworden ist, bessere Möglichkeiten geben wird, um menschliche Angelegenheiten zu regeln als diesen Mahlstrom des Schreckens. Es ist immer noch nicht klar, ob ich mit dem Regiment zusammen abrücken werde oder nicht. Einmal heißt es, meiner Ausmusterung stehe nichts im Wege, und im nächsten Moment kommt ein Widerruf aus dem Kriegsministerium, und ich kann wieder in die Röhre gucken. Seit zwei Wochen schlage ich mich jetzt schon mit diesem Problem herum. Der Chefarzt des Sanitätskorps sagt, er kann mich nicht entbehren, aber Lucinda, Perez und Roxanne brauchen mich ebenso dringend zu Hause. Lucinda ist völlig deprimiert wegen ihrer Niederkunft im November.

Beverly

LAGER AN DEN UFERN DES JAMES RIVER,
1. AUGUST 1864

COLONEL THOMAS JEFFERSON RANDOLPH
EDGEHILL PLANTANGE
ALBEMARLE COUNTY, VIRGINIA

Pa,

wir sind alle vollkommen erschöpft und verwirrt von diesem verdammten Krieg. Zwar bin ich in körperlich guter Verfassung, aber ich bin müde und verschwitzt. Von den letzten vierzig Stunden habe ich nur wenige geschlafen. Wir stecken immer noch in der Wildnis und werden Zoll um Zoll zurückgedrängt. Die Achte Brigade ist in keine nennenswerten Gefechte verwickelt gewesen, seit ich das letztemal geschrieben habe: damals hatten wir so schreckliche Verluste erlitten, daß sie uns seitdem ein wenig geschont haben. Colonel McAfee hat jetzt als Generalmajor das Kommando übernommen. Ransom ist durch einen Kopfschuß umgekommen. Die Yankees kämpfen entschlossen, und obschon wir ihnen zahlenmäßig ebenbürtig sind, treiben sie uns immer weiter zurück. Es ist ein Wettrennen nach Richmond, und ich frage mich allmählich, wer von uns auf die innere Bahn gelangt. Falls es uns gelingt, wird unsere Wegstrecke vierzig Meilen kürzer sein als die ihre. So wie ich mich im Augenblick fühle, treibt mir die Vorstellung eines Vierzigmeilenmarsches die Tränen in die Augen. Robert E. Lee ist entschlossen, uns weiterkämpfen zu lassen, aber egal, ob wir gewinnen oder verlieren, es kann nicht mehr lange dauern, denn entweder die eine oder die andere Seite wird bald vor schierer Erschöpfung aufgeben müssen.

Ich sitze im Wald auf dem Boden, an einen Baumstamm gelehnt, und schreibe auf den Knien. Überall um mich herum Soldaten, Pferde und Lagerfeuer. Staub wirbelt durch die Luft wie Rauch, mein Gesicht ist schwarz vor Dreck und Schweiß, meine Kleider sind schmutzig und zerfetzt und verlaust. Ich habe fürchterlichen Hunger. Ich bin zu müde, um zu schlafen, zu müde, um aufzustehen, und es wäre mir unangenehm, wenn Ma oder die Mädchen mich so sehen könnten. Wenn General Robert E. Lee nicht wäre, würde ich meine Waffen niederlegen und nach Hause gehen. Letzte Nacht sind sieben Mann aus Ransoms Brigade zum Feind übergelaufen; außerdem vier von Wise' und zwei von Gracies Brigade.

Haben die Yankees Edgehill Schaden zugefügt, Pa? Ich habe gehört, Bermuda einhundert soll bis auf die Grundmauern abgebrannt sein. Gott sei Dank hast du Urlaub von der Miliz bekommen, um nach Hause zu fahren und nach Ma und den Mädchen zu sehen. Die Sonne geht gerade unter. Aber ich weiß noch nicht, ob wir die ganze Nacht durchmarschieren werden oder auf einem vorgeschobenen Posten Dienst tun müssen oder schlafen werden – der Gedanke an Schlaf macht mich ganz verrückt. Wir wissen nie, was wir in den nächsten fünf Minuten tun werden, außer zu sterben. Bei Gott, wir können unmöglich noch einer Belagerung standhalten.

Gib Ma, Virginia, Lane, Ellen und Tabethia einen Kuß von mir. Ich habe gehört, daß mein Bruder Meriwether zum Captain befördert und wegen Tapferkeit ausgezeichnet wurde. Gott segne ihn. Gott schütze die Konföderation und Jeff Davis. Gott schütze Robert E. Lee.

Dein Dich liebender Sohn,
Major Thomas Jefferson Randolph jr.,
Adjutant des Quartiermeisters
Hauptquartier des Artilleriekorps,
Armee von Nord Virginia
Petersburg, Konföderierte Staaten.

HANOVER JUNCTION,
1. AUGUST 1864

Mama,

ich kann nur ein paar Zeilen schreiben, denn ich stecke bis zu den Ellbogen in Blut. Wenn doch diese schreckliche Müdigkeit nicht wäre und die nie enden wollende Arbeit! Wir kommen nur jede dritte Nacht zum Schlafen, und dann ist man so nervös und erschöpft, daß man keinen Schlaf findet. Das Lazarett füllt sich unaufhörlich mit all den armen Jungs, die gestern abend die feindlichen Befestigungen auf der anderen Seite des Flusses gestürmt haben.

Wir sind jetzt etwa fünfzehn Meilen näher an Richmond, als wir waren, als ich das letztemal geschrieben habe, und die stärksten Befestigungen der Rebellen liegen jetzt genau vor uns und südlich des Anna River. Überall, wo wir haltmachen, werden sofort Schützengräben ausgehoben. Wir legen Brustwehren an, Artilleriegefechtsstände, Traversen, einen Schutzgraben hinter den Linien und vor uns ein freies Schußfeld, auf dem wir in Schußweite die Äste von gefällten Bäumen verteilen, als Stolperfallen für die Angreifer.

Das ist die neue Art erbarmungloser, unentwegter Kriegführung, Mutter. Seit Beginn des Feldzuges sind die beiden Armeen ununterbrochen miteinander in Berührung. In jeder Nacht wird gekämpft, marschiert und gegraben. Die körperliche und psychische Erschöpfung fordert allmählich immer mehr Opfer. Viele Männer sind unter dem fürchterlichen Druck auf Geist und Körper verrückt geworden.

Wir haben in der letzten Zeit einige Gewaltmärsche absolviert, und die Hitze ist fast unerträglich. Manchmal scheint die Sonne uns in die Knie zwingen zu wollen, aber dennoch marschieren wir den ganzen Tag über durch die erbarmungslose Hitze.

Ich habe das Gefühl, daß ich dem Sterben gegenüber inzwischen ziemlich abgehärtet bin und daß ich meinen besten Freund sterben sehen könnte, ohne viel dabei zu empfinden. Während dieser letzten drei Wochen habe ich wohl an die zweitausend Männer sterben sehen – darunter einige gute Freunde. Ich habe gesehen, wie Hunderte erschossen wurden, bin an ihnen vorbeigegangen und habe zwischen ihnen geschlafen, und ich könnte mir gut vorstellen, genauso ruhig zu sterben wie die anderen – aber genug davon, Mutter. Die Rebellen stehen kurz vor ihrem letzten Graben, und die Kämpfe sind fürchterlich. Gerade werden neue Verwundete gebracht …

Bev. Wellington

LIEUTENANT COLONEL ESTON H. JEFFERSON
HAUPTQUARTIER DES 13. REGIMENTS
VERPFLEGUNGSOFFIZIER DER
FREIWILLIGEN KAVALLERIE VON OHIO
FORT GREAT FALLS, MISSOURI
1. AUGUST 1864

Dad,

habe Deinen Brief vom 20. erhalten. Wir sind, seit ich das letztemal geschrieben habe, immer weiter nach Süden marschiert und stehen nun vierzehn Meilen vor Richmond. Warum will es uns nicht gelingen, die Armee der Konföderierten zu zerschlagen? Wie ist es möglich, daß sie so verzweifelt für eine derart verabscheuungswürdige Sache kämpfen? Wir rücken zwar immer näher auf Richmond vor, aber das große Tauziehen wird erst am Chickahominy River stattfinden. Obwohl die Konföderierten den kürzeren Weg hatten, ist es uns gelungen, sie zu überholen, bevor sie uns aufhalten konnten. Indem er uns einen Gewaltmarsch auferlegte, hat mein Captain, Peter Kirkland, vielen das Leben gerettet. Weil sie so sehr ins Hintertreffen geraten sind, ist die Kampfmoral bei unseren Feinden erheblich gesunken, während der Kampfgeist auf seiten der Unionsarmee entsprechend gestiegen ist. Wir haben sie so ziemlich bis auf ihren letzten Graben zurückgedrängt, und sie werden uns hier einen harten Kampf liefern. Ich habe seit Wochen nichts mehr von Beverly gehört. Und Du? Trotz der vielen Fehler, die wir gemacht haben, trotz der grausamen Kämpfe und sinnlosen Blutbäder sind meine Gesundheit und meine Moral immer noch in guter Verfassung. Das liegt an der außergewöhnlichen Ausdauer und an dem bewundernswerten Mut der Männer. Die Rebellen ertrinken in ihrem eigenen Blut, und wir, die Unionstruppen, haben Mühe, nicht auch darin zu versinken. Bete für mich, so wie ich für Dich, Mutter, Beverly und Anne bete.

Dein gehorsamer Sohn

Lieutenant John Wayles Jefferson
Zweites Regiment der Freiwilligen Armee von Ohio

1. AUGUST 1864,
HAUPTQUARTIER 13. REGT.
FREIWILLIGE KAVALLERIE VON OHIO

BERICHT VON LIEUTENANT COLONEL
UND VERPFLEGUNGSOFFIZIER ESTON H. JEFFERSON
U. S. ARMEE, MISSOURI DIVISION
FORT GREAT FALLS, MISSOURI
ULYSSES S. GRANT
GENERALLEUTNANT
WASHINGTON, D. C.

General,

vor fünf Minuten ist ein Munitionsschiff explodiert, das Holz, Artilleriegeschosse, Bleischrot und verschiedene andere Arten von Munition geladen hatte. Der gesamte Hof, der als mein Hauptquartier dient, ist übersät mit Splittern und Patronenhülsen. Colonel Babcock hat eine leichte Verletzung an der Hand, und ein berittener Soldat wurde getötet. Verluste am Kai: 12 Rekruten, 2 zivile Arbeiter, 28 farbige Arbeiter. Verwundete: 3 Offiziere, 15 zivile Arbeiter, 86 farbige Arbeiter sowie Ihr gehorsamer Diener.

Eston H. Jefferson

FELDLAGER AM UFER DES JAMES RIVER,
20. AUGUST 1864

Mutter,

ich bin weiterhin im Dienst. General Hancock sagt, ich muß noch bleiben. Gestern ist ein kleines – nein, ein großes – Wunder geschehen. Auf Einladung des kommandierenden Offiziers bin ich an Bord eines der Kanonenboote gegangen, um zuzusehen, wie sie eine ihrer Hundertpfundgeschosse in die feindlichen Befestigungen in etwa zwei Meilen Entfernung gefeuert haben. Kaum war das Vergnügen vorüber, spürte ich eine schwere und gleichzeitig vertraute Hand auf meiner Schulter und hörte ein Lachen hinter mir, das ich überall auf der Welt erkennen würde.

»Bruder«, sagte die Stimme, »du siehst verdammt mitgenommen aus.« Sinclair! Es war der leibhaftige Sinclair. Ohne es bemerkt zu haben, befand ich mich auf der Monitor*! Wir fielen uns in die Arme und vergossen mehr Tränen, als Frauen es bei einer ähnlichen Gelegenheit tun könnten. Es schien mir, als habe eine übernatürliche Macht Sinclair zu mir geschickt, damit er mich aus meinem Trübsinn reißt und mein müdes und geschundenes Herz tröstet. Ich blieb an Bord, und wir aßen gemeinsam zu Abend. Wir haben über alles und jeden gesprochen: über Dich, Dad, Lucinda, Maria, Perez und Roxanne, meine Lucinda, unsere Zwillinge, das neue Baby, über alles, außer über den Krieg. Wir weinten und lachten zusammen und konnten uns gar nicht voneinander losreißen. Sinclair hat dann um ein paar Tage Urlaub gebeten, und wir gingen gemeinsam an Land. Er hat bei mir im Zelt geschlafen, was ihn in seiner Überzeugung bestärkt hat, so sagte er mir, daß jeder, der sich freiwillig zum Dienst bei der Infanterie meldet, ein Kandidat für das Irrenhaus ist.*

Dein Dich liebender Sohn,

Bev. W.

PETERSBURG, VIRGINIA
25. AUGUST 1864

Mutter,

Sinclair ist weg. Zur Zeit herrscht Ruhe hier im Feldlazarett bei Petersburg, aber die Hitze ist unerträglich! Und die Zecken, Flöhe und Schmeißfliegen machen einem das Leben regelrecht zur Hölle. Um vier Uhr früh, bei Morgengrauen, werde ich vom Gesumm und Gebrumm dieser emsigen Insekten geweckt, und dann reißt die Arbeit nicht mehr ab, bis wir armen Sterblichen ihnen in der Finsternis der Nacht wieder anheimfallen.

Wie der Krieg doch den Charakter eines Menschen verändert, Mutter. Dieses Übermaß an schrecklichen Erfahrungen macht aus sorglosen Jungen ernste, nachdenkliche Männer – zuversichtliche Männer, die daran glauben, daß, was auch geschieht, am Ende alles gut wird; Männer, die –

36

Wenn Charakterstolz jemals irgendeinen Wert hat, dann in dem Augenblick, wenn er die Bosheit entwaffnet.

Thomas Jefferson

»Atlanta ist endlich gefallen!« rief Charlotte strahlend aus, als sie mir am 3. September 1864 eigenhändig die Tür zu ihrer Stadtvilla öffnete. »Lincolns Wiederwahl ist gesichert. Die Konföderierten haben Atlanta evakuiert, nachdem sie alles, was von militärischem Nutzen war, zerstört und verbrannt haben. Am nächsten Tag sind die Blauröcke einmarschiert, und die Kapelle hat dazu *The Battle Hymn of the Republic* gespielt. General Sherman hat dem Präsidenten erklärt, daß Atlanta ihm gehört und durch einen verdienten Sieg genommen wurde.

Sherman und Farragut haben die Wahlerklärung von Chicago gründlich widerlegt und Lincolns Partei vor dem endgültigen Ruin bewahrt. Die Rebellen werden restlos ausradiert werden.« Charlotte verstummte, als sie das schmale Telegramm des Kriegsministeriums in meiner Hand erblickte. Ich hielt es ihr hin und brachte kein Wort heraus.

Während ich mit dem Telegramm in der Hand, das an Thor adressiert war, dastand, hörten wir vom Stadtzentrum her das dumpfe Dröhnen der Kanonen, die den Sieg feierten.

HAUPTQUARTIER DER POTOMAC-ARMEE
PETERSBURG, AUGUST 1864
PER TELEGRAMM AN DAS BÜRO DES GESUNDHEITSMINISTERS
SANITÄTSKORPS, WASHINGTON, D. C.

ZU HANDEN VON GENERALMAJOR
WILLIAM JOHN THEODORE WELLINGTON

Generalmajor:

ich habe die traurige Pflicht, Sie darüber in Kenntnis zu setzen, daß Ihr Sohn, Major Beverly Wellington, am 25. August auf dem Feld der Ehre auf tragische Weise durch Artilleriefeuer ums Leben gekommen ist – als einhundert Männer des 148. Rgts. unter dem Kommando von Colonel J. Z. Brown aus unseren Befestigungen bei Fort Morton ausbrachen und die Vorposten des Feindes gegenüber Fort Sedgewick angriffen. Bei diesem Gefecht mußten wir folgende Verluste hinnehmen: 4 Offiziere und 63 Männer sind gefallen, verwundet oder werden vermißt. Major Wellington, der sich in unmittelbarer Nähe des Lazarettzelts aufhielt, wurde durch eine Salve Artilleriefeuer der Union getötet, die versehentlich das Feldlazarett traf. Der galante junge Feldarzt war bekannt für Charakterstärke und Tapferkeit, seine übermenschlichen Bemühungen für die Verwundeten und die Sterbenden und für seinen mutigen Einsatz bei der Rettung der Verletzten aus dem Feld. Er war ein bewundernswerter Arzt und ein guter Offizier.

In tiefer Trauer und Hochachtung verbleibe ich Ihr gehorsamer Diener

T. H. S. A. McParlin, Feldarzt und Stabsarzt der Potomac-Armee, für General Ulysses S. Grant, Oberkommandierender der Armeen der Vereinigten Staaten

PS: General Grant wollte nicht, daß Sie oder Mrs. Wellington durch die in den Zeitungen veröffentlichten Listen der Gefallenen von Major Wellingtons Tod erfahren.

Wie eine Eule starrte Charlotte durch ihre dicken Brillengläser zu mir auf und dann zu mir herunter, als ich auf die Knie sank und das Telegramm zu Boden flatterte.

»Kann es nicht ein Irrtum sein?«

»Genausowenig, wie alles andere ein Irrtum ist. Er sollte rechtzeitig für Lucindas Niederkunft ausgemustert werden.« Ich blickte zu Charlotte hinauf. »Muß ich sie denn alle verlieren? Ist das der Preis?«

»Ach, mein Liebling, mein Liebling, du darfst nicht verzagen. Der Präsident hat Horace Greely bevollmächtigt, jedes schriftlich formulierte Friedensangebot von Jefferson Davis nach Washington zu bringen, das die Wiederherstellung der Union und die Abschaffung der Sklaverei miteinschließt«, sagte sie liebevoll. »Dieser grausame Krieg wird bald mit einem Sieg für die Union zu Ende gehen. Für diesen Sieg hat Beverly sein Leben hingegeben.«

Ohne jemals zu wissen … Ich klammerte mich schluchzend an Charlottes Knie. *Ohne jemals zu wissen, daß er seine eigene Mutter befreite.*

Wir lagen eng umschlungen auf dem breiten Himmelbett. Charlotte küßte mich auf Gesicht, Haar und Hände und versuchte, die Tränen zu trocknen, die nicht mehr aufhören wollten zu fließen, nicht einmal für den Sieg. Wir hielten uns umarmt wie damals am Flußufer, als unser Leben noch ein ungeschriebenes Buch war, ungebunden, ohne Seiten, nur in unserem unbändigen Lebenswillen angelegt. Jetzt schien es, als wateten wir im Jordan, einem Fluß unmenschlichen Leids und unermeßlicher Trauer. Beverly war Opfer dieses Leids geworden, das er am Ende nicht mehr ertragen wollte. Es hatte ihn getötet … seine eigene Familie … seine eigene Mutter.

Charlotte und ich lagen still beieinander und lauschten den Klängen der Feierlichkeiten, die vom Market Square zu uns herüberdrangen.

»Dieser gewaltige, abscheuliche, grausame Krieg wird eines Tages zu Ende sein, aber vielleicht erlebe ich dieses Ende nicht mehr … Vielleicht werde ich Beverly noch vor dir wiedersehen, und dann werde ich ihn von dir grüßen.«

»Charlotte … was soll das heißen? Wie kannst du so etwas sagen? Natürlich wirst du das Ende dieses Krieges erleben!«

»Wenn Gott will, vielleicht. Ich, die ich im Leben immer so anspruchsvoll und wählerisch gewesen bin, verabscheue die Vorstellung, mit einem Tumor im Leib innerlich zu verrotten. Nein. Sag es nicht, Harriet. Die Ärzte geben mir noch ein halbes, höchstens ein Jahr. Ich habe Andrew, meinem lieben Andrew nichts davon erzählt.

Auch den Kindern habe ich nichts gesagt. Ich sage es nur dir, Harriet. Und du mußt mein Geheimnis bewahren. Versprich es mir. Ich habe es dir gesagt, weil ich dir immer alles gesagt habe. Ich könnte dich nie belügen oder etwas vor dir verborgenhalten. Wir sind Schwestern.«

Geheimnisse. Meine eigene Lüge schnürte mir wie ein Krebsgeschwür die Kehle zu, als ich Charlotte in meine Arme schloß. Meine Freundin. Meine Schwester. Meine Mentorin.

»Die Liebe, die wir füreinander empfinden, wird meinen Tod und diesen Krieg überleben. Ich hoffe nur, daß unsere Enkel in Frieden erwachsen werden und heiraten«, sagte Charlotte.

Erzähl mir, wer gestorben ist, wer geheiratet hat, wer sich aufgehängt hat, weil er nicht heiraten konnte …

Und draußen wollten die Kanonen nicht schweigen. Und meine Lippen öffneten sich nicht, außer, um für Charlotte zu beten.

Überall hieß es, der Sieg sei nur noch eine Frage der Zeit. Aber die Konföderierten waren in der Niederlage und in der Entbehrung so aufrecht und trotzig wie eh und je, und als General Sherman im September desselben Jahres von Atlanta aus zu seinem Marsch gegen die Rebellen aufbrach, tat er das mit dem erklärten Ziel, ihre Moral zu brechen. Die Konföderierten hatten Atlanta bei ihrem Rückzug niedergebrannt, um zu verhindern, daß es unbeschädigt in seine Hände fiel, und als Vergeltungsmaßnahme hatte Sherman die Zivilbevölkerung der Stadt vertrieben. Dann war er mit 62.000 hartgesottenen, kampferprobten Unionssoldaten von Atlanta aus in Richtung Meer marschiert. Sie ernährten sich unterwegs von dem, was die Natur hergab, und indem sie eine Schneise mitten durch das Herz von Georgia schlugen, teilten sie die Konföderation in zwei Teile und befanden sich schließlich im Rücken von Robert E. Lees Armee. Sherman hatte erklärt, er werde der Welt zeigen, daß Jefferson Davis vor der überwältigenden Macht des Nordens kapitulieren müsse.

»Ich kann den Gewaltmarsch bewältigen, und ich kann Georgia in Angst und Schrecken versetzen«, hatte er gesagt. »Krieg ist grausam, und man kann ihn nicht veredeln. Wir können die Menschen im Süden nicht eines Besseren belehren, aber wir können einen

Kampf führen, der so grauenhaft ist, daß es Generationen dauern wird, bevor sie es wagen, noch einmal einen Krieg anzuzetteln.«

Und ich schwelgte in diesem Schwur, den Sherman getan hatte. Ich wollte, daß der Schmerz über Beverlys Tod sich in das Herz jeder einzelnen Südstaatlerin fraß, genauso, wie er sich in mein Herz gefressen hatte. Und da ich selbst eine Südstaatlerin war, wußte ich, wie ich das bewerkstelligen konnte: mit einer Grausamkeit, die derjenigen entsprach, mit der sie ihre Sklaven behandelt hatten. Sie hatten Krieg gegen Schwarze geführt – gegen Männer, Frauen und Kinder –, und jetzt würden wir dieselbe Art Krieg gegen sie führen. Jung und alt, reich und arm, Männer und Frauen, Zivilisten und Soldaten – sie alle würden die grausame Hand des Krieges zu spüren bekommen, genauso, wie wir die grausame Hand der Sklaverei gespürt hatten.

Ich stand mitten in Charlottes preußischblauem Schlafzimmer und gab Shermans Rachefeldzug aus ganzem Herzen meinen Segen. Ich dachte daran, wie die Frauen des Südens uns hassen würden, wie sie uns mit derselben Inbrunst hassen würden, die das Blut in meinen eigenen Adern in Wallung brachte – das beste Virginiablut.

IM FELD BEI MARKET HEIGHTS, VIRGINIA
30. SEPTEMBER 1864

Meine liebste Frau, Mary McCoy,

Du kannst stolz auf Deinen Mann sein, der im Morgengrauen in einer Marschkolonne von dreitausend farbigen Soldaten in vorderster Front, mit Bajonetten bewaffnet, New Market Heights erstürmt hat. Ich fühle mich verdammt seltsam dabei, so nah an der Heimat Waffen zu tragen, Mary, aber hatte ich mir nicht von Anfang an gesagt, daß ich möglicherweise bereit sein müßte, in diesem Krieg für meine eigene Freiheit zu töten?

Wir mußten New Market Heights einnehmen, das gegenüber Richmond liegt, denn es ist der wunde Punkt der rechten Flanke der Rebellen, die am nördlichen Ufer des James River liegen. Es ist ein Bollwerk, auf einem Hügel von beträchtlicher Höhe gelegen und im Tal von Sümpfen umgeben. Durch diese Sümpfe fließt ein kleiner Bach, und von dort aus geht es wieder aufwärts in eine Ebene, die sich sanft bis zum Fluß hinzieht.

General Butler befahl uns, »diese Befestigungen müssen allein durch die Wucht der Kolonne genommen werden, es darf kein Schuß fallen«. Und um uns am Schießen zu hindern, ließ er die Zündkapseln aus unseren Gewehren entfernen. Dann sagte er: »Wenn ihr die Befestigungen stürmt, soll euer Schlachtruf lauten: ›Rache für Fort Pillow!‹« Wer hätte Fort Pillow vergessen können, dachte ich. Die Konföderierten hatten dreihundert schwarze Soldaten ermordet, nachdem Fort Pillow sich ergeben hatte, genau, wie die Rebellen es angekündigt hatten: die Todesstrafe für aufständische Sklaven. Wenn sie lebend in ihre Hände fielen, sollten sie erschossen werden. Auch unsere weißen Offiziere sollten mit dem Tod bestraft werden, weil sie Neger und Mulatten zum Aufstand angestachelt hätten. Was spielte es für sie schon für eine Rolle, daß sie *die Rebellen und Verräter waren und* wir *Soldaten der Armee der Vereinigten Staaten. Die Rebellen haben auch die schwarzen Frauen und Kinder im Fort ermordet, die Verwundeten erschossen und einige Neger lebendig begraben. Es war wie in den guten alten Zeiten, als die Sklaverei in Blüte stand, das kann ich dir versichern.*

Und mit dem Wissen um all das, mit der Gewißheit, daß wir nichts zu verlieren hatten, daß Gefangennahme den sicheren Tod bedeutete, wurde der Marschbefehl gegeben. Wir marschierten in geschlossenen Reihen vorwärts, geradeso, als marschierten wir in einer Parade, den Hügel hinunter und durch den Sumpf. Und als wir durch den Bach wateten, gerieten wir in Schußweite des Feindes, der sofort das Feuer auf uns eröffnete. Unser Schritt geriet ein wenig ins Stocken, die Kolonne schwankte. Oh, es waren Augenblicke schrecklicher Angst, aber wir formierten uns neu, und als wir festen Boden erreichten, marschierten wir entschlossen in engen Reihen weiter, bis unsere Kolonnenspitze den Baumverhau etwa fünfzig Meter vor den Befestigungsanlagen des Feindes erreichte. Dann stürmten die Männer mit den Äxten vor, um die hölzernen Barrikaden zu zerhacken, während tausend Rebellen ihr Artilleriefeuer auf uns konzentrierten und die Kolonnenspitze, die kaum breiter war als der Schreibtisch eines Buchhalters von ihren Schanzen aus mit Kartätschen belegten. Alle Männer mit Äxten fielen in diesem mörderischen Feuer. Doch andere starke Hände ergriffen die Äxte und zer-

störten den Baumverhau. Dann marschierten wir im Schnellschritt weiter vorwärts, stießen kurz vor dem Fort auf weitere Baumverhaue. Die Kolonne kam zum Stehen, und das Feuer der Hölle ging auf uns nieder. Der Baumverhau hielt stand, und die Kolonnenspitze schien buchstäblich im Kugelhagel dahinzuschmelzen. Die Flagge des vordersten Regiments ging zu Boden, aber ein tapferer schwarzer Junge hob sie wieder auf, und sie wehte wieder über der Schlacht. Wieder fielen alle, die die Äxte führten. Mit bloßen Händen packten wir die schweren, scharfkantigen Bäume einen nach dem anderen und schleppten sie fort, und die Kolonne marschierte weiter, und mit einem Kriegsgeheul, das mir immer noch in den Ohren klingt, stürmten wir die Schanzen wie eine Feuerwalze, und die Rebellen rannten wie die Hasen. Sie wußten, was sie als Kriegsgefangene nach Fort Pillow von schwarzen Soldaten zu erwarten hatten. Auf dem Weg, den diese Sturmkolonne genommen hatte, ein Weg, der nicht mehr als zwei Meter breit und nicht länger als hundert Meter war, lagen die Leichen von 543 Schwarzen. Der alte General Butler kam zu Pferd aus den hinteren Linien und ritt im Zickzack zwischen ihnen hindurch, stets darauf bedacht, die Ruhe der geheiligten Toten nicht durch einen Huftritt zu entweihen.

Aber ich lebe, Mary McCoy. Ich weigere mich, in diesem Krieg zu sterben. Und ich bete zu Gott, daß unsere Söhne diese Schlachten überleben.

Die Brigade von Brigadegeneral Butler
45. Rgt. der Farbigen
James River-Armee
Dein Dich liebender Mann
Madison Hemings

SAVANNAH, GEORGIA
23. DEZEMBER 1864

Liebe Mutter,

dies wird wahrscheinlich der letzte Brief sein, den du bis zum Ende des Krieges von mir erhältst. Beverlys Tod hat schreckliche Rachegelüste in mir ausgelöst. Wir haben Befehl, »alles zu zerstören, was wir nicht ver-

zehren können, ihre Nigger zu stehlen, ihre Baumwollfelder niederzubrennen, ihren Zuckersirup zu verschütten, ihre Eisenbahnschienen einzuschmelzen und überhaupt alles zu verwüsten«. Wenn wir bisher immer noch nicht Grund genug gehabt haben sollten, diesen Befehl auszuführen, so hat sich das geändert, seit am Erntedanktag mehrere entflohene Kriegsgefangene bei uns auftauchten. Sie waren nur noch mit Fetzen bekleidet. Befreit und halbverhungert, brachen diese Kriegsgefangenen beim Anblick von Essen und der amerikanischen Flagge in Tränen aus. Ach, Mutter, diese Männer heulten vor Wut bei dem Gedanken an Tausende von Kameraden, die in diesem Schweinestall verhungern, während um sie herum die Vorratsscheunen bersten; unser Ziel ist es nun, dieses Gefangenenlager bis Ostern zu befreien.

Es ist schrecklich, die Nahrungsgrundlagen Tausender Menschen zu zerstören, und es bedrückt mich sehr, das mitanzusehen. Aber nur, wenn wir der Konföderation ihre Hilflosigkeit vor Augen führen, wird dieser Krieg ein Ende finden. Die Union muß um jeden Preis erhalten werden, und um dies zu erreichen, müssen wir die Rebellen bekriegen und vernichten – ihre Nahrungsmittel zerstören, ihre Nachrichtenverbindungen unterbrechen und der Bevölkerung von Georgia vorführen, welches Leid der Krieg über sie bringen kann. Wenn der Schrecken von Shermans Feldzug dazu beiträgt, die Ehemänner und Söhne, die uns bekämpfen, zu lähmen, dann wird es eine Gnade für uns alle sein. Es heißt, einige Leute in Georgia hätten zu Sherman gesagt: »Warum fallt ihr nicht in South Carolina ein und behandelt die Leute dort in gleicher Weise? Sie haben diesen Krieg schließlich angezettelt.« Aber das hatte General Sherman ohnehin vor. Und jetzt marschieren wir also mit sechzigtausend Mann durch South Carolina, um Lees Armee zu vernichten, aber auch, um Gottes Rache über South Carolina zu bringen. Wir zerstören ihre Farmen und ihre Fabriken. Wir verbrennen ihre Plantagen und töten ihr Vieh. Der Widerstandswille der Bevölkerung muß gebrochen werden. Aus ihren Eisenbahnschienen machen wir etwas, das wir »Shermans Krawattenknoten« nennen. Dazu erhitzen wir die Schienen über einem großen Feuer aus Eisenbahnschwellen und wickeln dann die Schienen um den nächsten Baum. Das Schicksal, das die Südstaatler erwartet, läßt mich fast erschaudern, Mutter. Aber hier hat der Verrat seinen Ursprung genommen, und hier wird er enden, bei Gott! Wir sind ent-

schlossen, sie zu besiegen, sie zu demütigen, sie bis in ihre geheimsten Verstecke zu verfolgen und sie in Angst und Schrecken zu versetzen. Und das werden wir, mit Trauer und Mitleid im Herzen, auch tun.

Dein gehorsamer und Dich liebender Sohn

Madison Wellington

Weihnachten 1864. Lucinda ist mit Beverlys Zwillingen und dem neuen Baby nach Anamacora gezogen. Ich war der Meinung, daß Perez, Roxanne und John William dort sicherer und besser aufgehoben sein würden (obschon sie auch in Philadelphia nicht in Gefahr waren). Beverlys Tod lastete schwer auf uns allen, aber Sinclair, der ihn als letzter lebend gesehen hatte, war besonders verzweifelt. Der Tod seines Bruders schien eine Schwermut in ihm ausgelöst zu haben, die seiner Frau und mir große Sorgen machte. Diese Schwermut erschien uns noch schauerlicher als der lange, nicht enden wollende Krieg selbst. Alle hatten den Krieg satt, und viele sprachen es auch aus. Die Menschen verloren allmählich die Hoffnung, und es wurde schon von Frieden ohne die Abschaffung der Sklaverei gesprochen, eine Vorstellung, die nach der ungeheuren Zahl der Opfer so pervers und obszön war, das selbst der Präsident sagte: »Ich hoffe, daß diese schreckliche Geißel des Krieges bald vorüber ist. Aber wenn Gott will, daß er so lange andauert, bis der gesamte Reichtum, der in zweihundertfünfzig Jahren durch die unbezahlte Schwerarbeit der Sklaven angehäuft wurde, vom Erdboden verschwunden ist, und bis jeder Tropfen Blut, der durch die Peitsche vergossen wurde, durch einen Tropfen Blut, den das Schwert vergießt, gesühnt worden ist, dann bleibt nichts anderes übrig als zu sagen: ›Gottes Wille ist wahr und gerecht.‹«

Der Winter war neuerlich so kalt wie 1856, und die Scheiben des Wintergartens waren zugefroren. Auf dem Delaware River glitten dunkle Gestalten über das Eis, und das Lachen der Schlittschuhläufer mischte sich mit dem frostigen Nebel, der über den Wasserwegen Philadelphias lag. Leichter Schnee fiel und legte sich wie Spitzendeckchen auf die Fenstersimse. Angesichts der klirrenden Kälte und der schneebedeckten Welt, die uns umgab, suchten wir einmal mehr die Geborgenheit um den grünen Weihnachtsbaum und das prasselnde Kaminfeuer, das uns in ein bronzenes Licht tauchte. Trotz allem bemühten wir uns, den Kindern ein fröhliches Weihnachtsfest zu bereiten. Maurice war aus Missouri zurück, wo er in Pilot Knob gegen General Price und dessen »Verbündete«, die Quantrill-Bande, gefochten hatte. Thor war von Camp Rapidan heimgekehrt, und Madison stand kurz davor, zusammen mit Maurice wieder an die Front zu gehen, um in Georgia unter General Sheridan zu kämpfen. Außerdem hatten wir eine Kriegshochzeit zu feiern, denn Maria heiratete Zachariah Battle, einen ihrer Professoren an der medizinischen Fakultät, in den sie sich verliebt hatte. Zachariah war an der Front im Westen im Einsatz gewesen, war in der Schlacht am Battle Creek verwundet und im September ausgemustert worden. Danach hatte er angefangen, an der Jefferson Medical School zu unterrichten, wo Maria Biologie studierte. Sie waren sich auf dem Korridor begegnet, und es war Liebe auf den ersten Blick gewesen. Zachariah, ein hochintelligenter, ernster junger Mann, begann schon bald, zusammen mit den Ehemännern von Lividia und Tabitha das wachsende Unternehmen Wellington zu führen, das mittlerweile neben der ursprünglichen pharmazeutischen Firma eine Ölraffinerie, eine Eisenbahngesellschaft, ein Frachtunternehmen und Kohlenminen umfaßte.

Zu Beginn des Krieges war im Westen von Pennsylvania Öl entdeckt worden. Man erkannte schnell, daß es als Ersatz für das immer rarer werdende Walöl dienen konnte, das für Lampen und Straßenlaternen benutzt wurde. Unsere Eisenbahngesellschaft wurde schnell zum wichtigsten Transportunternehmen des schwarzen Goldes. Außerdem entwickelte Philadelphia sich zu einem wichtigen Standort für die Lagerung und Raffination des Öls. Die Firma Wellington Drugs profitierte vom florierenden Ölgeschäft als Raffinerie und Produzent von Erdölprodukten, darunter ein berühmtes Medikament, das wir uns patentieren ließen, sowie als Lager- und Transportunternehmen.

Die Wellingtons waren sehr reich geworden, aber der Krieg hatte Hunderte anderer ebenfalls zu Millionären gemacht. Durch den kriegsbedingten Bedarf an Gütern war die Wirtschaft des Nordens zu neuer Blüte gelangt.

Lincolns jährliche Ansprache vor dem Kongreß hatte nur bestätigt, was jeder erfolgreiche Farmer und Geschäftsmann bereits wußte. Die Entschlossenheit und Einhelligkeit, mit der die Bevölkerung die Einheit der Union zu verteidigen bereit war, war nie größer gewesen. Wir verfügten über ein enormes Potential an Rohstoffen, und wir waren davon überzeugt, daß dieses Potential unerschöpflich sei. Mit ihren 671 Kriegsschiffen war unsere Marine die größte der Welt. Mit einer Million Männern in Uniform war unsere Armee die größte und am besten ausgerüstete, die es je gegeben hatte. Zwar waren dreihunderttausend Soldaten gefallen, aber die vielen Einwanderer und die hohen Geburtenzahlen machten diese Verluste wieder wett. Wir hatten jetzt mehr Männer als zu Beginn des Krieges. Unsere Stärke wuchs von Tag zu Tag. Diese Kraftprobe konnten wir unbegrenzt durchhalten.

Ich dachte an meine weiße Familie im Süden, die dem Untergang geweiht war. Die Schatzkammer der Konföderation war leer, es gab keine Verpflegung für die Soldaten und keine Truppen mehr, um sich General Sherman, der gegen Savannah vorrückte, entgegenzustellen. In seinem letzten Telegramm an Lincoln hatte Sherman geschrieben: »Gestatten Sie mir, Ihnen die Stadt Savannah mit 150 Kanonen und 25.000 Ballen Baumwolle als Weihnachtsgeschenk zu präsentieren.« Worauf Lincoln geantwortet hatte: »Ich danke Ihnen für Ihren großen Erfolg. Wenn man die Arbeit von General Thomas in Betracht zieht, werden die, die im Dunkeln saßen, ein großes Licht sehen.«

Als ich die Kerzen an meinem Weihnachtsbaum betrachtete, wurde mir tatsächlich bewußt, daß die Niederwerfung des Südens und damit meiner alten Feinde nur eine Frage von Monaten, wenn nicht Wochen war. General Thomas' Cumberland-Armee, zu der eine komplette Division von Negern gehörte, hatte in Nashville die Tennessee-Armee aufgerieben und war nun dabei, die Überreste der Rebellenarmee nach Mississippi zurückzujagen. Ein Viertel der weißen Männer im wehrfähigen Alter waren auf seiten der Konföderierten gefallen. Der Krieg hatte zwei Fünftel des Viehbestandes des Südens vernichtet, zehntausend Meilen Eisenbahnschienen zerstört und das System, auf dem der Reichtum des Südens basierte, war für immer ausgelöscht. Den Südstaaten waren durch den Krieg zwei Drittel ihres Reichtums abhanden gekommen – er war einfach davonspaziert, so wie ich vor vierzig Jahren.

»Spiel etwas, Großmutter!« Ich blickte auf die dreijährige Roxanne hinab. In ihren Augen spiegelten sich die tanzenden Lichter des Weihnachtsbaums. Ich nahm sie auf meinen Arm, ein warmes, lebendiges Bündel von meinem Fleisch und Blut, und trug sie zum Piano hinüber. Heute abend würde ich keine wilden Mazurkas und keine schwungvollen Walzer oder Polonaisen spielen. Keine Transkriptionen von Wagner, Beethoven oder Verdi. Statt dessen spielte ich *Testing on the Old Campgrounds* als Trauerlied und *When This Cruel War Is Over* als Schlaflied. Ich spielte *Bear This Gently to My Mother* für Beverly und *I Would the War Were Over* für James und *Tell Me, Is My Father Coming Back?* für mich selbst.

Weil ich wußte, daß sie im Sterben lag, und weil ich noch nie jemandem, den ich liebte, erzählt hatte, wer ich wirklich war, erzählte ich es Charlotte. Das Vertrauen, das ich ihr all die Jahre vorenthalten hatte, war mein Weihnachtsgeschenk an sie. Was konnte ich ihr geben außer meiner schwarzen Seele?

»Ich weiß.« Charlotte unterbrach zärtlich meinen Redefluß.

»Du *weißt?*«

»Thance hat mir aus Afrika geschrieben. Sein Brief kam nach seinem Tod an. Seit dem Unfall mit Thor hat Thance mir immer seine Geheimnisse anvertraut. Während der Überfahrt auf der *Rachel* hat Abe aus Versehen durchblicken lassen, daß Thenia deine Nichte ist. Thance wußte natürlich nicht, wer dein Vater war.«

»Und du weißt es?«

»Ja. Über Sarah Hale habe ich in Boston deine Kusine Ellen Wayles kennengelernt. Sie und ihr Mann haben den Süden verlassen, als Virginia sich der Konföderation angeschlossen hat.«

»Erzähl mir nicht, Ellen ist gegen die Sklaverei!«

»Nein. Sie ist gegen die Abspaltung von der Union. Sie liebt den Süden. Die Geschichten, die sie mir über ihre Kindheit auf Monticello erzählt hat, waren dieselben, die du mir über *deine* Kindheit erzählt hast. Ihr Großvater war doch dein Vater, nicht wahr? Sie hat mir berichtet, daß es auf Monticello ›hellhäutige‹ Kinder gab, denen gestattet wurde fortzulaufen. Es war allgemein bekannt. Sie hießen Hemings. Sie sagte mir, daß sie dich als Kind oft um deine Freiheit beneidet hat, überall herumlaufen und tun und lassen zu können, was du wolltest, während sie gezwungen war, Erwartungen zu erfüllen und sich den Bedingungen und Vorstellungen zu unterwerfen, die für ihr Geschlecht und ihre soziale Stellung vorgesehen waren. Sie glaubte immer, du seist nach Washington gegangen. Wußtest du, daß ihr Sohn, Sidney, 1863 in Chattanooga für die Union gefallen ist? Und sein Bruder Algernon ist Feldarzt bei der Unionsarmee … genau wie Beverly es war.«

Ich blinzelte gegen das Licht, das von allen Seiten in das Zimmer zu fallen schien. Es umgab mich wie ein weißer Nebel. Selbst meine Seele blinzelte. Ich hob einen Arm, als sei ich dabei, im Sog von tausend Jahren unausgesprochener Dinge zu ertrinken. Zu spät.

Mit diesem Weibsbild namens Sally hat unser Präsident mehrere Kinder. In ganz Charlottesville und Umgebung findet man niemanden, der diese Geschichte nicht glauben würde; und nicht wenige wissen davon.

»Und Thor weiß es auch?« Mir schlug das Herz bis zum Hals.

»Falls er es weiß«, erwiderte Charlotte ruhig, »dann weiß er es jedenfalls nicht von mir.«

»Vergib mir«, flehte ich.

»Es gibt nichts zu vergeben.« Sie wandte ihr Gesicht ab. »Es heißt, die Farbgrenze geht sogar über das Grab hinaus. Und dennoch habe ich bis an mein Grab darauf warten müssen, daß du es mir sagst. All die Jahre.«

Ich brach in Schluchzen aus. Ich hatte ihr das Herz gebrochen mit meiner Geheimnistuerei und meinen Lügen, mit meinem Mißtrauen und mit meiner Grausamkeit. Und nun brach auch mein Herz. Jetzt gab es niemanden mehr, bei dem ich mich sicher fühlen konnte. Nicht einmal bei meinen Kindern. Für sie war ich eine Fremde.

Kurz darauf starb Charlotte an einer Überdosis Morphium, während ich ihre Hand hielt. Sie hatte mich angefleht, ihr zu helfen, und ich hatte meine Vorratskammer auf der Suche nach der tödlichen Droge durchsucht.

Ich war so stumm wie die tote Charlotte. Kein Laut, den die

menschliche Stimme hervorzubringen vermag, konnte den Schmerz ausdrücken, den ihr Tod mir bereitete. Meine Trauer um Charlotte war so grenzenlos, so unstillbar wie Hunger und Qual, so unermeßlich wie das Meer. Der Kummer darüber, daß ich ihr einzig aufgrund ihrer Hautfarbe mein Vertrauen vorenthalten hatte, verfolgte mich und schmerzte mich zutiefst, denn sie war in dem Glauben gestorben, mich nie verstanden zu haben, was nicht stimmte.

Ich wusch Charlottes Leichnam, bedeckte ihre Möbel mit weißen Seidentüchern und füllte dann das Zimmer mit Blumen aus dem Treibhaus. Obwohl die lebenden Pflanzen eine Beleidigung für ihren Tod waren, füllte ich jede Vase damit und stellte sie auf jede Fläche, die sich anbot. Erst dann öffnete ich die Tür für Andrew und die Kinder.

Ich, Charlotte Waverly Nevell, weiße Amerikanerin, sechzig Jahre alt, Ehefrau von Andrew Nevell of Nevellville, Mutter von vier Kindern (keins verstorben), Mitglied des Sanitätskorps, das in Gettysburg im Einsatz war, schwöre hiermit, daß ich Harriets wirklichen Namen gekannt habe, aber nie etwas anderes in ihr gesehen habe als das, was sie war, und ich habe sie für das geliebt, was ich gesehen habe. Ich verabscheue die Vorstellung von Lorenzo Fitzgerald, nach der ein Mensch durch seine Geburt unwiderruflich festgelegt ist – daß die Umstände, in die er geboren wird, eine unüberwindliche Grenze darstellen. Für einen Amerikaner ist keine Grenze unüberwindlich, einschließlich der sogenannten Farbgrenze, und keiner, der in den Vereinigten Staaten lebt, ist allein aufgrund seiner Hautfarbe ein Fremder. Ich habe Harriets Ängste zu den meinen gemacht, ihre Lieben zu meinen Lieben, ihre Träume zu meinen Träumen, denn ich habe mich aus freiem Willen entschieden, Harriet als meinesgleichen zu lieben – als Frau – als Mensch. Ich habe lange darauf gewartet, daß Harriet mir ihr Geheimnis anvertraut – daß sie mir ihre Liebe und ihr Vertrauen schenkt, ebenso wie ich ihr meine Liebe und mein Vertrauen geschenkt habe. Ich weiß, daß Harriet mich einer revolutionären Liebe nicht für würdig befunden hat. In ihren Augen war ich zu schwach, führte ich als Weiße ein allzu behütetes Leben, um ihre wahre Identität zu erkennen. Indem sie mich beschützte, indem sie mich mit ihrem eigenen Körper vor einer Wahrheit behütete, die sie als zu gefährlich für mich erachtete, hat auch sie sich mir gegenüber rassistisch verhalten. Ich hätte Thenia sein sollen. Ich habe mir so oft gewünscht, Thenia zu sein. Man könnte einwenden, daß ich den ersten Schritt hätte tun müssen und ihr sagen, was ich wußte. Aber was wäre, wenn ich sie darüber verloren hätte? Was wäre, wenn die verabscheuungswürdige und unerhebliche Tatsache, daß ich eine Weiße bin, ausgereicht hätte, um sie von mir fortzutreiben, um sie für immer von mir zu trennen, hätte sie erfahren, was ich wußte? Was sind wir doch für merkwürdige Menschen … bereit, getrennt von einer Person zu leben, die vielleicht die größte Liebe unseres Lebens ist, und das nur aufgrund eines Etiketts, eines Tabus, eines Stigmas, einer Angst, die wir selbst kreiert haben. Da ich dir unrecht getan habe, kann ich dich niemals mögen. *Niemand kann das zerstören, was Harriet und mich verbunden hat. So wie ich mich im Leben geweigert habe, weigere ich mich im Tod, mich von ihr, von meiner besseren Hälfte, mich von ihr abzusondern, nur um meines Vaterlandes willen. Liebe ist stärker als Abstammung, Leidenschaft ist stärker als Abstammung, Wertschätzung ist stärker als Abstammung, selbst Rasse ist stärker als Abstammung. Es gibt wenig Liebeslieder, und davon gibt es zwei Sorten, nämlich die frivolen und die traurigen. Für tiefe, erfüllte Liebe gibt es nur Schweigen. Meine Seele hat Ruhe gefunden. Möge Gott auch Harriets Seele Ruhe finden lassen. Amen.*

Ich bin am heutigen Tag, dem 31. Dezember 1864, in Harriets Armen gestorben.

Charlotte Waverly Nevell

Am letzten Januartag des letzten Kriegsjahres verabschiedete das Repräsentantenhaus mit 119 zu 56 Stimmen das dreizehnte *Amendment*, jenen Zusatzartikel zur Verfassung, der die Abschaffung der Sklaverei zum Gesetz erklärte.

»Die Sklaverei ist überwunden, aber die Rebellion ist noch nicht vorbei«, berichtete Robert Purvis. Er saß in meinem Büro der Wellington Drug Company mit der kleinen Roxanne auf seinen Knien und trank Wellington-Tee. Jean Pierre Burr war mit ihm gekommen. Ich betrachtete Mr. Burr, den Sohn von Aaron Burr und einer freigelassenen Sklavin aus Haiti namens Eugenia Bearharni. Jean Pierre war einer der Gründer der Moral Reform Society, Mitglied des

Banneker-Instituts, Aktivist der Untergrundbewegung der Abolitionisten und das exakte Ebenbild seines berühmten Vaters.

Purvis selbst war inzwischen der Schwiegersohn von James Felton, einem reichen Segelmacher aus Philadelphia, ein Mischling und Halbbruder der Grimké-Schwestern, zweier berühmter Abolitionistinnen.

Purvis hatte mir erst kürzlich anvertraut, daß viele Mischlingskinder aus dem Süden hierhergeschickt worden waren. In einigen Fällen waren sogar die Eltern nachgekommen und hatten hier legal geheiratet. Es geschah häufig, so berichtete er, daß die Nachkommen dieser Kinder sich von der Rasse ihrer Mutter abwandten; einer dieser Nachkommen war Direktor einer städtischen Schule geworden, eine andere eine berühmte katholische Nonne, einer ein Bischof, und zwei waren Offiziere in der Armee der Konföderierten.

»Tief in den Köpfen der Weißen«, sagte Robert, »existiert ein ungeschriebenes Gesetz, das ihre farbigen Mitbürger uneingeschränkter, unberechtigter Demütigung aussetzt. Keine Ehrbarkeit, wie unzweifelhaft sie auch sein mag, kein Landbesitz, wie groß er auch sei, auch kein noch so makelloser Charakter verschafft einem Mann, in dessen Adern auch nur ein Zweiunddreißigstel des Blutes seiner afrikanischen Ahnen fließt, Zugang zur Gesellschaft der Weißen.

Warum, Harriet? Warum sind die Leute auf eine solch abscheuliche Art auf die Hautfarbe eines Menschen fixiert? Woher kommt diese *irrationale* Angst vor Farbigen? Dieser unbegründete Horror vor Schwarzen? Ist der Widerwille anerzogen oder angeboren? Basiert er auf Philosophie, auf wissenschaftlichen Erkenntnissen oder auf Moral? Auf der Bibel und anderen heiligen Schriften? Auf überlieferten Erkenntnissen oder auf überliefertem Unwissen? Edmund Burke schreibt in seinem Buch *On the Sublime and Beautiful*, wenn der Umgang mit den Schwarzen auch zunächst schwerfällt, heißt das nicht, daß das immer so bleiben muß. Gewohnheit, sagt er, söhnt uns letztlich mit allem aus. Wenn wir uns erst einmal an das Zusammenleben mit den Schwarzen gewöhnt haben, wird der Widerwille nachlassen, und die Anmut, die Schönheit oder irgendeine angenehme Eigenart der Farbigen wird uns das Unangenehme an ihrer ursprünglichen Erscheinung vergessen lassen. Die Schwarzen sind von Anfang an unter uns gewesen, aber der fanatische Haß gegen alles Schwarze hat niemals nachgelassen. Am Ende schreibt Burke, daß die Schwarzen immer etwas Melancholisches haben werden, aber ist das in unserem Land Metaphysik oder Literatur? Wie kommt es, daß das Schlimmste, was einem Amerikaner passieren kann, darin besteht, *nicht* als Weißer geboren zu werden? Weil es bedeutet, jeglicher Identität und Anerkennung beraubt zu sein, eine Negation all dessen zu sein, was Amerika sich auf sein Banner geschrieben hat – Reinheit, Macht, weiße Hautfarbe. Und so schreibt Amerika alles, was es tut – Vergewaltigung, Ausbeutung, Gewalt und Krieg –, jenen dunkelhäutigen Subjekten zu, die es so sehr verabscheut. Und dennoch beweist dieser Krieg, daß wir das Zentrum seiner Seele, seiner Geschichte, seines Traums und seines Alptraums, seiner Phantasie, seiner Vergangenheit und seiner Zukunft sind. Dieser Krieg, Harriet, ist die Wiege der amerikanischen Identität, und die Schwarzen, wir einheimischen Fremden, sind ihre Grundlage – die schwarze Seele der Vereinigten Staaten. Es wundert mich, daß ihr das nicht sehen könnt. Ihr Weißen mit all eurem Wissen, eurer Logik, eurem Geld, eurer Moral und eurer Aufklärung könnt es nicht sehen.«

»Ich sehe es, Robert. Vielleicht liegt die Erkenntnis gerade in unserer Ablehnung.«

»Soll ich dir noch etwas Seltsames erzählen?« fuhr er fort. »Robert E. Lee hat Jefferson Davis gebeten, zweihunderttausend Neger für die Armee der Konföderierten zu rekrutieren! Wir, die wir nachweislich und erklärtermaßen die Ursache dieses Krieges sind, sind nun die Hoffnung sowohl der Union als auch der Rebellen!«

Der Krieg endete schließlich mit der Kapitulation von Richmond. Dort, mitten in all der Verwirrung und Verblüffung, dem Chaos, der Panik und den Flammen, blieb einzig die schwarze Bevölkerung ruhig und abwartend, als Lincoln in Begleitung von Soldaten des fünfundzwanzigsten Korps und zehn schwarzen Matrosen als Leibwächter in die eroberte Stadt einzog, nur vierzig Stunden, nachdem Jefferson Davis sein Weißes Haus verlassen hatte. Thor begleitete ihn im Auftrag des Gesundheitsamts. Der große Sklavenbefreier mit einem seidenen Zylinder auf dem Kopf sah sich von Schwarzen umringt, die riefen: »Ehre, Ehre sei Gott. Vater Abraham. Der Tag des Jubels ist gekommen!« Überwältigt forderte der Präsident seine Mitbürger auf, sich nicht in den Staub zu werfen. »Kniet nicht vor mir nieder«, sagte er. »Das ist nicht recht. Nur vor Gott sollt ihr niederknien und ihm für die Freiheit danken, die ihr von heute ab genießen werdet.« Die Salutschüsse aus neunhundert Kanonen, die die Armee zur Feier des Sieges abfeuerte, füllten die Luft mit blauem Rauch.

Thor hatte mich in seinem letzten Brief gebeten, mit ihm nach Richmond zu fahren, und dort angekommen, empfand ich ein überwältigendes Verlangen, Monticello noch einmal zu sehen, selbst wenn es in Ruinen liegen sollte. Vielleicht konnte ich meinen Bruder Thomas finden. Vielleicht wollte ich über meine verängstigten weißen Verwandten frohlocken, die sich in Edgehill verkrochen hatten. Ich fühlte mich, wie ein alter Kriegsveteran sich fühlen mußte – ich wollte nach Hause, selbst wenn es dieses Zuhause nicht mehr gab. Ich wollte den unablässigen Krieg mit mir selbst und meinem Leben beenden. Meinen Frieden konnte ich nur finden, wenn ich an meinen Ursprung zurückkehrte, selbst wenn das bedeutete, Thor noch einmal zu betrügen.

Unter dem Vorwand, Thenia treffen zu wollen, ließ ich Thor beim Präsidenten zurück und machte mich am 14. April auf den Weg nach Monticello. Es war Karfreitag, fünf Tage nachdem die Konföderierten im Gerichtsgebäude von Appomattox kapituliert hatten, einen Tag nach dem Geburtstag meines Vaters. Mein Fahrer kämpfte sich mit dem leichten Wagen durch die verstopften Straßen, die aus Richmond hinausführten. Sie waren überfüllt mit Flüchtlingen, schwarzen und weißen, alle verzweifelt auf der Suche nach etwas oder jemandem, den sie verloren hatten. Und dann, endlich, stand ich Arm in Arm mit Thenia auf dem kleinen Hügel neben der Blockhütte meiner Mutter. Wie ein innerer Zwang hatte mich alles, wofür ich lebte, dazu getrieben, nach Albemarle County und zu meiner Vergangenheit zurückzukehren. Und nun, am vierzehnten April 1865, stand ich da, eine entwurzelte Südstaatlerin, eine einheimische Fremde, eine heimgekehrte weiße Negerin.

37

Denn wenn ein Sklave in dieser Welt ein Heimatland haben kann, dann muß es auf jeden Fall ein anderes sein als das, in dem er geboren wurde und für andere zu arbeiten gezwungen war: beschneidet ihm seine natürlichen Fähigkeiten ... und ihr tragt zum Aussterben der menschlichen Rasse bei ...

THOMAS JEFFERSON

14. April 1865. Jeder sollte sich noch bis an sein Lebensende daran erinnern, wo er diesen Karfreitag verbracht hatte.

Ich war von Fort Monroe, wo ich immer noch befreite Sklaven im Lesen und Schreiben unterrichtete, nach Monticello gereist, um Harriet zu treffen. Nun stand ich neben ihr und starrte auf das leere, verfallende graue Haus. Burwells Farbe war abgeblättert, Joe Fossetts eiserne Balkone waren fast durchgerostet. John Hemings' Dachschindeln waren verzogen und teilweise heruntergefallen. Die Villa gehörte nicht mehr zum Besitz von Thomas Jefferson oder seiner Erben. Ich konnte es kaum glauben, daß ich, Thenia Boss, eine freie Frau, vor den verrotteten Ruinen meines ehemaligen Gefängnisses, Monticello, stand. Übel lag über dem Haus wie giftige Nebelschwaden. Mein Magen verkrampfte sich, und der lang vergessene Horror der Sklavenauktion stieg wieder in mir auf, so als habe er all die Jahre unvermindert in meiner Seele überdauert.

Ich war dreizehn, mager, mit knochigen O-Beinen und großen Augen, und mit meinen knospenden Brüsten, schmalen Hüften und hohem Steiß noch keine Frau. Ich sehe den roten Auktionsblock noch vor mir. Meine Kusine Doll, die Tochter von Critta Hemings, war ein hübsches Mädchen, fast eine Schönheit. Ihr Vater war Peter

Carr. An dem Tag, als sie verkauft wurde, haben sie sie nackt ausgezogen, um sie genau in Augenschein nehmen und den Preis festsetzen zu können. Sie weinte bitterlich. Vielmehr, sie brüllte. Niemals werde ich diese verzweifelten Schreie vergessen, die sie ausstieß, als sie vergeblich versuchte, sich zu bedecken. Die Leute beschwerten sich darüber, wie sehr die Preise für Sklaven gefallen waren. Doll jedenfalls wurde für einen hohen Preis an einen Mann aus New Orleans verkauft.

Unsere ganze Familie hockte mehr oder weniger zusammengekauert in einiger Entfernung von den anderen in einer Ecke des Hofes. Der alte Joe Taylor, der Händler, kam auf uns zu. Er war der Ausrufer. Er war riesig, und jemandem, der so klein war wie ich, kam er sogar noch größer vor. Es hieß, man könnte ihn aus fünf Meilen Entfernung hören, wenn er einen Sklaven versteigerte. Er trug eine Peitsche und eine Pistole, und er hatte noch einen anderen Mann bei sich. Er befahl meiner Schwester aufzustehen und sagte zu dem anderen: »Das ist genau so ein Mädchen, wie du suchst.« Mama flehte Mr. Taylor an, unsere Familie nicht auseinanderzureißen, und hielt Mary und Jane und mich fest umschlungen. Die Händler und der Mann berieten sich eine Weile lang miteinander, dann kamen sie zurück und zerrten Mary aus Mamas Armen, und Taylor und der Mann gingen mit ihr fort. Mama fing an zu schreien, und in dem Augenblick kam mein Vater unter den Hammer, und sie zerrten ihn in eine andere Ecke des Hofs.

Wer die Sklaverei nicht am eigenen Leib erlebt hat, der kann sich nicht vorstellen, was das bedeutet. In diesem Hof müssen ungefähr hundert Menschen gewesen sein, und der Staub und der Geruch von Angstschweiß waren schrecklich, ganz schrecklich. Ich hatte das Gefühl, als sei es erst gestern passiert – Männer, die von ihren Frauen weg verkauft, Kinder die von ihren Müttern getrennt wurden. Ein Sklavenhändler konnte ebenso bedenkenlos ein Baby aus den Armen seiner Mutter reißen, wie er einer Kuh ein Kalb wegnahm. Es war ein Viehmarkt. Derselbe Blutgeruch hing in der Luft. Sie kamen und holten meine andere Schwester, dann meine Mutter. Als Mutter weggebracht wurde, klammerte ich mich an sie und wurde mitgeschleift, bis sie mich mit Fußtritten von ihr lösten. Es war, als sei eine Bombe in meinem Kopf explodiert; ein fürchterlicher Schmerz schoß mir durch den Unterleib, während ich die Schreie meiner Mutter immer noch in den Ohren hatte. Ich weiß noch, wie ich plötzlich spürte, daß mir Blut an den Beinen hinunterlief – meine Periode, allerdings wußte ich damals nicht, was es war. Eine meiner Tanten, die letzte, die verkauft wurde, raffte mein Kleid zu einem Bündel zwischen meinen Beinen zusammen und band mir einen Schal um die Hüften. Sie wischte mir das Blut von den Beinen, aber warum machte sie sich die Mühe, das Blut abzuwischen? Warum mußte diese besondere Wunde besonders gut verborgen oder als anstößig behandelt werden? Schließlich war das Blut aus dem Innern meiner Seele gekommen, die man soeben ermordet hatte. Sie holten meine Tante und dann meinen kleinen Bruder. Dann kam der alte Joe noch einmal, um mich zu holen.

»Pack dein Bündel«, sagte er. Dann sah er mich merkwürdig an. »Keiner hat mir gesagt, daß diese Kuh schwanger ist«, meinte er. »Ich hab sie als Jungfrau angeboten.«

Er zog mein Kleid über meine Hüften und verkaufte mich.

Seitdem stottere ich. Eine Zeitlang konnte ich überhaupt nicht sprechen. Selbst als ich bei Harriet in Sicherheit war.

Harriets Schwindel hat mich nie gestört, weder vom Standpunkt menschlicher noch göttlicher Gesetze aus, aber ich habe sie auch nie beneidet. Eigentlich habe ich ihretwegen sogar manche schlaflose Nacht verbracht. Ich liebte Mrs. Wellington, aber ich fand sie rücksichtslos und egoistisch. Ich bewunderte sie als Untergrundaktivistin, als Ehefrau, als Mutter, als Musikerin, aber die Art, wie sie auf ihren Herrn fixiert war, den sie stur Vater nannte, und die Art und Weise, wie sie ihre Mutter behandelte, haben mir stets auf dem Magen gelegen. Ich hätte meine Mutter nie so verlassen können, wie sie ihre Mutter verlassen hat. Und Harriet war so einsam – sie war eine echte Waise. Wie schrecklich muß es sein, frei und weiß zu sein und Brüder zu haben, von denen man zwanzig Jahre lang nichts hört und sieht!

Harriet war auch sehr klug. Und sie war hart und ehrgeizig und gefährlich. In Gettysburg hat sie einen Mann getötet. Emily hat es mir erzählt. Das werde ich nie vergessen. Ohne mit der Wimper zu zucken. Sie sagte: »Ach, sie hat dir also nichts davon erzählt?« Nun, niemand kann fünfzig Jahre lang mit einer tödlichen Waffe herumlaufen, ohne sie jemals zu benutzen. Es war einer von den Rebellen, ein Deserteur, der gerade einen hilflosen, verwundeten Unionssoldaten ausrauben und ermorden wollte, aus Wut oder Rache oder weil er blutrünstig war oder einfach verrückt, wer weiß? Harriet hat ihn zum Teufel geschickt. Und ich glaube, sie hätte es sogar kaltblütig tun können, anstatt in der Hitze der Schlacht. Ich glaube, in gewisser Weise hat sie den Rebellen getötet, der James getötet hat, und gleichzeitig hat sie den Rebellen in sich selbst getötet, nämlich ihren Vater und den alten Süden. Sie hatte eine starke Natur, wie die Leute sie früher besaßen, sie war so unverwüstlich wie er. Nichts konnte Harriet Wellington etwas anhaben. Nicht einmal ein Säurebad.

Was mich an Abe erinnert. Ich habe diesen Mann bis zum Wahnsinn geliebt. Was immer ich heute bin, verdanke ich ihm und Harriet. Wenn Harriet mir beigebracht hat, furchtlos zu sein, dann hat er mir beigebracht, stolz zu sein. Wir hatten auch ein gutes Sexualleben. Oft sind wir den ganzen Tag im Bett geblieben und haben uns geliebt. Manchmal hab ich einfach neben ihm gelegen und ihm beim Schlafen zugesehen – dann habe ich ihn am ganzen Körper gestreichelt, habe ihn überall geküßt und mit der Zunge die kleinen Falten hinter seinen Ohren oder seine Kniekehlen erkundet. Er wußte, wie man eine Frau beglückt. Ach, Abe, jetzt liegst du schon seit zwanzig Jahren unter dem grasbewachsenen Hügel so weit weg. Ich wollte nie einen anderen Mann. Abe hat mir Raphael und Willy gegeben, und Raphael hat mir Aaron gegeben. Ich kann nicht klagen.

Ich bin Harriet stets dankbar gewesen für alles, was sie für mich getan hat. Wie Harriet Tubman hat sie die Grenze noch einmal überschritten und ist in den Süden gereist, um eine der Ihren zu retten. Sie hat mir ein neues Leben gegeben, so gut sie konnte oder soviel sie von ihrem Doppelleben entbehren konnte.

Ich habe bereitwillig zwei Jahre und vier Monate lang für die Regierung der Vereinigten Staaten gearbeitet, ohne einen einzigen Dollar dafür zu erhalten. Ich habe dem Ersten South-Carolina-Freiwilligenregiment, dem ersten Regiment, das aus ehemaligen Sklaven bestand, Lesen und Schreiben beigebracht. Und wenn ich eine Möglichkeit hatte, für Mr. Pinkerton und die Regierung ein bißchen hinter den Linien der Konföderierten zu spionieren, tja, dann habe ich auch das gemacht. General Folksin aus dem Fort hat mich als Spionin angeheuert. Er sagte, die Regierung brauche Schwarze, die lesen und schreiben können und als Sklaven durchgehen würden. Er warnte mich und sagte, falls ich erwischt würde, wäre das mein sicherer Tod. Dreimal bin ich in das Feldlager von General Johnson eingedrungen. Natürlich habe ich mich als Wäscherin ausgegeben. Mein Lieblingsberuf. Ich arbeitete für General Bragg und habe in meiner Unterwäsche verschlüsselte Botschaften von Unionsspionen, die sich von den Konföderierten hatten rekrutieren lassen, aus dem Lager geschmuggelt. Ich habe gelernt, mit einer Pistole umzugehen. Ich habe immer ins Schwarze getroffen. Ich konnte in achtzehn Minuten eine Pistole auseinandernehmen, sie wieder zusammensetzen und neu laden. Außerdem konnte ich jede Handschrift auf dem Kopf lesen. Und schwarze Hautfarbe ist weiß Gott die beste Tarnung, die der Allmächtige je erfunden hat, und zwar nicht nur nachts. Selbst mein Informant hat mich nie erkannt. Ich mußte dem Trottel jedesmal erklären, wer ich war. Der Kerl hätte es noch nicht einmal bemerkt, wenn eine andere Schwarze angekommen wäre und sich für mich ausgegeben hätte. Jedenfalls war ich ganz schön stolz auf mich selbst, und ich nannte mich die schwarze Rose von Greensboro.

Ich habe Harriet nie von meinen Aktivitäten erzählt. Während des Krieges durfte ich nicht darüber sprechen, und nachher haben wir uns lange nicht gesehen. Jedenfalls ist das Spionieren eine sehr persönliche Angelegenheit. Etwas, das nur einem selbst gehört. Andererseits gab es die eine Sache über ihren Krieg, die sie *mir* auch nie erzählt hat.

Nur die Sklavenversteigerung verfolgt mich noch immer. Harriet hatte Gott geschworen, sie würde auf dem Grab ihres Vaters den Tag verfluchen, an dem sie geboren wurde, wenn Gott ihr noch einen Sohn nahm. Na ja, Gott nahm Beverly. Die Armee kapituliert in Appomattox, und schnell wie der Blitz ist sie in Albermarle County. Kein Gepäck, keine Nachricht. Ganz allein.

Ich war auch dort, auf der Suche nach meiner Familie. Zusammen mit meinem Enkel Aaron bin ich von Fort Monroe aufgebrochen und auf direktem Weg hierhergereist: über die Straße, die alle nahmen, die auf der Suche nach irgendwelchen Angehörigen waren; die Straße von William Tecumseh Shermans Armee.

Und dort, per Zufall oder weil das Schicksal es so wollte, oder wie auch immer man das sehen mag, dort traf ich Harriet. Es war, als wäre ich einem stummen Ruf von ihr gefolgt. Die Straßen waren verstopft mit Flüchtlingen, die nach ehemaligen Sklaven suchten, und ehemaligen Sklaven, die auf der Suche nach irgendwelchen anderen Flüchtlingen waren.

Harriet und ich beschlossen, gemeinsam den ehemaligen Friedhof von Monticello aufzusuchen. Wir entdeckten das Grab von Betty Hemings. Aber das Grab von Sally Hemings haben wir nicht gefunden. Es muß ein Grab gewesen sein, das die Leute gestört hat, denn als wir auf dem Sklavenfriedhof ankamen, fanden wir auch dort weder eine Grabstätte noch einen Grabstein, nichts.

Sally Hemings' Hütte stand immer noch, ein windschiefer Anbau an der südlichen Grenze der ehemaligen Plantage. Beim Näherkommen bemerkten wir, daß Rauch aus dem Kamin aufstieg. Offenbar war die Hütte bewohnt. Als wir den Hügel hinauf bis an die Stufen der Veranda gingen, sahen wir eine junge Frau mit einem Baby auf dem Arm, die erschrocken aufsprang und nach drinnen lief. Wir folgten ihr und standen plötzlich mitten in Sally Hemings' armseligem, schäbigen, baufälligen Haus. Das Blockhaus war aus grobbehauenen Baumstämmen gezimmert, die Ritzen waren mit kleinen Steinen und Lehm abgedichtet und das Ganze schließlich mit dünnen Brettern aus Zypressenholz verkleidet worden.

Die Wände waren kahl, und das Dach war mit alten Zeitungen ausgebessert worden. Drinnen saßen mehrere Kinder auf groben, mit Moos und Maisstroh gepolsterten Holzbänken. In einer Ecke lagen drei oder vier zusammengerollte Schlafdecken, und im Hinterzimmer konnte ich ein großes Bett und eine Wiege sehen. In der Mitte der Hütte stand ein Tisch, hinter dem die junge Frau Zuflucht gesucht hatte. Sie waren *Squatters*, Leute, die während des Krieges in das Haus eingezogen waren.

»Das ist das Haus meiner Mutter«, sagte Harriet wie benommen, ohne die Frau eigentlich anzusprechen. Die Frau wich zurück und klammerte ihr Baby an sich. Dann kam eine ältere Frau aus dem Hinterzimmer.

»Ach, Herrin«, sagte sie. »Bitte jagen Sie uns nicht von hier fort. Wir sind schon seit zwei Jahren hier und warten darauf, daß die weißen Besitzer auftauchen oder irgendwas. Wir können Ihnen Miete zahlen, Herrin. Sind Sie die Tochter von dem früheren Herrn?«

»Ich werde euch nicht fortjagen, und ich bin nicht eure Herrin«, sagte Harriet. »Aber dies … dies ist das Haus meiner Mutter, und ich habe es noch nie gesehen.«

Sie sahen zuerst einander, dann mich verständnislos an. Die ältere Frau fiel auf die Knie und flehte: »O Gott, seien Sie gnädig mit uns, Herrin. Wir haben kranke Kinder im Hinterzimmer. Wir können sie nicht von hier fortbringen. Sie können nicht in den Feldern schlafen.«

»Steh auf!« brüllte Harriet. »Steh auf. Steh auf. Du brauchst nicht mehr vor mir zu knien.«

Aber eine der beiden hatte das Konföderationsgeld vom Kaminsims genommen. Es war vermischt mit den Landzuweisungsscheinen, die die Union den ehemaligen Sklaven ausgestellt hatte.

»Ihr versteht mich nicht«, sagte Harriet, als ihr klar wurde, daß die Frau sie für das gehalten hatte, was sie darstellte. Plötzlich war auf dem Dach ein Scharren zu hören. Ein *poch poch*, und dann ein heiserer Schrei wie von einer Katze, die in eine Falle geraten war.

»Maman?« rief Harriet und legte ihren Kopf zur Seite. Ich schlug meine Hände vor die Brust. Die beiden Frauen flüchteten aus dem Haus. Eine drückte sich an mir vorbei, um das Baby aus dem Hinterzimmer zu retten, die andere flitzte los mit dem Kind, das sie die ganze Zeit auf dem Arm gehalten hatte.

»Maman, bist du das?« fragte Harriet ungerührt. Mir traten vor Schreck fast die Augen aus dem Kopf. Die mutigere der beiden Frauen schlich sich vorsichtig wieder bis zur Tür, allerdings ohne Baby.

»Sally Hemings, bist du das?« fragte Harriet noch einmal. »Ich bin's, Harriet. Harriet! Ich bin es, *Maman.* Harriet. Ich bin Harriet.

Ich. Harriet. Harriet. Siehst du?« Sie hielt ihre Handflächen zur Decke hin.

»Ich bin ich!« schrie Harriet nach Süden. »Ich bin ich, Harriet Hemings von Monticello!« schrie sie nach Osten. Und nach Westen brüllte sie: *»Est-ce que tu viens?* Ich werde nie wieder hierher zurückkommen, um dich zu holen!«

Ihr Haar hatte sich aufgelöst, ihre grünen Augen funkelten, ihre Stimme klang wie die eines Tieres.

»Ich bin ich, Harriet Hemings von Monticello! Ich bin ich!«

»Mein Gott, die weiße Lady ist völlig übergeschnappt«, hörte ich eine Stimme hinter mir sagen. Und eine andere Stimme antwortete: »Das ist keine weiße Lady, Ethel. Man muß nicht schwarz *sein*, um eine Schwarze zu sein.«

Harriet Hemings von Monticello brüllte, als sei ihr die Stimme eines Ochsenfrosches verliehen worden. Ihre Backen blähten sich auf und liefen so rot an wie die Ziegel von Philadelphia. Das Geräusch auf dem Dach wurde lauter und schüttelte die Dachschindeln wie ein Hurrikan. Selbst der Boden bebte. Und dann war alles still.

»Ich komme nicht noch einmal her, um dich zu holen«, flüsterte Harriet, und dann drehte sie sich langsam um, und mit einer wellenartigen Drehung, mit einer kleinen königlichen Bewegung ihrer weißen, glatten Fingerspitzen, nahm sie von allem Abschied.

»Meine Familie ist aus Philadelphia«, sagte sie seufzend zu den verständnislos dreinblickenden Gesichtern, die sie anstarrten.

Das war das letztemal, daß ich Harriet Hemings lebend gesehen habe. Das war der Tag, an dem Abraham Lincoln ermordet wurde.

Ich, Thenia Hemings Boss aus Monticello, Farbige, zweiundfünfzig Jahre alt, Tochter von Ursula und Enkelin von Mary Elizabeth Hemings, geboren am 3. Juni 1813, Hebamme und Apothekerin, reiste am Abend des 14. April 1865 mit meinem Enkel Aaron Boss noch einmal nach South Carolina. Ich folgte dem Weg, den die siegreiche Armee der Union wie eine Schneise durch das Land geschlagen hatte, die unter General Sherman in den Krieg zog. Horden von ehemaligen Sklaven, auf der Suche nach ihren Lieben, verstopften die Straßen. Großer Gott, die ganze Welt schien auf den Beinen zu sein, aber keiner seine Lieben gefunden zu haben. Die gesamte schwarze Rasse schien unterwegs zu sein, auf der Suche nach dem einen, das sie wieder heil machen könnte. Aber das sollte niemals sein. Am 22. August 1865 fand ich meine Mutter und meine Schwester auf der Mount Crawford Road, kurz vor Waynesboro, North Carolina. Ich hatte das Gefühl, nicht mehr in demselben Land zu leben, in dem ich geboren worden war.

Theniy Hemings Boss

38

Ich bin überzeugt worden; wenn Amerika dich verliert, dann wird dieser Verlust endlose Ströme von Blut und Jahre der Verwirrung und Anarchie kosten.

THOMAS JEFFERSON

Ich floh vor dem Geist meiner Mutter und rannte zum Grab meines Vaters auf dem Friedhof der Weißen. Von dort, wo ich kniete, sah ich die verfallende Fassade von Monticello, die sich in der Ferne nackt und windgegerbt erhob, wie seine Schultern: blaß, ausgezehrt, gezeichnet von den Qualen des Todes. Der Präsident, der mich zur Sklavin gemacht hatte, und der Präsident, der mich befreit hatte, gehörten nun beide der Vergangenheit an. Das Land, das mich immer verachtet hatte, ob Norden oder Süden, hatte sich soeben von seinem Doppelleben befreit und sollte neu aufgebaut werden. Warum nicht auch ich?

Mir schien es, als ob die Welt, so wie in der Nacht des Militärballs, einmal mehr in eine dunkle und eine helle Hälfte geteilt war. Die Augen des toten Präsidenten waren wie die melancholischen Augen eines Dalmatiners, wäßrig und schmal. Mongolenaugen, Negeraugen, die mir nur ein einziges Mal und nur für den Bruchteil einer Sekunde ihren Blick geschenkt hatten, sahen mich von dem Obelisken auf dem Grab meines Vaters an. Vielleicht war es nicht der Geist meiner Mutter gewesen, vor dem ich eben geflüchtet war, sondern der meines Vaters. Denn war ich nicht als Teil der Besatzerarmee an dieses Grab gekommen und *nicht* als Tochter? Hatte ich nicht geschworen, daß ich zurückkehren und sein Grab schänden würde, wenn Gott mir noch einen Sohn nahm? Nun, Gott hat mir Beverly genommen, und jetzt bin ich zurückgekehrt, Vater. Großmutter hätte gesagt: Wenn du Wind säst, wirst du Sturm ernten. Aber ich höre die Musik wie ein Hund, wie alle geschlagenen Kreaturen, ich höre nur die unhörbaren Töne. Ich höre die Wölfe heulen, höre ihre Flüche, die durch die Luft getragen werden. Ja, dies ist meine Rückkehr. Es gibt keine Heimkehr ohne ein Heim.

Vater, flüsterte ich, ich habe mein Leben am Rand eines Abgrundes errichtet, stets mit der gefährlichen Welt konfrontiert, in der meine Identität die deine in einem einsamen Zweikampf herausforderte. Jetzt will ich nichts als Frieden. Frieden, Frieden, Frieden. Komm. Komm, Papa, laß mich deinen Kopf in meinem Schoß halten, meine Arme um dich schlingen, leg deine Stirn an meine Brust und laß mich dich wiegen, dich, den Besiegten. Peter hat dir Kaffee aufgebrüht, wie früher, heiß und süß und mit Sirup, wie du ihn immer gemocht hast. Schließ deine Augen, geliebter Vater, laß uns unsere Gebete sprechen und uns an die Jahre erinnern, die wir gemeinsam und doch getrennt verbracht haben. Du und ich, wir beide konnten nur in unserer Liebe zu Monticello und seinen dichten Wäldern, seinen vollblütigen Pferden und seiner Musik miteinander verschmelzen. Wir sind uns nur in der ehrgeizigen Gestaltung unseres Lebens begegnet. Du hast deins als reicher und mächtiger Mann voller Wagemut und Wahrheit gelebt. Ich habe meins erfunden, habe ein Leben gelebt, das ich mir selbst erdacht habe und das zu einem Selbstbetrug und einem gähnenden Abgrund geworden ist. Ich war eine falsche Sklavin und eine falsche Herrin. Ich habe Zwillinge geheiratet und Zwillinge geboren, und ich habe zwei Söhne verloren, um dich zu besiegen. Ich habe mein geheimes Doppelleben schweigend ertragen: doppelte Identität, doppelte Versprechen, doppelte Verpflichtungen, doppelte Hautfarbe. Du warst es, Vater, mit *deiner* Lebenslüge hast du uns alle zu Schwindlern und Hochstaplern gemacht – Eston und Beverly, die sich als Weiße ausgaben; Adrian Petit, der den Aristokraten spielte; Thomas, der sich erst Woodston nannte, dann zum Spion für die Union wurde und sich schließlich als loyaler weißer Anhänger der Konföderation ausgab; Thenia, die meine Sklavin mimte; Mama, die den Platz deiner Frau einnahm; Thor, der an Thance' Stelle trat; Schwestern als Ehefrauen, Ehefrauen als Sklavinnen, Sklavinnen als Herrinnen, Töchter als Tanten,

Schwägerinnen als Geliebte, Söhne als Lakaien. Lincoln, der große Sklavenbefreier, hatte vor, seine schwarzen Mitbürger zu deportieren; du, der große Demokrat, hast von der Arbeit deiner Sklaven gelebt; Sally Hemings, die große Sklavin, hat sich um der Liebe willen verkauft, und Uncle James, der Wachhund, war nichts als ein hilfloses Schaf. Oh, Papa, deine große, sterbende Welt hat Scharen von großartigen Hochstaplern hervorgebracht!

Alles, was *ich* immer sein wollte, war die beste Tänzerin und die beste Ballettmeisterin. Und ich wollte zu meinem eigenen Vergnügen tanzen. Früher habe ich oft auf der Veranda hinter der Villa gesessen und dem schrillen Lachen in der Mulberry Row gelauscht, ohne zu erkennen, daß es das Lachen der Verzweiflung war. Ich saß dort und sehnte mich nach Dingen, die ich für unvergänglich hielt: Würde und Respekt, Ehe, ein Schlafzimmer, das nur der Treue dient, denn ich wollte keine Sklavin der Liebe sein. Aber als ich erwachsen wurde, lernte ich, daß Respekt Heuchelei bedeutet, die Ehe durch den Tod betrogen wird, daß Treue eine Frage der Geographie ist, daß Sicherheit von der Hautfarbe abhängig ist, daß Liebe zweischneidig ist. Ach, all meine Kannibalenherzen, die sich aufeinanderstürzen. Das Leben selbst versinkt im Nichts.

Stell dir vor, gestern war dein Geburtstag, und meine beiden Präsidenten – du, der du mir das Leben geschenkt hast, und der andere, der mir die Freiheit gab – sind tot. Wußtest du, daß ich meinen eigenen Grabstein schon bestellt habe? Aber was soll ich draufschreiben? HIER LIEGT TOM JEFFERSONS VERMISSTES KIND, DAS KEINE FINGERABDRÜCKE HATTE? Ich sehe das Gesicht meines weißen Großvaters und höre die Stimme meiner Großmutter. Der eine sagt: »Es wird keiner verkauft, Captain Hemings, ich will sehen, was bei der Mischung herauskommt!« Die andere sagt: »Mein Herz hört nicht auf zu schlagen, und vergiß nicht, die Freiheit für deine Kinder zu erwirken.« Ich habe das Gejammer deines Schwiegervaters ebenso satt wie das Gestöhne meiner Großmutter.

Ich hatte die Schrecken des Krieges, dem ich mein eigen Fleisch und Blut geopfert hatte, überlebt. Ich war reich und arm gewesen, eine Sklavin und frei, schwarz und weiß, Tochter und Waise, eine Weiße aus Virginia und ein schwarzer Flüchtling. Ich war eine Säule der weißen Gesellschaft von Philadelphia und ein namenloser Bastard, hatte mich der Rassenvermischung, des Betrugs, der Fälschung und der Hochstapelei schuldig gemacht. Welche Maske hatte ich nicht getragen? Wann würde mir jemand die Maske vom Gesicht reißen und mich als die bloßstellen, die ich war?

Aber jetzt und für immer und alle Zeit lege ich mein Schwert nieder, ich, ein weinendes Kind, eine neue amerikanische Frau.

Ich, Harriet Hemings, weiße Amerikanerin, schwarze Amerikanerin, vierundsechzig Jahre alt, geboren auf Monticello in dem Jahr, als die erste Amtszeit meines Vaters als Präsident der Vereinigten Staaten begann, Mutter von sieben weißen Kindern (zwei gestorben), habe mich im Norden dreiundvierzig Jahre lang als entflohene Sklavin versteckt, bis meine unwissenden Söhne, mein Mann und der Präsident mich befreiten. Ich, Harriet Wellington, die nicht leben konnte, ohne sich des Betrugs schuldig zu machen, durch Geburt eine Angehörige der weißen Aristokratie von Virginia, gleichzeitig ein Bastard, der seinen Vater verachtete und seine Mutter verließ, die als Abolitionistin Erlösung von ihrem Verbrechen fand, Witwe des Bruders meines Ehemannes, Musikerin, ein wandelndes, hinkendes Sinnbild des Widerspruchs, habe an dem Tag, als Lincoln starb, meine geliebte Thenia mitten auf der Straße nach South Carolina verlassen und gehe in das Vergessen ein, das ich ohne Zögern und Zaudern geschaffen habe. Und ich hatte das Gefühl, nicht mehr in demselben Land zu leben, in dem ich geboren worden war.

Harriet Hemings

1876

39

Ich bin meine eigene Sekte.

THOMAS JEFFERSON

Am Morgen der Feierlichkeiten anläßlich der Hundertjahrfeier, am 19. Mai 1876, stand ich oben auf der Treppe in meiner Villa in Anamacora und hielt tief in meiner Rocktasche den Zeitungsartikel umklammert. Die alten Ängste, die ich in all den Jahren abgelegt hatte, waren zurückgekehrt. Ich wurde erpreßt. Es gab einen Callender, der mich verraten hatte. Es gab einen Sykes, der mich wieder verfolgte. Nur wußte ich diesmal nicht, wer es war.

»Großmutter!« Roxannes helle Stimme ertönte am Fuß der Treppe. »Du kannst wenigstens herunterkommen und deine Telegramme lesen, bevor wir zur Weltausstellung gehen. Den ganzen Vormittag sind Telegramme angekommen. Und du hast deine Geschenke noch nicht einmal angesehen. Man sollte meinen, heute sei gar nicht dein Geburtstag. Selbst der Präsident hat dir einen Strauß Rosen geschickt!«

Das Sonnenlicht, das vom Fluß reflektiert wurde und durch das runde Fenster in den Flur fiel, stach mir in die Augen. Die Zeit starrte mich wütend an, als ich mich anschickte, mit steifen Beinen die Treppe hinunterzusteigen. Auf dem riesigen Kalender, in den ich, seit meine Sehkraft nachgelassen hatte, meine Termine eintrug, hatte ich den heutigen Tag, den 19. Mai 1876, mit einem großen Kreuz markiert. Mein fünfundsiebzigster Geburtstag fiel auf den Tag, an dem Philadelphia die Hundertjahrfeier beging.

Ich hatte mich für diesen Tag besonders sorgfältig zurechtgemacht. Mein dichtes, rot-weiß meliertes Haar wurde im Nacken von einem kunstvoll gehäkelten Netz zusammengehalten, und an meinen

Ohren prangte ein Paar wunderschöne Diamantohrringe. Mein Kleid, das ganz aus königsblauem Taft bestand, fiel weich über meine weiten Unterröcke, es wurde hinten zu einer altmodischen Turnüre gerafft und endete über einem Geflecht aus Stahldraht und Krinolinen in einer enormen Schleppe, die ich wie die Jahre meines Lebens hinter mir her zog. Der Zeitungsartikel in meiner Tasche war vom vielen Zusammen- und Auseinanderfalten schon ganz braun, und als ich ihn erneut umklammerte, berührte meine Hand für einen kurzen Augenblick die Stahlklinge von James' Dolch. Meine Enkelkinder machten sich lustig darüber. »Omas Dolch, Omas Dolch«, sangen sie immer wieder. Und dann antwortete ich: »Nein, es ist ein *Poignard.*« Und dann sangen sie: »Omas *Poignard*, Omas *Poignard.*« Nur die kleine Roxanne hatte einmal die Kühnheit besessen, mich zu fragen, warum ich eine Waffe bei mir trug, und ich hatte ihr geantwortet, ich brauche sie, um meine Blumen zu schneiden. Dann wollte sie wissen, warum ihre Großmutter nicht wie alle anderen Leute zu diesem Zweck eine Gartenschere benutze. Ich erklärte ihr, ich sei nicht so wie alle anderen und sei es auch nie gewesen.

In meinem Kopf wirbelten Jahreszahlen durcheinander, die ein Dreivierteljahrhundert umfaßten und sich zum Teil auf Dinge bezogen, die geschehen waren, bevor ich geboren wurde: 1776, 1779, 1800, 1808, 1861, 1865. Alles war mir präsent. Und nun war dieses sorgfältig konstruierte Leben, das so kunstvoll verwoben war wie eine Bach-Fuge, in Gefahr. Ich fühlte nach dem Zeitungsartikel, den ein anonymer Absender mir zugeschickt hatte und der heute morgen zusammen mit meinen Geburtstagsgrüßen angekommen war. In dem Artikel wurde ein Schwarzer zitiert, der sowohl seine als auch meine Identität preisgab: »Ich habe nur einen einzigen Weißen gekannt, der den Namen Thomas Jefferson trug. Er war mein Vater und der Präsident der Vereinigten Staaten.«

Im Vorbeigehen warf ich einen kurzen Blick in den hohen, goldgerahmten Spiegel. Meine blasse, sommersprossige Haut war inzwischen so dünn und durchschimmernd wie Transparentpapier, mein dickes, lockiges, ehemals flammendrotes Haar zur Hälfte schlohweiß geworden. Das Blau meiner Augen war verblaßt. Ich hatte nicht mehr den schwungvollen Gang meiner Jugend, aber ich bemühte mich, auch trotz meiner schmerzenden Hüfte nicht zu hinken. Jahrelang hatte ich gegen das immer deutlicher werdende Gefühl angekämpft, daß meine Schritte unsicherer wurden, hatte mich gegen die Stimmungsschwankungen gewehrt, gegen die Gedächtnislücken und meine neue Angewohnheit, mich durch mein eigenes Schluchzen zu wecken. Ich hatte mir alle Mühe gegeben, die Anzeichen der Altersschwäche zu ignorieren. Ich sträubte mich mit allen Mitteln dagegen, rannte die Treppen hinauf, blieb abends lange auf, aß, worauf ich Appetit hatte, rauchte Zigarren und trank Wein. Schon vor langer Zeit hatte ich die Annehmlichkeiten von Laudanum, Kokain und anderen Drogen abgelehnt, mit denen meine Freundinnen – diejenigen, die noch nicht gestorben waren – sich gern trösteten. Ich war alt genug, um mich mehr vor Mitleid zu fürchten als vor einem Schlaganfall.

Ich mußte über mich lächeln. Heuchelei, Ignoranz und blinde Selbstzufriedenheit waren schon immer auf meiner Seite gewesen, genauso wie heute. Und Schweigen. Schweigen hatte mich am Leben erhalten, wie schon meine Mutter. Sklaven hatten ihren Kindern gegenüber stets so wenig wie irgend möglich von ihrer Herkunft preisgegeben. Es war ein alter Trick. Wer nichts sagte, brauchte die Hoffnungslosigkeit nicht in Worte zu fassen, die es bedeutete, keine Zukunft und keine Vergangenheit zu haben. Ich zog den Artikel aus der *Pike County Gazette* aus meiner Tasche. Ich brauchte ihn nicht mehr zu lesen, ich kannte ihn auswendig.

Meine Mutter war enceinte, *als sie aus Paris zurückkehrte. Er hat uns Kinder immer anständig behandelt …*

Harriet hat in Philadelphia einen wohlhabenden Mann geheiratet. Ich könnte seinen Namen nennen, aber das möchte ich aus Rücksicht auf ihre Familie nicht tun. Sie hat mehrere Kinder großgezogen, und soweit ich weiß, ist in der Gemeinde, in der sie lebte oder immer noch lebt, niemals der Verdacht aufgekommen, sie könnten mit dem Makel von schwarzem Blut in ihren Adern behaftet sein. Ich habe seit zehn Jahren nichts mehr von ihr gehört, und ich weiß nicht, ob sie noch lebt. Als sie Virginia verließ, hielt sie es für vorteilhaft, sich als Weiße auszugeben, und da sie sich wie eine Weiße kleidet und sich wie eine Weiße in der

Gesellschaft bewegt, ist meines Wissens nie herausgekommen, daß sie in Wirklichkeit Harriet Hemings aus Monticello ist.

Den Artikel hatte Madison Hemings verfaßt. Er hatte sein Schweigen gebrochen, und irgend jemand wußte davon. Ich zermarterte mir den Kopf, wer in meiner Umgebung wissen konnte, daß die Harriet Hemings aus dem Zeitungsartikel mit Harriet Wellington identisch war. Lorenzo, der Kartenzeichner, der vor elf Jahren auf Sinclairs Kanonenboot aufgetaucht war? Sarah Hale? Sie hatte mir einmal das Buch *Clotel oder Die Tochter des Präsidenten* überreicht, und es blieb mir unvergessen, wie sie mich dabei angesehen hatte. Meine weiße Kusine Ellen Randolph Coolidge, die den Krieg in Boston ausgesessen hatte und mit Sarah befreundet war? Maurice Meillasoux, dem Adrian vor Jahren vielleicht davon erzählt hatte? Es könnte auch Madison selbst sein, andererseits schloß ich aus dem Artikel, daß Madison sowohl Eston als auch mich für tot hielt. Oder konnte es mein »Biograph«, William Wells Brown, sein, dem ich bei Emilys Empfängen mehrmals persönlich begegnet war, einmal sogar in Begleitung von Frederick Douglass? Meine Kinder? Hatte jemand ihnen den Artikel geschickt, und sie hatten ihn an mich weitergegeben? Oder gar Thor. Hatte Adrian mich an Thance verraten, der das Geheimnis dann womöglich seinem Bruder anvertraute? Die Namen und Gesichter der Toten und der Lebenden wirbelten in meinem Kopf herum. Es war, als sei jeder einzelne Mensch, der je in meinem Leben eine Rolle gespielt hatte, vor ein Gericht zitiert worden, um Rechenschaft abzulegen, um dann, je nachdem, ob sie dem Fortschritt oder der Reaktion zugeordnet wurden, freigesprochen oder verurteilt zu werden. Vielleicht würde mein stiller Feind sich schon in wenigen Stunden unter meinem Dach einfinden. Wollte er – nach all den Jahren – vor den Augen meiner Kinder mit dem Finger auf mich zeigen?

Ich sah noch einmal in den Spiegel. Welche Bedeutung hatte dieses weiße Gesicht? Meine schlimme Hüfte, meinen Kopfschmerz und den Artikel aus der *Pike County Gazette* in meiner Tasche ignorierend, ergriff ich das Treppengeländer. Ich hielt die Luft an, wie jemand, der in tiefes Wasser springen will, und stieg die Treppe hinunter, begleitet von Furcht und der Ahnung aufziehenden Unheils.

Ich hatte mir geschworen, niemals so zu werden wie meine Mutter. Aber war ich wirklich so weit davon entfernt, so zu sein wie sie? Ich sah sie in Gedanken vor mir, wie sie zwischen Monticello und einer Sklavenhütte lebte, zwischen Macht und Bedeutungslosigkeit, zwischen Erinnerung und Vergessen: es war die Entfernung zwischen der herrschenden und der gehorchenden Rasse. Ich hatte mich stets geweigert zu gehorchen. Ich hatte mich immer geweigert, zwischen meinem Selbstverständnis und meiner Rasse zu wählen. Es war derselbe schmale Grat, auf dem ich mein Leben lang gewandelt war – so wie ich jetzt diese Treppe hinabstieg, eine Gratwanderung entlang der Grenze, die ich vor fünfzig Jahren mit dem Segen der Frau, der ich niemals zu gleichen mir geschworen hatte, überschritten hatte.

Meine Ärzte sagen mir, daß ich bald sterben werde. Entweder werde ich sterben, ohne denen, die ich liebe, gesagt zu haben, wer ich bin, oder ich ehre meinen Vater und meine Mutter und riskiere damit, auf ewig von meiner Familie verdammt zu werden.

Als sei es eine Ironie des Schicksals, war Roxanne das Ebenbild ihrer Urgroßmutter: sie besaß ihre Statur, ihre samtene Haut und ihre berühmten bernsteinfarbenen Augen. Sie trug ihr dunkles Haar zu einem dicken, langen Nackenzopf geflochten, der ihr wie ein Glockenzug über den Rücken hing. Und manchmal, wenn ihr die Augenlider schwer wurden, legten sie sich auf die gleiche Weise über ihre Augen, wie ich es von meiner Mutter kannte, so daß ihr blasses, schmales Gesicht wie eine elfenbeinerne Maske wirkte. Roxanne hatte die gleichen tiefen Grübchen in den Wangen, den gleichen runden Hals, den gleichen vollen Busen. Ja, sie hatte sogar denselben fragenden Blick, den Sally Hemings gehabt hatte.

»Großmutter!« rief sie noch einmal. »Gleich wird das Familienfoto gemacht!« Der Fotograf hatte bereits seine Kamera aufgebaut. Meine Familie hatte sich im Foyer unter der Büste von Thomas Jefferson und der Pendeluhr meiner Mutter versammelt.

Vor langer, langer Zeit, hatte ich von diesem Geburtstag im Kreis meiner Nachkommen geträumt. Und war mein Traum nicht in Erfüllung gegangen? Um meinen Hals trug ich das Porträt meines Bruders, in meiner linken Rocktasche befand sich James' Dolch und in meiner rechten Madisons Memoiren. Am Fuß der Treppe wartete meine versammelte weiße Familie. Ich betrachtete die schönen, gelassenen Gesichter.

Ich fragte mich, was sie wohl empfinden würden, wenn sie wüßten, daß ihre Großmutter nicht die elegante Matrone aus Philadelphia war, die »Gräfin von Anamacora«, sondern eine ehemalige Sklavin, erst vor elf Jahren legal befreit durch ihre ahnungslosen Söhne und ihren Mann. Würden sie sich mit dem Gedanken anfreunden können, daß sie die Enkel des Präsidenten waren, um den Preis, hinnehmen zu müssen, daß sie diesen einen Tropfen schwarzen Bluts in den Adern hatten, der sie zu Schwarzen machte?

Thor hatte sich seit dem Krieg überhaupt nicht verändert. Sein dunkles Haar war nur zum Teil und so gleichmäßig ergraut, als sei jede weiße Strähne sorgfältig gegen eine schwarze abgewogen worden, um eine perfekte Mischung zu ergeben. Er trug sein dichtes Haar im altmodischen Westernstil lang und zu einem Zopf gebunden, anstatt kurzgeschnitten und mit langen Koteletten. Sein Gesicht war nicht eigentlich faltig, sondern durch tiefe Furchen neu geformt worden, die seine hohe Stirn und seine Wangenknochen besonders betonten, so daß er an einen Indianer erinnerte. Aber seine dunklen, feuchten Augen mit den schweren schwarzen Wimpern und den geschwungenen Augenbrauen, die fast zusammenwuchsen, waren dieselben geblieben. Ich war die einzige, die wußte, daß Thor opiumsüchtig aus dem Krieg zurückgekehrt war. Ich hatte es vor allen anderen geheimgehalten. Über zehn höllische Jahre lang hatte er vergeblich versucht, gegen die Sucht anzukämpfen, die er mir erst vor einem Jahr eingestanden hatte. Das Gemetzel, der Schrecken und die erbarmungslose Erschöpfung, die er im Krieg erlebt hatte, verfolgten ihn noch heute. Ich wußte, daß der leichte Zugang zu Morphium, den er als Apotheker hatte, ihn nicht davon abhielten, jeden Monat die Opiumhöhlen in Philadelphias Chinatown aufzusuchen. Seine Sucht hatte weder seiner beruflichen Karriere, seinem hohen Ansehen noch seinem Familienleben geschadet. Und doch lastete das Geheimnis schwer auf uns.

Die Pendeluhr meiner Großmutter schlug neun Uhr. Ich holte tief Luft. Der Stoff, aus dem mein Traum gemacht war, war absolut reißfest, und nur ich selbst konnte das feine Gewebe zerstören. Tief in meiner Rocktasche tickten Madisons Memoiren wie eine Zeitbombe. Wie konnte ich Mrs. Harriet Wellington aus Anamacora in Einklang bringen mit diesen obskuren Enthüllungen, die mit dem Satz endeten: »Wir wurden alle frei gemäß eines Vertrags, den unsere Eltern vor unserer Geburt geschlossen hatten.«

Ich dachte an die Tribünen, die für den heutigen Tag aufgebaut worden waren. Auf dem Podium würden nicht nur die Honoratioren der Stadt, darunter mein Mann, versammelt sein, sondern auch der Ulysses S. Grant, der Präsident der Vereinigten Staaten, und dessen Ehefrau, die Generäle Sherman, Sheridan und Butler, die Senatoren Gale und Biddle sowie Dom Pedro II., der Kaiser von Brasilien, dem einzigen Land innerhalb der zivilisierten Welt, das die Sklaverei immer noch tolerierte. Als Mitglied des Damenhilfskomitees für die Hundertjahrfeier hatte ich zusammen mit meinen Freundinnen über ein Jahr am Damenpavillon gearbeitet. Auf der Liste der Aussteller hatte ich den Namen eines gewissen Eston H. Jefferson aus Ohio, Direktor der Jefferson Screw and Piston Company entdeckt. Wie viele von ihnen konnte es auf der Welt geben? Er wollte die Dampfmaschinen und Kolben ausstellen, mit denen er im Krieg zu Wohlstand gekommen war. Ich fragte mich, ob er wohl die zweideutige Einladung zu meiner Party erhalten hatte, die ich bewußt an »Mr. Jefferson« adressiert hatte.

Ich stellte mir den großen, freien, ungepflasterten Platz vor dem Gebäude aus Gußeisen und Glas vor, das sich aus dem grünen Rasenteppich erhob und in dem die Umgebung sich wie in einem Kaleidoskop spiegelte. Seine zehntausend Scheiben aus geschliffenem Glas schimmerten wie eine Lagune aus Diamanten, siebenhundert Meter lang und einhundertfünfzig Meter breit. Die Maschinenhalle war eine fünfundzwanzig Meter hohe Konstruktion aus gußeisernen Rippen, ein Meisterwerk der Transparenz. In dieser Halle hatte ich die riesige Corliss-Maschine gesehen, die stärkste Dampfmaschine, die je gebaut worden war, und zusammen mit Alexander Graham Bells neuem Telefon eine der Hauptattraktionen der Weltausstellung darstellte. Thomas Alva Edison präsentierte seinen neuen Telegraphen, George Westinghouse seine Druckluftbremse, und George Pullman zeigte seinen Luxuswaggon.

In Gedanken sah ich die kolossale, aus Kupfer getriebene Hand von Bartholdis Freiheitsstatue vor mir. Der französische Bildhauer hatte die riesenhafte Hand mit der Fackel als Exponat auf die Weltausstellung geschickt, um Subskribenten zu werben, die mit ihren Geldspenden die Vollendung der Statue mitfinanzieren sollten. Ich hatte zugesehen, wie Hunderte von Arbeitern sie auf dem Ausstellungsgelände aufgestellt hatten, ein traumhafter Vorgeschmack auf die fertige Statue mit einer Gesamthöhe von 92 Metern, die einmal, falls die Mittel für ihre Fertigstellung aufgetrieben werden konnten, auf Bedloe's Island an der Einfahrt zum New Yorker Hafen stehen sollte. Während der Ausstellung bezahlten die Leute Eintritt, um auf die Aussichtsplattform zu gelangen, die wie ein Armband um das Handgelenk führte. Die Plastik stand in der Mitte des weitläufigen, wie ein Park angelegten Geländes, auf dem zweihundert Pavillons und Denkmäler, Gedenktafeln, Skulpturen, Obelisken und Verkaufsbuden aufgebaut worden waren. Nicht eins dieser Denkmäler, nicht eine einzige der Gedenktafeln allerdings war den Schwarzen gewidmet, die der Auslöser dieser zweiten amerikanischen Revolution gewesen waren. Es gab kein Monument zu Ehren von Butlers oder Ferreros schwarzen Truppen, weder die Erfindungen von Eli Whitney noch die von George Washington Carver wurden auch nur mit einem Wort erwähnt. Kein Denkmal für die armen, verlorenen Seelen, die auf den Sklaventransporten umgekommen waren, kein Pavillon, der unserer Geschichte, unseren Helden, unserem Leben – meinem Leben – gewidmet war.

Das Bild der komplizierten Dampfmaschine, die ich auf der Ausstellung gesehen hatte, ging in das Klappern der Webstühle über, an denen ich einst zusammen mit anderen jungen Sklavinnen in Monticello gearbeitet hatte.

Aus den Tiefen der Vergangenheit ertönte die Stimme meines Vaters: »Beverly sagt, wir könnten hier in der Mulberry Row anstelle dieser jämmerlichen Scheune voller siebenjähriger Sklaven eine mit Wasserkraft betriebene Nagelfabrik bauen ...«

Plötzlich, so als sei meine Kindheit per Telepathie zurückgekehrt, wußte ich, daß ich in Anamacora bleiben mußte.

»Großmutter, fühlst du dich nicht gut?«

»Ich komme nicht mit.«

»Aber Großmutter! Großvater erwartet dich auf der Tribüne! Und was ist mit dem Empfang im Pennsylvania-Pavillon? Du sollst dort mit dem Bürgermeister Sweet William Stokley und dem Kaiser von Brasilien zusammentreffen!«

»Deine Großmutter hat keine Lust, mit Mr. Politskandal, Mr. Spaßverderber, Mr. Steuereintreiber Stokley oder diesem verdammten brasilianischen Sklavenhändler zusammenzutreffen!« erklärte ich meiner verblüfften Enkelin. »Laß Großvater das übernehmen.«

Mein Herz revoltierte endlich.

Ich spürte, wie Lachen und Weinen gleichzeitig in mir aufstiegen und wie ein Kessel Milch überkochten. Der hundertste Geburtstag meines Heimatlandes, der hundertste Geburtstag der Unabhängigkeitserklärung meines Vaters. Was für ein ironischer Gott hatte einer wie mir, einer mit meinem Stammbaum einen Platz auf den Tribünen zur Feier von hundert Jahren Schweigen zugewiesen? Wann würden sie mich anerkennen? Wann würde ich wirklich zu ihnen gehören? Wann? Wann würde ich in der Lage sein, meiner wunderbaren Familie zu erzählen, wer und was ich wirklich war – daß ich ihnen mit ganzem Herzen gehörte –, ohne sie gleichzeitig um Vergebung bitten zu müssen?

»Nein, ich komme nicht mit, Roxanne.«

Meine erstaunte Familie bestürmte mich mit Protest und mit Bitten, aber ich hörte ihnen gar nicht zu. Ich beobachtete meine Enkelin mit der distanzierten Haltung, die ältere Menschen häufig einnehmen.

Die Sonne fiel durch das runde Fenster auf Roxannes glattes, gescheiteltes Haar, das sie zu zwei Zöpfen geflochten und über ihren Ohren zu Schnecken gedreht hatte. Sie trug einen jener kleinen Pillbox-Hüte, die zur damaligen Zeit so sehr in Mode waren. An einer Seite des Hutes war ein kleiner weißer Spitzenschleier befestigt, der unter ihrem Kinn bis zur anderen Seite geführt und dort von einer Brosche gehalten wurde. Ihr blau-weiß gestreiftes Kleid hatte ein mit Biesen verziertes Mieder und einen weiten Rock, der im Rücken zu einer Turnüre gerafft war, die Ärmel waren mit schwarzen Bändern und Schleifen verziert. Mit einer Hand stützte sie sich leicht auf ihren Parasol.

Roxanne sah mich liebevoll an, dann schüttelte sie den Kopf. Sie wußte, daß es keinen Zweck hatte, sich mit einer alten, sterbenden Südstaatlerin anzulegen. Hatte ich es nicht selbst einst versucht und war kläglich gescheitert?

»Also, wenn du nicht hingehst, Großmutter, gehe ich auch nicht. Ich bleibe hier bei dir.«

Als die Kutsche mit meiner gesamten Familie und ohne mich von Anamacora wegfuhr und ich zwischen meinen balgenden Dalmatinern in der Tür stand und ihr nachschaute, wußte ich, daß die Vergangenheit bereits dabei war, mich einzuholen. Ihre Visitenkarte lag zwischen meinen Telegrammen auf der Konsole in der Diele. Darauf war zu lesen:

Eston Hemings Jefferson, Direktor
The Jefferson Continental Cotton & Standard Screw Co.
300 Eastern Shore Drive
Chicago, Illinois

Ich drehte sie um, als handle es sich um eine Tarotkarte. Hinter mir hörte ich die Stimme von Thenia, die vor sechs Jahren von Mitgliedern des Ku-Klux-Klans ermordet worden war. *Weiße.*

Um vier Uhr nachmittags begann ich langsam und mühevoll mit meiner Toilette: Talkumpuder und Unterhose, Korsett, Reifrock, Krinoline, Unterrock, sechs Petticoats, schwarze Seide, grüne Taftschürze, grüne Schleifen, Schmuck, Brosche, Ohrringe, Spitzenhandschuhe, Schleiertuch, Tiara, noch etwas Talkumpuder, ein wenig Rouge, eine Perlenkette, »Jacky« von Guerlain, und ich war fertig. Was früher das pure Vergnügen gewesen war, da ich Kleider über alles liebte, kostete heute wesentlich mehr Zeit und Mühe und erzielte lediglich die mittelmäßigen Resultate, die eine alte Frau zu erwarten hatte. Ich machte mir wegen meiner Schönheit keine Illusionen. Welche von meinen Freundinnen hatte mir vorgeworfen, ich sei so kokett wie eine Schauspielerin? Selbstverständlich war ich eine Schauspielerin, dachte ich.

Mein Haus war aus gelben Ziegeln und weißen Holzplanken erbaut, es war geräumig und schön. Wie ein Wachtposten stand es am Ufer des Schuylkill River. Die Zuflüsse des Schuylkill waren während der Schlacht von Gettysburg im Jahre 1863 vom Blut rot gefärbt, heute jedoch hatte das Wasser wieder seine normale Farbe: ein silbernes Band, das die grünen Grasflächen von Pennsylvania durchschnitt.

Der Wintergarten diente nun als Tanzsaal, und in den anderen Räumen und draußen auf der Veranda hatte man Eßtische aufgestellt. Die Teppiche waren entfernt worden, und überall standen Blumensträuße. Die Dalmatiner waren in den Ställen eingesperrt, die Fackeln im Garten waren angezündet, die Öllampen heruntergedreht worden, Kerzen brannten, die kristallenen Kronleuchter glänzten, die Kellner und Kellnerinnen, die für diesen Abend eingestellt worden waren, standen mit dem Rücken zur Wand und warteten auf ihren Einsatz. Ich warf noch einen letzten prüfenden Blick auf das Buffet, die zu hohen Türmen aufgestapelten Teller, die langen Reihen von Kristallgläsern, das blankgeputzte Besteck, die Servietten mit gestärktem Spitzenrand, die bereits angerichteten kalten Platten: Kalbfleisch in Aspik, kalte Putenbrust, Schinken aus Virginia, gebratene Waldschnepfen, Wachteln und Perlhühner, glitzernde Berge von Austern, Terrinen mit kalter Spargelsuppe und Forelle in Sauce hollandaise. Ich spürte, wie die Spitze an meinem Ärmel die Spitze der Servietten im Vorbeigehen streifte. Ich hatte das Buffet beim besten Speisenlieferanten von Philadelphia bestellt.

»Ich gratuliere Ihnen, Mr. Fullom. Das ist alles ganz wunderbar.«

»Vielen Dank, Mrs. Wellington. Ich habe gehört, der Präsident ist heute bei Ihnen zu Gast.«

»Er gibt uns allerdings die Ehre, Mr. Fullom. Ich glaube, wir stehen auf seiner Partyliste für den heutigen Abend an erster Stelle«, sagte ich und lächelte ihn verschmitzt an. Ich hörte, wie das Orchester begann, seine Instrumente zu stimmen. Wie immer, heiterte das Erklingen der Musik mich auf. Ich fühlte mich frei. Und sicher.

»Verzeihen Sie, Madam, eine Farbige ist an der Tür und besteht darauf, mit Ihnen zu sprechen. Ich habe sie gebeten, zum Hintereingang zu gehen. Sie wartet dort auf Sie.«

Ich warf noch einen geistesabwesenden Blick auf das Buffet. Als ich durch die Küche zur Hintertür ging, hob ich die riesigen weißen Servietten an, um nach dem frisch gebackenen Brot und den Kuchen zu sehen, die sie bedeckten. Durch das Drahtgitter der Tür konnte ich nur die Umrisse einer Frau erkennen. Ich öffnete die Tür.

»Guten Abend. Ich bin Sarah Hemings, Madisons Tochter. Zu Hause nennen sie mich Sally.«

Ich starrte sie an.

»Sie *sind* doch Harriet Wellington?«

Ich erkannte die Rubinohrringe meiner Mutter, die an ihren Ohren schaukelten und in der Sonne glitzerten. Sarah. Die Dreijährige, die ich in meinen Armen gehalten hatte und über die ich Tränen vergossen hatte, als Eston mir die Habseligkeiten meiner Mutter brachte.

»Ja«, erwiderte ich hilflos.

»Nun, ich bin Sarah«, wiederholte sie triumphierend.

Wir standen zu beiden Seiten der Türschwelle, aber es war weit mehr als eine Türschwelle, was uns trennte. Wir taumelten wie am Rande eines Abgrundes. Die Farbgrenze, die uns trennte, reichte vom Atlantik bis zum Pazifik, von einem Ende Amerikas bis zum anderen. Ich wußte, wenn ich die Türschwelle überschritt, würde ich nie wieder in mein Haus zurückkehren. Und wenn Sarah andererseits über die Schwelle und in mein Leben trat, würde meine Familie nie wieder eine ruhige Minute haben. Sarahs Augen waren voller Fragen: Für wen hältst du dich eigentlich? Für was hältst du dich? Wie lange glaubst du, so tun zu können, daß du überhaupt jemand bist?

»Ich fürchte, Sie irren sich. Sie müssen die Adresse verwechselt haben.«

»Unmöglich. Ich kenne Sie. Sie *sind* Harriet von Monticello. Wie sollte es anders sein? Sie sind sein Ebenbild!«

»Ich verstehe nicht recht.«

»Das Ebenbild meines Großvaters, Thomas Jefferson.«

Da mußte ich laut lachen über diese schreckliche Farce, die wir beide miteinander spielten.

»Nein«, wiederholte ich. »Ich bin nicht Harriet … von Monticello. Keine Harriet von Monticello wohnt hier.«

»Aber haben Sie denn die Memoiren meines Vaters nicht erhalten? Sie wurden in der *Pike County Gazette* veröffentlicht. Ich habe Ihnen den Artikel geschickt.«

Das war also meine Erpresserin. Meine Nemesis. Mein Callender. Sarah.

»Sie wollen mich also allen Ernstes verleugnen?«

»Meine liebe junge Dame, es gibt nichts zu verleugnen. Ich kann nicht die sein, für die sie mich halten. Das ist alles.«

Sarah warf ihren Kopf in den Nacken und stieß ein lautes Lachen aus, ein Lachen, das mir das Mark in den Knochen gefrieren ließ. »Und *dafür* haben wir im Bürgerkrieg gekämpft – das ist doch nicht zu fassen, Tante.«

»Ich kann dich nicht hereinlassen«, flüsterte ich.

»Und du kannst dich selbst nicht hinauslassen, nehme ich an ... aber wer sollte schon davon erfahren, es sei denn, du erzählst ihm davon?«

»Gott würde es erfahren.«

»Gott weiß es bereits, Tante.«

»Thor!« rief ich, als könnte er mich retten. Ich hatte vergessen, daß ich die Betrügerin war und er der Betrogene.

Sarah stand wuterfüllt vor mir. Die Blumen auf ihrem Hut zitterten. Sie hatte schöne graue Augen. Madisons Augen.

»Weißt du, wie ich dich gefunden habe, Tante? Die Familie, die in Großmutters Hütte lebt, hat mir erzählt, vor zehn Jahren sei eine Weiße bei ihnen gewesen. Eine Yankeefreundin, die vielleicht nicht einmal wirklich eine Weiße war, hat versucht, sie aus der Hütte zu vertreiben. Aber dann, als sie ›Geräusche‹ hörte, hat sie es sich anders überlegt. Sie sagten, wie ich herausfand, daß sie Wellington hieß.«

Ich werde mich niemals verkaufen, um weiß zu sein.

»Wahrscheinlich war es ganz gut so, daß mein Vater nicht wußte, ob du noch lebst oder nicht. Ich werde ihn jedenfalls keines Besseren belehren, denn ich bin mir tatsächlich nicht sicher, ob du tot oder lebendig bist. Ich erinnere mich an deine Tränen von damals, Tante. Sie waren so heiß, daß sie brannten. Ich habe immer davon geträumt, dich zu finden – nicht, um dir Schaden zuzufügen, sondern um dich zu lieben.«

Sie lächelte und schüttelte den Kopf über ihren sinnlosen, kindlichen Traum. Mit freundlichen Augen betrachtete sie mich jetzt neugierig von Kopf bis Fuß. Ich wollte etwas sagen, aber es gelang mir nicht, wie es oft im Traum geschieht. Ich streckte meinen Arm aus, um sie zu berühren, aber sie drehte sich auf eine vertraute Weise, wie ein prächtiges Schiff, das sich auf die Seite legt, und glitt an mir vorbei. Würde sie glauben, daß das Herz ihrer Tante schneller schlug, weil sie ihrer Urgroßmutter so ähnlich sah? Und weil ich sie liebte? Aber wie konnte ich diese schöne Frau, die voller Unschuld und Empörung auf ihrem Parasol lehnte, lieben, ohne ihr zu sagen, daß ich ein Teil von ihr war? Sarah strahlte einen Mut aus, der eine Zuneigung in mir entflammen ließ, wie ein Veteran sie für einen jungen Offizier empfindet, der noch nie eine Schlacht erlebt hat.

Vorsichtig bewegte sich Sarah, immer noch lachend, durch den Obstgarten. Ich gab es auf, das merkwürdige Gefühl abschütteln zu wollen, daß ich Sarah Hemings *kannte*. Es war nicht fair, dachte ich, daß ich so viel mehr über Sarah wußte, als sie jemals über mich erfahren würde. Aber die Unwissenheit, die ich in ihrem Gesicht sah, verbot die Art Liebe, die ich ihr gern geschenkt hätte.

»Sarah!« rief ich.

Sarahs Weggehen löste eine tiefe Verzweiflung in mir aus.

Ich hörte Roxannes Stimme hinter mir, aber ich wollte Sarah zusehen, wie sie durch die Obstgärten ging, wie sie zwischen den Blüten auftauchte und wieder verschwand, ihr rauhes Lachen wie ein Banner mit sich führend. Das Lachen wurde immer leiser, bis die Uhr, die die Stunde schlug, es übertönte. Das Orchester probte die ersten schmetternden Akkorde von Wagners Jahrhundertmarsch für die Ankunft des Präsidenten.

»Großmutter?«

Es blieb keine Zeit mehr. Oder nur ganz wenig. Ich nahm Roxannes Hand wie die eines kleinen Kindes.

»Komm«, sagte ich zu ihr.

40

Versteht man die Geschichte als moralische Erziehung, dann würden ihre Lektionen nicht ausreichen, wenn sie auf das reale Leben beschränkt blieben. Unter den von Historikern aufgezeichneten Ereignissen finden sich wenige, deren Begleitumstände ein hohes Maß an moralischem Bewußtsein vermittelt hätten. Wir sind deshalb darauf angewiesen, uns ebenso mit fiktiven wie mit realen Persönlichkeiten auseinanderzusetzen. Aus den Lektionen, die das weite Feld der Phantasie bietet, können wir über jede moralische Lebensregel Erkenntnisse gewinnen …

THOMAS JEFFERSON

Ich dachte über Roxanne nach. Ihr üppiger, gutgebauter Körper strahlte eine reine, unerfahrene Sinnlichkeit aus, deren sie sich nicht bewußt zu sein schien, die jedoch eines Tages ebenso ehrfurchtgebietend sein würde wie die meiner Mutter. Dennoch war Roxanne, im Gegensatz zu Sally Hemings, der unabhängigste Mensch, dem ich je begegnet war. Sie war die moderne, die neue Amerikanerin, bereit, Verantwortung für ihr Leben zu übernehmen, bereit, die Vergangenheit neu zu erfinden. Ich ließ die Hand meiner Enkelin los, während ich diesen Gedanken noch einen Moment lang nachhing.

Die Jahre meines Lebens schienen mit dem Wind davonzufliegen wie die Spitzengardinen an meinen hohen Schlafzimmerfenstern. Roxanne. Es war keine Erpressung gewesen. Ich würde nie wieder anonyme Briefe erhalten. Nur Sarah kannte die Wahrheit. Warum mußte ich es also Roxanne erzählen? *Ich hatte nur einem Menschen, den ich liebte, gesagt, wer ich war.* Sie alle würden bald in meinem Haus versammelt sein. Meine Öffentlichkeit. *Weisse.*

Mit der verzweifelten, beschützenden Liebe einer Dahinscheidenden legte ich all meine Hoffnung in Roxanne. Meine nächsten Worte würden ihr das ganze Unverständnis, die Widersprüchlichkeit und den Schmerz des großen amerikanischen Tabus vor Augen führen: mit einem Makel behaftetes, unreines Blut. Der eine Tropfen jenes schwarzen Blutes, das die Geringschätzung, die Verachtung und die Zwiespältigkeit einer ganzen Nation auslöste. Ihrer eigenen Nation.

»Großmutter?« Es war die erwartungsvolle Stimme von Roxanne.

Ohne Umschweife erzählte ich ihr meine Geschichte, Kapitel für Kapitel, Liebe für Liebe, Schrecken für Schrecken und Täuschung für Täuschung. »Täuschungen, die ursprünglich nur für andere gedacht waren, wurden zu Selbsttäuschungen; der vorgetäuschte Graben zwischen der falschen Sklavin und der falschen Herrin wurde immer breiter und entwickelte sich zu einem Abgrund«, schloß ich. Ich bat sie eindringlich, dieses Wissen erst an ihre eigenen Enkelkinder weiterzugeben, jene fernen Nachkommen, Menschen des zwanzigsten Jahrhunderts, die wahrscheinlich über diese Geschichte eher verwirrt sein würden, als an ihr zu verzweifeln.

»Versprich mir, daß du deine wahre Identität, falls du sie eines Tages deiner zukünftigen Familie offenbarst, niemals deinen Kindern preisgeben wirst. Wähle eine Frau aus der übernächsten Generation, eine Enkelin. Es ist leichter, sich seinen Enkeln anzuvertrauen als den eigenen Kindern, und jedes Geheimnis ist bei einem Mitglied deines eigenen Geschlechts sicherer aufgehoben.«

»Wie kommt das, Maman?«

»Frauen halten ihre Geheimnisse in ihrem Schoß verborgen, beschützt und genährt von ihren Körpersäften, ihrem Blut, während Männer ihre Geheimnisse vor sich hertragen wie ihre Genitalien, wie ein kleines Stück vergänglichen Fleisches, das keiner zärtlichen Berührung und keiner guten Gelegenheit widerstehen kann.«

Kein Laut kam aus dem schattigen Alkoven, als Roxanne versuchte, einer Frau zu antworten, die ihr nicht länger vertraut war, eine Kreatur, die es nicht gab, die das Gegenteil von dem war, was man ihr ein Leben lang beigebracht hatte. Es gab keine weißen Sklaven. Also konnte es auch keine weißen Exsklaven geben. Es gab keine Frauen wie mich, von großen Männern gezeugt, die sie niemals anerkannt oder freigelassen hatten. Es konnte mich nicht geben, weil es keine Rassenmischung gab. Rassenmischung war ein Verbrechen, auf das eine hohe Geldstrafe und Gefängnis standen. Ein Verbrechen gegen Amerika.

Nicht ich, sondern Roxannes Heimatland beharrte darauf, daß ein Tropfen schwarzes Blut einen Menschen zum Sklaven und zum Fremden machte. Und daß dies so sein mußte, um den Mythos der Reinrassigkeit zu erhalten, der der Grundstein seiner nationalen Identität war – daß das Land wirklich und wahrhaftig ein Land der Weißen war.

»Du meinst, du bist ... du warst ...« Sie rang nach Worten.

»Die Tochter des Präsidenten.« Ich senkte den Kopf. Sie tat mir so leid. Ich starrte meine Fingerspitzen an.

Roxanne hatte mich zunächst mit vor Erstaunen großen Augen angesehen, um dann, womit ich am allerwenigsten gerechnet hatte, in Gelächter auszubrechen. Sie glaubte kein Wort von dem, was ich ihr soeben erzählt hatte. Nach anfänglichem damenhaften Kichern warf sie ihren Kopf in den Nacken und verfiel in ein rauhes und herzhaftes Lachen, das jeden Winkel des Zimmers füllte. Dann atmete sie tief aus.

»Also, Großmutter, ist das nicht eher eine alte Sklavengeschichte, die du irgendwo gehört hast?«

Das einzige, wovor meine Mutter mich nicht gewarnt hatte, war die Möglichkeit, daß man mir keinen Glauben schenken würde. Meine Enkelin dachte, daß ich log, aber welche Amerikanerin würde lügen, um sich als Schwarze auszugeben? Welche Frau, die mit dem unschätzbaren Vorteil geboren war, weiß zu sein, würde sich selbst in die Hölle der Diffamierung stürzen, indem sie erklärte, sie sei eine Schwarze?

Roxanne ging langsam um mich herum, umschlich mich, wie man sich einem wilden Tier nähern würde.

»Nun, Großmutter«, sagte sie zärtlich, »du weißt doch, daß du keine Farbige bist! Du bist keine Farbige, und ich auch nicht. In unserer Familie ist niemand ein Farbiger! Ich bin weiß. Ich werde ... ich werde Großvater holen.«

Aber ich hielt sie zurück. »Nein«, rief ich. »Ich habe es ihm nie gesagt. Ich habe es noch nie jemandem gesagt, den ich liebte«, log ich. »Ich habe mir stets gesagt, ich würde es später tun, wenn ich ruhiger sein würde. Aber dieser Tag ist nie gekommen. Es ist wie mit den Geheimnissen, die Sklavinnen ihren Enkelinnen weitergeben müssen, damit sie erhalten bleiben. Ich wollte nicht sterben, ohne daß wenigstens ein Mensch, den ich liebe, meine Geschichte kennt und mit diesem Wissen weiterlebt. Es wäre nicht fair gegenüber Sally Hemings ... oder ihm gegenüber ... allen gegenüber ... Schau her!« rief ich verzweifelt aus. »Schau dir meine Hände an! Ich habe keine Fingerabdrücke! Siehst du? Schau her!«

»Wie kannst du mich lieben und mir gleichzeitig eine solche Lüge auftischen?« schrie meine Enkelin.

Ich ging auf sie zu, aber Roxanne wich entsetzt zurück.

»Ich werde einen Arzt holen«, flüsterte sie.

»Aber nein, mein Liebling, ich brauche keinen Arzt. Es geht mir gut ... schau!«

Ich kniete vor dem Kamin nieder und legte meine Hände in die kalte Asche. Sie wurden ganz schwarz.

»Siehst du, keine Fingerabdrücke.« Ich drückte meine Fingerspitzen auf den weißen Marmor das Kaminsimses. »Siehst du?« Ich ging wieder auf sie zu, aber sie legte die Arme wie zum Schutz um ihren Körper. Ihre schönen Augen waren ganz stumpf geworden vor Entsetzen oder auch Verzweiflung, ich wußte es nicht genau. Unwillkürlich lächelte ich sie an. Dasselbe stumpfsinnige Lächeln, das in meinem Gesicht gelegen hatte, an dem Tag, als mein Vater starb. Sie glaubte mir nicht. Sie würde mir niemals glauben. Ich hatte zweiundfünfzig Tagebücher, und sie glaubte mir immer noch nicht. Nichts auf dieser Welt würde sie dazu bringen, mich anzuerkennen. Eher würde sie sterben. Genau wie er. Ich glaubte, Sarahs Lachen zu hören, aber es war Roxanne, die hysterisch lachte.

»Ist das eine Art Spiel? Eine Art Geburtstagsspiel?« fragte sie wie ein Kind.

»Das ...« Aber bevor ich etwas erwidern konnte, hatte Roxanne die Tür zugeknallt und war aus dem Zimmer geflüchtet. Durch die Tür hörte ich sie mit ihrem unausstehlichen Philadelphia-Akzent rufen: »Ich werde etwas Laudanum besorgen.«

Wo ist deine Medizin, Vater?

Und dann begann ich zu lachen. Sie mußte mich von draußen gehört haben. Ich war das Opfer meiner eigenen Lebenslüge geworden. Ich war das, was die Leute in mir sahen, und es gab nichts, was ich daran ändern konnte. Wer würde mir glauben? Wer von denen, die heute abend den Tanzsaal füllten, würde mir glauben? Es würde bedeuten, daß die Vereinigten Staaten von Amerika neu definiert werden müßten, schoß es mir plötzlich durch den Kopf. Es würde bedeuten, daß man alle Möbel umräumen, alle Türen öffnen, unter allen Betten nachsehen müßte; es würde bedeuten, daß man alle Gesetze neu schreiben, einen Krieg führen müßte; es würde bedeuten, daß sie ihr Leben ändern müßten. Wer würde all das nur wegen einer Frau tun – und noch dazu wegen einer Negerin?

Ich würde diese Welt als Weiße verlassen, ob ich wollte oder nicht. Ich würde sterben, ohne meine Haut abzulegen. Das war mein Schicksal, und das war meine Strafe. Das Urteil lautete: ewiges Vergessen. Roxanne würde es nie ihren Nachkommen erzählen. Ich war unsichtbar. Für immer.

Ich hob den Kopf und akzeptierte den Urteilsspruch des Himmels. Wie auch immer man mich »rekonstruieren« würde, das Ergebnis blieb das gleiche. Eine Frau wie mich konnte es einfach nicht geben. Ich war, wie immer man es betrachtete, unglaublich.

Mit meinen geschwärzten Händen beschmutzte ich die Wände, die zarten Spitzenüberwürfe, das blasse, ätherische Himmelbett, das lackierte Holz. Ich hinterließ meinen Abdruck auf allem, das ich erreichen konnte.

Ich hatte meine Unterschrift unter mein Leben gesetzt, indem ich meiner Lieblingsenkelin erzählt hatte, wer ich war. Und nun hinterließ ich an den Wänden meines Schlafzimmers die Fingerabdrücke, die meinen Untergang bedeuteten, und machte meinen Anspruch auf dieses Zimmer geltend: auf das Leben, das ich darin verbracht hatte. Ich schrieb die Geschichte neu. Zum Teufel mit Schwarz oder Weiß, ich war Harriet. Hemings. Wellington. Plötzlich geriet ich regelrecht in Verzückung, Tränen der Befreiung liefen mir über die Wangen. In meinem einsamen Herzen waren alle Hautfarben der Welt versammelt: alle. Ich weigerte mich zu akzeptieren, daß ich weiß oder schwarz »geschaffen« war. Was immer ich war, mein Leben, meine Freiheit, meine Lieben, war unten im Haus und wartete auf mich. Meine Unterlassungssünde war nicht länger das Zentrum, um das meine Verwirrung und meine Obsessionen kreisten; sie war nun Teil der menschlichen Anlage, die sich hartnäckig dagegen zur Wehr setzte, ausgelöscht, zerstört und erstickt zu werden: das Erbe meiner Mutter, meiner Großmutter, des Afrikaners, meines Großvaters, meines Vaters, meines Mannes, meiner Kinder. Ich war die Matriarchin eines mächtigen Familienklans, sieben mal sieben; jede Hautfarbe, jede Schattierung, jede Nuance kämpfte in Menschen, die alle die gleichen Schrecken und die gleiche Erhabenheit der menschlichen Natur durchlebten, um ihren Erhalt. Verdammt, verdammt wollte ich sein, wenn ich mich mit weniger zufriedengab.

Hatte nicht ein berühmter Mann einst zu meinem Vater gesagt, Historie sei nichts als eine Reihe von erfundenen Geschichten, die mehr oder weniger plausibel waren? Wenn ich eine Fiktion war, dann war auch dieses Land eine Fiktion. War ich plausibel? Das frage ich Sie.

Ich starrte in den Spiegel über dem Kaminsims, aber ich sah kein Spiegelbild. Ich preßte meine Augenlider fest zusammen, so als könnte ich der silbrigen Oberfläche durch bloße Willenskraft mein Abbild aufzwingen. Aber als ich die Augen öffnete, war niemand zu sehen. Dann schrie ich am Abgrund der ewigen Finsternis auf.

Als ich wieder zu mir kam, wusch ich mir langsam und gemächlich in dem blauweißen Becken die Hände. Das Wasser färbte sich schwarz. Ich trocknete mir die Hände ab und ließ sie in weißen Handschuhen verschwinden. Das Orchester spielte den Marsch von Richard Wagner. Die Kutsche des Präsidenten war angekommen. Mir blieb gerade genug Zeit, beim Klang der Musik die Treppe hinabzusteigen, so wie ich es geplant hatte. Roxanne hatte vergessen, mich einzuschließen. Ihre verrückte Großmutter. Ich öffnete die Tür.

1942

Epilog

✧

Die eidesstattliche Erklärung von Roxanne Wellington

EPILOG

Als ich jung war, liebte ich Spekulationen, die eine gewisse Einsicht in jenes verborgene Land zu versprechen schienen ...

THOMAS JEFFERSON

Hier spricht Roxanne Wayles Wellington. Ich bin die einzige, die übriggeblieben ist, um zu erzählen, wie meine Großmutter an ihrem fünfundsiebzigsten Geburtstag, dem Tag der Hundertjahrfeier, ein bißchen übergeschnappt ist. Als erstes weigerte sie sich an jenem Morgen plötzlich, zu dem großen Fest zu gehen, also blieb ich bei ihr. Sie wirkte vollkommen normal und benahm sich auch so. Erst am späten Nachmittag, ein paar Stunden bevor die ersten Gäste eintrafen, fand ich sie im Obstgarten. Ich sah noch, wie eine junge Frau mit einem großen, auffälligen Hut wegging. Ich hörte sie lachen, als meine Großmutter hinter ihr herrief: »Sarah!« Dann, mit dem Rücken zu mir und ohne den Blick von der Frau zu wenden oder mir irgendeine Erklärung zu geben, nahm sie mich bei der Hand und führte mich in ihr Zimmer, wo sie mir zu meiner großen Verblüffung erklärte, sie sei ihr Leben lang als Weiße durchgegangen, um der Sklaverei zu entkommen, und ihr Vater, der gleichzeitig ihr Herr war, sei Thomas Jefferson, der dritte Präsident der Vereinigten Staaten. Sie sagte, sie könne nicht länger schweigen, sie könne nicht weiterleben, ohne jemandem, den sie liebte, zu sagen, wer sie wirklich sei.

Also sagte sie es mir.

Was sie mir erzählte, war so unglaublich, daß ich es natürlich nicht ernst nehmen konnte. »Also, Großmutter«, sagte ich, »ist das nicht eher eine alte Sklavengeschichte, die du irgendwo gehört hast?« Aber während ihrer ganzen Geburtstagsfeier beharrte Großmutter auf dieser ungeheuerlichen Geschichte. Sie wich keinen Moment von meiner Seite, zeigte mir Leute unter den Gästen, die entweder wußten, daß sie die Tochter des Präsidenten war, oder, noch schlimmer, die selbst Nachkommen des Präsidenten waren. Als erstes erklärte sie mir, der amtierende Präsident, Ulysses S. Grant, sei nicht würdig, im selben Raum zu sein wie die Tochter von Thomas Jefferson. Dann tauchte die Frau aus dem Obstgarten, die sich als Farbige entpuppte, wieder auf, ging um das Haus herum und spazierte mir nichts, dir nichts zur Haustür herein, ohne daß irgend jemand sie aufgehalten hätte. Meine Großmutter erklärte mir, diese Frau sei, ebenso wie ich, eine Enkelin von Thomas Jefferson. Dann schlängelte sie sich durch ihre vielen Gäste hindurch, wobei sie den amtierenden Präsidenten und dessen Frau völlig ignorierte, und zeigte mir den mysteriösen Mr. Jefferson. Sie schwor, dieser Mann sei ihr Bruder, mein Großonkel und der Sohn des Präsidenten. Er war in Begleitung seines Enkels, der, so erläuterte sie, der Urenkel von Thomas Jefferson sei. Großmutter behauptete, es gebe eine Menge Leute, die wüßten, wer sie sei, darunter ihre älteste Freundin, Charlotte Nevell, die inzwischen verstorben war. Charlotte, erzählte Großmutter, hatte seit ihrer Rückkehr von der Beerdigung ihres Vaters in Virginia im Jahre 1826 den Verdacht gehegt, sie lebe unter einer falschen Identität, aber sie hatten niemals darüber gesprochen, bis Großmutter ihrer sterbenden Freundin die Wahrheit ins Ohr flüsterte. Wieder versuchte ich, ihre Geschichten zu verharmlosen und sagte meiner Großmutter lachend, sie erzähle mir das alles nur, weil ich nicht mit David Nevell, dem Enkel ihrer Freundin Charlotte, sondern mit Peter Kirkland verlobt war, und sie versuche, mich von dieser Heirat abzubringen.

Aber Großmutters geflüsterte Behauptungen wurden immer abstruser. Der berühmteste Abolitionist der Welt, Robert Purvis, selbst ein Mulatte, wußte, daß sie die Tochter des Präsidenten war; und Purvis hatte es Frederick Douglass erzählt! Fünf Präsidenten der Vereinigten Staaten wußten, daß sie die Tochter des Präsidenten war, einschließlich John Quincy Adams. Selbst die arme, fromme Tante Dorcas, die so weiß wie Schnee war, kam nicht ungeschoren davon. Sie muß sich im Grabe umgedreht haben! Dorcas Willowpole wußte es, weil Lorenzo Fitzgerald, ein Engländer, der in den zwanziger Jahren in England beinahe um Großmutters Hand anhielt, ihr davon erzählte, nachdem Großmutter ihm, um dem Heiratsantrag zuvorzukommen, ihr Geheimnis gebeichtet hatte. Großmutter blieb vor dem Orchester stehen, das gerade begonnen hatte, eine Polonaise zu spielen, und sprach die letzte Anschuldigung über ihre Schulter hinweg aus: Es war Sarah gewesen. Sarah, ihre eigene Nichte. Sarah, der sie Sally Hemings' Rubinohrringe geschenkt hatte. Wußte Sarah nicht, daß es sich gehörte, eine Angehörige, die als weiß durchging, zu schützen? Wie kam es, fragte ich sie schließlich, daß offenbar jeder von ihrer Vergangenheit wußte, außer Großvater, der seit dreißig Jahren mit ihr verheiratet war? Aber alles, was Großmutter dazu sagte, war, daß sie immer vorgehabt habe, den Zwillingen nach und nach die Wahrheit zu erzählen; sie wollte es ihnen in einem ruhigen Augenblick sagen, doch es sei letztlich nie dazu gekommen.

Aber als ich die Farbige, die unter den beleidigten Blicken eines schwarzen Kellners ein Glas Champagner trank, fragte, ob sie eine Verwandte meiner Großmutter sei, antwortete sie verblüfft mit nein. Meine Großmutter hatte ihr 1836 bei der Flucht in den Norden geholfen und ihr ein Geschenk gemacht. Sie hatte gelobt, eines Tages zurückzukehren, um sich für ihre Hilfe zu bedanken. Wie konnte sie also Großmutters Nichte sein? Sie trug ein Paar prächtige Ohrringe, die im Licht der Gaslampen rote Funken zu sprühen schienen. Ich konnte schlecht auf Mr. Jefferson zugehen und ihn fragen, ob er der illegitime Sohn des dritten Präsidenten der Vereinigten Staaten sei. Ich fragte ihn jedoch, ob er mit den Jeffersons aus Virginia verwandt sei, und er gab zu, er sei entfernt mit ihnen verwandt. Darüber hinaus hatte ich auf keinen Fall die Absicht, Großmutters groteske Geständnisse und ihr merkwürdiges Benehmen mit meinem zukünftigen Mann zu diskutieren – Gott bewahre! Also ließ ich die Sache für den Abend auf sich beruhen und nahm mir vor, irgendwann, wenn ich ruhiger war, Sarah Hale darauf anzusprechen.

Denn, um die Wahrheit zu sagen, ich war so erschüttert, wie ein gesunder Mensch nur sein kann, wenn er mit dem Wahnsinn konfrontiert wird. Schließlich enthält jede Wahnvorstellung einen harten Kern der *Überzeugung*, sie hat ihre eigene Logik, die normale Menschen beunruhigt und irritiert. Es ist, als wolle man an einer glattpolierten Granitwand hochklettern, die keine Trittstellen hat, keine Spuren der Realität, an denen man sich orientieren und festhalten kann, und der Verstand gleitet hilflos an der Logik des Wahnsinns ab. Meine Großmutter war so schön auf ihrem Fest, so strahlend und elegant. Nie zuvor hatte sie innerhalb ihrer Gesellschaft und ihrer Klasse eine so herausragende Figur gemacht. Nie zuvor hatte Großvater sie so liebevoll angesehen, nie war er stolzerfüllter gewesen. Und nie war meine Großmutter je zuvor so vollkommen verrückt gewesen.

Großmutter hatte ihrer Mutter versprochen, so erzählte sie, ihr Geheimnis nur einer Frau der zweiten Generation ihrer eigenen Familie anzuvertrauen. Deswegen mußte ich, Roxanne, mir ihre Bekenntnisse anhören. Männern durfte man keine Geheimnisse anvertrauen, denn sie trugen sie vor sich her wie ihre Genitalien, hatte Sally Hemings gesagt. Und so las ich am nächsten Tag Großmutters Tagebücher, die fünfzig Jahre umfaßten. Sie offenbarten ein erstaunliches Phantasieleben mit zahlreichen Hinweisen auf Neger und die Sklaverei und die Befreiung der Sklaven, was mir zeigte, daß sie sich wie besessen mit Rasse und Hautfarbe beschäftigte und daß sie, zumindest in ihrer Einbildung, eine überzeugte Negerfreundin war. Sie behauptete, eine große Anzahl schwarzer Verwandter zu haben und Scharen von Sklaven dabei behilflich gewesen zu sein, in die Freiheit zu gelangen. Sie behauptete sogar, selbst in den Süden zurückgekehrt zu sein, um ihre Mutter zu retten. Sie hatte Briefe, die angeblich von Sally Hemings und Thomas Jefferson waren, aber leider war nur ein einziger davon unterzeichnet. Die provokante Signatur »Th. J.« könnte natürlich für Thomas stehen, aber genauso gut für Theodore, Thadius, Tabitha, Thenia …

Eine so phantastische Aura ging von dem Geschriebenen aus, daß ich endgültig zu der Überzeugung gelangte, daß dieses Leben, das Großmutter sich ausgedacht hatte, ausschließlich ihrer Phantasie entsprungen war. Nein. Das konnte unmöglich etwas mit mir zu tun haben. Sie behauptete sogar, sie sei der einzige Mensch auf der Welt ohne Fingerabdrücke. Sie zeigte mir tatsächlich ihre Fingerspitzen, und sie waren so blank wie Elfenbein. Und doch, was sollte ich von den Andenken halten? Wie war die Locke zu erklären, die sie mir gegeben hatte, oder die kostbare kleine Dose mit dem Porträt des französischen Königs? Woher stammten sie, und wie waren sie in ihr stilles Schlafzimmer gelangt? Das waren keine flüchtigen Worte, die man sich erklären konnte, sondern Dinge, die Form und Gewicht hatten: Gold und Email und Diamanten. Und was hatte der unheimliche Blick des blauäugigen Mannes auf dem Porträt in ihrem Medaillon zu bedeuten, der dem meiner Großmutter so ähnlich war? Dieses Porträt hatte keinerlei Ähnlichkeit mit der Büste von Präsident Jefferson, die in unserer Diele stand. Und dann waren da noch all die Namen, Daten und Übereinstimmungen. Es gab weder Beweise noch Gegenbeweise. Die ganze Geschichte war schlicht und einfach unglaublich.

Kurze Zeit später hatte meine Großmutter einen Unfall. Eines Morgens sattelte sie Tamar anstatt ihres eigenen Pferdes, und als sie am Flußufer entlangritt, erschrak der scheckige Braune vor irgend etwas oder irgend jemandem. Das Pferd scheute, bäumte sich auf und stürzte in das flache Wasser. Ihre Handgelenke verfingen sich in den Zügeln, und sie konnte sich nicht befreien. Tamar wälzte sich über sie, und Großmutter ertrank an einer Stelle, die nicht einmal einen Meter tief war.

Ich werde nie den erstaunten, beinahe vergnügten Blick in Großmutters Gesicht vergessen. Es war, als habe der Unfall all ihre unerledigten Probleme gelöst. Sie starb, ohne Zeit gehabt zu haben, irgend etwas zu bereuen oder um Vergebung zu bitten oder sich zu verabschieden. Der Tod hatte ihrem Leben als eingebildete Negerin schließlich ein Ende gemacht! Großvater meinte, die ganze verworrene Geschichte sei wahrscheinlich darauf zurückzuführen, daß sie als Tochter eines reichen Plantagenbesitzers in Virginia in ihrer Kindheit ständig von Negern umgeben war und daß sie, nachdem ihre Familie von einer Epidemie dahingerafft worden war, die Schwarzen in ihrer Phantasie zu ihrer Ersatzfamilie gemacht hatte. Und welchen besseren Vater hätte sie sich aussuchen können als Thomas Jefferson, den Vater unserer nationalen Identität?

Großvater glaubte, sie habe sich in Wirklichkeit vor Negern gefürchtet, genauso wie sie sich vor dem Tod und der Einsamkeit fürchtete, und davor, verlassen zu werden. Und in ihrer Phantasie hatte sie diese Negrophobie in eine übertriebene Liebe zu den Negern umgewandelt.

Er glaubte, daß diese Sally Hemings wahrscheinlich eine geliebte Kinderfrau gewesen war, die sich um Harriet gekümmert hatte, als sie ihre eigene, echte Mutter bereits verloren hatte.

Ich war der Meinung, Großmutters Tagebücher mit all den Geschichten über Farbige und weiße Neger und mit ihrer neurotischen Negrophilie sollten um unserer Nachkommen willen vernichtet werden. Großvater stimmte mir zu. Und kurz bevor er starb, taten wir es. Aber Großvater weinte, während er sie verbrannte. Er sagte, es sei, als nehme er Großmutter zum zweitenmal das Leben. In diesem Augenblick begannen meine Zweifel.

Ich frage mich oft, selbst in diesem Moment, ob Großmutters Phantastereien vielleicht einen wahren Kern beinhalteten. Und manchmal brüte ich lange über dem Porträt meines Urgroßvaters, das ich immer aufgehoben habe. Hat dieser mysteriöse Urgroßvater sich einen kolossalen Scherz mit seinen Nachkommen erlaubt, mit seinem Land, mit der Geschichte, mit der menschlichen Natur und mit der Liebe? Lacht er vielleicht über uns? Über all das grüble ich mit der Furcht einer heimlichen Mörderin. Und ich grüble über die verrückte und gefährliche Vorstellung von schwarzen Babys.

Ich, Roxanne Wayles Wellington, unverheiratete Weiße, achtzig Jahre alt, geboren am 18. Januar 1862, schwöre hiermit, daß dies der wahrheitsgetreue Bericht über die letzten Tage im Leben meiner Großmutter mütterlicherseits, Harriet Wellington, alias Petit, alias Hemmings [sic], alias Jefferson ist, die noch kurz vor ihrem Tod mit allem Nachdruck und aus vollem Herzen erklärte, sie sei die Tochter des Präsidenten.

Roxanne Wayles Wellington
Philadelphia, den 19. Mai 1942

Nachwort

Ebenso wie die Protagonistin in meinem historischen Roman *Sally Hemings*, erschienen 1979, ist ihre Tochter, Harriet Hemings, eine historische Figur mit einer fiktionalen Biographie. Von ihrem einundzwanzigsten Lebensjahr an verbrachte Harriet Hemings ihr gesamtes Leben als Weiße unter einem anderen Namen. Sowohl nach den Staatsgesetzen wie auch nach den Bundesgesetzen war sie rechtlich eine »schwarze« flüchtige Sklavin, die mit Verhaftung, Verkauf und Wiederversklavung rechnen mußte, und vom ersten Januar 1863 an gehörte sie zu den befreiten »Konterbanden«. Dies waren im neunzehnten Jahrhundert die Widersprüche des amerikanischen Lebens, wenn es um Hautfarbe ging.

Die literarischen, politischen, metaphysischen, historischen und technischen Probleme, eine solche Situation zu beschreiben, sind recht entmutigend. Ebenso wie im Fall von *Sally Hemings*, einem Roman, der soviel historisches Potential hatte, daß er immer wieder zitiert und diskutiert, als historisch angegriffen und verteidigt wurde, liegen mindestens vierzig Jahre von Harriets Leben im dunkeln: wie sie dachte, was sie tat und sagte, wie sie die erdrückenden Probleme ihres widersprüchlichen Lebens löste. Ich habe einerseits versucht, ein Leben zu entwerfen, das auf diese Weise verlaufen sein könnte, das andererseits jedoch als überlebensgroße Vita alle Themen des Lebens umfaßt wie kindliche Liebe, Macht, Versklavung, rechtmäßige Anerkennung durch den leiblichen Vater wie auch durch Vater Staat – mit allen Implikationen. Harriet Hemings war nicht in Gettysburg – oder doch? – oder hätte sie dort sein können? – oder wäre sie dort hingegangen? – oder hätte sie dort sein sollen?

Wie Sally Hemings ist Harriet Hemings eine jener unbedeutenden historischen Figuren, die vom Strom erfaßt werden und zum Stoff unserer Mythen, Träume und Geschichte gehören: zensiert, verachtet, ignoriert, umstritten, und die dennoch ebenso ein Archetyp ist wie Jefferson, der bewundert und verehrt wird. Es ist nicht übertrieben, auf vergleichbare Weise von amerikanischen Mythen und dem Haus in Monticello zu sprechen wie vom Haus in Atreus im mythischen griechischen Drama. Ich mußte, wie Harriet Hemings sich ausdrücken würde, die Möbel unserer festgefahrenen Vorstellungen und der Richtlinien der herkömmlichen Geschichtsschreibung verrücken, um Platz für ihre Geschichte zu schaffen, aber die Geschichte selbst ist nicht weniger real als all die anderen Mythen, aus denen sich unsere Identität und unsere Geschichte speisen und an die wir uns allzu zäh klammern.

Jeder, der historische Romane schreibt, weiß, daß das Leben oft die Kunst imitiert. Manche Dinge, die Menschen widerfahren, und manches, was Menschen einander antun, ist einfach zu unglaublich und phantastisch, um von der Literatur übertroffen zu werden. Daran mußte ich denken, als ich kurz nach Fertigstellung dieses Buches aus Monticello die Mitteilung erhielt, daß man anhand eines Briefes von Thomas Jefferson an seinen Schwiegersohn Jack Eppes ein weiteres Kind von Sally Hemings identifiziert hat, dessen Geburt Jefferson in diesem Brief ankündigt. Das konnte mich kaum verwundern. In gewisser Weise ist die Suche nach der Wahrheit fesselnder und gefährlicher als die Wahrheit selbst. Aber selbst mir standen die Haare zu Berge, als ich mich nach dem Namen dieser neuentdeckten Hemings-Tochter erkundigte, die am 7. Dezember 1799, neun Monate nach Jeffersons Rückkehr aus Philadelphia, geboren wurde. Man sagte mir, die Tochter sei auf den Namen Thenia getauft worden. Aber Thenia existierte bereits! Und zwar auf den Seiten des Manuskripts, das ich gerade erst eingereicht hatte! Ich hatte sie frei erfunden, sie zu einer Hauptfigur gemacht, weil ich sie als eine Art Zwilling, als Alter ego für Harriets falsche Identität als Weiße brauchte. Meine Namenswahl war rein zufällig gewesen. Thenia, die echte Thenia, starb, bevor sie zwei Jahre alt war. Wenn es sie nicht gegeben hätte, hätte ich sie erfinden müssen, oder umgekehrt, wenn ich sie nicht erfunden hätte, hätte es sie geben müssen.

Es ist legitim, durch einen Roman die Mehrdeutigkeiten der historischen Realität zu erhellen. Geschriebene Geschichte ist *immer* das Ergebnis subjektiver Betrachtung und rückt dadurch unweigerlich in den Bereich der Fiktion. Man braucht nur eine Napoleonbiographie eines Franzosen, eines Engländers und eines Russen zu lesen, und man stellt fest, daß eine Persönlichkeit sich trotz der Beschreibung derselben Fakten und Ereignisse von einem Buch zum anderen bis zur Unkenntlichkeit verändern kann. Eine Tatsache kann in einem Buch weiß, im nächsten schwarz sein. Mündliche Überlieferung kommt der Realität zwar näher, ist jedoch gleichzeitig der Anfälligkeit des kollektiven Gedächtnisses der Menschheit ausgeliefert. Wie Voltaire und Harriet uns gemahnen: »Historie ist nichts als eine Reihe von erfundenen Geschichten, die mehr oder weniger plausibel sind.«

HISTORISCHE QUELLENANGABEN

Harriet (Wayles?) Hemings wurde im Mai 1801 als fünftes Kind und dritte Tochter einer Sklavin, Sally Hemings (1773–1836), und angeblich elftes Kind von Sally Hemings' Besitzer und Schwager Thomas Jefferson in Monticello, Albemarle County, Virginia, geboren. Sally Hemings war die Tochter von John Wayles, Thomas Jeffersons Schwiegervater, und Elizabeth Hemings, einer Sklavin, die ihm nach dem Tod seiner zweiten Frau sechs Kinder gebar. Und Elizabeth war die Tochter eines Walfangkapitäns namens Hemings und einer Afrikanerin. Von den sieben Kindern, die Sally Hemings zwischen 1790 und 1808 gebar, war Harriet die einzige Tochter, die das Erwachsenenalter erreichte und an der sich das Versprechen erfüllte, das allen Hemings-Kindern gegeben worden war, nämlich, daß sie die Erlaubnis hatten, im Alter von einundzwanzig fortzulaufen.

Harriet Hemings wuchs als Sklavin auf der Plantage von Thomas Jefferson auf, und zwischen 1821 und 1822 floh sie aus Monticello nach Norden, laut offiziellen Berichten nach Philadelphia, und ging als Weiße durch.

1802, ein Jahr nach Harriet Hemings' Geburt, wurde Jefferson in einem Skandal, der nationale Ausmaße annahm, öffentlich bezichtigt, der Erzeuger von Sally Hemings' Kindern zu sein. Zwar wurde der ursprüngliche Artikel von einem ehemaligen Angestellten und Protégé Jeffersons, einem Skandalreporter namens James T. Callender, verfaßt, aber weitere republikanische Zeitungsverleger, vor allem in den Südstaaten, recherchierten die Geschichte, fanden heraus, daß sie sowohl der Wahrheit entsprach als auch in der Gegend um Richmond und Charlottesville allgemein bekannt war, und veröffentlichten Callenders Anschuldigungen, auf die Jefferson nie reagierte. Der Herausgeber des *Frederick-town Herald* in Maryland schrieb zum Beispiel:

Andere Informationen bestätigen, daß Mr. Jeffersons Sally und deren Kinder reale Personen sind, daß die Frau als Näherin oder auch als Haushälterin der Familie ein eigenes Zimmer auf Monticello bewohnt; daß sie ihrem Benehmen nach eine fleißige, ordentliche Person, ihr vertrauliches Verhältnis zu ihrem Herrn jedoch allgemein bekannt ist und sie folglich von allen Mitgliedern des Haushalts mit wesentlich mehr Respekt behandelt wird als die anderen Diener. Man hat uns außerdem versichert, daß ihr Sohn, den Callender Präsident Tom nennt, Mr. Jefferson außerordentlich ähnlich sieht.

Sally Hemings und ihre Kinder blieben dennoch in Monticello (ihr ältester Sohn, Thomas, verschwand um diese Zeit). Beverly, ihr zweiter Sohn, 1798 geboren, war zu diesem Zeitpunkt vier Jahre alt, und sie bekam 1805 und 1808 zwei weitere Söhne.

1826 verfügte Jefferson in seinem Testament die Freilassung dieser beiden letzten Söhne, Eston und Madison, sowie ihrer Onkel John und Robert. Dies waren die einzigen Sklaven, die Jefferson je freiließ. Die anderen Hemings, Nachkommen seines Schwiegervaters, ließ er versteigern, um seine Gläubiger bezahlen zu können.

Bei der Volkszählung in Albemarle County wurden Sally Hemings, Madison und Eston als Weiße registriert, wahrscheinlich um die Spuren der Rassenvermischung in Verbindung mit Jeffersons Namen zu tilgen, ein Verbrechen, das zur damaligen Zeit (in Virginia bis 1967) mit Geldbußen und Gefängnis bestraft wurde.

1873 veröffentlichte Madison seine Memoiren in der *Pike County Gazette.* In diesen Memoiren beschrieb er Harriet, wie er sie kannte:

Harriet hat in Washington City einen wohlhabenden Mann geheiratet. Ich könnte seinen Namen nennen, aber das möchte ich aus Rücksicht auf ihre Familie nicht tun. Sie hat mehrere Kinder großgezogen, und soweit ich weiß, ist in der Gemeinde, in der sie lebte oder immer noch lebt, niemals der Verdacht aufgekommen, sie könnten mit dem Makel von schwarzem Blut in ihren Adern behaftet sein. Ich habe seit zehn Jahren nichts mehr von ihr gehört, und ich weiß nicht, ob sie noch lebt. Als sie Virginia verließ, hielt sie es für vorteilhaft, sich als Weiße auszugeben, und da sie sich wie eine Weiße kleidet und sich wie eine Weiße in der

Gesellschaft bewegt, ist meines Wissens nie herausgekommen, daß sie in Wirklichkeit Harriet Hemings aus Monticello ist.

Edmund Bacon, der 1822 in Monticello als Aufseher arbeitete, hatte folgendes zu berichten:

Einige Jahre vor seinem Tod hat er ein junges Mädchen freigelassen, und es gab viel Gerede darüber. Sie war fast so hellhäutig wie eine Weiße und ausgesprochen schön. Es hieß, er habe sie freigelassen, weil sie seine eigene Tochter sei. Sie war nicht seine Tochter. Sie war die Tochter von … Als sie beinahe erwachsen war, habe ich auf Mr. Jeffersons Geheiß ihre Kutschfahrt nach Philadelphia bezahlt und ihr fünfzig Dollar gegeben. Seitdem habe ich sie nie wieder gesehen, und ich weiß nicht, was aus ihr geworden ist.

Soweit bekannt ist, ging Harriets älterer Bruder Beverly in den Westen, nach Kalifornien, wo er als weiß durchging, während Thomas Hemings seinen Namen in Woodson änderte und, ebenso wie Madison, auf der schwarzen Seite der Farbgrenze blieb. Von den beiden letzteren existieren zahlreiche Nachkommen, deren Familiengeschichte mündlich überliefert ist.

Offiziell hat Thomas Jefferson weder Sally Hemings noch seine Kinder, die er fortlaufen ließ, freigelassen. Diese waren bis zum Bürgerkrieg und der Befreiungsproklamation flüchtige Sklaven und damit Eigentum von Jeffersons Erben, konnten also jederzeit festgenommen, zu ihren Besitzern zurückgeschickt oder wiederverkauft werden.

1974 hat Fawn Brodie, eine Professorin für Geschichte an der University of California, in ihrem Buch *Thomas Jefferson, an Intimate Biography* der Hemings-Affäre und Jeffersons familiären Verhältnissen ein Kapitel gewidmet. 1979 hat die Autorin des vorliegenden Werkes einen Roman veröffentlicht, der auf den historischen und psychologischen Erkenntnissen dieser Biographie, auf Ergebnissen verschiedener Dissertationen an der University of Virginia über die Familie Hemings, auf den Unterlagen über Jefferson in der Library of Congress, auf Forschungsergebnissen anderer Historiker sowie auf ihren eigenen Nachforschungen in den Vereinigten Staaten und Frankreich basiert.

Nach der Veröffentlichung des Buchs von Fawn Brodie haben sich die Nachkommen von Eston Hemings zu Wort gemeldet. Sie betrachteten sich alle als weiße Nachkommen von Jefferson.

Am 3. Juli 1979, drei Monate nach Erscheinen von *Sally Hemings*, ließ der Museumsdirektor von Monticello die Treppe aus Thomas Jeffersons Schlafzimmer, die in dem vorliegenden Roman erwähnt wird, entfernen, da sie zum Gegenstand allzu vieler neugieriger Fragen von Touristen geworden war. Die Treppe wurde nie wieder eingebaut. Als Erklärung wurde angegeben, es habe in diesem Zimmer zwar »Stufen« gegeben, aber die Treppe habe nicht zum Originalinventar gehört, und eine neue Treppe einzubauen, würde »die Öffentlichkeit zu irreführenden Annahmen verleiten«.

1981 veröffentlichte Virginius Dabney sein Buch *The Jefferson Scandals*, in dem er den Versuch unternahm, sowohl die Brodie-Biographie als auch den Roman von Chase-Riboud zu widerlegen – ein merkwürdiges Unterfangen für einen Historiker, einen Roman zu attackieren. Dabney konnte sich nur mühsam zu dem Eingeständnis durchringen, daß Sally Hemings Thomas Jeffersons Halbschwägerin war, er unterschlug die Memoiren von Madison, und er unternahm auch nicht den geringsten Versuch, Daten und Fakten aufzuführen, die die Behauptung untermauern könnten, die Brüder Carr seien die Väter der Hemings-Kinder.

Im Februar 1993 entdeckte der Forschungsdirektor in Monticello einen Brief von Thomas Jefferson an seinen Schwiegersohn Francis Eppes vom 7. Dezember 1799, in dem Jefferson berichtet, daß »Marias Dienerin« (nach Meinung des Direktors ein Deckname für Sally Hemings) »vor vierzehn Tagen eine Tochter geboren hat, und sie ist wohlauf«. Dieses bisher unbekannte Kind wurde auf den Namen Thenia getauft und starb früh. Dies ist neben seinen Eintragungen in sein Farmbuch das erste und einzige schriftliche Zeugnis von Thomas Jefferson selbst, in dem Sally Hemings eindeutig erwähnt wird. Dieser äußerst interessante Brief wirft die Frage auf, warum Jefferson seinem Schwiegersohn diese Neuigkeit mitteilen sollte, wenn das Kind nicht das seine war.

Aufgrund der auffallenden Ähnlichkeit mit Thomas Jefferson, die sämtliche Kinder von Sally Hemings aufwiesen (Gäste waren bei ihrem Anblick stets darüber verblüfft), war die Theorie »irgendein alter Weißer« habe die Kinder gezeugt, selbst im Jahre 1802 unhaltbar.

Erst vierzig Jahre nach Jeffersons Tod und sechzig Jahre nach dem Ereignis hat Jeffersons Enkelin Virginia Randolph ihren inzwischen verstorbenen Neffen Samuel Carr (»ein gutmütiger Tyrann«) aufgrund unbestätigter Gerüchte beschuldigt, der Vater von Sally Hemings' Kindern zu sein. Das einzige Problem bei dieser Theorie ist, daß Samuel Carr zum Zeitpunkt der Geburt von Sally Hemings' erstem Kind gerade erst neunzehn Jahre alt geworden war und daß dieses Kind in Paris gezeugt wurde. Darüber hinaus gibt es keine Erklärung dafür, daß Samuel Carr (und in einigen Fällen sein Bruder Peter Carr) sich 1802, als der Skandal ausbrach (da war er siebenundzwanzig Jahre alt), nicht zu Wort gemeldet hat, um den Ruf seines Großonkels zu verteidigen. Durch eine solche Erklärung hätte er keinen sozialen Schaden genommen, selbst wenn er verheiratet gewesen sein sollte, nur hätte ihm zweifellos niemand Glauben geschenkt. Hätte er jedoch gesprochen, dann hätten Madison oder Monroe, Jeffersons Nachbarn und seine politischen Verbündeten, die sich verzweifelt bemühten, den Skandal zu zerstreuen, diese Version aufzugreifen versucht. Madison war Peter Carrs Mentor. Es ist weiterhin nicht zu erklären, warum, wenn es innerhalb der gesellschaftlichen Oberschicht von Virginia »allgemein bekannt« war, daß Thomas Jefferson der Vater der Hemings-Kinder war, es nicht ebenso »allgemein bekannt« gewesen sein soll, wäre Samuel Carr der Vater gewesen. Charlottesville war ein Dorf, »in dem Duelle, Glücksspiel, Tanzfeste mit Schwarzen und Rassenvermischung gang und gäbe waren«[1], und Richmond ein Dorf von sechstausend Seelen, darunter ein Drittel schwarze und nur eintausend weiße Männer über sechzehn, wo jeder, schwarz oder weiß, jeden kannte und alles wußte, wo jedoch alles

1 Michael Durey: *With the Hammer of the Truth: James Thomson Callender and America's National Heroes.* The University Press of Virginia, Charlottesville und London 1990.

hinter einer Mauer des Schweigens verborgen blieb. Es ist historisch bewiesen, daß Thomas Jefferson jeweils neun bis zehn Monate vor der Geburt jedes Kindes von Sally Hemings in ihrer Nähe war, einschließlich Paris, und daß sie nie in seiner Abwesenheit schwanger wurde. Über diese Tatsache hat Virginia Randolph die Unwahrheit gesagt (»verständlicherweise«, wie Virginius Dabney meint), aber alle anderen Aussagen, die sie über Samuel Carr gemacht hat, sind als absolut zutreffend anzusehen. Die Carr-Brüder haben nach 1796, in den Jahren, als Sally Hemings ihre Kinder gebar, zu keiner Zeit auf Monticello gelebt. Darüber hinaus braucht man keine großen Forschungen anzustellen, um festzustellen, daß die Carr-Brüder nicht nur im Zusammenhang mit dem Skandal im Jahre 1802 mit keinem Wort erwähnt wurden, sondern daß Samuel Carr, sollte er zum Beispiel Beverly oder Thenia Hemings gezeugt haben, das von Maryland und von seiner Hochzeitsreise aus getan haben müßte.

1802 wurde die Geschichte natürlich von Jeffersons politischen Widersachern und den Abolitionisten wiederaufgewärmt und ausgenutzt. Andererseits hat man Callender, ungeachtet seines schlechten Rufs, nie einer blanken journalistischen Lüge überführen können. Selbst seine aberwitzigsten Beschuldigungen basierten auf einem wahren Kern. Er hatte über ein Jahr im Gefängnis von Richmond und in der näheren Umgebung der Stadt verbracht und sechs Monate als Gast im Hause des in Richmond ansässigen Zeitungsverlegers Meriwether Jones. Außerdem stellten viele der Zeitungen, die seine Geschichte abdruckten, vor allem die in den Südstaaten, eigene Nachforschungen an und drängten Jefferson oder seine Repräsentanten, die Anschuldigungen zu dementieren, bevor sie sie in Druck gaben. Der ehemalige Präsident Adams, der selbst Opfer von Callenders Sensationsjournalismus geworden war, und der einzige Politiker, der Sally Hemings persönlich kennengelernt hatte (in London), hielt die Geschichte für wahr und sagte das auch. Obwohl Callender gewöhnlich mit einem einzigen Satz als »verkrachte Existenz, Trinker und Lügner« abgetan wird, dessen Behauptungen man mit Mißtrauen genießen müsse, weil sie einer »rachsüchtigen Feder« entsprungen seien, muß Callenders Version einem objektiven Betrachter der Wahrheit näher erscheinen: Jefferson nahm die

Attacken der republikanischen Presse schweigend hin, schrieb Callender, »obwohl er mit einem einzigen Wort den Vulkan von Anschuldigungen hätte auslöschen können. Aber mit dem kühlen Gleichmut, der seinem stolzen Charakter eigen ist, verhielt der Präsident sich neutral.« Als die republikanische Presse Callender über seine Frau angriff, indem sie ihn beschuldigte, sie mit einer Geschlechtskrankheit angesteckt zu haben, an der sie schließlich starb, griff Callender seinerseits Jefferson über *dessen* Frau an. Später schrieb er: »Hätte Jefferson nicht die Totenruhe gestört, würden *Sally* und ihr Sohn *Tom* vielleicht noch im Grab des Vergessens schlummern.«[2]

Von den Informationen, die Callender in der Hemings-Affäre veröffentlichte, konnte nur die Behauptung, Sally Hemings habe in Washington D.C. als Hausangestellte gearbeitet, als unwahr nachgewiesen werden. Callender selbst hatte eingeräumt, daß es sich hierbei möglicherweise um einen Irrtum handeln könnte und sich in einem späteren Artikel korrigiert. Die meisten Biographen von Jefferson stützen ihre Behauptung, Callenders Aussagen seien falsch, auf die Begründung, es habe nie ein Thomas Hemings existiert. Als Beweismaterial jedoch zitieren sie lediglich Jeffersons eigenes Farmbuch als »neutrale«, »objektive« und »verläßliche« Quelle. Man muß indes den Zeitungskrieg und die Nachforschungen von 1802, die über jene von Callender hinaus geführt wurden, gegen Jeffersons verständliche Auslassungen abwägen. Das Schweigen von Jefferson und das seiner »Söhne« Madison und Monroe, die Existenz von Beverly, Thenia, Harriet und Tom sowie die Bestätigungen der Geschichte durch John Adams, John Quincy Adams, Gouverneur Morris und verschiedener neutraler zeitgenössischer Zeitungsverleger aus den Südstaaten müssen ebenfalls in Betracht gezogen werden. Dazu kommt, daß Jefferson neun Monate vor der Geburt jedes ihrer Kinder mit Sally Hemings zusammen war, einschließlich des kürzlich entdeckten Kindes, und daß sie nie schwanger wurde, wenn er nicht

2 *The Recorder*, 22. September 1802; 13. und 27. Oktober 1802; 28. Mai 1803, zitiert in Michael Durey: *With the Hammer of Truth*. University Press of Virginia, Charlottesville and London, 1990.

in ihrer Nähe war, daß es keinerlei Beweise dafür gibt, daß irgendeiner ihrer Zeitgenossen glaubte, Peter oder Samuel Carr könnten die Hemings-Kinder gezeugt haben. Von den vier Hauptpunkten, deren Callender Jefferson beschuldigte, wird einzig die Geschichte um Sally Hemings angezweifelt. Zu jener Zeit gab es niemanden, Jefferson eingeschlossen, der die Existenz von Hemings und ihren Kindern oder deren schockierende Ähnlichkeit mit dem Präsidenten, die zahlreichen Besuchern von Monticello aufgefallen war, leugnete. Hinzu kommt die kürzlich erschienene Familiengeschichte der Woodsons, die sich als Nachfahren von Jeffersons Sohn Tom betrachten, was sie mit einer zweihundert Jahre alten mündlichen Überlieferung, die von der Monticello-Stiftung (bis auf Jeffersons Vaterschaft) als korrekt akzeptiert wird, untermauern können; weiterhin die lebenden Nachkommen von Madison und Eston Hemings; die Memoiren von Madison Hemings aus dem Jahre 1873; das beharrliche Schweigen von Jefferson ebenso wie das Schweigen der Carr-Brüder in den Jahren 1802 und 1803; die Entdeckung eines weiteren Hemings-Kindes namens Thenia, dessen Zeugungsdatum in die Zeit von Jeffersons Rückkehr aus Philadelphia fällt. Zieht man all das in Betracht, so scheinen die Beweise eindeutig gegen die »Verteidiger« von Jefferson zu sprechen.

Im Jahre 1799, dem Geburtsjahr von Thenia Hemings, war dem föderalistischen Zeitungsverleger William Rind aus Virginia das Gerücht von der Liaison bekannt. Er sah jedoch davon ab, die Geschichte während der Wahl im Jahre 1800 zu veröffentlichen. Callender soll seine Informationen aus welchem Grund auch immer aus der gesellschaftlichen Oberschicht von Virginia erhalten haben, von einer Person, die entweder in oder in der Nähe von Monticello lebte. Als Motive kommen Neid, politische Differenzen, Rache, Moralismus in Frage. Callender selbst, ein Produkt seiner schottischen, calvinistischen Erziehung, den man als »armen Weißen« bezeichnen könnte, wurde durch seine Ansässigkeit in Virginia zu Rassismus und Sklavenhaltermentalität konvertiert; er war davon überzeugt, daß die Öffentlichkeit ein Anrecht darauf habe, über den Charakter jener informiert zu werden, die sich um politische Ämter bewarben, und aufgrund seiner Vorurteile gegenüber Schwarzen muß ihm die Affäre

Jefferson/Hemings als besonderer Affront erschienen sein. In Jeffersons Fall traf das in besonderem Maße zu, da der Präsident zu ähnlichen Mitteln gegriffen hatte, um Hamilton zu diskreditieren. Meriwether Jones beschuldigte John Marshall und Alexander Hamilton, sie hätten die Geschichte durchsickern lassen, und im nächsten Augenblick warf er dem Obersten Bundesrichter Marshall vor, er sei »nicht gegen Anwürfe wegen Rassenvermischung gefeit«. Mein Kandidat ist David Meade Randolph, ein Verwandter von Jefferson, der ihn haßte und der seines Postens als Polizeichef enthoben worden war und nun Schwierigkeiten hatte, seine Schulden zu begleichen. Randolph war Callenders Gefängniswärter gewesen, als dieser im Gefängnis von Richmond wegen Volksverhetzung einsaß. Callender erklärte, er sei aus Meriwether Jones' Haus, wo er seit sechs Monaten als Hausgast gelebt hatte, ausgezogen, als dieser »seine Wohnsituation änderte«, indem er seine schwarze Geliebte zu sich ins Haus nahm. Mit anderen Worten, der Zeitungskrieg um die Sally-Hemings-Affäre war einer der boshaftesten, gewissenlosesten öffentlichen Auseinandersetzungen der amerikanischen Geschichte, der die Zotigkeit der vorangegangenen Gefechte zwischen verschiedenen Zeitungsverlegern um 1790 bei weitem übertraf. Als er schließlich abebbte, war die dunkle Seite der Gesellschaft von Virginia endgültig ans Tageslicht gezerrt worden; selbst die gierigsten Konsumenten von Skandal- und Sensationsjournalismus waren reichlich auf ihre Kosten gekommen.

Am 17. Juli 1803 wurde Callender schließlich unter mysteriösen Umständen tot im Wasser aufgefunden worden, an einer Stelle von nicht einmal einem Meter Tiefe. Er wurde ohne Autopsie oder gerichtliche Untersuchung in aller Eile begraben, und die offizielle Erklärung lautete, er sei in alkoholisiertem Zustand ertrunken.

Wenn Madison Hemings' Memoiren absurderweise als eigennützig und auf Hörensagen »über Dinge, die vor seiner Geburt geschahen,« beruhend, abgetan werden, dann sind Virginia Randolphs Aussagen ebenfalls auf Hörensagen gestützt und müssen als eigennützig abgetan werden.

Harriet Hemings hatte ein Sechzehntel »schwarzen Blutes« in ihren Adern. Das reichte aus, um sie vor dem Gesetz und in der Fiktion zur Schwarzen und damit zur Sklavin zu machen. Als weiß durchzugehen, um der Sklaverei zu entkommen und später rassistischen Schikanen und Diskriminierung ausgesetzt zu sein, ist spezifisch amerikanisch – gewiß, Mischlinge verhielten sich in allen Gesellschaften ähnlich, aber nicht mit so weitreichenden Folgen wie in den Vereinigten Staaten, wo Schwarzsein nicht nur mit Versklavung oder potentieller Versklavung oder der Gefahr der Verksklavung bestraft wurde, sondern mit einer nahezu mystischen Verleugnung jeglicher Menschlichkeit und Sichtbarkeit – so als mache das Schwarzsein die Menschen taub, stumm und blind.

Darüber hinaus nehmen sowohl Schwarze als auch Weiße Anstoß am *Als-weiß-Durchgehen* (passing), und es ist eins der hartnäckigsten amerikanischen Tabus.

Das Mitleiderregende an Harriets Dilemma und die Tragik ihres Schicksals sind nichts als eine weitere Episode der langen Geschichte von Liebe, Hautfarbe und Identität in Amerika.

Was also kann der Leser von Harriets Geschichte gewinnen? Ich hoffe, eine amerikanische Heldin, die unsere nationale Obsession und unsere nationale Psychose verkörpert: Rasse und Hautfarbe. Denn ich habe mit Harriet, ebenso wie mit Sally Hemings, eine historische Frauenfigur geschaffen, die Teil unseres nationalen Erbes ist und ein Symbol der Rassenmetaphysik in diesem Land. Bei der Gestaltung ihrer Persönlichkeit habe ich alle historischen Fakten, zeitgenössischen Elemente, jedes Dokument, jede Meinung und jede Spur der damaligen Atmosphäre, die mir zur Verfügung stand, berücksichtigt und verarbeit. Darüber hinaus habe ich mir jedoch große dichterische Freiheit genommen. Für die vielen Personen, die in diesem Buch eine Rolle spielen, habe ich historische Persönlichkeiten aus der damaligen Zeit zum Vorbild gewählt: zum Beispiel Alexis de Tocqueville für Maurice Meillasoux, Frederick Douglass für Robert Purvis, der selbst ebenfalls historisch verbürgt ist, Mary Wollstonecraft für Dorcas Willowpole, Abraham Lincoln für Abraham Lincoln. Aus Marie Bashkirtseffs Tagebüchern ist Maria Cosway entstanden, aus den Briefen von John G. Perry Beverly Wellington, nach dem Tagebuch des First Lieutenant Frank Haskell habe ich Harriets Erlebnisse bei der Schlacht von Gettysburg gestaltet. Den Leser mögen Worte wie Farbphobie und Negrophobie anachronistisch anmuten, doch sowohl Frederick Douglass als auch William Wells Brown beschreiben diese Begriffe bereits 1853 als gebräuchlich. Die höchst interessanten Ausführungen über Fingerabdrücke habe ich mit der Unterstützung französischer Experten von der Brigade Criminale in Paris erarbeitet. Schon im Jahre 1820 wurde die erste wissenschaftliche Studie zu dem Thema von einem Österreicher namens Evangelista Purkinje (1787–1869), einem böhmischen Physiologen und Professor für Physiologie in Breslau, später in Prag, veröffentlicht. 1858 benutzte William Hershall, ein englischer Funktionär in Bengalen (Indien), Fingerabdrücke als Identifikationsmethode, um Armeepensionen auszuzahlen. 1878 veröffentlichte Faulds, ein englischer Arzt in Japan, eine Studie über Fingerabdrücke auf Lackmöbeln, und 1892 publizierte Francis Galton seinen berühmten Forschungsbericht, der Mark Twain schließlich dazu inspirierte, *Pudd'n Head Wilson* zu schreiben. Etwa zur selben Zeit entdeckte Vucetich, ein argentinischer Polizeiinspektor, den Nutzen von Fingerabdrücken für die Kriminalistik. Abraham Lincoln sprach von »der elektrischen Verbindung zwischen uns«, bevor es überhaupt elektrische Verbindungen gab. Und es war Karl Marx, der erklärte, die amerikanische Revolution von 1776 habe die Bourgeoisie befreit und jene von 1861 die Arbeiterklasse. »Jede Emanzipation«, sagte er, »ist eine Verbesserung der menschlichen Welt und der Einstellung zum Menschen.« Das war es, was ich aussagen wollte, als ich Harriet als Augenzeugin der großen Schlacht nach Gettysburg schickte.

Von Anfang an hatte ich geplant, Harriet an diesen Ort gehen zu lassen, wo sie mit der Unabhängigkeitserklärung ihres Vaters und der Befreiungsproklamation Abraham Lincolns konfrontiert wird, und auf diese Weise sowohl in Harriets als auch in unserer amerikanischen Weltanschauung die beiden Stimmen einander gegenüberzustellen oder miteinander zu verschmelzen. Ich ahnte nicht, welche enorme Wirkung diese Vereinigung haben würde, bis ich die beiden Texte direkt kontrapunktisch literarisch verarbeitete. Deshalb hat mich die Lektüre von Gary Wills brillanter Analyse, in der er Lincolns Gettysburg-Rede im Zusammenhang mit der Unabhängigkeitserklärung betrachtet, zutiefst bewegt.

Daß Harriet immer wieder erklärt, sie werde später über ihre Probleme nachdenken, ist keine versteckte Anspielung auf Margaret Mitchells Scarlett O'Hara, sondern auf Leo Tolstois Anna Karenina.

Ein bibliographischer Hinweis: Für meine Recherchen habe ich mich auf folgende Werke gestützt: die *Official Government Records of War of the Rebellion of the Union and Confederate Armies*, wovon ich ein unvollständiges Exemplar besitze, das ich einmal, zusammen mit einem seltenen, als Kupferstich gearbeiteten Selbstporträt von Maria Cosway, auf einem Flohmarkt in Mailand erstanden habe; die Standardwerke über den Sezessionskrieg, nämlich *Mr. Lincoln's Army*, *Glory Road* und *A Stillness at Appomattox* von Bruce Catton, *The Civil War, a Narrative* von Shelby Foote sowie *Battle Cry of Freedom* und *The Negro's Civil War* von James M. McPherson; außerdem natürlich Fawn Brodies *Thomas Jefferson, an Intimate Biography* und ihre größtenteils unveröffentlichten Unterlagen über die Hemings-Kinder und deren Nachkommen. Darüber hinaus verweise ich den interessierten Leser an meinen eigenen Roman *Sally Hemings* und Helen Duprey Bullocks Biographie von Maria Cosway, *My Head and My Heart.*

Die Literatur über den Sezessionskrieg, über Jefferson und Lincoln sowie über die Sklaverei und deren Abschaffung ist praktisch unerschöpflich. Bei meinen Recherchen habe ich wohl an die tausend Bücher und Dokumente gesichtet. Allein zum Thema Sklaverei und Abschaffung der Sklaverei existieren über zwanzigtausend Titel.

Und doch gibt es nach zweihundert Jahren in den Archiven der ungeschriebenen, unerforschten Geschichte der Beziehungen zwischen den Rassen in Amerika noch immer einen großen Reichtum an Quellenmaterial zu entdecken.

Familienstammbaum

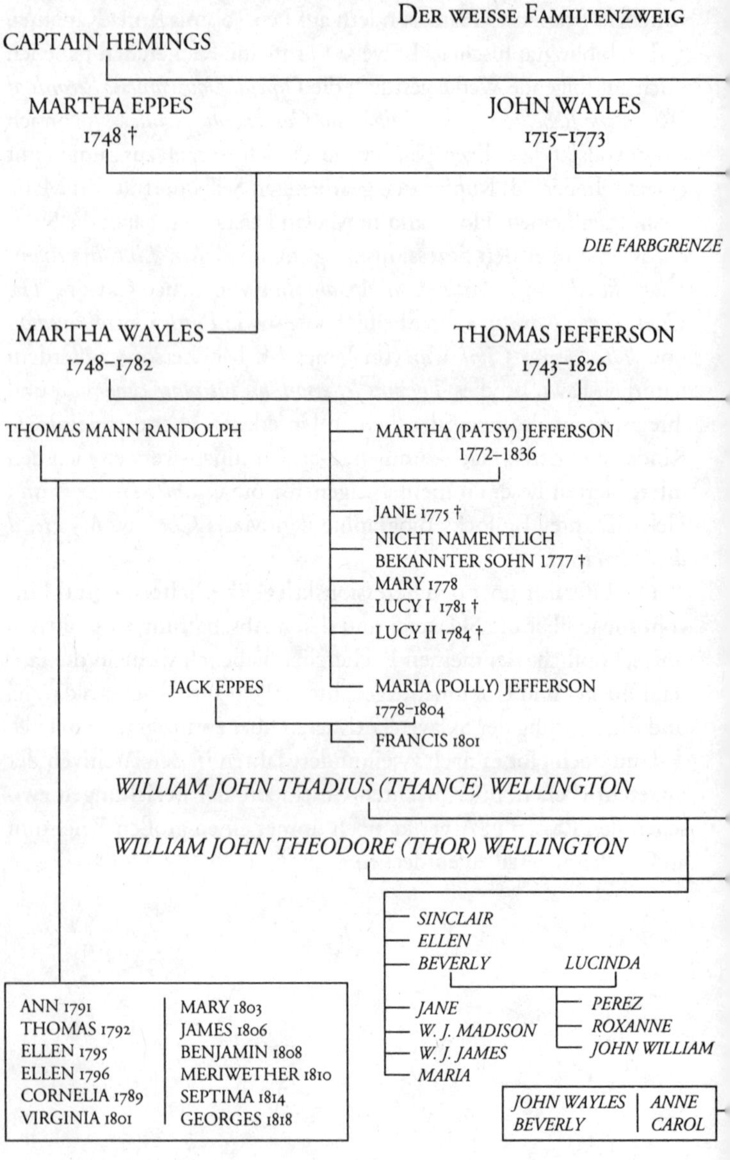

Der schwarze Familienzweig

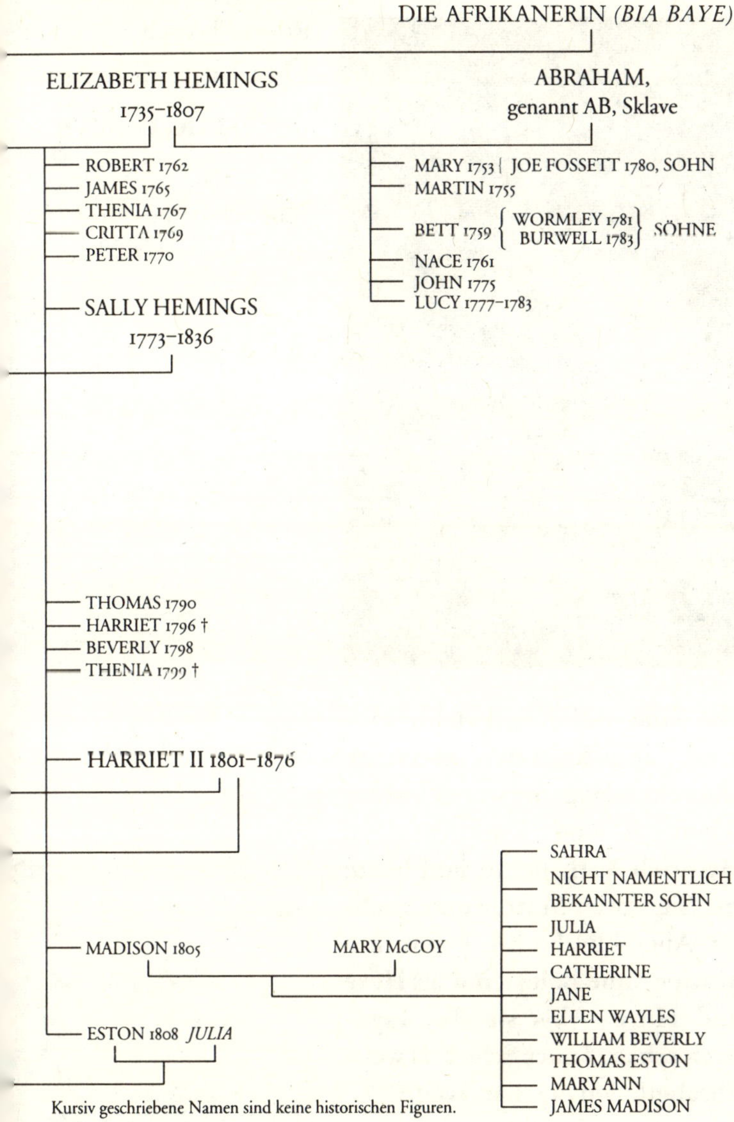

Kursiv geschriebene Namen sind keine historischen Figuren.